Christoph Nußbaumeder
Die Unverhofften

Roman

Suhrkamp

3. Auflage 2021

Erste Auflage 2020
© Suhrkamp Verlag Berlin 2020
Alle Rechte vorbehalten, insbesondere das der Übersetzung,
des öffentlichen Vortrags sowie der Übertragung durch Rundfunk und
Fernsehen, auch einzelner Teile. Kein Teil des Werkes darf in irgend-
einer Form (durch Fotografie, Mikrofilm oder andere Verfahren) ohne
schriftliche Genehmigung des Verlages reproduziert oder unter
Verwendung elektronischer Systeme verarbeitet, vervielfältigt oder
verbreitet werden.
Satz: Satz-Offizin Hümmer GmbH, Waldbüttelbrunn
Druck: CPI – Ebner & Spiegel, Ulm
Printed in Germany
ISBN 978-3-518-42962-4

Die Unverhofften

Nichts hält uns zuliebe an.
Blaise Pascal

Nicht einmal die Erde selbst kann sich daran erinnern, wie vor ewigen Zeiten feiner Sand und Ton in ein Urmeer schwappten und sich dort absetzten. In der Tiefe des Schlunds herrschten gewaltige Temperaturen und gigantische Drücke, die das Gemisch in Gneis verwandelten, der schließlich nach weiteren Jahrmillionen als Felsmassiv herausgepresst wurde. Nach einigen Hebungs- und Abtragungsprozessen wurde der Gebirgsstock zum letzten Mal vor 65 Millionen Jahren emporgeschoben. Das Grobrelief der Berge war geboren. Wind und Wetter formten es beharrlich zu einem vollkommenen Gebirge. Und wo in der Erdkruste kleine Risse waren, schürfte das Wasser Schluchten ins Massiv. Diese waren für den Menschen lange Zeit unzugänglich, so entstand ein urwaldartiger, totholzreicher Bergmischwald. In ihm fanden viele Mythen und Legenden ihren Ursprung. Das raue Klima führte dazu, dass in den höheren Lagen Eiszeitrelikte überdauerten, obwohl die letzte Eiszeit vor 11000 Jahren zu Ende gegangen war.

In diesem Gebiet, auf halber Strecke zwischen München und Prag, am Rand der Welt, liegt die Ortschaft Eisenstein. Dort, am Fuße des Großen Arber, überwiegen die Westwinde, der klirrende »Böhmwind« aber, der oft tagelang aus nordöstlicher Richtung ins Tal zieht, bestimmt die Witterung. Der Wind macht die Stängel der Gräser krautig bis zur Durchsichtigkeit, und der Winter dauert hier so lange, wie ein Mensch ausgetragen wird. Seinen Namen schuldet das Dorf dem Eisenabbau im Mittelalter. Doch nicht nur das Metall, vor allem die Glasfabrikation und die Forstwirtschaft bestimmten das Geschehen entlang der bayerisch-böhmischen Grenze.

Neben den großen Waldungen und Weidenschaften gab es Ende des 19. Jahrhunderts Talauen, Nasswiesen und großflächig verstreute Moostupfer. Zu Beginn des Frühjahrs schimmerten ausgedehnte Buchenbestände aus dem Dunkel der Fichten- und Tannenwälder rötlich braun hervor. Die Anbauflächen waren nicht sonderlich ertragreich. Mit dem Auffüllen der Wiesen und Äcker und mit dem Aufklauben eines jeden Steins sowie mit jedem ausgeworfenen Korn war die Hoffnung verknüpft, dieses Jahr möge ein besseres werden als all die vielen zuvor.

Die Mehrzahl der Menschen verpfändete ihre Kraft, ihren Schweiß und ihr Blut an ein paar Dienstherren, die man im selben Maß fürchtete wie verehrte. Um das Leid zu bändigen, glaubte man an den Allmächtigen samt seinen Helfern. Dennoch befiel die Menschen dieser Region von Zeit zu Zeit ein ausgreifender Zweifel, ob sie zum Leben zugelassen seien. Die Rückkehr in den Mutterschoß war hier eine besonders tief verschüttete Sehnsucht. Eine existentielle Verunsicherung, ob es so etwas Minderwertiges wie sie überhaupt geben dürfe, nagte an allen. Warum das so sein musste, wusste niemand. Nach außen hin aber protzten sie mit ihrer Kraft, sie waren stolz auf ihre baumausreißende Stärke. Vielleicht taten sie sich deshalb schwer, zu lieben. Jeder wusste, dass jedes Rinnsal in der Donau endete. Sonne und Wind, Kälte und Regen kamen aus Gottes Hand. Nur wo das Licht hinging, war es hell, und der Lauf der Zeit glich einem Walzer im Dreivierteltakt.

I. Buch (1899-1900)

1 Die wechselhafte Realität

Maria sah auf und blinzelte in die Dunkelheit. Ein beißender Geruch hing in der Luft. Noch hatte sie das Dorf nicht verlassen, noch war sie nicht in Sicherheit. Sie zog die Kapuze tiefer ins Gesicht, jetzt begriff sie, dass sie eine Flüchtige war, die sich zwischen einem Nicht-mehr und einem Noch-nicht bewegte. Der Mond strahlte hell und klar, über dem Talkessel leuchteten die Sterne. Auf einmal schmetterte ein wütender Glockenschlag auf die Dächer und in die Gassen herab. Mit einem so frühen Alarm hatte sie nicht gerechnet. Schweißtropfen perlten ihr von der Stirn. Sie setzte ihren Gang fort, erst beim fünften Läuten zog sie das Tempo an. Nun ging auch das Sturmgeläut der Dachreiterglocken von den umliegenden Gehöften los. Einige Wachhunde schlugen an, bald darauf drangen Weckrufe, Warnschreie und Flüche aus den Häusern und schaukelten sich zu einer chaotischen Geräuschkulisse auf. Die Stimmung glich Marias Vorstellung vom Jüngsten Gericht, kurz bevor reitende Engelsscharen auf ihren Feuerpferden ins Dorf einfallen und mit Posaunen und Trompeten die Nacht ohne Morgen ankündigen. Nur war sie es jetzt, die man richten würde, sie war die Verfolgte. Ob Christus oder der Satan, beide würden ihr einen kurzen Prozess machen, genauso wie die Dörfler. Wenn sie dich erwischen, verreckst du im Zuchthaus. Der Gedanke begann sich eben in ihr auszubreiten, da sprang einige Meter vor ihr ein Hund aus dem Gebüsch und belferte sie an. Seine Ohren waren nach hinten gelegt, Geifer tropfte ihm aus dem Maul. Jemand musste ihn losgelassen haben. Doch bei genauerem Hinschauen erkannte sie das Tier, und das Tier erkannte sie. Gott sei Dank, der Nero. Behutsam ging sie auf den Gassenhuberhund zu, flüsterte mehrmals zärtlich seinen Namen, dann zwackte sie etwas von ihrer Wegzehrung ab – ein Stück Brot, das sie in einem Kartoffelsack zusammen mit einer Flasche Wasser mit sich trug – und warf es ihm vor die Pfoten. Mit einem Happs schluckte es das ausgemergelte Tier hinunter. »Und jetzt hau ab. Lauf zu deinem Herrchen, sei brav und beiß ihn tot.« Nero wedelte mit dem Schwanz und verschwand durchs Gebüsch.

Damit sie nicht Gefahr lief, von den Dörflern erkannt zu werden, die jetzt wie aufgeschreckte Ameisen aus ihren Behausungen stoben, entschied sie sich, die Straße zu meiden und über den Gassenhuber'schen Obstgarten das Weite zu suchen. Der Einstieg in das umzäunte Grundstück bereitete ihr keine Probleme, der Mond stand günstig, und sie konnte genau erkennen, wohin sie auf den eingepassten Blattverzierungen zwischen den Rankgittern treten musste. Sie schlich über das weitläufige Areal. Im Haus brannte Licht, sie sah die Umrisse der Gassenhuberin, die am Fenster vorbeihuschte. In Amerika werd ich auch ein schönes Haus haben. In Chicago schlagen die Uhren nämlich anders. Dort wird sich mein Fleiß auszahlen.

Seit sie von Amerika wusste, hatte sie begonnen, sich mehr Leben vorzustellen, mehr als sie wahrscheinlich leben konnte. Sie riss einen unzeitigen Apfel von einem Baum, biss hinein und spuckte die saure Masse in Richtung des Gassenhuber'schen Anwesens.

Als sie das andere Ende des Gartens erreichte, wurde die Nacht schlagartig schwarz. Eine Wolkenfront hatte sich vor den Mond geschoben. Maria tastete den schmiedeeisernen Zaun ab, da begann der Gassenhuberhund von Neuem mit seiner Salve, und eine Frauenstimme wies ihn an, den Garten abzusuchen. »Da ist jemand, fass, Nero!« Jetzt würde sie den Wachhund nicht mehr abwimmeln können. Schnell kletterte sie den Zaun hoch. Einen Fuß hatte sie bereits auf der letzten Querstrebe aufgesetzt, da kam auch schon der Schäferhundmischling angerannt. Gerade noch gelang es ihr, das zweite Bein nachzuziehen, so dass das aufgehetzte Tier gegen das Gitter sprang und ins Leere schnappte. Durch den Schreck verlor Maria das Gleichgewicht, sie rutschte ab und stürzte hinunter auf die andere Seite der Umzäunung, direkt auf den Rand des harten Steinfundaments. Ein stechender Schmerz durchzog sie vom rechten Schienbein an aufwärts, ihr Rücken schmerzte, und ihr Kopf tat weh. Schnell rappelte sie sich auf. Der Köter bellte wie ein Berserker und kratzte mit aller Vehemenz am Eisen. Sie griff nach dem Sack und bemerkte, dass die Flasche zu Bruch gegangen war. Geistesgegenwärtig nahm sie das Brot heraus, das nun feucht und klebrig war, und trennte ein sattes Stück davon ab. Sie knetete es zu einem Klumpen und barg ein paar kleine, scharfkantige Glasscherben darin. In all der Hektik schnitt sie sich beide Hände auf, dann warf sie dem Hund das mit Blut beschmierte Fressen hin. »In Gotts Namen, friss und halt dein Maul.« Nero schien nur darauf gewartet zu haben, er schnappte nach der Mahlzeit und war fortan ruhig.

Ohne sich umzublicken, rannte sie den holprigen Wiesenbuckel hinauf. Je steiler es wurde, desto lauter schnaufte sie. Aufgeputscht von Adrenalin und Angst lief sie in ein Birkenwäldchen, wo es so finster war, dass man die Hand vor Augen kaum sehen konnte. Durch diese gleichsam ägyptische Finsternis tastete sie sich weiter voran und geriet dabei in ein Meer aus Brombeerhecken. Stacheln verhakten sich in ihrem Rock und zerfetzten ihn bei jedem Schritt mehr. An Umkehr war nicht zu denken, zu weit war sie schon vorgedrungen. Mehrmals stolperte sie über die Ranken, die sich ihr zwischen die Füße, manche bis hoch ins Gesicht wanden und es zerkratzten. Jedes Aufrappeln kostete sie viel Kraft, und es war nicht abzusehen, wann die Quälerei ein Ende nehmen würde. Jetzt erst merkte sie, wie erschöpft sie war. Kalter Schweiß trat ihr auf die Stirn. Jeder Atemzug tat weh, jeder Schritt bereitete ihr höllische Schmerzen. Sie musste sich übergeben, versuchte, weder ihre Kleidung noch ihren Sack mit dem Erbrochenen zu beschmutzen, was ihr aber nicht gelang. Sie wusste nicht mehr genau, wo sie war. Ihr ursprünglicher Plan sah einen anderen Fluchtweg vor, jetzt hatte sie die Orientierung verloren. Tränen liefen ihr übers Gesicht, sie weinte lautlos wie ein Tier. Eine Auswanderin wollte sie werden, eine Davonläuferin war aus ihr geworden. Warum nur war sie so versessen darauf gewesen, die offene Rechnung mit dem Hufnagel zu begleichen? Vielleicht hatte der Pfarrer doch recht, wenn er sagte, nur Dulden und Ertragen führe auf Gottes Pfade. Maria sank entkräftet zu Boden. Durstig und durchnässt lag sie auf dem Rücken, ihre Verzweiflung wich der Übermüdung. Den Lärm aus dem Dorf vernahm sie nur noch als undeutliches Rauschen, das sich immer weiter von ihr entfernte. Ihr fielen die Augen zu. Ein paar aufgeschreckte Hasen raschelten im Unterholz. Ein Uhu kreiste über dem Wäldchen. Und ein Mensch von einundzwanzig Jahren lag reglos auf der Erde.

2 Ein Leben in Eisenstein

Der Postzug rauschte vorbei, das welke Friedhofsgras verneigte sich zum Abschied. Ein paar Tauben kreisten über dem Dach des Bahnhofsgebäudes. Nun erfasste auch Maria der Fahrtwind und wehte ihr ein paar Haarsträhnen ins Gesicht. Ihr Blick folgte dem Zug, der aus Eisenstein Richtung Westen abdampfte. Eben hatte sie wieder ein Schreiben von ihrem Cousin aus Amerika bekommen. Seit über einem Jahr war der schon drüben. »Durch Erwin und seine Frau hab ich eine Bestimmungsadresse. Und stell dir vor, es gibt sogar ein

Waldler-Viertel in Chicago. Und reiten kann man über die ganze Prärie …« Die letzten Worte kamen Maria schwer über die Lippen, sie hatte nicht damit gerechnet, dass es sie so anrühren würde. Dennoch stand ihr Entschluss fest, im Frühjahr wollte sie nachziehen, was aber auch bedeutete, dass sie nicht mehr das Grab ihres Vaters würde besuchen können. Sie ließ ihren Tränen freien Lauf, es war niemand da, vor dem sie sich hätte genieren müssen.

Der Friedhof war schon ziemlich heruntergekommen. Die Hecken vis-à-vis vom Eingang verwildert, das schlichte Mauerwerk bröcklig, von Pflanzen aufgesprengt. Manche Totenbretter waren umgefallen oder waren umgetreten worden. Nach dem Fortgang der letzten Fremdarbeiter gab es niemanden mehr, der den Friedhof pflegte. Die Einheimischen hatten die Arbeiter nicht ausstehen können, sie nannten die angeheuerten Männer halb verächtlich, halb ängstlich »Baraber«. Und da der Magistrat den Fremdarbeitern keine Bestattung auf dem offiziellen Friedhof gestattet hatte, war ein Extrafriedhof angelegt worden. Ein Provisorium neben der Bahntrasse, das von allen nur »Italienerfriedhof« genannt wurde.

Maria legte eine rote Nelke nieder, dann betete sie das Vaterunser. Sie gab sich Mühe, jedes Wort bewusst zu sprechen. Danach blieb sie noch ein wenig und versuchte, sich alles genau einzuprägen; das Brett, auf dem einst der Leichnam ihres Vaters aufgebahrt worden war, die Verzierungen und Einkerbungen, das Giebeldreieck als Abschluss über dem gemalten Kreuz, die Inschrift darunter: Das was ihr seid / Das war ich einst / Und was ich bin / Werdet ihr noch sein. Weiter unten hatte ein Freund eingeritzt: Gleicher Lohn / Für gleiche Arbeit / Überall auf Erden. Ein anderer hatte am Fuß des Bretts etwas Englisches eingekerbt: Driving the Last Spike, In Memoriam Willi Raffeiner. Unzählige Male hatte sie hier schon gestanden und Gespräche mit dem toten Vater geführt. Sie küsste das rissige Holz, dann ging sie durch das quietschende Holzgatter nach Hause.

Meist reichten Vorschusszahlungen nicht zur Deckung der Löhne, Kostenvoranschläge waren falsch berechnet oder organisierte Streiks brachten die Bauunternehmer in arge Bedrängnis. Sämtliche Arbeiter, angeworben aus verschiedensten Landstrichen, ackerten wie die Ochsen. Ihr Leben war knochenhart, oft nur mit Schaufeln, Spitzhacken und Schubkarren ausgestattet, trieben sie die Stollen in den Berg. Mit ihren breitkrempigen Hüten, die je nach Wetterlage als Regen- oder Sonnenschutz dienten, waren die Bahnarbeiter schon von Weitem gut zu erkennen. Sie verströmten die Aura der Gesetzlosigkeit und brachten pionierhaftes Wildwestflair ins Waldgebiet. Wirtsstuben, Kegelbahnen und Spielhöllen schossen damals im Umfeld der Großbaustellen aus dem Boden. Marketenderinnen boten ihre Dienste feil, doch nicht nur die Fremdarbeiter vergnügten sich mit ihnen, manche Dörfler verprassten viel Geld zwischen den Schenkeln der Frauen und an den Tresen der Tavernen. Als einmal ein Bierbrauer ankündigte, den Preis für eine Maß Bier von achtundzwanzig auf zweiunddreißig Pfennige anzuheben, kam es zu Krawallen und Arbeitsniederlegungen. Dies alles geschah zum großen Leidwesen der Ortsgeistlichen, die ausschließlich die Fremdarbeiter für den Sittenverfall verantwortlich machten. Sonntäglich wetterten sie von der Kanzel gegen die »Saufbolde« und »Hurenmenscher«, die sich nach ihrem Ableben allesamt in der Hölle wiederfinden würden.

Selbst als die Arbeiter schon längst abgezogen waren und den für viele ersehnten Anschluss an die Welt hergestellt hatten, wurde noch immer abfällig über sie gesprochen, am lautesten von jenen, die den größten Reibach mit ihnen gemacht hatten.

Immer wieder ereigneten sich Unfälle auf den Baustellen, wie an jenem Tag, als eine Dynamit-Explosion drei Menschen zerfetzte. Einer davon war Marias Vater Willi. Sechs Jahre zuvor war er aus Kärnten nach Eisenstein aufgebrochen, wo er Arbeit als Tunnelbauer fand. Ein lebenslustiger Mann mit einem herzlichen Gemüt, aber auch einer, der sich schnell ereifern konnte, wenn er Unrecht witterte. Diplomatie war seine Sache nicht. Willi konnte sehr gut singen, in einem anderen Leben hätte er bestimmt das Zeug zu einem Operntenor gehabt, in seiner Zeit hingegen war er als Stimmungssänger in den Wirtshäusern sehr beliebt. Marias Mutter Emma schenkte damals beim Asenbauer aus, einer von drei Gastwirtschaften im Ort. Sie war jung und neugierig. Und sie war die Tochter vom Asenbauer Wirt. Schnell fanden die beiden zueinander, sehr zum Missfallen ihrer Familie. Doch die Liebe war stärker, und Emma heiratete Willi trotzdem. Zwei Kinder kamen zur Welt. Rückblickend war es eine entbehrungsreiche, aber keine schlechte Zeit, denn sie hatten eine Zukunft vor Augen, und die hieß Kärnten. Sobald die Arbeiten abgeschlossen wären, sah ihr Plan vor, würden sie dorthin gehen. Willi wollte sich den Traum einer Pferdezucht erfüllen, es schwebte ihm die Gründung einer landwirtschaftlichen Genossenschaft vor. Emma hätte ihn nach Kräften unterstützt. Beständig hatte er Geld zur Seite gelegt, an Optimismus herrschte kein Mangel. Drei Monate vor Fertigstellung der Bahnstrecke kam Willi ums Leben.

Maria hatte seine dunklen Augen geerbt, drum herum feine, mädchenhafte Gesichtszüge. Sie hatte dichte, dunkelblonde Haare, die rechts und links glatt vom Scheitel abfielen. Um ihren Mund lag meistens ein Lächeln, heute ganz besonders, auf irgendwas schien sie sich zu freuen.

Sie schlenderte die Anhöhe hoch, wo sie am Gassenhuber-Anwesen vorbeikam. Der Hofhund gebärdete sich wie ein

Wahnsinniger, er fletschte die Zähne, die Kette spannte bis zum Anschlag, so dass er sich sein Gekeife fast selber abwürgte. Ein schwarzes Ungeheuer, mit etwas Grau abgesetzt, im Rücken höher und in der Brust schmaler als ein reinrassiger Schäferhund. Maria blieb stehen und schaute ihn an. »Was bist du nur für ein dummer Hund?«, sagte sie nachsichtig und nahm ein Stück trockenes Brot aus ihrer Rocktasche, das sie kurz anlutschte, bevor sie es ihm hinwarf. Der ließ sich nicht zweimal bitten und verschlang die kleine Mahlzeit hastig.

Sein eigentlicher Ernährer war der Großbauer Johann Gassenhuber. Zusammen mit dem Glasfabrikanten Siegmund Hufnagel, bei dem Maria inzwischen als Stubenmädchen und früher schon in der Fabrik beschäftigt war, zählte er zu den Granden in Eisenstein, zu denen auch der Zollamtsleiter, der Distriktarzt, der Oberförster, der Bahnamtsverwalter und einige Glasofenbauern gehörten. Allesamt Männer, die viel rauchten, tranken und meinten. Sie waren die Herren über die Arbeitsplätze, an ihnen kam kein Mensch vorbei.

»He! Du sollst ihm nix geben. Hab ich dir schon mal gesagt!«

Maria konnte die Stimme nicht gleich orten, dann aber bemerkte sie den Gassenhuber am rückwärtigen Scheunentor. Er musterte sie mit einem abschätzigen Blick, sein rechtes Bein war gegen das Tor gewinkelt. »Oder hast du so viel, dass du's verschenken musst?«

»Nein, das nicht, aber …«

»Ein vollgefressener Hund ist ein fauler Hund. So einen kann ich nicht brauchen.« Er ging ein paar Schritte auf sie zu, sein linkes Bein zog er leicht nach. »In der Bibel steht, die Sanftmütigen werden die Erde in Besitz nehmen. Was glaubst du?«

»Kann schon sein.«

»Ich glaub, das ist ein Druckfehler, sonst wär's schon längst passiert.«

»Vielleicht passiert's ja noch.«

»Das wäre aber ein grober Fehler. Weil wenn keiner durchgreift, gibt's ein Chaos, und hergelaufenes Gesindel nimmt überhand ... Ich glaub, Gott sieht das genauso.« Sein Lachen gab für einen kurzen Moment zwei schiefe Zahnreihen frei, gleich darauf aber verfinsterte sich seine Miene. »Jetzt hau ab, wenn ich dich nochmal erwisch, lass ich den Nero von der Kette.«

Maria schaute noch einmal zum Hund, der sich in der Zwischenzeit hingelegt hatte und trübsinnig sein Fell leckte, dann stapfte sie davon.

Das Häuschen am Nordhang stand etwas schief, mit seiner verwitterten Fassade neigte es sich zum Weg hin. Im Wohnraum standen ein paar wurmstichige Möbel, ansonsten war er mit einem Kachelofen, Brennholz und einer Waschkommode ausgestattet. Wände und Decke waren teils rauchgeschwärzt. Im hinteren Teil führte eine Treppe zu den Schlafnischen unterm Dach, die durch dünne Holzwände voneinander abgetrennt waren. Ebenfalls im hinteren Bereich, nur auf der anderen Seite, ging eine Tür direkt in den Stall, wo sie eine Ziege und ein paar Hühner hielten. Hier hausten sie seit dem Tod des Vaters zu dritt.

Die Ellenbogen auf den Tisch gestützt, saßen Franz und Maria da und blickten aus dem Fenster zu den in ihre Schatten gehüllten Berge. Auf der Ofenplatte köchelte eine Suppe. Irgendwo draußen war eine Droschke zu hören, doch gleich darauf fing es an, zu regnen, und das Geräusch des Vehikels ging im gleichmäßigen Prasseln der Tropfen unter. Wetterumschwünge waren keine Seltenheit, und oft genug brachen sie von einem Moment auf den anderen über die Menschen herein. Knallende Blitze, berstende Bäume, herabfallende Äste. Bisweilen spuckte der Himmel Hagelkörner mit der Wucht von Schrotkugeln auf die Köpfe der Waldler. Und kurz darauf war wieder alles still und der Mond einfach nur groß und schön.

Maria stand auf und tappte über den festgetretenen Lehmboden zum Kachelofen, auf dem ein blecherner Topf stand. »Ich will nicht weg.« Franz' Stimme krächzte, wie es bei sechzehnjährigen Burschen manchmal der Fall ist. Maria rührte die Brotsuppe um. »Jetzt darf sie aber langsam kommen, sonst wird sie pritschnass.«

»Ich hab was gesagt.« Maria drehte sich kurz um. »Ich hab's gehört.« Dann wandte sie ihm wieder den Rücken zu. Auf dem Regal vor ihr standen vier Konserven, drei Tongefäße und ein handgezimmerter Mehlbehälter. Sie würzte die Suppe mit einer Prise Salz nach. Franz blähte seine Nasenflügel. »Wenn man wo ist, wo man nicht hingehört, geht man unter.«

»Aber wenn man wo ist, wo's einem nicht gutgeht, dann muss man gehen«, konterte Maria trocken.

»Nach Amerika fahren ist dumm!«

»Du spinnst. Willst du denn dein ganzes Leben lang Laufbursche sein!?«

»Wir haben alles.«

»Schau dich doch mal an!« Sein Hemd war zerschlissen, seine Hose mehrmals geflickt, seine Stiefel hatten Löcher. »Und jetzt hol Schnittlauch von draußen.«

Gerade wollte Franz widersprechen, da ging die Tür auf, und Emma trat ein. Sie grüßte einsilbig, dann nahm sie zwei Konserven aus ihrem Beutel und stellte sie auf den Tisch.

»Fast hätt's mich richtig erwischt.«

»Das Wetter oder die Aufsicht?« Maria funkelte ihre Mutter an. Draußen regnete es jetzt in Strömen. Emma setzte sich.

»Die Büchsen sind rechtmäßig. Die hat man uns geschenkt, zum Monatsend.«

»Maria will nach Amerika.«

»Das ist nix Neues.«

»Sie will, dass wir mitkommen.«

»Nachkommen«, präzisierte Maria, »ich möchte, dass ihr nachkommt. Hier wird kein Mensch froh.«

»Den Platz in der Fabrik, den werd ich aufgeben, so dumm werd ich sein.« Emma tippte sich mit dem Zeigefinger an die Stirn.

»In Amerika gibt's viel größere Fabriken, den Leuten geht's besser.«

Die kleine Konservenfabrik, in der Emma arbeitete, war erst vor ein paar Jahren gegründet worden. Dort verarbeitete man vor allem Himbeeren und Heidelbeeren. Für das Verschließen der Büchsen war ein Mann, den alle nur den »Maschinisten« nannten, zuständig, sieben Frauen waren mit Ausklauben, Säubern und Abfüllen beschäftigt. Emma hatte das Glück, eine von ihnen zu sein. Als Ausgegrenzte hatte sie selber nicht mehr daran geglaubt, eine feste Arbeit zu finden, aber der »Maschinist«, der auch die Einstellungen vornahm, hatte Mitleid mit ihr und den Kindern, die in seinen Augen nichts dafür konnten. Je nach Bedarf wurden die Arbeiterinnen auch zum Beerenpflücken eingeteilt. Dann hockten sie den ganzen Tag auf der Erde und gaben sich klaglos der beschwerlichen Tätigkeit hin. Die Sonne brannte ihnen auf den Kopf, und der Schweiß lockte Insekten an, die sie in die Haut bissen. In diesen dreizehn, vierzehn Stunden, von sechs Uhr morgens bis zum Abend, sahen die Frauen nur den Boden und grüne Sträucher. Wenn der Staub die Kehle ausdörrte, wurde der Geruch der Erde unerträglich. Ständig wollte man ausspucken, aber der Mund war zu trocken. An Plaudereien war auch nicht zu denken, man konnte es sich nicht leisten, die

Kraft für Worte zu vergeuden, und so füllten sie schweigend ihre Körbe und dachten an nichts. Am Ende des Tages waren die Hände der Frauen entweder schwarz oder rot verfärbt, und in der Nacht, wenn die Knochen aufbegehrten, stöhnten sie leise auf, doch die Müdigkeit war so groß, dass sie trotz Schmerzen in einen kurzen, komatösen Schlaf sanken.

Schweigend löffelten die drei Suppe. »Arbeit hast, Mutter, ich auch und der Franz auch, aber wir sind trotzdem arm. Wir sind nur Dienstboten, sonst nix. Das muss einem doch zu denken geben.« Ein gedehnter Donner fuhrwerkte durch den Himmel. Das Gewitter war nun vollständig über die Berge gezogen. »Hör auf zu freveln, andere haben weniger. Uns geht es gut.« Emma streichelte Franz über den Kopf. So gut es ging, hatte sie immer versucht, ihre Kinder vor den Anfeindungen der Dörfler zu schützen. Die zwei wussten das. Deshalb hatten sie ihr so manches verschwiegen.

Als Emmas Mann mit der Idee nach Hause gekommen war, der Arbeiterbewegung beizutreten, hatte sie ihn nicht davon abgehalten, obwohl sie kein gutes Gefühl dabei hatte. Intuitiv misstraute sie den Heilsbringern, von denen Willi so begeistert war. Irgendwas, dachte sie, will jeder an einer Sache verdienen. Uneigennützigkeit gibt es nur in der Sonntagspredigt. Da war sie ganz Wirtstochter, sie kannte die Wirtschaft aus praktischer Erfahrung. Am Schluss zahlt immer einer die Rechnung. Irgendjemand würde auch im Sozialismus einen Profit machen wollen, auch wenn es hieß, niemand solle daran verdienen.

Eines Abends im Frühjahr, die Kinder waren schon im Bett, rüttelte es an der Haustür. Emma machte auf, Willi, auf den sie schon gewartet hatte, stand vor ihr, neben ihm ein Mann, den Willi halb stützte, halb trug. Er sah monströs aus, übel zugerichtet. Seine ganze linke Seite war verwundet, die Arbeitsmontur aufgerissen, Dreck und Blut hatten sich zu

einer schwarzen Kruste vermischt. Der Geruch war abstoßend. Der Mann ächzte und stöhnte unter seinen Schmerzen.
»Hol das Jod!«, wies Willi sie an, während er Alois auf das
Kanapee packte, das sie damals noch besaßen. »In seiner Ba-
racke hat er keine Versorgung. Und ein Doktor kommt erst
morgen.« Sie wuschen ihn und gaben ihm neue Kleidung, danach nahm sich Emma die Wunden vor, betupfte sie mit Jod,
und Willi flößte ihm warmes Bier ein, anschließend Schnaps,
damit er einigermaßen schlafen konnte. Alois war ein Schie-
nenverleger aus der Oberpfalz, ein neuer Arbeiter auf der
Baustelle. Wie sich herausstellte, konnte er nicht lesen. Deswegen hatte er auch das Warnschild missachtet und war völlig ahnungslos in das Sprengungsgebiet der Tunnelbauer gelaufen. »Wie viele arme Deppen laufen denn sonst noch rum,
die nicht lesen und schreiben können ...« Emma hielt Willi
an, ruhig zu sein, er würde sonst die Kinder aufwecken.
Manchmal war ihr Mann überschäumend, nicht böse, aber
vehement, und das Arsen, das er ab und zu von einem steiri-
schen Rossknecht zugesteckt bekam und das er jetzt intus
hatte, wühlte ihn noch mehr auf. In kleinen Dosen gab es
einem Kraft, die Erdenschwere wurde etwas gelockert, und
es verschaffte einem ein befreiendes Gefühl. »Ich bin jetzt
aber nicht leise«, schimpfte er los, »ich bin zornig. Noch immer können so wenige lesen und rechnen. Und dann wun-
dert man sich, wenn sowas passiert. Aber die Oberen wollen
gar nicht, dass man wirklich was lernt. Und ich kann dir auch
sagen warum, weil sich Dumme leichter regieren lassen, die
kann man sauber gängeln mit dem Tatzenstecken der Angst!«
Emma hörte gar nicht richtig hin, aber sie staunte nicht
schlecht, als er plötzlich aufstand und die Treppe nach oben
stapfte. Wenig später kam er mit der fünfjährigen Maria auf
dem Arm zurück. Er trug sie zum Kanapee, dort weckte er sie
auf. Mit schlaftrunkenen Augen schaute sich das Mädchen

um, dann sah sie Alois, bekam Angst und fing an zu weinen. »Keine Angst, der tut dir nix. Schau ihn dir genau an«, flüsterte Willi ihr ins Ohr, »der Mann hat sich sehr weh getan. Und das ist nur passiert, weil er nicht lesen gelernt hat. Wenn du in die Schule kommst, versprich mir, dass du gut lernen wirst.« Hätte Emma ihr die Geschichte nicht Jahre danach erzählt, Maria wüsste nichts mehr davon. Sie konnte sich auch nicht erinnern, dass sie ja gesagt hatte, bevor sie wieder einschlief. Dann trug er sie wieder hoch in ihr Bettchen.

Zusammen mit einer Handvoll Gleichgesinnter wollte Willi bessere Arbeitsbedingungen, einen gerechteren Lohn und angemessene Sicherheitsmaßnahmen durchsetzen. Wahrscheinlich war genau das sein Todesurteil. Die genauen Umstände der Explosion wurden nie ergründet. Es gab keine externe Untersuchung, keine Gerichtsverhandlung, keine Entschädigung. Seine Mitstreiter gingen von einer gezielten Aktion aus. Vieles sprach dafür, nur konnte es niemand beweisen, und niemand erhob Anklage. Seither hasste Emma die Arbeiterbewegung. In ihren Augen wiegelte sie die Leute auf, scherte sich aber im Unglücksfall einen Dreck um die Hinterbliebenen. Jedoch war Emma nicht bewusst, dass Bismarcks »Sozialistengesetz« einen entscheidenden Anteil daran hatte, dass der Fall versandete. Zahlreiche Organisationen der Arbeiterbewegung wurden verboten oder gleich aufgelöst, wer nicht willens war, zu kuschen, wurde strafrechtlich verfolgt, so dass auch Willis Freunde befürchten mussten, ins Zuchthaus zu wandern, wenn sie mit Forderungen nach einer Untersuchung des Unfalls auffielen. Stattdessen liefen sie in sämtliche Himmelsrichtungen auseinander, auf dem Weg zu neuen Großbaustellen. Zurück blieb die im Stich gelassene, todunglückliche Witwe samt ihren Kindern.

Auch ohne das politische Engagement ihres Vaters wären die Kinder eines »Barabers« vielen Schikanen ausgesetzt gewesen. Vor allem von jenen Männern, die früher ein Auge auf Emma geworfen hatten. Sie zahlten ihr und seiner Brut die Zurückweisung mit doppelter Münze heim, selbst von ihrer Familie wurde sie verstoßen. Den wohlhabenden Bauernsohn Johann Gassenhuber hatte ihr Vater für sie vorgesehen, aber der war ein Depp, fand Emma, außerdem liebte sie ihren Willi. So einfach war das. Heute dachte sie anders darüber. Manchmal jedenfalls.

Emma hatte keinen Beruf erlernt, und wohin hätte sie auch gehen sollen, mittellos und an jeder Hand ein Kind? Also war sie in Eisenstein geblieben. Bevor sie in der Konservenfabrik anfangen konnte, musste sie manchmal sogar betteln gehen.

Doch trotz der Demütigungen verbitterte sie nicht. Ihre Kinder hatte sie kaum je geschlagen, auch wenn Maria sie mit ihrer Fragerei oftmals zur Weißglut trieb. Emmas Gefühl war darauf ausgerichtet, die Liebe zu geben, die gewollt hatte, dass es die beiden gab. Das unterschied sie von den anderen Müttern im Dorf, die, angehalten von ihren Männern, in ihren Kindern hauptsächlich eine Investition für die Zukunft sahen. Man erzog sie zu Arbeit und Gehorsam, man bläute ihnen ein, den Eltern von Geburt an etwas zu schulden. Emmas Liebe dagegen war bedingungslos.

Einmal allerdings hatte sie die Nerven verloren und der Tochter eine Ohrfeige verpasst, worauf das Kind weglief und einen halben Tag und eine ganze Nacht lang verschwunden blieb. Erst streunte Maria durch den Wald zum Kleinen Arbersee, wo sie vorhatte, sich zu ertränken. Aber es wollte ihr nicht gelingen. Immerzu zog sie den Kopf aus dem Wasser und schnappte nach Luft. Dann lief sie zum Pfarrhaus, um dem Pfarrer den Selbstmordversuch zu beichten. Das Haus war nicht abgeschlossen, also schlich sie hinein und lugte in jedes Zimmer. Im oberen Stockwerk hörte sie schließlich

Gemurmel aus einer Kammer dringen. Durch einen Spalt sah sie den Pfarrer, der in dem abgedunkelten Raum neben einem Bett stand. Er hielt ein Kreuz in der Hand und sprach mit leiernder Stimme Gebete. Auf der Matratze lag eine Frau, die von zwei Männern an Armen und Beinen niedergedrückt wurde. Sie wimmerte, immer wieder spannte und verrenkte sich ihr Körper, als litte sie unter Krampfanfällen. Auf einmal stieß sie einen grellen Schrei aus. Maria verstand nicht, was da vor sich ging, sie bekam Angst und rannte davon. Über eine klapprige Leiter stieg sie in den Dachboden eines Nebengebäudes. Dort entdeckte sie eine eingestaubte Bücherkiste, die hinter einem wurmstichigen Schaukelstuhl stand. Maria begann, die Kiste zu durchstöbern und in den Büchern zu blättern. Eines weckte aufgrund des fremd klingenden Namens ihr Interesse, und so kam es, dass sie einen Band mit den Schriften von Voltaire zu lesen anfing. Um über den Schrecken hinwegzukommen, vertiefte sie sich immer mehr in das Buch. Sie las darin, bis es dunkel wurde, dann klappte sie es zu und schloss die Augen, während manche Sätze noch in ihr nachwirkten. Zwar hatte sie die meisten nicht verstanden, aber die Worte klangen geheimnisvoll, und einige brachten sie zum Nachdenken. »Es ist nicht erstaunlicher, zweimal geboren zu werden als einmal« war so einer. Andere leuchteten ihr sofort ein: »Tüchtigkeit, nicht Geburt, unterscheidet die Menschen.« In den kommenden Jahren sollte sie mehrmals erfahren, dass dieser Spruch gefährlich war, demzufolge, würde sie schließen, war er richtig. Beide Sätze aber begleiteten die Zwölfjährige fortan bis zu ihrem Tod. In unterschiedlichsten Lebenssituationen dachte sie mal an den einen, mal an den anderen. Stand der erste Satz für die wundersamen Dinge des Lebens, half ihr der zweite, sich gegen Unterdrückung aufzulehnen. Am nächsten Morgen, ganz früh, stieg sie auf leisen Sohlen wieder hinunter. Niemand hatte sie entdeckt. Zu Hause wurde sie von der Mutter in die Arme geschlossen, die keine Fragen stellte.

Nachdem sie nahezu schweigend gegessen hatten, räumte Emma das Geschirr ab. Die Blechteller schepperten beim Aufeinanderstapeln und Wegtragen. Sie war wütend auf ihre Tochter, rang sich aber schließlich dazu durch, das Gespräch wiederaufzunehmen. »Was Besseres wie beim Hufnagel«, sagte sie in versöhnlichem Ton, »wirst du da drüben nicht finden.«

»Der Erwin schreibt, dass drüben alles besser ist.«

»Was soll denn da besser sein?«

»Der Erwin war schon immer ein Angeber«, versetzte Franz. Darauf zog Maria den Briefumschlag aus ihrer Westentasche. »Hier – alles schwarz auf weiß. Soll ich vorlesen?«

»Nein!« Franz schnellte in die Höhe und warf seine Arme weit auseinander, setzte sich aber gleich wieder, erschrocken über die eigene Unbeherrschtheit. »Du brauchst uns nix vorlesen, wir können selber lesen«, schob er hinterher. »Such dir doch bei uns einen Mann, brauchst nicht so weit weggehen.« Gequält verdrehte Maria ihre Augen. »Mutter, mir geht's doch nicht um einen Mann! Mir geht's um mein Leben, und um euers.«

»Nächstes Jahr werd ich übrigens Knecht beim Hufnagel. Das hat er mir versprochen.« Franz' trotziger Einwurf fand keine Beachtung, ein angestrengtes Schweigen breitete sich aus, man konnte den Regen wieder prasseln hören. »Ich geh auch allein, ich brauch euch nicht!«

»Kind, red nicht so kopflos. Überleg's dir gut.«

»Es gibt nix zum Überlegen!«

Emma schloss die Augen und senkte den Kopf. »Du lasst dir einfach nichts sagen, das war schon immer so. Von klein auf.«

»Weil mein ganzes Leben vordiktiert ist, aber irgendwann langt's!«

»Lass uns in Ruh damit!«, knurrte Franz, als wüsste er bereits, dass er *sein* ganzes Leben als Knecht verbringen würde, bis es eines Tages verpulvert war.

3 Die Hufnagel-Dynastie

Über einige Generationen hinweg waren die Hüttenbesitzer die unumschränkten Herrscher im Waldgebiet, im sogenannten bayerischen Böhmerwald. Man nannte sie Glasfürsten, die ihre von allen Verkehrswegen abgeschnittenen, unerschöpflich scheinenden Wälder zu vergolden suchten. Darum bauten sie eifrig Glashütten, die mit Holzfeuerung betrieben wurden. Teilweise gaben sie auch, natürlich gegen entsprechende Bezahlung, anderen die Erlaubnis, auf ihrem Gebiet Hütten zu errichten. Diesen gewährten sie dann entweder Holznutzungsrechte, oder sie verkauften ihnen das nötige Holz. So konnte sich über Jahrhunderte hinweg die Hegemonie der Glasfürsten behaupten. Selbst nach der Etablierung der Nationalstaaten im 19. Jahrhundert änderte sich wenig an den bestehenden Strukturen. Denn der Staat hatte für seine Wälder keine bessere Verwendung, als durch die Bewilligung von Steuerfreiheit den Bau von Glashütten zu begünstigen. Und davon profitierten in erster Linie wieder die begüterten Glasfürsten, frei nach Matthäus 25,29: »Denn wer da hat, dem wird gegeben werden.«

Der Aufstieg der Hufnagels kam unorthodox zustande, man könnte ihn auch als märchenhaft bezeichnen. Ursprünglich war die Familie eine alteingesessene, weitverzweigte Handwerkersippe aus Deggendorf, die seit dem Spätmittelalter vorwiegend in Metzger- und Ledererberufen tätig war. Irgendwann aber, gegen Ende des 17. Jahrhunderts, brach der junge Lederergeselle Thomas Hufnagel zu seinen Wanderjahren auf. Am dritten Tag brachte ihn seine Route nach Zwiesel. Kaum angekommen, lernte er an einem Brunnen die Glasmachertochter Martha Haderer kennen. Von der weiten Welt hatte sie bisher kaum etwas mitbekommen, er nicht viel mehr. Im Grunde genommen nur das, was auf dem Weg zwischen Deggendorf und Zwiesel lag. Thomas hatte vor, nach Prag, danach nach Budapest zu wandern, um in beiden Städten sein Handwerk zu verfeinern. Dem Mädchen erzählte er, er würde geradewegs aus Ungarn kommen, er hätte jetzt genug von der Welt gesehen und wäre der Wanderschaft überdrüssig geworden. Nun würde er sich wieder nach der Heimat sehnen. Mit einer kapriziösen Bewegung führte er den Holzschöpflöffel zum Mund und nahm ein paar Schlucke Wasser, ohne dabei zu schlürfen. Es sollte vornehm aussehen, er wollte dem Mädchen imponieren, und er beabsichtigte, auszuprobieren, wie weltgewandt er bereits wirkte. Martha glaubte ihm zwar nicht, allerdings tat sie so, als würde sie sein Geschwafel für bare Münze nehmen, immerhin war er ein fescher Aufschneider, und er hatte sie neugierig gemacht. Wenig später verbrachte sie die Nacht mit ihm, neun Monate darauf brachte sie ihren unehelichen Sohn Georg zur Welt. Nach damaligem Brauch wurde das Kind unter dem Familiennamen seines Erzeugers, den Martha übrigens nie wieder zu Gesicht bekam, in das Zwieseler Taufbuch eingetragen. Als Georg zu einem Buben heranwuchs, erlernte er wie sein Großvater das Glasmacherhandwerk in der Eisensteiner Hütte des Grafen Nothaft. Der vielgehänselte Bastard war wissbegierig und geschickt, zudem verfügte er über eine schnelle Auffassungsgabe. Das entging auch dem Grafen nicht, der die Tüchtigkeit des Jungen förderte. So kam es, dass er in seiner Eigenschaft als kaiserlicher Hofpfalzgraf dem neunzehnjährigen Georg eine Legitimationsurkunde ausstellte, die ihn in den Stand der ehelich Geborenen versetzte. Von da an konnte er als Glasmacher freigesprochen werden. Ein paar Jahre später verpachtete ihm der Graf die Glashütte. Weitere zwölf Jahre später kaufte Georg dem Grafen, den eine Familienfehde in finanzielle Schwierigkeiten gebracht hatte, die riesigen Waldungen am Nordosthang des Arbers ab und begründete dort die »Eisensteiner Glashütte Hufnagel«. Kurz darauf erstand er die »Böhmische Hütte« in Hurkenthal. Dieser kraftvolle und tatkräftige Mann, der aber auch derb, rücksichtslos und schroff gewesen sein soll, war der Begründer einer der bedeutendsten Glasherrendynastien in Mitteleuropa. In ihrer Blütezeit bewirtschafteten Georg und seine Nachkommen über dreißig Glashütten in Böhmen, Mähren, Niederösterreich, Galizien und Kroatien. Als der alte Patriarch im Jahr 1770 starb, erzählte man sich von ihm, noch auf dem Totenbett sei er von unbändigem Stolz erfüllt gewesen, getragen vom Selbstbewusstsein des Emporkömmlings, der es zu Reichtum und Ansehen gebracht hatte. Es schien, als habe er seinen Stolz an alle folgenden Generationen vererbt, denn die Glasfürsten nach ihm sollten zu den selbstherrlichsten ringsherum gehören.

Der Waldboden unter den Hufen seines Pferdes war aufgeweicht und dennoch trittfest. Die tiefverwurzelten Urwaldtannen zogen im Morgenlicht an ihm vorbei. In seinen Augen spiegelten sich schimmernd die herbstlichen Farben der Bäume wider, und die klare Gebirgsluft strömte in seine Lungen. Wann immer er auf dem Familiengut in Eisenstein war, nahm Siegmund sich morgens Zeit, für mindestens eine Stunde auszureiten. Schon als Bub war ihm nichts lieber gewesen. Auf seinem Talerschimmel über die weiten Flure zu galoppieren, befreit von allen Pflichten und fern der lästigen Menschen, war für ihn das pure Glück. Allenfalls ein paar Kinder oder Greise am Wegesrand, die nahe einer Einschicht Laub und Äste sammelten, ansonsten nur unberührte Natur. Während des Ausritts brauchte er sich über nichts Gedanken zu machen. Über abgelegene Pfade ging es bergan und bergab. Wie im wahren Leben, dachte Siegmund, der mittlerweile in die Fußstapfen von Georg getreten war, oder vielmehr: getreten worden war.

Siegmund Hufnagel war der Ururenkel des Glasdynasten, ein gebildeter Unternehmer, sehr musikalisch, ein vorzüglicher Violinspieler und mit den Umgangsformen der Metropolen vertraut. Den Damen der gehobenen Gesellschaft trat er stets zuvorkommend und eloquent gegenüber. Für seine Bediensteten hatte er mitunter ein aufmunterndes Wort oder ein kleines Kompliment parat. Er konnte auch ausgesprochen lustig sein, doch mit der Zeit begriffen seine Untergebenen, dass seine Zusprüche wenig galten, vor allem, wenn es um Abmachungen oder Zahlungsmoral ging. Gute Stimmung konnte sich schnell in Übellaunigkeit verkehren, dazu bedurfte es nur eines winzigen Anlasses. Kam es darauf an, weitreichende Entscheidungen zu treffen, war er verzagt, bei Konflikten suchte er zwanghaft die Schuld bei anderen. Dinge auszusitzen war ihm ein Graus, ihm fehlte die Beharrlichkeit seiner Vorfahren. Haftete allen Hufnagels seit Georg eine klirrende Arroganz an, so kam bei Siegmund ein nicht unerhebliches Maß an Eitelkeit hinzu, stets wollte er gefallen und die Aufmerksamkeit auf sich ziehen. Sein Profilierungsdrang rührte wohl daher, dass sich seine Eltern nicht ausstehen konnten, weshalb seine Mutter all ihre Liebe und Zuwendung dem einzigen Sohn zuteilwerden ließ, während der Vater ihm wenig Wertschätzung entgegenbrachte. Nichts konnte Siegmund ihm recht machen, ständig wurde er von ihm gemaßregelt oder brüskiert. Man könnte sagen, über Siegmund wurde ein Stellvertreterkrieg ausgetragen. So wurde aus ihm ein undankbarer, leicht kränkbarer und ein selten in sich ruhender Mensch.

Siegmund zählte vierunddreißig Jahre, war schlank, großgewachsen und hatte ein symmetrisches Gesicht, aus dem volle Backen und kastanienbraune Koteletten hervorstachen. Zu sämtlichen Anlässen trug er maßgeschneiderte Garderobe und parlierte am liebsten mit Persönlichkeiten aus der Großindustrie oder aus Regierungskreisen. Dann sprach er staatstragend über sein Lieblingskind, den Fremdenverkehr, den er ausbauen wollte und zu revolutionieren beabsichtigte. Dann hielt er Vorträge über das harmonische Verhältnis von Mensch und Natur, über die Notwendigkeit von Erholung in inspirierender Umgebung. Siegmund hatte sich in die Vorstellung vernarrt, ein galanter Hotelier zu werden, ihm schwebte ein Ort vor, wo er gleich einer Sonne im Mittelpunkt stände, während kultivierte Weltbürger als Gestirne um ihn kreisten. Natürlich saß er auch oft mit den wichtigen Leuten aus Eisenstein zusammen, das tat er aber nur, um sich mit ihnen zu arrangieren und einen guten Draht zu halten. Für seine Fremdenverkehrspläne waren sie unabdingbar. Zudem lautete ein alter Familienleitspruch: »Verschmähe keinen, vielleicht brauchst du ihn in der Not.« Da war in der Tat was dran. In Wirklichkeit jedoch war ihm die Eisensteiner Oberschicht zu einfältig und viel zu provinziell.

Auf ein kurzes »Brr« blieb der schweißtriefende Schimmel im Hof stehen. Vor dem Haus waren die Wege zwischen den Blumenbeeten frisch gesandet, Ziersträucher und Hecken befanden sich in gepflegtem Zustand. Siegmund stieg ab, gleich darauf kamen zwei Knechte und nahmen das Pferd entgegen. Am Eingang der Gesindestube stand sein Laufbursche, der spindeldürre Raffeiner Franz, und wackelte mit dem Oberkörper nervös hin und her. Siegmund hatte ihn schon erwartet, er hatte ihn angehalten, am Vorabend zu einer Versammlung ins Wirtshaus Asenbauer zu gehen. Aus verlässlicher Quelle hatte er erfahren, dass seine Glasarbeiter etwas im Schilde führten. Um kein Aufsehen zu erregen, beorderte Siegmund den Jungen in den Hausflur, wo der sogleich lossprudelte. »Eine Gruppe wollen sie bilden, wo alle Fabrikarbeiter mitmachen sollen.«

»Ruhig«, sagte Siegmund, »eins nach dem anderen. Wer will was machen?«

Franz nickte gelehrig, dann atmete er tief durch. »Alle haben sie geschrien und durcheinandererzählt und gesagt, dass das mit der Arbeitszeit und mit dem Lohn, dass das eine Schweinerei ist, eine elendige.« Das überraschte Siegmund wenig. Dankbarkeit oder zumindest gebührenden Respekt konnte er von seinen Angestellten schon lange nicht mehr erwarten. Sie hatten längst vergessen, so seine Sicht auf die Dinge, welche Hand sie fütterte, wer ihnen eigentlich die Butter aufs Brot strich. Ihr Benehmen stieß ihn ab, er verachtete sie, für ihn waren alle Arbeiter Glasmännlein oder Hirnzwerge. Ihre ausgeworfenen Sprachbrocken, ihre bäurisch teigigen Gesichter, stiernackige Männer, dumpfe Weiber, beide Geschlechter meist unterwürfig und aus verschlagenen Augen lugend. Vor allem die Glasbläser, von deren Geschick seine Fabrik abhängig war, hasste er. Leider war er dazu verdammt, sich gut mit ihnen zu stellen, aber am liebsten hätte er gleich alle aus seinem Revier verbannt und stattdessen die große Welt ins kleine Eisenstein geholt, allein ihm fehlte das nötige Geld dazu. Für die Glasmacherei zeigte Siegmund kein besonderes Interesse. Das Herstellungsverfahren, seine Optimierung und alles, was das Gewerbe ausmachte, begeisterten ihn nicht. Er brannte einfach nicht für Glas, die Hütten waren ihm immer nur Mittel zum Zweck. Auch darin unterschied er sich von seinen Vorfahren, die sich mit Leidenschaft der Glasproduktion verschrieben hatten. Stimmten die Einnahmen, war er zufrieden, doch insgeheim schmerzte es ihn, dass sein schöner Wald für das zerbrechliche Produkt geopfert werden musste. Er begriff sich selbst als fragile Natur, weshalb sollte er sich da Tag für Tag auch noch mit Glas befassen, es widerte ihn an. Zusätzlich machte ihm zu schaffen, dass der Umsatz stetig zurückging. Siegmund hatte das Unternehmen an einem Wendepunkt übernommen, wo sich verlässliche Marktgegebenheiten auflösten und ungekannte Risiken wie unheilvolles Wetterleuchten am Horizont aufblitzten.

In früheren Tagen hatten die Hufnagels das grünliche Pottascheglas produziert, ein edles Erzeugnis, das als Waldglas vertrieben wurde. Sie stellten aber auch andere Produkte her, wie etwa Augengläser oder Glasperlen, die für Rosenkränze ebenso benutzt wurden wie als Tauschobjekte im Sklavenhandel: Das hochgeschätzte Hufnagelglas mit seinem scheuen Glanz wurde in alle Welt exportiert.

Für lange Zeit waren die Produktionsbedingungen hervorragend. Die Rohstoffe Holz und Quarz gab es in Hülle und Fülle vor Ort. Doch nach dem Eisenbahnbau – das Schienennetz breitete sich langsam, aber sicher über ganz Europa aus – konnte hochwertiger Quarzsand ohne große Umstände aus der Lausitz, aus Holland oder aus Belgien ins Deutsche Reich eingeführt werden. Hinzu kam, dass die meisten Hütten ihre Öfen auf Kohlefeuerung umstellten. Steinkohle kam jetzt mit der Bahn aus Pilsen und Braunkohle aus dem nordböhmischen Revier. Die Glasherstellung wurde somit standortunabhängig. In immer mehr Kleinstädten schossen Hütten aus dem Boden. Ein Überangebot an Glas flutete den Markt, so dass die Nachfrage nach teurem Waldglas schlagartig nachließ. Durch die neu entstandenen Zugverbindungen vergrößerte sich zwar der Absatzmarkt, doch die neuentstandene Konkurrenz hatte man nicht mit bedacht. Ein Anstieg des Holzpreises tat das Übrige. Da man in manchen Gegenden schonungslos Waldflächen gerodet hatte, herrschte zeitweise ein Mangel an preiswertem Brennmaterial. Dafür gab die eingerichtete Bahnstrecke dem Fremdenverkehr einen Anschub, in kleinen Schritten kam er ins Rollen.

Um nun auf dem veränderten Terrain nicht weiter Geld zu verlieren, trennte sich Siegmund von allen unrentabel gewordenen Glashütten. Den Erlös reinvestierte er aber nicht. Zwar kaufte er Wald, doch den ließ er nicht schlagen. Siegmund war vorsichtig geworden, er wollte abwarten. Die Gründerkrise, entfacht durch den Börsenkrach 1873, wirkte immer noch nach, und auf die neuen, undurchschaubaren Spekulationsgeschäfte wollte er sich nicht einlassen. Geschäftemacherei solcher Art war ihm zuwider. In dieser Hinsicht war er ein Wertkonservativer wie die Alten.

Reduziert auf sein Kerngeschäft, blieben ihm die Stammhütte in Eisenstein und die fast ebenso große im böhmischen Hurkenthal. Des Weiteren beschlossen er und seine Verwalter, sich in beiden Fabriken auf die Produktion von Tafel- und Spiegelglas zu beschränken. Man musste sich, ob man wollte oder nicht, den neuen Gegebenheiten anpassen. Um wieder erträglich wirtschaften zu können, hatte man sich zu spezialisieren.

Als ob er also nicht genug Sorgen hätte, plante die Saubande jetzt also auch noch einen Aufstand. »Sie wollen Minimallohn, und sie wollen, dass es keine Bruchzahlung mehr gibt.« Franz stockte, kniff beide Augen zusammen, so dass sich seine blassen Wangen leicht nach oben schoben. »Und dann wollen sie noch weniger Stunden arbeiten.«

»Sicher?«

»Ja. Also, alles konnt ich nicht verstehen, weil ich hab ja von draußen lusen müssen, bei offenem Fenster. Ich darf da ja nicht hinein.«

»Warum denn das?«, fuhr Siegmund ihn an.

»Na, das Wirtshaus«, sagte der Junge eingeschüchtert, »gehört meinem Onkel, der hat das nicht gern, wenn er mich da sieht …«

»Stimmt, mein Fehler, das hattest du neulich erwähnt.« Siegmund schlug einen versöhnlichen Ton an. »War wahrscheinlich auch besser so, dass du erst gar nicht im Wirtshaus warst. Dann wird dich auch niemand als Auskundschafter verdächtigen. Beim Lauschen hat dich hoffentlich niemand gesehen?«

»Nein. So wahr ich hier steh!«

Kurz schwiegen sie beide. Franz kratzte sich zwischen Hals und Kragen, dann fasste er Mut, noch nie hatte er den Herrn Hufnagel etwas gefragt. »Was ist eine Bruchzahlung?« Väterlich legte Siegmund seinen Arm auf die Schulter des Jungen. »Das heißt, dass die Arbeiter für alle zerbrochenen Gläser aufkommen. Wenn sie eins kaputt machen, müssen sie es bezahlen.«

»Das ist doch richtig so, das muss jeder.«

»Das denke ich auch. Und sowas wollen die aushebeln. Dann könnte ich die Glashütte gleich zusperren. Warum soll ich den Schaden, den die verursachen, auch noch bezahlen?«

»Nein, das geht nicht!«, stimmte Franz überein und schüttelte dabei energisch den Kopf.

»Und sag, wer hat am meisten geredet, wer war ihr Wortführer?«

»Der Dillinger von den Glasmachern, der hat ständig geredet. Das hat man ganz deutlich gehört, weil der spricht ja anders wie die anderen.«

»Dacht ich's mir.« Dann berichtete Franz noch von ein paar weiteren Dingen, die er aufgeschnappt hatte, ungeordnete Bruchstücke, die sich aber für Siegmund mit den anderen Informationen zu einem vollständigen Bild fügten. Am

Ende dankte er Franz, schüttelte ihm gravitätisch die Hand und schärfte ihm ein, niemandem von ihrem Gespräch zu erzählen. Der Junge nickte ergeben. Siegmund steckte ihm eine Extramünze in seine Joppentasche – er wollte nicht nochmal dessen feuchtklebrige Hand in seiner spüren – und entließ ihn. »Da ist also was im Aufwind.« Siegmunds Stirn legte sich in Falten. In Stralau bei Berlin hatte sich zwei Jahre zuvor der Zentralverband der Glasarbeiter niedergelassen. Und durch den Halberstadter Kongress gewannen die Gewerkschaftsbewegungen wieder an Bedeutung, wenn auch unter gemäßigteren Vorzeichen. Bismarcks Sozialistengesetz hatte ausgedient, die Arbeiterbewegung witterte Morgenluft.

Gedankenschwer tapste er in den geräumigen Familiensalon. Einsamkeit befiel ihn. Zum Glück würde morgen Maria kommen, der einzige Lichtblick in dieser Ödnis. Nur ihr zuliebe hatte er ihren Bruder als Laufburschen eingestellt. Das war definitiv nicht verkehrt, der kleine Raffeiner entpuppte sich als ein verlässliches Kerlchen. Er griff sich eine Zigarre aus der Kommode und steckte sie sich an, dann wanderte er im Zimmer umher, neigte den Kopf mal zur einen, mal zur anderen Seite. Warum nur, dampfte es in ihm, musste er sich mit dieser Proletariermeute herumschlagen? Warum war es ihm nicht vergönnt, sich ungestört der Liebe hinzugeben?

Siegmund unterhielt regelmäßig amouröse Verhältnisse zu Frauen, meist außerhalb des Waldgebietes – von München bis nach Wien – und nicht selten gleichzeitig, was manchmal dazu führte, dass er Namen und Geschenke durcheinanderbrachte. Dann war die Empörung groß, aber meist auch wieder schnell verflogen. Indem Siegmund eine Ehe und große Besitztümer in Aussicht stellte, schindete er nachhaltigen Eindruck bei den Damen. Er war begierig danach, zu dominieren, den Stolz der Frauen zu brechen und ihre Vornehmheit in zügellose Ausgelassenheit zu wandeln. Zweifelsohne hielt er sich für einen exzellenten Liebhaber. Hatte er schließlich sein Ziel erreicht, war ihm schnell fad. Langsam ließ er die Beziehung ausklingen. Und selbst wenn er sich bisweilen schäbig fühlte, er konnte nicht anders. Außerhalb der Schlafstatt empfand er die meisten Bekanntschaften als unerträglich. Ob sich nun die Frauen berechnend an ihn klammerten oder sich aufrichtig in ihn verliebten, er fand alle gleichermaßen abstoßend. Eine tiefere Bindung ließ er nicht zu, und da er keine Eltern mehr hatte, gab es niemanden, der ihn zur Heirat drängte. Sein Vater und seine Mutter waren in einem Sturm ums Leben gekommen, als ihre Kutsche von einem umfallenden Baum zerschmettert wurde. Seitdem lastete die Bürde des Alleinerben auf Siegmund. Seine beiden älteren Schwestern waren außerhalb des Waldgebietes verheiratet, man lebte auf Distanz, gegenseitiger Besuch fand selten statt.

An Maria reizte Siegmund die geheimnisvolle Art, dieser widerspenstige Stolz in ihren Blicken. Da war eine Vielschichtigkeit, die er von den Hirnzwergen so nicht kannte. Nichtsdestotrotz mussten jetzt Tatsachen geschaffen werden. Jemand der den Sieg im Namen trug, durfte sich nicht von seinen Untergebenen die Spielregeln diktieren lassen. Ihr Lohn war ausreichend, was sollte also dieser sozialistische Unfug. Eigentlich müsste man kurzen Prozess mit ihnen machen, ihnen ihre Hirngespinste so schnell wie möglich austreiben. Nur wie, das war jetzt die Frage. Siegmund trat ans Fenster, das den Blick auf die in einiger Entfernung liegende Fabrik freigab. Sein Restimperium, dessen Herzstück die heimische Glashütte war, schimmerte in der Mittagssonne. Sie warf nach wie vor genug ab. Ob es ihm gefiel oder nicht, er war abhängig von ihr, sie ermöglichte ihm seinen hochherrschaftlichen Lebensstil.

Nicht weniger als achtzehn Wohn- und Produktionsgebäude lagen vor ihm ausgebreitet, darunter eine Pochanlage, eine Spiegelbelege, ein Elektrizitätswerk, eine Tischlerwerkstatt und ein großes Glasofengebäude. Der Schornstein rauchte, die Glasmännlein waren an der Arbeit. Er drückte die Zigarre aus und zog sich zurück.

4 Die Versammlung

»Es ist ein unendlich Kreuz, Glas zu machen« stand als Inschrift über dem Eingang des Gebäudes. Ein nüchterner Satz als Mahnung und Würdigung zugleich. Der alte Georg Hufnagel soll ihn gesagt haben. Im Glasofenbau herrschte ein aufgescheuchtes Stimmengewirr, es pumperte und lärmte aus allen Ecken. Eine gestockte Hitze brütete auf dem Getöse und machte den Ort zu einer Art industriellem Purgatorium. Nach dem dritten Tag aber, sagte man, gewöhne sich jeder daran, so wie sich der Mensch an alles gewöhnt, was ihm einen sicheren Lebensunterhalt beschert.

In der Eisensteiner Hütte gab es drei Öfen mit acht hochfeuerfesten Schmelztiegeln, den sogenannten Hafen. Darin waberte die zu bändigende glühende Glasmasse, die von Zeit zu Zeit grauenhafte Arbeitsunfälle verursachte. Die Glasbläser standen dabei an vorderster Front. Im Wesentlichen bestand ihre Aufgabe darin, Rohglas herzustellen, also ein Gemenge aus Quarzsand, Soda und Kalkspat zu einer flüssigen, möglichst blasenfreien Glasmasse zu erschmelzen.

Ferdinand Dillinger wand sich aus seinem durchnässten Hemd und schlüpfte in ein frisches. Seine Augen brannten vom Schweiß. Er wischte sich mit dem Stoff die Tropfen von der Stirn. Der Kaffee, von dem er letzten Abend, an dem es nicht minder hitzig zugegangen war als jetzt bei der Arbeit, zu viel getrunken hatte, trieb ihm den Schweiß ohne Unterlass aus allen Poren seines athletischen Körpers. Dillinger, den hier jeder nur beim Nachnamen rief, schnappte sich eine über zwei Meter lange, eiserne Pfeife und entnahm mit ihrem Ende eine kleine Menge des flüssigen Glases. Dann blies er in sein Werkzeug, gleichzeitig drehte er es sachte mit der Kraft seiner Fingerspitzen. Kurz darauf tauchte er die Pfeife abermals in die Masse, um noch mehr Glas zu entnehmen, und nachdem er den Vorgang dreimal wiederholt hatte, haftete an der Pfeife eine Glaskugel von etwa fünfzehn Zentimetern Durchmesser. »Nicht träumen, Junge!«, fauchte er seinen Lehrbuben, den Valentin, an. Erschrocken riss der die Augen auf, worauf Dillinger hämisch grinste. »Wach auf, und nimm die Platsch.« Hastig griff der Lehrling nach dem großen ausgehöhlten Holzlöffel und glättete damit die Oberfläche der Kugel, die noch keine gleichmäßige Form aufwies.

»Wer trinken kann, muss auch schaffen können. Wäre besser, gleich mit dem Saufen aufzuhören.« Der Junge war kurz eingenickt, auch er war gestern im Wirtshaus gewesen und hatte den gestandenen Arbeitern, allen voran seinem Meister, beim Debattieren zugehört, dabei hatte er zu tief in den Maßkrug geschaut. Jetzt hatte Valentin nicht nur einen leeren Geldbeutel, sondern auch einen Brummschädel und schwere Augenlider, gleichwohl war es ein unvergesslicher Abend für ihn gewesen, der ihn aus der Alltagsmonotonie herausgerissen hatte. Revolutionäre Töne, noch dazu in der Öffentlichkeit, hörte man hier draußen so gut wie nie.

Die ausgetretenen Holzdielen knarzten unter den schweren Schuhsohlen. Siglinde, die drahtige Kellnerin mit den aschblonden, zu einem Fischgrätenzopf geflochten Haaren, ruckelte noch schnell die hinteren Tische der Gaststube zurecht und stellte die letzten Stühle so hin, wie sie glaubte, dass ein

Plenarsaal auszusehen habe. Es war nicht einfach gewesen für die Glasarbeiter, einen geeigneten Ort zu finden. Arbeiterversammlungen galten im Waldgebiet als suspekt, denn wo sich viele Leute für oder gegen eine Sache zusammentaten, waren Scherereien nicht weit. Aber was sollte der Asenbauer Wirt auch machen, sein Geschäft lief schon seit Längerem nicht gut, da nahm er halt den möglichen schlechten Leumund in Kauf. Immerhin hatte man ihm einen Haufen durstiger Leute angekündigt, und das auch noch werktags.

Konrad Meier, ein beleibter Mann, räusperte sich und mahnte mit einem strengen »Psst« zur Ruhe. Dann schob er sein Kinn vor. »Jetzt sag schon, Dillinger, sag einfach, wie wir uns das vorstellen.« Sein markanter Bass war nicht zu überhören. Alle Augen richteten sich nun auf den Angesprochenen. Unruhig ruckelten die Anwesenden hin und her, für sie war eine politische Versammlung völliges Neuland. Der Ruch des Widerrechtlichen haftete ihr an.

Dillinger stand auf und ließ zunächst seinen Blick schweifen, dabei wippte er leicht mit dem Kopf. Dieser großgewachsene, hagergesichtige Mann Mitte dreißig war allen bekannt, aber viele kannten ihn immer noch nicht persönlich. »Unsere Forderungen«, hob er an, »sind keine Hirngespinste. Es handelt sich dabei um reifliche Überlegungen, die meiner Erfahrungswelt und der Erfahrungswelt aller Arbeiter rund um den Globus entspringen. Denn unser Gesellschaftszustand ist kein Naturzustand, sondern etwas historisch Gewachsenes. Aber alles, was wächst, kann man ausreißen wie Unkraut oder neu pflanzen wie einen Obstbaum, der dann Früchte für alle hergibt. Wir, die Arbeiterschaft, haben die Kraft, beides zu tun. Ich sage euch, alle großen Bewegungen sind von kleinen Häuflein Menschen ausgegangen, aller Umsturz fängt unten an. Und auch wenn schwarze Wolken über uns schweben, so haben wir die Pflicht, unsere Ziele durchzusetzen. Politik im Kleinen heißt kämpfen: Schulter an Schulter für die Seelen der Arbeiter!« Er setzte eine kurze Pause, suchte Blickkontakt zu seinem Auditorium. Manche hielten den Kopf gesenkt, und diejenigen, die zu ihm aufsahen, schauten ihn aus ratlosen Augen an. »Männer!«, fuhr er fort und ballte die Linke zur Faust – doch da fiel ihm die junge Dossiererin Paula Fuchs ins Wort: »He, und was ist mit uns, sind wir Weiber Luft für dich?!« Unter den gut fünfzig Männern war sie eine von drei anwesenden Arbeiterinnen und bekannt für ihre forsche Art. »Und überhaupt, du musst deutsch mit uns reden, man versteht ja gar nix von deinem Zeug.« Gelächter brach aus, aber es war kein spöttisches, sondern es war heiter und wirkte erlösend. In den Ohren der Anwesenden klangen Dillingers Worte vorgefertigt und fremdartig. Sie fühlten sich nicht angesprochen, weil er noch keines ihrer realen Probleme benannt hatte. Das Lachen jedenfalls lockerte die allgemeine Anspannung. »Ja, gut«, sagte Dillinger, selbst ein wenig belustigt, »lassen wir die graue Theorie.« Er machte eine wegwerfende Handbewegung, nahm einen Schluck von seinem Kaffee und begann von Neuem. »Männer und Frauen aus Eisenstein, alle, die wir heute beisammen sind, unsere erste Versammlung soll jedem von uns helfen. Unsere Arbeitsbedingungen sind schlecht.«

»Sie sind hundsmiserabel!«, rief einer der Polierer dazwischen. »Wir arbeiten wie die Ochsen, und es langt oft hinten und vorne nicht!«, schnaubte ein kleingewachsener Schürer mit ausgeprägtem Buckel, der in der hintersten Reihe saß. »Ist ja gut, ich hab's verstanden, ich weiß«, beruhigte Dillinger. »Deshalb war ich neulich in Regensburg und habe mich mit dem örtlichen Vorsitzenden vom Glasarbeiterverband getroffen. Sie würden uns unterstützen, wenn wir in einen Ausstand treten.« Einige klatschten zustimmend.

»Aber warum denn gleich streiken?«, warf der Hirlinger

Michl ein, ein älterer Schleifer, mit bräunlichen Zahnstumpen und dunkelblau geäderten Nasenflügeln, die sich jetzt unübersehbar wölbten. »Man muss dem Hufnagel sagen, wo der Barthel den Most holt, und dann wird er schon was ändern!«

Den Gedanken griffen einige auf. »Ja, genau, warum gleich streiken?«, murmelten sie beipflichtend. »Seh ich auch so, sowas gehört ausgeredet«, schob ein anderer Schleifer hinterher, »weil der Hufnagel selber weiß ja gar nicht, wies bei uns zugeht. Wie soll er das auch wissen, er muss ja geschäftlich viel unterwegs sein.« Da platzte dem Meier der Kragen. »Ihr Deppen, ihr traurigen, ja glaubt ihr denn, der Siegmund ändert freiwillig irgendwas, wo er ein Geld ausgeben müsst!? Einen Scheißdreck wird er tun!«, plärrte er das Trüppchen nieder und schlug mit der flachen Hand auf den Tisch, dass ein gehöriges Quantum Bier aus seinem Krug schwappte. »Und was heißt schon geschäftlich unterwegs, er ist ein Glasfabrikant, seine Geschäfte macht er mit uns! Er verdient an uns, ihr Hornochsen! Und das nicht schlecht. Dillinger war bei der Gewerkschaft und hat sich kundig gemacht, und jetzt lasst ihn ausreden.« Der rundliche Schmelzer mit dem fettig glänzenden Gesicht, auf dem kleine rote Narben hervorstachen, zog seine Weste gerade und nickte Dillinger auffordernd zu. »Also, Peter Dirscherl, der Mann vom Glasarbeiterverband, hat uns seine Hilfe angeboten.«

»Ja, was jetzt, Gewerkschaft oder Glasarbeiterverein?«, fuhr einer der Polierer patzig dazwischen. »Der Glasarbeiterverband ist die Gewerkschaft für unsere Belange«, ergriff Dillinger wieder das Wort. »Wenn wir uns für einen Ausstand entscheiden, zahlt der Verband jedem elf Mark pro Woche, bei Verheirateten zusätzlich eine Mark pro Woche und Kind.« Ein Raunen ging durch die Menge, Köpfe wurden zusammengesteckt. »Aber was, Dillinger, müssen wir dafür tun?«, wollte Georg Zitzelsberger wissen, ein nicht mehr ganz junger Vizepoliermeister mit bleichem Gesicht und grau-schwarzen Haarbüscheln, die ihm kräuselnd aus Nase und Ohren wucherten. »Dann müssen wir der Gewerkschaft beitreten, oder?«, kombinierte der Zausel, »aber die Glasmachergewerkschaft, Dillinger, so viel weiß ich, das sind die Sozis«, fügte er nicht ohne einen Anflug von Alarmismus hinzu. Ein eisiges Schweigen durchzog den Raum. An Meiers Hals kroch langsam eine Rötung hinauf, er schürzte die Lippen, blickte ratlos zu Dillinger.

Sozi war ein Unwort, genauso gut hätte der Zitzelsberger Verbrecher oder Lude sagen können. Und wenn dem nun so war, wie er sagte, dann war man umsonst gekommen, dann hätte man sich die Sache gleich sparen können. Die Sozialdemokraten nämlich, so viel war klar, standen mit dem Teufel im Bund. In den Hirtenbriefen etwa hieß es regelmäßig, dass man »vor dem Gericht Gottes die Zugehörigkeit zur Sozialdemokratie verantworten« müsse. Wem nun diese Aussicht nicht Abschreckung genug war, der musste sich zusätzlich vor Augen halten, dass die Sozis die Gegenspieler des säbelrasselnden Bismarck waren, der zwar ein Jahr zuvor gestorben, jedoch nach wie vor hochangesehen war, selbst wenn er zeit seines Lebens auf der falschen, also auf der preußischen Seite gestanden und einen erbitterten Kampf mit den Katholiken ausgefochten hatte. Bismarck galt als ein Kanzler der festen Prinzipien, als ein ehrenwerter Mann, im Gegensatz zu den Gleichmachern um August Bebel und Wilhelm Liebknecht. Außerdem standen die Sozis in Opposition zur Reichspartei der Katholiken, dem »Zentrum«, dem sich der Großteil der Dorfbewohner zugehörig fühlte. Aber eigentlich hatten sich die Eisensteiner Fabrikarbeiter bisher wenig mit der großen Politik auseinandergesetzt, sie waren der Ansicht, die Ereignisse hinterm Wald hätten mit ihrem Leben nichts zu tun. Und überhaupt: Eine eigene Meinung schien ihnen unbotmäßig. Eher noch vertrauten sie den Naturmächten, den Geistern, Hexen und Truden. Oder sie folgten den Aufforderungen der oft nicht weniger obskuren katholischen Heiligengestalten.

In dem Moment kam Siglinde mit Nachschub. Polternd bahnte sie sich den Weg durch die Stuhlreihen und stellte die randvollen Krüge ab. »Ich dacht, ihr macht eine Versammlung. Redet man da nix?« Es blieb still. Sie runzelte die Stirn und sammelte, unbeeindruckt vom Schweigen der Menge, die leeren Maßkrüge ein. Dillingers Augen folgten ihr, bis sie wieder aus der Stube verschwand, ihr kleinkrämerisches Gebaren störte ihn. Über seinem Nasenbein traten zwei Strichfalten hervor, seine Pupillen verengten sich, er geriet in Angriffslaune. »Und wenn schon, was ist so schlimm an den Sozialdemokraten? Wir brauchen die Gewerkschaft, weil sie unsere Forderungen mit Schärfe und Klarheit vertritt. Wir können uns nicht mehr alles gefallen lassen! Ich weiß, wie es in anderen Glashütten zugeht. Und ich weiß, dass die sich wehren. Ich weiß, dass sich viele, viele Arbeiter aus vielen verschiedenen Gewerben wehren. Ich war selber dabei.« Dillinger hielt kurz inne. Fast jeder blickte ihn erwartungsvoll an. Er spürte, dass sie entflammbar waren, also musste er sie weiter bearbeiten. »Es ist jetzt an der Zeit, dass auch wir nicht mehr länger nur einfach zuschauen und schweigen. Das Schweigen ist nämlich die eigentliche Schweinerei, an der wir selber Schuld haben! Damit ist nun aber Schluss! Ein für alle Mal!«

Nun war Feuer im Kessel. Ein leidenschaftlicher und langanhaltender Applaus brandete auf. Manchen entfuhr ein »Jawoll!« oder ein beherztes »Genau!«. Zwei der drei Frauen riefen gleichzeitig »Bravo!«.

»Und die Gewerkschaftsleute«, wollte ein Facettierer wissen, »die unterstützen uns wirklich, ja? Obwohl die uns gar nicht kennen?«

Dem Meier entfuhr ein derber Lacher, er fing sich aber schnell wieder: »Na, wir müssen halt vorher beitreten, dann lernen die uns schon kennen.« Schließlich mahnte er wieder Ruhe an, Dillinger hätte noch was Wichtiges zu sagen. »Zusammen mit dem Meier und dem Lechner habe ich mir ein paar Forderungen überlegt«, sagte der. Der Spiegelbeleger Andreas Lechner, ein junger Kerl mit Sommersprossengesicht, stechend blauen Glotzaugen und Wuschelkopf, saß etwas abseits und hob schüchtern die Hand. Dillinger ergriff nun wieder das Wort. »Die wollen wir dem Hufnagel vortragen, das geht aber nur, wenn sich der Großteil von uns der Gewerkschaft anschließt. Der Fabrikant wird erstmal alles ablehnen und sich auf nichts einlassen. Deshalb müssen wir uns auf einen Ausstand einstellen. Sowas will aber gut geplant sein und braucht Opferbereitschaft. Jetzt hört gut zu!« Und als ob ein Geistlicher sie in die Pflicht nähme, begann Dillinger überdeutlich und mit erhöhter Lautstärke zu sprechen: »Erstens, Kürzung der wöchentlichen Arbeitszeit von 57 auf 54 Stunden. Zweitens, 10 Prozent Lohnerhöhung. Drittens, Minimallohn von 18 Mark für alle. Viertens, Abschaffung der Bruchzahlung. Fünftens, ein Tarifvertrag für drei Jahre.« Wie ein mahnendes Standbild prangten nun seine fünf gespreizten Finger über ihnen, an denen sie, so erweckte es den Eindruck, nochmal alles ablesen sollten. »Überlegt es euch. Wer das nicht will, soll gehen.« Eine Weile verharrte Dillinger in der Haltung, darauf bedacht, jedem Einzelnen mindestens einmal in die Augen zu schauen. Vielen war zwar mulmig zumute, aber niemand wagte dagegen anzureden oder gar aufzustehen. »Gut«, sagte er schließlich und setzte sich.

»Wir können gerne noch ein paar andere Forderungen aufnehmen«, stammelte unvermittelt der Lechner aus seiner

Ecke und wedelte mit einem Zettel. »Ich schreib's auch auf.«
Daraufhin gab es vereinzelte Meldungen. Eine Dossiererin
brachte vor, dass ihre Arbeit nicht länger als Heimarbeit angesehen werden dürfe, sonst würden doch alle Forderungen
für sie und ihresgleichen unter den Tisch fallen. Das sei eine
grobe Ungerechtigkeit. »Außerdem brauchen wir höhere Dos-
sierbänke, jede von uns hat schlimmes Kreuzweh.« Ein Ha-
fenmachergehilfe bat um eine neue Wasserleitung für gutes
Trinkwasser. Ein anderer plädierte für einen Schutz vor der
übermäßigen Wärme an den Öfen. Und ein Pocher bemän-
gelte, dass es keine Vorkehrungen gegen den scharfkantigen
Glas- und Sandstaub gäbe, der sich beim Zerkleinern bildete.
Plötzlich fiel allen was ein.

Ein Lehrling war für eine längere Mittagspause, ein anderer erwog, später anzufangen mit der Arbeit, und wieder ein
anderer, früher damit aufzuhören. Langsam wurde es auch
spaßig. Ein junger Facettierer prangerte die Grantigkeit an,
mit der man im Betrieb zu Werke ging, und Fellner, ein stot-
ternder Schürer mit abstehenden Ohren, wollte allen Ernstes
mehr Gaudi bei der Arbeit haben und in der Mittagspause,
meinte er, könne man doch Musik spielen, aus dem Grammophon vom Hufnagel. Manche lachten sich schier bucklig
über den Vorschlag. »Warum nicht?«, stotterte der Schürer
und schaute den Meier fragend an. »Weil du ein Esel bist, Fellner«, antwortete dieser trocken, worauf die anderen noch
mehr lachten. Meinrad Fritsch, ein Holzträger, der im Betrieb
noch nie mehr als das Allernötigste gesagt hatte und über
den sich viele wunderten, dass er überhaupt gekommen war,
sprach sich für mehr Dankbarkeit und Anerkennung aus.
Für Freibier und Feiertagszulagen stimmten gleich mehrere.
Ein verwitweter Polierer forderte vehement, die Arbeitsbedingungen zu erleichtern, damit die schwere Arbeit auch von
Frauen verrichtet werden könne. »Ich sag nur Maschinen«,

raunte er und hob beschwörend den Zeigefinger. Es wurde gejohlt und gejauchzt. Der Lechner kam mit dem Protokollieren kaum hinterher, er verzettelte sich mehrmals, denn die Mängelliste war längst zur Wunschliste geworden und wollte nicht enden. »Brauchst doch nicht alles aufschreiben, du Depp«, schnauzte ihn der Meier an. »Das sind Flausen, die Traumwandler sind doch schon alle besoffen!« Es ging ausgelassen zu, und Siglinde sauste zwischen Schenke und Stube eifrig hin und her. Dillinger freute sich am meisten darüber, dass die Arbeiter endlich einmal offen aussprachen, worüber sie sonst nur im kleinen Kreis redeten oder gänzlich schwiegen. Anstatt sich isoliert zu fühlen, sollten sie begreifen, dass Veränderung nur im Verbund möglich sei.

»Ich möchte jetzt trotzdem nochmal an das anknüpfen, was der Zitzelsberger vorhin gesagt hat.« Schlagartig drehten sich alle nach der Stimme um. Der Schleifergeselle August Mack, ein schmissiger Kerl, dem man die Folgen der Plackerei noch nicht recht ansah, hatte das Wort ergriffen. »Du hast leicht reden, Dillinger, du bist ein gutgestellter Glasbläser, aber wir sind nur einfache Arbeiter, manche sind nur Hilfsarbeiter mit schlechten Schulkenntnissen. Wenn der Streik schiefgeht, werden wir alle ausgestellt, für den Hufnagel sind wir dann Sozialistengesindel, da können wir gleich ins Gras beißen. Und bei der Geschäftslage findet er schnell Ersatz für uns. Böhmische Arbeiter, richtige Hungerleider, die gerade drauf warten, dass sie was zu tun kriegen, gibt's haufenweis.« Plötzlich kamen etliche ins Grübeln, denn es war was dran an dem, was der Mack da sagte. Als Glasmachermeister hatte Dillinger eine gute Stellung, er bekam Akkordlohn, und da sich sein Einkommen nach fertigen Rohglasstücken richtete, war es verhältnismäßig hoch. Außerdem stellte man ihm eine Wohnung und freie Beheizung zur Verfügung. Was also, und die Frage kam im Nu auf, veranlasste Dillinger, auf die

Barrikaden zu gehen? Ihm selber ging es ja passabel, und selbst im Falle einer Entlassung würde er als erfahrener Glasmachermeister schnell wieder Arbeit finden, und wenn schon nicht in der Gegend, dann eben woanders. Die Glasbläser waren die Könige der Hütten, ihren Beruf konnte nicht jeder ausüben, man brauchte nicht nur Kraft, sondern auch viel Fingerspitzengefühl. Ein Glasmacher hatte viel Verantwortung, von seinem Geschick hing einiges ab. Und plötzlich fiel ihnen ein, dass Dillinger keiner von ihnen war, sondern ein Zugezogener, ein Auswärtiger, und das schürte ein längst überwunden geglaubtes Misstrauen. Dillinger war ohne Zweifel ein geschätzter und beliebter Kollege, sachkundig und tüchtig, aber vielleicht wollte er ihnen doch nichts Gutes? Womöglich steckte er mit dem Hufnagel unter einer Decke, und dass er sie zum Streik verführen wollte, war eine Art Prüfung, eine Form von Gesinnungstest. Im Meier und im Lechner hätte er halt zwei dumme Erfüllungsgehilfen gefunden.

Und auch was die wirtschaftliche Lage anging, hatte Mack einen wunden Punkt getroffen. Durch die Errichtung hoher Zölle zum Schutz der eigenen Spiegelgläser hatten vor allem die Vereinigten Staaten die Einfuhr von ausländischer Ware fast unmöglich gemacht, und ausgerechnet Amerika war ein wichtiges Exportland für die Eisensteiner Hütte. Nur allmählich gelang es, den inländischen Markt als Ersatz zu gewinnen. Jedenfalls war die Absatzkrise noch nicht vorbei, und das machte sich eben auch in den mäßigen Löhnen bemerkbar. Nun setzte der Hirlinger nach: »Es ist richtig, was der Mack sagt, und Dillinger, ganz ehrlich, ich trau dir nicht übern Weg. Warum machst du das, du hältst doch nicht einfach so deinen Kopf für uns hin. So heilig ist kein Mensch! Uns geht's vielleicht nicht gut, aber wenn der Streik nix wird, dann geht's uns richtig schlecht. Bei dir ist das was anderes, du ziehst wieder weiter, aber wir können uns aufhängen, können unsere Familien nicht ernähren.« Auch das saß.

Meier räusperte sich unüberhörbar, man sah, wie es in ihm arbeitete. »Es ist jetzt nicht so, dass wir sowas nicht überlegt hätten, der Lechner, der Dillinger und ich. Dillinger kann das nur besser mit Worten ausdrücken, er ist ein geschulter Redner, und er hat in Fürth schon einen Ausstand organisiert, er kennt sich mit sowas aus …« Meier stockte, er suchte nach den richtigen, angemessenen Worten. Er durfte jetzt keinen Fehler machen, bloß nicht von Dillingers Parteivergangenheit erzählen, das würde sie nur unnötig verschrecken. »Der Dillinger«, und Meier begann zu nicken, um seiner Beteuerung höchste Glaubwürdigkeit zu verleihen, »der Dillinger ist auf unserer Seite, weil er einer von uns ist, so einfach ist das.«

Schließlich wandte sich Dillinger erneut an die Arbeiter. Er wusste, dass er als Preuße und Privilegierter auf einem schmalen Grat wanderte, und er wusste von den Ressentiments. Bedächtig stand er auf, ließ seine Hand von der Stirn über sein Gesicht bis zum Ansatz seiner Brust gleiten. Es hatte den Anschein, als würde er jeglichen Zweifel abstreifen und sich gleichzeitig eine besondere Gefasstheit auftragen, dann blickte er entschlossen in die Runde.

»Ja, es stimmt, ich bin gut gestellt, mein Lohn ist höher als eurer, aber das war auch schon vor der Versammlung kein Geheimnis. Ihr fragt euch, wie es kommt, dass ich als einziger Glasmacher hier bin, kein Hafenmacher ist da und auch sonst kein Meister, alle, die höhere Löhne einstreichen, sind nicht dabei. Und jetzt fragt ihr euch, warum ausgerechnet ich hier bin und große Reden schwinge. Ich war schon einiges in meinem Leben: Kohlenschaufler, Ballenbinder, Hilfsarbeiter in verschiedenen Betrieben. Hätte ich nicht das Glück gehabt, dass mich ein großherziger Arbeiterführer aus Leipzig nach

Thüringen geschickt hat, wo ich bei seinem Bruder das Glasmacherhandwerk erlernen konnte, ich weiß nicht, was aus mir geworden wäre. Wenn sich der Arbeiterverein meiner nicht angenommen hätte, wäre ich wahrscheinlich ein Tagelöhner geblieben, vielleicht wäre ich auch schon längst tot. Wir sind gewohnt, dass man auf uns einprügelt, dass man uns herumkommandiert und auf uns herabblickt, deshalb ist es für uns zur Normalität geworden, das Maul zu halten, wenn die Oberen über die Geschicke der Welt verhandeln, die sie unter sich aufteilen. Aber wir sind keine Lastentiere. Jeder kann denken und fühlen, planen und selbständige Entscheidungen treffen, weil jeder von uns von Geburt an reichlich versorgt ist mit Verstand und Begabung! Am Anfang ist jeder Mensch wie ein leeres Gefäß, das gefüllt werden will – mit Wissen und mit Lehre, egal welcher Rasse, welcher Herkunft oder welcher Religion er angehört. Daran glaube ich. Allein wir Menschen machen es uns schwer, dabei wollen die meisten nur in Frieden arbeiten und leben, sich ein Weib nehmen, ein Häuschen einrichten und Kinder kriegen. Warum das aber nur Einzelnen sorgenfrei vorbehalten ist, darüber muss sich selbst Gott wundern, denn das ist nicht im Sinne seiner Schöpfung. Und weshalb es ein paar Privilegierte gibt, die sehr viel Eigentum horten, und eine große Masse, die umso weniger besitzt, das versteht kein Mensch, weil es nicht nur nicht zu verstehen ist, sondern auch nicht zu dulden! Ich habe es zu meinem Lebensziel erklärt, es dahin zu bringen, dass die große Menge die gegenwärtigen Verhältnisse versteht. Sie darf sich nicht länger von den Lohnschreibern der herrschenden Klasse zu Hass und Krieg verhetzen lassen. Diesem Kampf habe ich mein Leben gewidmet, es ist mein Leben! Und was die Arbeitsniederlegung betrifft, ja, es ist gefährlich. Aber wer kein Risiko eingeht, wird auch keinen Erfolg davontragen. Unser Ziel muss ein Tarifvertrag sein, ich habe das schon mal in Franken erlebt, es war keine Träumerei, denn es ist wirklich passiert. Wir haben auch nicht vor, ewig Krawall zu machen. Vertrag kommt von vertragen, und das muss am Ende unser Anliegen sein. Mehr habe ich nicht zu sagen.«

Dillinger setzte sich wieder hin, er war von der eigenen Emotion angefasst und wischte sich eine Träne aus dem Auge, ehe er von seinem Kaffee trank. »So ist es«, kommentierte der Lechner Dillingers Worte, dabei zupfte er an seinem gezwirbelten blonden Schnurrbart und kniff seine großen Augen zusammen. Ein Windstoß schepperte an einem der Fensterläden, ansonsten blieb es ruhig. Auf einmal aber erhoben sich nacheinander der Hirlinger, der Zitzelsberger, der Mack und ein paar andere und setzten ihre Hüte auf. Damit war klar, dass sie aussteigen würden. Mack wandte sich noch einmal an die Sitzengebliebenen. »Ich bin Deutscher durch Geburt und Bayer durch Gottes Gnaden, so wie ihr, aber mit dem da«, und er schwang sein Kinn in Dillingers Richtung, »gewinnt ihr keinen Krieg. Der verträgt doch nicht einmal ein Bier.« Er stürzte seins auf ex hinunter, knallte den Krug auf den Tisch und ging hinaus. »Habe die Ehre«, sagte der Zitzelsberger mit flacher Stimme und folgte ihm. Auch ein paar andere verließen schweigend die Versammlung. Dillinger zog die Unterlippe zwischen die Zähne, er spürte, dass jetzt alles auf Messers Schneide stand. »Ihr braucht keine Angst zu haben«, sagte er zu den Verbliebenen, »nicht vor denen und nicht vor mir, ich vertrete keine Partei, mir geht es allein um uns.« Diese beruhigenden Worte waren wichtig und kamen zum richtigen Zeitpunkt, denn einige waren in der Tat drauf und dran gewesen, sich den Abtrünnigen anzuschließen, und dann wäre wahrscheinlich die ganze Versammlung gekippt. So aber vermochte Dillinger abermals ihre Bedenken zu zerschlagen, und sie blieben hocken.

Im Anschluss wurde noch dies und das beredet und so manches ausdiskutiert. Dazwischen gab es eine heftige Debatte, als der Meier – mittlerweile arg angetrunken – forderte, Reiche sollten in Zukunft gefälligst einen Großteil ihres Eigentums abgeben und anstelle von Privateigentum brauche man eine genossenschaftliche Produktionsweise. Das sahen viele sehr kritisch, denn im Stillen hofften sie ja, dass doch ihre Kinder oder Kindeskinder einmal zu Vermögen und Wohlstand kämen, wenn schon nicht sie selbst.

Am Ende einigte man sich darauf, möglichst bald wieder zusammenzukommen, um dann über die Gewerkschaftszugehörigkeit mit anschließender Arbeitsniederlegung abzustimmen. Die Vorzeichen dafür standen gut, und das Streikkomitee um Lechner, Meier und Dillinger war zufrieden.

5 Über den Wellen

Das kräftige Gelb der Birken- und das tiefe Weinrot der Buchenblätter leuchtete aus dem Dunkel der Nadelhölzer hervor. Maria wirkte abwesend, sie betrachtete die farbigen Baumwipfel, als sprächen sie zu ihr. Trotz ihrer Entschlossenheit überkam sie in letzter Zeit immer öfter eine Schwermut, die sie von sich sonst nicht kannte. Fortzugehen war ihr fremd, es erfüllte sie mit Ungewissheit, insgeheim mit Angst, und doch zog es sie unerbittlich in die Ferne. Wer permanent auf einen Berg schaut, sinnierte sie, der muss sich doch fragen, was dahinter liegt. Weil, wer es nicht weiß, fängt an, sich irgendwelche Dummheiten auszumalen. Derlei Gedanken wälzte sie, bis sie am Backofen ankam. Das fensterlose rechteckige Ofengemäuer stand ungefähr hundert Meter weit vom Herrenhaus entfernt, schräg gegenüber dem Glasofengebäude, und glich von außen einer kleinen Kapelle. Weiß getüncht mit einem spitz zulaufenden Ziegeldach, aus dem ein verrußter Kamin ragte. Neben dem Backofen waren Bänke und Tische aufgestellt, wo die Arbeiter in den Pausen ihre Mahlzeit einnehmen konnten. »Wie immer?«, fragte Theres, die Bäckerin, deren rote Wangen sich kaum von der Farbe der Buchenblätter unterschieden. Ihre dicken, schwarzen Haare hatte sie mit einem Kopftuch verhüllt. Eine Strähne allerdings musste sie sich laufend aus dem Gesicht pusten. Die beiden warfen sich ein flüchtiges Lächeln zu. Aus dem Ofen zog feiner Dampf, das ausgebackene Brot duftete nach Kümmel und Anis.

»Jetzt sag schon«, hakte Theres ungeduldig nach. Hinter Marias Rücken sah sie schon die Glasarbeiter kommen, die sich an der »Arbeiter-Bäckerei«, wie das Plätzchen allgemein genannt wurde, das Brot abholten. Für überschaubares Geld konnte jeder Angestellte einen Ranken kaufen. Sie verschlangen ihn dann mit Gemüse – Kartoffeln, Rettich, Gelbe Rüben; alles, was die steinige Erde der Gärten und Felder hergab – oder bestrichen ihn mit einer dünnen Schmalzschicht.

»Ja, sicher, frag doch nicht so dumm«, raunzte Maria zurück. Sie stellte den großen geflochtenen Korb ab und blinzelte in die Mittagssonne. Theres war Marias einzige Freundin, eine Vertraute seit Kindheitstagen. Ihr war das Gerede um die Raffeiners egal. Jeder Mensch war ihr recht, der sich anstrengte und anderen nichts in den Weg legte. Eine Art Lebensprinzip, dem sie eisern folgte. Theres war von einer vitalen Unerschrockenheit, weswegen sich auch kaum jemand mit ihr anlegen mochte. Nacheinander holte sie nun drei Laibe mit dem Brotschieber aus dem Inneren des Lehmofens und legte sie Maria in den Korb. Das Brot war für die Knechte und Mägde, die beim Hufnagel in der Landwirtschaft und in den Stallungen beschäftigt waren. Zur Mittagszeit brachte Maria ihnen ihre Bestellung, die sie dann drüben in der Remise verzehrten. Die von drüben hatten mit den Glasarbeitern wenig zu tun, die Arbeitsbereiche waren grundverschieden, nur selten kam es zu Überschneidungen. Sie arbeiteten eben neben- und nicht miteinander. Bei Maria lag die Sache anders, sie kannte beide Seiten des Hufnagelkosmos, denn bis vor einem halben Jahr war sie noch als Helferin in der Spiegelbelege beschäftigt gewesen, wo man sogenannte Silberspiegel herstellte. Eine eher zufällige Begebenheit brachte sie schließlich ins Herrenhaus, wo sie als Flicknäherin aushelfen musste. So wurde Siegmund auf sie aufmerksam, und angetan von ihrem einnehmenden Wesen, veranlasste er, dass sie eine feste Anstellung als Dienstmädchen erhielt. Maria nahm dankend an, denn die Arbeit in der Hütte war eine elendige Plackerei und obendrein auch schlecht bezahlt. Seither war sie viermal in der Woche, von morgens bis abends, als eine Art Mädchen für alles im Herrenhaus zugange.

Mit einem »Servus Maria, wie geht's?« patschte ihr jemand von hinten auf die Schulter. Erschrocken drehte sie sich um und blickte in das breitgrinsende Gesicht vom Lechner Anderl. »Geht schon«, murrte Maria. Sie war irritiert von seiner ausladenden Freundlichkeit, denn eigentlich kannten sie sich kaum. »Ich muss wieder rüber«, sagte sie kurz angebunden und wandte sich sogleich wieder ab.

»Ist schon klar, wollt dich nur schnell was fragen«, tat er konspirativ.

»Soso, was willst du denn wissen?«

»Ich wollt …«, doch ohne seine Antwort abzuwarten, griff sie nach ihrem Korb und setzte sich in Bewegung. »Jetzt wart halt, Kruzifix!«, fluchte der Lechner und lief ihr nach.

»Wir können doch auch beim Gehen reden.«

»Nein, es ist wichtig, und jetzt bleib stehen!« Maria hielt

an. Mittlerweile hatte sich eine kleine Schlange vor der Bäckerei gebildet. Ein paar Arbeiter drehten sich neugierig nach den beiden um.

»Die schauen schon.«

»Dürfen die das nicht?«

»Doch. Jetzt hör zu.« Argwöhnisch blickte sich der Lechner um, dann fing er an, im Flüsterton zu sprechen, obwohl die anderen eigentlich weit genug weg waren. »Wir werden da was auf die Beine stellen. Ich, der Meier und der Dillinger. Es geht um einen Ausstand. Das ist noch eine geheime Sache, aber es gibt schon viele, die wo auf unserer Seite stehen. Jetzt wollt ich fragen: Wie schaut's da mit dir aus?« Verblüfft zog Maria die Augenbrauen hoch, sie verstand nicht, weshalb er ausgerechnet sie anwerben wollte. »Bist jetzt stumm geworden?«, blaffte er sie an.

»Nein, ich kann nur nix mit der Frage anfangen. Ich bin nämlich keine von euch«, wies sie ihn zurecht. Der Lechner schnaubte kurz, in seinen Augen sammelte sich Hilflosigkeit.

»Bis vor Kurzem warst du eine von uns. Und Gerechtigkeit geht alle was an!«

»Aha. Seit wann denn das?«

»Schon immer, aber jetzt haben wir eine Kommission, da bin ich vorn dabei. Und deshalb werden jetzt Nägel mit Köpfen gemacht.«

»Nägel mit Köpfen«, wiederholte Maria verächtlich, was der Lechner aber ignorierte.

»Ich bin der Schriftführer, also, ich mach den ganzen Schriftverkehr und alles. Ein Haufen Zettelwirtschaft, weil das professional gemacht werden muss. Und jetzt dacht ich, weil du gut lesen und schreiben kannst … Die meisten sind so dumm wie die Nacht finster. Und ich muss mich halt auch um andere Sachen kümmern … Wir brauchen dich.«

Maria ging etwas auf Abstand und maß ihn mit steinernem Blick. Unter den Dörflern wusste man, dass sie in vielerlei Dingen begabt war. Nicht selten aber wurde dieser Umstand abfällig kommentiert, in der Art: Wer zum Lesen und Briefchenschreiben Zeit hat, der taugt nichts, so eine Person kann nicht fleißig sein, die hat das Nichtstun im Blut.

»Aber ich brauch euch nicht«, sagte sie schließlich, und nach einer kleinen Pause fügte sie hinzu: »Ich geh nämlich nach Amerika.«

»Nach Amerika?« Maria nickte resolut. Bisher hatte sie ihren Wunsch nur der Familie und Theres preisgegeben, jetzt war er endgültig in der Welt. »Und wann?«, fragte Anderl mit einer unüberhörbaren Enttäuschung in der Stimme.

»Bald, wenn's so weit ist. Im Frühjahr.«

»Na, da ist ja noch lang hin. Bis dahin kannst uns doch helfen!«

»Es geht nicht, und jetzt lass mich in Ruh.« Der Lechner aber ließ nicht locker, er stellte ihr die Streikziele vor und appellierte an ihr Gewissen. Doch Maria war nicht umzustimmen, unter anderem befürchtete sie, der Hufnagel könnte ihr beim aufwendigen Nachweisverfahren, das eine Auswanderung erforderte, einen Strich durch die Rechnung machen. Sie fürchtete um ihre Stellung, und die würde sie bestimmt nicht aufs Spiel setzen, schließlich müsse sie unbedingt noch Geld für die Überfahrt sparen. Eine mögliche Entlassung sei ihr viel zu riskant. Jedes Mal wenn der Anderl den Namen Hufnagel hörte, ging ihm ein Messer in der Tasche auf, dann vergaß er seinen Vorsatz, besonnen zu bleiben, nannte den Siegmund einen Halsabschneider und Blutsauger und warf dazu seine Arme in die Luft.

Aus einiger Entfernung betrachtete Dillinger den wild gestikulierenden Lechner und die abweisend dreinschauende Maria, die wie angewurzelt vor dem Zappelnden stand.

Der sah nun, wie sie von Dillinger beobachtet wurden, und winkte ihn herbei. »Dillinger, schau, das ist die Maria. Wir bräuchten sie dringend, sie will aber ums Verrecken nicht mittun.« Dillinger nickte ihr zu. Seine Schulterknochen standen kantig empor und seine im weiten Hemdkragen sichtbaren Schlüsselbeine glänzten schweißnass in der Sonne. Das ist also der Dillinger, dachte sie. Theres hatte ihr von ihm erzählt. Der einzige Preuße, den man hier respektierte. »Ich muss denen jetzt das Brot bringen, die warten gewiss schon.« Während sie das sagte, sah sie aus dem Augenwinkel, wie zwei Knechte einen Tisch heranschleppten, auf dem irgendein Utensil oder eine Gerätschaft stand, es war nicht klar zu erkennen. Die beiden näherten sich jedenfalls in zügigen Schritten der Arbeiter-Bäckerei. »Warum willst du denn nicht bei uns mitmachen?«, fragte Dillinger arglos.

»Ich hab's ihm schon tausendmal gesagt, aber er hört nicht. Ich werd nach Amerika gehen. Außerdem bin ich nur ein Mensch, und ein Mensch ist nichts. An mir wird euer Ausstand nicht scheitern. Und jetzt lasst mich in Frieden«, fuhr sie die beiden an und bückte sich nach ihrem Korb.

»Deinen Frieden stören war nie unsere Absicht«, sagte Dillinger, »aber eine Sache muss ich noch zurechtrücken. Ein Einzelner, wenn er sich aufrafft, kann durchaus den Unterschied machen, auch eine Frau.«

»Das seh ich auch so, Dillinger, und genau das mach ich jetzt auch«, sagte sie trocken, »ich raff mich auf.«

»Gut«, antwortete der, »Reisende soll man nicht aufhalten.«

»Bald bin ich auf dem Meer und fort von hier. Habe die Ehre.« Dann ging sie davon.

»Tsss, wirst schon sehen, was du davon hast. So schnell wachsen die Bäum nicht in den Himmel«, rief ihr der Lechner eingeschnappt hinterher. Kaum aber hatte er das letzte

Wort ausgesprochen, zuckte er gewaltig zusammen. Das Fortissimo eines Blasorchesters hallte über den Platz. Verwundert drehte sich Maria um und kehrte zu den beiden zurück. »Was ist das?«

»Ein Grammophon«, dozierte der Lechner und zeigte auf das Gerät, das die zwei Knechte gerade vom Herrenhaus herübergetragen und auf einem Tisch abgestellt hatten.

»Das seh ich selber. Aber was ist das für eine schöne Musik?«

»Ein Walzer«, sagte Dillinger leise, »wie der heißt, weiß ich auch nicht.«

Andächtig lauschten die drei den Klängen. Auch die übrige Arbeiterschaft, die sich zur Mittagspause eingefunden hatte, starrte auf das riesige Grammophon. Manchen stand der Mund offen, andere schüttelten ungläubig den Kopf, so etwas Schönes hatten sie noch nie gehört. »Sobre las Olas« stand auf der schwarzen Scheibe, die sich auf einem Teller drehte. Von körnigem Rauschen durchsetzt, wirkte die Musik beinahe hypnotisch auf sie, und auch wenn keiner von ihnen jemals einen prunkvollen Ballsaal betreten hatte und sie nur eine vage Vorstellung davon hatten, so wähnten sie sich jetzt innerhalb eines solch prächtigen Gebäudes, das nur für sie errichtet worden war.

Nur diejenigen, die zwei Tage vorher der Versammlung angehört hatten, überkam langsam ein mulmiges Gefühl. Hatte nicht der Fellner nach Grammophonmusik in der Mittagspause verlangt? War er deshalb nicht ausgelacht worden? Ebenjener stand nun in der Menge und klatschte in seine schwieligen Pranken. »Hab ich's nicht gesagt, hab ich's nicht gesagt«, stotterte der Schürer in einer Tour vor sich hin, am liebsten hätte er die Welt umarmt.

Derweil biss sich Meier auf den Daumen, sein schütteres Haar stand ihm zu Berge. Weiter drüben sah er Dillinger und den Lechner neben der jungen Raffeiner stehen. Unverzüglich stapfte er in deren Richtung. »Schön, gell?«, flüsterte der Lechner dem Meier zu. »Halt's Maul, Anderl.« Er ließ seinen Blick zu Dillinger schweifen. »Wer war das? Wer hat uns verpfiffen?«

»Ich weiß nicht, aber ich muss dem Anderl recht geben, sehr schöne Musik«, sagte Dillinger gelassen. Maria schaute unbeteiligt zu Boden.

»Wir haben einen Maulwurf! Und der Hufnagel macht sich lustig über uns! Ist euch das nicht klar, oder was?!«, ereiferte sich Meier und vom Hals aus stieg ihm die Röte ins Gesicht.

»Wichtig ist, dass wir vorgestern zu einem guten Zwischenergebnis gekommen sind. Dass uns jemand wie der Hirlinger oder der Mack hinhängt, damit war zu rechnen, damit habe ich vor der Versammlung schon gerechnet. Jetzt haben wir wenigstens eine angenehme Bespielung, an unserem Ziel ändert sich nichts«, sagte Dillinger in gedämpftem Tonfall. Meier verlagerte sein Gewicht mehrmals von einer auf die andere Seite. Entlassen werde sie der Siegmund, prophezeite er, alle drei, einfach so, ohne Gründe. »Der kann jetzt auskehren, wo er will und wie er will. Er weiß jetzt, wer ihm in die Hütte scheißt«, schäumte er, immer noch im Glauben, den beiden sei der Ernst der Lage nicht klar.

»Wenn er uns kündigen sollte«, hielt Dillinger dagegen, »dann wird es erst recht eine Arbeitsniederlegung geben. Dann werden alle rebellieren. Und das wird er nicht riskieren, weil er nicht dumm ist.«

»Und was, wenn er nur einen von uns ausstellt?«, wollte Anderl wissen, gepeinigt von der Vorstellung, er selbst könnte es sein und niemand würde sich für ihn einsetzen.

»Auch dann wird es einen Ausstand geben«, sagte Dillinger und nickte ihm zuversichtlich zu. Was der Meier darüber dachte, war nicht zu erkennen, er schwieg jetzt und verzog keine Miene. Er schaute zum Herrenhaus hinüber, wo er beobachtete, wie Siegmund auf seinen Schimmel stieg und auf sie zutrabte. In der Zwischenzeit war der Walzer verklungen. Alle Augen richteten sich nun auf Siegmund. Er ritt demonstrativ gemächlich, das versprach erst recht Unheilvolles. Eigentlich bekamen ihn die Glasarbeiter nur selten zu Gesicht, warum bloß stattete er ihnen heute einen Besuch ab und weshalb mit diesem mysteriösen Vorspiel? Manche kauten auf ihren Fingernägeln, andere blickten ihm einfach nur neugierig entgegen. Wo eben noch andächtige Fröhlichkeit geherrscht hatte, machte sich plötzlich eine angespannte Stimmung breit.

Als Siegmund vom Pferd stieg, blitzten kurz die metallenen Clipverschlüsse seiner Hosenträger auf, sein Seidenzylinder schimmerte im Gegenlicht. Er hatte sich mit Bedacht herausgeputzt. Elegant und selbstsicher trat er nun seinen Arbeitern gegenüber. Sein feiner Cutaway, der sich aus einer schwarz-grau gestreiften Hose, einer dunkelgrünen Weste, einem weißen Hemd und einem silbernen Plastron zusammensetzte, machte gehörig Eindruck auf die Versammelten. Da stand er also vor ihnen, einigen Männern nickte er zu, dann zog er eine goldene Taschenuhr aus seiner Weste und blickte betont prätentiös auf ihr Zifferblatt. Wieder nickte er in die Runde, diesmal aber nicht grüßend, sondern vorwurfsvoll.

»Für alle, die es nicht wissen«, rief er und hielt dabei seine Taschenuhr hoch, »das Jahrhundert ist bald vorbei. Marx und Engels sind tot, Bebel und Liebknecht alte Männer. Und jetzt kommt ihr daher und wollt Revoluzzer spielen.« Er steckte die Uhr ein und ging ein paar Schritte auf sie zu. »Soll ich euch Genossen nennen oder Gesindel, was ist euch lieber? Beides ist zur Stunde nicht verkehrt.« Siegmund spürte ihre

Angst und ergötzte sich daran. In seinem Blut tat eine Dosis Kokain ihre Wirkung. Er hatte die Substanz von seinem letzten Wienbesuch mitgebracht. Sein Freundeskreis schwor auf das Pulver. Spätestens jetzt war ihm klar, warum. Er fühlte sich euphorisch und unbesiegbar. »Ich weiß alles über euch, aber ihr wisst nichts. Ihr wisst auch nichts zu schätzen. Seit hundertfünfzig Jahren steht die ›Eisensteiner Glashütte Hufnagel‹, seit so langer Zeit sorgt sie für Brot und Auskommen in der Gegend. Und jetzt kommen auf einmal ein paar Spitzbuben und mauscheln, dass der Hufnagel euch ausbeutet und schlecht behandelt. Zählt denn mit einem Mal gar kein Vertrauen mehr, kein Glauben und keine Tradition? Die Absatzlage ist nicht gut im Moment, aber ich halte trotzdem an euch fest! Dabei gibt es amerikanische Ingenieure, die vollautomatische Maschinen entwickeln, woanders werden schon Schleif- und Poliermaschinen zur Anwendung gebracht, da werden Arbeiter einfach auf die Straße geworfen. Ich war gestern schon drauf und dran, die Hütte einem böhmischen Fabrikanten zu verkaufen, der schon seit langem um sie wirbt. Weil ich mich so ärgern musste über euch. Ich kann euch nur sagen«, Siegmund legte eine kurze Pause ein, in der er sich die Schweißtropfen aus seinem glattrasierten Gesicht strich, dann grinste er verschlagen, »ein böhmischer Fabrikant geht mit dem eisernen Besen durch. Darauf könnt ihr Gift nehmen. Ich aber hege noch einen Funken Treue und Anstand. In schlechten Zeiten muss man gemeinsam auf die Zähne beißen und zusammenstehen. Was ist denn bloß in euch gefahren? Euch muss doch auch klar sein, dass ihr bei einem Ausstand das Nachsehen habt. Es gibt einen Haufen Arbeitswilliger, die warten nur auf ihre Gelegenheit.«

Er hatte vor seinen Angestellten noch nie so lange am Stück gesprochen, jetzt hatte er ihnen die Leviten gelesen, er hatte sie in die Schranken gewiesen. Kraft seiner natürlichen Autorität, seiner Dominanz. Chapeau, dachte er bei sich und lachte in sich hinein. Nicht eines dieser kläglichen Gesichter wagte aufzumucken, wer hätte das gedacht. Nun, für diesen Fall hätte er einen Revolver dabeigehabt, um die Sache alttestamentarisch zu lösen. Aber das war nicht nötig, seine Botschaft schien auch so angekommen zu sein. Siegmund schwang sich auf sein Pferd und blickte noch einmal über diese jämmerliche Horde. »Das Grammophon da, das könnt ihr haben. Ihr wolltet doch Musik in der Mittagspause hören. Wer von euch ist der Lechner Andreas?«

Anderl traute seinen Ohren nicht. Hatte der Hufnagel wirklich seinen Namen gesagt? Wie gelähmt stand er da, insgeheim hoffte er, sich verhört zu haben, aber sämtliche Augenpaare richteten sich gnadenlos auf ihn. Zaghaft trat er einen Schritt nach vorn und hob seine Hand. »Hier«, hauchte er. Siegmund fuhr herum, die vier hatte er vorhin nur schemenhaft wahrgenommen. Jetzt sah er dort neben dem Lechner und einem Dicken auch den Dillinger, den aufsässigen Glasmacher, und – er konnte es nicht fassen – Maria.

»Dann bist du der, der alles mitschreibt, der Protokollant, ja?«

»Mei, es können halt nicht so viele schreiben«, antwortete Anderl kleinlaut.

»Dann schreib auf, dass ich euch das Grammophon schenke samt der Schellackplatte. Und du, Lechner, verwahrst das Gerät für alle. Pass gut auf, es war teuer.«

»Ja, kann ich machen«, sagte der eingeschüchterte, jäh geläuterte Anderl.

Siegmund lenkte nun sein Pferd zu den vieren und hielt dicht vor Maria. Er warf ihr einen prüfenden Blick zu, wohingegen er die anderen drei nur verächtlich taxierte. »Was machst du bei denen?«

»Ich hab nur Brot geholt«, antwortete Maria schmallippig.

»Scher dich weg. Ich erwarte dich drüben«, wies er sie kühl und für alle Anwesenden deutlich vernehmbar an, dann galoppierte er davon.

Eine Staubwolke wirbelte auf und begleitete Pferd und Reiter bis zum Herrenhaus. Maria lief zum Hof hinüber, einige schauten ihr ratlos hinterher, andere blickten einfach nur verstört. Mit einem Mal begann es heftig zu regnen. Das fallende Wasser scheuchte die Arbeiter ins Trockene. Nur Anderl lief in die entgegengesetzte Richtung, zum Grammophon, und trug es, von seinem Oberkörper beschirmt, unter das Vordach des Glasofenbaus, wo ihm, kaum dass er dort angekommen war, Valentin brüllend entgegenstürzte. Der Lehrling hatte während der Mittagspause die Hafen gesäubert, die siedend heiße Glasmasse hatte ihm das Gesicht verglüht.

6 Ein Grundsatzstreit

Die nächsten Tage vergingen ohne besondere Vorkommnisse. Die Verletzungen des Lehrbuben waren nicht so böse wie angenommen. Auf seiner rechten Wange würde im Lauf der nächsten Wochen eine markante Narbe entstehen, die anderen aufgeplatzten Stellen aber zum Glück keine bleibenden Spuren hinterlassen. Da hatte es schon viel schlimmere Vorfälle gegeben, manche waren tödlich ausgegangen. Gleichwohl bekräftigte der Unfall die Forderung nach besseren Arbeitsbedingungen. Zwei Fronten kristallisierten sich heraus, die Hufnagel-Gegner und jene, die lieber nichts riskieren wollten. Beide Parteien hielten sich ungefähr die Waage. Die auseinanderstrebenden Standpunkte erzeugten zwar noch keine aggressive, aber eine gereizte Stimmung. Kerner, der Verwalter, besuchte nun regelmäßig die Produktionsgebäude und beaufsichtigte die Arbeitsvorgänge. Hie und da hielt er mit den Leuten ein Schwätzchen und erkundigte sich nach ihrem Befinden. So aufmerksam war er sonst nie, eigentlich kannte ihn jeder als rigoros vorgehenden Mann, doch offenbar konnte er auch anders, anscheinend witterte die Geschäftsführung Gefahr.

Maria war froh, nicht mehr in der Glasfabrik beschäftigt zu sein, in einen Arbeitskampf hätte sie nicht verwickelt werden wollen. Dennoch fühlte sie sich unbehaglich, denn ein Aufbegehren gegen die Verhältnisse fand sie angebracht, gleichzeitig fühlte sie sich aber auch ausgenutzt. Dachte sie über den Anwerbungsversuch vom Lechner nach, überkam sie eine Mordswut. Jetzt, wo man sie brauchen konnte, sollte sie dazugehören, und ausgerechnet diese Gemeinde, die sie so viele Jahre hindurch zur Außenseiterin gemacht hatte, streckte auf einmal die Finger nach ihr aus, weil sie plötzlich von Nutzen war. Nein, mit dieser Bagage hatte sie abgeschlossen, für die würde sie nicht ihre Zukunft riskieren.

Als sie Dillinger ein paar Tage später bei der Arbeiter-Bäckerei wiederbegegnete und er sie fragte, ob sie es sich vielleicht anders überlegt habe, wollte sie schon lospoltern, doch Dillinger lenkte sofort ein, und im Handumdrehen plauderten sie über Amerika und über die Möglichkeiten, die das Land offenhielt. »Im Grunde«, gestand er ihr, »beneide ich dich. Woanders ganz von vorne anzufangen, das wäre auch mein Traum.« Maria schaute ihn erstaunt an. Er war doch ein geschätzter Mann hier, warum sollte er ganz woanders ein neues Leben anfangen wollen …

In der Tat war Dillinger angesehen, in gewisser Weise auch unabhängig, in letzter Zeit aber beschlich ihn immer häufiger das Gefühl der Vergeblichkeit. Es gab noch so viel zu tun, nur schienen ihm seine Möglichkeiten zu gering, vielleicht war sein Vorhaben, die Basis zu agitieren, schlicht zu naiv gewesen. »Drüben bei den Tschechen gibt es einen Mann, Tomáš Garrigue Masaryk. Der sagt, körperliche Arbeit und das Studium der Philosophie schließen sich nicht aus. Er war Schmied und ist Professor geworden, jetzt ist er Politiker. Wenn ich nochmal so jung wäre wie du …«

»Aber Dillinger«, unterbrach sie ihn ungehalten, »du brauchst doch kein Professor werden, du bist doch schon wer!« Sie lachte und streichelte ihm unwillkürlich über seinen blanken Unterarm, so dass beide kurz irritiert waren und hofften, niemand der Herumstehenden habe es gesehen. »Ja, ich weiß, dass ich wer bin«, sagte er und legte seine Hand auf die Stelle, die sie eben berührt hatte, »aber je älter man wird, desto mehr begreift man, was man versäumt hat, zu sein. Vor lauter Plackerei und Kämpfen. Mach was Gescheites aus dir. Deine Vehemenz gefällt mir.« Verlegen blickte Maria zu Boden, dann schaute sie auf und ihm fest in die Augen. »Dillinger, wenn die anderen nicht wären, dann würde ich mit dir kämpfen, das wär's mir wert.«

Dillinger war jung zum Witwer geworden und hatte seitdem nicht mehr geheiratet. Nach dem Tod seiner Frau, die mit dem ersten Kind im Wochenbett starb, war es ihm unmöglich gewesen, die Welt zu ertragen. Ihm fehlte jedoch der Mut, sich umzubringen, also begann er zu trinken und stritt sich mit jedem, der ihm auch nur irgendwie nahestand. Es dauerte nicht lange, und er landete auf der Straße. Mit Sicherheit hätte er sich zu Tode gesoffen, hätte sich nicht ein Gewerkschafter und Guttempler seiner angenommen. Dieser sah Dillinger in der Gosse liegen und nahm sich vor, den jungen Kerl zu retten. In seinem philanthropischen Eifer vermittelte er ihm schließlich eine Perspektive als Glasmacher, dafür musste Dillinger dem Alkohol abschwören und sich disziplinieren. Und das schaffte er auch. Wenig später zog er von seiner Geburtsstadt Wismar nach Hohenofen und absolvierte dort, am Rande des thüringischen Schiefergebirges, eine Glasbläserlehre. Sieben Jahre waren seither vergangen, in denen Dillinger als Glasmacher von Provinz zu Provinz gewalzt war. Er hatte sich Großes vorgenommen, denn er war nicht mehr länger willens, tatenlos mitanzusehen, wie die Masse zum Vorteil weniger Profiteure verwahrloste. Es war aber nie sein Bestreben, vom Rednerpult herab zu missionieren. Dillinger war es wichtig, jenen zu helfen, die sich selbst nicht zu helfen wussten. Seine Erfahrungen auf der Straße und im Berufsleben ließen handfeste Überzeugungen in ihm reifen: Die Unwissenden mussten aufgeklärt, die Skrupellosen zurückgedrängt werden. Sein theoretischer Werkzeugkasten war zwar mit simplen, dafür mit plausiblen Ansichten bestückt. Wenn es möglichst vielen gut geht, sagte er sich, dann geht es auch jedem Einzelnen besser, was universell gesehen zu einer besseren Welt führen musste. Auf keinen Fall dürfen die Menschen vereinzeln, sie müssen sich zusammentun und solidarisch sein. Die Voraussetzung aber ist, dass jeder bereit ist, sein Leben in die Hand zu nehmen, er muss sich trauen, für seine Sache einzutreten. Handeln statt klagen, emanzipieren statt unterordnen. Durch seinen verbindlichen Charakter und sein Charisma, gepaart mit handwerklicher Kompetenz, trug er wesentlich dazu bei, einen rebellischen Funken in vielen gebückten Arbeiterseelen zu entfachen, ob in Brandenburg, Franken oder Böhmen. Nur diese Bayern im hintersten Waldgebiet schienen schwer zu bekehren. Mittlerweile gab es einen festen Termin für die nächste Versammlung, den man aber nur jenen mitgeteilt hatte, die beim letzten Mal sitzen geblieben waren und von denen man ausgehen konnte, dass sie eine Veränderung herbeiführen wollten.

»Du kannst ja noch einmal darüber nachdenken, morgen um acht treffen wir uns beim Asenbauer Wirt, wenn du magst, komm einfach dazu. Das würde mich sehr freuen. Und wenn du nicht kommst«, sagte Dillinger und kratzte sich dabei am Kopf, »dann freue ich mich, wenn wir uns trotzdem bald wiedersehen.« In diesem Moment drang aus einem Nebengebäude ein Stimmengewirr zu ihnen, aus dem deutlich der Lechner herauszuhören war. »Ich muss mal schauen, was da los ist. Mach's gut und bis bald.« Für einen Augenblick blieb er noch stehen und wärmte sich an ihrem Lächeln, während er innerlich die ihm aufgetragene Pflicht verwünschte.

»Ist noch was?«

»Nein.« Dann machte er sich schnurstracks davon. »Und ja, hoffentlich bis bald!«, rief Maria ihm hinterher. Sie nahm ihren Brotkorb und schlenderte zum Gutshof hinüber. Ein wohliges Prickeln breitete sich in ihr aus.

Gleich neben dem Eingang der Schleiferei standen sich Anderl, der Fellner und der Mack gegenüber. Alle drei stützten sich auf dem Grammophontisch ab und keiften sich an. Die Mittagspause war noch nicht zu Ende, weshalb das Grüppchen Schaulustiger, das sich um die Streithähne geschart hatte, stetig wuchs. Und auch wenn man nicht alles erfasste, was sie sich da an den Kopf warfen – Fellners Stottern war mitunter schwer verständlich –, so war schnell klar, dass sich der Schleifergeselle und der Schürer gegen den Anderl verbündet hatten. Endlich erreichte Dillinger die drei, worauf es prompt still wurde. »Was ist hier los?«

»Der Aprilochs tut so, als ob ihm das Grammophon gehört«, platzte es aus dem Fellner hervor, ohne dass er stottern musste. »Gar nicht wahr«, eiferte sich der Lechner, »ich bin der Aufpasser, sozusagen der Verwalter von dem Gerät. Und deswegen hab ich eine Verpflichtung.«

»Das Gerät gehört aber uns allen!«, schnaubte der Fellner und drückte seine Hand auf den Kasten. »Aber nur mir hat es der Hufnagel überantwortet!«, beharrte Anderl auf seinem

Standpunkt. Mack grinste provokant zu Dillinger hinüber, der neben dem Lechner auf der anderen Seite des Tisches stand. »Ist nicht so leicht mit dem Sozialismus, was? Wenn allen alles gehört, geht erst recht alles schief.« Dillinger zog seine Brauen hoch, sein Blick verfinsterte sich.

»Dieser Kasten ist ein Almosen vom Hufnagel, damit wir das Maul halten und ihm schöntun. Ginge es nach mir, sollte sich jeder ein Grammophon leisten können.«

»Der Fellner will, dass das Grammophon ständig in der Mittagspause läuft«, klärte Anderl nun über den eigentlichen Konflikt auf.

»Ja, weil das war mein Wunsch, und der ist mir erfüllt worden, und das soll so bleiben!«

»Fellner, alle haben das Gedudel über. Außerdem geht die Nadel bald kaputt. Kapierst du das nicht?«

»Die Sache mit der Nadel ist eine Lüge!«, schrie der Fellner erbost. Anderl musste sich zusammenreißen, dass er ihm nicht an die Gurgel ging.

»Ja, geht's noch?! Du warst selber bei der Versammlung dabei und bist sogar bis zum Schluss 'blieben!«

»Aber ich geh da nicht mehr hin, weil ich jetzt hab, was ich wollt. Und du lügst, du verdammter Auftreiber!« Beim letzten Wort verhaspelte er sich, so dass einige losprusteten und sich den Bauch hielten vor Lachen. »Wer von euch den Fellner auslacht, da weiß man, auf welcher Seite er steht«, mahnte der Mack und blickte streng in die Runde. Schlagartig wurde es wieder ruhig. Anderl schüttelte den Kopf und holte tief Luft. »Darum geht's doch gar nicht! Wir haben ausgemacht, dass wir einmal in der Woche den Walzer spielen, einmal in der Woche und nicht öfter.«

»Wer ist denn ›wir‹, ihr Sozialisten, oder was?«, rief der Mack mit gespielter Empörung. »Was sind denn das für Sozialistengesetze? Das Grammophon ist für alle da, nicht nur für eine Handvoll Sozis!« Nun war Anderl außer sich. »Das wird mir jetzt zu bunt! Ich soll auf das Gerät aufpassen, das hat der Siegmund gesagt, jeder hat es gehört, also mache ich das auch. Wenn das Grammophon ständig läuft, geht's aber kaputt. Und ich hab dann Schuld!« Anderl deutete auf die Herumstehenden. »Mack, du Gscheitmeier, frag die anderen. Nach einer gewissen Zeit kann das einfach keiner mehr hören.«

Das stimmte so nicht ganz, denn in der Mittagspause, wenn die Leute redeten und lärmten, hörte man die Musik kaum. Anderl wollte einfach ein paar Argumente sammeln, um nicht ständig das Gerät beaufsichtigen zu müssen; er hatte Angst, dass es beschädigt würde oder abhandenkäme. Deshalb hatte er eigenmächtig beschlossen, die Platte nur einmal pro Woche abzuspielen.

»Gut«, sagte der junge Schleifer, »dann stimmen wir jetzt ab. Wer dafür ist, dass mittags der Walzer gespielt wird, der hebt die Hand. Wer dagegen ist, lässt sie unten.« Mit Ausnahme vom Fellner, der nicht begriff, was sich da zusammengebraut hatte, wussten alle, dass es in der Abstimmung nicht um die Musik ging, die war den meisten egal. Das Grammophon war zum Sinnbild für den Graben geworden, der die Arbeiterschaft in zwei Parteien gespalten hatte. Diese Abstimmung, egal mit welchem Ergebnis, würde die Kluft nur vergrößern und die Fronten weiter verhärten.

Kerner, der Verwalter, stieß zu ihnen. Ein bräsiger Kerl mit dünnem Haar und engstehenden, farblosen Augen. Er hatte meist hohen Blutdruck und wurde schnell fahrig, wenn etwas nicht nach seinen Vorstellungen lief. Und seine Vorstellungen waren oft begrenzt. »Was macht ihr da? Die Mittagspause ist gleich vorbei. Auf geht's, an die Arbeit!« Dillinger assistierte ihm instinktiv. »Herr Kerner hat recht. An die Arbeit, Leute!« Ohne zu murren, gingen sie auseinander, die meisten waren froh, dass es so kam. Mack aber wollte die Sache nicht auf sich beruhen lassen, er wollte die Konfrontation, und Kerner kam ihm dafür gerade recht. »Moment!«, brüllte er, so dass sich alle umdrehten, dann schlug er einen schmeichlerischen Ton an. »Herr Verwalter Kerner, wir müssen noch kurz eine Abstimmung tätigen. Es geht um dieses Grammophon, das uns der Herr Hufnagel gnädigerweise vermacht hat. Ein paar Aufwiegler, ich könnte sie auch Sozis nennen, wollen aber das Geschenk für sich einkassieren. Wir halten das für unrechtmäßig.«

»So ist es und nicht anders«, pflichtete ihm der Fellner bei und klopfte mit den Fingerknöcheln auf den Grammophonkasten. Kerner stand belämmert vor den Leuten, die ihn erwartungsvoll anglotzten. Seine Unaufrichtigkeit hatte er stets hinter großem Eifer und übertriebener Strenge verborgen, jetzt aber war er ratlos. »Meinetwegen, aber dann macht schnell«, sagte er schließlich und wedelte hektisch mit den Armen.

»Aber es sind gar nicht alle da, eine Abstimmung wäre ungültig«, warf Dillinger ein. Dann appellierte er an die Männer und Frauen, die Arbeit wieder aufzunehmen. Man könne die Produktionszeit nicht mit solch Nutzlosigkeiten verplempern. Er selbst ging, ohne sich umzudrehen, voran. Somit hatte sich die Angelegenheit erledigt. Einige grinsten, andere klopften dem Mack beim Vorbeigehen aufmunternd auf die Schulter.

7 Gewalt

Maria lüpfte den Sack, damit Emma die Erdäpfel hineinkippen konnte. Der kleine Garten neben dem Häuschen brachte sie gut durchs Jahr. Und da Maria und Franz mittlerweile regelmäßig auf dem Hufnagel-Anwesen mit versorgt wurden und Emma immer mal wieder Konserven von der Arbeit nach Hause brachte, war genug da, um nicht mehr Hunger leiden zu müssen. Seit alle drei Raffeiners ein kleines Einkommen hatten, war sogar ab und zu etwas Geld übrig, um mit der Bahn nach Zwiesel zu fahren. Dort kaufte Emma auf dem Markt ein paar Gebrauchswaren, anschließend nahm sie sich jedes Mal Zeit, in die neuerrichtete Sankt Nikolaus Kirche zu gehen, wo sie ihres toten Mannes gedachte und ein Gebet für ihre Kinder sprach.

Die beiden Frauen trugen den Kartoffelsack zum Häuschen und lehnten ihn an die Mauer. Es war ein milder, windstiller Herbsttag, doch hoch oben musste es starke Luftströmungen geben, am Himmel trieben satte, schlohweiße Wolken vorbei. Maria beobachtete, wie auf der anderen Seite des Tals ein Muster aus Licht und Schatten über ein Feld hinwegzog und vom angrenzenden Wald verschluckt wurde. »Erzähl mir von früher, Mutter. Was habt ihr als Kinder für Spiele gespielt und welche Geschichten habt ihr euch ausgedacht?« Emma hielt inne, derlei Fragen kannte sie von ihrer Tochter nicht. Dann begriff sie. Sie fasste Maria bei der Hand und senkte ihren Blick auf ihrer beider von der Feldarbeit verdreckten Hände.

»Kind, ich glaub, du weißt es eh, ich sag's dir trotzdem. Es waren dieselben Spiele und die gleichen Geschichten, die du auch kennst. Und deine Kinder werden wieder dieselben Spiele spielen und sich die gleichen Geschichten ausdenken. Weil bei uns im Wald ändert sich nix, und das ist gut, und es ist nicht gut. Es ist ein immer wiederkehrender Kreislauf, der nicht fragt, was richtig ist und was falsch.« Vielleicht, dachte Maria, wäre es mit jemandem wie Dillinger hier auszuhalten. Vielleicht wäre es sogar schön, sich im natürlichen Takt zu bewegen, mit dem richtigen Menschen an der Seite. Vielleicht war es falsch, zu gehen.

Kurz nach Einbruch der Dämmerung machte sich Maria auf den Weg zum Herrenhaus. Schon vor ein paar Tagen hatte sie Siegmund um ein Gespräch gebeten. Sie wollte ihm nicht zwischen Tür und Angel sagen, dass sie bald kündigen würde. Siegmund schlug eine Unterredung bei einem Essen am frühen Samstagabend vor, dabei könnte sie ihm in aller Ruhe ihr Anliegen vorbringen. Eigentlich war ihr diese Einladung unangenehm, aber sie wollte nicht unhöflich sein, schließlich hatte sie ihm die Stellung im Haus zu verdanken. Meist hatte Siegmund sie bevormundend behandelt, und dennoch spürte sie ein verschleiertes Wohlwollen. Alles in allem aber blieb er für sie undurchschaubar, nie verhielt er sich vorhersehbar, seine Launenhaftigkeit verunsicherte sie. Daher ging sie ihm oft aus dem Weg. Für das Abendessen hatte sie sich vorgenommen, mutig aufzutreten und ihm von ihren Plänen zu erzählen. Auswandern war schließlich nicht verboten.

Für den Besuch hatte sie sich zurechtgemacht, was auch an ihrer Mutter lag, die sie mahnte, bloß nicht im Werktagsgewand zu erscheinen. Das gehöre sich nicht bei so vornehmen Leuten. Also trug Maria ihren Sonntagsstaat. Eine Bluse, einen geblümten Rock, darüber einen Mantel. Insgeheim hoffte Emma, Siegmund würde ihrer Tochter die Amerikapläne austreiben. Und noch heimlicher spekulierte sie darauf, dass er sie zur Haushälterin befördern würde, vielleicht würde er sie sogar auf eine Haushaltungsschule schicken. Danach wäre sie eine gemachte Frau. Was mochte es sonst für einen Grund geben, ihre Tochter zum Abendessen einzuladen? Vielleicht würde der Siegmund gar um Marias Hand anhalten. War das so abwegig? Maria war schließlich hübsch, jung und gescheit … Emma war empfänglich für Träumereien. Anders wäre ihr ramponiertes Leben wohl auch nicht zu ertragen gewesen. Jedenfalls nahm sie lieber Zuflucht in ausufernden Gedankenspielen, als permanent in Missmut zu baden. Das Leben war nach allen Seiten offen. Und solange es nur einen Funken Hoffnung gab, dass Maria bleiben würde, so lange klammerte sie sich daran fest.

Eine leichte Brise durchzog das Tal, und die Blätter rauschten ihrem nahen Ende entgegen. Maria dachte an die Versammlung der anderen. Bestimmt wusste Siegmund darüber Bescheid, von der ersten hatte er ja auch erfahren. Sollte er sie dazu ausfragen, würde sie sich auf jeden Fall bedeckt halten. Neulich schon hatte sie beteuert, dass sie mit den drei Rädelsführern nichts zu tun habe. Aber jetzt kam ihr der Gedanke, später doch zu den anderen ins Wirtshaus zu gehen oder wenigstens in der Nähe das Ende der Versammlung abzuwarten und Dillinger abzufangen. Vielleicht kam er ja mit nach Amerika. Er wollte doch auch einen Neuanfang, hatte er gesagt. Und dabei hatte er sehnsuchtsvoll geschaut. Sie musste sich ermahnen, diese Gedanken abzustellen, um sich innerlich auf den Besuch vorzubereiten.

Der herrschaftliche Tisch, auf den sofort der Blick fiel, wenn man das Zimmer betrat, war mit einem weißen Leinentuch gedeckt, die gepolsterten Stühle mit den hohen, kunstvoll geschnitzten Lehnen waren poliert und standen sauber aufgereiht. Siegmund zog ihr den Stuhl zurück, und Maria konnte sich nicht erinnern, dass ihr diese Art von Zuvorkommenheit schon einmal widerfahren wäre. Das Willisbader Porzellan glänzte, und im Silberbesteck war das Monogramm der Familie Hufnagel eingraviert. Für die Getränke standen die besten selbsterzeugten Gläser aus grünschimmerndem Waldglas bereit. An den Wänden hingen Ölgemälde, auf denen die Ahnen, streng dreinblickend, portraitiert waren. In einem Eck knisterte ein dunkelroter Kachelofen, während auf der anderen Seite des Raums ein moderner, reich mit Intarsien verzierter Jugendstilflügel stand. Kaum hatte sich Siegmund an den Kopf der Tafel gesetzt, stand er auch schon wieder auf. Er sah ungesund aus, blass mit dunkelblau unterlaufenen Augen. »Wir bewegen uns noch in der grünen Stunde, heure verte«, sagte er mit ironischem Unterton, bevor er hinauseilte. Maria verstand nicht, worum es ging, sie kam sich ohnehin bedeutungslos vor angesichts der Noblesse im Familiensalon, den sie zuvor erst einmal betreten hatte. Mit einem Tablett in der Hand kehrte Siegmund in den Salon zurück, darauf eine Flasche mit einer grünen Flüssigkeit, zwei Karaffen Wasser, ein Schälchen mit Würfelzucker, zwei Reservoirgläser und zwei Löffel, von denen einer die Form eines kleinen, mit gestanzten Löchern versehenen Tortenhebers hatte. Siegmund stellte das Tablett ab und schnippte mit Daumen und Mittelfinger. »Voilà! Zunächst ein kleines Präludium.« Er grinste schelmisch. Die Flüssigkeit sah schön aus, vor allem aber sah sie giftig aus. »La fée verte, die grüne Fee, so nennt man Absinth in Frankreich. Zu Deutsch: Wermutschnaps. Aber Absinth klingt natürlich schöner und treffender, er klart die dunklen Tiefen des Lebens auf. Na, hast du auch dunkle Seiten?« Maria kam nicht dazu, zu antworten. »Das werden wir gleich sehen«, redete Siegmund weiter, dann begann er mit der Zubereitung. Er goss zwei Fingerbreit Absinth in jedes Glas, platzierte den Löffel darauf, legte ein Stück Würfelzucker auf diesen und träufelte so lange kaltes Wasser über den Zucker, bis er als aufgeweichte Masse vollständig durch die Löcher in die Spirituose getropft war. Das Getränk hatte nun einen milchigen Farbton. Sie stießen an, Siegmund schnupperte kurz, dann kippte er die Hälfte des Glases mit abgespreiztem kleinem Finger hinunter. Maria nippte bedächtig. Es schmeckte ungewohnt, herb und mild zugleich, nicht schlecht, aber auch nicht nach Ambrosia. »Gut«, sagte sie beflissen.

»Als ich vor zehn Jahren auf der Weltausstellung in Paris

war, habe ich zum ersten Mal Absinth getrunken, seitdem kann ich davon nicht genug kriegen.« Er nahm gleich nochmal einen Schluck, anschließend stand er auf und verließ abermals das Zimmer. Wenig später kam er mit einem vollbeladenen Servierwagen zurück, den er schwungvoll in den Salon stieß, so dass er erst dicht vor ihrem Stuhl zum Stehen kam. Wenn sich Maria auf irgendwas gefreut hatte, dann war es die Mahlzeit. Sie wusste ja, was den Gästen gemeinhin kredenzt wurde. Bernadette, die Köchin, verstand ihr Handwerk, und Siegmund versorgte sie beständig mit neuen Rezepten aus aller Welt. Erst essen, dachte sie, danach würde sie ihm von ihren Plänen erzählen.

Siegmund lüftete die Servierhaube. »Schweineleber mit Senf-Sahne-Sauce, als Beilage Stampfkartoffeln und Erbsen. Ein Gericht aus Rumänien. Bukarest gilt wegen seiner vorzüglichen Küche als das Paris des Ostens.« Flugs griff er nach ihrem Teller und tat ihr auf.

Leber also. Sie aß wirklich alles, was auf den Tisch kam, Leber jedoch – egal von welchem Tier – konnte sie nicht ausstehen, weder ihre Konsistenz noch den Geschmack. Als Kind hatte sie einmal eine fast schon verdorbene gerochen, die ihre Mutter dennoch gebraten hatte. Angewidert lief sie damals aus dem Haus und musste sich im Wald übergeben. Bei der Vorstellung, jetzt den Teller leeressen zu müssen, spürte sie einen Brechreiz hochsteigen. Siegmund lobte die Zubereitung, er steckte sich einen Bissen nach dem anderen in den Mund, dazu trank er Rotwein, den er zum Essen aufgemacht hatte. Maria indessen verzehrte die Stampfkartoffeln und die Erbsen, sie aß langsam und versuchte, zufrieden zu wirken. »Iss nur, mach's wie ich, keine Scheu, sowas Feines bekommst du nicht alle Tage.« Siegmund beäugte sie amüsiert, aber auch prüfend. Er dachte, sie sei zu schüchtern, um hemmungslos zu schlemmen. Ängstlichkeit, gehüllt in falsche Bescheidenheit, konnte er nicht ausstehen. Bescheidenheit lehnte er ohnehin ab, sie war in jeglicher Ausprägung gleichzusetzen mit Unterwürfigkeit, und bei der bekam er das Kotzen. Diese kriecherische Eigenschaft wollte er bei Maria nicht sehen, diese Unart durfte sich nicht einschleifen. An ihm, sagte er sich, sei es nun, dem Mädchen seine Bestimmung zu erklären.

»Weißt du, es gibt Herren und Sklaven. Oberschicht und Unterschicht, über Ländergrenzen hinweg. Das hat nichts mit Rasse zu tun und auch nichts mit Stand. Es gibt welche, die zur Freiheit verdammt sind, weil sie sich nichts befehlen lassen, und es gibt eine breite Masse, die zu nichts anderem geboren ist, als Befehle und Anweisungen auszuführen. In dir aber steckt kein Diener, das hab ich schon am ersten Tag gesehen.« Er legte eine Pause ein und trank zur Abwechslung vom Absinth, seine anfängliche Unruhe war mittlerweile einer gediegenen Selbstsicherheit gewichen. »Und weißt du was, ich halte es da mit Nietzsche. Überall schwärmt man jetzt von einer zukünftigen Gesellschaft, in der es keine Ausbeutung mehr geben soll; das klingt aber in meinen Ohren, als ob man ein Leben erfinden will, das keine organischen Funktionen mehr haben darf.« Er kaute auf einem großen Stück Leber und wartete lauernd, was Maria zu alldem sagen würde.

»Mir schmeckt das Essen nicht … Entschuldigung, ich kann es nicht essen. Ich vertrage es nicht, die Leber, mein ich.« Eine leichte Röte überzog ihr Gesicht. Mit hochgezogenen Schultern und zusammengepressten Lippen hoffte sie auf Verständnis, fühlte sich aber auch erleichtert. Siegmund stutzte, er verzog seine Mundwinkel, als hätte er sich verhört. Schließlich atmete er schwer aus.

»Hm, na gut, was es nicht alles gibt.« Mit der Gabel schob er Marias Portion kurzerhand auf seinen eigenen Teller, wobei sein Hemd ein paar Spritzer abbekam. »Genuss«, sagte er spitz und schaute sie bedauernd an, »will gelernt sein. Wenn du noch Hunger hast, geh in die Speisekammer, mach dir ein Schmalzbrot oder wonach dein Gusto halt so geht.«

»Danke, mir reicht das vollkommen, die Beilagen schmecken sehr gut.«

»Ist schon recht. Lass uns trinken.« Er hob sein Absinthglas, und sie stießen an.

»Wie war es denn in Paris, bei der Weltausstellung …«

»Gut, très bien, sehr schön!« Entzückt von ihrem Interesse fing er an, von Buffalo Bill und dessen Wild West Show zu erzählen. Er berichtete von der Schönheit der Tempeltänzerinnen aus Java und malte ihr den Eiffelturm in den schillerndsten Farben aus. Und dann kam er noch auf das aufgebaute Negerdorf zu sprechen, das village nègre, das ebenfalls auf der Weltausstellung zu besichtigen gewesen war. Maria merkte, wie ihr der Alkohol zu Kopf stieg. Sie kannte das nicht, hie und da hatte sie zwar auf einem Tanzboden Bier und auch schon mal einen Obstler getrunken, aber nie so viel, dass sie betrunken gewesen wäre. »Da gibt's aber keine Sklaven mehr, oder?«, unterbrach sie ihn mit ernsthaftem Interesse an der Sache. »Nein, das war eine Völkerschau, das waren Wilde, die man ausgestellt hat. Die Sklaverei aber«, belehrte er sie, »ist die unerlässliche Grundlage der Kultur. Deswegen ist sie ja in Amerika nicht wirklich abgeschafft worden. Im Süden sitzen die Neger jetzt alle im Gefängnis und arbeiten für den industriellen Aufschwung. Das ist auch praktischer, weil im Gefängnis kann man nicht streiken … Und in den Kolonien ist es auch nochmal anders, da zeigt sich die Wahrheit nackt.« Er hielt kurz inne. Mit Daumen, Zeige- und Mittelfinger fuhr er sich über seinen Nasenrücken, als würde er sich einen neuen Gedanken zurechtlegen. »Nietzsche sagt, die Sklaverei ermöglicht die Muße für die Besten. Denn wer von seinem Tag nicht zwei Drittel für sich selbst hat, weil er mühselige Arbeit zu verrichten hat, wird selber ein Sklave!« Siegmund funkelte sie herausfordernd an, aber Maria nickte nur, sie hatte keine rechte Vorstellung, was Muße sein sollte. »Und wer ist das, der Nietzsche, was hat der noch alles gesagt?« Der Absinth machte sie forscher, sie traute sich nun, nachzuhaken, selbst wenn sie sich der Lächerlichkeit preisgeben sollte, es war ihr egal.

»Friedrich Nietzsche ist ein großer Philosoph, der beste, den wir momentan haben. Moment, bin gleich wieder da.« Siegmund sprang auf und huschte aus dem Salon. Maria hörte, wie er die Treppe hochlief, dann war es still im Haus. Sie schenkte sich Absinth nach und leerte das Glas in einem Zug. Langsam kam sie auf den Geschmack. Wer weiß, vielleicht würde sie eines Tages mit Dillinger dieses grüne Zeug schlürfen, mit dem man sich so losgelassen und gut fühlte. Dillinger würde sich auch gut fühlen, er würde sie in die Arme schließen, und dann würden sie beide einen langen Spaziergang an einem Sandstrand machen und aufs offene Meer hinausschauen. Sie lächelte vor sich hin und drehte das geschliffene Glas zwischen den Fingern, als könnte man die Zukunft darin lesen. Ihr fiel auf, dass es mit der Gravur eines heulenden Wolfskopfes verziert war. Sie hielt es gegen das Licht und schaute mit einem Auge hindurch. Der schneeweiße Wolf schnappte abwechselnd nach den eingearbeiteten Luftblasen und den aufflackernden Farbstrahlen. Seine Zähne blitzten, und seine Augen funkelten. Bei uns, dachte sie, gibt es keinen Wolf mehr, alle ausgerottet.

Siegmund, der mit allerhand Dingen bepackt im Türrahmen stand, riss sie aus ihren Gedanken. Auf dem Kopf trug er eine Federhaube, in seiner Rechten hielt er einen mit Wildleder bespannten hölzernen Schild sowie einen Speer mit einer lanzenartigen Klinge. Unter seinem linken Arm klemmte ein quaderförmiges Holzgehäuse, das mit glattem Leder überzogen war, darauf lag ein anthrazitfarbenes Buch. Er kam ihr vor, wie ein kleiner Bub, der seine Spielsachen herzeigte. Sachte legte er alles auf dem Tisch ab. »Jetzt schau her«, winkte er sie aufgeregt herbei, »das hab ich von den Weltausstellungen mitgebracht. Ich war ja nicht nur in Paris, vor zwei Jahren bin ich auch in Brüssel gewesen.«

Beim Gehen geriet Maria leicht ins Schlingern, als sei der Boden unter ihren Füßen nicht ganz fest, und wenn sie etwas sagte, verschleifte sie die Worte. All das erheiterte Siegmund, dann erläuterte er die einzelnen Stücke. Schild und Speer kämen aus Afrika, beides habe er von der Kolonialausstellung aus Brüssel mitgebracht. Der Federschmuck, eine sogenannte Warbonnet, stamme von Prärie-Indianern aus Amerika. Für wenig Geld und ein paar Waldgläser habe er sie einem Häuptling in Paris abgekauft. Er setzte ihr die Federhaube auf und lachte verzückt. Der Schmuck erinnerte an eine Krone, die sich ausladend bis zu ihren Schulterblättern hinab weitete. Ein wenig zu groß, dennoch majestätisch, wie er befand. Dann trat er an eine Kommode, entzündete mindestens zehn Kerzen in ihren Messinghaltern, die dort aufgereiht standen, und wies Maria an, sich hinzusetzen. Er griff nach dem klobigen, lederbezogenen Kasten, erklärte ihr, das sei ein Fotoapparat, und richtete die Frontseite, in der ein rundes Objektiv eingepasst war, auf Maria. »Was passiert denn jetzt?«

»Wir machen eine Fotografie.«

»Das dacht ich mir schon, aber warum?«

»Bleib einfach so«, verfügte er, »du schaust göttlich aus.«

Siegmund zog an einer Schnur, die am oberen Teil der Kamera herauslugte, dann drehte er einen Schlüssel, der ebenfalls dort angebracht war, und zu guter Letzt drückte er einen Knopf: Mit einem dumpfen Klack wurde das Bild geschossen. »Schnappschuss«, jauchzte Siegmund.

80

»Jetzt reicht's aber.«

»Die ist noch für über neunzig Aufnahmen geladen.«

»So viele?«

»Sicher. Zelluloid-Film nennt man das, kommt aus Amerika. Man schickt das dann weg und bekommt nach ein paar Wochen die fertigen, runden Bilder retour.« Das Wort »Zelluloid-Film« brachte er nur mit Mühe über die Lippen.

»In Chicago war die Weltausstellung auch schon einmal, stimmt's?«, sagte Maria und erhob sich.

»Ja, aber da war ich nicht, das ist zu weit weg.«

»Ich werd da bald hinfahren – und bleiben«, versetzte Maria und schaute ihm dabei entschlossen in die Augen. In ihrem Blick lag eine Spur Aufsässigkeit. Siegmund aber ignorierte die Mitteilung, stattdessen pustete er die Kerzen aus und sagte: »Wir spielen jetzt ›Wilde in Eisenstein‹.« Er griff nach Schild und Speer und stieß grunzende Laute aus. Maria kicherte. »Du musst jetzt weglaufen, sonst spieß ich dich auf.« Während er das sagte, drücke er mit der Speerspitze den Kragen ihres Kleids leicht nach unten. »Aber Sie sind doch gar kein Wilder«, versuchte sie die Situation zu entschärfen. »Du sollst mich nicht siezen, hab ich dir vorhin schon gesagt«, herrschte er sie an.

»Verzeihung, aber ich weiß nicht … Ich muss jetzt langsam gehen. Mir ist schon ganz schwindlig.« Wieder schien Siegmund nicht zu hören, was sie gesagt hatte. Stattdessen packte er die Schüssel mit den Leberresten und kippte den Inhalt in seinen weit aufgesperrten Mund. Dabei verschüttete er die Hälfte, und ein Teil der Sauce lief ihm übers Kinn und den Hals hinunter. Schmatzend fischte er nach dem letzten Stück Leber und schwenkte es hin und her. »Damit reib ich dich jetzt ein!« Kreischend lief Maria davon, und er hinterher. Siegmund hatte sich wieder mit Schild und Speer bewaffnet und grunzte wie ein brünstiger Eber. Beide tobten um die

Tafel, aber er schaffte es nicht, sie einzuholen, permanent stieß er mit dem Schild gegen eine der Tischecken und kam dadurch aus dem Gleichgewicht. Drei, vier Runden ging das so, bis er einen abrupten Richtungswechsel einlegte. Dabei rutschte er aus und ritzte sich beim Hinfallen die linke Handfläche an der Speerklinge auf. Jetzt war ihm die Lust auf die Verfolgungsjagd vergangen. Die Wunde aber gefiel ihm, sie hatte was von einem Stigma. »Ist es schlimm?« Als wollte er eine lästige Fliege verscheuchen, winkte er mit der unversehrten Hand ab, dann schloss er die Augen und streckte seine Linke theatralisch in die Höhe. Ein wenig Blut tropfte zu Boden. Siegmund schien sich zu sammeln, dann griff er nach dem anthrazitfarbenen Buch und begann, fieberhaft darin zu blättern. »Hör zu: ›Mit was für Mitteln man rohe Völker‹« – an der Stelle rülpste er kräftig – »›zu behandeln hat … wenn man mit aller seiner europäischen Verzärtelung einmal in die Nothwendigkeit versetzt wird, am Congo oder irgendwo Herr über Barbaren bleiben zu müssen …‹« Siegmund blickte auf, er konnte die Buchstaben nicht mehr richtig lesen, alles wirkte seltsam verschwommen. »Nietzsche hat recht. Nur die Heuchler ereifern sich über die Sklaverei. ›Niemand lügt so viel als der Entrüstete.‹« Er versuchte, dämonisch zu grinsen, aber er sah einfach nur müde aus. Maria nahm die Haube ab und strich sachte über die Federn. »Ich würde jetzt gerne gehen.«

»Warum willst du mich verlassen?«

»Ich muss nach Hause.«

Siegmund stieß einen langgezogenen Seufzer aus, dann ließ er den Kopf hängen und sank in sich zusammen. Mit einem dumpfen Geräusch fiel das Buch auf den Holzboden. Plötzlich herrschte Totenstille, er schien zu schlafen. Maria schlich zum Tisch, stellte vorsichtig die Federhaube ab. Aus dem Augenwinkel sah sie das Buch, wie es aufgeklappt zu

Siegmunds Füßen lag. Vielleicht war es ein Reflex der immerzu um Ordnung bemühten Dienstmagd, vielleicht war es aber auch nur pure Neugierde, jedenfalls bückte sie sich danach. Dabei knarzte eine der Holzdielen. Mit einem Mal spürte sie den Druck seiner Hand auf ihrem Rücken. Ihr Atem stockte, schließlich merkte sie, wie er sie nach unten drückte, um sie am Aufstehen zu hindern. »Dein Bruder hat mir schon erzählt, dass du auswandern willst. Aber das geht nicht, schlag dir das aus dem Kopf«, dazu patschte er rhythmisch mit der anderen Hand auf ihren Nacken. Maria war drauf und dran, auf ihn einzuprügeln, stattdessen aber besann sie sich. Sie beugte die Arme und tauchte schnell zur Seite weg, so dass Siegmund keinen Halt mehr fand und vornüber vom Stuhl kippte. Sie rechnete mit einem Wutausbruch, doch das Gegenteil trat ein, seine Gesichtszüge weichten auf, und er warf ihr ein Lächeln zu. »Komm, lass uns weitermachen.« Er richtete sich auf und streckte die Arme seitlich von sich.

»Es ist nicht verboten auszuwandern!«, fauchte ihn Maria an.

»Du stehst aber bei mir in Lohn und Brot«, sagte er mit aufgesetzter Ratlosigkeit und stülpte seine Unterlippe nach außen.

»Deshalb wollte ich doch mit dir reden, weil ich die Anstellung kündigen will. Aber erst im Frühjahr«, schob sie weniger vehement hinterher, »da ist noch weit hin …«

»Nein, nein, nein. Ich lass dich nicht gehen. Nicht im Herbst, nicht im Winter, nicht im Frühjahr und auch nicht im Sommer.« Er nahm den Speer und schleuderte ihn dicht an ihr vorbei gegen die Wand, wo er im Mauerwerk ein deutlich sichtbares Loch schlug.

»Ich bin aber nicht dein Sklave, der alles tun muss, was du sagst. Dass ich nicht zu den Dienermenschen gehör, das hast du selber gesagt. Also kann ich machen, was ich will!« Siegmund stutzte kurz, schien aber unbeeindruckt. Er wusste um den Aufwand des amtlichen Verfahrens. Neben dem Geburts- und Taufzeugnis musste man einen Heimatschein, den die Gemeindeverwaltung ausstellte, vorlegen. Des Weiteren hatte man seine Liquidität sowie die rechtliche Unbescholtenheit nachzuweisen, um einen Reisepass beantragen zu können, der wiederum Voraussetzung dafür war, ein Billett für die Schiffspassage zu erwerben. »Maria, Prinzessin, komm zur Räson. Was willst du denn da drüben? Dich in einer grässlichen Fabrik unter fremden Leuten abschuften …«

»Mein Cousin ist auch schon da, durch ihn hab ich Anschluss«, hielt sie ihm entgegen.

»Mag sein. Aber in deiner Heimat hast du auch Anschluss, und nicht nur das.« Er breitete seine Arme zu einer herzlichen Geste aus, mit seinem Mund formte er ein ausladendes Lächeln, doch seine Augen blieben kalt. Spätestens jetzt begann sie, sich vor ihm zu ekeln; wie er da stand, fettig im Gesicht und triefend vor Selbstgefälligkeit, eine durch und durch verkommene Gestalt.

»Ich muss jetzt wirklich gehen, es war sehr schön«, sagte sie ruhig, »vielen Dank für die Bewirtung.« Siegmund horchte ihren Worten mit ausdrucksloser Miene nach, dann ging er langsam auf sie zu, bis er schließlich dicht vor ihr stehen blieb. »Du weißt aber«, flüsterte er, »wenn du nach Amerika willst, musst du straffrei sein.« Jetzt spielte er seinen Trumpf aus. »Ich weiß«, fuhr er fort, »dass du ab und zu ein paar Sachen aus der Küche mitnimmst.«

»Das hat mir Bernadette erlaubt«, versetzte sie energisch. Tausend Gedankenfetzen schossen ihr durch den Kopf, sie spürte, wie ihr Pulsschlag nach oben schnellte. »Bernadette hat sowas nicht zu bestimmen, das ist immer noch mein Hab und Gut.«

»Aber das sind Reste, die anderen machen das auch …«

»Willst du jetzt die anderen auch noch denunzieren?«

Sie kämpfte mit den Tränen. »Nein«, stammelte sie verzweifelt, »nein!«

»Ich weiß jetzt auch nicht, wie du aus dem Schlamassel wieder rauskommen willst … Das ist Diebstahl. Und Diebstahl muss man zur Anzeige bringen. Dann kannst du dir Amerika abschminken.«

Es war eine Art Gewohnheitsrecht, das man den Dienstboten zugestand. Meist waren es Überreste vom Abendessen, zu schade für die Tiere, zu gut für den Abfall, eigentlich viel zu billig, um ihr daraus einen Strick zu drehen. Hätte Maria es nicht mit dieser lähmenden Angst zu tun bekommen und wäre sie auch nur eine Spur überlegter geblieben, hätte sie alles abstreiten können; Siegmund selbst war nie dabei gewesen, wenn sie etwas mit nach Hause genommen hatte. Doch anstatt auf ihrer Unschuld zu beharren oder zum Gegenangriff überzugehen – sie hätte ihm Verleumdung vorhalten können –, brach sie ein. Und diese Ohnmacht spürte Siegmund ganz deutlich. Seine eben noch demonstrativ ausgestellte Infantilität trat gänzlich hinter seinem herrischen Habitus zurück. Er packte Maria am Arm und zog sie zu sich heran. »Mein Gott, bleib doch hier, du bist so majestätisch hingegossen …« Er betastete ihr Gesicht, streichelte ihr über den Hals. »Ich muss dich nicht anzeigen, ich kann es lassen, aber dafür will ich auch was von dir haben.« Marias Pupillen verengten sich, bis sie nur noch ein schwaches, grünliches Glimmen waren. Sie beschloss, nicht zu weinen, hörte aber auf zu atmen. Ihre Fingernägel krallten sich in ihre Handteller. Ist das die Bürde der Freiheit? Es gibt keine Gleichheit der Seelen vor Gott. Dann schloss sie die Augen.

8 Zerstoßene Hoffnung

Es war schon nach Mitternacht, als sich Maria den Hang hinaufschleppte. Der schmale Pfad zwischen Felsen und Böschungen war nicht nur steil, er war auch steinig, immer wieder stützte sie sich an einem der Felsblöcke ab und verharrte für einen Moment. Die sanft ansteigende Dorfstraße wollte sie unbedingt meiden, niemand sollte sie hören oder sehen. Schritt für Schritt spürte sie sich wieder in ihrem Körper. Während Siegmund in sie eingedrungen war, schwebte sie wie abgekoppelt von ihrer Hülle über dem Geschehen und sah zu, bis alles vorbei war. Jetzt standen ihr verschwommen Bilder des schluchzenden Siegmund vor Augen, der ständig beteuerte, dass er sie brauche und dass sie ihn nicht verlassen dürfe, während sie dalag wie eine Puppe. Wie viele Leben werden auf einer Messerspitze geführt. Wie viele Wölfe sterben, wenn der Kaiser aufmarschiert. Welche Farbe hat ein gefälliger Tod. Am liebsten hätte sie sich hundert Jahre schlafen gelegt. Doch es half nichts, es half alles nichts, ihr Wille trieb sie an. Sie musste zu Dillinger. Nur er konnte ihr helfen, ihm würde sie sich anvertrauen.

Als sie in die letzte Kehre einbog, fiel ihr Blick auf den hinteren Teil des Wirtshauses, in dem noch Licht brannte. Sie waren noch da, also musste auch Dillinger noch unter ihnen sein, nie und nimmer würde er vor den anderen gehen. Sie rieb sich mit der Armbeuge die Tränen aus dem Gesicht und wischte sich den Schleim aus den Nasenlöchern. Ihre Lippen brannten, sie waren aufgeraut von Siegmunds Bartstoppeln. Jetzt erst bemerkte sie den Schmutz, der ihr anhaftete. Der Lebergeruch, sein alkoholgetränkter Atem, sein Speichel, all das klebte noch an ihr. Zusammen mit dieser fürchterlichen Scham. Je näher sie dem Wirtshaus kam, umso schmutziger fühlte sie sich. Sie kämpfte gegen den Drang, sich die Haut aufzukratzen, um sich mit dem Blut das Gesicht abzuwaschen. Auf einmal spürte sie kühle Tupfer. Sie schaute himmelwärts. Satte, unschuldige Flocken fielen herab. Als Kind hatte sie sich immer gefreut auf den ersten Schnee. Ihr war, als wären alle Uhren stehengeblieben. Erneut kamen ihr die Tränen, jetzt aber aus einem Grund, den sie nicht hätte benennen können.

Beim Näherkommen bemerkte sie jemanden, der an der rückwärtigen Wand hockte und übers Fensterbrett ins Innere spähte. Wahrscheinlich hatte Franz Marias Keuchen gehört, vielleicht auch ihre Schritte auf den losen Steinen, jedenfalls schnellte er hoch und suchte das Weite, ohne sich zu vergewissern, wer da in seinem Rücken auf ihn zukam. Maria hingegen hatte Franz erkannt. Ungerührt davon ging sie um das Gebäude herum und betrat das Wirtshaus, das sie bislang immer gemieden hatte. Ihr Onkel, der Bruder ihrer Mutter, führte es. Und auch ihre Großeltern lebten noch hier. Aber all das war jetzt nebensächlich.

In der Wirtsstube räumte Siglinde gerade die leeren Krüge der Arbeiter ab, die an drei Tischreihen saßen, und der Meier richtete ein Abschlusswort an die etwa fünfzehn Mitstreiter. »Der Tag wird schon noch kommen, wo wir als Sieger dastehen« schloss er, als Maria plötzlich im Türrahmen stand und ans Holz klopfte. Wie ein Schreckgespenst aus der Nacht, eine graugesichtige Gestalt, um Haltung ringend, mit irrem Blick und unbeirrbar zugleich, trat sie einige Schritte in den Raum. Die Arme hatte sie um sich geschlungen, damit die anderen nicht sehen konnten, dass ihr Kleid an der Brust zerfetzt war. Ihr aufgerissenes Beinkleid verbargen aber weder Rock noch Mantel, an den Unterschenkeln sah man Spuren von verschmiertem Blut.

Aus der hinteren Reihe klirrten ein paar Krüge, beinahe hätte Siglinde das Tablett fallen lassen. Für einen kurzen Moment stierte Maria sie an, dann schweifte ihr Blick in die Runde. »Wo ist der Dillinger?«

Meier machte eine Miene wie aus Mörtel. »Was willst du denn hier? Wir haben eine Versammlung.«

»Ist meine Frage so schwer zu verstehen, wo ist der Dillinger?«

»Der ist nicht da.«

»Ja, aber wo ist er?!«, brüllte sie ihn an, worauf sein Gesicht rot anlief. Ein paar Stühle ruckelten, niemand wusste so genau, wie man der Situation Herr werden sollte. Bis sich Valentin, Dillingers Lehrbub, ein Herz fasste. Sein Gesicht war immer noch deutlich vom Unfall gezeichnet. »Der Herr Dillinger ist gestern abgeführt worden von der Polizei. Nach der Arbeit hat es einen Streit gegeben. Wegen dem Grammophon. Der Mack war beteiligt und noch ein paar. Und dann haben sie gerauft. Und mein Meister, der Herr Dillinger, hat dem Fritz Fellner, der auch dabei war, dem hat er eine gelangt …« Der Junge zuckte mit den Achseln, dann senkte er seinen Blick. Gleich darauf aber räusperte sich der Anderl. »Das Grammophon war nur der Vorwand«, sagte er und musste erstmal kräftig schlucken, bevor er weiterredete. »Die haben ihn abgefangen, die Drecksäue. Von uns war keiner dabei, aber jemand hat später zum Kerner gesagt, dass sie eine Gaudi mit ihm machen wollten. Sie haben ihn festgehalten, und der Fellner hat ihm Bier eingetrichtert. Dabei trinkt der Dillinger nix. Keinen Tropfen. Und dann hat er sich losgerissen … Es war ein Unglück. Der Fellner ist saudumm hingefallen, auf den Hinterkopf, dann hat er sich nimmer gerührt und war auch gleich hin. Der Fellner war ja nur Haut und Knochen, der war ein Windspiel … Da hat's nicht viel gebraucht. Und jetzt sagen die, dass das keine Notwehr war, sondern ein tätlicher Angriff.« Anderls Stimme begann zu flattern. »Die Versammlung haben wir trotzdem gemacht.

Jetzt erst recht, weil es ja um die Sache geht. Das wäre auch in seinem Sinn. Viele sind wir nicht geworden.« Dann erzählte Anderl noch, dass man Dillinger nach Zwiesel gebracht habe. Doch hier gingen die Meinungen auseinander. Jemand sagte, der Kastenwagen sei woanders hingefahren, »runter nach Passau ins Zuchthaus«. Ein anderer wusste zu berichten, man hätte Dillinger zu den Schwerverbrechern überführt. Zwischendurch immer wieder Gemurmel, da platzte es aus dem Brandtner Max, einem jungen Facettierer, heraus, dass das alles nicht stimme, zwar dürfe er nichts sagen, aber er kenne die Wahrheit. Aus verlässlicher Quelle wisse er, dass der Dillinger heute früh geflohen sei. Auf dem Weg zu einer Anhörung konnte er entkommen, in Zwiesel sei das gewesen. Sein Onkel, ein Gendarm, habe ihm das gesagt, er selber wolle aber nichts gesagt haben. »Wahrscheinlich ist er auf und davon und nach Böhmen hinüber. Er wird sich schon durchschlagen.«

»Aha, das werden wir dann schon sehen«, unterbrach der Meier das Raunen in der Stube und wandte sich im selben Atemzug Maria zu: »Was wolltest du vom Dillinger, und wie schaust du eigentlich aus?«

Maria war die ganze Zeit über still geblieben, selbst die Wendung, Dillinger sei womöglich entkommen, bewirkte keine Regung in ihr. Er war nicht da, entweder auf der Flucht oder im Gefängnis, jedenfalls unendlich weit weg.

»Ich geh jetzt«, sagte sie leise und setzte sich in Bewegung.

»Raus mit der Sprache, was ist mit dir passiert?«, hakte der Meier nach.

»Der Siegmund.«

»Was hat er gemacht?«

Maria sah nicht auf, stattdessen musterte sie die Maserung der Holzbretter und konzentrierte sich darauf, nicht zu weinen. Zwei-, dreimal schöpfte sie Atem. »Geht schon wieder. Ist nicht so schlimm.«

Vielleicht, dachte Anderl und manch anderer bestimmt auch, ist das eine gerechte Strafe, weil sie sich neulich geweigert hatte, bei ihrer Sache mitzumachen. Aber kann, ja darf so Gerechtigkeit aussehen … Marias Worte waren kaum verklungen, da begannen am hinteren Tisch ein paar Leute zu wispern. Dort stand auch Siglinde mit ihrem Tablett. Sie nahm wieder ihre Arbeit auf und wie beiläufig, in einem völlig harmlosen Tonfall, sagte sie: »Und was soll dir der Siegmund getan haben, was du nicht hast mittun wollen?«

»Siglinde, was soll das?« Bei allem, was recht war, man hatte Maria zugerichtet, eindeutig und gegen ihren Willen, und je länger Anderl sie vor sich stehen sah, desto klarer wurde ihm, dass es eine Schweinerei war und nichts anderes. Und nur pathologische Wirklichkeitsleugner oder vorsätzliche Lügner konnten daran zweifeln.

»Ich mein schon so, wie ich sag«, fuhr Siglinde unbeeindruckt fort. »Gibt viele Weiber, die sich ihm an den Hals werfen. Er hat noch keine Frau, und jede will seine werden, man weiß das.« Niemand widersprach ihr. Siglinde war eine schmallippige Frau mit einer geraden Nase und einem ausgeprägten Kinn. Ihre Tüchtigkeit war beeindruckend, sie war schlaksig, fast dürr, und ihre Schulterblätter traten hervor, doch wenn sie ihren Körper anspannte, konnte man sehen, dass sie Kraft besaß. In ihrem Blick lag etwas Männliches, etwas Unversöhnliches und etwas leicht Anzügliches. In den drei Eisensteiner Wirtschaften, in denen sie bediente, legte sie meistens eine gemütliche Ausgelassenheit an den Tag, die jedoch schnell in Boshaftigkeit umschlagen konnte, vor allem, wenn sie jemanden nicht mochte oder wenn ihr jemand unverschämt kam. Dann konnte sie verbal zuhauen, dass einem Hören und Sehen verging. Auf diese Weise hatte sie sich den Respekt der Männer erworben, anders wäre sie wohl als unverheiratete Frau Anfang dreißig und als alleinerziehende Mutter untergegangen. Dass ihr unehelicher Sohn, ein zehnjähriger Bub, der auf den Namen Korbinian hörte, Siegmund Hufnagel zum Vater hatte, wussten nur sie und er. Allen Mutmaßungen und Spekulationen über den Erzeuger schob Siglinde stets einen Riegel vor. Der Vater des Buben sei ein verstorbener Brauer aus der Passauer Gegend. Dabei blieb sie eisern. »Das Leben ist kein Wunschkonzert«, pflegte sie ebenso oft zu sagen wie »aus, Amen, Basta«. Für ihr Schweigen sowie für ihre Loyalität in sämtlichen Dingen wurde sie von Siegmund mit einer regelmäßigen Zuwendung bedacht. Insofern ging es ihr gut, und sie biss alles weg, was ihrem geheimen Bund schaden konnte.

Die Gleichgültigkeit und Kälte der anderen verwunderte Maria nicht. Intuitiv hatte sie damit gerechnet, nicht aber damit, dass man sie nun auch noch verleumdete, ihr gar die Schuld an dem Verbrechen in die Schuhe schieben wollte. Sie kämpfte gegen ein überwältigendes Gefühl von Scham und gegen die Tränen, die in ihr hochstiegen.

»In meinem ganzen Leben«, sagte sie schließlich, um Beherrschung ringend, »hab ich mich noch nie jemandem an den Hals geworfen.« Irgendein Idiot, dessen Blick Maria auffing, grinste betreten, worauf sie doch noch von einem kalten Zorn befallen wurde. »Seid verflucht, ruchloses Pack, seid verflucht, bis ans Ende eurer Tage und darüber hinaus.« Ohne ein weiteres Wort ging sie hinaus. Sie versuchte, sich möglichst aufrecht zu halten.

Marias Abgang hinterließ eine spröde Ratlosigkeit, einige steckten die Köpfe zusammen, andere saßen einfach nur stumm da und starrten vor sich hin. Alle waren betroffen, zumindest peinlich berührt, aber was sollte man auch tun, man war schließlich nicht dabei gewesen. Und was hatte sie auch nachts mit dem Hufnagel zu schaffen. Irgendjemand sagte, sie wolle nach Amerika, dann solle sie halt einfach gehen. Man hatte neben den täglichen noch andere Sorgen, der Fellner, selbst wenn ihn viele für einen Deppen hielten, war tot. Dillinger war als Täter angeklagt, das allein war schon furchtbar und kompliziert. Man konnte sich nicht um alles kümmern.

Dem Meier kam allerdings ein anderer Gedanke, er kombinierte und zählte eins und eins zusammen. Ungeduldig bat er um Aufmerksamkeit. Es gäbe noch eine wichtige Sache. Dann forderte er Siglinde auf, die Gaststube zu verlassen, augenzwinkernd, manche Dinge müssten eben vertraulich behandelt werden. »Fünf Minuten«, hob sie mahnend den Zeigefinger, »dann schmeiß ich euch raus.« Die Kellnerin zog die Tür hinter sich zu. Noch in derselben Bewegung kniete sie sich nieder und presste ihr Ohr ans Holz. Was sie anschließend erlauschen konnte, rang ihr durchaus Bewunderung ab. Ein Hund ist er schon, der Meier, ein raffinierter Sauhund. Meier selbst leitete seine Ansprache mit den Worten ein, dass man aus der Sache durchaus »Kapital schlagen« könne, was aber nur aufginge, wenn jeder Stillschweigen bewahrte. »Wo das mit dem Grammophon war, ist sie dem Siegmund nachgelaufen. Das haben alle gesehen, das ist ein Fakt. Und Siglinde ist eine Menschenkennerin, ganz unschuldig wird die junge Raffeinerin schon nicht gewesen sein.« Während nun der Meier sein Vorhaben ausbreitete und allen einschärfte, mitzuziehen und dichtzuhalten, versank der Lechner tiefer in seinem Stuhl und wurde von immer größeren Zweifeln geplagt. Dieses ganze Gerede, was für ein Mist, der einem da aufgeladen wurde. Er ahnte, was da eingefädelt werden sollte. Ein Vergehen war das, ein Verrat an der Überzeugung, dass jeder Mensch die gleichen Rechte habe. Man konnte doch nicht um der Gerechtigkeit willen ungerecht werden. Wer das tat, versündigte sich. Zwar erhob Anderl keinen Einspruch, aber in derselben Nacht verabschiedete er sich von der Arbeiterbewegung. Er legte sein Amt als Schriftführer nieder und blieb den Versammlungen für immer fern.

Meier brauchte keine ausladenden Sätze, er verließ sich auf die Wirkung seiner voluminösen Stimme. So auch jetzt, in der Stube des Herrenhauses. Siegmund saß ihm gegenüber und hielt sich an einem Glas Rotwein fest. Seine Augen flackerten, und er blinzelte auffällig oft. Für Meier die letzte Gewissheit, dass der Kerl schuldig war. Obwohl ihn Siglinde auf das Wesentliche vorbereitet hatte, gelang es Siegmund nicht, seinen zerpflückten Zustand zu überspielen. Meiers unverblümter Art hatte er nichts entgegenzusetzen. Siegmund war unfähig, seine Tat abzustreiten, er zog es vor, zu schweigen und den Besuch auszusitzen. Spätestens aber als der Meier ihm einen »ausgewaschenen Prozess« androhte, der ihn sowohl unternehmerisch als auch gesellschaftlich »zerstören« würde, wie er sich ausdrückte, steigerte sich Siegmunds Beklommenheit in greifbare Angst.

»Wie gesagt, wir alle wissen, dass Sie Maria Raffeiner geschändet haben. Wir haben sie kurz danach gesehen, sie hat sich uns anvertraut. Herr Hufnagel, das ist kein Kavaliersdelikt, das ist ein Verbrechen.« Den letzten Satz betonte er Wort für Wort. Grundsätzlich, führte Meier weiter aus, sei er stets für ein ordentliches Gerichtsverfahren, unter gewissen Umständen würde man aber darauf verzichten, man müsste sich sogar pflichtschuldig darüber hinwegsetzen, sobald ein höheres Gerechtigkeitsprinzip greifen würde. Er kratzte sich am Kinn, ein konspiratives Grinsen huschte über sein Gesicht. Dann zog er aus einer Mappe zwei im selben Wortlaut beschriebene Blätter heraus. Eine Ausfertigung legte er vor Siegmund auf den Tisch, die andere behielt er bei sich. Darauf waren jene fünf Forderungen vermerkt, die Dillinger bei der ersten Versammlung aufgestellt hatte. »Wenn Sie das unterschreiben, können Sie sichergehen, dass es keine Anklage geben wird. Niemand wird sich gegen Sie wenden, keiner wird sich für die Raffeinerin einsetzen, alles wird im Sand verlaufen. Darauf können Sie sich verlassen.« Das Ganze, ergänzte Meier, sei ja zum Wohle aller. Denn wenn die Arbeiter bessere Arbeitsbedingungen hätten, würden sie auch besser arbeiten, das käme wiederum der Fabrik und letztendlich dem Fabrikanten zugute. So würden alle ihren Vorteil daraus ziehen.

Schon als Siglinde ihm von Marias Auftauchen bei der Versammlung erzählt und ihm Meiers Plan durchgestochen hatte, war Sigmund bewusst geworden, dass die Hirnzwerge ihr Ziel nun wohl doch erreichen würden. Sie hatten es also geschafft, ihn zu sich hinabzuverkleinern. Er nahm den Stift in seine schmale Hand, am liebsten hätte er dem Meier damit die Augen ausgestochen. Aber Siegmund wollte auch Buße tun, vor allem wollte er keine weiteren Scherereien haben, also setzte er seine Unterschrift darunter, und der Kuhhandel war getan.

9 Die Hütte am Weißen Regen

Gefühle, dachte Anderl, sind schwammig und nie ganz fassbar, ein bisschen so, wie die treibenden Moorfilze da unten auf dem Wasser, schwimmende Inseln. Zwei von ihnen konnte er schon durchs Gestrüpp hindurch sehen. Er war also richtig. So wie es richtig war, diesen Weg anzutreten. Denn Marias Fluch steckte ihm immer noch in den Gliedern. In einer Hand trug er einen Koffer, mit der anderen bog er das

Strauchwerk zur Seite, dessen Dornen ihm ein paar fiese Kratzer an den Händen und im Gesicht verpassten. Aber es half nichts, auf den gängigen Pfaden war die Hütte nicht zu erreichen. Sie lag, von dichtem Unterholz umgeben, einen Katzensprung vom Seeufer entfernt, wo der Weiße Regen in den Kleinen Arbersee mündete. Als Halbwüchsiger war er zuletzt da gewesen, beim Schwarzfischen. Ohne Boot blieb ihm jetzt nichts anderes übrig, als einen weiten Bogen zu machen und sich am Schluss des Weges durch das Dickicht zu kämpfen. Ein paar Lichtschneisen halfen ihm bei der Orientierung, ansonsten war es duster, der Augusthimmel lag wie ein bleierner Deckel über dem Wald, und der Schweiß lief ihm in Bächen übers Gesicht. Es war Irrsinn, sein Gepäck mit in den Wald zu schleppen, doch Anderl wollte Maria beweisen, dass er tatsächlich wegging, mit dem Koffer in der Hand sozusagen. Nach dem Besuch würde er fortgehen, für immer. In ein neues Leben aufbrechen. Und ebendas wollte er ihr demonstrieren, auch wenn es jetzt umso anstrengender war. Vom Schwitzen wird man nicht reich, hieß es irgendwo, aber es hieß auch: besser schwitzen als seufzen. Einer hatte doch damals bei der ersten Versammlung gefordert: »Wer bei der Arbeit schwitzt, wird entlassen.« War es nicht der Fellner, der Depp? Jedenfalls hatten fast alle gelacht, sogar der Fellner selbst. Anderl hatte es trotzdem aufgeschrieben, und der Meier hatte ihn dafür gerügt. Nur Dillinger hatte es nicht als spaßige Bemerkung aufgefasst. Dahin, hatte er mit dem Brustton der Überzeugung und ohne jede Ironie gesagt, müsse die neue Gesellschaft im neuen Jahrhundert kommen, genau an diesen Punkt. Anderl versuchte sich die Episode ins Gedächtnis zu rufen. Der Dillinger, wahrscheinlich der größte Phantast, dem er je begegnet war, aber ein guter Kerl … Wo er jetzt wohl stecken mochte? Wahrscheinlich irgendwo im Ausland, hoffentlich in Sicherheit. Ob die neue Gesellschaft, von der Dillinger gesprochen hatte, jemals kommen würde? Wahrscheinlich nicht, aber eins war auch klar, wenn sie käme, dann sicher nicht hierher.

Offenbar hatte ihn Theres durch eine Ritze in der Bretterwand kommen sehen, jedenfalls lief sie ihm aufgescheucht entgegen. »Was willst du hier? Kannst gleich wieder umdrehen!« Anderl stellte seinen Koffer ab und wischte sich mit einem Taschentuch das Wasser aus dem Gesicht. »Aber ich hab doch gesagt, dass ich komm.«

»Aber nicht, wann.«

»Hat auch niemand gefragt.«

»Jetzt geht's nicht. Geh wieder.«

»Ich will mich nur verabschieden, ich fahr heut noch.« Er meinte es ehrlich, das sah sie ihm an. Wie er dastand und sie aus seinen traurigen blauen Augen anschaute, in seinem zerschlissenen Anzug, verschwitzt und rotgesichtig, sein Lockenkopf zerzauster als sonst. Theres blähte ihre Nasenflügel. Ein Schwarm Saiblinge stieg in der Mitte des Sees nach oben, worauf sich die Wasseroberfläche schlagartig verdunkelte. »Ich frag auch nichts. Ich will nix wissen, will nur Lebwohl sagen.«

Auf einmal jagte ihm ein kalter Schauer über den Rücken. Maria war aus der Hütte getreten, ihr verhärmtes Gesicht und ihr streng zurückgebürstetes Haar strahlten eine Härte aus, die er von ihr nicht kannte. Seit jenem Vorkommnis beim Asenbauer Wirt hatte sie ihn nicht mehr gesehen. Wie einen lästigen Eindringling nahm Maria ihn nun in Augenschein. »Andreas Lechner. Was willst du von mir?« Anderl konnte sich nicht entsinnen, wann er zuletzt mit vollem Namen angesprochen worden war. Es manifestierte einen Abstand, der größer war als die bloße Förmlichkeit der Ansprache. »Nicht viel«, sagte er und lächelte, in der Hoffnung, die Atmosphäre etwas aufzulockern. Maria aber verzog keine Miene, sie wirkte verschlossen und hochmütig zugleich, als fühlte sie sich ihm überlegen.

Vor ein paar Tagen hatte er Theres mehrmals gebeten, ihm zu verraten, wo sie stecke. Von den Nachbarn wusste er, dass Maria zu Hause schon seit einiger Zeit nicht mehr ein und aus ging, und Marias Mutter traute er sich nicht zu fragen. In den letzten Monaten hatte man dies und das gehört, Gerüchte, nichts Verbindliches. Einmal hieß es, dass Maria in der Konservenfabrik mitarbeite, dann wieder, dass sie auch dort nicht mehr sei. Manche munkelten, sie würde ein Kind erwarten, aber das wurde schnell wieder dementiert. Junge Frauen tuschelten, sie hätten Maria bei Vollmond aus dem Wald schleichen sehen, wo sie mit Landstreichern und böhmischen Hausierern Unzucht getrieben hätte. Die meisten nahmen das Gerede nicht ernst, hielten es aber dennoch für geboten, sie aus dem Kreis der Ehrbaren auszuschließen. Letztendlich wollte sich niemand den Mund verbrennen, und auch das Schweigekartell hielt sich an die Verabredung, den Fall Maria Raffeiner als erledigt zu betrachten. So schritt die Zeit voran, mittlerweile war der Sommer auch schon fast wieder vorbei, und man konnte sagen, es herrschte eine ausdauernde Hochstimmung der Heuchelei. Öffentlich lobte man Siegmunds Maßnahmen zur Verbesserung der Arbeitsbedingungen, heimlich klopfte man sich selbst auf die Schulter, über das Bauernopfer wurde hingegen geschwiegen.

Anderl war der Einzige, der Konsequenzen gezogen hatte. Bevor er dem Dorf und der Gegend endgültig den Rücken zukehrte, wollte er aber noch einmal mit Maria gesprochen haben, weil er einen Makel auf seiner Seele spürte. Ihm war deutlich bewusst, dass er seinen christlichen Vorsätzen untreu geworden war. »Ich wollt nur sagen, es tut mir leid.«

»Soso«, sagte sie und maß ihn mit Verachtung. Was wollte dieser Wichtigtuer von ihr? Maria hatte nie vorgehabt, die

Polizei einzuschalten, zu groß war die Angst, ihre Auswanderungspläne zu gefährden. Und ihr Kalkül war aufgegangen, niemand hatte ihr im Leumundszeugnis »Nachteiliges« attestiert. Auch Siegmund hatte ihr keine Steine mehr in den Weg gelegt. Seit ein paar Wochen waren alle Hürden des komplizierten Nachweisverfahrens genommen, alle Kosten, auch die der Schiffspassage, beglichen, so dass es im Herbst endlich losgehen würde. »Ich kann nur für mich sprechen, mit den anderen hab ich nix mehr zu schaffen.«

»Und was tut dir leid – für dich gesprochen?«

»Dass ich geschwiegen hab, dass ich nicht protestiert hab … Ich werd heut noch ins Ruhrgebiet aufbrechen, mit dem Zug. Ich fahr, weil ich für immer weggeh.«

»Aha, der Lechner will sein Gewissen erleichtern, damit er keinen Ballast für die Reise hat.« Marias Tonfall war beißend.

»Wahrscheinlich ist für dich jeder Zeitpunkt der falsche Zeitpunkt. Ich kann das gut verstehen. Wenn du auf mich einprügeln willst, dann mach das, ich werde mich nicht wehren. Ich hoffe, die anderen müssen noch büßen, vor allem der Siegmund.« Maria war von Anderls Worten überrascht, sie klangen aufrichtig und gut überlegt.

Theres stand im Hintergrund und hatte die ganze Zeit über gebangt. Offenbar trieben den Lechner wirklich Gewissensbisse hierher, und er kam weder zum Schnüffeln noch zum Salbadern. Trotzdem war sie überrascht, dass ihre Freundin ihn jetzt zum Mitwisser und Komplizen machte. Aus einem Hohlraum unter der Hütte zog Maria einen Kartoffelsack hervor, legte ihn Anderl vor die Füße und befahl ihm, den Knoten zu lösen. Der hatte den Sack kaum geöffnet, da wich er ein paar Meter zurück. Dabei entfuhr ihm ein lautes »Kruzifix«.

»Halt's Maul, Lechner!« Theres presste ihren Zeigefinger

auf den Mund. Die Hitze hatte den Fötus aufgedunsen, er verbreitete einen süßlich beißenden Gestank. Mit abgewandtem Gesicht und angehaltener Luft knotete Maria den Sack wieder zu. »Der muss schnell unter die Erde, bevor jemand kommt und mich entdeckt. Wir haben aber keinen Spaten, nicht einmal eine Schaufel. Eigentlich wollte ich ihn mit Steinen versenken, aber das ist zu unsicher, meint sie.«

Theres nickte eifrig. »Weil, egal wie viele Steine man reinpackt, am End kommt immer alles hoch. Und dann ist der Teufel los.«

»Das seh ich auch so«, sagte Anderl tonlos.

Auf einem schattigen Flecken gegenüber der Hütte, wo ein Grüppchen junger Fichten stand, hatte Anderl mit einem Spaten das Grab ausgehoben. Dafür war er zusammen mit Theres, die zurück zu ihrer Arbeit musste, in deren Boot über den See gerudert und noch einmal ins Dorf gegangen. Die Bestattung war jetzt fast abgeschlossen, das Kind, das nicht hatte leben dürfen, war nun unter der Erde, als ob es nie auf die Welt gekommen wäre. Mit der Rückseite des Spatenblatts klopfte er noch ein paarmal auf die Stelle, dann streute er ein wenig Reisig darüber. Von der Hütte aus hatte Maria die ganze Zeit die Umgebung beobachtet, doch nichts rührte sich, kein Mensch war zu sehen. Jetzt ging sie zu ihm hinüber. »Vergelt's Gott, Anderl. Das werd ich dir nie vergessen.« Sie gab ihm einen Kuss auf die verschwitzte Stirn, dann kehrte sie zurück in die Hütte, um einen Krug Wasser zu holen. Urplötzlich überfiel sie ein Gefühl der Trauer, das sich über die Vorfreude auf die Freiheit legte, an der sie sich die ganze letzte Zeit über festgeklammert hatte. Maria ließ sich auf die Pritsche fallen. Sie hatte das Kind ohne Namen neun Monate lang ausgetragen. In dieser Zeit hatte sie nicht nur ihren Bauch verborgen und sich geschämt, sie hatte das Leben in sich gespürt, das auch ihr eigenes war. Traktiert von jähen Gewissensbissen fing sie an zu schluchzen, vielleicht, dachte sie, war sie einfach nur eine egoistische Mörderin. Seit sie von der Schwangerschaft wusste, war sie entschlossen gewesen, sich des Kindes zu entledigen. Bis dahin trieb sie ihre Ausreise voran, verdiente Geld mit Heimarbeit und sparte jeden Pfennig. Sogar ihre Mutter zeigte Verständnis, Theres sowieso, ansonsten redete sie mit niemandem darüber. Warum, verdammt nochmal, kamen ihr ausgerechnet jetzt diese stechenden Zweifel?

Als Anderl Maria an die Wand gekauert sitzen sah, mit verweinten Augen und leerem Blick, nahm er neben ihr Platz und schloss sie in die Arme. Anderl war ein junger Mann, der selbst noch nicht richtig gelebt hatte, aber in diesem Moment spürte er zum ersten Mal so etwas wie Verantwortung für jemand anderen. Am liebsten hätte er sie in Watte gepackt und mitgenommen, doch die Zeit drängte, sein Zug fuhr in drei Stunden ab.

»Das war alles zu viel, aber jetzt bist du frei, kannst endlich nach Amerika. Oder vielleicht auch woandershin …« Maria hatte den Kopf auf Anderls kräftigen Oberarm sinken lassen. Gelegentlich zuckten ihre Augenlider. Sein verstecktes Angebot, gemeinsam mit ihm wegzugehen, hatte sie nicht registriert. Anderl versuchte, einen überzeugenden Gedanken zu fassen, vorsichtig streichelte er ihr über den Kopf. »Weißt, vielleicht könnten wir …«, mit einem Mal aber öffnete Maria ihre Augen und richtete sich auf. »Das Kind«, unterbrach sie ihn, »kann nichts dafür. Sag, wie kann ich die Tat vergelten, dass ich mich von der Schuld befrei? In einem Monat geht mein Schiff. Was kann ich noch tun in der Zeit? Was täte ihnen richtig weh?« Ihr Gesicht zeigte eine entrückte Schläfrigkeit, ihre Stimme aber klang entschlossen und klar.

»Fahr nach Amerika und mach dein Leben, nachkarten hat keinen Sinn.«

»Aber warum soll der Siegmund ungestraft davonkommen, warum die anderen? Und ich soll büßen? Das ist nicht gerecht!« Anderl stand auf und ging einen Schritt zum Fenster, das mit einem grob zugeschnittenen Stück Leintuch verhängt war. Durch einen Schlitz linste er ins Freie. In der höheren Region war eine Auerhenne aufgeflattert, ihr panisches Schnarren zerriss die Stille am Ufer. »Nesträuber«, stellte er stoisch fest, dann wandte er sich wieder Maria zu und redete im selben unaufgeregten Tonfall weiter: »Irgendwann, Maria, werden die anderen schon büßen müssen, darauf musst vertrauen.«

»Auf wen denn vertrauen?«, versetzte sie zornig. »Es gibt keinen Herrgott, der für eine Gerechtigkeit sorgt. Man muss das selber in die Hand nehmen! Und mir wird was einfallen, darauf kannst du dich verlassen.«

Anderl runzelte die Stirn, er fühlte sich Maria gegenüber nach wie vor verpflichtet, und er spürte, dass er sie vor einer unüberlegten Tat bewahren musste, einer Dummheit, die sie womöglich nicht überleben würde.

»Gut«, sagte er nach einigem Zögern, »ich wüsst da eine Möglichkeit, und ich könnte dir auch sagen, wie's geht.« Dann erzählte er ihr vom bevorstehenden Kirchweihfest in drei Wochen und dass sich an dem Tag und an dem Abend niemand in der Glashütte aufhalten würde. Er erklärte ihr, wie man dort ungesehen und an der richtigen Stelle relativ einfach Feuer legen könne. Vorher müsse sie halt ihre Abreise inszenieren, damit niemand sie mit dem Brand in Verbindung bringen könnte. »Wenn's brennt, musst du schnell sein, aber das versteht sich von selber.« Anderl erhob sich, er durfte jetzt nicht mehr trödeln. »Ich muss gehen, aber damit eins klar ist, ich hab dir nix gesagt, die Idee stammt ganz allein aus deinem Hirn.« Maria gab ihm ihr Wort, sie schwor Stein und Bein, dann begleitete sie ihn schweigend zum Ufer.

Als Anderl schon im Boot saß, seinen Koffer unter der Sitzbank verstaut und die Ruder in der Hand hatte, schaute er sie noch einmal mit festem Blick an. »Jetzt sag mir noch schnell, wo kommt man hin, wenn man stirbt?« Maria lächelte zaghaft. »Man kommt nirgendwo hin, man geht ins Nichts. Da gibt's kein Geheimnis. Ich hab's gesehen.«

»So ist das also. Leb wohl.« Er hob flüchtig die Hand, dann ruderte er davon.

10 Und gehe das Dorf darüber zugrunde

Mit einem Mal kühlte die Luft ab, und es begann zu tröpfeln. Ein kräftiger Windstoß fuhr durch das Wäldchen, worauf die Baumkronen wie besoffene Holzknechte schaukelten und die Stämme grelle Laute von sich gaben. Wahrscheinlich wäre Maria nicht mehr aufgewacht, ihr Herz hätte aufgehört zu schlagen und ihre Seele wäre endgültig am Ende der Dunkelheit zur Ruhe gekommen, hätte nicht eine Böe die abgestorbene Birke unweit von ihr erfasst und den Baum samt Wurzelballen umgeworfen. Der Stamm wurde von einem Brombeergestrüpp sanft abgefedert, aber ein Ast schlug ihr wuchtig vor den Brustkorb, gerade so, dass er sie nicht verletzte, aber heftig genug, um sie aufzuwecken.

Maria riss die Augen auf. Sie hatte keine Ahnung, wie lange sie bewusstlos dagelegen war. Blätter bedeckten ihr Gesicht, sie empfand einen dumpfen Schmerz, der sie aber nicht vom klaren Denken abhielt, sondern ihr Bewusstsein schärfte. Ihr Atem ging ruhig, dann horchte sie auf, hörte ein plätscherndes Geräusch, den Klang von Wasser im freien Fall. Die Grafen-Quelle, schoss es ihr durch den Kopf. Jetzt wusste sie auch, wo sie sich befand. Die Lichtung konnte nicht weit sein. Sie drückte den Ast zur Seite, dann richtete sie sich langsam auf. Inzwischen hatten sich die Wolken verzogen, der Mond leuchtete wieder hell und klar. Maria schöpfte Mut. Sie konnte jetzt sehen, wohin sie trat. Wenig später stillte sie ihren Durst an der Felsenquelle und kühlte ihre Schwellungen. Stechmücken umschwirrten sie und gierten nach ihrem Blut. Entlang des Schienbeins klaffte ein gut zehn Zentimeter langer, tiefer Schnitt, den sie sich beim Sturz vom Gartenzaun zugezogen hatte. Weniger Sorgen machte ihr die Platzwunde am Kopf, der Mensch läuft schließlich mit den Beinen. Maria ging ein paar Schritte weiter hoch und setzte sich auf einen flachen Felsen, der am Rand der Lichtung von zwei Buchen umrahmt wurde. Über die Baumwipfel hinweg öffnete sich der Blick zum Dorf hin, das ausgebreitet im Tal lag. Flammen züngelten hoch ins Firmament, inmitten des Feuers loderte eine orangefarbene Blume. Maria rieb sich die Augen, es war tatsächlich ihr Werk. Ihr stockte der Atem. Sie stieg auf den Felsen, um den Brand deutlicher in Augenschein zu nehmen. Ein leichter Schwindel fuhr ihr in die Glieder. Der Anblick der brennenden Glashütte erregte sie. Wie eine Siegesgöttin reckte sie die Arme in die Höhe. Schließlich stieß sie einen Schrei aus, wild und roh. Eine Weile noch blieb sie stehen und betrachtete die Flammen. Mittlerweile hatte der Brand vom Glasofenbau auf die Schleif übergegriffen. Ein zarter Widerschein des Feuers zeichnete sich in ihrem Gesicht ab. Niemand würde sie verdächtigen, die Dörfler, allen voran ihr Bruder und ihre Mutter, wähnten sie längst auf dem Weg nach Amerika. Vor zwei Wochen hatte sie sich verabschiedet. Ein überzeugendes Schauspiel, mit Tränen und Beteuerungen, dass es schon ein Wiedersehen geben werde. Alle hatten ihre Inszenierung gesehen, auch wenn sich nur die wenigsten hatten blicken lassen. Für die Nichtsahnenden war ihr Fall erledigt.

Vorsichtig stieg sie vom Stein und versuchte, das Feuer auszublenden. Sie musste sich jetzt konzentrieren. Zwar fand sie sich auf den Schleichpfaden und Schmugglerwegen auch in der Nacht zurecht, aber das lädierte Bein würde ihr bald arge Probleme bereiten. Eine Blutvergiftung war nicht auszuschließen, die Wunde musste dringend behandelt werden. »Du brauchst jetzt Verstand in deinem Hirn.« Gebetsmühlenartig flüsterte sie den Satz vor sich her, bis sich vage die Möglichkeit eines Auswegs abzeichnete. Sie stand auf und ging los. Das Feuer loderte noch immer. Sie machte sich auf ins Ungewisse, jetzt ahnte sie, was Voltaire gemeint hatte mit dem ersten Satz. Man schrieb den 26. August 1900.

II. Buch (1945-1949)

1 Das Gefühl zu existieren

Ab und zu wehten verzerrte Töne aus den umkämpften Gebieten herüber und verdrängten die Ruhe. Das Echo eines Bombenteppichs in der Ferne, Nachtjagdgeschwader, die über Hügelketten donnerten, oder Artilleriefeuer, das sich zu einem brüchigen Tremolo aufschaukelte. Bisweilen brummte der dumpfe Bass eines Raupenschleppers, der irgendwo am Waldrand patrouillierte. Die Tiere zuckten dann zusammen, spitzten die Ohren und versuchten, die Herkunft der Klänge zu orten. Manche flüchteten mit großen Sätzen ins Dickicht, andere verharrten wie angewurzelt. So auch Erna, die sich bei Granatendonner in die Sträucher warf, das Gesicht in den feuchten Waldboden gedrückt. Dann wieder Grabesstille, der Krieg schien weiter weg zu sein als der Mond und lauerte doch in der Nachbarschaft. Nachts schlief Erna für ein paar Stunden, am Tag pirschte sie sich durchs Buschwerk, huschte über Wiesen und schlich an Moorrändern entlang. Seit Tagen war sie unterwegs, Felskanten hatten ihr die Stiefel aufgeschlitzt. Nach einer längeren ebenen Strecke stieg das Gelände nun beständig an. Erna spürte die dünner werdende Luft, vor allem aber die Anstrengung in den Oberschenkeln. Tiefhängende Äste und meterhohe Farne schlugen ihr ins Gesicht. Um sich zu schützen, drehte sie den Kopf zur Seite, dabei übersah sie Dornen und Gestrüpp, verhakte sich in deren Schlingen, stolperte und fluchte. Keine Wanderpfade, keine Handelswege, hier war alles Urwald. Aus dem Totholz trieb verschwenderisch neues Leben.

Erna vertraute dem Magnetfeld der Erde. Sie navigierte mit einem Taschenkompass, bewegte sich Richtung Südosten, entlang der alten Grenze. Sie hatte ihr bisheriges Leben hinter sich gelassen, hatte es abgeschnitten wie einen Bindfaden. »Lauf durch den Wald«, hatte ihr die Mutter mit auf den

Weg gegeben, »sterben kann ich allein.« In den letzten Tagen vor ihrem Tod hatte sie ihr Ungeheuerliches erzählt, aber diese unerschrockene Einsicht, mit der sie ihrer Aufforderung Gewicht verlieh, hatte sich Erna am deutlichsten eingeprägt und gab die Marschroute vor. Bis zum Schluss hatte sie am Bett der Mutter gewacht, am Morgen nach dem Sterben entzündete sie eine Kerze, betete das Ave-Maria, und noch in der Dämmerung brach sie auf. Sie hatte nur Proviant, Ersatzwäsche und eine sorgfältig zusammengerollte Decke dabei, mehr hatte nicht in den Rucksack gepasst. Früher oder später, so viel war absehbar, würde man sie als Deutschstämmige ohnehin vertreiben, es war nur eine Frage der Zeit, und der war sie nun zuvorgekommen.

Durch eine Senke strömte ein Bach, der um mannshohe Gneisfindlinge mäanderte. Ein guter Rastplatz, dachte Erna und setzte sich ans moosbedeckte Ufer. Ein paar Brombeersträucher gewährten ihr einen gewissen Schutz. Um ihre Stiefel sammelte sich schwarzes Wasser, das das verkrustete Blut an ihren Füßen aufweichte. Sie kaute ein Stück Speck und überlegte, ob sie eine schlechte Tochter sei. Seit sie von zu Hause fortgegangen war, hatte sie nicht mehr geweint. Gleichwohl war sie sich sicher, ihre Mutter geliebt zu haben. Andererseits empfand sie das Ende aller Bindungen und den Verlust jeglichen Hab und Guts als Befreiung. Nun war sie ganz auf sich gestellt, aber wenn sie auf ihrem Marsch sterben sollte, dachte sie, würde sie die Liebsten wiedersehen, die ihr einfach nur vorausgegangen waren. Der Speck stammte noch von einer verbotenen Schlachtung. Dafür hätte man sie einsperren können, aber es hatte gegolten, die Mutter aufzupäppeln, deren Tod mit dem Fleisch der heimlich gemästeten Sau zwar nicht abgewendet, aber immerhin hinausgezögert werden konnte; jetzt half das Fett Erna, zu überleben.

Außerhalb des Waldes herrschte Chaos, vielen war nicht

klar, wofür oder wogegen man nun zu sein hatte, man wusste nur, die Richtschnur hing tief, und jeder konnte mit Leichtigkeit darüber stolpern. Der angezettelte Krieg war als Heimzahlung zurückgekommen und verwandelte Deutschland in ein riesiges Leichenhaus.

Der Wind frischte auf, für Erna ein Zeichen, ihren Weg fortzusetzen. Sie griff nach ihrem Rucksack, und als sie sich aufrichtete und den Kopf hob, stand urplötzlich ein großgewachsener Mann vor ihr, nur wenige Meter entfernt. Erna stieß einen schrillen Ton aus. Prompt raschelte es im Gebüsch, ein Hase, der im Zickzack davonlief, dann war es wieder still. »Halt's Mau!«, fuhr der Lange sie an und ging ein paar Schritte auf sie zu. Dabei fuchtelte er mit einem Brotmesser, als hielte er eine Wünschelrute in der Hand. »Sei ruhig, sonst passiert was, ich kann Lärm nicht ausstehen. Was hast du in deinem Rucksack?«

Auf seinem schmalen, ausgezehrten Körper saß ein großer Kopf, in das wettergegerbte Gesicht hatten sich so tiefe Furchen eingegraben, dass sein Alter kaum zu schätzen war. Bekleidet war er mit einer blau-weiß gestreiften Sträflingsuniform, an den Füßen trug er Holzpantinen. Und er hatte dieses Messer in der Hand. »Gib her.« Er deutete auf den Rucksack zu ihren Füßen. Seine grauen Augen hatten etwas Melancholisches und lagen tief in den Höhlen, als wären sie leuchtende, wässrige Krater, darunter hohe, ausgeprägte Wangenknochen, eine lange, gerade Nase und ein markantes, spitz zulaufendes Kinn. Es verlieh seinem Profil Schärfe, man hätte sich die Silhouette durchaus auf einer Münze vorstellen können, so aristokratisch streng sah sie aus.

Für einen kurzen Moment dachte Erna daran, davonzulaufen, aber sie traute sich nicht. »Hast du keinen Mann, der auf dich aufpasst?« Sie schüttelte den Kopf. »Ich tu dir nichts, ich hab nur Hunger.« Er riss den Rucksack auf und machte sich über den Speck her. »Wo kommst du eigentlich her?«

»Aus Böhmen.«

»Und wo willst du hin?«

»Nach Eisenstein. Die Rote Armee rückt an. Und die Tschechen fallen über die Deutschen her. Alle fürchten um ihr Leben.«

Der entflohene KZ-Häftling hieß Andreas Küster. Gleichgültig zuckte er mit den Achseln, ihre Ängste ließen ihn kalt, er kam aus der Hölle, die für ihn keine religiöse Vorstellung mehr war, sondern ein irdischer Ort. Dort hatte er mehrere Wunder verschlissen, um noch am Leben zu sein. Seit Tagen vagabundierte er durch die Gegend, versuchte, sich nach Norden durchzuschlagen. In einem Dorf konnte er von einem Fensterbrett einen Eimer gekochter Kartoffeln stehlen, die für die Schweine bestimmt waren. In einem entlegenen Weiler ließ ihn ein alter, geistig zurückgebliebener Bauer im Stall übernachten, er versorgte ihn mit Hirsesuppe und Brot, so dass er wieder ein wenig zu Kräften kam, sogar rasieren konnte er sich dort und sich gründlich waschen. Der Alte erzählte ihm vom Reich Gottes, und Küster, der nur einen Bruchteil seines Dialekts verstand, schwieg ihn drei Tage lang staunend an. Als ein paar SSlern zu Ohren kam, dass der Bauer einen entlaufenen KZler einquartiert habe, exekutierten sie den Alten mit einem Genickschuss. Dem war nicht klar gewesen, wen er beherbergt hatte. Er dachte, der Junge mit dem stechenden Blick sei ein Gesandter des Herrn. Da war Küster schon verschwunden.

»Warum warst du im KZ?«

»Ich bin Kommunist, deswegen war ich in Sachsenhausen, in Flossenbürg, zuletzt in Plattling oder wie das Drecksloch heißt. Die meisten sind am Hunger krepiert, andere haben sie totgeprügelt. Sie haben uns nach Süden getrieben. Ich hab's geschafft, abzuhauen. Mein Kompagnon wurde auf der Flucht erschossen. Jetzt muss ich allein nach Berlin.« Er taxierte sie mit einem herablassenden Blick. »Und du, bist du eine Wehrmachtshelferin? Oder warum scheißt du dir vor Angst fast in die Hosen?«

»Wegen der Russen. Hab ich doch schon gesagt. Die Berichte aus dem Osten …«

»Das ist die Retourkutsche für Hitlers Raubzug. Jetzt müsst ihr bluten, das ist nur gerecht.«

»Aber ich kann doch nichts dafür, ich hab nichts getan«, sagte Erna und krampfte ihre Hände zusammen.

»Du hast mindestens das Maul gehalten und keinen Finger gegen die Verbrecher gerührt, das macht dich schuldig.« Das wollte Erna jetzt nicht mehr auf sich sitzen lassen. »Glaubst du, ich habe nichts verloren!«, ging sie ihn scharf an. »Mein Verlobter ist in Stalingrad geblieben. Meine beiden Brüder sind auch gefallen. Meine Eltern haben das nicht verwunden, sie sind krank geworden und gestorben wie die Fliegen, erst der Vater, dann die Mutter. Ich hab niemanden mehr, nur noch einen Onkel, den ich nicht mal kenne. Und jetzt kommst du, kennst mich nicht und sprichst von Schuld, als wärst du Gott. Der bist du aber nicht!« Mit diesen Worten verschaffte sich Erna Respekt. »Wie dem auch sei«, sagte Küster nach einem schweigsamen Moment, »ich habe keine Angst vor den Sowjets. Die sind mir sogar lieber als die Amis. Я немного говорю по русски.«*

»Woher kannst du Russisch?«

Andreas Küster erzählte ihr aus seinem Leben, von seiner Lehre als Ofensetzer, seinen ersten Schritten in der Partei, von seinem Aufenthalt in Moskau als Kursant der Internationalen Lenin-Schule, und er referierte lebhaft über den Mar-

---

* Russ.: Ich spreche ein wenig Russisch.

xismus, von dem er überzeugt war, dass er die Menschheit aus dem Joch kapitalistischer Unterdrückung befreien und die Welt in eine gerechte und friedvolle Gemeinschaft wandeln würde. Nach dem Studium der marxistischen Lehre habe er beschlossen, sein Leben danach auszurichten. Es sei nicht allein damit getan, den Faschismus auszulöschen, es gehe darum, den Kapitalismus als Ganzes in die Knie zu zwingen. Für ihn kämen die Amerikaner als Verbündete daher nicht in Frage. Ohne ihre Unterstützung wäre Hitler weder an die Macht gekommen, noch hätte er seinen Vernichtungsfeldzug antreten können. Dabei sei vor allem die Hilfe der Wall Street entscheidend gewesen. Erna hatte von diesen Dingen wenig Ahnung, sie wusste kaum, wovon er sprach, aber sie mochte den Klang seiner Stimme, und manche seiner Überzeugungen fand sie schließlich einleuchtend.

Andreas Küster war 24, und trotz der erlittenen Malträtierungen glaubte er an einen guten Ausgang der Geschichte. Die neun Monate Lagerhaft hatten ihm zugesetzt, ihn aber nicht gebrochen. In Berlin, erklärte er Erna, werde er sich als Erstes bei der KPD melden, danach wolle er unbedingt ein Studium der Ökonomie aufnehmen. »Denn es gilt«, und er zitierte Karl Marx, »›alle Verhältnisse umzuwerfen, in denen der Mensch ein erniedrigtes, ein geknechtetes, ein verlassenes, ein verächtliches Wesen ist.‹«

Ohne mit dem Kommunismus zu sympathisieren, gefiel Erna an Küster, dass er die Welt verändern wollte. Ihm wiederum gefiel an ihr, dass sie ihm ihre Aufmerksamkeit schenkte und ihm mit aufrichtigem Interesse Fragen stellte. Und beide fühlten sich darin wohl, dass sie über die Zukunft statt über die Vergangenheit sprachen. Das Zukünftige erschien ihnen plötzlich behaglich und überschaubar. Ein Ort, worin man leben mochte.

Am Himmel schoben sich dichte Wolken ineinander, worauf es sich schlagartig verdunkelte. Das Frühjahr war ohnehin kühl und feucht in diesem Landstrich, ein Regenschauer machte ihre Situation nicht besser. Beide blickten sorgenvoll nach oben. Küster musste erneut an Marx denken. Vielleicht war hier das Ende der Geschichte. Hier im Urwald. Eine Gesellschaft ohne Klasse, Eigentum, Staat oder Recht. Gedeihen und Vergehen führten hier eine endlose Unterhaltung, in der der Mensch keine Erwähnung fand. In der Wildnis gab es nur Leben, Wachsen und Sterben.

Er schlug vor, in einer Felsnische Schutz zu suchen, an der er vorhin vorbeigekommen war, einigermaßen trocken und windgeschützt sollte es dort sein. Wenig später richteten sie sich in ihrem Provisorium ein, während das Wasser in Schnürfäden aus den Wolken lief. »Du bist also Kommunist.« Das war weder eine Frage noch eine Aussage, vielmehr eine Brücke ins Schweigen. Das Wort Kommunismus klang süß und war doch so verboten, man musste die Lippen spitzen, um es auszusprechen. Küster drückte sich an sie. Aus der Umarmung entstand das Verlangen, die Gegenwart fest umschlungen auszuheben. Beide hatten seit langer Zeit wieder das Gefühl, zu existieren. Man schrieb den 30. April 1945. Am selben Tag erschoss sich Adolf Hitler in seinem Bunker in Berlin. Es war der Mündungstag des Dritten Reichs. Was in der Nacht zwischen Erna Schatzschneider und Andreas Küster passierte, darüber schwieg Erna ihr ganzes Leben lang. Erst kurz vor ihrem Tod erzählte sie ihrem Sohn davon in einem langen Brief. Darin versicherte sie ihm, dass er gewollt war.

2 Corin

Einige Schwalben schossen kreuz und quer zwischen den Wirtschaftsgebäuden umher, ihr Zwitschern erfüllte das gesamte Anwesen. Mit den Zugvögeln kündigte sich seit jeher der Frühling an, vielen galten sie als Glücksboten, doch so aufgedreht wie heute hatten sie sich lange nicht gebärdet. Franz blieb stehen, folgte ihnen mit seinem Blick. »Zu Mariä Geburt fliegen's fort und zu Mariä Verkündigung kommen's wieder. Denen ist es wurscht, ob Krieg oder Frieden ist, schau hin … Die spinnen, aber ich mag sie.« Er stieß ein lautes Lachen aus, dann zog er die schweren Schiebetüren auseinander, dass es nur so krachte. Jetzt erst fielen Corin seine Pranken auf. Zwar hatte sie schon viele große Hände gesehen, durch Arbeit geformte, vom Zulangen ausgewachsene Pratzen, die Hände vom alten Hufnagel-Knecht aber suchten ihresgleichen. »Was schaust so, komm mit!« Corin tappte ihm hinterher. Nachdem er ihr die Tenne und die Stallungen gezeigt hatte, war nun der große Heustadel an der Reihe. Ein leichter Windstoß fuhr ins Gebäude, worauf sie niesen musste.

Corin war gerade fünfzehn Jahre alt geworden, und mit dem heutigen Tag begann ihre Anstellung als Magd. Sie kam aus Klingenbrunn, woher auch Jutta stammte, die Frau vom Gutsherrn, deren Großcousine sie war. Ein einfaches Bauernmädchen, im guten Sinn unbekümmert, obwohl sie als ältestes von fünf Kindern schon früh hatte mit anpacken müssen und der Krieg einen Großteil ihres bisherigen Lebens bestimmt hatte. In der Volksschule gehörte Corin nicht zu den Besten, aber dumm war sie trotzdem nicht. Bekam sie etwas erzählt, horchte sie immer genau hin, und wenn sie etwas nicht verstand, traute sie sich meistens nachzufragen, selbst wenn sie davon ausgehen musste, dass sie den Erwachsenen damit auf die Nerven ging. »Überlass das Denken den

Pferden«, hieß es dann oft, »die haben den größeren Kopf.« Corin hatte krauses, rotblondes Haar, das meistens unter einem Kopftuch versteckt war, milchige Haut und ein schmales, stupsnäsiges Gesicht, das genauso wie ihre Arme mit Sommersprossen übersät war. Da sie für ihr Alter schon ziemlich kräftig war, konnte man ihr durchaus harte Arbeit zumuten. Jedenfalls war der Hufnagelhof von nun an ihr neues Zuhause.

Der untere Stadelbereich war durch eine Bretterwand in zwei Teile getrennt. Der Teil, den Franz ihr zuerst zeigte, diente als Abstellkammer. An der linken Seite stapelten sich zusammengeklappte Kleeböcke, an der Stirnwand hingen geflochtene Körbe und andere Erntegerätschaften, rechter Hand lehnten Heugabeln, Reisigbesen sowie ein paar Rechen, daneben führte eine Stiege zum Heuboden unters Dach. Franz stieg voran, Corin folgte ihm. Hier oben veranstalteten die Schwalben einen noch größeren Tumult. Die Luft in dem riesigen, dusteren Raum war stickig. Durch die Holzritzen drang jedoch genügend Helligkeit herein, so dass man einigermaßen mit Licht versorgt war. Der Heuvorrat neigte sich dem Ende zu, nur ein paar kleine Haufen lagen verstreut herum. Weiter vorne befand sich ein quadratisches Loch, durch das man das Heu nach unten warf, damit es auf Schubkarren in die nebenliegenden Ställe gebracht werden konnte. »Bald darf's trocken werden, dass mit dem ersten Schnitt was nachkommt.«

»Das kann ich auch«, sagte Corin selbstbewusst. »Schon als Kleine hab ich bei der Heumahd mitgeholfen.« Dabei straffte sie ihr Kopftuch, wie um zu zeigen, dass sie keine Arbeit scheute. Auf einmal kniff sie ihre Augen zusammen und horchte auf, von den Schwalbenlauten fast übertönt, hörte sie ein leises Wimmern. Corin drehte sich um und schrie auf. Nun sah es auch Franz. An der rückwärtigen Stadelwand baumelte der zuckende Körper eines Mannes. Er röchelte, während sein massiger Körper gegen das Sterben ankämpfte. »Um Gottes willen, der Herr Vinzenz«, stammelte Franz. Er wusste nicht, was er zuerst tun sollte, dem Mädchen die Augen zuhalten oder den Zappelnden vom Strick schneiden. Der Anblick zog das Mädchen in seinen Bann. Was sie sah, verängstigte sie keineswegs, sie war auch nicht schockiert darüber. In den letzten Monaten hatte sie schon einige Sterbende gesehen, zuletzt an der Bahnlinie, als sie vom Brennholzsammeln aus dem Wald kam und ein Güterzug von drei Thunderbolts auf freier Strecke beschossen wurde. Die Schützen feuerten auf alles, was sich bewegte. Um ein Haar hätte es auch sie erwischt.

Schließlich fingerte Franz sein Taschenmesser aus der Hosentasche, klappte es auf und drückte es ihr in die Hand. »Steig hinauf!«, befahl er ihr, und Corin sauste los, kletterte behänd die Deckenbalken hoch und säbelte das gespannte Seil durch. Mit einem dumpfen Knall plumpste der schwere Körper zu Boden und lag dort wie ein umgefallener Mehlsack. Franz lockerte den Kälberstrick, der einen violetten Kranz ins Halsfleisch gebeizt hatte. Prompt rang Vinzenz nach Luft, er stank nach Schnaps und Kot, seine Augen waren blutunterlaufen, und sein Gesicht war mit dicken Schweißperlen überzogen. Mittlerweile hatten sich die Schwalben beruhigt. Corin war wieder herabgestiegen, sie hielt eine halbleere Flasche Korn in der Hand, die sie auf einem Querträger gefunden hatte. Gebannt starrte sie auf Vinzenz. Der zuckte ab und zu, worauf jedes Mal ein Schwall Speichel aus seinem Mundwinkel floss. Die Uniform hing verzerrt an seinem Körper, das SS-Rangabzeichen auf seinem Kragenspiegel war mit Schleim verklebt, auf dem Hosenlatz zeigten sich feuchte Flecken. »Mädel, lauf, hol den Herrn Josef!« Aber Corin hörte Franz nicht; die kreatürliche Unvollkommenheit, die da vor ihr auf dem Boden lag, band ihre gesamte Aufmerksamkeit. Schließlich öffnete Vinzenz seine Augen. Ein heiseres, geröcheltes »Kruzifix« entfuhr ihm. Franz packte Corin am Oberarm und schüttelte sie. »Hörst du nicht, schau nicht so blöd, hol den Herrn Josef!« Das Mädchen ließ die Flasche fallen, nickte mechanisch und lief los. Und jetzt erst begann sie zu verstehen: Sie hatte einem Menschen, und noch dazu einem Hufnagel, das Leben gerettet. Um sich etwas darauf einzubilden, dazu hatte sie keine Zeit, nur wenig später schleppten Franz und Krzysztof, ein polnischer Zwangsarbeiter, unter Aufsicht von Josef Hufnagel den gescheiterten Selbstmörder vom Heuboden. Sie brachten ihn ins Herrenhaus und legten ihn auf dem Kanapee im Salon ab. Schnell wurde der Dorfarzt gerufen, der bei der Gelegenheit auch nach der kranken Hausherrin sah, wobei er in ihrem Fall nicht viel tun konnte, da ihm nach wie vor die entsprechenden Medikamente fehlten. Und Vinzenz hätte auch ohne ärztliche Fürsorge überlebt.

Es ist müßig, darüber zu spekulieren, ob die Geschichte anders verlaufen wäre, hätte Franz das Schiebetor nicht mit solch einem Karacho aufgezogen, dass Vinzenz, erschrocken vom Krach, vom Balken stürzte, bevor er sich den Strick sachgemäß um den Hals legen konnte. Es ist müßig, denn es gibt nur diesen Verlauf der Geschichte, und gleich einem Pendel am höchsten Punkt kippt sie mal in die eine, mal in die andere Richtung.

3 Ein Feuer mit zwei Gesichtern

Nachdem sich die Aufregung einigermaßen gelegt hatte, zeigte Franz Corin das Sägewerk. Vom Herrenhaus lag es etwa eine Viertelstunde Fußmarsch entfernt hangaufwärts am

Ortsrand, wo die südliche Waldnaht angrenzte und ein Wasserzulauf vorhanden war. Abgesehen von ein paar flatternden Hakenkreuzfahnen hatte sich das Gesicht des Dorfs seit dem Ende des 19. Jahrhunderts kaum verändert. Der Arber war nach wie vor der unumstrittene Gebieter vor Ort. Vom Tal aus ähnelte er einer gewaltigen Pyramide, bepackt mit grotesk geformten Felsformationen. Die Häuser standen noch im selben Abstand nebeneinander, die Misthaufen stanken wie eh und je, und am Rand der Güllegruben säumten Aborthäuschen mit ausgeschnittenen Herzen die Siedlungen. Immer noch waren die Gassen schmal und holprig, weder gepflastert noch geteert, selbst die Ausfallstraße war nur dürftig mit Schotter und Sand befestigt. Der Reichsarbeitsdienst hatte Eisenstein ausgespart, für die Kriegswirtschaft reichte die vorhandene Infrastruktur. Holz und Menschenkraft wurden mit der Bahn abtransportiert, insofern hatte der Bahnhof seine Relevanz behalten. Genauso wie die Kirche. Einzig die Glasfabrik fehlte. Das Feuer hatte seinerzeit sämtliche Produktionsstätten zerstört. An ihrer Stelle hatte sich eine weitläufige Brache ausgebreitet.

Dass an diesem Ort einst schweißtreibende Arbeit verrichtet worden war, Stolz der ganzen Region, ließ sich nicht einmal mehr erahnen. Vom Hof des Sägewerks erstreckte sich der Blick über das ganze Dorf, insofern hatte man auch eine gute Sicht auf die ehemalige Anlage. Die Fundamente waren als dunkle Umrisse im Erdboden noch gut zu erkennen. »Warst du damals auch schon beim Hufnagel, wo die Glashütte abgebrannt ist?«

»Jaja, damals war ich ungefähr so alt wie du jetzt. Mein lieber Schwan, da war was los, das weiß ich noch genau«, sagte Franz und senkte die Stimme, obwohl die beiden ganz allein auf dem Gelände waren.

»Und was ist damals passiert?«

»Was soll schon passiert sein? Abgebrannt ist sie. Kurz darauf hat der alte Siegmund – Gott hab ihn selig –, der Vater vom Herrn Josef und vom Herrn Vinzenz, der hat das Sägewerk gebaut. Sonst wären wir jetzt nicht hier.« Vom »Eisensteiner Feuer« hatte so gut wie jeder im Waldgebiet schon mal was gehört, und da nie ein Brandstifter gefasst wurde, gab es dazu etliche Gerüchte und Verschwörungen. »Wer hat denn die Glashütte angezündet?«, fragte Corin unbekümmert.

»Woher soll ich denn das wissen?«, gab Franz grob zurück, »damit hab ich nix zu tun!«

»Aber ich wollt doch nur wissen, ob du was weißt.«

Heftig schüttelte Franz den Kopf. »Ich weiß nix, ich bin nur ein Knecht, merk dir das.« Er zog einen Klappkamm hervor und fuhr sich durch sein lichtes, durcheinandergeratenes Haar, dann setzte er sich auf einen Baumstamm und schwieg für eine Weile. Corin überlegte, ob sie etwas Falsches gesagt hatte, und sah dabei zur Kirchturmuhr hinüber. Gerade war es auf den Schlag drei Uhr geworden. »Bei euch rührt sich auch nix im Kirchturm.« Franz stopfte sich eine Pfeife, dazu wippt er mit dem Fuß seines übergeschlagenen Beins. Schon seit drei Jahren hing keine Glocke mehr im Turm, als Metallspende war sie an die Rüstungsindustrie gegangen. »Eure Kirche ist sehr schön.« Erneut versuchte Corin, ein Gespräch anzukurbeln, aber auch darauf ging Franz nicht ein. Er zog an seiner Pfeife und nickte. Nicht nur zum Krieg, auch zur Kirche hätte er viel sagen können, doch er ließ es bleiben. Die Wahrheit brachte doch nur Scherereien mit sich. Lieber kostete er den würzig warmen Dampf in seiner Mundhöhle aus und genoss den zarten Sonnenschein. Pfeifenraucher, hatte er mal gehört, galten als solide Männer. Das gefiel ihm, und mehr als solide und zurückhaltend wollte er auch gar nicht sein.

Zu Beginn des 20. Jahrhunderts hatte sich die alte Kirche als zu klein und in mancher Hinsicht als baufällig erwiesen, daher beschloss man, ein neues Gotteshaus zu errichten. Zur Finanzierung wurden eine Landeskollekte und eine Kirchenbaulotterie durchgeführt, doch das Bauvorhaben konnte erst gestartet werden, nachdem Siegmund Hufnagel der Pfarrei eine großzügige Spende zugesichert hatte. Es war allgemein bekannt, dass er mit Auszahlung der Versicherungssumme zu einer Menge Geld gekommen war, für den Pfarrer kam so viel Freigiebigkeit trotzdem überraschend. Siegmund hingegen sah darin die Möglichkeit, sein Ansehen in der Öffentlichkeit aufzupolieren und seiner Gottesfürchtigkeit Ausdruck zu verleihen. Für ihn war der Brand in sämtlichen Belangen ein Glücksfall gewesen. Nicht nur finanziell kam er ihm zupass. Nun brauchte er sich nicht mehr über die Hirnzwerge zu ärgern, und auch um die Rentabilität seines Gewerbes musste er nicht mehr bangen. Das Ende der Eisensteiner Glasdynastie war von einem auf den anderen Tag gekommen, schnörkellos, ohne dass man ihn dafür verantwortlich machen konnte, weder moralisch noch juristisch. Siegmund dankte Gott dafür und gelobte Besserung. Der Brand, so Siegmunds Schlussfolgerung, konnte kein Zufall gewesen sein. Vielmehr nahm er ihn als Wink des Himmels, sein Leben von Grund auf zu ändern und in demütige Bahnen zu lenken. Jedenfalls hatte er das Gefühl, der göttlichen Vorsehung etwas zurückzahlen zu müssen, innerlich wie äußerlich. Durch die Spende wollte er nicht nur der Gemeinschaft einen Dienst erweisen, sondern auch seinen Gesinnungswandel unter Beweis stellen.

Die Glasarbeiter sahen das Ganze naturgemäß anders. Ihre Tränen konnten gegen den Brand nichts ausrichten, sie waren genauso wirkungslos wie die Löschversuche der Freiwilligen Feuerwehr. Sie mussten sich damit abfinden, dass ihr Arbeitsplatz eine Beute der Flammen geworden war. Unwiederbringlich, denn Siegmund beabsichtigte nicht, eine neue Glashütte aufzubauen. Viele hatten ihr ganzes Erwerbsleben in der Glashütte zugebracht. Und trotz aller Mühsal und Schikanen war sie ihnen eine vertraute Heimstatt gewesen. Nun lag sie in Schutt und Asche. Manche vermuteten den Fabrikanten höchstselbst hinter der Tat, andere spekulierten über einen Handlanger in seinem Auftrag, im Grunde ahnten aber alle, wer die Glashütte angezündet hatte. Allein, man traute es ihr nicht wirklich zu. Man fragte sich, wie ein einfaches Weib das hätte anstellen sollen. Andererseits hatte die Gassenhuberin einen verreckten Hund zu beklagen, nachdem sie in der Brandnacht eine weibliche Gestalt durch ihren Garten hatte huschen sehen. Niemand wagte jedoch öffentlich darüber zu sprechen. Zu keinem Zeitpunkt, auch nicht im Zuge der Befragung durch die Gendarmerie, fiel der Name Maria Raffeiner. Nur im kleinen Kreis wurde getuschelt und gemutmaßt. Da sie Maria verraten hatten, schrieben sie sich die Katastrophe gewissermaßen selbst zu, unabhängig davon, ob sie die Brandstifterin war oder nicht. Denn hieß es nicht, sie habe alle verflucht, damals beim Asenbauer Wirt, als niemand bereit war, ihr zu helfen? Letztendlich deutete man den Brand als Strafe Gottes.

Gut ein Drittel der Arbeiter kam später in Siegmund Hufnagels Sägewerk unter, einige wurden als Hilfsarbeiter bei kleinen Glasmanufakturen in der Gegend aufgenommen, viele jedoch sahen sich gezwungen, weiterzuziehen, nach Böhmen etwa, wo es noch große Glashütten gab. Aber auch diese gerieten nach und nach in Bedrängnis, verkleinerten ihre Produktion oder mussten überhaupt schließen. Siegmund hatte schon unmittelbar nach dem Brand beschlossen, auf Holzwirtschaft umzusatteln. Unterstützung erhielt er dabei von Siglinde, die resolut an seiner Seite stand. Ihr Bruder leitete eine kleine Sägemühle bei Kötzting, er hatte Ahnung von diesem Geschäft und beriet die beiden umfassend. Durch seine Vermittlung gelangten sie an ihren ersten Pächter, einen Mann mit dem klingenden Namen August Schrattenholzer, einen ehrlichen Kerl, der es verstand, den Betrieb nachhaltig aufzubauen.

Es war ein mit Bedacht gewählter Wirtschaftszweig, auf den Siegmund setzte, denn der Mensch verlangte nach Holz in allen Zeiten, und Wälder hatte er nur zuhauf. Jetzt brauchte er sie nicht mehr für das elendige Glas zu verfeuern, von nun an wurde mit dem Holz gebaut und gezimmert, und dafür musste bei Weitem nicht so viel geschlagen werden wie für die Glasindustrie.

Zusammenfassend lässt sich sagen, dass aus dem Fluch der Maria Raffeiner das Sägewerk der Hufnagels entstand. Um diese Wahrheit wussten viele, aber schon eine Generation später war sie fast wieder vergessen, und man erzählte sich stattdessen die Legende vom »Eisensteiner Feuer«, in die man mit Ausnahme der wahren Geschehnisse alles Mögliche hineindichtete.

Nachdem Siegmund den neuen Gewerbeweg eingeschlagen hatte, machte er Siglinde einen Heiratsantrag. Ihre Ausdauer und Diskretion hatten sich also ausgezahlt. Und so stieg sie von der heimlichen Langzeitgeliebten auf zur rechtmäßig angetrauten Gattin. Siegmund liebte sie für ihre Fertigkeit, ihn zu erden, alles schien jetzt klar und vorbestimmt. Durch die Heirat hatte sich auch sein Ruf im Dorf und in der Umgebung verbessert, denn sie war nun mal eine aus dem Volk. Sie sprach dessen Sprache und teilte seine Sitten. Gemessen an Siegmunds Ansprüchen mangelte es ihr zwar an Feinsinnigkeit, doch ihre Derbheit bekümmerte ihn nicht wirklich, er wusste, dass er sich immer auf sie verlassen konnte, und nur das zählte jetzt. Siglinde indessen hielt die Verletzungen ihres früheren Lebens hinter einer ausdruckslosen

Miene verborgen, nur ihr hageres Gesicht zeugte von einer großen Einsamkeit. Niemand sollte ihr die Genugtuung ihres Aufstiegs ansehen, niemand sollte Anlass haben, sie des Hochmuts zu zeihen. Aus Siegmund machte sie einen disziplinierten Familienvater, und beide gehorchten der herrschenden Moral, ohne sich wirklich in ihr gefangen zu fühlen. Noch am Tag der Eheschließung adoptierte Siegmund den mittlerweile zwölfjährigen Korbinian. Aus der Ehe selbst gingen zwei weitere Söhne hervor: Josef, der Erstgeborene, und Vinzenz, der drei Jahre später zur Welt kam.

»Hör zu, Mädel«, Franz erhob sich, sein Blick suchte Corins Augen, »ich sag dir eins, gib Obacht ...« Das Mädchen wusste nicht so recht, worauf der Knecht hinauswollte. »Schau nicht weg, pass auf: Der alte Hufnagel hat einen Schlag bei den Weibern gehabt, wo er noch jung war, später nicht mehr. Der Herr Josef, nimm dich in acht vor ihm, der ist genauso wie der alte, wo er noch jung war, kapiert?« Jetzt verstand Corin in etwa, was er meinte, aber seine plötzliche Impulsivität irritierte sie. Es war immer noch Krieg, und er warnte sie vor dem Gutsherrn statt vor den Amerikanern oder vor den Russen, die beide jeden Moment hier auftauchen konnten. So genau wusste man es nicht. »Auch wenn er einen Holzhax hat, so ist er doch wie ein Wiesel hinter den Weibern her. Und jetzt, wo die Männer tot oder im Krieg sind, packt er alles, was schön anzuschauen ist und nicht bei drei auf'm Baum.« Verstört schaute Corin in die Wolken. »Vielleicht bist jetzt noch zu jung, aber nicht mehr lang. Merk dir meine Worte. Schau zu, dass du nicht allein mit ihm irgendwo bist.« Darauf sagte er etwas Eigenartiges, jedenfalls konnte sie sich keinen Reim auf das Gerede vom Franz machen, der ihr manchmal schnatterhaft wie eine Dorftratschn und dann wieder leidgeprüft wie ein geprügelter Hund vorkam. »Ich möcht nicht erleben müssen, wie das Sägewerk abbrennt. Ein Brand reicht für ein Leben.«

Mittlerweile war es Abend geworden, in der Ferne kündigte sich ein Gewitter an, und die beiden sahen zu, dass sie nach Hause kamen. Die Schatten der Wolken beschleunigten das Hereinbrechen der Nacht. Der Himmel öffnete seine Schleusen und grollte, als würde eine unvorstellbare Kraft irgendwo oben ein riesiges Blech schwenken. Nach einer Weile beruhigte es sich wieder, dann blieb der Donner ganz aus, doch das Wasser rauschte immer noch herab.

4 Ankunft

Eine Spur von Wahnsinn spiegelte sich in Josefs Augen, mit seinem Gehstock peitschte er durch die Luft und schlug immerzu gegen den Kiesboden. Wie ein Zirkusdirektor stand er in der Mitte des Hofs, der seine Manege war, und scheuchte mit gezischten Direktiven die Dienstboten umher. Selbst die Spatzen im Efeu, der an der Hofseite des Heustadels emporrankte, hielten vorsichtshalber den Schnabel.

Seit verbürgt war, dass sich die letzten SSler unter der Führung von Oberst Bingmeier aus dem Staub gemacht hatten, herrschte Erleichterung. An einigen anderen Orten wurde noch gekämpft, die Stellungen gemäß Hitlers Durchhaltebefehl verteidigt, was viele selbstzerstörerische Scharmützel zur Folge hatte. Die blieben den Eisensteinern nun Gott sei Dank erspart.

Auf dem Hufnagelhof ging es hektisch zur Sache, das Jüngste Gericht in Gestalt amerikanischer Panzer nahte, daher galt es, die knappe Zeit zu nutzen. Die Hakenkreuzfahne musste vom Giebel entfernt und stattdessen ein weißes Laken angebracht werden. Allerlei belastendes Material hatte zu verschwinden, nur war das aus verschiedenen Gründen nicht ganz so einfach.

Im Ausnahmezustand also doch ein echter Nazi, dachte Krzysztof. Derart martialisch trat der Gutsherr sonst nicht auf. Neben Josef, seiner Frau Jutta und Vinzenz befanden sich das Gesinde – bis auf Franz allesamt Frauen – und die Zwangsarbeiter auf dem Hufnagelgut. Seit Kurzem waren auch noch ein paar Ausgebombte auf dem Hof noteinquartiert. Ihnen verordnete Josef eine Ausgangssperre, sie hatten in der Tenne zu bleiben und sich ruhig zu verhalten. Jetzt, als der Krieg fast schon vorbei war, kehrte er noch einmal den Leutnant heraus. Vor vier Jahren war Josef mit seiner Gebirgs-Division Teil des »Unternehmens Merkur« auf Kreta gewesen. Dort hatte er viel erlebt und dann noch mehr verdrängt. Nun erfolgte der Schlussakkord eines Krieges, der ihm das Leben gelassen, ihn aber ein Bein gekostet hatte. Im Moment allerdings war er eins mit seinem Befehlston, verzweifelt und lächerlich, und je lauter Josef schrie, umso missverständlicher gerieten seine Anweisungen. Mal sollte eine Feuerstelle im Hof errichtet werden, dann wieder nicht. Eine Kiste sollte im Heustadel versteckt werden, im nächsten Augenblick befahl er, ein Erdloch auszuheben. Als kurz darauf Franz mit dem Spaten kam, schimpfte er ihn einen Hornochsen, denn mit Sicherheit würde man die Vergrabungsspuren sehen. Schließlich kam er auf die Idee mit der Güllegrube, dort solle man die große Kiste versenken. Alles Brennbare müsse sofort hinterm Haus angezündet werden. Krzysztof, Marek und Robert, die drei verbliebenen polnischen Zwangsarbeiter, halfen umstandslos mit, den Nazikrempel zu beseitigen, gleichwohl machten sie sich zwischendurch lustig über den Choleriker, der nun auf seinem Weg zurück ins Herrenhaus die blühenden Krokusse vor dem Eingang platttrampelte. Sie

125

kamen zu dem Schluss, dass sich die Geister von Hitler und Goebbels zusammengetan hatten und in Herrn Josef gefahren waren. Denn das Plärren des einen und das Humpeln des anderen machten ihn zu einer Karikatur von beiden.

Die drei Polen warteten sehnsüchtig auf ihre Befreiung, obgleich sie sich auf dem Hufnagelgut nie wirklich als Gefangene fühlten. Die Aufseher waren zwar schroff und ruppig, einer hatte auch gerne mal zugeschlagen, die Hofmitglieder aber, mit denen sie die meiste Zeit zu tun hatten, verhielten sich ihnen gegenüber stets anständig. Mit Franz konnte man sogar im Flüsterton über die Nazis spotten. Nur wenn Vinzenz zu Besuch kam, waren sie auf der Hut vor seinen unvorhersehbaren Wutausbrüchen. Ihn mieden sie, wo es nur ging, vor ihm hatten sie große Angst. Als einer der Zwangsarbeiter, ein junger Belgier, einmal in einer Arbeitspause gelacht hatte, veranlasste Vinzenz, ihn ins neue Außenkommando nach Plattling zu verschleppen. Der Junge, so seine Überzeugung, habe sich lustig über ihn gemacht und das gehöre bestraft. Obwohl Josef intervenierte, setzte er seinen Willen durch. Das war erst vor zwei Monaten geschehen.

Im etwa sechzig Kilometer entfernten Plattling war Vinzenz zuletzt zum stellvertretenden Kommandoführer des Lagers aufgestiegen. Er, ein SS-Mann im unteren Rang, war somit endgültig zum Herrn über Leben und Tod geworden. Losgelöst von den Lasten der Moral und den Einschnürungen der Gesellschaft war ihm das Drangsalieren und Töten die Verwirklichung absoluter Freiheit.

Erst ruckelte Josef am Bettgestell, gleich darauf versetzte er Vinzenz einen Hieb mit dem Stock. »Waffen her! Wo ist dein zugeschissener Dienstrock?!« Vinzenz, der gerade noch tief geschlafen hatte, riss die Augen auf. Glasige Pupillen kamen zum Vorschein, dann drang aus seiner Kehle ein dünnes Stimmchen: »Weiß ich nicht. Der Knecht hat alles verräumt.«

Schwerfällig stand er auf, er wirkte gebrechlich. Josef ging ans Fenster und rief nach Franz, dann wandte er sich wieder Vinzenz zu. »Die Amerikaner rücken an, dauert nimmer lang, dann sind sie bei uns.«

»Ich muss mich verstecken, die bringen mich um.«

»Einen Scheißdreck musst du. Ich war gestern am Landratsamt und hab deine Akten einkassiert. Dass du desertiert bist, war das Beste, was du je gemacht hast.« Mit leerem Blick schaute Vinzenz zum Fenster. Die Mittagssonne strahlte unverschämt schön. »Einen hab ich noch erwischt, wie er abhauen wollt, aus zwanzig Metern nachgepfeffert, der andere ist auf und davon.« Seine Stimme wurde weich. »Dem bin ich hinterher und bin dann immer weiter, bis ich daheim war.«

Fassungslos schüttelte Josef den Kopf. »Was hast du dir eigentlich dabei gedacht? Ein Hufnagel bringt sich nicht um! Das bist du unseren Eltern schuldig, unserem gefallenen Bruder – sowas ist kein Heldentod, sondern eine Schande!« Vinzenz verzog seine Mundwinkel, leise begann er einen Schlager zu singen: »In der Nacht ist der Mensch nicht gern alleine, / Denn die Liebe im hellen Mondenscheine ...«

Bis aufs Blut gereizt, holte Josef mit dem Stock aus. »Halt's Maul, du Depp!«

»Lass mich doch singen, werden mich halt die Amis hinrichten, was soll's?«

»Werden sie nicht! Ich sag, du warst ein einfacher Arbeiter im Sägewerk.«

»Das glaubt kein Mensch.«

»Wir müssen's glauben!«

»Und wenn einer von den Polacken gegen mich aussagt?«

»Krzysztof wird nix sagen, die anderen zwei auch nicht. Wir haben sie immer rechtschaffen behandelt. Jutta hat sie sogar am Tisch mitessen lassen.«

»Das stimmt, aber wenn sie den aufhängen, ist es nicht

schad.« Erschrocken drehten sich beide um. Im Türrahmen stand Jutta. Es hatte den Anschein, als hätte sie den zweien schon länger zugehört. Die lange Krankheit hatte eine niedergedrückte, ausgezehrte Frau aus ihr gemacht. Josef schaute sie entsetzt an. Wie sie da stand, leicht gekrümmt, mit verächtlichem Blick, glaubte er für einen kurzen Moment, die alte Partisanin vor sich zu haben. Kreta schoss ihm durch den Kopf, die Exekution mit ihrer beklemmenden, unerträglich langen Stille vor dem einsetzenden MG-Feuer, das fahle, mit strähnigem Haar umrahmte Gesicht der Alten, bevor er abgedrückt hatte.

»Warum bist du nicht im Bett?«, fauchte er sie an, »du holst dir noch den Tod!« Aus ihrer Starre heraus begann Jutta zu beben. »Der Vinzenz bringt uns alle noch ins Grab.« Sie machte einen Schritt nach vorne. »Scher dich weg von hier!«

»Der Vinzenz bleibt, er ist einer von uns.«

»Wenn er nicht geht, gehen wir alle zugrunde!«

»Ruhe!«, brüllte der Gutsherr. Dann ging er zu seiner Frau und legte den Arm um sie. Hinter ihrem Rücken sah er Franz ins Zimmer kommen, etwas gebückt, wie man ihn kannte. »Wo bleibst du? Habt ihr die Kiste versenkt?« Der Knecht hätte nichts sagen müssen, der grässliche Gestank und seine mit Gülle bespritzte Hose gaben Antwort genug. »Sicher«, sagte er pflichtschuldig, »sicher.«

»Waren da auch die Sachen vom Vinzenz drin, seine Waffen und die Uniform?«

»Jaja, die hab ich gestern schon hineingetan.«

»Gut gemacht, Franz. Und der Odel reicht aus, ja? Man darf nichts, rein gar nix sehen.«

Abermals nickte der Knecht. »Hat leicht gereicht, die Kiste ist untergegangen wie die Titanic, da schaut nix raus.«

»Sehr gut. Ich komm gleich und schau's mir an. Damit

aber eins klar ist«, Josef wandte sich an alle drei, »kein Wort darüber. Das Zeug bleibt bis zum Sankt-Nimmerleins-Tag in der Versenkung, außer ich befehl was anderes. Sag das auch den anderen, Franz, das ist wichtig.«

»Welches Zeug, Josef?« Juttas Augen flackerten. Seit Wochen wurde sie von einer Lungenentzündung geplagt und musste das Krankenbett hüten. »Was für Zeug habt ihr da versenkt?«

»Ja, was schon, glaubst du, die Amerikaner wollen mit Hakenkreuzen und Gewehren begrüßt werden!? Die weiße Fahne hängt auch nicht zur Gaudi ausm Fenster. Und jetzt halt deinen Schnabel und geh rüber in dein Bett!« Er zog an einem Finger, bis das Gelenk knackte. »Reißt euch zusammen.«

»Nix sehen«, sagte Krzysztof stolz. Josef nickte zufrieden, »Sehr gut.« Die Güllegrube hatte tatsächlich alles verschluckt. »Wenn die Amerikaner kommen«, wies Josef nun die drei Kriegsgefangenen an, »dann macht ihr so: ›Hände hoch.‹« Josef streckte seine Arme mit nach vorne gedrehten Handflächen über den Kopf. »Ihr sagt nix, nur ich rede, ich kann Englisch. Verstanden?« Dann gab er ihnen eine Kostprobe: »Welcome, Major General. We surrender. Peace, please.« Er zog seine Brauen in die Höhe und grinste.

Im Gegensatz zu seinem Bruder und seiner Frau, im Gegensatz zu fast allen Menschen aus der Gegend, hatte Josef eine höhere Schule absolviert. Als Internatszögling hatte er vor Jahren sein Abitur bei den Benediktinern in Metten abgelegt. Danach, während sich Bayern zum Sammelbecken für Faschisten, Antisemiten und Rassisten entwickelte und sich insbesondere München anschickte, zur »Hauptstadt der Bewegung« zu werden, studierte er Forstwissenschaften an der hiesigen Universität. Diese Zeit formte auch sein politisches Bewusstsein. Zwar blieb er zu den Rechtsextremen auf Distanz, doch der »Ordnungszelle Bayern«, die sich als Bollwerk gegen das völkervermischende, babylonische Berlin in Stellung brachte, fühlte er sich durchaus zugehörig. Gleichwohl versuchte Josef, seinen Horizont eigenständig zu erweitern. Er besuchte Vorlesungen in Geschichte und Architektur, was ihm allerdings bei der Lösung des aktuellen Problems auch nicht weiterhalf: Die vier Männer stanken penetrant nach tierischer Scheiße. Jeder, der seine Sinne beisammenhatte, konnte gar nicht anders, als zu schlussfolgern, dass sie in der zum Hof gehörigen Jauchegrube gewatet haben mussten. Und welch anderen Grund als den, darin etwas von beträchtlichem Wert oder Belang zu verstecken, sollte es für ein Rendezvous mit der Scheiße geben? Umgehend trug Josef den vieren auf, sich gründlich zu waschen und frische Kleidung anzuziehen, ihre versauten Klamotten hatten die Frauen im Ofen zu verbrennen. Für Franz war das kein Problem, Krzysztof, Marek und Robert allerdings besaßen nur noch das, was sie am eigenen Leib trugen. Als nach Abzug der Aufseher die russischen Zwangsarbeiter geflüchtet waren, hatten sie alles mitgenommen, wovon sie dachten, es sei ihnen nützlich für unterwegs. Dazu gehörten auch die paar Kleidungsstücke der drei Zurückgebliebenen.

»Warum habt ihr kein Gewand mehr!?«, knurrte Josef die drei an. »Himmel, Herrgott, Sakrament!« Franz' Sachen waren zu klein für sie, von Helga, der Köchin und Haushälterin, von Thea, der ersten Magd, sowie von Corin konnten sie ebenfalls nichts anziehen, während die Zwangseinquartierten erst gar nicht mit dem Thema konfrontiert werden sollten. »Mitkommen!« Josef führte die drei, die nur noch ihre Unterhose anhatten, in sein Schlafzimmer, wo Helga für ihre Einkleidung zuständig war. Sie staunten nicht schlecht, was sie ihnen herauslegte. Keiner der Gefangenen hatte je so feinen Stoff getragen. Marek betastete in einer Tour seine aus Schurwolle gefertigte Hochbundhose. Er hatte Ahnung, in seiner Heimat war er ein gefragter Schneider gewesen. »Selbst die Naht ist ein Gedicht«, sagte er zu den anderen auf Polnisch. »Wir Idioten hätten schon früher in die Grube steigen sollen«, scherzte Krzysztof. Danach allerdings musste Franz sie auf Geheiß von Josef mit Sägemehl einstauben. Zu gepflegt sollten sie nun auch wieder nicht aussehen.

Alles Nötige war also rechtzeitig erledigt worden. Die Kapitulation, diese Gnade der Neuzeit, wie Josef mit Blick auf sein Eigentum dachte, konnte jetzt endlich vollzogen werden. Lange würde es ohnehin nicht mehr dauern. Aus einiger Entfernung, hinter dem schmalen Waldgürtel im Norden, wo der Eisenstein-Pass entlangführte, waren bereits Panzergeräusche zu hören, vereinzelt ratterten Maschinengewehrsalven.

Josef befahl allen, sich auf der Hofstelle zu versammeln. Selbst Jutta, eingehüllt in ein gegerbtes Fell und in einen Schaukelstuhl gekauert, wartete mit den anderen. An die dreißig Gestalten blickten nun gespannt zum Hügelkamm auf die andere Talseite hinüber und erwarteten die alliierte Armee. Mit einem Fernglas in der Hand stand Josef in vorderster Reihe und wisperte ein paar Worte vor sich hin, als hätte er sie auswendig gelernt. Einige demutsvolle Gesten hatte er sich auch überlegt. Plötzlich verschaffte sich jemand mit einem lauten »Grüß Gott« Aufmerksamkeit. Alle drehten sich nach der unbekannten Stimme um. Es war Erna, die über die verwaiste Rückseite auf das Anwesen gelangt war. »Entschuldigung, bin ich hier richtig, ist das der Hufnagelhof? Ich suche meinen Onkel.« Der junge und ungewöhnlich gut gekleidete Mann, den sie angesprochen hatte, nickte zwar, brachte aber kaum ein Wort heraus. Dann zeigte Krzysztof mit dem Finger auf den Gutsherrn und sagte: »Herr Josef fragen.« Erna sah mitgenommen aus, aber sie strahlte dennoch eine Zuversicht aus, die man dieser Tage selten zu Gesicht bekam. Auch Josef entging das nicht, gleichwohl schnauzte er sie erst einmal an: »Flüchtling' haben bei uns nix verloren. Wir sind schon voll.«

»Ich such meinen Onkel«, wiederholte Erna.

»Wer ist denn dein Onkel?« fragte Vinzenz, der neben seinen Bruder getreten war. Seinen strangulierten Hals verbarg er unter einem himmelblauen Tuch.

»Franz heißt er, Franz Raffeiner, er müsste Knecht auf dem Gut sein. Er ist mein Mutterbruder.«

»Er hat nie was von einer Verwandtschaft erzählt«, knurrte Josef, dann rief er nach Franz. Ungeduldig klopfte er mit dem Fernglas gegen seinen Stock. »Wenn du denkst, du kannst dich hier einschleichen, hast du dich geschnitten.«

»Ich denk gar nichts, ich sag nur, wie's ist.«

»Ich kann dir sagen, wie es ist. Gleich kommen die Amerikaner, wenn sie da sind, machst du genau das, was alle hier machen: Hände hoch und Maul halten.«

Erna schluckte trocken. Dass man sie nicht mit einem Blumenstrauß empfangen würde, war ihr klar gewesen, mit einer derartigen Kälte hatte sie allerdings nicht gerechnet, obwohl ihre Mutter sie vor dem Hochmut der Hufnagels gewarnt hatte. »Vinz, du klärst das mit Franz.« Ein weiteres Mal rief er nach dem Knecht, der wie vom Erdboden verschluckt war. »Wenn sie lügt, muss sie gehen.«

»Warum sollt ich lügen?«, protestierte Erna.

»Not macht erfinderisch. Aber selbst wenn du die Wahrheit sagst, der Franz hat bei uns nix zu sagen. Das Duldungsrecht gibt's nur bei mir, damit wir uns da gleich richtig verstehen.« Dann humpelte Josef davon.

»Denk dir nix, der ist so, manchen streut er Rosen, anderen streut er Dornen«, versuchte Vinzenz sie ein wenig aufzumuntern.

»Ich heiße Erna«, sie reichte ihm die Hand, »Erna Schatzschneider, aus Eger.«

»Ah, die Gegend kenn ich gut«, sagte Vinzenz, »haben dich die Tschechen davongejagt?«

»Ich bin ihnen zuvorgekommen, und auf der Flucht ist mir Gott sei Dank auch nix passiert.«

»Hast Glück gehabt.« Das hatte sie in der Tat. Erna wusste nicht, dass sie ihr Weg nur knapp an jener Stelle vorbeigeführt hatte, wo zur selben Zeit Oberst Bingmeier und seine SS-Männer ein Dutzend russischer Kriegsgefangener ermordet hatten. Zuerst zerschoss man ihnen die Fußgelenke, dann wurden ihnen mit Gewehrkolben die Schädel eingeschlagen. Unter den Toten waren auch die beiden Zwangsarbeiter vom Hufnagelhof. Eine Zeugin wäre den Mördern äußerst ungelegen gekommen.

»Auf der Straße geht es zu wie in der Hölle. Streckenweis sind die Gräben mit Leichen gefüllt.«

»Ich weiß«, sagte Vinzenz, »gefallen für Führer, Volk und Vaterland.« Erna wusste nicht, wie er das meinte, aber anstatt nachzufragen, sagte sie: »Mein Onkel ist der letzte Verwandte, den ich noch hab, und irgendwo muss man ja hin.«

Endlich kam Franz angeschlurft, Corin hatte ihn auf dem Abort ausfindig gemacht. »Wo bist du denn die ganze Zeit! Kennst du sie?«, herrschte Vinzenz ihn an. Franz musste sich erst einmal sortieren. Ihm war nicht klar, wer das sein sollte und weshalb alle so aufgescheucht waren. Jede Aufregung war ihm ein Graus. »Jetzt sag schon, ist das deine Nichte?« Darauf musterte Franz die junge Frau genauer, schließlich sagte er mit brüchiger Stimme: »Sie ist wie sie.« Der Schreck hatte sein Gesicht ausdruckslos gemacht.

»Was soll das heißen, ist sie deine Nichte, ja oder nein?«

»Ja«, murmelte er, »wird schon so sein.«

»Und, kannst du dich für sie verbürgen?«

Franz schwieg. Verbürgen, was sollte das bedeuten, was sollte das alles überhaupt bedeuten? Jetzt mischte sich Erna ein: »Ich bin's, Onkel Franz, die Erna. Wir haben uns erst einmal gesehen, da war ich noch klein.«

»Jetzt … Du hast dich aber verwachsen«, seine Stimme war immer noch ziemlich leise. Um seine Fassungslosigkeit zu überspielen, lächelte er gequält.

»Du bist der einzige Verwandte, der mir geblieben ist.«

»Ach so.«

»Willst nicht wissen, was mit der Mutter passiert ist?«

Franz räusperte sich. »Wenn du sagst, ich bin der einzig Verbliebene, kann ich's mir schon denken.« Er machte die Andeutung eines Kreuzzeichens und blickte zu Boden.

»Im Reden war unser Franz noch nie gut, aber eins muss man sagen, eine reizende Nichte hast du, das muss man dir lassen«, sagte Vinzenz gönnerhaft, und um dies zu unterstreichen, gab er dem Knecht einen Klaps auf den Hinterkopf, worauf dessen Strohhut zu Boden fiel. Schlagartig verfinsterte sich Franz' Gesicht. »Red doch nicht so saudumm daher, du Nazikrüppel, du elendiger. Hätt man dich nicht vom Seil geschnitten, in der Höll sitzen tätst du, wo du auch hingehörst, du halbschwanziger Dickwanst, du!« So aufgebracht hatte man den alten Knochen noch nie gesehen, und niemand hatte es für möglich gehalten, dass ausgerechnet Franz dermaßen außer sich geraten könnte. Sämtliche Blicke waren auf Franz und Vinzenz gerichtet, der völlig perplex und mit puterrotem Gesicht dastand. Wortlos bückte er sich nach der Kopfbedeckung des Knechts und reichte sie ihm. »Da«, sagte Vinzenz, seine Stimme klang heller, als ihm lieb war.

»Was ist da los?«, brüllte Josef von der anderen Hofseite.

»Nix«, rief Corin geistesgegenwärtig, »aber jetzt wissen wir's, sie ist seine Nichte«, dabei zwinkerte sie Erna zu, der sie vom ersten Moment an zugetan war. Auf einmal fing ein Bub an zu schreien und zeigte mit ausgestrecktem Arm in nordwestliche Richtung: »Sie kommen, sie kommen!« Und tatsächlich, von Weitem sah man, wie erst einer, dann zwei, dann immer mehr Panzer aus dem Wald herauströpfelten und sich über den Wiesenbuckel hinter dem Gassenhuber'-schen Obstgarten den Weg ins Dorf bahnten.

5 Der blutjunge Frieden

Josef war nie Mitglied der NSDAP gewesen, in den Jahren der Weimarer Republik hielt er es mit der BVP, wenngleich er zwischenzeitlich auch Sympathien für Alfred Hugenberg hegte, den Vorsitzenden der DNVP, später Hitlers ersten Wirtschaftsminister. Ihm konnte er aus der Entfernung manches abgewinnen, denn in einer Rundfunkansprache hatte jener gesagt, dass nur der wahrhaft sozial sei, der Arbeit schaffe. Diese Auffassung spiegelte Josefs Ideal wider, nämlich das des fürsorgenden Unternehmers, der ein strenges, aber verantwortungsbewusstes Regiment führt. Ab 1934 fasste Josef ein gewisses Vertrauen in die Politik Hitlers, denn es war unabweislich, dass nach den dürren Jahren infolge der Weltwirtschaftskrise der Absatz seiner Bretter und Balken wieder stetig stieg. Der deutsche Reichskanzler ließ seinen markigen Worten Taten folgen, dafür zollte ihm Josef Respekt, auch wenn er Hitler als Proleten verachtete, der es in vier Jahren Weltkrieg nur zum Gefreiten gebracht hatte. Aber er fegte die Roten mit eiserner Faust beiseite, und damit hatte er auch in vielen großbürgerlichen Kreisen gewonnen und wurde so etwas wie ein moderner Ersatzkaiser, eine in ihrer Autorität nicht mehr hinterfragbare Gestalt. Die Mittel dazu waren Josef auf Dauer allerdings nicht geheuer, er fand die Rhetorik der Nazis und ihre Maßnahmen dubios. Plötzlich gab es zu viele Kleinbürger in Uniform, viel zu viele großmannssüchtige Banditen ohne Format. »Mit den Braunen kommt der Scheißdreck hoch«, stellte er ein ums andere Mal fest, nachdem er mit ihren Vertretern zu tun gehabt hatte. Sein Bruder, ein Nationalsozialist der ersten Stunde, lieferte ihm hierfür das beste Beispiel. Zwar hätte sich Vinzenz, dieser Weichling, jeder Bewegung angeschlossen, die ihm Anerkennung versprach, dass es aber ausgerechnet die am meisten Angst und Schrecken verbreitende Horde sein musste, war in Josefs Augen bezeichnend für deren Rattenfängermethoden genauso wie für die Beschränktheit seines Bruders.

Nach seinen Fronterlebnissen ging Josef vollständig auf Distanz zum Regime, und nachdem Hitler im Dezember 41 den Amerikanern den Krieg erklärt hatte, war für ihn klar, dass das selbsternannte Tausendjährige Reich keine tausend Tage mehr bestehen würde. Dem Kriegsversehrten lag jetzt hauptsächlich daran, den Besitz zusammenzuhalten und das Erbe vor Enteignung zu schützen, und daher machte er den Nazis gegenüber einige Konzessionen: An Herrenhaus und Sägewerk ließ Josef repräsentative Hakenkreuzfahnen anbringen, und er hatte nichts dagegen, dass auf seinem Grund und Boden germanische Brauchtumsfeiern ausgerichtet wurden. Nach seinen Fronterlebnissen hatte er mit seelischen Krisen zu kämpfen, immer wieder gab es Zeiten, in denen sein Inneres völlig aus dem Gleichgewicht geriet, dann begann er übermäßig zu trinken und war hinter jedem Frauenrock her. Als wäre ihm mit dem Bein auch seine Potenz abhandengekommen, gierte er nach Bestätigung. Vor Gott legitimierte er seine Untreue mit den anhaltenden Krankheiten seiner Frau, wobei seine Seitensprünge ein Grund für ihre schlechte Verfassung waren. In einsamen Stunden, wenn Josef alleine trank, um den Schmerz zu betäuben, und in Selbstmitleid versank, war er drauf und dran, sich umzubringen. Nicht nur war er von einem Tag auf den anderen zum Krüppel geworden, auch hatte er immer noch kein Kind gezeugt. Und die Sehnsucht nach einem Stammhalter war groß, zumal er nicht mehr jung und schon in zweiter Ehe verheiratet war. Kreszenz, seine erste Frau, war im ersten Kriegsjahr an Tuberkulose gestorben, drei Jahre waren die beiden verheiratet gewesen. Ein Jahr nach ihrem Tod hatte Josef Jutta geehelicht, die Tochter eines vermögenden Bauern aus Klingenbrunn. Jutta machte äußerlich was her, sie war fleißig und schien belastbar wie ein Ackergaul zu sein, was sich allerdings später als Trugschluss herausstellen sollte. Die Hochzeit der beiden fand kurz vor seiner Einberufung in die Wehrmacht statt, die völlig unerwartet kam und das junge Paar in einen Schockzustand versetzte. Josef führte die Einberufung darauf zurück, dass er kein Parteimitglied war und für die Nationalsozialisten nur die hufnageltypische Arroganz übrighatte. Der Befehl war nicht anfechtbar, obgleich er als Landwirt und Sägewerksbetreiber eigentlich als unabkömmlich galt. Irgendjemand schien ihm eins auswischen zu wollen.

Vinzenz hatte in der Vergangenheit mehrfach Menschen aus seiner Umgebung denunziert. In der Gendarmeriestation machte er Mitteilung über sogenannte Querulanten, die er im Wirtshaus belauscht oder über die er irgendetwas Anstößiges aufgeschnappt hatte. Ob er aber im Fall seines Bruders die Finger mit im Spiel gehabt hatte, blieb immer Spekulation. Zuzutrauen war es ihm, denn der Vater hatte ihn mit dem deutlich kleineren Erbanteil bedacht, und seinem Bruder konnte er in keiner Beziehung das Wasser reichen. Josef gegenüber stritt er freilich alles ab, allerdings hielt sich sein Bedauern in Grenzen, wie auch das manch anderer, und nicht wenige freuten sich sogar offen über den Gestellungsbefehl für den großkopferten Hufnagel. Wenn es ihnen selbst schon an den Kragen ging, dann sollte es anderen nicht besser gehen. Für sie war es eine Genugtuung und ein Beweis, dass die Nazis Gerechtigkeit walten ließen.

In Josefs Abwesenheit begann Jutta an Alpträumen zu leiden, führte aber mit Unterstützung ihres Vaters die Geschicke des Betriebs auf einer soliden Basis fort. Die Mägde und Franz – alle jüngeren Knechte, die Sägewerkangestellten sowie die Holzhauer waren nach und nach eingezogen worden – erhielten alsbald Unterstützung von Kriegsgefangenen, und die Produktion für die Kriegswirtschaft lief zufriedenstellend. Ende 1941 kehrte Josef nach Hause zurück, mit einem Holzbein vom Knie an abwärts. Er fühlte sich als Opfer, und war selbst zum Täter geworden. Achtunddreißig Jahre zählte er jetzt, und die Kriegszeit war noch lange nicht vorbei, etliche Fährnisse lagen noch vor ihm.

T. S. Bobela, Civil Affairs Officer der G-5-Abteilung, war ein hochgewachsener Mann mit langem Hals, ausgeprägtem Adamsapfel und grauen Haarsträhnen, die ihm wirr in die Stirn hingen. Er war Anfang vierzig und wirkte nicht nur extrem durchtrainiert, sondern er war auch ein Kulturmensch mit diversen musischen Interessen und einer Neigung zur Kontemplation. Zusammen mit anderen ausgesuchten Vertretern aus dem Zivilbereich war er seit 1943 auf seinen Einsatz als Verwaltungsoffizier vorbereitet worden. Er hatte deutsche Geschichte und die Bürokratiestruktur, das Polizeisystem sowie den Aufbau der NSDAP studiert. Nun, etwa zwei Jahre später, erreichte er mit seiner Division Eisenstein. Noch war der Krieg nicht zu Ende, und es galt, die Wälder und Dörfer von feindlichen Truppenteilen zu säubern sowie die Grenze zur Tschechoslowakei zu sichern.

Bobela genoss es, dass im Salon des großzügigen Gutshauses ein Jugendstilflügel stand und im Wandschrank grünliche Kristallgläser schimmerten, die manchmal, wenn das Sonnenlicht in einem bestimmten Winkel einfiel, wie Edelsteine glänzten. Die Ölgemälde an der Wand verliehen dem

Raum eine aristokratische Aura, weshalb er es als folgerichtig befand, das Hauptquartier auf dem Hufnagelgut einzurichten. Er lehnte sich im Sessel zurück, ließ seinen Kopf in den Nacken fallen und stülpte seine Unterlippe nach vorne. Eigentlich, dachte er, spricht nichts dagegen, dieser Josef ist smart und charismatisch, und er hat seine Leute im Griff. Der verschlagene Provinzialismus blieb ihm genauso wenig verborgen wie Josefs schwere, müde Augen. Der Officer war eigentlich ein ruhiger Mensch, der kühl die Lage analysierte und nach rationalen Gesichtspunkten entschied, doch wenn er an die Vorkommnisse der letzten Wochen dachte, überkam ihn ein giftiger Zorn, eine aufwallende Vergeltungslust, wie er sie an sich selbst bisher noch nie erlebt hatte. Der Kadavergehorsam der Deutschen war ihm unbegreiflich, er hatte Schwierigkeiten, diesen Menschen auch nur einen Funken Achtung oder gar Mitgefühl entgegenzubringen, die auf alles nur mit einem »Jawoll« antworteten, was in seinen Ohren wie Hundegebell klang.

Bobela rümpfte die Nase, er steckte sich eine Lucky Strike an und überflog nochmal Josefs Wehrmachtsausmusterungsschein, der in Ordnung zu sein schien. Verdächtig war ihm allerdings sein Bruder, der sich bei der Erfassung bodenlos dumm gestellt hatte. Bobela nahm ihm die Rolle des unschuldigen, beschränkten Sägewerkarbeiters, die Josef beschwor, nicht ab. Auch dass die SS versucht habe, ihn als geistig Zurückgebliebenen aufzuhängen – der Bluterguss um seinen Hals sollte das bezeugen –, wollte er nicht recht glauben. Diese verfickten Krauts. Aber scheiß drauf, dachte der Offizier und stieß den Rauch durch die Nase aus, es geht ja nicht darum, einen neuen Präsidenten zu installieren, sondern einen temporären Bürgermeister, der in erster Linie alle Anordnungen der US-Truppen umzusetzen hat. Und Josef würde das widerstandslos machen, da war er sich sicher. Sogar ein passables Englisch sprach er, und im Grunde genommen war das wesentlich wichtiger als der Umstand, dass er seinen Bruder zu decken schien. Bobela gefiel es auch, dass die Zwangsarbeiter ordentlich gekleidet und anständig genährt waren, Kleinigkeiten, die er zu schätzen wusste. Und da es ohnehin keinen geeigneteren Kandidaten gab, war die Sache für ihn schnell entschieden.

»Ja, bitte«, sagte Erna und öffnete einen Spaltbreit die Tür. Mit seinem Stock stupste Josef dagegen. Das Laternenlicht holte sein Gesicht aus dem Schatten.

»Kann ich kurz hereinkommen?« Ehe sie antwortete, stand er schon im Raum. Er stellte die Laterne am Waschbeckenrand ab und setzte sich auf einen der beiden Hocker. Jetzt erst bemerkte sie, dass Josef eine Flasche mitgebracht hatte. Erna war in der Waschküche einquartiert worden, wo sie auf einer muffigen Matratze schlief. Tagsüber arbeitete sie draußen auf den Feldern mit, danach hielt sie sich bei Kerzenlicht in ihrem Provisorium auf; todmüde, in erster Linie aber froh, eine Bleibe zu haben und einigermaßen versorgt zu sein. Seit zwei, drei Tagen befiel sie immer wieder ein leichter Schwindel, flankiert von Übelkeit und einem Ziehen im Unterleib. Sie ahnte was, aber daran war jetzt nicht zu denken. Gerne wäre sie auch abends ins Freie gegangen, aber die Amerikaner hatten eine strikte Ausgangssperre verhängt. »Da«, sagte er leise, »Sekt. Magst was?« Josef war schon in den vergangenen Tagen freundlich zu ihr gewesen, aber dieser Auftritt irritierte sie sehr. Er reichte ihr die Flasche, sie war schon entkorkt und nur noch drei viertel voll. »Ich versteh nicht«, murmelte Erna und nahm auf dem anderen Hocker Platz.

»Es ist so, ich bin jetzt Bürgermeister, Officer Bobela hat mich dazu ernannt. Jetzt dachte ich …«, Josef schwieg kurz,

»ich dachte, sowas sollte man nicht alleine feiern. Was meinst?«
Er warf ihr einen unschlüssigen, aber nicht gerade uncharmanten Blick zu.

»Sicher, darauf sollte man zumindest mit jemandem anstoßen.«

»Gläser hab ich leider keine mitbringen können.« Erna nahm die Flasche, hob sie leicht an und kippte einen kräftigen Schluck in ihren Mund, worauf ein Großteil der sprudelnden Flüssigkeit zurückschäumte.

»Nicht so viel auf einmal«, bremste Josef sie ein, »das ist die letzte Flasche!«

»Entschuldigung.« Verlegen rieb sie sich das Gesicht an ihrem Ärmel ab. »Und was musst du jetzt als Bürgermeister machen?«

»Ich muss halt mithelfen, das Dorf auszumisten.«

»Was heißt das?«

»Was soll es schon heißen? Wenn der Krieg ganz aus ist, kommt die große Nazi-Räumung. Der Gassenhuber und der Zitzelsberger, die Parteiochsen vom Ort, sitzen schon im Gefängnis.«

»Was ist mit deinem Bruder?«

»Den werden sie auch noch einsperren, früher oder später, irgendwann wird es aufkommen.«

»Was hat er getan?«

Josef stockte. »Ich weiß es nicht genau … Ich glaub, er ist kein schlechter Kerl, er ist nur ein schwacher Mensch. Er ist – mit Goethe gesprochen – ein Dilettant, jemand, der sich an Sachen wagt, die seine Kräfte übersteigen. Damit ist er aber nicht allein. So ist das … So viel Schuld im ganzen Land, man weiß gar nicht, wohin damit.«

Erna merkte ihm sein Unbehagen an. »Aber du darfst ruhig auch stolz sein, dass sie dich zum Bürgermeister gemacht haben.«

141

»Freilich, es ehrt mich auch, aber es ist schwierig, festzustellen, wer sich die Hände blutig gemacht hat und wer gezwungen worden ist, mitzumachen.«

»Ist das so?«

Josef räusperte sich, er war nicht darauf gefasst, dass sie so zielgerichtet nachfragte. »Wahrscheinlich«, antwortete er, »kann man einen klaren Schnitt machen, aber mir graust trotzdem davor, den ein oder anderen zum Teufel zu schicken. Ich kenn sie ja alle …« Er griff nach der Flasche. »Wenigstens haben wir die Hölle hinter uns.« Er lächelte verquält, nahm einen hastigen Schluck, gleich darauf gab er ihr den Sekt zurück. »Trink, Erna, ich hab gesehen, dass du tüchtig bist, du hast es dir verdient. Sowas Gutes wird's lang nicht mehr geben.«

»Was ist eigentlich mit deinem Bein passiert?«

»Im Krieg halt, eine Granate hat mir ihre Aufwartung gemacht.« Josef klopfte mit dem Stock gegen die Prothese.

»Darf ich es sehen?«

Verwundert hob Josef seinen Kopf. Es imponierte ihm, dass sie keine Scheu hatte, also krempelte er sein rechtes Hosenbein hoch. Die Prothese war einem Unterschenkel naturgetreu nachempfunden, auch die Farbe, und doch sah man sofort, dass es kein natürliches Bein war. Erna betrachtete sie aufmerksam, dann fuhr sie mit dem Finger langsam über das Holz, das sich glatt und kühl anfühlte. »Spürst du da was?«

»Natürlich nicht«, lachte Josef, »das ist Holz und kein Fleisch.« Erneut klopfte er auf seinen Beinersatz, und ohne die dämpfende Hose hallte der Ton von den kahlen Wänden hart zurück. »Weiter oben tut's manchmal weh, am Ansatz. Da hab ich immer mal wieder Entzündungen. Aber es hilft nichts, was passiert ist, ist passiert. Am liebsten wär mir Holz aus dem eigenen Bestand gewesen, von einer Urwaldtanne, aber das ist nicht gegangen.«

»Urwaldtanne«, witzelte Erna, »wäre wahrscheinlich auch zu schwer gewesen, man will sich doch bewegen.«

»Es ist Pappelholz.«

»Hoffentlich keine Zitterpappel.« Damit entlockte sie ihm ein Lächeln, das er hinter seiner Hand verbarg. Mehrmals fuhr er mit Daumen, Zeige- und Mittelfinger über seinen Nasenrücken, als wollte er die Nase in die Länge ziehen. Eigentlich, fiel ihr auf, hatte er die meiste Zeit seine Hand im Gesicht.

»Lass uns von was anderem reden, gerade tut's wieder weh. Erzähl mir was.« Erna schürzte ihre Lippen, sie hatte nicht vergessen, mit welcher Verachtung er sie empfangen hatte. Noch vor ein paar Tagen war er abweisend und schroff zu ihr gewesen. Warum war er jetzt so anders, so zugänglich, fast verletzlich? »Weswegen hast du eigentlich zu denen gesagt, ich bin deine Schwester? Das hab ich bis heute nicht verstanden.« Josef richtete sich auf und drückte sein Kreuz durch. »Ja, das kann ich dir schon sagen, weil, wie die Soldaten dich angeschaut haben, auch die Kleine, die Corin, das geht auf keine Kuhhaut. Die Neger, mit ihren großen Augen … Das geht nicht.« Josef stockte, er stand auf und rieb seine Handflächen gegeneinander. »Da hab ich eine Fürsorgepflicht, weil, wenn es heißt, du bist die Schwester vom Herrn, also von mir, dann haben sie Respekt und lassen die Finger von dir. Bei der Corin konnt ich das nicht behaupten, die ist zu jung, und ich kann nicht sagen, dass sie meine Tochter ist, das wäre zu weit gegangen.«

»Aber wenn's aufkommt, dann kriegen wir erst recht Probleme.«

»Ach, bis die das nachweisen können, sind sie wieder weg. Und wenn schon, dann sag ich, dass es ein Missverständnis war, dass man das falsch aufgeschrieben hat, dass ich die Wörter Schwester und Nichte verwechselt hab. Und die haben halt dann Schwester vom Herrn statt Nichte vom Knecht geschrieben. Das kann man schon so drehen. Aber es fragt eh keiner nach.« Er verzog sein Gesicht zu einem bauernschlauen Grinsen. »Auf alle Fälle ist es jetzt so. Sei froh, sonst würd vielleicht statt mir ein Ami bei dir in der Waschküch stehen.«

»Und was hältst du allgemein von den Amerikanern, weil ich hab gehört, also, es gibt Leute, denen die Russen lieber gewesen wären …«

Josef schüttelte sich. »Wer sagt denn so einen Scheißdreck? Es ist ein Segen, dass sie gekommen sind und nicht die Kommunisten. Die würden uns auf der Stelle massakrieren. Wenn wir von jetzt an das Glück haben, mit den Amis in einem Boot zu sitzen, dann sag ich, besser geht's nicht! Das sollen sie ruhig für die nächsten drei Generationen steuern. Und wir sollten einfach danebensitzen und das Maul halten.«

Alles in allem herrschte eine angespannte Stimmung im Ort. Vereinzelt gab es noch kleine Gefechte, auf der Suche nach Widerständlern nahmen die GIs so manches Wohnhaus regelrecht auseinander, und größtenteils waren die Bauernhäuser geräumt worden, und die Bewohner mussten in die Scheunen ausweichen oder zum Schlafen in die Kirche gehen, damit die knapp 800 US-Soldaten untergebracht werden konnten. Der Führungsstab war unterdessen ins Herrenhaus der Hufnagels gezogen. Erna konnte sich wirklich glücklich schätzen, dass sie einen Platz in der Waschküche zugeteilt bekommen hatte, wo sie an und für sich allein und ungestört war. Womöglich ist Josef doch ein anständiger Mensch und vielleicht, dachte sie, bin ich zu hart mit ihm ins Gericht gegangen. Sie blickte ihn von der Seite an und erkundigte sich nach seiner Frau. Josef zog die Schultern hoch. »Wie soll's ihr schon gehen, unverändert schlecht halt. Sie liegt im Bett und kriegt kaum Luft. Helga und Thea kümmern sich um sie.« Josef langte nach der Sektflasche und nahm einen ordentlichen Schluck, worauf ihm die Kohlensäure aufstieß. »Morgen soll ein Verpflegungstransport kommen, der Officer sagt, die hätten Penicillin dabei. Aber ich fürcht, sie wird nicht mehr.« Erneut hob und senkte er schweratmend seine Schultern.

Schlagartig wurde es draußen laut. Erst ein paar Jauchzer, gleich darauf Gewehrschüsse, denen sich unzählige Jubelschreie anschlossen. Motoren wurden angeworfen, Scheinwerfer sorgten für Licht, schließlich das Geräusch knallender Korken, gefolgt von noch mehr Jauchzen und Johlen. Die beiden drängten sich ans schmale Fenster. Von dort hatten sie eine gute Sicht auf die Wagenscheune, vor der sich mittlerweile eine beträchtliche Soldatenschar eingefunden hatte, immer mehr GIs strömten herbei, viele lagen sich taumelnd in den Armen, manche hielten sich einfach nur aneinander fest, ein paar schmetterten ihre Hymne in den Sternenhimmel, andere weinten hemmungslos wie kleine Kinder. Auch Erna und Josef standen Tränen in den Augen. »Jetzt ist er aus«, sagte Erna, »einfach so, mitten in der Nacht.« Sie ließ ihren Kopf an seine Schulter fallen, Josef legte seinen Arm um ihre Hüften. »Zum Glück haben wir noch ein bisschen Sekt.« Ein fahler Lichtstreifen lag auf seinem Gesicht, zum ersten Mal seit langer Zeit wirkte er gelöst.

Am nächsten Tag, es war der 9. Mai, organisierten die Amerikaner ein Schlachtfest. Zum einen wollten sie den Sieg feiern, zum anderen waren sie bestrebt, die Menschen im Dorf zu verpflegen. Nicht nur Hunger, vor allem eine wachsende Verunsicherung machte sich dort breit. Wenn auch nicht alle Mörder waren, so waren die meisten doch Komplizen der Macht gewesen. Wie zitternde Mäuse saßen sie jetzt in ihren Hütten, ohne die geringste Ahnung, was die Besatzer mit ihnen vorhatten. Aus München schwappten Gerüchte in die Dörfer, wonach dem Schwarzmarktfleisch Kinderfleisch untergemischt worden sei. Wenn das die ersten amerikanischen Maßnahmen waren, dann gute Nacht. Wie viele Ortschaften im Grenzgebiet war auch Eisenstein restlos überfüllt. Zu den Einheimischen, den Ausgebombten aus den Städten und der Besatzungsdivision kamen nun die ersten Flüchtlinge aus dem Osten. Außerdem war ein Trupp von Häftlingen aus dem KZ Buchenwald, die als sogenannte Bewährungseinheit auf den letzten Kriegsmetern verheizt werden sollten, im Dorf gestrandet. Ein paar Tage vor der Kapitulation war es ihnen gelungen, sich den Amerikanern zu stellen. Des Weiteren befand sich noch ein ungarisches Bataillon auf dem Gelände der ehemaligen Glashütte. Die 300 Mann starke berittene Einheit hatte sich im Wald verirrt, ein buntgemischter Haufen beiderlei Geschlechts, wobei die Ehefrauen und Freundinnen der Soldaten die Fuhrwerke lenkten, während die Männer die Gewehre und die kleinkalibrigen Artilleriegeschütze mitführten. Als ein US-Spähtrupp sie aufgabelte, ergaben sie sich sofort und fielen den überraschten Amerikanern freudetrunken in die Arme.

Die Stimmung unter den Einheimischen wie unter den Fremden war diffus, ihre Rucksäcke wogen unterschiedlich schwer. Zwar waren bereits die meisten deutschen Männer im wehrfähigen Alter in die Nähe von Cham gebracht worden, wo ein von Stacheldraht umgebenes Wiesengelände als Internierungslager diente, aber einige warteten immer noch auf ihren Abtransport. Ihre Angst war groß, denn es hieß, die Amerikaner würden viele Kriegsgefangene den Sowjets übergeben. Verlässliche Informationen gab es kaum, stattdessen immer neue Gerüchte.

Die Natur blieb unbeeindruckt von der allgegenwärtigen Verunsicherung. Der Frühling zeigte sich in makellosem Gewand, das satte Grün der Wiesen und Wälder gab die Kulisse für den blutjungen Frieden. Wildwuchs und Zierpflanzen standen ergeben nebeneinander und blühten um die Wette, Sieger wie Besiegte erfreuten sich daran, die einen mehr, die anderen weniger. Aus einem Grammophontrichter tönte in Endlosschleife »In the Mood« über den Hof, als wollte man den Deutschen damit den Teufel austreiben und ihnen gleichzeitig die Überlegenheit der Leichtigkeit demonstrieren.

Für Ablenkung sorgte an diesem 9. Mai indes der Ochsenzug früh am Vormittag durchs Dorf. Drei feiste Rinder hatten die Amis an einem Jeep angebunden, mit dem sie jetzt zum Hufnagelhof fuhren. Zwischen die Hörner hatte man den Tieren Wehrmachtshelme gesetzt und über ihren Rücken deutsche Uniformjacken drapiert. Schwerfällig trabten die Tiere, eines neben dem anderen, in ihrer lächerlichen Aufmachung dem Fahrzeug hinterher. Die fette Beute hatten die Soldaten auf dem Anwesen des Ex-Bürgermeisters Gassenhuber gemacht, wo man die Tiere hinter einem eigens angefertigten Bretterverschlag versteckt gehalten hatte. Die Klage der Gassenhuberin war lautstark, aber was sie mehr betrauerte, die Abgabe der Ochsen oder die Internierung ihres Mannes, blieb ungewiss.

Die GIs genossen sichtlich die Fahrt vorbei an den glotzenden Menschen, und als sie schließlich auf das Gutsgelände einbogen, wurden sie von ihren Kameraden mit Jubel und emporgereckten Fäusten empfangen, manche skandierten »Krauts on the grill«.

Officer Bobela und General Lee, der die militärischen Entscheidungen traf, waren darüber weniger begeistert, obwohl sich der General ein Lächeln nicht verkneifen konnte. Demütigungen waren den Soldaten genauso verboten wie Fraternisierungen, weshalb es für die GIs, die für die Ochsenmaskerade verantwortlich waren, eine gepfefferte Abmahnung setzte, was die Vorfreude auf das Barbecue aber bei niemandem trübte. Für die Nichtamerikaner war Pferdefleisch vorgesehen. Durch die Ungarn hatte man zwei schlachtbare Gäule zur Hand, und auch Josef musste ein Pferd hergeben, was ihn empfindlich schmerzte, denn für die Feld- und Waldarbeit war es eigentlich unentbehrlich, nachdem alle Fahrzeuge längst von der Wehrmacht beschlagnahmt worden waren.

Krzysztof stand bei den anderen und sah dem Treiben der Soldaten auf dem Gutshof zu. Das Warten und der Zustand der Aussichtslosigkeit hatten ein Ende gefunden, und doch hatte sich seine Gemütslage kaum verändert. Die Amerikaner waren nicht gewalttätig, aber auf ihre Art schauten sie auf ihn ähnlich verächtlich herab, wie es die Nazis getan hatten. Für die Amis war er zwar kein slawischer Untermensch, aber nach wie vor ein polnischer Kriegsgefangener, ein Niemand, der sich hatte einfangen und nach Deutschland zwangsverfrachten lassen. Sie gaben ihm das Gefühl, ein Kriegsverlierer zu sein, obwohl er doch unbestritten zu den Gewinnern gehörte und deshalb, seiner Meinung nach, mit ihnen auf Augenhöhe stehen müsste. Er sehnte sich nach einer Geste der Anerkennung, nach einem festen Händedruck, einem zugewandten Blick. Stattdessen musste er bangen, repatriiert zu werden, obwohl er auf keinen Fall in die Heimat zurückkehren wollte. Seine Angehörigen waren tot, was sollte er in Polen, einem geschändeten Land, in dem schon wieder eine neue Besatzungsmacht den Ton angab? Ihn zog es nach Westen, nach Amerika, ins Land der unbegrenzten Möglichkeiten. Er hatte sich geschworen, seines Glückes Schmied zu sein, hart zu arbeiten und jede sich ihm bietende Chance zu nutzen. Aus irgendeiner Intuition heraus bezog er die Gewissheit, dass ein glückender Neuanfang nur in Übersee möglich sei.

Aber wer den Duft der Rosen preist, sollte über die Dornen nicht klagen. Also enthielt er sich eines abschließenden

Urteils über die Yankees. Eine Sache jedoch empörte Krzysztof, Robert und Marek gleichermaßen: Vinzenz befand sich immer noch auf dem Hof. Meist hielt er sich in einer Dienstbotenkammer im Herrenhaus auf und stierte ausdruckslos auf einen imaginären Fleck an der Wand. Wurde ihm eine Arbeit aufgetragen, musste man ihn mehrfach anweisen, bis er sie schließlich still und unauffällig erledigte, um sich gleich wieder zurückzuziehen. Den Mund machte er selbst dann kaum auf, wenn er angesprochen wurde. Von den Soldaten wurde er »Dummy« gerufen, aber Krzysztof war sich sicher, dass seine Begriffsstutzigkeit nur Bluff war und er alles dafür tat, als grenzdebil und unzurechnungsfähig zu gelten. Die drei konnten es kaum fassen, dass man ihm diese leicht zu durchschauende Masche abnahm. Sie hielten sich allerdings zurück, ihn auffliegen zu lassen. Ihre Skrupel gegenüber Jutta, vor allem aber gegenüber Josef waren immer noch stärker als die Wut über die ausbleibende Gerechtigkeit. Krzysztof jedoch war überzeugt, dass Vinzenz' gescheiterter Selbstmord nur den Sinn haben konnte, dass er noch einmal richtig büßen würde und ihm Gleiches mit Gleichem vergolten werde.

Kurz bevor auf dem Hof die Schlachtorgie begann, wurden alle, die man bei der Arbeit nicht gebrauchen konnte, in die umliegenden Scheunen gescheucht. Krzysztof kauerte an der Wand und versuchte, seinen Groll abzustellen, was ihm aber nicht recht gelang. Marek und Robert waren in der Tenne zugange, und die Mägde garten im Hof Kartoffeln mit dem Kartoffeldämpfer. Am Vormittag war ein Verpflegungskonvoi mit Medikamenten, Salz, Schokolade und Corned Beef aus deutschen Wehrmachtsbeständen angekommen, all das musste noch sortiert und für die Verteilung vorbereitet werden. Eigentlich war er eingeteilt gewesen, mitzuhelfen, aber im Gewühl hatte man ihn einfach mit der Menge in den freigeräumten Wagenschuppen getrieben. Sein Protest war vergeblich gewesen, entweder hatten ihn die GIs nicht verstanden, oder sie wollten ihn nicht verstehen.

Als er irgendwann den Kopf hob, saß ein junger Mann neben ihm, der ihn mit wachen, engstehenden Augen anlächelte. Seine hohe Stirn, die markanten Wangenknochen und seine spitze Nase verliehen ihm das Aussehen eines aufgeweckten Vogels. Seine Wehrmachtsuniform gefiel Krzysztof dagegen weniger. Gerade als er dabei war, sich einen anderen Platz zu suchen, sprach ihn der Kerl an, grüßte ihn mit »Dzień dobry, jak się masz?«. Schnell kamen die beiden ins Gespräch. Georg Wrazidlo stammte aus der oberschlesischen Grenzstadt Gleiwitz, sein Polnisch war fast makellos. Er war der Kompaniechef jener »Bewährungseinheit«, die sich den Amerikanern gestellt hatte. Im zivilen Leben war Wrazidlo Medizinstudent, aus christlicher Überzeugung hatte er gegen die Nazis opponiert und war als sogenannter Schutzhäftling nach Buchenwald überstellt worden, bevor man ihn und andere in den letzten Kriegswochen an die Front geschickt hatte. Seine KZ-Inhaftierung konnte er beweisen, weswegen ihm die Amerikaner versichert hatten, bald freizukommen. Auf Krzysztof übte der Mann, der nur ein paar Jahre älter war als er, einen geheimnisvollen Reiz aus. Wrazidlo wirkte gefasst und aufgeräumt, und obgleich er unter den Nazis gelitten hatte, schien er keinen Hass für sie zu empfinden. »Ich kann und ich will nicht zurückhassen«, sagte er ohne den geringsten Anflug von Selbstgefälligkeit. Als Arzt würde er jedem helfen, ganz gleich, welche Gesinnung der Patient habe, das sei nun mal seine Pflichtschuldigkeit gegenüber Gott. Die Verbrecher seien ohnehin genug gestraft. Und er halte es mit Immanuel Kant, wonach jedes Vergehen gegen die Menschenwürde nicht nur die Würde des Opfers, sondern auch die des Täters zerstöre. Krzysztof verzog befremdet das Gesicht.

Würde das auch auf Juden zutreffen? Würden auch sie ihre Menschenwürde verlieren, wenn sie nun auf Vergeltung aus wären, die Nazis in Konzentrationslager sperrten oder in Todesfabriken vernichteten, so wie die es mit ihnen gemacht hatten? Er traute sich nicht, diese Frage zu stellen, aber seine Skepsis blieb. Ein paar Kinder drängten sich zu ihnen an die Scheunenwand und pressten ihre Stirn gegen das Holz, um durch Ritzen oder Astlöcher einen Blick auf die Metzgerarbeit zu erhaschen. Gebannt schauten sie nach draußen und sagten kein Wort.

»Ich kann den Hass natürlich verstehen«, nahm Wrazidlo das Gespräch wieder auf, »aber ich selbst will ihn nicht praktizieren.«

»Ja, aber man kann doch die Schweine nicht laufen lassen«, empörte sich Krzysztof. »Das hab ich auch nicht gesagt«, entgegnete Wrazidlo. »Natürlich müssen die Henker und ihre Knechte zur Rechenschaft gezogen werden, aber man darf dabei den Verstand nicht verlieren.« Krzysztof dachte an seine ermordete Familie, seine Eltern, den Bruder, die Schwester, sie alle würde er nie wieder um sich haben. Die Erinnerung an den Streit mit seinem Bruder, der nicht ausgesöhnt war, versetzte ihm einen Stich ins Herz. Und nun erzählte ihm jemand, man dürfe den Verstand nicht verlieren. Er nickte ihm trotzdem zu, jetzt erst fiel ihm die geschwollene linke Gesichtshälfte des Studenten auf, die an der Schläfe gelblich schimmerte. Mit einer vehementen Handbewegung, als würde er nach Fliegen schlagen, verscheuchte er die Kinder. Ihr deutsches Getuschel, mit dem sie sich zu unterhalten begonnen hatten, war ihm unerträglich geworden. »Bist du Kommunist?« Wrazidlo schüttelte den Kopf. »Vielleicht werde ich noch einer, aber die eigentlichen Dinge erklären sich für mich nicht aus dem Materiellen. Und Marx betont vor allem die materiellen Voraussetzungen im Dasein der Menschen. Das ist mir zu einseitig. Marx ist Ökonom, aber er fragt nicht, ob es einen universellen Wert gibt.« Für ihn selbst dagegen sei die Erkenntnis der Wahrheit das Wichtigste, nämlich die höchste Glückseligkeit, die dem Menschen in seiner Nähe zu Gott, dem reinen Geiste, zuteilwerden könne. Denn in der Tätigkeit des Erkennens, so Wrazidlo, die niemals ideologisch getränkt sein dürfe, erfülle der Mensch seine eigentliche Bestimmung. »Das Leben ist das, wozu das Denken es macht, aber wahrscheinlich«, sagte er augenzwinkernd, »muss man erst einige Male sterben, um wirklich erkennen zu können.«

Krzysztof kratzte sich die Bartstoppeln. »Wenn es einem aber dreckig geht«, erwiderte er energisch, »dann erkennt der Mensch nur Dreck, was sonst soll er dann auch sehen als Dreck? Und genau das ist dann eben die Wahrheit und nichts als die Wahrheit, die dir ins Gesicht springt. Wer wie Dreck behandelt wird, wird eben selbst zu Dreck, und dafür sollte man sich nicht zu schämen brauchen!« In ihm brodelte es, das Vogelgesicht hatte keine Ahnung vom Leben, keinen blassen Schimmer von seiner Härte. Das Leben bestand nicht nur darin, Mist zu fressen, sondern im Ausnahmezustand auch darin, ebendiesen auszuteilen. Die Welt wird nun mal vom Materiellen bestimmt, da hatte Marx schon recht. Was die Sowjets aus dieser Einsicht gemacht hatten, fand er jedoch beängstigend und maßlos, für ihn ein Grund, nie Kommunist zu werden. Das Streben nach dem Ideal des reinen Geistes hielt er aber für genauso verblendet, für völlig lebensunpraktisch, streng genommen für ideologisch. Krzysztof war gelernter Ziegeleiarbeiter, insofern hatte er Ahnung von Grundlagen. »Wenn man keinen guten Mörtel zur Verfügung hat«, beendete er seine Überlegung, »dann bröselt es später aus den Fugen, und irgendwann fällt das Haus zusammen. Wie soll es anders sein mit der Moral?«

Wrazidlo überlegte zwei Atemzüge lang, dann legte er seinen Arm um ihn und sagte: »Ich behaupte nicht, dass es leicht ist, dem Hass der Welt zu widerstehen. Aber ich bin der Meinung, dass man es versuchen sollte. Viele Menschen empfinden sich als Opfer ihres Schicksals. Sie fühlen sich den Umständen ausgeliefert, sie geben sich auf und fangen an zu hassen. Das darf nicht die Lösung sein. Wenn du keinen Mörtel hast, dann bau aus Holz.« Damit brachte er Krzysztof zum Lachen. Von seiner geheimen Absicht, sich bei nächstbester Gelegenheit am Bruder des Gutsherrn zu rächen, konnte der Medizinstudent ihn allerdings nicht abbringen. Im Lärm, der von draußen hereinbrach, vernahm Krzysztof plötzlich Josefs Stimme, die nach ihm rief. Sofort sprang er auf und gab Antwort. Kurz darauf öffnete der Gutsherr das Tor und winkte ihn zu sich. »Was machst du denn da drin? Wir brauchen dich, jetzt komm schon.« Respektvoll schüttelte Krzysztof dem Studenten die Hand. »Hab Dank für deine Worte«, flüsterte er ihm zu. Nach einer hastigen Umarmung trennten sich ihre Wege für immer.

Drei Metzger stellten die Amerikaner, drei weitere waren Deutsche, die man aus einem Internierungslager geholt hatte. Die Ochsen wurden in der Tenne ausgeschlachtet, wo der Dampf von heißem Blut so dicht war, dass man einen Nagel hätte hineinschlagen können. Die Pferde wurden mitten auf dem Hof ausgenommen, dort standen zwei Pershing-Panzer, deren zur Seite gedrehte Rohre einen flachen Giebel bildeten, an dem zwei Pferdehälften hingen. Die herausgetrennten Fleischstücke legten die Metzger auf einem großen Tisch ab, die unverwertbaren Reste warfen sie in einen Trog. Einträchtig standen die amerikanischen und die deutschen Fleischhauer nebeneinander und schnitten und zerteilten, als hätten sie seit jeher zusammengearbeitet. Unterdessen liefen die Frauen zwischen

Hof, Tenne und Keller hin und her, wo sie in Holzfässern das Fleisch einpökelten.

Krzysztof trottete Josef hinterher und schaute sich verwundert um, einen derartigen Arbeitseifer hatte er in Kriegszeiten nie erlebt. Die Leute schwitzten, es war laut und hektisch, der aggressive Geruch von rohem Fleisch lag in der Luft, aber alle schienen froh zu sein, dass es etwas Sinnvolles zu tun gab. Auf der Wiese hinter dem Heustadel war ein mit Feldplane überdachtes Holzgestell errichtet worden. Eine Gruppe schwarzer GIs aus South Carolina führte dort das Kommando, sie waren sozusagen die Grill-Beauftragten. Dafür hatten sie eine Ziegelsteinkonstruktion aufgebaut, in die ein großflächiger Eisenrost und eine gusseiserne Wanne eingelassen waren. Daneben standen in einheitlich gesetztem Abstand drei massive Drehspieße, wo man später die Ochsen über Buchenholz braten würde. Die ersten Funken tänzelten bereits auf der Kohle, als Krzysztof bei der Gruppe abgestellt wurde. Josef erklärte den Soldaten, dass der Helfer kein Englisch spreche, man könne ihn aber trotzdem alles fragen, dann ging er wieder und ließ Krzysztof zurück. Der hatte vor der Ankunft der Amerikaner noch nie einen Schwarzen gesehen, und seit sie da waren, ging er ihnen beharrlich aus dem Weg. Ihr Erscheinungsbild war ihm nicht geheuer, diese unvertraute Fremdartigkeit rief Ängste in ihm hervor, denen er sich lieber nicht stellte. Sie auseinanderzuhalten empfand er zusätzlich als Herausforderung, der eine sah aus wie der andere: schwarz und furchteinflößend. »Jetzt keinen Fehler machen«, dachte er, »sonst hängst du vor den Ochsen am Spieß.« Dann aber trat einer von ihnen vor, den sie Jeff nannten, er stand wohl im Rang über den anderen, und machte Krzysztof klar, dass sie noch trockenes Holz und Kohle brauchten. Dabei gab er ihm einen freundschaftlichen Klaps auf die Schulter.

Wenig später saß Krzysztof mit Jeff und zwei anderen GIs in einem Jeep auf dem Weg zum Sägewerk. Hinten war ein zweiachsiger Infanterie-Anhänger befestigt, der polternd über die Dorfstraße hüpfte. Der Plan sah vor, schnell aufzuladen, anschließend schnurstracks zurückzufahren. Krzysztof hatte einen Schlüssel zum Gelände dabei, doch als sie näher kamen, bemerkte er sofort, dass das Gatter zur Halle offen stand. Auch das Schloss zum Eingangstor war auf, etwas schien hier faul zu sein. Vielleicht Plünderer oder gar »Werwölfe«, die von der Kapitulation nichts wissen wollten. Im Wald, hörte man, sollten sich noch bewaffnete Fanatiker versteckt halten.

Mit gezückten Pistolen folgten die GIs dem Polen aufs Gelände, über den Rundholzplatz schlichen sie in die Sägehalle und sahen sich um. Sie konnten jedoch nichts Auffälliges finden, also machten sie sich zügig an die Arbeit. Einer der GIs rangierte gerade den Anhänger vor das Gebäude, da entfuhr Jeff ein lautes »Holy shit!«. Hinter einem Stapel Schnittholz hatte er Vinzenz entdeckt, den man nackt an einen Stützpfeiler gefesselt hatte. Man hatte ihn gehörig zugerichtet, sein Gesicht war blutverschmiert und sein Körper mit Hämatomen übersät. Mit einem Fetzen Pferdedarm hatte man ihm den Mund zugeklebt. Er war bewusstlos und hing buchstäblich in den Seilen, die so fest geschnürt waren, dass sie seinen Körper am Zusammensacken hinderten. Auf seiner Stirn stand mit schwarzem Lack »SS« geschrieben. Seinen linken Arm hatte man nach oben fixiert, als hätte er ihn zum Hitlergruß erhoben. Als sie ihn jedoch losbanden, entdeckten sie Vinzenz' Blutgruppentätowierung am inneren linken Oberarm, um die seine Peiniger einen schwarzen Kreis gezogen hatten. Der Malträtierte atmete nur schwach, sollte aber auch dieses Mal überleben.

Weit nach Einbruch der Dunkelheit war das Fest noch im Gange, die Ungarn hatten ein Lagerfeuer angezündet, um das sie tanzten und sangen, während von den Hofleuten die meisten schon erschöpft im Bett lagen. Die Amerikaner waren ebenfalls gerädert, aber viele von ihnen saßen trotzdem noch an den Tischen und genossen das nur ihnen gestattete bayerische Bier. Von den Bergen zog eine frische Brise durchs Tal. Officer Bobela saß allein vor seinem Krug und rekapitulierte noch einmal die Ereignisse des Tages. Vielleicht war es nicht rechtmäßig gewesen, den beiden Polen Selbstjustiz erlaubt zu haben, aber er ließ sich eben ungern verarschen, und der Kerl war immerhin nicht abgekratzt, jetzt würden sich die Gerichte um ihn kümmern. Es war sein letzter Tag in Eisenstein, schon morgen ging es für ihn weiter nach Vilshofen, einer Kleinstadt an der Donau. Dort würde er als örtlicher Verwaltungsoffizier der Militärregierung stationiert sein. Die Welt, dachte er in einem grüblerischen Anflug, ist reich an Überraschungen. Und für manche braucht es wenig, um sich das Leben verderben zu lassen, andere dagegen waren durch nichts aus dem Gleichgewicht zu bringen. Bobela war sicher, zu Letzteren zu gehören. Er schloss die Augen, genoss den Wind auf der Haut und hörte den Ungarn zu, die irgendwas sangen, das sich wie »La Cucaracha« anhörte, als wären sie eine Einheit von Pancho Villa in der mexikanischen Revolution.

Unweit von ihm, an einem anderen Tisch, hockte Krzysztof, er saß am Rand der Gruppe aus South Carolina, stumm und wie versteinert. Die Soldaten nannten ihn »Chris«, was ihm nicht schlecht gefiel, und hatten ihm sogar ein Glas Bier spendiert, an dem er sich festhielt. Die GIs rissen Witze und flachsten, was das Zeug hielt, Krzysztof verstand kein Wort, aber das war nicht der Grund für seine grenzenlose Einsamkeit, die sich in ihm ausgebreitet hatte. Marek und Robert waren nicht mehr da. Während er in der Scheune gesessen und sich fromme Sprüche über Erkenntnis und Wahrheit angehört hatte, waren die beiden auf einen Militärlaster gestiegen und Richtung Osten aufgebrochen. Zwar hätten sich früher oder später ihre Wege ohnehin getrennt, weil die beiden unbedingt zurück zu ihren Familien nach Polen wollten, aber auf diese Art zu verschwinden, ganz ohne Verabschiedung, empfand er als treulos. Gemeinsam hatten sie Todesängste ausgestanden, Erleichterung und Freude geteilt, nun war er mit einem Schlag wieder auf sich allein gestellt, selbst der Medizinstudent war nach der Essensvergabe abtransportiert worden. Zurückgeblieben war von den beiden nur ein Zettel mit zwei dürren Zeilen, den er in ihrem gemeinsamen Kämmerchen gefunden hatte: »Du warst nicht da, wir mussten die Chance ergreifen. Die Rache haben wir in deinem Sinn vollzogen. Gewiss werden wir uns irgendwann wiedersehen. Gott segne dich. Marek + Robert«. Er erkannte Mareks Handschrift, und auf dem Papier befanden sich Spuren von getrocknetem Blut. Wie hatten die zwei es bloß geschafft, Vinzenz ins Sägewerk zu locken und ihn dort so zuzurichten, und das alles, während er sich eine Predigt in der Scheune angehört hatte? Er war wütend auf die beiden und gleichzeitig erleichtert, dass kein Blut an seinen Händen klebte. Bestimmt wäre er nicht weniger zimperlich mit dem Fettsack umgegangen. Wer weiß, ob der dann noch leben würde, wer weiß, ob sie dann nicht doch gefasst und zur Rechenschaft gezogen worden wären. Weil Vinzenz überlebt hat, machte niemand Anstalten, nach den Tätern zu fahnden. Vielleicht hätte er durch die Mittäterschaft ja doch etwas von seiner Menschenwürde verloren, gerade so, wie es Wrazidlo ihm erklärt hatte … Trotzdem: Er fühlte sich von den beiden ausgeschlossen, und eine seltsame Unerlöstheit quälte ihn, der er weder mit Tränen noch mit Wutausbrüchen beizukommen vermochte.

6 Die Einnistung

Im Stadel gab es noch einiges zu tun, und auch auf dem Heuboden versuchten sie, Platz zu schaffen. Selbst Jutta packte mit an, sie erteilte Anweisungen und war dabei sehr deutlich und klar, mitunter sogar schroff. Wer sie näher kannte, wusste, dass sie sich dazu überwinden musste. Führungsqualität zu demonstrieren, entsprach nicht Juttas Naturell. Aber nur so würde sie ihre vor den Dienstboten eingebüßte Autorität wiedererlangen, nur so würde auch Josef wieder Achtung vor ihr kriegen. Unter dem Kopftuch lief ihr der Schweiß herunter, mehr als den anderen Frauen.

Zwischen verstaubten Glasgallonen, brüchigen Schläuchen und rostigen Kannen, die sie eben herausgeräumt hatten, hockten sie jetzt im Schatten des Stadeldachs und machten eine Pause. Helga brachte Wasserflaschen und ein Schneidbrett mit dünn bestrichenen Margarinebroten. Sie war die jüngere der beiden Dienstbotinnen und sah dennoch wesentlich älter aus als Thea. Die Anstrengungen der letzten Kriegsmonate hatten ihre Spuren hinterlassen, und die Pflege der Hufnagelbäuerin hing ihr sichtlich nach, zudem machte sie sich ernsthafte Sorgen um die Zukunft des Guts, auf dem sie schon seit dreißig Jahren angestellt war. Ihr dünnes, graues Haar reichte kaum bis zu den Schultern, die Tränensäcke unter den müden Augen gaben dem Gesicht einen resignierten Ausdruck. Als sie nun das Brett herumreichte, bekam jeder eine Scheibe – bis auf Erna. Für sie war am Ende nichts übrig. Mittlerweile kannte Erna derlei Schikanen, wortlos nahm sie sie zur Kenntnis, und auch die anderen verloren kein Wort darüber. Schweigend reichte ihr Corin eine Hälfte ihres Brotes, und Erna dankte ihr mit einem Blick. Alle kauten stumm vor sich hin, bis Erna nach einer Weile fragte: »Corin, hast du vielleicht eine Haarnadel über?« Sie hatte ihr Kopftuch abgenommen und schob sich mit dem Daumen eine Haarsträhne hinters Ohr. Sofort zog sie alle Blicke auf sich. »Ja, freilich, der Jeff hat mir so viele geschenkt, damit könnt ich ein ganzes Bettgestell flechten.«

»Du gibst dich viel zu viel mit den Negern ab, das ist gefährlich, die sind scharf auf Weiber«, schnauzte Franz sie an.

»Der Jeff? Spinnst du, der tut mir doch nix, der ist ganz lieb. Letztens hat er mir sogar den Panzer in der Remise gezeigt, das war vielleicht eine Schau.«

»Das geht doch nicht, du bist noch ein Kind.«

»Aber arbeiten soll ich wie ein Ochs«, schnappte Corin zurück.

»Ich würd gern wissen«, meldete sich die sonst so zurückhaltende Thea zu Wort, »was die heut eigentlich feiern? Weil die sind ja alle weg. Und mir sagt wieder keiner was …«

»Unabhängigkeit«, sagte Corin, als ob sie das Wort auswendig gelernt und die ganze Zeit nur darauf gewartet hätte, es endlich anzubringen. Thea nickte langsam, um gleich darauf behäbig den Kopf zu schütteln. »Soso, was es alles gibt.« Die verbliebenen GIs waren nach Zwiesel gefahren, wo sämtliche in Ostbayern stationierte Soldaten zu einem Festakt der Militärregierung zusammenkamen. Auch Josef und die übrigen Bürgermeister aus der Umgebung waren dazu einbestellt. Am Rande des »Independence Day« mussten dringende organisatorische Fragen besprochen werden, der Flüchtlingsstrom aus den Ostgebieten, vor allem aus Böhmen und Schlesien, wollte einfach nicht abreißen. Tausende schleppten sich täglich zu Fuß über die Grenze, andere kamen in völlig überfüllten Zügen an. Eine verzweifelte Menschenmenge, ein jeder ausgezehrt und mit den Kräften am Ende, allesamt auf der Suche nach einer Bleibe und nach Sicherheit. Anfangs waren die Vertriebenen in provisorische Auffanglager gesteckt worden, aber jetzt, im Sommer, nachdem das Gros der amerikanischen GIs abgezogen war und die Evakuierten wieder in die Städte zurückgekehrt waren, mussten die Eisensteiner ihre Unterkünfte mit den ankommenden Flüchtlingen teilen. Jeder bewohnbare Winkel wurde belegt, jedes Gebäude genutzt. Für viele der Einheimischen stellten die Vertriebenen eine unzumutbare Bürde dar: Sie sahen anders aus, sprachen anders und waren häufig nicht katholisch, allein, es half nichts; es herrschte die strikte Anordnung, ihnen Asyl zu geben. »Unabhängigkeit«, sagte Jutta verächtlich, »wenn ich das schon hör. Wir haben nichts davon, müssen alles hergeben und haben nie was angestellt.«

»Jeder hat Einbußen erlitten, ganz gleich, ob er was dafürkann oder nicht«, versuchte Franz sie zu beruhigen.

»Das ist trotzdem nicht gerecht, hätten die Flüchtlinge nichts verbrochen, müssten sie jetzt nicht fliehen, und wir müssten es nicht ausbaden«, beharrte Jutta auf ihrem Standpunkt. Intuitiv schauten alle in Ernas Richtung. Sie aber schenkte der Bemerkung keine Beachtung, erst nach einer Weile, als niemand mehr damit rechnete, sagte sie, und es klang wie beiläufig, während sie ihr Haar richtete: »Ich hab meine Heimat geliebt, den anderen Flüchtlingen wird's nicht anders gehen. Wir mussten fliehen, weil wir Deutsche sind, und nicht, weil wir schlimmer waren als ihr. Als ob Frauen und Kinder«, schob sie sarkastisch hinterher, »was dafür können, nur weil die Mannsbilder ihren Krieg haben wollten.«

»Da wär ich mir bei dir nicht so sicher«, konterte die Hufnagelbäuerin. Nun waren alle gespannt, wie Erna darauf reagieren würde, sie aber blieb erneut gelassen.

»Es ist mir gleich, was du über mich denkst, ich weiß trotzdem nicht, was es zu jammern gibt. Wenn Josef nicht Englisch könnt, wär er nicht Bürgermeister geworden, und dann erging es uns viel schlechter.«

Juttas Gesicht lief mit einem Schlag krebsrot an. »Wieso

sagst du eigentlich ›uns‹, wieso sagst du, ›uns‹ erging es viel schlechter? Du bist keine von uns!«

»Aber geh, seit über zwei Monaten ist sie bei uns, da kann man sowas schon mal sagen.«

»Misch du dich nicht ein, Corin! Ich hab sie gefragt.« Erna verzog keine Miene, stattdessen fuhr sie mehrmals mit Daumen, Zeige- und Mittelfinger über ihren Nasenrücken. Jeder kannte Josefs grübelnde Geste.

»Ich sag, was ich denk«, sagte sie selbstsicher, »und ich könnt noch viel mehr sagen, aber das erspar ich dir lieber.« Dann zog sie vielsagend die Augenbrauen in die Höhe. Jutta stand der Mund offen. Noch nie war auf dem Hufnagelhof ein Dienstbote so dreist gewesen. Was sich Erna da herausnahm, war nicht nur unverschämt, es war auch sehr gewagt.

»Solange du bei uns bist«, zischte Jutta, und ihre Augen stießen wie blauer Stahl in sie hinein, »so lange bin ich deine Chefin. Und wenn ich sage, du gehst, dann gehst du. So einfach ist das. Und jetzt verschwind auf der Stelle vom Hof!«

»Aber wo soll sie denn hin ...«, mischte sich Corin erneut ein und warf dabei ihre Arme in die Luft.

»Wir räumen gerade den Stadel für Flüchtlinge aus. Woanders wird das auch gemacht, dahin kann sie gehen.«

»Ich krieg ein Kind.« Der Satz zündete auf Anhieb. Erna schloss kurz die Augen, um seiner Wirkung nachzuspüren. Niemand sagte ein Wort, bis endlich Thea unverhohlen fragte, wie das denn passieren konnte. Langsam richtete sich Erna auf, mit Tränen in den Augen erzählte sie, dass das Kind von ihrem Verlobten sei, den man auf der Flucht erschossen habe, in Böhmen, kurz vor der Grenze. Um ein Haar wäre auch sie abgeknallt worden. Abermals breitete sich ein eisiges Schweigen aus. Dahinein platzte nun Josef, als er mit seinem Stock die Tür des Heustadels von innen aufstieß und einfach drauflossprudelte. Er hatte ein paar Halbe intus und war entsprechend angedudelt. Euphorisch berichtete er, dass er von der Militärregierung und vom Landrat als Bürgermeister bestätigt worden sei. Bald würde er auch einen Dienstwagen bekommen, einen schwarzlackierten BMW 326, und überhaupt, die Amis hätten ihm versichert, dass sie längerfristig auf ihn bauten. Und die Sache mit den Flüchtlingen könne er bestimmt so drehen, dass niemand von denen ins Gutshaus einziehen werde. Josefs Blick wanderte reihum, doch niemand wollte seine Freude so recht teilen, seine Frau blickte ihn aus starren Augen an. »Was ist denn los mit euch, ist wer gestorben, oder warum schaut ihr so blöd?« Aus Ärger fuchtelte er unbeherrscht mit seinem Stock und traf eine der Gallonen, worauf es heftig schepperte.

Schließlich ergriff Erna das Wort: »Ich freu mich, für uns«, sagte sie gefasst und um Aufrichtigkeit bemüht.

»Immerhin, eine. Und was ist mit euch?«

»Die Erna«, blaffte Jutta, wobei sie die Angesprochene vorwurfsvoll taxierte, »erwartet ein Kind. Was Dümmeres kann man wirklich nicht machen!« Josef schob seine Unterlippe nach vorne, mit Daumen-, Mittel- und Zeigefinger strich er sich über die Nase. »Das ist ja eine Überraschung.« Dann forderte er alle auf, ihn und Erna allein zu lassen. Nur bei Jutta, die unbedingt bleiben wollte, musste er laut werden.

Josef zog sich mit Erna in die Abstellkammer unter dem Heuboden zurück. Er wies ihr einen Platz auf einem Schemel zu, während er es vorzog, zu stehen. All seine Heiterkeit war gänzlich verschwunden, und ohne Umschweife kam er auf den Punkt. »Ist das wahr?«

»Ich werde das Kind kriegen.« Erna war mit dem Vorsatz in das Gespräch gegangen, standfest zu bleiben, ganz gleich wie sehr er auch zeterte. Er durfte nicht daran zweifeln, dass er der Vater sei. Aus ihrer Sicht die einzige Möglichkeit, mit einem Säugling an der Brust zu überleben. »Du hast mir gesagt«, brüllte er, »dass nichts passieren kann.«

»Es ist aber was passiert.«

»Du kannst doch nicht schwanger werden von mir!« Er hielt kurz inne und wischte sich mit dem Handrücken über den Mund. »Das geht nicht«, fügte er mit gepresster Stimme hinzu. Erna schaute ihm ins Gesicht und versuchte, aufmerksam darin zu lesen. Sie war verblüfft. Offenbar hatte er keinerlei Zweifel daran, dass er der Vater des Kindes sei, sondern nahm es als selbstverständlich. Da fiel ihr ein Spruch ihrer Mutter ein, den sie gelegentlich gebraucht hatte: »Der Mensch glaubt, was er glauben will.« Und Josef war eindeutig dem Glauben verfallen, der Vater des Kindes zu sein. Nicht nur weil es gut möglich war, sondern weil er es sich in seinem tiefsten Innern auch wünschte. »Warum sagst du nichts?«

»Ich hab den anderen gesagt, das Kind wär von meinem Verlobten. Ich hab gesagt, er ist auf der Flucht umgekommen.«

»Gut. Weiß sonst noch jemand, dass ich …«

»Nein.« Ihr Blick suchte seine Augen, sie roch seine Angst, den ausgedünsteten Alkohol, der sich mit dem Schweiß auf seiner Haut vermischte. »Vor ein paar Wochen noch hast du zu mir gesagt, ich könnt bei dir bleiben. Du hast gesagt, Jutta wird nicht mehr gesund, du bräuchtest eine tüchtige Frau an deiner Seite …« Josef zerwühlte sich das Haar, er kratze sich den Nacken wund. Erna war im Recht, er hatte ihr Juttas Rolle in Aussicht gestellt, für ihn war es ja wirklich vorstellbar gewesen, sie zur Frau zu nehmen. Zweimal hatte er mit ihr auf der stinkigen Matratze in der Waschküche den Beischlaf ohne Scham und Reue vollzogen, und dann noch einmal, nach dem Schlachtfest im Frühling. Dieses ausgelebte Begehren war für ihn erhebend und befreiend zugleich gewesen, das konnte er beim besten Willen nicht abstreiten, jetzt aber hatten sich die Vorzeichen geändert, seine Frau war wider Erwarten gesund geworden, und auch er stand vor einem Neuanfang. Insgeheim war er zwar stolz auf sich, denn dass Erna sofort schwanger von ihm geworden war, ließ seine nagenden Selbstzweifel verstummen. Doch nun würde er einen Teufel tun, Jutta für dieses Weib, eine dahergelaufene Flüchtlingsfrau, zu verlassen. Der Wind, da war sich Josef spätestens nach der heutigen Versammlung sicher, wehte nun aus einer anderen Richtung, aus der US-amerikanischen, und mit ihm würde er aufsteigen und die verdammten braunen Jahre hinter sich lassen. Dafür brauchte es geregelte Verhältnisse.

»Erna«, sagte er sanft und legte seine Hand auf ihre Schulter, »ich dachte auch, meine Frau wird nicht mehr, dann bist du gekommen … Erna, ich werd sie aber nicht aufgeben. Sie hat mich auch nicht hängenlassen, wo ich zum Krüppel geworden bin. Wir haben bei uns eine Devise, eine Faustregel, die seit Generationen gilt: Ein Hufnagel lässt einen Hufnagel nicht im Stich – komme, was wolle. Und durch die Heirat ist sie eine geworden.« Erna nickte verständig. An der Außenwand hörte man die Spatzen im Efeu rascheln. Josef ging zur Tür und lugte durch einen Spalt nach draußen. Dann wandte er sich wieder Erna zu. Entschlossen umfasste er den Knauf seines Stocks, so dass seine Knöchel weiß hervortraten. »Eins noch, Erna: Denk bloß nicht, dass du mich erpressen kannst. Du bist nix, und du hast nix, wenn ich möcht, kann ich dir leicht unterstellen, dass du mir ein Kind anhängen willst. Aber ich bin nicht so, ich komm für den Balg auf, ich kümmer mich darum. Es darf nur keiner wissen, dass er von mir ist. Und dass dein Verlobter der Vater ist, dabei bleibt's. Der Krieg trennt Familien, so ist das eben.«

»Dann soll es so sein«, sagte Erna und erhob sich. Sie war deutlich kleiner als er, dennoch war es, als ständen sie sich nun auf Augenhöhe gegenüber. Erna sah ihrer Mutter ähnlich, hatte ihre dunklen Augen, drum herum feine Gesichts-

164

züge mit Grübchen in den Wangen. Ihr Haar war braun, weder hell noch dunkel, es nahm beide Tönungen an, je nachdem, ob Licht oder Schatten darauf fiel. Wenn Erna lächelte, breitete sich eine einnehmende Unbefangenheit auf ihrem Gesicht aus. Josef war äußerlich nach seinem Vater geraten. Ein stattlicher Mann mit symmetrischem Gesicht und vollem, kastanienfarbenem Haar. Seine runden Backen und seine buschigen Augenbrauen ließen auf eine ausgewogene Selbstsicherheit schließen, doch es täuschte, er musste viel Kraft aufwenden, um seine innere Unruhe zu kaschieren. So auch jetzt, da Erna ihn entwaffnend anlächelte. »Ich möchte keinen Krieg mit dir, ich will nur, dass für das Kind gesorgt ist«, sagte sie und streckte ihm ihre Hand entgegen.

Schon kurz nach ihrer Ankunft war ihr bewusst geworden, dass die Nacht mit Andreas Küster nicht ohne Folgen bleiben würde. Ein Ziehen im Unterleib und ein Spannen in den Brüsten begleiteten ihre erste Zeit auf dem Hof, sie spürte, dass da etwas in ihr heranwuchs, und im selben Maß verfestigte sich ihre Absicht, das Kind zu behalten.

»Gut«, sagte Josef und schlug ein, »bis zur Niederkunft kannst bleiben, für die darauffolgende Zeit auch. Für danach lass ich mir was einfallen.«

Als sie aus der Kammer ins Freie traten, war der Himmel über dem Hof rotviolett. Eine tiefe Ruhe breitete sich über dem Gutsgelände aus. Kein Laut störte, keine Schwalbe zwitscherte, nicht einmal ein Piepen aus der Efeuwand war zu hören. Lediglich der Wald rauschte gleichmütig, als habe er jedes Wort vernommen und allem zugestimmt, was die beiden vereinbart hatten. Am Abend schlief Josef zum ersten Mal seit Jahren wieder mit seiner Frau. In derselben Nacht gelobte er ihr Treue bis an sein Lebensende. Und er entschloss sich, sein Kriegsversehrtenschicksal endlich anzunehmen. Schon am nächsten Tag hatte er beim Gehen keine Schmerzen mehr. Seinen Gehstock brach er entzwei und warf ihn ins Feuer.

Erna war bei den Tieren. Mit der Schaufel kratzte sie den Hasenkot aus dem Stall und warf ihn in den Schubkarren. Ihr Bauch, zu einer riesigen Kugel angewachsen, stand ihr dabei im Weg. Als sie einen stechenden Schmerz verspürte, wusste sie, dass es losging. Sie ließ die Schaufel fallen und schrie laut auf. Die Hasen schnupperten nervös nach etwas Unsichtbarem in der Luft. Erna ging in die Hocke, dann fiel sie auf die Knie, schließlich auf den Rücken und in den Dreck. Sie hatte den Eindruck, als näherten sich ihr dunkle, glasige Augen, gleichwohl hatte sie keine Angst. Irgendetwas ließ sie glauben, dass alles gut werde. Sie robbte zur Tür und hinaus auf den verschneiten Hof. Ein paarmal wollte sie schon aufgeben, sich einfach in der Kälte zusammenrollen, doch die schneidenden Krämpfe trieben sie immer wieder voran. Endlich kam Corin angelaufen, die ihr Keuchen und Stöhnen gehört hatte. Nach Mitternacht, es war der 5. Februar 1946, kam ihr Sohn Georg zur Welt, in der Waschküche, neben dem Herrenhaus. Erna konnte sich auch später noch gut an die Geburt erinnern, obwohl ihr oft schien, sie habe das alles nur geträumt. Von Anfang an hatte sich Jutta dagegen ausgesprochen, dass der Bankert im Haus geboren werde, aber an ihm war dennoch alles dran, was es brauchte, um sich der Welt zu bemächtigen. Genau zehn Wochen später gebar Jutta im Herrenhaus eine Tochter. Gerlinde waren alle Voraussetzungen in die Wiege gelegt, um das Leben zum Gelingen zu bringen. Bald nach der Geburt schnitt Jutta ihre langen Haare ab, weil sie dachte, sie hätten ihr bei Gerlindes Geburt die Luft genommen. Zudem war sie der Meinung, lange Haare würden einen entlarven. Überall lägen sie herum, man sähe, wie viele einem ausfielen und wie rasch man alterte. Zwar fielen einem kurze

Haare genauso aus, aber das merkte man nicht so leicht, und man schenkte dem eigenen Verfall nicht so viel Beachtung.

7 Der Josefplan

Nach außen hin zeigte sich Josef meist entschlossen, und es überwog die resolute Ader. Die Alten, die noch seinen Großvater kennengelernt hatten, stimmten anerkennend überein, dass Josef wie er sei, ein echter Hufnagel, einer vom alten Schlag: großgewachsen, energisch und zielstrebig. In Vinzenz dagegen, so waren sich die Leute ebenfalls einig, bündelte sich alles Unvorteilhafte seines Vaters und seiner Mutter. Als jüngster Sohn war Vinzenz über Gebühr verwöhnt worden, vielleicht lag es daran, dass er sich zu einem weinerlichen Kind entwickelt hatte, später zu einem quengelnden Kerlchen, das viel Aufmerksamkeit einforderte und dem die eine oder andere Tracht Prügel, wie die Dienstboten befanden, gutgetan hätte. In Wirklichkeit war die Angst, der unendlichen Einsamkeit anheimzufallen, sein ständiger Begleiter. Vielleicht kam es deshalb nicht von ungefähr, dass Vinzenz seinen ältesten Bruder vergötterte, der auf den ersten Blick das Gegenteil von ihm verkörperte. Korbinian hatte einen zurückhaltenden Charakter, war anspruchslos und wusste sich in allen praktischen Dingen zu helfen. Zu ihm sah Vinzenz auf, ihm folgte er auf Schritt und Tritt. Trotz des großen Altersunterschieds oder vielleicht gerade deswegen hatten sie ein inniges und liebevolles Verhältnis zueinander, sie gingen angeln, und Korbinian nahm ihn mit auf die Jagd und zeigte ihm, wie man Holzmännchen schnitzte. Der erwachsene Bruder war ihm eine Art nahbarer Vater, während seine Beziehung zum drei Jahre älteren Josef von Konkurrenz und Bevormundung geprägt war. Korbinian sollte einmal der Hof überschrieben werden, doch vorher musste der erst- und einst unehelich geborene Sohn von Siegmund und Siglinde seinen Militärdienst antreten. Ende Juli 1914 brach der Weltkrieg aus, und zwei Monate später wurde der damals 24-jährige Korbinian an die Westfront verlegt. Im darauffolgenden Frühjahr kam er in den Südvogesen ums Leben. Sein Leichnam wurde nie in die Heimat zurückgeführt, er wurde wie unzählige andere irgendwo in Frankreich in einem Massengrab verscharrt.

Einige Monate nach Kriegsende kam Paul Hirlinger, jüngster Sohn des ehemaligen Glasarbeiters Michl Hirlinger, ins Gutshaus gewankt und berichtete, er sei dabei gewesen, als Korbinian starb. Ein afrikanischer Wilder sei in den Laufgraben eingedrungen und habe den Kameraden hinterrücks mit einem Grabendolch erstochen. Am Ende seiner bildhaften Ausführung raunte er, dass des Negers Dolch nun in den Händen der Juden läge. Wie viel Wahrheit und wie viel Dichtung in Paul Hirlingers Bericht lag, war den Hufnagels nicht ganz klar. Der Krieg hatte ihn als hinkenden Invaliden entlassen, er hatte das linke Ohr und auf derselben Seite das Augenlicht verloren. Die Gefechte hatten ihn zu dem gemacht, was man damals einen Kriegszitterer nannte. In kurzen Intervallen schüttelte es ihn so heftig, dass er seine Rede unterbrechen und neu ansetzen musste. All das trug im Verein mit seinem angetrunkenen Zustand nicht gerade zu seiner Glaubwürdigkeit bei, dennoch war man empört, und der tiefsitzende Schmerz über Korbinians Tod entzündete sich von Neuem. Als Vinzenz einige Jahre später Hitlers »Mein Kampf« in die Hände fiel, las er darin, dass es die Juden seien, welche »den Neger an den Rhein bringen, immer mit dem gleichen Hintergedanken und klaren Ziele, durch die dadurch zwangsläufig eintretende Bastardisierung die ihnen verhasste weiße Rasse zu zerstören …«. Für ihn war das die Bestätigung, dass der mittlerweile verstorbene Hirlinger Paul die Wahrheit gesagt hatte. Sein geliebter Bruder Korbinian war also tatsächlich einem Komplott der Juden zum Opfer gefallen, die ihn durch einen Afrikaner hatten ermorden lassen.

Kopfschüttelnd saß Josef am Steuer seines BMWs, in zahllosen Varianten schoss ihm ständig ein und dieselbe Frage durch den Kopf: »Warum ist mein Bruder nur so ein Trottel geworden. Wie konnte das passieren, wie, um alles in der Welt, konnte das nur passieren?« Schon sein Körperbau passte nicht recht zur Hufnageldynastie, Vinzenz war ein Pykniker, wie er im Buche stand: gedrungene Statur, Neigung zu Fettansatz, kurzer Hals und breites Gesicht. Manchmal spekulierte Josef darüber, ob die Mutter der Familie nicht ein Kuckuckskind ins Nest gelegt habe, und auch wenn er das selbst nicht recht glaubte, kamen ihm regelmäßig Zweifel an Vinzenz' Abstammung.

Er warf einen Blick durch das Fenster der Beifahrerseite. Zu seiner Rechten floss die Donau. In ihrer unbändigen Kraft strömte sie ruhig dahin. Stets gleich und immer anders, je nachdem, wie der Wind wehte und wie die Sonne stand. Ein in sich geschlossenes System, dachte Josef, um sich gleich wieder mit seinem Bruder zu beschäftigen, bei dem er keinerlei Denksystem erkennen konnte. Der hatte die Nazi-Propaganda vom jüdischen und slawischen Unter- und vom arischen Herrenmenschen wirklich geglaubt, der Scheißkerl. Oder hatte er sie nur nachgebetet, um andere zum Nachbeten zu zwingen? Er fand keine abschließende Antwort. Wieder schaute er aus dem Fenster, linker Hand zogen die Ausläufer des Bayerischen Walds an ihm vorbei. Hie und da sah man noch die Spuren eines Bombentrichters, aber die Verwüstungen waren schon fast wieder zugewachsen. Josef liebte diese langen Autofahrten, bei denen er Zeit fand, nachzudenken, die

Dinge, die ihn beschäftigten, zu sortieren und neue Pläne zu schmieden. Er kam viel herum, seit er vor drei Jahren zum Landrat gewählt worden war. Kurz davor hatte er sich den Christsozialen angeschlossen, deren liberalen Flügel er vertrat. Obwohl sich die politischen Verhältnisse nun zunehmend stabilisierten, lag nach wie vor viel Aufklärungsarbeit vor ihm. Die Auffassung, dass der Kapitalismus und die Großindustrie mitverantwortlich am Aufstieg und an der Machtergreifung Hitlers waren, war in weiten Teilen der Gesellschaft vorherrschend. Große Teile der Bevölkerung lehnten die freie Marktwirtschaft ab und wollten Schlüsselindustrien sozialisieren. Aus Josefs Sicht völliger Blödsinn, Bayern im Speziellen und Deutschland als Ganzes konnten seiner Ansicht nach nur bestehen und sich vom sozialistischen Osten abgrenzen, wenn sie sich marktliberal orientierten. Josef wollte einen Staat, dessen Ordnungsrahmen ein hohes Maß an Wettbewerb und Handelsfreiheit gewährleistete. Und, nein, nicht Wirtschaft und Industrie trugen Schuld am Aufstieg der Nazis und am Krieg, es war der Wunsch der massenhaft auftretenden Hirnzwerge gewesen, sich einem Führer samt seiner Abenteuerpolitik zu unterwerfen. Sein Bruder war dafür das beste Beispiel. Caesar, amor legum, solve querelas – Kaiser, Liebling des Rechts, löse unsere Streitigkeiten. Josef grinste in sich hinein. Dass er sich an den alten Spruch aus Schulzeiten erinnern konnte, hätte er nicht für möglich gehalten. Bei so viel Selbstzufriedenheit vergaß er allerdings, dass auch er einst Hitlers Wirtschaftspolitik überzeugend gefunden und wie andere angesehene Unternehmer dazu beigetragen hatte, dem Führer eine hohe ökonomische Reputation zu verschaffen, worauf die Masse ihm noch mehr Vertrauen schenkte. Aber so genau wollte Josef nun auch wieder nicht im Misthaufen der Vergangenheit wühlen. Lieber erfreute er sich an seinen lichten Gedanken und bog nach Vilshofen ein.

Die Abschiedszeremonie für T. S. Bobela fand in kleinem Rahmen statt. Der Verwaltungsoffizier des »Office of Military Government« genoss ein hohes Ansehen in der Donaustadt, was nicht nur mit dem Amt und der damit verbundenen Machtfülle zu tun hatte, sondern mit seiner natürlichen Autorität, die sich aus einer gut dosierten Mischung aus Strenge und Kumpelhaftigkeit speiste. Dennoch hatte sich Bobela pompöse Feierlichkeiten verbeten, er wollte zu diesem Anlass nur Menschen um sich wissen, an denen ihm wirklich lag.

Als Josef den großen Konferenzraum des Divisionshauptquartiers betrat, stand Bobela entspannt zwischen einigen Herren, die er, Josef, noch nie zuvor gesehen hatte, zwischen den Fingern eine qualmende Zigarette. Beide nickten einander zu, ehe Josef Kurs auf den wuchtigen Eichentisch nahm, auf dem ein Tablett mit belegten Semmeln stand, um das sich ein paar Herrschaften gruppiert hatten. Es handelte sich vorwiegend um Wirtschaftsbeamte und Juristen aus München samt ihren Frauen, von denen Josef die eine oder andere näher in Augenschein nahm. Eine Blonde trug ein Kleid mit weitem Dekolleté, verziert mit Schleifen und Spitzen. Die Weiber in der Stadt, die haben schon was, die sind einfach raffiniert angezogen und schauen nicht so blöd aus der Wäsche wie die unsrigen. Wegen der Blonden würde sogar der Bischof ein Loch in die Kirche schlagen, nur um ihr hinterherzuschauen, dachte er und lächelte in die Runde. Josef stellte sich als Landrat Hufnagel vor, mit Officer Bobela verbinde ihn eine lange Freundschaft. Er berichtete von jenem Tag, als ihn der Officer zum Bürgermeister auserkoren hatte, und dass sie sich seither in regelmäßigen Abständen über wirtschaftliche Fragen austauschten. Josef wirkte dynamisch, gleichzeitig stellte er seine galanteste Seite zur Schau, aufmerksam adressierte er seine Worte an alle Umstehenden. Er erzählte von seinem Sägewerk, mit dem es langsam wieder bergauf gehe, er referierte über Aufforstungs- sowie über Käfervernichtungsprogramme und zeigte dabei stets das Gesicht des progressiven Holzhändlers, der jeden nicht verwertbaren Baum als verlorenen betrachtete. Erläuternd klopfte er auf den Tisch und verwies auf die geschnitzten Löwenköpfe an dessen Ecken, auf die sorgfältig gearbeitete Zarge sowie auf die gedrechselten Beine. »Sehen Sie«, sagte Josef kokett, »die gute, alte Gründerzeit, und genau da sind wir jetzt auch wieder, am Anfang einer neuen Zeit, die Karten werden neu gemischt, da heißt es Augen auf und wach sein.« Grinsend griff er nach einer Wurstsemmel und biss hinein. Ein vornehm wirkender Mann mit feinem grauen Haar stellte sich ihm als Herr von Freyberg vor. Er war wie er Mitglied der christsozialen Partei und in leitender Position im Landwirtschaftsministerium tätig, offenbar der Ehemann der reizenden Blonden. Von Freyberg steckte ihm seine Visitenkarte zu, mit der Bemerkung, dass man sich zu gegebener Zeit unbedingt zusammensetzen sollte, der Name Hufnagel sei ihm durchaus ein Begriff.

Bobela hatte sich so platziert, dass sich die Stars-and-Stripes-Flagge in seinem Rücken strahlend von der dunklen Holzvertäfelung abhob. Zunächst stellte er die Gäste vor, dann gab er ein paar heiter-lakonische Einblicke in die vergangenen viereinhalb Jahre zum Besten. Seine Rede schien improvisiert, in jedem Fall lässig, aber jeder Blick, jedes Wort saß punktgenau und entfaltete seine Wirkung. Eine Art Lässigkeit, die nicht unbemerkt bleiben sollte. Es sei, kam er zum Schluss, nicht immer einfach gewesen, den Deutschen ihren ganz gewöhnlichen Faschismus auszutreiben, dessen Tiefenschichten durch eine Fragebogen-Bürokratie nicht beizukommen war. »Vielleicht«, sagte er augenzwinkernd, »war aber auch nichts dümmer, als den Deutschen Demokratie durch eine Militärregierung beibringen zu wollen. Das Militär ist nicht demokratisch, man gehorcht einem Befehl. Aber wir hatten einfach keine Zeit für eine echte Erneuerung. Die müsst ihr nun selbst schaffen. Ich bin jedoch fest davon überzeugt, dass alle hier im Raum versammelten deutschen Bürger einen wichtigen Beitrag dazu leisten werden. Und ich bin ebenfalls davon überzeugt, dass ihr im Namen der freien Welt dem Kommunismus die Stirn bieten werdet.«

Erst nach Bobelas nachdenklich beklatschter Ansprache vermischten sich die amerikanischen und deutschen Gäste ein wenig. Selbst in den privilegierten Schichten begegnete man sich noch mit Vorbehalten. Die Deutschen fühlten sich missbraucht, die Amerikaner missverstanden. Bayerisches Bier und Coca-Cola wurden gereicht, zu guter Letzt gab es Schweinebraten, eine seltene, kalorienhaltige Kost, auf die es vor allem die Deutschen abgesehen hatten, die aus Gründen der Etikette aber nicht den Eindruck erwecken wollten, gierig zu sein. Nach der Mahlzeit winkte Bobela Josef zu sich, generös legte er eine Hand auf seine Schulter, mit seiner Linken klopfte er auf Josefs Oberarm. Es wirkte wie eine vertraute Geste, und Josef war stolz, dass alle Zeugen davon wurden. Er hatte schon befürchtet, Bobela würde ihn für den Rest der Feier ignorieren, was ihm vor allem vor den Münchnern peinlich gewesen wäre. Jetzt aber sprachen sie von Mann zu Mann, und jeder konnte es sehen. Seit dem Mai 45 hatten sie sich vielleicht ein halbes Dutzend Mal gesehen. Es waren stets sachliche Unterredungen im Beisein anderer Landräte gewesen, dabei ging es um Entnazifizierungsfragen, Umerziehungsprogramme und Verwaltungsaufgaben. Es galt ja nicht nur Nazis aufzuspüren, die Bevölkerung musste versorgt werden, Strom rationiert, Wasser verchlort – die Dinge des Alltags eben. Josef rechnete es dem Officer hoch an, dass er ihn nach dem Vorfall im Sägewerk, als die Zwangsarbeiter seinen Bruder halb totgeschlagen und dessen SS-Zugehörigkeit entlarvt hatten, nicht hatte fallenlassen. Bobela gab damals nur einen Kommentar ab: »Ich weiß, dass Blut dicker ist als Wasser«, sagte er, »also lassen Sie uns darüber schweigen. Wenn Sie mich aber noch einmal enttäuschen, wird es unangenehme Konsequenzen für Sie haben.« Danach hatte der Officer kein Wort mehr darüber verloren. Vinzenz kam in Haft, und damit war die Sache endgültig passé. Josef bot von da an nicht den geringsten Anlass für Misstrauen. Alles in seinem Einflussbereich Stehende erledigte er zur vollsten Zufriedenheit der Militärregierung.

»Wie geht es Ihrer Frau?«

»Gut, sie ist wieder schwanger«, gab Josef heiter zur Antwort, worauf sich der Officer nach seinem bisherigen Nachwuchs erkundigte. Josef klappte seine Brieftasche auf und zog eine Fotografie von Gerlinde und Georg heraus. Das Bild zeigte die beiden Dreijährigen nebeneinander im Hof. Ein Schnappschuss, die Kinder im Gegenlicht, das Mädchen die Hand im Gesicht, der Bub mit geschlossenen Augen. Heimlich hatte er es im Sommer geschossen, als sonst niemand zugegen war. »Ihre Kinder?« Josef nickte, »ja«, brach es stolz aus ihm hervor. Schlagartig wurde ihm klar, dass er sich verplappert hatte. Als ob er beim Stehlen erwischt worden wäre, stieg ihm die Schamesröte ins Gesicht. Bobela begriff Josefs Fehlleistung sofort. »Schön«, sagte er nachsichtig. »Das Leben schreibt eben die herrlichsten Geschichten.«

»So ist es«, nuschelte Josef, und genauso rasch, wie er das Foto herausgezogen hatte, ließ er es nun wieder verschwinden und brachte das Gespräch auf den Marshallplan. Die Hilfsbereitschaft der Amerikaner sei beispiellos, nur müsse man noch etwas Geduld haben, bis alle Maßnahmen greifen. »Absolut«, pflichtete ihm der Officer bei, »aber um ehrlich zu sein, ist es nicht so, wie Sie denken. Der Marshallplan ist kein

Wohlfahrtsprogramm.« Mit der Gelassenheit des Wissenden steckte er sich eine neue Zigarette an. »Ich habe immer gesagt, ich mag keine Lügen, selbst wenn sie der Wahrheit dienen. Wahrscheinlich bin ich deshalb nur ein gewöhnlicher Verwaltungsoffizier geblieben und nie Militärgouverneur geworden.« Er lachte gallig, worauf ihm der Rauch aus dem Mund strömte und sein Gesicht einhüllte. »Unser Einsatz«, fuhr er fort, »gilt nicht der Rettung der Welt, der Marshallplan ist kein Geschenk, er ist vor allem ein Konjunkturprogramm für unsere eigene Wirtschaft.« Josef nickte verhalten, Bobela setzte nach, er hatte Spaß daran, dem Verdutzten die Augen zu öffnen. »Wir brauchen Europa als Absatzmarkt. Und wir brauchen natürlich die Bundesrepublik als Bollwerk gegen Stalin, nur der ökonomische Erfolg kann Westeuropa abhalten, kommunistisch zu werden. Das sprechen wir aber nicht laut aus, weil ihr sonst denkt, wir meinen es nicht gut mit euch. Dabei ist das, was wir tun, selbstloser Eigennutz, es hilft beiden.« Bevor Josef darauf reagieren konnte, verfinsterte sich Bobelas Miene für eine Sekunde. »Wir hätten auch die Möglichkeit gehabt, aus ganz Deutschland ein Dresden zu machen, aber wem hätte das genützt? Lassen Sie es mich mit den Worten meines Schwagers sagen, er ist ein CFR-Officer und im Aufsichtsrat einer großen Bank: ›Westdeutschland ist ein Kind, das man in Washington gezeugt und im Vatikan getauft hat.‹ Da ihr Deutschen keine demokratischen Umgangsformen gelernt habt, mussten wir eben ein wenig tricksen.«

»Soso«, sagte Josef, »bei uns nennt man das: Wer zahlt, schafft an. Ich finde das nicht schlimm, das war schon immer so. Vielleicht müssen wir die neuen Spielregeln halt noch lernen, aber wir schaffen das schon, verlassen Sie sich drauf.« Damit brachte er Bobela zum Lachen. Er klopfte Josef auf den Rücken und wandte sich nun auch den anderen Gästen zu, die ungeduldig um die beiden herumstrichen und sich gerne mit dem Officer unterhalten hätten. »In Zukunft«, sagte er und schüttelte Josef lange die Hand, »sollten die Mächtigen ihren Krieg im Stadion austragen. Als Waffen sollte man ihnen Socken voller Pferdeäpfel in die Hand drücken. Das hat schon mal jemand vorgeschlagen, aber nach dem Desaster in Deutschland weiß ich, wie recht er hat. Es war mir trotzdem ein großes Vergnügen, Sie kennengelernt zu haben. Leben Sie wohl, und passen Sie auf jedes Ihrer Kinder auf. Mir hat Gott kein einziges geschenkt.«

»Kreuzkruzifix!«, fluchte Josef über den Motorraum gebeugt. Schon seit einer halben Stunde suchte er nach dem Grund für die Panne. Mit einem Schraubenschlüssel klopfte er die beiden Vergaser ab und hantierte am Luftfilter herum. Zwar war es sternklar, aber für eine genaue Ursachenforschung war es dennoch zu dunkel. Die Hände in die Hüften gestemmt, überlegte er, was er machen sollte. Er war auf einer schmalen, buckligen Landstraße mitten im Wald zum Stehen gekommen, etwa zwanzig Kilometer südlich von Eisenstein entfernt, bis zur nächsten Ortschaft waren es vielleicht zehn Kilometer. Er ließ sich auf einem der gewölbten Vorderradkästen nieder und setzte seine Hoffnung auf ein vorbeikommendes Fahrzeug. »Immerhin muss ich nicht hungern.« Aus seiner Manteltasche zog er eine in Papier eingewickelte Wurstsemmel. Langsam vor sich hin kauend ging er nochmal das Gespräch mit Bobela durch. Weiß Gott, dachte er, die Amis sind schon ausgefuchst, aber sonst hätten sie den Krieg auch nicht gewonnen. Er schloss die Augen, das Foto mit den beiden Kindern kam ihm in den Sinn und wie weh es ihm tat, den kleinen Georg ignorieren zu müssen. Noch mehr schmerzte ihn, dass er ihn bald ganz verlieren würde. Ernas Abschied stand bevor, seine Frau drängte darauf. Und Erna, die man im Keller untergebracht hatte, war selbst bestrebt, sich irgendwo eine neue Existenz aufzubauen, auch wenn sie noch keine Ahnung hatte, wie sie das bewältigen sollte. Vor Winteranbruch jedenfalls wollte sie Eisenstein verlassen, hatte sie ihm erst vor Kurzem mitgeteilt.

Seit Langem war Josef zum ersten Mal nachts allein im Wald, das Rauschen der Bäume klang beruhigend. Wollte man den Frieden vertonen, müsste er so klingen, wie ein Orchester mit tausend Streichern ohne Saiten. Er versuchte, sich an Goethes »Wandrers Nachtlied« zu erinnern, doch bis auf die ersten Verse des zweiten Gedichts – Über allen Gipfeln / Ist Ruh', / In allen Wipfeln / Spürest Du / Kaum einen Hauch – fiel ihm nichts ein. Auf einmal, mitten in dieser gottverlassenen Stille, kam ihm eine Idee. Warum nicht so vorgehen wie die Amerikaner? Warum nicht auch gerissen sein? Die Zauberformel hieß: selbstloser Eigennutz. Sollte Erna doch den Vinz heiraten! Eine arrangierte Ehe zu beider Vorteil, eine Lösung ohne Verlierer.

Vinzenz war vor ein paar Wochen aus der Haft entlassen worden. Die Staatsanwaltschaft München konnte ihm weder einen eigenhändig begangenen Mord nachweisen noch schwere sadistische Misshandlungen; es waren schlicht keine Zeugen auffindbar gewesen. Dass er ganz am Ende noch desertiert war, wirkte sich ebenfalls strafmildernd aus. Zurück in Eisenstein war er ein Geächteter, auf ihn ließ sich jetzt bequem die eigene Schuld abwälzen. Das aber musste ja nicht bis in alle Ewigkeit so weitergehen. Vielleicht, überlegte Josef, könnte man ihm über den Bund der Ehe einen Weg zurück in die christliche Gemeinschaft bahnen. Und warum nicht auf dem Grundstück vom Sägewerk ein Häuschen für die drei bauen? Wozu gab es schließlich die Kreditanstalt für Wiederaufbau? Vinzenz und Erna könnten im Sägewerk mitarbeiten, da gab es genug zu tun. Und wer weiß, was aus dem Kleinen würde … Sein Bruder Korbinian war zwölf Jahre lang in

Unwissenheit über seinen tatsächlichen Vater aufgewachsen, und irgendwann hatte sich dann alles gefügt. Die Zeit heilt eben Wunden, und über das Dunkle ist zu schweigen. Josef schnippte mit den Fingern und reckte seinen Zeigefinger nach oben. Die Panne war ein Gottesgeschenk: Ohne die erzwungene Pause in völliger Abgeschiedenheit, davon war er überzeugt, wäre ihm diese Idee nicht gekommen. Jetzt fiel ihm auch das Ende des Gedichts wieder ein, ausgelassen rief er es in die Nacht hinaus: »Die Vögelein schweigen im Walde. / Warte nur! Balde / Ruhest du auch.« In der Ferne sprühte ein Scheinwerfer ein weißes, auf- und abglimmendes Licht in die Dunkelheit.

8 Die Offenbarung

An einem milden Novembertag, etwa einen Monat später, ging man daran, den Heustadel in seine ursprüngliche Bestimmung zurückzuführen. Genau genommen war Franz und Corin die Arbeit aufgetragen worden. Der Alte stand auf dem Wagen und warf das Heu auf den Boden. Dort gabelte es Corin auf und türmte es weiter hinten zu einem Haufen. »Gott sei Dank«, schnaubte Franz, »sind die Flüchtling endlich draußen, das war ja kein Zustand mehr. Wir sind ja hier kein Asozialenheim.«

»Ja, das haben wir jetzt schon tausendmal gesagt, jetzt reicht's auch wieder.« Corin war nun eine junge Frau von neunzehn Jahren, immer wieder versuchte Franz, sie aufzuzwicken, dann sagte er plötzlich, völlig unvermittelt, so wie jetzt: »Langsam musst du dir um einen Mann schauen. Sonst bleibst am End gar über.« Meistens winkte Corin dann genervt ab, wenn sie jedoch gut gelaunt war, sagte sie mit großen Kulleraugen: »Du willst mich ja nicht, und sonst gibt's halt keinen, der für mich passt.«

»Darfst halt nicht so eigen sein, sonst wirst noch eine alte Jungfer.«

»So wie du.«

»Eine Jungfer«, raunzte Franz, »bin ich nicht unbedingt, aber ein alter Depp.«

»Hör auf zu jammern, du bist sogar jünger als der Kanzler.«

»Der kann mich mal am Arsch lecken, der war nicht fünfzig Jahre lang Knecht.« Aus der Remise drang ein vielstimmiger Gesang. Schuberts *Deutsche Messe*. Schlichte Erhabenheit strömte durch die Bretterritzen, und den beiden huschte ein Lächeln übers Gesicht. »Die proben ja heute bei uns, das hab ich glatt vergessen.« Corin stützte sich auf ihrer Heugabel ab, mit geschlossenen Augen lauschte sie dem Gesang und ließ sich treiben. Es gab durchaus jemanden, in dessen Nähe ihr Herz anfing, schneller zu schlagen. Berle war neu im Sägewerk, ein pfiffiger Kerl, nicht viel älter als sie. Ein Kasperl und ein Schwärmer, lustig und verträumt zugleich. Zum ersten Mal fühlte sie sich zu jemandem hingezogen, doch wusste sie partout nicht, wie man damit umging. Laufend gab es unaufschiebbare Dinge zu erledigen, und Gefühle hatten einfach keine Konjunktur.

»Solange das neue Schulhaus noch nicht fertig umgebaut ist, lasst sie der Herr Josef in der Remise proben.«

»Ich weiß«, erwiderte Corin gereizt, »und jetzt hör auf zu faseln und hör einfach mal zu.« Darauf wurde Franz wütend, sein Gesicht, ohnehin von einem ungesunden Rot, färbte sich noch dunkler, so dass die Haut über seinen Backenknochen violett schimmerte. »Ein alter Mann faselt nicht, jemand wie ich hat was zu sagen!« Damit gingen die beiden wieder an die Arbeit. Nach einer Weile fragte Corin, ob der Chor schon für die Hochzeit proben würde.

»Nein, wo denkst du hin! Die proben für ihr Weihnachts-konzert, du dumme Ursel. Die Hochzeit ist viel später. Die müssen doch erst noch das Haus bauen …«

»Dann sag mir, wenn du schon was zu sagen hast: Hättest du das für möglich gehalten, dass die Erna den Vinzenz … dass die zwei einmal heiraten? Du bist ihr Onkel …«

»Du bist ihre Freundin, eigentlich müsstest du mehr wissen.«

Corin zuckte mit den Achseln. »So oft seh ich sie nimmer, und mir sagt sie auch nicht alles.«

»In der Not ist halt alles möglich«, sagte der Alte mit müder Stimme.

»Aber stimmt es«, sie schlug einen konspirativen Ton an und trat näher an ihn heran, »ich hab da was gehört, dass nämlich der Vinzenz unfähig ist, eigene Kinder zu machen? Seit damals, wo ihm die Zwangsarbeiter aufgelauert haben?«

Franz' Gesicht war immer noch gerötet, er wischte sich den Schweiß in die Armbeuge. »Da ist schon was dran, da ist einiges kaputtgegangen, nicht nur sein linkes Auge … Wobei«, sagte er und senkte dabei seine Stimme, »es gibt da noch die andere Geschichte. Nämlich die, wo der Vinzenz vielleicht zehn war, im ersten Kriegsjahr vielleicht, im Vierzehner-Krieg, da hat er mit zwei anderen Buben ein Spiel gespielt, einen Schafsbock haben sie festgehalten, immer zu zweit, und ihm das Maul aufgezogen, der dritte hat dann dem Viech ins Maul gepieselt – beim Vinz haben die anderen beiden auslassen, so dass der Bock …« Franz machte eine Klappbewegung. »Verstehst?« Angewidert verzog Corin das Gesicht. »Und was ist dann passiert?«

»Na ja, das haben sie schon wieder zusammengeflickt irgendwie, aber ich glaub schon, dass da was geblieben ist, ein Defekt auf alle Fälle. Später hat der Vinzenz, wo er dann bei den Nazis war, bei der SS, da hat er dann die zwei wegen

irgendeinem Scheißdreck denunziert, mit dem Heimtücke-
gesetz. Die sind dann nach Dachau gekommen.« Franz wischte sich noch einmal den Schweiß aus dem Gesicht. Er schnaufte unregelmäßig, beim Ausatmen gingen seine Lippen auf.
Jetzt erst bemerkte Corin seinen Zustand. »Mein Gott, schaust
du schlecht aus. Steig runter, ich bring dir was zu trinken.«

»Mir ist schon die ganze Zeit komisch. Mein Herz …« Corin sprang zu ihm auf den Heuwagen, fasste ihn fest am Arm,
dann kletterten sie gemeinsam hinunter. »Ich hol Wasser
und ruf dir einen Doktor.«

»Nein«, ächzte er entkräftet, »nein, sonst heißt's gleich,
ich würde nix mehr aushalten, Wasser reicht, der Rest vergeht schon wieder.« Schweratmend lehnte Franz an einem
Holzbock, wenn er die Augen zumachte, wurde ihm schwindlig, also mühte er sich, wach zu bleiben, seine Lider offen zu
halten. In seinen Augen war ein schwaches Leuchten, wie
weit hinten in einem elendslangen Korridor. Sein Blick tastete den Raum ab, plötzlich blieb er an seiner Schwester haften,
die jetzt neben ihm stand. »Du?«, halluzinierte Franz, »gut,
dass du kommst, Maria. Mir geht's nicht gut, ich glaub, ich
mach's nicht mehr lang. Jetzt wirst mich doch überleben, allen Kriegen zum Trotz. Drum will ich's gleich wissen, bevor
ich vors Gericht komm: Hast du mir vergeben? Du darfst
nicht vergessen, ich war damals noch so jung. Wenn ich zu
dir gehalten hätt, ich hätt ins Gras gebissen, so aber ist Gras
über die Sache gewachsen. Wo hätt ich denn hinsollen? Hätt
ich's mir mit dem Siegmund verscherzt, ich wär im Wald ver-
hungert, jetzt sterb ich im Stadel, auch kein schöner Ort zum
Ableben. Du bist nicht verreckt im Wald. Die Flucht ist dir
geglückt, hast einen Mann gefunden und Kinder gekriegt.
Ich hab mich in niemandem vererbt. Das macht aber nix.
Ein Knecht zeugt immer nur einen Knecht, egal, wer an der
Macht ist. Deine Tochter hat's richtig gemacht. Jetzt hat sie

doch einen Hufnagel zur Welt gebracht, so wie du damals, nur, dass ihr Sohn leben darf. Ich weiß doch, wer der Vater ist … Das Kuckuckskleid steht ihr gut. Ein fremdes Nest ist besser als gar keins. Wär's besser gewesen, wenn ich dich verteidigt hätt, damals gegen die Saubande? Ich hätt kein schlechtes Gewissen mit mir herumtragen müssen, aber eins steht fest: Wenn sie ein Opfer ausgemacht haben, dann lassen sie nicht ab, eh Blut fließt, das ist die Lehre aus meinem Leben, das wird sich auch in hundert Jahren nicht ändern. – Sei mir nicht mehr bös, ich bitt dich, sei so gut, lass ab von deinem Hass.« Die Gestalt trat nun dichter an ihn heran. Erna musterte ihn mit mitleidlosem Blick. »Ich bin dir nicht bös, Onkel. Meine Mutter war mit sich im Reinen, sie hat ein gutes Leben gehabt, sie hat von dir nicht viel gesprochen am Sterbebett, ob sie dir verziehen hat, weiß ich nicht. Aber jetzt hör zu, was ich dir sag, bevor du stirbst: Mein Sohn ist kein Hufnagel und wird auch nie einer sein, und trotzdem wird er kein Knecht werden. Das schwör ich dir auf deinen Tod.« Dann verschwand sie lautlos wie ein Vogel. Franz zuckte zweimal mit den Wimpern, Zeit und Raum fielen ineinander. Er glitt zu Boden, den Aufprall spürte er schon gar nicht mehr.

Als die anderen endlich kamen, war er schon tot, sein Geist schwebte über ihren Köpfen und wunderte sich über die aufgeregten Wiederbelebungsversuche, die an seinem Körper verrichtet wurden. Er freute sich aber über den Chor, dessen Gesang wieder einsetzte.

III. Buch (1964-1966)

1 Freie Hand

Das Häuschen war von schlichter Bauart. Ein einstöckiges Einfamilienhaus aus Stein, weder hässlich noch hübsch, eher nüchtern und zweckdienlich: vier Zimmer, Küche, Bad, ein Hauswirtschaftsraum, rechteckige Fenster, ein kleiner Balkon, bestückt mit ein paar Geranienkästen. Weil es in der Gegend viel regnete, war ein weiter Dachüberstand nötig. Die ausgebleichten Dachziegel waren mit Moosflecken und ockerfarbigen Flechten besetzt, und über den hellen Putz der Außenfassade hatte sich im Lauf der Zeit ein fahler Schleier gelegt.

Vorsichtig tippelte Erna die Gred entlang. Am Ende des Pflasters hielt sie kurz an und reckte suchend den Kopf in die Höhe. Ihre Stirn lag in Falten, die auf der wettergegerbten Haut aussahen wie kleine Wellen. Nur die winzigen Kerben unter ihren Augen waren heller als die gebräunte Gesichtshaut. Das streng zurückgekämmte Haar war von grauen Strähnen durchzogen und wurde im Nacken von einer schmucken Spange zusammengehalten. Zur Feier des Tages hatte sie ein Dirndl angelegt, um ihren Hals wand sich eine aus rubinroten Glasperlen gefertigte Kropfkette. Erna lief nun in Richtung Schnittholzplatz, wo Georg den großen Anhänger mit Brettern belud.

»Georg!«, rief sie gereizt, er aber ignorierte sie einfach. »Georg!« Mit ausgestrecktem Arm drückte sie ihm ein in Pergamentpapier gewickeltes Pausenbrot gegen die Brust. Georg rümpfte die Nase, schaute zuerst auf das Päckchen, dann in ihr Gesicht. Seine grauen Augen schimmerten wie Wasser. »Was soll das?«

»Es langt jetzt, du musst mal was essen!« Er zuckte mit den Schultern, dann wuchtete er das Brett auf den Anhänger, dass es nur so krachte und zahllose kleine Staubblüten in die

Luft schossen, wo sie im Nu verpufften. »Heute ist Sonntag, da arbeitet man nicht, jetzt wasch dich aus und komm!« Sein Gesicht war verdreckt, Holzmehl klebte an seinen Wangen, am Kinn glänzte ein schwarzer Ölfleck und rund um seinen Nacken hatte sich ein speckig brauner Saum gelegt. »Bin jetzt eh fertig.« Er streifte sich die Handschuhe ab, dann wickelte er das Wurstbrot aus und biss hinein. Bei jeder Kaubewegung schaukelten ein paar Sägespäne auf seinem Haar. »Wenn der Alte mitarbeiten würd«, sagte er mit mahlendem Kiefer, »wär's leichter. Aber der hockt lieber im Bierzelt, lasst sich volllaufen und politisiert.«

»Das ganze Dorf ist unten beim Volksfest, und ich geh auch gleich hin.« Kaum hatte sie das gesagt, hörte man von Weitem Blasmusik. Die ersten Akkorde von »Wem Gott will rechte Gunst erweisen« wehten zu ihnen hoch. »Heut ist der Auszug, da kommen alle.«

»Ich hör's«, versetzte er trocken, »nur bin ich nicht alle.«

Erna strich ihm die Sägespäne aus den Haaren, mehr zärtlich als gründlich. »Sei doch nicht so streng, und sei vor allem ein bisschen nachsichtig, auch mit dem Vinzenz.«

»Nachsichtig, mit ihm? Ist er nachsichtig mit mir? Seit ich zurück bin, ist er nur am Stänkern. Dabei ist der ganze Betrieb im Arsch. Unsere Arbeiter saufen oder sind faul. Die haben überhaupt kein Interesse, dass was vorangeht.« Er trat ein wenig aus dem Schatten des Anhängers, ein Keil Sonnenlicht fiel auf seinen Kopf und rutschte über sein Gesicht. Georg hatte Ernas braune Haare, die leicht gewölbte Nase sowie den schmalen Mund geerbt. Dazu ihre Grübchen. Lachte er, was nicht so häufig vorkam, bildeten sich zwischen Oberlippe, Nasenflügel und Backenansatz zwei symmetrische, daumengroße Dreiecke, während der Schalk in seinen Augen flackerte. Das markante Kinn hingegen war Küsters Vermächtnis, ebenso die grauen Augen, aber das wusste Georg nicht. Nur manchmal glaubte Erna, Andreas Küster in ihrem Sohn zu erkennen, aber ganz sicher war sie sich nicht, von Jahr zu Jahr verblasste die Erinnerung an dessen Aussehen. Georg war es jedenfalls gewohnt, dass die Leute sagten, er sei seiner Mutter wie aus dem Gesicht geschnitten. Gerade hatte er einen gereizten Zug um den Mund. Seine Augen zuckten, die Haut über seinen Backenknochen nahm einen rötlichen Ton an.

»Jetzt reicht's, Georg. Schau nicht alles so negativ an.« Er hasste es, wenn Erna ihre mütterlich beschwichtigende Art hervorkehrte, dann beschlich ihn das Gefühl, nicht ernst genommen zu werden. »Ich sag dir mal was«, und er schwang seinen Zeigefinger in die Höhe, »mit uns hier draußen ist auch niemand nachsichtig. Woanders hat's jedes Gewerbe besser, jeder Arbeiter kann sich was leisten.« Er stockte, kratzte sich im Nacken, wo sich ein paar Fliegen ausgeruht hatten. »Hast du's nicht gelesen, erst gestern haben sie dem millionsten Gastarbeiter zur Begrüßung ein Moped geschenkt. Geschenkt! Ich hab mir meins vom Mund absparen müssen ...«

»Sei nicht so aggressiv, du bist müd.«

»Müd? ... Schlafen könnt ich immer, aber ich kann nicht. Die Zustände rauben mir den Schlaf.« Erna ließ sich von seiner Schwarzmalerei nicht beirren, abermals streichelte sie ihm über den Kopf. »Komm mit zum Volksfest, mir zuliebe. Du warst so lange weg. Wenn man was ändern will, muss man sich auch eingliedern. Immer nur arbeiten, das geht auf keine Kuhhaut.«

Zum letzten Mal war er vor vier Jahren beim Volksfest gewesen, da war er noch ein spindeldürrer Bub, ein Randständiger, den die Gleichaltrigen nicht immer dabeihaben wollten. Jetzt aber war er wer, man hatte Achtung vor ihm, denn er hatte sich getraut, weit wegzugehen. Vor einem Monat, im August erst, war er wiedergekommen. Als junger Mann von achtzehn Jahren mit einer guten Ausbildung in der Tasche und einem Blick, der eine unverwüstliche Entschlossenheit ausdrückte. Von Josef hatte er die Zusicherung bekommen, das Sägewerk nach seinen Vorstellungen ummodeln zu dürfen. Dafür stellte der Onkel ihm entsprechende Vollmachten aus, da es noch zweieinhalb Jahre bis zu seiner Volljährigkeit dauerte. Bis dahin gab ihm Josef Zeit, sich als Sägewerkschef zu bewähren. Nur wenn arge Schwierigkeiten aufträten, würde er ihm ins Lenkrad fassen, wie er sich ausgedrückt hatte, und korrigierend eingreifen, ansonsten ließ er ihm freie Hand. Die fünf Arbeiter samt Vinzenz hatten Georg als ihren Vorgesetzten zu akzeptieren. »Mit achtzehn sind andere früher in den Krieg gezogen, in dem Alter kann man auch einen Betrieb führen, in jedem Fall einen kleinen«, war Josef überzeugt, »denn eine wahre Führerbestimmung hat man oder hat man nicht, und Georg hat sie.« Er vertraute dabei aber nicht nur seiner eigenen Wahrnehmung, sondern berief sich gleichermaßen auf das Urteil von Knut König. Der Lehrmeister hatte Georg am Ende der Ausbildung Durchsetzungsvermögen und Intelligenz bescheinigt, und das nicht nur, weil in seinem Kaufmannsgehilfenbrief die Note »sehr gut« vermerkt war. Der Junge habe Kraft und lege eine geistige Wendigkeit an den Tag, die er bei Kerlen seines Alters nur selten erlebt habe. »Georg ist einer, der ohne Umschweife zur Sache kommt.«

All diese Einschätzungen machten Josef unheimlich stolz, nur zeigen konnte er es Georg nicht, denn noch immer war er der heimliche Sohn. Irgendwann aber würde es bestimmt so weit sein, und er würde reinen Tisch machen. Bis dahin genoss er eben im Stillen die Entwicklung des Jungen, an der er, wie er fand, nicht nur aus biologischer Warte wesentlichen Anteil hatte.

Auf Vermittlung von Josef nämlich hatte Georg nach seiner Volksschulzeit eine Lehrstelle als Holzkaufmann bei der

Imperial-Holz GmbH in Herne angeboten bekommen. Eingeschüchtert und fremdelnd und des Hochdeutschen kaum mächtig, kam der Fünfzehnjährige dort im Juli 1961 an. Den Ausbildungsplatz hatte er Knut König zu verdanken, einem alten Studienfreund Josefs, der in den zwanziger Jahren ein Jahr in München verbracht hatte. In den Dreißigern hatten sie sich noch ein paarmal gegenseitig besucht, mit Kriegsbeginn aber war der Kontakt abgerissen. Erst Jahre später begegneten sie sich wieder auf einer Tagung. Josef als Referent des bayerischen Landwirtschaftsministeriums, König als Sachverständiger für Säge- und Hobelwerke. Ursprünglich war König Holzfabrikant und Rittergutsbesitzer aus dem oberschlesischen Oppeln. Nach dem Krieg und nach dreijähriger Kriegsgefangenschaft in der UdSSR kam der ranghohe NS-Offizier als Heimatvertriebener mit seiner Familie ins Ruhrgebiet. Mitte vierzig, arbeitslos und ohne Geld. Eine alte Seilschaft verhalf ihm zu einer Anstellung bei Imperial, wo er innerhalb von ein paar Jahren zum Geschäftsführer aufstieg. Die Firma war eine Tochtergesellschaft eines mächtigen Stahlkonzerns. Hier wurde in großen Maßstäben gedacht. Hier vereinten sich Kapital und Intelligenz. Hier hatten die führenden Mitarbeiter schon vor dem Krieg internationale Geschäftsbeziehungen gepflegt. Sobald die Zeit der Militärregierung vorüber war, aktivierte man wieder die ehemaligen Verbindungen und baute Stück für Stück ein neues, umfassenderes Netzwerk auf, weit über die Grenzen Nordrhein-Westfalens hinaus.

Nach einem harten Arbeitstag in der Produktion oder nach langen Stunden in der Berufsschule saß Georg jeden Abend unter der Woche bei seinem Meister im Büro und assistierte ihm, Tabellen und Aufstellungen anzufertigen. Ab dem zweiten Lehrjahr verdonnerte ihn König dazu, Fachliteratur zu lesen, dessen Inhalt er am nächsten Tag zu repetieren hatte. Der Alte verlangte ihm viel ab und brachte ihm jene ostelbischen Arbeitsmethoden bei, nach denen er auch selbst handelte: keine Schludereien, keine Es-passt-schon-Mentalität, sondern Präzision in der Praxis und Gründlichkeit am Schreibtisch. Die Gegenwart im Blick und die Zukunft im Augenwinkel zu behalten, war sein Credo. Ebenso legte er bei seinen Angestellten großen Wert auf Selbständigkeit. »Wer nur in die Fußstapfen des Bestehenden tritt, hinterlässt keine Spuren«, bekam Georg regelmäßig zu hören. Solche Aussprüche spornten den Jungen an, und mit der Zeit fand der Lehrling Gefallen an dieser strategischen Klarheit. Im Gegensatz zur bisweilen polternden Art seines Onkels, die er schon früh verinnerlicht hatte, oder zu der bräsigen Leckt-mich-am-Arsch-Haltung seines Stiefvaters strahlte Knut König eine kühle preußische Strenge aus, war von charismatischer Erscheinung und hatte sich eine immense Fachkompetenz erworben. König sprach nicht viel, wenn er jedoch etwas sagte, dann hatte jedes Wort Gewicht und war mit Bedacht gewählt, und selbst der Punkt am Ende des Satzes war deutlich vernehmbar. Zweifel schienen ihm fremd, Unsicherheiten zeigte er nicht, dafür strahlte er Gelassenheit und Dominanz aus. König haftete etwas Vierschrötiges an, doch hatte man länger mit ihm zu tun, erkannte man nicht nur den sparsamen Mann, der jede Büroklammer vom Boden auflas, sondern auch einen unbestechlichen Charakter, der den Faulenzer schon am Gang, den Hochstapler an der Art zu rauchen erkannte. Sein Körper war gedrungen und kräftig, sein Schnauzer dickborstig, und seine Glatze schien immer frisch poliert. Auf Georg machte der knapp Sechzigjährige den Eindruck, als könne ihn nichts aus der Bahn werfen, und in dessen Verlässlichkeit fand der Junge aus dem entlegenen Bayerischen Wald Halt und Orientierung. Für ihn war Knut König eine Art Vaterersatz, obwohl der Meister nicht gerade bekannt war für eine ausgeprägte Einfühlsamkeit. In Georgs Fall jedoch verhielt es sich anders.

Bei einem der ersten Gespräche hatte König herausgefunden, dass Georg der Sohn einer Flüchtlingsfrau war. In knappen Worten erzählte ihm der Junge von seinen Erfahrungen. Vom Cowboy-und-Indianer-Spiel, bei dem er meistens den Indianer machen musste, der am Schluss erschossen wurde. Beim Fußballspielen musste immer er ins Tor, und beim Versteckspielen war stets er es, den man suchen ließ. Nur bei gefährlichen Mutproben oder riskanten Streichen schickte man ihn vor, da war er dann gefragt als Indianer, der keinen Schmerz kennt. Es gab Geburtstagsfeiern, zu denen er nicht eingeladen wurde, weil es hieß, er und seinesgleichen seien ein Unheil für das Dorf. Und das, obwohl er wie die anderen im Dorf geboren war, obwohl seine Großmutter von dort stammte und sein Onkel bis zu seinem Tod im Ort gelebt hatte. Auf Nachfrage wusste Georg allerdings nicht so recht, wie es kam, dass seine Mutter im Sudetenland geboren und aufgewachsen war, er konnte auch nicht viel über seinen Vater erzählen, außer dass der bei der Flucht ums Leben gekommen war. Über dessen Rang in der Wehrmacht oder über seine Fronteinsätze wusste er rein gar nichts. »Wahrscheinlich«, sagte König leise, »ist es auch unerheblich. Was zählt, ist die Gegenwart, was passiert ist, kann ohnehin kein Mensch mehr ändern.« Jetzt erst fiel Georg auf, dass er über die Vergangenheit seiner Familie nur sehr lückenhaft informiert war, sein Wissen beschränkte sich auf die Hufnagel-Seite, aber auch hier lag manches im Dunkeln, wie etwa Vinzenz' Rolle unter den Nazis, wovon er bislang nur andeutungsweise etwas aufgeschnappt hatte. Aber König hatte recht, weshalb den Blick zurückwenden, wenn die Zukunft verheißungsvoll vor einem lag. Nach der mehr oder weniger spontan zustande gekommenen Unterhaltung mahnte König wieder zur Arbeit. Georg hatte sich schon ein paar Schritte entfernt, da rief ihm König einen Satz nach: »Du musst besser sein als die anderen.« Er wandte sich um, starrte den Meister an. »Wie meinen Sie das?«

»Na, im Leben und überhaupt. Du als Außenseiter musst besser sein als die anderen, sonst erkennt niemand deine Fähigkeiten an. Das Wichtigste, Junge, ist die Befreiung von der Angst. Angstfrei kann man alles.« Georg nickte ihm zu, dann machte er auf dem Absatz kehrt und ging mit erhöhtem Tempo in die Holzbearbeitungshalle, wo er gebraucht wurde. König sah ihm hinterher. Der Junge gefiel ihm, er klagte nicht, er trug sein Schicksal wie ein Mann, dem aufzustehen nicht schwerer fiel, als hinzufallen.

Georg war stolz, bei Imperial-Holz zu arbeiten, denn das Unternehmen war hoch angesehen und ein Paradebeispiel für das sich in Deutschland zu jener Zeit vollziehende Wirtschaftswunder. Andauernd, so schien es, wurden Gebäude entweder saniert oder erweitert, Maschinen erneuert sowie Brachen und Wiesen zu Lagerplätzen gewandelt. Auf den Erfolgen ruhte man sich nicht aus, sondern gab für das jeweils anstehende Geschäftsjahr immer noch höhere Umsatzziele aus. Das Ende der Fahnenstange war noch lange nicht in Sicht. König indessen sorgte für gute Gehälter, beharrte aber auf einer ungebrochenen Leistungsbereitschaft. Georg, anfänglich geplagt von Heimweh und Versagensängsten, biss sich durch im fernen Westen. Er schloss Freundschaften und lernte, sich auf Fremdes einzulassen und Unbekannten zu vertrauen – ein Wesenszug, der den verschlossenen Waldlern oft abging. In König hatte er einen idealen Förderer gefunden, ohne ihn wäre es wohl ein kurzes Gastspiel im Ruhrgebiet geworden. So aber kehrte ein junger, tatkräftiger Bursche nach Eisenstein zurück, dem nichts Geringeres vorschwebte, als das Sägewerk zu einem Weltunternehmen auszubauen, nicht weniger bedeutend jedenfalls als die einstigen Hufnagel-Glashütten.

Georg kam aber auch als ein vielschichtiger Kerl zurück, mit ersten Rissen und Schründen, äußerlich nicht sichtbar, nur ab und zu huschte ein entrückter, in die Ferne gerichteter Blick über sein Gesicht, der andeutete, dass da einer nichts sehnlicher wollte, als dem Wunsch nach Rast und Ruhe nachzugeben.

Georg kaute den letzten Bissen und starrte auf einen imaginären Punkt am Horizont. Ein kräftiger Windstoß durchkämmte die Baumwipfel und brachte die Blätter zum Rauschen. »Ja, ich komm gleich«, sagte er abwesend. Plötzlich hob er den Kopf, ein heller Ton flog über das Areal. Am etwa dreißig Meter entfernten Werkseingang stand eine junge Frau in einem blauen Kleid neben einem Fahrrad und schellte die Klingel.

»Na sowas, ist denn das die Möglichkeit«, rief Erna, und ihr Gesicht hellte sich auf. »Gerlinde! So eine Überraschung!«

»Grüß dich, Tante Erna.« Die Angesprochene schloss ihre Nichte in die Arme und drückte sie an sich, so fest, dass sich deren Kleid an den Körper geschmiegt hatte, als sie sich aus der Umarmung löste. Zwar nur für einen kleinen Moment, aber der genügte, um Georgs Phantasie anzuregen. Er versuchte sich nichts anmerken zu lassen, zuppelte an seiner Latzhose herum und wischte sich ein paarmal übers Gesicht. Schließlich reichte ihm Gerlinde die Hand: »Servus, Georg.« Aus blauen Augen schaute sie ihn neugierig, geradezu durchdringend an. Rasch wich er ihrem Blick aus, hob seine Hände. »'tschuldigung … die sind ganz dreckig.« Als er zu ihr hinsah, senkte sich ihre Hand.

»Sag, Georg, hättest du denn die Gerlinde erkannt?«

»Weiß nicht, schon möglich.« Ihr gelocktes, kinnlanges

Haar hatte das Schwarz alter Gemälde und war mit sorgfältig hergestellter Nachlässigkeit frisiert. Es musste eine Ewigkeit her sein, seit er sie zuletzt gesehen hatte. Erna stützte ihre Hände in die Hüfte. »Wie lang warst du jetzt im Internat?«

»Acht Jahr, eins muss ich noch machen, dann bin ich fertig.«

»Dann hast jetzt Ferien?«

»Genau. In ein paar Tagen muss ich wieder zurück nach Landshut.«

»Und was«, fragte Georg betont lässig, »führt dich heute zu uns?« Mittlerweile hatte er sich mit dem Rücken an die Bordwand gelehnt, beide Daumen in den Hosensaum gehakt. »Ich soll euch holen, dein Vater schickt mich.«

Mit zusammengekniffenen Lippen schoss er einen kurzen, unwirschen Blick auf sie ab. »Der ist nicht mein Vater, er hat nur meine Mutter geheiratet, das ist alles.«

»Georg, was soll das?«, schnappte Erna.

»Ist schon gut, Tante Erna. Ich kann's ja anders sagen: Onkel Vinzenz lässt fragen, ob ihr nicht zum Volksfest kommen wollt. Ich würd mich auch freuen, dann würde ich alle mal wieder auf einen Schlag sehen. Sogar die Corin ist da.«

»Ich war sowieso auf dem Sprung, aber er ziert sich.« Gerlindes Blick richtete sich auf Georg, der nun mit verschränkten Armen und leicht nach vorne gebeugt dastand. »Ja, also … um drei kommt eigentlich Bonanza.«

»Wer?«

»Das ist eine Westernserie, die ist ihm heilig.«

»Ja, mag ich halt«, verteidigte sich Georg kleinlaut.

»Im Internat haben wir keinen Fernseher, deswegen kenn ich das nicht, aber wenn das so wichtig ist …« Sie klappte beide Handgelenke nach außen und rollte die Lippen ein.

»So wichtig ist es auch nicht«, wiegelte Georg ab, »es ist halt meine einzige Freiheit, ich mein Freizeit.«

»Am Sonntag um drei?«

Georg schwieg, ihre direkte Art machte ihm zu schaffen, er vermochte sich ihr aber auch nicht zu entziehen. »Willst nicht wenigstens die Corin sehen?«, sekundierte Erna. »Die hat oft auf euch Kinder aufgepasst.«

»Ja, gut«, gab er sich schließlich geschlagen, »ich komm schon mit. Geht einfach vor, ich muss mich noch waschen.«

Die beiden Frauen warfen sich ein konspiratives Lächeln zu und gingen wortlos davon. Georg schaute ihnen nach. Na sowas, dachte er, wo kommt die bloß auf einmal her …

Es war schon kurz vor Mitternacht, als die beiden zurückkamen. Schlingernd schob Georg ihr Fahrrad, entgegen seiner Gewohnheit hatte er viel Bier getrunken. Die Eberesche neben dem Tor schimmerte im Mondlicht, ihre Beeren sahen wie kleine Äpfelchen aus. Gerlinde zupfte eine ab und rollte sie zwischen ihren Fingern. »Ja, dann. Schön war's«, flüsterte sie und legte eine Hand auf den Fahrradlenker. Georg tat so, als hätte er ihre Worte nicht gehört, er kämpfte mit dem Tor, das sich nicht aufschließen lassen wollte. Unter ein paar hingenuschelten Flüchen schaffte er es dann doch, und mit einer einladenden Handbewegung bat er sie aufs Gelände. »Du wolltest doch noch das Klangholz sehen, hast du doch gesagt …«

»Stimmt«, gluckste Gerlinde, »das Klangholz. Aber wir haben doch gar kein Licht, und man kann doch jetzt nicht das ganze Werk beleuchten …«

»Erstens bin ich der Chef, und der darf alles. Zweitens reicht der Mond vollkommen aus. Und drittens«, Georg beugte sich vor und grinste, »bräuchten wir eigentlich gar kein Licht, weil es ist ja Klangholz. Da geht's ums Hören, nicht ums Sehen. Komm einfach mit.«

Das Klangholz war natürlich eine Krücke, aber nicht nur.

Im Festzelt hatte er ihr einiges über seine Arbeit erzählt, auch, dass er vor Kurzem einen Abnehmer an Land gezogen habe, der für den Geigen- und Klavierbau produzierte. Und da Gerlinde beide Instrumente spielte, erwähnte sie beiläufig, das Rohmaterial gerne einmal sehen zu wollen. Viel spannender fand sie allerdings seine Schilderungen aus der Lehrzeit. Sie musste lachen, als er das Ruhrpottdeutsch nachahmte und ihr von einer Spritztour nach Holland bis an Meer erzählte, auf die ihn italienische Gastarbeiter mitgenommen hatten. Und inmitten der Blaskapellenmusik fing Georg an, ihr »Nel blu dipinto di blu« ins Ohr zu singen, was sie sehr lustig fand, aber auch bezaubernd, denn Georg hatte eine erstaunlich melodiöse Stimme.

Einmal sagte er etwas, was sie erst Jahre später vollständig begreifen sollte. Zwar sei es im Ruhrgebiet sehr schön und gesellig gewesen, in der Heimat dagegen könne man viel besser allein sein, deshalb hätte er hin und wieder Zeitlang nach dem Wald gehabt. Vor allem aber nahm Gerlinde seinen unternehmerischen Ehrgeiz zur Kenntnis. Sie wusste, dass ihr Vater ihn zum Sägewerkserben machen wollte, und war nun selbst der Ansicht, dass das gut und richtig sei.

Die beiden standen nun am hinteren Ende vom Schnittholzplatz, wo die meisten der etwa zehn Stapel mit provisorischen Dächern abgedeckt waren. »Jetzt schau her.« Georg streckte sich und zog eins der oberen Bretter heraus. »Das ist Klangholz. Der Stapel hier ist Fichte, der daneben Bergahorn. Das wird nächste Woche nach Plattling gebracht, da hat ein großer Instrumentenbauer eine Halle, da wird das dann für ein paar Jahre gelagert und luftgetrocknet.« Gerlinde klopfte auf das Fichtenbrett. »Klingt schön«, sagte sie ironisch und klopfte noch ein paar Takte hinterher. Georg aber hatte ihren Unterton gar nicht wahrgenommen. »Das Holz«, fing er an zu dozieren, »muss regelmäßig gewachsen sein, also aus gleich breiten Jahresringen bestehen. Schau ... Dann braucht's noch gerade Fasern, und der Anteil von dunklerem Spätholz zum Ende der Vegetationszeit, der muss klein sein. Der Stamm an sich muss möglichst rund und gerade sein, auf mindestens fünf Metern frei von Astnarben und faulen Stellen.«

»Hör auf zu quatschen«, gähnte Gerlinde, »es ist viel zu dunkel.«

»Entschuldigung, ich weiß. Aber ich weiß auch gerade nicht, was ich sonst mit dir reden soll ...« Mit einer ungelenken Bewegung legte er das Brett ab.

»Was bist du nur für ein eigenartiger Kerl geworden, Georg Schatzschneider.«

»Hab halt ein bisschen zu viel Bier erwischt. Findest du das schlimm?«

»Nein«, sagte sie beschwichtigend und zog dabei die Buchstaben in die Länge. »Eigenartig heißt ja nur, dass du eigen bist, also nicht so, wie die anderen.«

»Heute Nachmittag, da hätte ich dich fast nicht mehr erkannt. Es ist ja bestimmt fünf, sechs Jahre her, dass wir uns zuletzt gesehen haben. Als Kinder halt, und jetzt bist du auf einmal ...« Er suchte nach einem unverfänglichen Wort, fand aber keins.

»Weißt du noch«, fing Gerlinde an zu erzählen, »wie wir uns vor der Corin versteckt haben, da waren wir vielleicht fünf. Wir sind dann nach hinten zur Odelgrube, dann hast du die Kiste entdeckt und bist hineingestiegen. Ich wollt dich noch abhalten, aber du wolltest unbedingt wissen, was da drin ist. Von Zeit zu Zeit hab ich immer wieder mal dran gedacht. Was du für einen Willen gehabt hast, schon als Kleiner.«

»Ich bin mitten in die Scheiße hinein.«

»Wie du gestunken hast.«

»Und der Vinz hat mich anschließend verdroschen …« Er spreizte seine Hände, während er ordentlich Luft durch die Nase zog. »Das werd ich ihm nie vergessen. In der Kiste waren Nazizeug und Waffen. Die haben sie vor den Amerikanern versteckt. Und irgendwann war die Grube nicht mehr ganz so voll … Und ich hab's ausbaden müssen. Der Grund für die Dresche war nicht mein Gestank, sondern die Kiste. Aber das hab ich erst viel später kapiert.« Für einen Augenblick nahm Gerlinde ihre Unterlippe zwischen die Zähne. »Tut mir leid, ich wollt dich nicht *daran* erinnern.«

»Macht nix, da kannst du nix dafür. Manche Scheiße geht so oder so nicht aus der Erinnerung heraus … Ich hab aber auch nicht vergessen, dass du mich danach getröstet hast.« Um seine Augen lag ein zaghaftes Lächeln, das Gerlinde gerade noch wahrnahm.

»Ich muss jetzt dann heimgehen, sonst macht sich der Vater Sorgen.«

»Das soll er natürlich nicht … Aber vielleicht kannst du mir mal was auf der Geige vorspielen, dann könnt ich hören, wie das Klangholz wirklich klingt … Du kannst doch Geige spielen, oder hab ich das vorhin verwechselt?« Ruckartig entfuhr ihm ein kräftiger Schluckauf, worauf er sich verschämt die Hand vor den Mund hielt. »Entschuldigung …«

»Nein«, kicherte sie, »hast du nicht verwechselt, ich kann das wirklich.«

»Du kannst überhaupt ganz viel, Fremdsprachen, Reiten, Instrumentespielen. Ich kenn mich nur aus mit Holz …«

»Georg, red nicht so. Wir sind alle aus dem gleichen Holz geschnitzt.«

»Glaub ich nicht.« Georg wollte sie partout nicht gehen lassen. Am liebsten hätte er ihr alles, was ihn bewegte, in einem Atemzug anvertraut. »Es ist nämlich so«, er wippte mit dem Kopf und schnippte mit den Fingern: »Manchmal bin ich wie ein Lindenbaum, wenn man dem einen Ast absägt, dann platzt er vor Kraft, dann schießt's und sprießt's nur so grün aus dem heraus. Im nächsten Moment aber bin ich wie eine umgeworfene Fichte, wo der Borkenkäfer drin ist. Dann denk ich mir, die Welt ist kein Ort zum Leben für so einen Deppen wie mich.« Im nahen Unterholz fing plötzlich ein Waldkauz an zu krächzen, was so komisch klang, dass Gerlinde kurz auflachte. Georg schaute sie indessen erwartungsvoll an.

»Also, ich glaub, du bist kein Depp, und ich bin mir sicher, dass dich nichts so schnell umhaut«, sagte sie in einem um Ernsthaftigkeit bemühten Tonfall.

»Hauch mich mal an.«

»Wieso denn?«

»Jetzt mach schon«, beharrte er darauf. Schließlich öffnete sie ihren Mund und stieß ein kleines Atemwölkchen aus. Daraufhin sackte Georg zusammen und kippte seitlich zu Boden.

»Was machst du denn …?«

»Schau, du haust mich um.«

»Du bist ein Depp.«

»Sag ich doch!«

»Jetzt steh schon auf.«

Aus halb zugekniffenen Augen blickte er zu ihr hoch. Ihr Gesicht lag im Schatten und war doch so schön, so anmutig, als sei ihr ein inneres, unauslöschliches Licht gegeben. »Komm runter, schau mit mir die Sterne an.« Ohne zu zögern, legte sie sich dicht neben ihn auf die Erde. Schweigend starrten die zwei nach oben. Beide atmeten leise, ihre Herzen rasten um die Wette. Georg schloss die Augen, behutsam suchte seine rechte Hand ihre linke, darauf bedacht, eine scheinbar zufällige Berührung herbeizuführen.

Auf einmal rumste es am Eingangstor, Eisen klirrte auf Ei-

sen, es schepperte gewaltig, worauf Gerlinde erschrocken
aufschrie. Geistesgegenwärtig drehte sich Georg zu ihr und
legte seine Hand auf ihren Mund. »Es ist nur der Alte. Das
ist immer so, wenn er besoffen nach Hause kommt.« Seine
Hand roch nach Holz und Erde.

Vorsichtig hoben beide den Kopf, zwischen den Holzsta-
peln sahen sie Vinzenz' Silhouette, wie sie auf die Haustür
zutorkelte und schließlich hinter ihr verschwand. Jetzt erst
richteten sie ihre Oberkörper auf, saßen in gleicher Haltung,
mit angezogenen Beinen und über den Knien verschränkten
Armen, nebeneinander. »Ihr habt vorhin im Bierzelt gar nix
miteinander geredet.«

»Es gibt nix zu reden.«

»Hast du Angst vor ihm?«

»Früher, jetzt nicht mehr. Jetzt hab ich überhaupt keine
Angst mehr.« Er nahm ein herumliegendes Steinchen und
schleuderte es in Richtung der etwa zwanzig Meter entfernten Sägehalle, wo es aber nicht ankam. »Wenn man keinen
Vater gehabt hat, ist es schwer.«

»Glaubst du, ohne Mutter ist es leichter gewesen?«

»Nein. Aber wenn man einen Stiefvater hat, der einen nicht
mag, ist es urschwer. Nix konnte man ihm rechtmachen. Dein
Vater war mir immer mehr Vater als der, und das, obwohl er
fast nie da war. Durch seine Hilfe muss ich auch nicht zur
Bundeswehr. Weil ich für den Betrieb unentbehrlich bin, deswegen keine Wehrpflicht. Er hat sich immer wieder für mich
eingesetzt. Und der Herr König, der hat mir auch in die Schuhe geholfen. Der Vinz aber ist ein Nichtsnutz.« Er schleuderte einen zweiten Stein gegen das Gebäude, diesmal klimperte
es an der Außenwand.

»Ich glaube, klagen bringt nichts.«

»Ich weiß, ich möcht dir trotzdem alles sagen dürfen.«

Daraufhin strahlte sie ihn an, und er strahlte zurück, und

nur der Mond, der selbiges tat, aber an beide nicht heranreichte, war Zeuge, wie Gerlinde Georg zu sich heranzog und ihre Lippen auf seine drückte. Erst kurz vor der Dämmerung, am Ende der blauen Stunde, rollte sie auf ihrem Fahrrad zum Hufnagelgut hinunter, während er sich ins Haus stahl, dort in seinem Zimmer verschwand und sich dem Schlaf widersetzte, wie nur ein Liebeskranker dazu in der Lage ist.

2 Über Juttas Tod hinaus

Einige Monate nachdem Jutta bei der Geburt der zweiten Tochter im Kindbett verstorben war, beschloss Josef, sein Leben von Grund auf zu ändern. Es war an der Zeit, der Enge des Waldes, wo es viel Platz gab, aber wenig Raum, zu entfliehen, andernfalls würde er dort ersticken. Hier gab es nichts mehr, was ihn zu halten vermocht hätte. Natürlich hätte er als Landrat weitermachen, als gutsituierter Mittelständler die Geschicke im Waldgebiet maßgeblich mitgestalten können, aber er wollte nicht mehr. Er wusste, dass Land- und Forstwirtschaft vor einem Umbruch standen, die Motorisierung breitete sich unaufhaltsam aus, und der Fortschritt würde auch vor diesem Gebiet hier nicht Halt machen, mochte es noch so abgelegen sein. Als fortschrittsgläubiger Landrat und überzeugter Marktwirtschaftler tat er schließlich alles, damit man den Anschluss an die Welt nicht versäumte. Die Frage war nur, ob er sich selbst den Wandel antun wollte. Josef war nie mit Leib und Seele Landwirt gewesen, die Holzwirtschaft war ihm da schon lieber, aber auch davon hatte er langsam genug, das Unternehmerdasein strengte ihn zunehmend an, er wusste auch nicht so recht, für wen er sich verausgaben sollte. In seinem Alter hatten andere schon erwachsene Söhne, die sich mit neuen Ideen und viel Energie einbrachten. Er stand vor seinem 47. Geburtstag, hatte ein Holzbein, zwei kleine Mädchen und war zum zweiten Mal Witwer geworden. Mit etwas Glück hatte er noch dreißig Jahre zu leben, wahrscheinlich weniger. Irgendetwas Sinnhaftes musste in *seinem* Leben noch geschehen. Freilich, er würde sein Eigentum – die Gebäude und die Liegenschaften – nicht verkaufen, er würde nicht Tabula rasa machen, das nicht, aber seinen Lebensmittelpunkt wollte er woandershin verschieben. Ein Schnitt musste her, ein Kurswechsel, wie er es nannte. Neben all diesen sachlichen Überlegungen gab es aber noch etwas anderes, das seine innere Unruhe und seine Abwanderungsgedanken gleichermaßen anstachelte: Josef wollte sich – ohne dass er es sich offen eingestanden hätte – Ernas Nähe entziehen. Ihn drückte das Gefühl, ihr etwas schuldig zu sein, sie damals, vor etwa fünf Jahren, gewissermaßen verraten zu haben. Er spürte, dass sie eine klandestine Macht über ihn ausübte, der er sich nur würde entziehen können, wenn er Erna heiratete. Aber das war ein Ding der Unmöglichkeit. Wann immer er an sie dachte, stieg in ihm eine verstohlene Lust auf, dann spielte er mit dem Gedanken, zu ihr zu gehen, denn er wusste ja, dass Vinzenz nicht fähig war, sie zu befriedigen. Doch wenn er auf sie traf, war er nicht im Stande, ihr länger als für einen kurzen Moment in die Augen zu schauen. Sein Gewissen plagte ihn, weil er auch wusste, dass man die Verstrickung hätte anders lösen können. Sein Vater hatte es vorgemacht, der hatte Anfang des Jahrhunderts seine Mutter geheiratet, die da ebenfalls einen unehelichen Sohn von ihm hatte. Josef dagegen hatte die Mutter seines erstgeborenen Kindes mit seinem Bruder verbandelt, den beiden ein Haus gebaut und für ihre Beschäftigung im Sägewerk gesorgt. Eine saubere Lösung, und dennoch bereitete ihm die Situation, wenn er sich näher damit befasste, Kopfzerbrechen, obwohl sich Erna klaglos ihrem Schicksal fügte – oder vielleicht gerade deshalb. Erna schien mental gefestigt, wenn sie ging, bewegte sie sich aufrecht, wenn sie etwas sagte, waren es meist klare, selbstbewusst formulierte Willensbekundungen. Dabei war es enorm schwierig für Frauen, selbstbestimmt zu leben. Den Männern war die Lohnarbeit vorbehalten, Frauen hatten am Herd zu stehen. Und gingen sie doch einer bezahlten Tätigkeit nach, durfte der Ehemann den Vertrag eigenhändig kündigen, ganz davon abgesehen, dass es Frauen immer noch nicht möglich war, ein eigenes Konto zu eröffnen. Selbst in Erziehungsfragen hatte der Erzeuger das letzte Wort, man sprach vom väterlichen Stichentscheid.

Erna entzog sich mit Fleiß und Geschick den meisten geschriebenen wie ungeschriebenen Gesetzmäßigkeiten. Niemand versuchte ernsthaft, sie einzuschränken. Sie packte im Sägewerk nicht nur mit an, sie brachte sich auch in allen unternehmerischen Fragen mit ein, daneben meisterte sie den Haushalt und war dem Jungen eine umsichtige Mutter. Gleichzeitig fasste sie Fuß in der Gesellschaft, was für eine Vertriebene keine Selbstverständlichkeit war. Die Dörfler begannen sie zu akzeptieren, auch wenn sie und ihr Sohn von Zeit zu Zeit ihre Fußtritte zu spüren bekamen. Anerkennend sagte man ihr nach, einen positiven Einfluss auf Vinzenz auszuüben. Der gebärdete sich ruhiger als früher, sein großes Maul machte er in der Regel nur noch zum Saufen auf. Doch selbst volltrunken hielt er sich meistens zurück. Er war froh, glimpflich davongekommen zu sein, nur gelegentlich, wenn ihn jemand zu provozieren versuchte, zuckte sein rechtes Augenlid, und er keilte rabiat zurück. Sollten sie ihn halt erschlagen, er würde garantiert nicht alleine abtreten, sondern den einen oder anderen schon mitnehmen. Das Leben war sowieso nichts weiter als ein Kredit, den Gott gewährte und den man mit dem Tod abbezahlte.

In einem Zimmer, so kalt, dass sein Atem wölkte, hielt Josef über Stunden hinweg Juttas Hand. Sie glühte vom Fieber. Wasser und Blut strömten in Rinnsalen aus ihr heraus. Ohnmacht und Krämpfe wechselten einander ab, sie kämpfte heroisch um ihr Leben, doch am Ende der Nacht hatte sie verloren. Später sprach der Arzt unter Tränen von einer unstillbaren Nachblutung – und Josef empörte sich innerlich über den weinerlichen Versager, der seine Trauer viel deutlicher zeigte als er selbst. Als Grund für die starke Blutung gab der Arzt an, die Gebärmutter habe sich nicht richtig zusammengezogen. »Das passiert manchmal«, stammelte er hilflos mit schlesischem Akzent. Dann murmelte er das Wort, das für Josef wie der Name eines hinterfotzigen Dämons klang: »Uterusatonie«. So bedrohlich hallte der Begriff in seinen Ohren, als würde der Pfarrer von der Kanzel herab davon raunen, von einem weibstötenden Satan, vom muttermordenden Teufel; »Uterusatonie« als Synonym für eine universale Menschheitsplage, in seiner Verheerung nur vergleichbar mit dem Kommunismus … Der Dämon aber hatte sich nicht auf die ganze Welt, sondern allein auf Jutta gestürzt und ließ sie ihm unter der Hand verbluten, in nur einer Nacht. Für Josef war eine Welt zusammengebrochen, während nebenan das Neugeborene schrie. Für den Fall, dass es ein Mädchen werde, hatten sich Jutta und er schon früh auf Heidi festgelegt. Ein fröhlich klingender Name, wie beide fanden. Dergleichen Zeiten hätten nun eigentlich mit dem Kind anbrechen sollen.

Juttas plötzlicher Tod war eine Tragödie, wenn auch eine, die in Nachkriegszeiten nicht selten vorkam. Meistens traf es jedoch Mütter und Neugeborene, die in ärmlichen Verhältnissen hausten, wo es dreckig war und feucht und ein Arzt, wenn überhaupt, viel zu spät gerufen wurde. Immerhin waren die zwei Hufnagelkinder gesund, vor allem das Baby machte einen stabilen Eindruck. Corin wurde jetzt in erster Linie zum Kinderhüten eingesetzt. Ab und zu stattete ihnen Juttas Mutter, Oma Berta, einen mehrtägigen Besuch ab und ging ihnen bei der Erziehung und den Haushaltsarbeiten zur Hand. Bis in den Herbst hinein trug Josef einen schwarzen Trauerflor. Auf seinem Gesicht lag ein abweisender Ausdruck, er verlor deutlich an Gewicht, die Unterlippe hing meistens schlaff herab, und sein dünnes Haar glänzte fettig. Monatelang schleppte er eine gewitterschwere Aura mit sich herum. Die Leute zeigten Verständnis dafür, fürchteten aber, dass er nicht mehr der Alte werden würde. Andere schrieben ihn derweil komplett ab. »Der wird wie sein Bruder«, hieß es an einigen Stammtischen, begleitet von manch hämischem Kommentar. Es sei die späte, aber gerechte Strafe für seinen vermeintlichen Heimatschuss, denn mit so einem Holzbein ließe es sich ja offenbar gut leben.

An einem Sonntag, Anfang Oktober 1950, saß er nach dem Kirchgang auf der Eckbank im Salon und las Zeitung. Eine halbe Stunde noch bis zum Mittagessen. Ein paar Sonnenkringel hüpften über das Papier, im Haus war es ruhig, Corin war mit den Kindern zu Erna gegangen. Eher gelangweilt als aufmerksam blätterte Josef im »Bayernkurier«, der neuen Hauspostille seiner Partei. Schließlich wurde er auf den Leitartikel des Chefredakteurs aufmerksam. Dessen Name war ihm geläufig, vor zwei, drei Jahren musste es gewesen sein, da war er ihm schon mal begegnet. Bevor der junge Mann Generalsekretär der Partei geworden war, bekleidete er einen Landratsposten, so wie er. Jetzt fiel es ihm auch wieder ein, bei einer Kundgebung in Schongau hatte er ihn kennengelernt. Sein rasanter Aufstieg verwunderte ihn nicht, er war ein schneller Kopf und hatte ein forsches Mundwerk. Dabei kochte er auch nur mit Wasser, allerdings auf der richtigen Flamme oder vielmehr im richtigen Dunstkreis, nämlich im Münchner Umland. Seinen ökonomischen und sonstigen politischen Ansichten konnte Josef nur beipflichten: Eigenstaatlichkeit Bayerns, Treue zu Deutschland und Bekenntnis zu Europa; genauso, wie er es jetzt lesen konnte, hatte es der Metzgersohn damals bereits formuliert. Weiter hieß es in dem Artikel, dass er sich für eine christliche Kulturpolitik und für soziale Gerechtigkeit stark machen und seine Arbeit auf Sachlichkeit gründen wolle, sich aber nicht scheue, mit seinen Gegnern ein offenes Wort zu reden. Die Mittagssonne blendete Josef, er wandte sich um in der Absicht, den Vorhang zuzuziehen, da blickte er durch das große Fenster in die klare herbstliche Weite. In den schon spärlich belaubten Zweigen zwitscherte eine Amsel. Warum eigentlich nicht?, dachte er plötzlich. Warum nicht ich? Er hielt inne, in einer langsamen Bewegung fuhr er sich mit Daumen, Zeige- und Mittelfinger über den Nasenrücken, seine Augen tasteten den Horizont ab. Hastig stand er auf und trat ins Freie, er brauchte jetzt Luft zum Atmen.

Josef war sich nun sicher, wohin die Reise gehen sollte. In die große Politik, nach München; in die Landeshauptstadt, wo es ihm schon als Student gefallen hatte. Er sehnte sich an einen Ort, wo er debattieren und kraftmeiern konnte, ohne dass sein Gegenüber vor Ehrfurcht einknickte. Josef suchte nach Widerstand und Herausforderung, er war bestrebt, am Puls der Zeit zu wirken. Und das konnte man nur in München. Er suchte sich ein ungestörtes Plätzchen und setzte einen Brief an Herrn von Freyberg auf. »Der Mensch«, schrieb Josef nach einem einleitenden Absatz, in dem er vom Tod seiner Frau berichtete, »erkennt sich in den Fragen, die er an sich stellt. An den Fragen, die der Tod stellt und die das Leben zu beantworten sucht.« Dann fragte er den Staatssekretär ohne Umschweife, ob er ihm helfen könnte, in München Fuß zu fassen, politisch wie beruflich. Die Antwort ließ nicht lange auf sich warten, wenige Tage später führten die beiden ein langes und intensives Telefonat, das Josef als Entree in einen neuen Lebensabschnitt in Erinnerung behielt. Im vergangenen Jahr, bei der Verabschiedung von Officer Bobela, hatte er Hubertus von Freyberg in Vilshofen kennengelernt. Und er konnte sich auch noch gut an dessen bezaubernde Frau erinnern.

Die beiden vereinbarten zunächst ein baldiges Treffen auf dem Gut des Grafen im Allgäu. Von Freyberg war nach wie vor angetan von Josefs zupackendem Naturell, und er übersah auch nicht dessen akademische Bildung und seine Abstammung. Für von Freyberg verkörperten die einstigen Glasfürsten in geradezu perfekter Manier das Ideal von Weltläufigkeit bei gleichzeitiger Heimatverbundenheit. In ihrem Habitus als Großgrundbesitzer begegneten einander die beiden auf Augenhöhe, auch wenn der Parteigenosse ein waschechter Blaublüter war und Josef – in Hektar gerechnet – bestimmt um das Doppelte übertraf.

Der etwa fünfzehn Jahre ältere von Freyberg verschaffte Josef tatsächlich Zugang zur Münchner Politgesellschaft, indem er ihn zu seinem politischen Zögling machte. Im akkuraten Josef sah er einen Kandidaten, der sich für die Grundbesitzer im Allgemeinen und für die Waldeigentümer im Speziellen einsetzen sollte. Die öffentliche Hand, da waren sich die beiden einig, sollte sich in Sachen Besitztum tunlichst zurückhalten. Wer das nicht einsehe, könne ja in den Osten gehen und in einer Kolchose mitarbeiten. In der Demokratie müsse man das anders regeln. Wo es keine reichen Leute gäbe, schloss von Freyberg, könne es auch keinen allgemeinen Wohlstand geben, so wie es die Pferdeäpfel-Theorie besagte. Das sei ein Naturgesetz. »Ganz genau«, stimmte ihm Josef eifrig zu, »weil der gemeine Arbeiter seinen Wochenlohn beim Brandschenker versäuft und der Kleinhäusler noch nie was zuwege gebracht hat, der würd heute noch mit dem Feuerstein in der Höhle sitzen und auf bessere Zeiten warten.« Der Gesetzgeber sah das nicht ganz so gehässig, vor allem nicht so pauschal. Im Jahr zuvor hatte man ins Grundgesetz geschrieben, dass das Privateigentum zwar geschützt werde, es aber zugleich dem Allgemeinwohl dienen solle. »Durch den Artikel 15«, plusterte sich von Freyberg auf, »hat man mit dem Sozialismus angebandelt. Denkt man diesen Gedanken einen Schritt weiter, findet man sich stante pede im sibirischen Gulag wieder! Vor allem unsereins. Wenn wir auch nur einen Millimeter nachgeben, schreien sie auch bei uns bald ›Junkerland in Bauernhand‹. Das ist das Ende der Kultur, Hufnagel, das Ende. Und das dürfen wir nicht zulassen!« Mit bebenden Händen fasste er sich an die Stirn. Josef setzte einen besorgten Blick auf, und zum Zeichen, dass er die ihm aufgetragene Mission verstanden hatte, nickte er gravitätisch. »Ja«, sagte er mit fester Stimme, »da haben Sie recht, da stimme ich Ihnen vollkommen zu.« Zur Gemütsberuhigung goss er dem Alten und sich einen Cognac ein. Von Freyberg lächelte konziliant und hob sein Glas.

Josef war bewusst, dass er seiner inneren Überzeugung zuwidergeredet hatte. Aus eigener Erfahrung – ob als Kommunalpolitiker oder Arbeitgeber – wusste er, dass es unter den Armen sehr wohl fähige Leute gab, wie sich auch unter den Arbeitern tüchtige und aufrechte Kerle befanden. Wie ihm auch klar war, dass die Mehrheit der Bevölkerung nicht bereit war, das Gespenst des Kommunismus anzubeten. Radikale Bodenreformen wie im Osten wollten die wenigsten. Vielen ging es lediglich um eine gerechtere Verteilung von Boden und Kapital, es galt, die Macht der Konzerne einzuhegen. Ein heikles Thema, das man differenziert betrachten musste, aber Josef zog es vor, zu schweigen. Scheiß drauf, dachte er, manchmal hat man eben keine Wahl. Er prostete seinem Unterstützer zu, nahm einen durstigen Schluck, als wäre es Limonade, und rühmte anschließend den edlen Tropfen über alle Maßen, womit er gleichzeitig den Bereich der Politik zu verlassen anstrebte, um zu den Genussthemen überzuleiten. Von Freyberg war in vielerlei Hinsicht kein Kostverächter, er hatte ein Faible für schwere Weine und liebte üppige Diners. In fraulichen Dingen, das entnahm Josef aus manch zotiger Bemerkung, lagen sie ebenfalls auf einer Wellenlänge. Frau von Freyberg, auf die er vor einem Jahr schon aufmerksam geworden war, war immer noch ganz nach seinem Geschmack. Während die Männer über die Vorzüge deutscher Weine plauderten, huschte sie zweimal mit einer knappen Entschuldigung auf den Lippen ins Kaminzimmer und kruschelte in einem Sandelholzkästchen am anderen Ende des Raumes. Auf dem Weg dorthin und zurück tänzelte sie an Josef vorbei wie eine Primaballerina, während von Freyberg jedes Mal in seinen Sessel zurücksank und seinen Mund zu einem gönnerhaften Lächeln spitzte. Zweifellos ein schöngewachsenes Kind, dachte Josef und achtete darauf, ihr nicht zu viel Aufmerksamkeit zu schenken. Für eine Sekunde war ihm, als hätten sich die beiden zu dieser Schau verabredet, damit der Alte seine junge Frau wie ein Prestigeobjekt präsentieren konnte, aber diesen Gedanken verwarf Josef gleich wieder. Der Auftritt blieb ihm dennoch als sehr merkwürdig in Erinnerung.

Cornelia von Freyberg, so viel konnte sich Josef aus den Bemerkungen zusammenreimen, die ihr Ehemann über sie fallenließ, mochte Anfang dreißig sein und war erst seit zwei Jahren mit dem wesentlich älteren Hubertus von Freyberg verheiratet. Sie selbst war eine Bürgerliche aus München, ihren ersten Mann hatte sie offenbar im Krieg verloren. Josef wippte gelassen mit dem Kopf und tat so, als hörte er nur beiläufig hin. Interessanter wäre es, zu erfahren, wem sie sich schon alles auf den Schoß gesetzt hat, ging es ihm durch den Kopf. »Eine sehr bezaubernde Gattin«, raunte Josef dem Alten stattdessen zu.

»Danke. Trotz der paar Jahre, die uns trennen, pflegen wir ein außerordentlich harmonisches Verhältnis.«

»Schön, das freut mich.« Mit elegantem Schwung schlug Josef seine Beine übereinander. Die beiden hatten zwar das Wichtigste bereits besprochen und waren sich in allen inhaltlichen Dingen einig, doch Josef lag daran, das versprochene Vorgehen schriftlich zu fixieren. Auf Reden sollten Taten folgen. Mittelfristig, schwor er sich, würde er auf dem Rücken des Alten reiten und nicht sein Zugpferd geben. Er war nicht gemacht dafür, Steigbügelhalter für jemand anderen zu sein, schon gar nicht für einen adligen Popanz. Außerdem nahm er sich vor, Frau von Freyberg näher kennenzulernen – hinter dem Rücken des Alten. Dessen Gockelgebaren verlangte nach einer Retourkutsche, nach einem Zurechtrücken der natürlichen Kräfteverhältnisse.

Schon im darauffolgenden Herbst, man schrieb das Jahr 1951, nahm Josef einen Lehrauftrag an der Landwirtschaftlichen Hochschule in Weihenstephan an, kurz danach ergatterte er als von Freybergs Protegé einen guten Posten im Ministerium, wo er für Fragen der Forstwirtschaft zuständig war. Bedächtig setzte er einen Karriereschritt nach dem nächsten, dabei gönnte er sich kaum Ruhepausen, ständig war er in geschäftlichen Dingen unterwegs. Er begann sich modisch elegant zu kleiden, legte sich auf Anraten eines italienischen Baders aus Schwabing einen gepflegten Korsaren-Bart zu und ließ sich seine buschigen Augenbrauen stutzen, was ihm alles in allem eine strenge, aber dennoch jugendliche Ausstrahlung verlieh. Alles schien ihm leicht von der Hand zu gehen, doch hinter seiner gewinnenden Jovialität steckte nicht nur Kalkül, sondern vor allem Disziplin.

Nachdem ihn von Freyberg in die entscheidenden Kreise eingeführt hatte, fand Josef eigenständig neue Parteifreunde. Geschickt verstand er es, bayerische Gemütlichkeit und deutsche Gründlichkeit zu verbinden, er konnte mit jedem, und jeder konnte mit ihm. Perspektivisch strebte Josef das Amt des Landwirtschaftsministers an. Das Zeug dazu, da waren sich viele einig, hatte er. Redete er mit Akademikern, passte er sich ihrem Sprachduktus an, streute hie und da ein Goethe-Zitat ein und spiegelte ihre Körperhaltung und Gesten, sprach er mit einem eher grobschlächtigen Parteispezi, nahm er im Handumdrehen dessen Habitus auf und gab gepfefferte Parolen von sich, von denen er wusste, dass sie dem anderen imponierten. Damit lag Josef ganz und gar auf Linie der Partei, deren anbrechender Erfolg darauf beruhte, eine gute Nase für Stimmungen und Stimmen zu haben. Vom Weihbischof bis zum Freimaurer, vom Bauern bis zum Beamten, für alle überzeugten Marktwirtschaftler und bekennenden Christenmenschen hatte sie einen Platz. Die Christsozialen waren von Anfang an extrovertiert, und, wie man auf Bayrisch sagt, »krachert«. Als Vertreter eines pragmatischen Populismus wussten sie meistens auch, wie nah das Machbare und das Unzumutbare genauso wie das Vertrauen und der Verrat beieinanderlagen.

Auch im privaten Bereich ließ Josef nichts anbrennen. Aus einer losen Affäre mit Cornelia von Freyberg wurde eine intensive Liaison, welche wiederum in eine handfeste Beziehung mündete, die Josef, nachdem er endlich Staatssekretär im Landwirtschaftsministerium geworden war, so organisierte, dass Cornelia offiziell als Kindermädchen der Hufnageltöchter firmierte, während alle wussten, wie die Dinge wirklich standen. Die öffentliche Moral nahm dennoch kaum Anstoß daran, da mochte der gehörnte Hubertus von Freyberg noch so toben. Innerparteilich spielte der keine Rolle mehr, er war zu alt für einen gewichtigen Posten und befand sich seit der letzten Landtagswahl auf dem absteigenden Ast. Außerdem gab es nicht wenige, die sich vor Lachen die Bäuche hielten, wenn sie ins Allgäu blickten. Kurzum: Das Mitleid mit dem eitlen Adligen hielt sich in Grenzen, wohingegen Josefs Schneid den anderen Männern Respekt abnötigte. Schließlich sorgte ein guter Anwalt für eine geräuschlose Scheidung, womit das Thema erst einmal vom Tisch war.

Gerlinde und Heidi wurden in diesen ersten aufreibenden Jahren oft hin und her geschoben. An den Werktagen waren sie bei Oma Berta in Klingenbrunn, an jedem zweiten Wochenende brachte man sie aufs Hufnagelgut nach Eisenstein, wo sie ihren Vater sahen, der aber auch dann nicht allzu viel Zeit für sie hatte. Was Josef telefonisch nicht regeln konnte, musste er vor Ort mit seinen Geschäftsführern klären. Bevor er nach München gegangen war, stand sein Gut auf drei Beinen: der Land- bzw. Milchwirtschaft, dem Sägewerk als mittelgroßem Betrieb und dem Holzhandel: Das eigene Rundholz verkaufte er an zumeist große, auswärtige Sägewerke. Ab 1952 verkleinerte er die Landwirtschaft auf Selbstversorgergröße, indem er die meisten Felder verpachtete und fast alle Kühe verkaufte, und auch das Sägewerk verschlankte er dergestalt, dass der Betrieb – mehr schlecht als recht – von ein paar Angestellten aufrechterhalten werden konnte. Nur den Holzhandel ließ er im selben Umfang weiterlaufen, für ihn brauchte man wenig festes Personal. Dennoch stand der Betrieb in den folgenden Jahren oft auf der Kippe zum Konkurs.

Bei seinen Stippvisiten sah Josef meist auch den kleinen Georg, der in der Regel irgendwo in einem abgelegenen Winkel auf dem Sägewerksgelände mit ein paar Holzklötzen spielte oder mit anderen Buben herumtobte. Sommers wie winters war der Kleine draußen unterwegs, manchmal durfte er auch mit Berle mit nach Hause gehen, einem der Arbeiter, und ihm dabei zuschauen, wie er Madonnenfiguren schnitzte.

Ganz anders die Mädchen. Gerlinde, von Natur aus sensibel und zurückhaltend, versetzte der Tod ihrer Mutter in eine langanhaltende Schweigsamkeit. Wie traumwandelnd tapste sie bisweilen durch die Welt, allein wenn sie ihren Vater für längere Zeit um sich hatte, schien sie glücklich, doch der war eben selten da. Bis zu ihrer Einschulung redete sie nur das Nötigste. Heidi dagegen war ein aufgekratztes Kind. Ein trotziges Gör, das permanent unausgeglichen und unzufrieden wirkte, egal wie gut man es mit ihr meinte. Zwar sorgte Josef dafür, dass es den Mädchen in materieller Hinsicht an nichts fehlte, eine harmonische Kindheit mit geregelten Abläufen blieb ihnen allerdings versagt.

Im Jahr 1953, Gerlinde war sieben geworden, die Kleine drei, zogen die Mädchen zu Josef nach Freising, wo er ein Haus am Stadtrand gekauft hatte. Zwei Jahre zuvor hatte er bereits eine Wohnung im Münchner Stadtteil Giesing erworben, die Cornelia und ihm als heimliches Liebesdomizil diente. Nach der Scheidung trug sie wieder ihren Mädchennamen, Maisel, und bezog mit ihm das neu erworbene Haus. Den Kindern gegenüber war sie gewissenhaft und umsichtig, oft aber auch kühl und distanziert. Die Kinder eines oft abwesenden Mannes zu hüten, entsprach nicht ihrer Lebensplanung, und gegen ein gemeinsames Kind wehrte sich Josef mit allen Mitteln. Schon die Vorstellung eines schreiendes Babys im Haus machte ihn wahnsinnig, zudem fürchtete er, dass Cornelia den eigenen Nachwuchs den beiden Mädchen vorziehen könnte. Die Bruchlinie ihrer Beziehung verlief aber nicht nur entlang der Kinderfrage, es knirschte auch zwischen den beiden, weil Cornelia nach Josefs Vorstellung hauptsächlich schön und repräsentativ sein sollte. Cornelia dagegen sehnte sich nach einer erfüllenden Arbeit, hatte allerdings keinen Beruf erlernt und auch nie studiert. Sie konnte gut nähen und hatte Talent zum Zeichnen, besaß aber keine Zeugnisse oder Zertifikate, die ihr eine Qualifikation bescheinigen würden, zudem mangelte es ihr an praktischer Erfahrung in einem Betrieb. Kurz, Cornelias Ansprüche gerieten Josef allmählich zu kompliziert, und so kam es ihm gerade recht, dass die nächste Landtagswahl bevorstand und er zahllose Termine und Verpflichtungen wahrzunehmen hatte. Oft kam er spätnachts heim, nicht selten verließ er schon in den Morgenstunden wieder das Haus.

Der Totenmonat November war gerade angebrochen, als eine Nachricht die bayrische Landespolitik zum Beben brachte, die auch für Josef nicht folgenlos blieb. Der langjährige Abgeordnete Graf Hubertus von Freyberg, Träger des Eisernen Kreuzes I. Klasse, hatte versucht, sich das Leben zu nehmen und sich dabei lebensgefährlich verletzt. Zu dieser verzweifelten Tat habe ihn allein sein gebrochenes Herz genötigt, verrieten nicht namentlich genannte Vertraute des Grafen einer Münchner Boulevardzeitung. Gleich nachdem Cornelia davon erfahren hatte, ließ sie alles stehen und liegen, verfrachtete die Mädchen zur Nachbarin und eilte ins Allgäu. Im Distriktspital Kempten fand sie ihren Ex-Mann mit einem turbanartigen Verband, dazu waren mehrere Bindegänge um sein Kinn gewickelt. Aus müden Augen und mit niedergeschlagener Stimme flüsterte er ihr zu: »Der Herr gibt, und der Herr nimmt. Dich hat er mir genommen. Mein Leben hat er verschmäht. Bist du gekommen, um mir zu spotten?« Darauf fing Cornelia hemmungslos an zu weinen, wie ein kleines Kind, das mit jeder Träne tiefe Reue zeigte und um Vergebung flehte.

Der Alte war die Woche zuvor nach einigen Flaschen Pfälzer Wein auf die tollkühne Idee gekommen, mittels einer Kugel einen Schlusspunkt hinter sein Leben zu setzen. Ging ihm der Abschiedsbrief noch flüssig von der Hand, zitterten ihm beim Laden der Pistole schon die Hände. Und sie zitterten noch mehr, als er den kalten Lauf der Waffe an die Schläfe setzte. Als er abdrückte, riss es ihm die Hand nach oben, worauf ihm der abgefeuerte Schuss einen Teil des rechten Scheitelbeins zerschlug. Statt im Himmel wachte er tags darauf bei den Barmherzigen Schwestern in Kempten auf. Der Vorfall vereinte sämtliche Zutaten für ein schillerndes Drama: alter Adel und aktuelle Politik sowie das Duell zweier Männer um eine schöne Frau, diese Mischung war delikat und stimulierte die Phantasie. Für manch einen aus dem Bauch der Partei kam der Vorfall wie gerufen, um den Aufsteiger Hufnagel endlich auszubremsen. Zwar wäre ein toter Graf noch wirksamer gewesen, aber es reichte auch so, um einen möglichen Minister Josef Hufnagel zu verhindern. Unumwunden hieß es jetzt, der Staatssekretär habe von Freybergs Frau geraubt und ihn auf diese infame Art und Weise um ein Haar in den Freitod getrieben. Damit war Josefs Traum vom Ministeramt ausgeträumt, noch ehe die Wahl stattgefunden hatte. Zwar kam nach ihr ohnehin alles anders – die Christsozialen heimsten zwar die meisten Stimmen ein, konnten sich aber mit keiner anderen Partei auf eine Koalition einigen und gingen in die Opposition –, die »Affäre von Freyberg« sollte Josef allerdings noch einige Zeit nachhängen, dergestalt, dass er über den Rang eines bayerischen Staatssekretärs nie hinauskam. Seine Karriere verlief aber auch ohne Ministerposten ganz ordentlich. Josef ließ sich in allerlei Gremien wählen und nahm so erheblichen Einfluss auf die Landespolitik. Für viele wandelte er sich im Lauf der Jahre zum gewieftesten Strippenzieher der Partei. Von Zeit zu Zeit hatte er ein paar Liebschaften, eine feste Bindung ging er aber nur zu seinen Kindern ein, die immer mehr zu *seinen* Mädchen wurden.

Von Freyberg nahm Cornelia wieder bei sich auf, heilfroh, die Abspenstige erneut auf Händen tragen zu können, alsbald kam es zu einer abermaligen standesamtlichen Trauung. Der Alte, nach seiner Genesung etwas wackelig auf den Beinen, war dankbar, ohne bleibende Schäden davongekommen zu sein. Inzwischen sah er auch die Notwendigkeit einer Berufsausbildung für das weibliche Geschlecht ein, weshalb er für seine Ehefrau eine Lehre bei einem Textilunternehmen in Kempten arrangierte. Wenige Jahre später starb Hubertus von Freyberg an den Folgen eines Schlaganfalls. Als Alleinerbin hatte er Cornelia eingesetzt, die den Rest ihres Lebens damit verbrachte, Röcke zu entwerfen, Liebhaber zu wechseln und den Besitz zu verwalten.

Cornelia hatte Josef nie nach Eisenstein begleitet, niemand hatte sie dort je zu Gesicht bekommen. Daher blieb auch unbemerkt, dass sie in gewisser Hinsicht Erna ähnelte. Zwar war Cornelia blond, gertenschlank und langbeinig, auch ihre Nase war anders, gerade und zierlich. Aber sie glich Erna in ihren feinen Gesichtszügen, aus denen man jede Regung ablesen konnte. Beide Frauen hatten schmale, leicht geschwungene Lippen, und beide schauten mit einem distanzierten Blick auf die Welt. Sie wurden deshalb für stolz gehalten, viel eher aber war es der Ausdruck einer gewissen Unbeugsamkeit. Jedenfalls hätten Erna und Cornelia Schwestern sein können, allein mit dem Unterschied, dass Letztere einen vornehmeren Habitus an den Tag legte. Sie war eben mit der großbürgerlichen Etikette vertraut, während Erna immer in schlichten Verhältnissen gelebt hatte.

Einzig Gerlinde fiel die Ähnlichkeit der beiden Frauen auf. Allerdings verlor sie nie ein Wort darüber, und die vermeintliche Belanglosigkeit geriet für das Kind auch rasch in Vergessenheit. Erst Jahre später sollte Gerlinde ihre eigenen, folgerichtigen Schlüsse daraus ziehen.

3 Das Gewicht der Luft

Ihnen war nicht klar, wohin. Kein Ziel vor Augen, nur eine Richtung im Kopf, nach Norden. Die Satteltasche war gefüllt mit einer Decke sowie mit Proviant: einer Flasche Coca-Cola, zwei Brezen und eingewecktem Obst. Georg bog auf die geteerte Ausfallstraße ein. Hinter ihm saß Gerlinde, ihre Schenkel an seinen, die Arme hatte sie um seinen Brustkorb gelegt, während ihr Kopf auf seinem Schulterblatt ruhte. Die Luft schmeckte herb, und die Landschaft, durch die sich ihr Weg zog, blieb so unverändert, als käme man niemals von hier los. Und doch war es beiden, als wären sie wie Zugvögel, die sich unaufhaltsam über Ländergrenzen hinwegsetzten.

Endlich weitete sich das Blickfeld. An den Hängen schimmerten die Wiesenbuckel wie smaragdgrüne Schwämme, die Stoppel der vorbeifließenden Felder hatten einen braungesprenkelten Farbton angenommen, und über ihnen wölbte sich ein wolkenlos blauer Himmel. Streusiedlungen säumten ihren Weg. Karge Höfe wechselten sich mit schattigen Einschichten ab, und ging es mal bergab, konnte man die Muster der Gegend erkennen, die geordneten Karrees der Obstgärten und Waldungen, die scheckigen Vierecke der Fluren. Hie und da passierten sie einen in die Flanke eines Felsens hineingeschlagenen Unterstand. Schließlich gab es gar keine Behausungen mehr, nur noch die schweigende Bergwelt. Sie umkurvten ein Hochmoor, dessen süßlich erdigen Geruch sie aufsogen. Wie schwebend ging es plötzlich abwärts, vorbei an Brombeerranken auf der einen Seite, auf der anderen erstreckte sich eine nackte Böschung, an deren Rand sich hartnäckig ein paar verblühte Blumen klammerten.

Georg fing an zu singen, »Komm gib mir deine Hand«, mit einer Inbrunst wie Willi Raffeiner selig, und Gerlinde jauchzte und johlte. Sie brausten in einer langgezogenen Kurve weiter talwärts, bis sie auf einen Bach stießen, der weiter hinten an der Furt von Holzschwellen durchsetzt war. Hier bot sich ihnen der schönste Ausblick auf die Höhenzüge der Berge. Der Duft von Salbei stieg ihnen in die Nase, und sie überlegten, ob sie sich eine Wiese für das Picknick suchen sollten, doch beide hatten Lust, die Gegend weiter mit ihrem golfblauen Gefährt zu erkunden, von dem Gerlinde unheimlich angetan war, zumal es ihre erste Fahrt auf einem Mokick war.

Nun ging es wieder hinauf, erst mäßig, dann schnell ansteigend. Die Bergstraße schlängelte sich zwischen massiven Granitfelsen empor, worauf die Zündapp anfing, wie ein geschundenes Zugpferd zu keuchen. Aber die Maschine gab nicht auf, sie war genauso zäh wie ihr Fahrer und schaffte es mit den beiden im Sattel auf den steilen Kamm hinauf, ohne dabei abzusaufen. Unmittelbar danach machte die Straße eine Haarnadelkurve und wurde zum Feldweg, der in einen dichten Wald mündete. Der Waldboden war eben und hatte einen festen Grund. Hier schlug der Wind eine rauere Gangart an.

Georg fuhr weiter in den Wald hinein, er glaubte, schon einmal da gewesen zu sein. Der Weg verengte sich stetig zu einem Pfad, und sie kamen nur mehr im Schritttempo voran. Gerlinde sagte kein Wort, links und rechts ragte dichtes Buschwerk auf, dann wurde der Weg wieder breiter und machte schließlich um eine Kiefer herum einen fast rechtwinkligen Knick, der den Blick auf eine Lichtung freigab. Als sich Georg gerade erleichtert zu Gerlinde umdrehen wollte, setzte schlagartig die Ernüchterung ein: Vor ihnen erstreckte sich ein mannshoher Stacheldrahtzaun. Georg drehte seinen Kopf nach rechts – und schaute prompt in die Laufmündung einer Pistole, die ein tschechoslowakischer Grenzer auf sie richtete. Der Mann stand ungefähr zwanzig Meter entfernt und fing an zu toben wie ein Derwisch. Sein tarngrüner Feldanzug, mit dem Löwen auf dem Ärmelabzeichen, war ihm eine Spur zu groß. »Neprojdou«, brüllte er mehrmals, dabei hob er jedes Mal auffordernd die Waffe. Gerlinde krallte ihre Fingernägel in Georgs Hüften und versteckte sich hinter seinem Rücken. »Ruhig«, flüsterte Georg, aber sein eigener Puls raste, jede Bewegung könnte die falsche sein, jedes Wort eins zu viel oder eins zu wenig.

Georg verstand die Welt nicht mehr. Nirgendwo ein Schild mit »Achtung! Grenzzone«, keine Andreaskreuze oder Betonhöcker – nichts, was sie hätte warnen können. Etwa fünf Meter hinter dem Grenzschützer stand ein Jeep, auf der anderen Seite des Zauns ein sowjetischer Panzer. Im Jeep, das registrierte Georg aus dem Augenwinkel, saß ein schwarzer GI, breit wie ein Kleiderschrank. Auf dem Beifahrersitz ein weißer Soldat, der prächtigen Mütze nach zu schließen ein General. Aus der Luke des Geschützturms schaute bis auf Bauchhöhe ein sowjetischer Kommandant heraus. Was zum Teufel, dachte Georg, führen die bloß im Schilde? Der Grenzer brüllte immer noch, bewegte sich jetzt aber in großen Schritten über das kniehohe Gestrüpp hinweg auf die beiden zu, die Waffe unablässig auf sie gerichtet. Georg nahm die Hände hoch, Gerlinde verbarg sich nach wie vor hinter ihm. Als der Tscheche nur mehr ein paar Meter entfernt war, rief ihm Georg etwas auf Russisch zu: »Век живи – век учись.« Irritiert blieb der Grenzsoldat stehen, drehte sich nach dem sowjetischen Soldaten um und warf ihm einen fragenden Blick zu, der aber zeigte keine Regung. Darauf streckte Georg seine

Arme weiter nach oben und verkündete ebenfalls auf Russisch: »Бесплатный сыр бывает только в мышеловке!« Stille. Alle blickten den Jungen verblüfft an. Auf einmal begann der Panzerfahrer hemmungslos zu lachen, so sehr, dass er sich regelrecht krümmte und mit der Hand einige Male gegen das Metall schlug. Tränen liefen ihm übers Gesicht, dazu murmelte er irgendwas Unverständliches. Verständnislos zogen die beiden Amerikaner ihre Augenbrauen hoch und schauten sich ratlos an, ihre Blicke wanderten zum Grenzer, der aber auch nur verdattert dastand und mit den Achseln zuckte. Er machte zwei, drei Schritte zurück und rief dem Russen irgendetwas zu, was den aber in keiner Weise beeindruckte, er lachte einfach weiter. Inmitten dieser allgemeinen Verwirrung trat Georg den Kickstarter durch, riss beherzt das Moped herum und knatterte mit Vollgas davon. Dank der beinahe rechtwinkeligen Biegung des Weges verschwanden sie hinter den Büschen sofort aus dem Blickfeld der Soldaten. Aufgebracht schrie der Tscheche ihnen etwas hinterher, gleich darauf fielen Schüsse, während die beiden um ihr Leben bangten und Stoßgebete zum Himmel schickten. Zweimal schrammten sie auf ihrer Flucht haarscharf an einem Baum vorbei, einmal hätte sie beinahe ein Wurzelstock zu Fall gebracht, und sie hatten mordsmäßig Glück, dass lediglich der Engelsflügel der Maschine auf der Strecke blieb. Als sie auf den Feldweg preschten, flatterte eine Schar Gimpel auf und schleuderte ihnen heftige Flüche hinterher. Endlich erreichten sie die geteerte Bergstraße. Nun ging es bergab, nichts als bergab, aber erst unten im Tal sahen sie sich keiner Gefahr mehr ausgesetzt und wagten es, in einer Ausweiche anzuhalten.

Georg blickte auf den Tacho. Nach Eisenstein, mutmaßte er, würde der Sprit womöglich nicht mehr reichen, »wir könnten deshalb«, schlug er zögernd vor, »zu der Hütte fahren, wo der Weiße Regen in den Kleinen Arbersee fließt.« Gerlinde neigte erschöpft den Kopf zur Seite, der Angstschweiß auf ihrer Stirn war noch nicht getrocknet. »Keine Ahnung, was du meinst.« Georg kannte die Hütte von früher, bis er seine Lehrstelle im Ruhrgebiet angetreten hatte, war er dort öfters beim Schwarzfischen gewesen.

»Wir haben eine Decke, wir haben Proviant, wir haben uns, und wenn alle Stricke reißen, können wir dort übernachten und bei Tagesanbruch heimschieben …« Gerlinde ahnte, dass er schummelte und nach einem Vorwand suchte, um gemeinsam die Nacht zu verbringen. Denn Georg, so gut kannte sie ihn inzwischen, hätte sich nie und nimmer von einem leeren Tank überraschen lassen. In den praktischen Dingen des Lebens war er, anders als sie, bestens organisiert. Hinter ihrem Rücken war die Sonne nur noch ein glutroter Streifen. »Wem gehört die Hütte eigentlich?« Ohne zu überlegen, sagte er: »Heute Nacht uns – wenn du magst.«

Sie grinste und gab ihm einen Kuss.

Es war schon dunkel, als sie bei der Hütte ankamen. Früher war sie nur über das Wasser oder beschwerlich durch das Unterholz zu erreichen, mittlerweile aber führte ein Waldweg dorthin. Georg parkte das Moped zwischen einem Grüppchen Fichten. Das Wasser reflektierte das Licht der Sterne, so dass sie sich einigermaßen zurechtfanden. Sie tapsten in die Hütte, auf einem montierten Brett neben der Tür ertastete Georg eine Kerze und Streichhölzer. Auf der schmalen Pritsche lag eine Matratze, kaum dicker als ein Lappen. Mit so viel Komfort hatten sie gar nicht gerechnet. Sie setzten sich auf die Bettstatt und begannen, ihren Proviant auszupacken. Mit dem Appetit zweier ausgehungerter Tiere machten sie sich über die Brezen und das Glas eingemachter Birnen her.

»Woher kannst du eigentlich Russisch?«

»Na ja, ein bisschen was kann ich halt auch.«

»Jetzt sag schon, woher du das kannst.«

Er verschränkte die Hände über dem Knie. »Ich hab die zwei Sätze von meinem Lehrmeister, dem Herrn König, gelernt. Der war in russischer Kriegsgefangenschaft, und die zwei Sprüch hat er mitgebracht. Und wenn's gepasst hat, hat er sie gesagt.«

»Und was heißen die? Lass dir doch nicht alles aus der Nase ziehen.«

»Also, der erste«, räusperte sich Georg und rückte mit einem kleinen Hopps an die Wand, »an den kann ich mich, ehrlich gesagt, nicht mehr genau erinnern. Da hab ich nur noch den Klang im Kopf. Irgendwas mit Jahrhundert, glaub ich.« Er stützte das Kinn in seine Hand und überlegte.

»Aber der zweite«, hakte Gerlinde ungeduldig nach, »der uns den Kopf gerettet hat, was bedeutet der?«

»Das würdst jetzt gern wissen, was?«

»Ja!« Sie knuffte ihn in die Seite. »Jetzt sag schon!«

»Na gut.« Mit Zeige- und Mittelfinger imitierte er einen Trommelwirbel auf dem Pritschenrand.

»Georg, du bist ein Depp.«

»Ich weiß, aber das ist die falsche Antwort. Die richtige Antwort lautet«, und er setzte mit dem Getrommel aus: »Kostenlosen Käse gibt es nur in der Mausefalle!«

Sie zog die Augenbrauen hoch. »Das hast du zu ihm gesagt?«

»Ja, ich schwör's.«

»Das glaub ich nicht, sag den Satz noch einmal – im Original.«

»Бесплатный сыр бывает только в мышеловке!«

»Und das heißt wirklich, kostenlosen Käse gibt es nur in der Mausefalle?«

»So wahr ich hier sitze.«

»Und deswegen hat der sich kaputtgelacht?«

»Wahrscheinlich, ich weiß es auch nicht. Das ist ein russisches Sprichwort. Bei uns sagt man: Nichts ist umsonst im Leben, außer der Tod, und der kostet das Leben, und der König hat halt immer die russische Variante gesagt, mit der Mausefalle und dem Käse …«

Ungläubig schüttelte Gerlinde den Kopf, aber dann fing sie an, ungezügelt zu lachen, und kippte zur Seite. Wie Lakritzkringel breiteten sich ihre Locken auf seinem Schoß aus. »Wenn das wirklich stimmt«, gluckste sie, »dann ist die Welt ein Irrsinn oder du bist genial. Oder beides.«

»Ich hab«, und nun musste Georg ebenfalls kichern, »nur gehofft, wenn ich irgendwas Russisches sage, dann tun sie uns vielleicht nix. Weil die Amis sind unsere Verbündeten, aber der Russe im Panzer und sein tschechischer Wachhund, die musste man halt irgendwie beschwichtigen.«

»Ich sag doch, Georg, du bist genial.« Sie schlang einen Arm um seinen Nacken und zog ihn zu sich heran.

Für Georg begann in dieser Nacht, Anfang Oktober 64, eine neue Zeitrechnung. Ein neues Universum tat sich ihm auf. Aber so ist das eben, dachte er am nächsten Tag. Selbst Gott brauchte bei der Erschaffung der Welt eine Zeiteinteilung. Also schuf er das Licht, und er schied es von der Finsternis. Und es ward Tag und Nacht. Und er schuf Lichter an der Feste des Himmels, die da scheiden Tag und Nacht und die da geben Zeichen, Zeiten, Tage und Jahre. Und irgendwann später hat er Gerlinde erschaffen, die ihm, Georg, die Helligkeit des Lebens sein würde. Alles nach einem Plan, alles nach dem ewigen Gesetz der Schöpfung, welches da schied das Licht von der Finsternis.

4 Zwischen Pflicht und Liebe

Unter den Nazis war das Waldgebiet als Teil der »Bayerischen Ostmark« noch von nationalpolitischer Bedeutung gewesen, doch nach dem Krieg geriet es wieder ins Hintertreffen und war bald so abgeschnitten vom Rest der Welt wie in den Zeiten vor der Bahnanbindung.

Im Kalten Krieg verkam Eisenstein zu einem belanglosen Klecks auf dem Eisernen Vorhang. Das Dorf befand sich nicht mehr im Herzen Europas, sondern am äußersten Rand der westlichen Welt, abgeriegelt gegen die kommunistische Zone. Und da die Kaufkraft in dem dünn besiedelten Gebiet noch nie besonders hoch war, tat man sich unter den neuen Gegebenheiten doppelt schwer. Wer weitreichende Geschäftsabschlüsse machen wollte oder willens war, ein produzierendes Gewerbe zu gründen, dem fehlte es an geeigneten Handelspartnern. Selbst der Fremdenverkehr kam unter die Räder, trotz Luftkurortzertifizierung und Waldesruh. Kaum jemand wollte sich in Feindesnähe erholen.

»Wohlstand für alle«, wie es unter den Verfechtern der sozialen Marktwirtschaft hieß und wie es auch Georg im Ruhrgebiet als Verheißung für die Arbeiterschaft aufgeschnappt hatte, lag hier für die meisten in weiter Ferne. Während es im restlichen Wirtschaftswunderland steil bergauf ging, stand man im Wald mit dem Rücken zur Wand. Zwar verschaffte ab 1953 die sogenannte Grenzlandförderung Linderung, indem sie den sozialen Wohnungsbau, die Infrastruktur und den Tourismus in Ostbayern unterstützte, grundlegend verbessern vermochte sie die Verhältnisse jedoch nicht. Die Menschen lebten bescheiden vom harten Brot der täglichen Arbeit. Immerhin waren ihre Bäuche gefüllt, und es ging lange nicht so drückend und ärmlich zu wie unmittelbar nach dem Krieg, als etliche Kinder vor Hunger nicht wussten, wie man lacht.

Mit einem Gabelstapler transportierte Berle die Stämme zur Sägehalle. Dort lud er sie auf eine angeschrägte Eisenkonstruktion, einen sogenannten Querförderer, wo sie sich hintereinander stauten. Auf der gegenüberliegenden Seite wartete Georg und kugelte mit seinem Sapie, einer Kombination aus Hammer und Wendehaken, das erste Rundholz vom Querförderer in den Einleger, wo es kniehoch vor ihm zum Liegen kam. Mit dem Wendehaken drehte er sich den Stamm so zurecht, dass die krumme Seite nach unten, die andere nach oben ragte. Dann griff er zum Schepser, einem Werkzeug, das an ein großes Stemmeisen erinnert, und entfernte grobrindige Stellen, Steine und anderes schlecht zu sägendes Material. Alles in allem nur ein paar Bewegungen, schnell ausgeführt, aber mit Augenmaß, kraftvoll und geschmeidig. Jeder einzelne Stamm bekam Georgs volle Aufmerksamkeit.

Seit Kurzem aber war etwas anders, der Kopf schwirrte ihm, sein Herz hüpfte, und er lief mit einem Dauergrinsen durch die Gegend. Keine Sekunde verging, in der er nicht an Gerlinde dachte. Das war nicht ungefährlich, eine kleine Unachtsamkeit, und er hätte einen Finger weniger an der Hand oder eine Hand weniger am Arm oder einen Arm weniger am Leib. Für Gerlinde aber, überlegte er, würde er sich auch unters Sägeblatt legen und sich aufschneiden lassen wie ein Baum. So es denn sein müsste, würde er sich für sie opfern. Ohne Wenn und Aber.

Mit der gebotenen Konzentration schaltete er die Säge ein, worauf das Rundholz von einem automatischen Vorschub durch den Rahmen gezogen wurde. Unter ohrenbetäubendem Lärm schnitten die Sägeblätter sechs Bretter aus dem Stamm heraus. Georg aber hatte gelernt, den nervenzersetzenden Ton auszuhalten und die Säge zu akzeptieren, wie sie und was sie war: ein Instrument des Wachstums. Mit Gerlinde hatte er nun eine echte Gefährtin. An ihr wollte er wachsen, mit ihr wollte er gegen innere und äußere Widerstände angehen.

Georg genoss es, heimlich verliebt zu sein. Dennoch musste er sich beständig über die Leute in seiner Umgebung aufregen. Wie sie dasaßen und vor sich hin schwatzten. Ihr Geschau war ihm manchmal so unerträglich, dass er aufstand und den Tisch verließ. Ihr trostloser Ausdruck, als regnete es ihnen permanent in die Köpfe, machte ihn bisweilen rasend. Mit solchen Leuten war einfach nichts zu bewegen, ihre Sturheit, gepaart mit Lethargie, lag über Kreuz mit seinen Ambitionen. Sie schienen sich nur zu bemühen, wenn es ums Saufen oder Fressen ging. Ein Bauernvolk, frei von Handelsgeist und unbelehrt von jeglicher Theorie. Jetzt aber stagnierte die Wirtschaft, wer keine Arbeit hatte, war im besten Fall ratlos. Viele Jüngere waren weggegangen, und die Alten, selbst wenn sie eine Beschäftigung hatten, kamen schwer in Tritt.

Berle zum Beispiel, er war der Faulste von allen, für Georg ein menschgewordenes Ärgernis, wenngleich mit hohem Unterhaltungswert. Berle war ein passionierter Wirtshausgänger, und wenn er in guter Stimmung war, führte er beim Asenbauer Wirt sein Kunststück »Die Wandlung« vor. Dabei trank er ein frisch gezapftes Helles aus, ohne abzusetzen, gleich darauf öffnete er seinen Hosenschlitz und machte das Glas wieder voll, akkurat bis an den Füllstrich, begleitet von Applaus, Gelächter und Pfui-Teufel-Rufen.

Georg kannte Berle von Kindheit an. Früher hatte er Muttergottesfiguren und Skulpturen mit weit aufgerissenen Feuerherzen geschnitzt, die den Eindruck erweckten, als würden sie jeden Moment vor Ekstase explodieren, manchmal auch Jesuskinder mit verzerrten Gesichtszügen und Heiligenfiguren, die züngelnde Blitze statt liebliche Lichtstrahlen über ihren Köpfe aussandten. Anfangs waren seine Schnitzereien durchaus beliebt, aber mit der Zeit wollte sie keiner mehr haben. Pfarrer Zuckerstätter brandmarkte sie gar öffentlich als blasphemisch. Wenn ihn manche aufforderten, doch gefälligere und schönere Figuren zu schnitzen, zuckte er nur stumm mit den Schultern, es war eben seine Art, die Welt wahrzunehmen.

Eines Tages legte Berle das Schnitzeisen für immer beiseite und kühlte seine schöpferische Glut fortan mit noch mehr Bier. Seine Frau hatte er schon versoffen, bevor Georg die Leitung des Sägewerks übernahm. Sie hatte ihn mit dem gemeinsamen Kind verlassen, und das namenlose Fremdheitsgefühl, das sich seither ungezügelt in ihm ausbreitete und wie eine nicht verheilende Wunde schmerzte, machte ihn immer mehr zum Außenseiter. Als er sich zum wiederholten Male nach einer Lohnauszahlung drei Tage lang nicht im Sägewerk blicken ließ, warf Georg ihn mit den Worten »Jetzt reicht's, du bist gekündigt!« hinaus. Alle Anwesenden dachten, es sei ein Scherz oder eine Floskel, mit Rauswurf hatten ihm schon andere gedroht, aber Georg meinte es ernst. Als Berle am nächsten Tag wiederauftauchte, war er so betrunken, dass er sich, statt ein Brett durchzusägen, einen Finger abschnitt. Er sah ihn am Boden liegen und hustete kurz. Erst nach einer Weile kam das Blut. Es tat nicht einmal weh, es wurde ihm nur ein wenig schwindlig. Berle ging ins Haus nebenan, seinen abgetrennten Finger trug er vor sich her wie einen aus dem Nest gefallenen Vogel. Georg war gerade unterwegs, aber Erna war da, der ein wenig schlecht wurde, als er ihr seinen Finger präsentierte. Doch sie nahm sich zusammen und verarztete ihn, so gut sie konnte, dann schickte sie ihn zum Doktor.

Später, als Berle in seinem Häuschen saß und den blutgetränkten Verband anstarrte, begriff er zwar nicht viel vom Hergang, aber er wusste jetzt, dass er nie mehr wieder im

Sägewerk arbeiten würde. Verschwommen erinnerte er sich, dass er vom Doktor in den Betrieb zurückgekehrt war und mit der dick verbundenen Hand hatte Holz schneiden wollen, doch Georg hatte ihn erwischt und sich mordsmäßig aufgeregt, worauf Berle anfing zu wüten und Werkzeuge sowie Bretter auf den Boden schmiss und schließlich Georg zum Kampf herausforderte. Dabei tänzelte er um Georg herum und forderte ihn auf, zuzuschlagen. Die anderen Arbeiter formierten sich zu einem Halbkreis, schauten gebannt zu, wie Berle den jungen Chef grob beleidigte, und waren gespannt, wie dieser reagieren würde.

Georg war deutlich größer und kräftiger als der von Alkohol und Zigarettenrauch aufgezehrte Herausforderer, der obendrein schwer verwundet war. Mit einem Schlag hätte er ihn niederstrecken können, und doch war er nie verzweifelter gewesen als jetzt. Er hatte Berle immer gemocht, hatte ihn als Kind und noch lange Zeit danach für seine Kunst bewundert, insgeheim auch für seinen Starrsinn, die Schnitzerei lieber aufzugeben, als sich den Wünschen und Vorgaben der anderen anzupassen. Dieser Rebell, der nie richtig lesen und schreiben gelernt hatte, brüllte ihn nun an, brüllte, als wäre er davon besessen, herauszufinden, auf welcher Seite Georg wirklich stand.

Denn Berle hatte Georg immer noch als das staunende Kind und den sensiblen Buben vor Augen, der er gewesen war, bevor er ins Ruhrgebiet aufbrach. Er wollte es nicht wahrhaben, dass aus diesem Jungen ein, wie er fand, klugscheißerisches Arschloch geworden war. Eines, das mit seinen achtzehn Jahren so tat, als hätte es Ahnung vom Leben. Berle hatte gehofft, in Georg einen Verbündeten zu finden, mit dem man bei einem Bier über die Unzulänglichkeiten des Alltags reden konnte, stattdessen erteilte der Kleine Anweisungen und fing an, das gesamte Sägewerk vom Kopf auf die Füße zu stellen. Dabei war in Berle anfänglich sogar die Hoffnung aufgekeimt, wieder mit dem Schnitzen anzufangen. Vielleicht, dachte er flüchtig, könnte der Junge ihm ja helfen, womöglich gäbe es ja da oben in Preußen Interessenten für seine Figuren. Vielleicht würde dann auch seine Frau zurückkehren … Allerdings hatte er es verabsäumt, seine Gedanken auch nur ansatzweise zu äußern.

Noch immer machte Berle keinerlei Anstalten, sich zu beruhigen, schnaubend stand er vor Georg, gezeichnet wie ein Baum im Wald, mit der roten Markierung für die Axt. Wie konnte der kleine Scheißer es wagen, ihn rauszuschmeißen?

»Geh heim, Berle. Mach's nicht noch schlimmer, ich bitte dich.«

»Du Arschloch hast mir überhaupt nix zu sagen!« Dann spannte Berle seinen knochigen Brustkorb, zog die Arme an wie ein Boxer und machte einen Schritt auf Georg zu. Der wusste sich nicht mehr anders zu helfen und versetzte ihm einen satten Faustschlag gegen die Stirn. Der Hieb hatte es in sich, doch Berle schien er nichts auszumachen. Er wankte nicht einmal, sein Blick war genauso starr wie zuvor. Es dauerte etwas, bis sein Gehirn den Schlag verarbeitet hatte. Plötzlich riss er die Augen auf und setzte zu einem Lächeln an, doch bevor es zustande kam, klappte er zusammen wie ein Kartenhaus.

»Schauts nicht so blöd«, schnauzte Georg die anderen an, »helfts ihm.« Er selbst machte sich davon, lief geradewegs ins Haus, wo er hinter verschlossener Badezimmertür seinen Tränen freien Lauf ließ.

Nur eine halbe Stunde später trottete Berle nach Hause. Da erst begriff er, dass er nun unwiderruflich arbeitslos war, ein Grund mehr, sich bis zur Besinnungslosigkeit zu betrinken. Wenige Tage später lag Dionys Beer, genannt Berle, tot in seinem Bett.

Sein Tod brachte einige gegen Georg auf, allen voran Vinzenz, der in Berle einen verlässlichen Saufkumpan verloren hatte. Von Josef erhielt Georg hingegen volle Rückendeckung, von Erna sowieso. Vinzenz' Groll und der der anderen hielt nicht allzu lange vor, er verflüchtigte sich nach einiger Zeit und löste sich in Lethargie auf. Man konnte es drehen und wenden, wie man wollte: Berle war selber schuld. Er hatte eben, befanden die Leute, sein Schicksal herausgefordert, aber das durchaus beeindruckend – mit Vollgas und ohne Rücksicht auf Verluste. Noch lange erzählten sich die Eisensteiner im Wirtshaus Geschichten über ihn, besonders jene von seiner Rückkehr vom Arzt ins Sägewerk wurde legendär. Und wenn heute noch jemand in der Gegend davon spricht, dass einer »den Berle macht«, dann bedeutet das so viel wie »aufs Ganze gehen«. Wer »den Berle macht«, ist ein Einzelkämpfer wider die Vernunft, ein Verrückter, der es noch einmal wissen will. Unbelehrbar, doch hart im Nehmen. Vor einem solchen hat man Ehrfurcht. Mittlerweile aber weiß niemand mehr, woher die Redewendung rührt, die Ende 1964 in die Welt kam. Und deshalb bringt auch niemand Dionys Beer, dessen Skulpturen erst Jahrzehnte später als bedeutende Kunstwerke entdeckt werden sollten, mit dem geflügelten Wort »den Berle machen« in Verbindung.

5 Ablösungen

Aus dem großen, neuen Fernsehgerät in der Ecke trällerte Marika Rökk mit anbiederndem Schmelz etwas von Tanz und Liebe, als hätte es Nazideutschland nie gegeben und als hätte sie nie etwas damit zu tun gehabt. Aus dem Hauswirtschaftszimmer am Ende des Flurs kamen polternde Geräusche, ein Stuhl fiel um, eine Schublade wurde zu weit herausgezogen und knallte zu Boden. Schließlich landete ein Tablett auf dem Linoleum. Schwerzüngig stieß Vinzenz einen lauten Fluch aus. Sein von tiefen Falten überzogenes Gesicht lag im Schatten einer großen Müdigkeit, schwankend stand er vor der Kommode und suchte nach einer Schnapsflasche. Seit Berle nicht mehr war, mied er immer öfter das Wirtshaus und trank zu Hause. Ohne den spinnerten Kerl war es fad beim Asenbauer Wirt geworden. Dort hatte Vinzenz nur noch wenige Vertraute, eigentlich niemanden mehr, und wenn er auch dort von den anderen gelitten wurde, wirklich zu tun haben wollten sie nichts mit ihm. Die meisten saßen schon am Vormittag in der Gaststube, einem schlechtbelichteten Zimmer mit einem eiergelben Kachelofen in der Ecke. Sie tranken ihr Bier und rauchten ihre Zigaretten, und ihre Blicke verloren sich manchmal in den Schwaden, die sich über ihren Köpfen zu verschlungenen Gestalten formten. Früher einmal hatten sie ehrbare Berufe ausgeübt, waren Besenbinder, Radmacher oder Kohlenhändler gewesen, einige hatten als Panzergrenadiere den letzten Krieg überlebt, der Älteste unter ihnen war schon im ersten Krieg gewesen, als junger Infanterist, voller Zuversicht und mit einer Blume am Gewehr. All diese Leute kämpften schon lange nicht mehr, sie waren sich selbst überlassen, dachten über alles nach und über nichts. Sie hatten Dostojewskis Satz verinnerlicht, ohne je von dem russischen Dichter gehört zu haben, wonach »wer auch nur minimal nicht dumm ist, nicht leben kann, ohne sich selbst zu verachten, mag er nun ehrenhaft sein oder nicht«. Denn dumpf und dumm waren zwei Paar Schuhe, und Letzteres waren sie sicher nicht. Diese vom Leben aufgezwungene Haltung war das Einzige, was Vinzenz mit ihnen verband.

Nach einem kräftigen Schluck aus der Obstlerflasche, die

er in der untersten Schublade unter den Leintüchern gefunden hatte, wo Erna sie vor ihm versteckt hatte, schlurfte er ins Badezimmer. Über dem Waschbecken spülte er seinen Mund aus, dabei schaute er angriffslustig in den Spiegel: »Nach menschlichem Ermessen«, ging er sein Gegenüber an, »wirst du mich nicht überleben.« Vinzenz lachte gepresst, er fingerte an seiner Augenklappe herum, dann warf er seinem Spiegelbild erneut einen drohenden Blick zu, allmählich kam er in Fahrt, langsam zeigte der Schnaps seine Wirkung, und so zog er in Erwägung, dem Wirtshaus doch noch einen Besuch abzustatten. Am Samstag war das Publikum zahlreicher und die Gespräche anregender als sonst. Ein schwer identifizierbares Geräusch ließ ihn aufhorchen. Er schob den gehäkelten Sichtschutz zur Seite und spähte aus dem Fenster. Eingehüllt in eine Staubwolke stand Erna in der Mitte des Hofs und kehrte Holzabfälle zusammen, ihr Reisigbesen scharrte über den Beton. Vinzenz überlegte, wo er die Schnapsflasche auf dem Weg ins Badezimmer abgestellt hatte, aber eigentlich war es ihm egal, sollte Erna ihm ruhig draufkommen und wieder schimpfen. Sollte er Wasser trinken? Er war doch kein Rindvieh. Dann beobachtete er, wie sich jemand seiner Frau näherte, es war Corin. Zuletzt hatte er sie auf Berles Beerdigung gesehen, davor lange Zeit gar nicht.

Schon seit vielen Jahren arbeitete Corin nicht mehr auf dem Hufnagelgut. Nachdem Josef den Betrieb verkleinert hatte, vermittelte er ihr eine Anstellung im Landratsamt, wo sie als Schreibkraft angelernt wurde und sich allmählich zur ersten Sekretärin hocharbeitete. Als sie vor zwanzig Jahren auf den Hof gekommen war, erschien dort ein stämmiges Mädchen mit dickem, krausem Haar auf dem Kopf. Jetzt war sie fünfunddreißig, schmaler im Gesicht, ein paar Lachfalten weniger, ein paar Krähenfüße mehr. Ihre Sommersprossen traten nicht mehr so kräftig hervor, während ihre Augen an Zuversicht nichts eingebüßt hatten, obwohl ihr die Geschichte mit Berle lange Zeit zugesetzt hatte. Die beiden hatten einander über Jahre begleitet, die meiste Zeit davon wie Geschwister, ihre Beziehung war dadurch nicht weniger innig gewesen. In Corins Gesellschaft kam Berle wenigstens hin und wieder zur Ruhe. Aber Berle gehörte seinem Wesen nach nicht zu denen, die fähig waren, sich zu verwurzeln und sich an jemanden zu binden, ständig sehnte er sich weg, brachte aber nicht die Kraft auf, irgendwo anders sein Glück zu suchen. Und doch liebte er sie, so gut er konnte. In jedem flammenden Marienherz drückte er seine Zuneigung zu ihr aus. Corin sehnte sich nach einem geordneten Leben unter einem Dach, was er naturgemäß nicht erfüllen konnte. Einmal sagte er zu ihr: »Ich will dir mich nicht mehr antun.« Dann ging er und kam zwei Tage nicht mehr heim. Viele Jahre ging das so, bis sie eines Tages einen Schlussstrich zog und ihn ohne großes Tamtam verließ. Statt zu trauern, schüttelte sich Berle wie ein nasser Hund. Wenig später lernte er auf einem Maifest eine junge Frau kennen, eine Porzellanmalerin aus Plauen. Er redete sich ein, für immer bei ihr bleiben zu wollen. Er gab ihr sein Wort und brach es noch vor der Geburt des gemeinsamen Sohnes. Die Sächsin war rigoroser als Corin. Als das Kind stehen konnte, stieg sie eines Morgens mit ihm in den Zug und kam nicht wieder.

Vinzenz strengte sich an, aber er verstand kein Wort, die Stimmen der beiden Frauen waren zu weit weg. Erna und Corin verband eine Vertrautheit, die über die Jahre hinweg nie abgerissen war, selbst wenn es Zeiten gab, wo sie wenig miteinander zu tun hatten. Nach einer ausgiebigen Begrüßung kam Corin gleich auf das Wesentliche zu sprechen. »Du sollst es als Erste wissen, ich werd nämlich bald heiraten.« Dabei drückte sie Ernas Oberarm und schaute ihr fest in die Augen. »Sag bloß … Wie kommt denn das zustande?« Erna schloss die Freundin, der plötzlich Tränen übers Gesicht liefen, in die Arme. Dann setzten sich die beiden neben der Sägehalle auf eine Bank, und aus Corin sprudelte es nur so heraus. Sie erzählte vom letztjährigen Volksfest, wo sie den Fred kennengelernt habe, wie sie und er sich in der Menge angeschaut und beide auf Anhieb gespürt hätten, dass sie wesentlich mehr verbinden würde als ein flüchtiges Begehren. Von Anfang an sei er sehr höflich gewesen, richtig galant. »Ich sag's dir, wie ein echter Gentleman.«

Fred, ein amerikanischer GI in ihrem Alter, war im Soldatencamp in der nahe gelegenen Ortschaft March stationiert, und eher zufällig als beabsichtigt landete er mit einigen Kameraden an ihrem freien Tag auf dem Volksfest in Eisenstein. »Das war schon verrückt«, sagte Corin mit einer geradezu heiligen Andacht, »aber noch verrückter war, dass wir uns sofort gut verstanden haben, obwohl wir uns nicht haben verständigen können. Mittlerweile kann ich schon ein paar Brocken Englisch.« Auf einmal wurde sie ernst und ihr Gesicht bekam einen bekümmerten Zug. »Es ist alles wunderschön, und doch ist auch alles so furchtbar kompliziert.«

»Wollt ihr heiraten, weil du ein Kind kriegst?«

»Nein«, murmelte Corin, »wir lieben uns wirklich. Meine Sorge ist was anderes …« Sie hielt inne und biss sich auf die Lippen. »Der Fred«, fuhr sie schließlich fort, »ist nicht nur Amerikaner, er ist ein schwarzer Amerikaner. Ein Neger halt …« Prüfend schaute sie ihrer Freundin in die Augen, die sich jedoch unbeeindruckt zeigte. »Ich weiß, was ein Neger ist«, sagte Erna lapidar, »oder warum schaust mich so an?«

»In einem Monat muss er wieder heim, nach New York. Deswegen wollen wir auch bald heiraten, damit ich mitkann.« Corin starrte auf den gefegten Betonboden. »Du bist die Erste, mit der ich drüber red. Mein Vater ist zum Glück schon gestorben, aber meine Mutter … zuerst die Geschichte mit dem Dionys, jetzt ein Neger, die trifft der Schlag … die kann sich gleich zum Vater legen.«

Erna musste kurz auflachen, bevor sie wieder ernst wurde und ihren Kopf leicht hin- und herwiegte. »Mein Gott, dass er schwarz ist, brauchst ja keinem zu sagen. Sag halt, der ist auf einem Manöver, zeig deinen Leuten ein anderes Foto, manchmal muss man einfach lügen …«

»Der ist gerade wirklich auf einem Manöver. Übermorgen sehen wir uns wieder.«

»Na, schau«, sagte Erna. Ihre Augen bekamen einen ungewohnt melancholischen Ausdruck, »wenn du dir sicher bist, heirat ihn. Was Schöneres gibt's doch nicht. Was hat man schon zu verlieren … Und wenn's schiefgeht, kommst halt wieder.«

»Du hast also nix gegen Schwarze?«, vergewisserte sich Corin ein letztes Mal.

»Nein, ich hab auch nix gegen Weiße und Gelbe und Rote …« Einen Moment lang dachte Erna an ihre Begegnung mit Küster, als der zu ihr gesagt hatte, er sei ein Kommunist. Sie verzog die Lippen zu einem feinen Lächeln.

»Mich bedrücken halt jetzt schon die Anfeindungen, wenn ich mir vorstell, dass ich einmal ein Kind krieg, und das wird als Schornsteinfeger derbleckt …«

»Aber in Amerika«, beschwichtigte sie Erna, »wird's bestimmt nicht so arg sein.«

»Der Fred sagt, dass es auch dort schlimm ist. Es wird jedenfalls schwer.«

Erna nahm ihre Hand. »Leicht wird das bestimmt alles nicht, aber leicht wolltest du's eh noch nie haben. Aber bist du denn überhaupt nicht nervös, New York, das ist doch eine riesengroße Stadt, und du bist noch nie fortgekommen?«

»Und wie!«, kicherte Corin. »Der Fred hat mir sogar schon Valium besorgt, weil ich so aufgeregt bin. Aber ich bitt dich, sag niemandem was vom Fred, sag keinem, dass er schwarz ist. Man wird nur beschimpft.«

»Na sicher, verlass dich drauf, ich sag's niemandem.« Noch ehe Erna den Satz zu Ende gesprochen hatte, sahen die beiden Vinzenz auf sie zustapfen. Von einem Bauernhof unten im Ort hörte man das heisere Krähen eines Hahns. Danach herrschte für einen Moment vollkommene Stille. Vinzenz verschränkte die Hände und drehte die Daumen vor der Brust.

»Was willst du?«, ging Erna ihn an, »sag schon!«

»Wir haben Besuch, und ich wollte nur Grüß Gott sagen. Grüß Gott, Corin.«

Corin nickte beiläufig, ohne ihn dabei anzusehen. Vinzenz genoss seinen Auftritt, er wusste, dass er störte. Ihre Abneigung war geradezu greifbar. Und je länger er stehen blieb, umso mehr spürte er, wie die zwei Frauen ihn verwünschten.

»Wie geht es dir denn?«, fragte er in einem jovialen Tonfall.

»Gut.«

»Aber ich seh verweinte Augen. Was ist denn los?«

»Es gibt auch Tränen der Freude«, fuhr Erna dazwischen.

»Verstehe, weibliches Zartgefühl.« Er zog seine Mundwinkel nach oben und erntete zwei eisige Blicke.

»Eine Frage hab ich noch: Wo ist denn der Girgl?«

»Wo wird er schon sein, mit dem Laster ist er unterwegs. Bringt das Altholz ins Spanplattenwerk. Danach wollte er noch Rundlinge abholen.«

»Danke für die freundliche Auskunft, ich mache mich jetzt auf den Weg ins Wirtshaus.« Vinzenz drehte sich um und ging los, aber nach ein paar Schritten machte er noch einmal Halt. »Jetzt ist mir doch noch was eingefallen«, sagte er und glotzte Erna herausfordernd an. »Was sollst du eigentlich niemandem sagen? Ich hab da vorhin was aufgeschnappt, und ich bin ein neugieriger Mensch … Auch wenn für die Kirche Neugier zu den Todsünden zählt, ich würd gern wissen, was los ist.« In seinem Blinzeln lag eine provokante Verschlagenheit.

»Jetzt schlägt's aber dreizehn, das geht dich rein gar nichts an!« Erna war nun endgültig der Geduldsfaden gerissen, daraufhin beugte sich Corin vor und legte ihrer Freundin eine Hand auf den Oberschenkel. »Ich geh nach Amerika.«

»Da schau her«, sagte er erstaunt, »und warum soll das ein Geheimnis sein? Das ist doch nix zum Sich-schämen-Müssen.«

»Ich weiß aber sehr genau, wem ich was anvertrau und wem nicht.«

Vinzenz ließ mit einem Mal den Kopf hängen. »Das ist mir vertraut«, murmelte er überraschend kleinlaut, »die meisten Leute haben Geheimnisse vor mir. Sie fangen an zu flüstern, wenn ich in ihre Nähe komm.«

»Ja, ist es denn ein Wunder? Früher hast du die Leut ins Gefängnis gebracht, wenn sie was Falsches gesagt haben! Sowas vergisst man nicht!«

»Lass es, Corin. Bitte … Das ist ein Fass ohne Boden.« Aber da war es bereits zu spät, jetzt hatte Vinzenz einen Grund, sich in Rage zu reden.

»Damals«, tobte er los, »da war das meine Pflicht! Das hat man von mir erwartet. Die Schulterklopfer von früher drehen mir jetzt den Rücken zu, dabei waren sie nicht besser. Ich könnt ein Buch schreiben, wer wen wann verpfiffen hat in diesem Scheißkaff!« Sein Gebrüll hallte vom Wald zurück.

»Wer schreit«, parierte Erna, »hat unrecht.« Corin indessen kartete nach: »Niemand hat dich gezwungen, zur SS zu gehen. Das hast du allein entschieden, deswegen wenden sich die Leute von dir ab. Du hast sie alle drangsaliert.«

»Wenn ich es nicht gemacht hätte«, keifte Vinzenz, »hätte ein anderer meinen Platz eingenommen, dann wär's viel schlimmer gekommen. Darauf kannst du Gift nehmen! Es gab Parteimitglieder, die weniger Nazis waren als Nichtparteimitglieder. Im Nachhinein wird alles verwaschen. Und ich, ich hab meine Strafe abgebüßt. Drei Jahr lang war ich im Lager! Die Juristen aber, die im Volksgerichtshof oder in anderen Gerichten gesessen sind, die haben ihre Kollegen freigesprochen, die Bankleute, die hohen Beamten … Alle sind sie davongekommen, und wieder sind sie zu Großkopferten geworden! Nur mir wird nicht verziehen!« Wie ein trotziges Kind schlug er sich mit beiden Fäusten auf den Bauch.

»Wir müssen das nicht ausreden, aber du bist kein Opfer und erst recht kein Samariter. Geh endlich ins Wirtshaus und lass uns in Ruhe«, verfügte Erna und erhob sich.

»Ich weiß, dass mich keiner dauert, deshalb sag ich dir auch, was ich bin: Ein Scheißmensch bin ich, ohne Auskommen und ohne Nachkommen!« Doch selbst sein selbstmitleidiges Gejammer ließ seine Frau unbeeindruckt.

»Hörst du nicht«, forderte sie ihn ungerührt auf, »geh endlich!«

Rotz und Wasser liefen Vinzenz plötzlich übers Gesicht. Wie ein Schauspieler, der seine Bühne nicht verlassen will, blieb er stehen und hielt ihnen sein Gesicht entgegen. »Manchmal, Corin, verfluch ich die Stunde, wo ihr auf den Boden gekommen seid und mich entdeckt habt. Was mir alles erspart geblieben wär, wenn mich der alte Depp nicht heruntergeschnitten hätt.«

»Ich war das, du Depp.« Mit einem Schlag war Vinzenz ruhig. Über all die Jahre war er davon ausgegangen, dass Franz sein Lebensretter gewesen war, während die Angelegenheit grundsätzlich unter den Tisch gekehrt worden war. Corin also hatte ihn vom Zappeln erlöst und ihn ins Leben zurückgestürzt. Jetzt, wo er es aus ihrem Mund hörte, war ihm klar, dass nur dies und nichts anderes die Wahrheit sein konnte. Der Hals schnürte sich ihm zu, und das letzte Fünkchen Scham, das noch in ihm steckte, färbte sein Gesicht dunkelrot, als würde er noch einmal über dem Heuboden hängen. Jahrelang hatte er die ehemalige Magd verachtet und Späße auf ihre Kosten gemacht. Wenn sie wieder einmal ins Wirtshaus gekommen war und versucht hatte, Berle nach Hause zu holen, hatte er nichts als Hohn und Spott für sie übriggehabt. Doch all die Frotzeleien und Demütigungen aus seinem Mund hatte sie stets gleichmütig ertragen, hatte sein Geschwätz geflissentlich ignoriert. Dabei hätte sie sich so leicht über ihn erheben und von seiner vollgeschissenen Hose berichten können, als er dem Tod wesentlich näher war als dem Leben.

»Ich geh jetzt besser«, sagte Corin und stand auf, sie streichelte Erna über die Wange und flüsterte ihr ein paar Abschiedsworte zu. Die anschließende Umarmung fiel kurz, aber innig aus, dann ging sie durch das Tor hinaus auf die Straße und spazierte, ohne sich noch einmal umzudrehen, davon. Es war ihr letzter Besuch auf dem Sägewerksgelände.

Wortlos blickten die beiden ihr nach. Eine Windböe fuhr in die Bäume und brachte die Blätter zum Rauschen. Vinzenz schaute beklommen um sich, gern hätte er sich ein zweites Mal aufgehängt, aber kein Schnaps war in Reichweite und auch kein Strick, und morgen würde ihn der Mut dazu verlassen haben. Als ob nichts gewesen wäre, nahm Erna wieder den Besen zur Hand. »Hol eine Schaufel und eine Schubkarre, und hilf mir den Haufen auflegen.« Er nickte und setzte seinen massigen Körper in Bewegung, blieb aber gleich wieder stehen. Georg kam durch die hintere Einfahrt aufs Gelände geschlichen, sein Haar war zerzaust, und er stolperte beim Gehen. Je näher er kam, desto deutlicher erkannte man eine Platzwunde auf seiner Stirn, sein Gesicht und sein Blaumann waren mit getrocknetem Blut befleckt. »Georg!«, rief Erna und lief ihm entgegen, »was ist denn passiert?« Mechanisch wie eine Aufziehpuppe hob und senkte er die Schultern. »Der Laster …«, stammelte er kreidebleich, und es bereitete ihm sichtlich Mühe, seine Tränen zurückzuhalten. Der Laster war ein minzgrüner Mercedes-Benz L 710, ein Kurzhauber-Lkw, den der Betrieb erst im Herbst angeschafft hatte. Das Fahrzeug war eine wichtige Investition für die Zukunft, man hatte eigens einen Kredit dafür aufgenommen. Erna nahm Georg in den Arm. »Ist alles nicht so schlimm«, flüsterte sie ihm ins Ohr, dann drückte und wiegte sie ihren Sohn eine Weile. »Hauptsache, dir ist nichts passiert.« Schließlich schöpfte Georg tief Atem. »Ich war so müde, und auf einmal sind mir die Augen zugefallen, dann bin ich mit dem Laster von der Straße abgekommen. Die Baumstämme sind vom Anhänger durchs Führerhaus gerauscht. Es war so knapp, so verdammt knapp …« Mit seinem zerrissenen Ärmel wischte er sich über den Mund. Dann klatsche er sich die Hände ins Gesicht und blieb in gebeugter Haltung stehen. Durch seine gespreizten Finger hindurch sah er Vinzenz, der auf ein paar Meter an die beiden herangekommen war und ihn nun anstierte. »Was ist mit dem Laster?« Wie auf Knopfdruck richtete sich Georg wieder auf.

»Was soll schon sein damit, du blöder Hund? Der Lkw ist Schrott, der Anhänger auch, was denkst du denn?!«

»Schrei nicht so rum, ich hab den Laster nicht kaputt gemacht. Was uns der Ausfall kostet! Jetzt stehen wir schön da. Sollen wir das Holz jetzt mit der Schubkarre transportieren?« Erna griff nach Georgs Arm, der aber riss sich los und trat einen Schritt auf seinen Stiefvater zu. »Du«, plärrte er ihn mit erhobenem Zeigefinger an, »machst hier rein gar nix, du frisst und säufst nur, wie kommst du überhaupt darauf, von *wir* zu sprechen!? Du bist allen eine Last!«

Vinzenz witterte schlagartig seine Chance, er wusste, noch eine Provokation und Georg würde die Beherrschung verlieren und mindestens so rabiat auf ihn losgehen wie damals auf Berle. Und Vinzenz drängte auf Erlösung, also reckte er seinen Kopf und sagte mit herablassendem Tonfall: »Georg, ich weiß, wer du bist. Aber ich glaube, du selber weißt es nicht, oder du hast es vergessen. Ich kann's dir sagen«, und sein Gesicht verzerrte sich zu einer Grimasse, »ein dahergelaufener Flüchtlingsbub bist du, ein elendiger Bastard! Du bist nichts wert, rein gar nichts!« Wie von Sinnen ging Georg auf Vinzenz los und packte ihn mit einer Hand an der Gurgel, die zur Faust geballte andere hieb er rücksichtslos in dessen Wanst, doch bevor er weiterprügeln konnte, war Erna zur Stelle und stieß ihn unter Aufbietung all ihrer Kräfte weg.

»Mach dich nicht unglücklich, lass ihn!« Sie zerrte Georg noch weiter weg von Vinzenz, der stöhnend und sich windend am Boden lag. Seine Augenklappe war vom Kopf gerutscht, so dass sein zugewachsenes, linkes Auge zum Vorschein kam. »Er ist doch nichts, lass ihn, lass ihn einfach. Du bist mein Sohn, er ist nichts. Schau ihn dir an, auf dem einen Auge sieht er nix, und auf dem anderen ist er blind. Vom Verstand ist nicht mehr viel übrig, was er nicht schon im Alkohol ersäuft hätt. Ihm gehört nix, ihm bleibt nix. Lass ihn, lass ihn einfach in Ruhe.« Inzwischen hatte sie ihren Arm um ihn gelegt und ihn in Richtung Haus geschoben. Beschwörend und mit sanfter Stimme redete sie unermüdlich weiter auf ihn ein: »Komm, Georg, er weiß nicht, was er sagt. Lass ihn einfach stehen und komm mit mir …«

Vinzenz blieb noch eine ganze Weile im Gras liegen. Als die Dämmerung in der Nacht versank, rappelte er sich hoch und ließ sich vom Durst ins Wirtshaus weisen. Gekrümmt und mit Grasflecken an Hemd und Hose betrat er die Gaststube. »Was ist denn mit dir passiert?«, ging ihn der Wirt mehr belustigt als besorgt an. Mit einer Fingerbewegung gab Vinzenz erst eine Bierbestellung auf, ehe er sein Kinn aus dem feisten Hals hob: »Das ist das Schicksal aller Dicken, sie fallen um beim Blumenpflücken.« Alle lachten, und es wurde noch ein langer Abend.

6 Der Leichenschmaus

Obwohl die Kirchturmuhr gerade erst elf geschlagen hatte, brannte die Sonne bereits vom Himmel. Die Trauergesellschaft atmete auf, als sie den schattigen Lindengang erreichte, der an der Kirchhofsmauer entlang auf den Gasthof zulief, wo der Leichenschmaus angerichtet war. Die Männer zogen ihre Sakkos aus, lockerten die Krawatten, einige knöpften ihre Hemden auf, die Frauen entledigten sich ihrer dunklen Strickjacken. Alle tupften sich mit Stofftüchern den Schweiß von der Stirn. Niemand hatte Lust auf ein Gespräch, nur zwei Augenpaare warfen sich ständig verliebte Blicke zu.

Ursprünglich hatten die beiden in diesem Sommer, nach Gerlindes Abitur, ihre Beziehung offiziell machen wollen, aber dann durchkreuzte der Lkw-Unfall ihre Pläne. Georg schämte sich vor Josef und wollte einen günstigeren Zeitpunkt abwarten. Es sei besser, etwas Gras über die Sache wachsen zu lassen, in der Zwischenzeit werde er versuchen, sich mit Fleiß und Geschick zu rehabilitieren. Gerlinde fand das zwar übertrieben, denn Josef hatte auf den entstandenen Schaden gelassen reagiert, aber sie ließ Georg seinen Willen. Wahrscheinlich, dachte sie, geht es hier um Stolz und Ehre, ähnlich wie bei Schiller, den sie im Deutschunterricht gelesen hatten.

Aber mehr als der demolierte Laster machte Georg die jüngste Demütigung aus Vinzenz' Mund zu schaffen, der ihn Bastard und Flüchtlingsbub geschimpft hatte. Die alten Wunden, von denen er nach seiner Lehrzeit gedacht hatte, sie wären vernarbt, waren nun wieder aufgebrochen. Die Standpauke von Pfarrer Zuckerstätter fiel ihm plötzlich wieder ein, der ihn vor den anderen Kommunionkindern angeherrscht hatte, dass aller Samen, der, wie er, vom Unkraut fiele, ein Unheil für die Dorfgemeinschaft sei. Was immer das bedeuten mochte, für den Neunjährigen klangen die Worte damals wie ein Gottesurteil, und die Schelte des Geistlichen, brachial und wortgewaltig, spornte seine Mitschüler an. In der Folge wurde er deutlich öfter gegängelt, meistens weil er ein Flüchtlingskind, bisweilen auch, weil er unehelich zur Welt gekommen war. Andere hänselten ihn wegen seines Nazistiefvaters, und manchmal wurde er geschnitten, weil er durch Josef Privilegien erfuhr, der ihn etwa mit auf einen Ausflug nach München nahm oder ihm eben eine begehrte Lehrstelle vermittelte.

Durch die schlagartig einsetzenden Erinnerungen an diese Zeit bekam sein mühsam aufgebautes und nur scheinbar unanfechtbares Selbstbewusstsein wieder Risse. Vielleicht war ja doch was dran an Vinzenz' Gemeinheiten, ging es ihm durch den Kopf, vielleicht hatte er den Lkw in den Graben gefahren, weil er wegen seiner Herkunft nicht das Zeug dazu hatte, einen Betrieb zu führen. Vielleicht war er Gerlindes, die eine Hufnagel war und noch dazu Abitur hatte, gar nicht würdig. Da half es auch nicht viel, dass er von allen Seiten Lob und Zuspruch bekam: Georg war der Chef von fünf Mitarbeitern, die allesamt viel älter waren als er. Im Ort zog man den Hut vor ihm. Die unverbrüchliche Liebe seiner Mutter war ihm sicher, seine Freundin liebte und begehrte ihn, ihr Vater schätzte ihn, Herr König hatte ihn behandelt wie einen Sohn, und dennoch gab es diese quälende innere Stimme, die seine Eignung in Frage stellte. Die immer aufs Neue aufkeimende Unsicherheit kompensierte er mit Härte, Schwäche zuzugeben fiel ihm umso schwerer.

Die Stimmung der Trauergesellschaft blieb weiterhin gedämpft. Echte Trauer oder Anteilnahme suchte man vergebens. Am Grab selbst hatte niemand geweint, weder die Witwe noch der Bruder, noch der Stiefsohn. Beileidsbekundungen verkamen zu reinen Floskeln. Die drei gingen nun schweigend vorneweg, bis schließlich Josef seinen Arm um Georg legte: »Wegen dem Laster brauchst du dir nicht den Kopf zerbrechen, ich hab alles mit der Versicherung geklärt.« Georg verdrehte die Augen, das Thema war ihm peinlich. »In anderthalb Jahren wird dir der Betrieb überschrieben, ich will das nach wie vor so. Du leistest hervorragende Arbeit. Ich bin zwar oft nicht da, aber ich krieg das schon mit, ich krieg alles mit, und ich seh ja auch die Zahlen. So ein Unfall kann immer passieren, aber nur ein intelligenter Mensch lernt aus Fehlern, und ich weiß, du bist intelligent.« Während er das sagte, zog er Georg dicht an sich heran.

»Ich hab auch schon viele Pläne, wie man weiterkommt. Ich muss einen Fuß ins Baugewerbe kriegen, alles andere bringt nix.«

Josef gab ihm einen anerkennenden Klaps. »Solang du nichts überstürzt, ist mir alles recht.«

»Ich seh das auch so«, meldete sich Erna zu Wort, die neben Josef herging. »Du bist noch so jung, du brauchst überhaupt nix überstürzen. Aber heute solltet ihr nicht übers Geschäft reden, es ist immer noch eine Beisetzung, und auch der Vinzenz hatte eine Seele.«

Jetzt endlich hatten sie den Gasthof erreicht, der zwischen ein paar alten Kastanienbäumen lag. Josef hatte Vinzenz' Beerdigung ausgerichtet, und man konnte davon ausgehen, dass über die Hälfte der ohnehin nicht großen Trauergesellschaft allein seinetwegen gekommen war. Der Staatssekretär und ehemalige Landrat genoss hohes Ansehen in Eisenstein, für das ganze Waldgebiet war er sozusagen der Brückenkopf nach München – ein wichtiger Mann eben, nicht nur für Lokalpolitiker und Unternehmer, da konnte es nicht schaden, ihm zu kondolieren.

Für die Gremess hatte Josef den Huber Wirt ausgewählt, dort war es ordentlich, und man konnte in dem kleinen, gepflegten Biergarten unter den Kastanien sitzen. Vinzenz' Stammwirtschaft, der Asenbauer Wirt, war in den vergangenen Jahren zum schmuddeligen Säuferlokal verkommen, deshalb kam sie für Josef nicht in Frage. Hätte man Vinzenz allerdings eine adäquate letzte Reverenz erweisen wollen, dann hätte man das Totenbier dort einnehmen müssen. Beim Asenbauer wäre man auch auf den einen oder anderen gestoßen, der so etwas Ähnliches wie Betroffenheit über Vinzenz' Tod gezeigt hätte; aber diese Leute setzten wiederum keinen Fuß in den Huber Wirt.

Verteilt auf fünf runde Tische saßen die Trauergäste im Biergarten. Das Wetter war herrlich, nach Westen hatte man freien Blick auf den Großen Arber, zur anderen Seite hin konnte man weit nach Böhmen hinüberschauen. Vor dem Essen hielt Josef eine kurze Trauerrede, in der er vor allem auf Vinzenz' Kindheit und den Verlust des geliebten Bruders einging. Davon habe er sich nie wirklich erholt. Die Zeit vor 1914, betonte Josef, sei für die ganze Familie die schönste gewesen, das goldene Zeitalter der Sicherheit. Man dachte damals, dass der rasante technische Fortschritt auch einen moralischen Aufstieg zur Folge haben würde. Doch mit dem ersten Krieg änderte sich alles. »Der Mensch«, resümierte er, »ist ein unbekanntes Wesen. Was nach solchen Einbrüchen in ihm vorgeht und was sie aus ihm machen, weiß Gott allein.« Aus Vinzenz sei ein zerrissener Mensch geworden, einer, der zu Lebzeiten keinen Halt fand. Möge er ihn nun im Jenseits finden. In der Familiengruft hier in Eisenstein sei er wenigstens mit den Eltern wiedervereint. Am Schluss dankte er Erna, die seinem Bruder stets eine gute und verlässliche Ehefrau gewesen sei. Unerwähnt ließ er die Jahre unter den Nationalsozialisten sowie den Umstand, dass er, Josef, mit dem Tod des Vaters im Jahr 1935, also vor genau dreißig Jahren, das gesamte Vermögen überschrieben bekommen hatte, während Vinzenz nur den Pflichtteil erbte.

Nach der Rede wurden Weißwürste und Leberknödelsuppe serviert, dazu gab es frische Brezen und Kartoffelsalat. Später würde noch Kaffee und Kuchen aufgetischt werden. Alle ließen es sich schmecken, bis auf Erna, die keinen Appetit hatte. Als alle schon satt waren und plaudernd beisammenstanden, bat Josef Erna, doch ein wenig mit ihm spazieren zu gehen. »Ich frag mich die ganze Zeit«, fing er das Gespräch an, als sie außer Hörweite der anderen waren, »wie er nur an diese Tabletten gekommen ist.«

»Medikamente«, sagte sie, »von denen es heißt, dass sie die Stimmung heben und das Gemüt aufhellen, sind heute doch weit verbreitet unter den Leuten. Das wird bei euch Politikern nicht anders sein.«

»Ist das so?«

»Schaust du kein Fernsehen?«

»Du hättest wissen müssen, dass er keinen Alkohol trinken darf, wenn er das Zeug zur Beruhigung nimmt. Der Vinzenz hat aber eine Flasche Schnaps auf dem Nachtkästchen gehabt, halb ausgesoffen. Warum hast du das nicht mitgekriegt?«

»Ich war doch nicht seine Aufseherin.«

»Aber seine Frau!«

Erna blieb stehen, strich sich übers Haar und tastete nach ihrer Haarspange. »In letzter Zeit«, sagte sie ruhig, »wollte er nicht mehr recht teilhaben am Leben. Das ist die Wahrheit, Josef.«

»Und genau dagegen hättest du was tun müssen. Ein Hufnagel nimmt nicht einfach so nicht mehr teil am Leben!«

»Dann hast du aber entweder deinen Bruder nicht gekannt, oder du verkennst eure ganze Sippe«, antwortete sie mit unverhohlenem Spott. »Der Vinzenz ist untergegangen, weil du ihm nie was zugetraut hast. Ihm hat nie was gehört, und was er gehabt hat, hat er verloren.« Josef musste sich gehörig zusammenreißen, um nicht die Fassung zu verlieren.

»Ich«, sagte er mit mühsam unterdrückter Wut, »habe dich mit ihm zusammengebracht, damit du ihn stützt. Aber du hast versagt!«

»Nein, ich bin hier, damit der Georg ein festes Heim hat, damit du ihn sehen kannst, wann immer du willst! Allein das war der Grund. Damit dir dein Sohn nicht abhandenkommt! Und jetzt hör auf, mich zu verscheißern!«

Josef hasste Erna in diesem Moment, und doch hatte sie recht, vielmehr hasste er sie, *weil* sie recht hatte. Und gleichzeitig nötigte sie ihm Respekt ab, und das nicht zum ersten Mal. Wahrscheinlich wäre es besser gewesen, schoss es ihm durch den Kopf, wenn er sie damals zur Frau genommen hätte. Es war nicht klug gewesen, mit einer ständig kranken Frau Kinder zu kriegen. Treue hatte jedenfalls ihren Preis, und vielleicht war seiner zu hoch gewesen.

Schweigend trotteten die beiden zurück wie ein altes, ausgebranntes Liebespaar, vertraut in Zuneigung, Abscheu und Verrat. Kurz überlegte Josef noch, ob er Erna nicht in ein anderes Problem miteinbeziehen sollte, aber sie wirkte verschlossen und abweisend, also entschied er sich dafür, es auf seine Art, also im Alleingang, zu regeln.

Erna wandte den Kopf zur Sonne, vor ihrem inneren Auge zog sie noch einmal die Vorhänge zu. Auf dem Nachtkästchen lagen in zwei gleich langen Bahnen die Tabletten aufgereiht, genug, um einen Ochsen einzuschläfern. Zusätzlich hatte sie einen teuren Schnaps besorgt, einen Premium Bärwurz, von dem sie wusste, dass Vinzenz ihn mochte. Die kleine Tischlampe hüllte das Gedeck in einen warmen Lichtkegel. Unendlich müde legte sich Vinzenz ins Bett, in den zurückliegenden Tagen hatte er kein Auge zugetan, die Aufregung vor dem letzten Schlaf hatte ihn wach gehalten. Vorher waren beide beim Abendgottesdienst gewesen, so einträchtig nebeneinander wie noch nie. Vinzenz befand sich schon länger am toten Punkt, nun war die Grenze erreicht. Als er sich eine Woche vorher in dürren, aber unmissverständlichen Worten seiner Frau anvertraut hatte, sagte Erna: »Verlass dich darauf.« Danach machte sie sich auf den Weg zu Corin, sie erklärte ihr den Sachverhalt, worauf ihr die Freundin ohne zu zögern half, die entsprechenden Medikamente zu beschaffen. Erna und Vinzenz hatten sich auf einen Abend verständigt, von dem sie wussten, dass Georg nicht zu Hause sein würde. Ansonsten redeten sie kaum miteinander. Es genügte, was sich in ihren Blicken aussprach. Als Vinzenz die Steinflasche an den Mund führte, ging sie aus der Kammer und ließ ihn allein. Der scharf-süßliche Schnaps wärmte seine Kehle. Ein letzter Genuss, bevor er für immer die Augen schloss. Sein Selbstmord versöhnte Erna mit ihm. Am Morgen, als sie ins Zimmer kam, fand sie seinen leblosen Körper in Erbrochenem liegen. Sie setzte sich auf die Bettkante und fuhr mit der Hand über seine Beine. Ein paar Tränen liefen ihr übers Gesicht, dann stand sie auf und verständigte die Polizei. Die offizielle Todesursache lautete Herzversagen aufgrund von übermäßigem Alkoholkonsum. Dass er an einer Überdosis Valium- und Phanodorm-Tabletten gestorben war, wurde nach der

Autopsie auf Josefs Drängen hin unter den Tisch gekehrt. Sich totzusaufen war Schande genug.

Im Biergarten unter dem Schattendach der Kastanien sausten die Kellnerinnen hin und her, mit Bieren und Radlern auf dem Tablett. Die meisten Gäste waren noch da, viele hatten sich mittlerweile an einen anderen Tisch gesetzt und hielten mit diesen und jenen ein Schwätzchen. Auch Georg beteiligte sich an manchen Gesprächen, immer noch darauf bedacht, nicht zu nah an Gerlinde zu geraten.

Gerlindes Internatszeit war vorbei, es gab aber keinen Grund mehr für sie, ins Haus nach Freising zurückzukehren. Schon zu Beginn des letzten Schuljahres hatte sie sich in der Giebelstube des Herrenhauses, die früher den Dienstboten vorbehalten war, ein Zimmer eingerichtet. Sie nannte es ihr Atelier. Jedes zweite Wochenende kam sie mit dem Zug nach Eisenstein. Dort habe sie Ruhe und könne sich besser aufs Abitur vorbereiten, erklärte sie ihrem Vater. An jenen Wochenenden hatten sich Georg und Gerlinde stets getroffen, das Atelier wurde zu ihrem Liebesnest.

Zum Abitur hatte Gerlinde von Josef einen Kaltblüter, einen prächtigen Talerschimmel, geschenkt bekommen, der nun in der Gutsstallung untergebracht war. Bis sie das Studium der Tiermedizin an der Uni in München beginnen würde, hatte sie noch zwei Monate Zeit, die sie vor allem in Eisenstein verbringen wollte.

Gerade unterhielt sich Georg mit einem Zimmerermeister über die Vor- und Nachteile von Lohnschnitt, da stupste ihn Gerlinde von hinten an. Für einen kurzen Moment war sich Georg unsicher, ob er sich freuen oder teilnahmslos tun sollte, und glotzte sie mit brennenden Augen an. »Die zwei sind nicht da«, flüsterte sie ihm augenzwinkernd zu, dabei strich sie ihm unauffällig über den Arm. »Hörst du die Musik …?« Georg nickte. Von irgendwo aus dem Wirtshaus tönte ein Klavier, nicht gerade leise, aber man musste genau hinhören, um es wahrzunehmen. »Das ist Brahms, ein sehr schönes Stück.« Sie wiegte ihren Kopf zu der Melodie, und als wenig später eine der Bedienungen an den Tisch kam, fragte Gerlinde, wer denn da spielen würde. »Im ersten Stock haben wir Fremdenzimmer. In einem steht noch ein altes Klavier. Das sind Heimwehgäste.«

»Das sind was?«

»Heimwehgäste. Die nennt man wirklich so«, bekräftigte die Kellnerin, »die kommen zu uns und gehen wandern und schauen dann mit dem Fernstecher rüber in ihre alte Heimat.«

»Das wusste ich nicht.«

»Doch, doch. In dem Fall ist das eine ältere Frau aus Stuttgart, die spielt öfter auf dem Klavier.« Die Kellnerin, die in der Zwischenzeit ihr Tablett mit leeren Gläsern beladen hatte, eilte wieder davon.

Gerlinde setzte sich neben Georg. Sie nahm einen Schluck von seinem Bier, lauschte abwartend, bis sie schließlich zur Musik einsetzte: »Schwesterlein, Schwesterlein, wann gehn wir nach Haus? / Morgen wenn die Hahnen krähn, / Wolln wir nach Hause gehn, / Brüderlein, Brüderlein, dann gehn wir nach Haus.« Beim letzten Vers spannte sie ihre Nasenflügel an und formte die Lippen zu einem Schmollmund. Doch ehe er reagieren konnte, war sie genauso schnell wieder weg, wie sie gekommen war, und Georg schaute ihr verdattert hinterher. Als er den Kopf zurückwandte, sah er plötzlich in Josefs Gesicht, der ihm, in ein Gespräch mit dem Pfarrer vertieft, zulächelte. Etwas betreten hob Georg sein Glas. Verdammt nochmal, hoffentlich hatte der sie nicht beobachtet. Erna war auch wieder da, sie unterhielt sich mit Heidi, Gerlindes jüngerer Schwester, die mittlerweile auch schon fünfzehn war.

Ihre Arme schlenkerten beim Reden, ihre Beine waren lang und dünn, wie die einer Spinne. Komisch, dass die blond ist, dachte Georg. Ein bisschen jung, aber eigentlich auch ganz hübsch. Er drückte sich gegen die Stuhllehne, bis das Holz quietschte. Prompt genierte er sich für seinen Gedanken. Er fuhr sich über die Stirn, trank vom Bier und freute sich auf den Abend mit Gerlinde.

Breitbeinig und mit einem selbstsicheren Lächeln im Gesicht stand Josef im Biergarten und redete immer noch mit dem Pfarrer. Es war derselbe, der Georg zehn Jahre zuvor als ein Unheil für die Dorfgemeinschaft bezeichnet hatte. Gerade redete er sich in Rage, weil jemand behauptet habe, er hetze die Reichen gegen die Armen auf. Hiermit aber wolle er klarstellen, dass es für ihn keine Klassenunterschiede gebe, alles andere sei eine böswillige Unterstellung der Sozialdemokraten. Josef beteuerte, ihm jedes Wort zu glauben. Dann richtete der Pfarrer einen Appell an ihn. Die westliche Politik müsse alles unternehmen, um die Entwicklung der Wasserstoffbombe weiter voranzutreiben, nur so könne man sich den Angriffen des sozialistischen Atheismus erwehren. Josef gab ihm in der Sache völlig recht, während er ihm gedanklich jegliche Zurechnungsfähigkeit absprach. Bevor er weiterschlenderte, steckte er den beiden Ministranten, die schon die ganze Zeit über ungeduldig auf ihren Stühlen hin- und herrutschten, jeweils einen 20-Mark-Schein zu, worauf sie vor lauter Fassungslosigkeit kein Dankeswort mehr herausbrachten.

Josef war erleichtert, dass diese Beisetzung, abgesehen von der energischen Unterredung mit Erna, so reibungslos verlaufen war. Sein Wohlbefinden übertrug sich nun auch auf seine Gesprächspartner. Wo er auch stand, er war mitteilsam und strahlte eine aufmerksame Duldsamkeit aus. Die Menschen um ihn herum fühlten sich respektiert und geschmeichelt. Dabei hielt er nicht nur Zwiesprache mit den Lokalhonoratioren, er unterhielt sich mit den Sägewerksarbeitern genauso wie mit jenen alten Frauen, die in Eisenstein auf jede Beerdigung gingen, ganz egal, wer gestorben war. Man konnte es fast als Ironie des Schicksals bezeichnen, dass ausgerechnet Vinzenz' Leichenfeier zu einem Fest der Harmonie geriet.

Schließlich hockte sich Josef zu Georg. Mit einem kreisenden Finger bestellte er zwei frische Halbe. »Kein Bier mehr, mir reicht eins«, winkte Georg ab.

»Ich weiß, dass du ein disziplinierter Kerl bist. Das brauchst du mir nicht beweisen. Heute wird aber nicht mehr gearbeitet.« Vis-à-vis vom Biergarten, von wo man einen Blick auf das kleine Anwesen der Familie Zitzelsberger hatte, bog polternd ein Viehtransporter auf das Grundstück ein. »Na ja, manche arbeiten ständig«, sagte Georg und deutete mit dem Kopf zum gegenüberliegenden Hof.

»Aber du bist kein Bauer, sondern ein Unternehmer, und als solcher muss man auch die gesellschaftlichen Verpflichtungen ernst nehmen, dazu gehört der ständige Austausch … Aber das machst du ja eh.« Er machte eine Pause, in der er seine silbernen Manschettenknöpfe abnahm und beide Hemdsärmel zurückkrempelte. Seine Unterarme waren immer noch kräftig, wie die eines jungen Mannes. »Ich weiß, dass du es nicht immer leicht gehabt hast mit dem Vinz.«

»War nicht so schlimm.« Prompt hob Josef sein Glas an.

»Es ist vorbei, Georg. Trink, du hast es dir verdient.« Dann stießen sie an, beide nahmen einen kräftigen Schluck. Josef rückte näher an ihn heran. »Schau dir mal die Leute genau an … Jeder will auf seine Art vorwärtskommen, und jeder will auf seine Weise ankommen. Wenn du das weißt, kannst du sie leicht bedienen, ein gutes Wort hier, ein aufmunterndes da. So ist es in der Politik wie in der Wirtschaft. Bei den Hufnagels gibt's einen alten Familienspruch: ›Verschmähe keinen, vielleicht brauchst du ihn in der Not.‹ Verstehst, was ich mein?« Georg runzelte die Stirn.

»Aber ich bin nicht der Meinung«, gab er zu bedenken, »dass man die Leute oder die Geschäftspartner anlügen soll.«

»Das mein ich auch nicht. Aber die Mehrheit, Georg, spricht immer nur auf oberflächliche Töne an. Das musst du wissen. So kann man sich Vorteile verschaffen. Ohne zu lügen. Wer hört nicht gern Schmeicheleien?« Das ist wohl wahr, dachte Georg, auch wenn er nicht recht wusste, worauf sein Onkel hinauswollte. »Ich will dir nur ein paar Lebenstipps geben. Ich musste vieles selber lernen. Mein Vater war kein guter Geschäftsmann, in der Hinsicht war er nicht zu gebrauchen. Er war halt ein Naturmensch und musisch interessiert, fast so wie die Gerlinde.« Josef achtete darauf, ob die Erwähnung seiner Tochter irgendeine Reaktion in Georg hervorrufen würde. »Mein Vater hat die Philosophen gelesen, Nietzsche und so weiter. Das ist auch gut und richtig, ich weiß das im Alter mehr und mehr zu schätzen. Nur lebenspraktische Hilfestellungen waren nicht von ihm zu erwarten. ›Die einzige Schlussfolgerung ist der Tod‹, hat er gern gesagt, aber mit so einem Satz kann man als Junger nichts anfangen, und schon gar nicht kann man damit wirtschaften. Die aufkommenden Nazis hat er gehasst. Mit 71 ist er dann an Herzversagen gestorben.« Josef lauschte seinen eigenen Worten nach.

»Aber was ist dann für dich«, fragte Georg neugierig, »die richtige Schlussfolgerung?«

»Gute Frage.« In seiner typischen Manier fuhr sich Josef mit Daumen-, Mittel- und Zeigefinger über den Nasenrücken. »Ich denke, man muss im Leben nichts sehr gut können, aber man muss wissen, wie's geht. Und du musst lernen wollen. Egal, was du machst: Halte Ordnung, und die Ordnung hält dich.« Vom Nachbarhof drangen Laute herüber, Pferdegewieher, scheppernde Metallgeräusche, antreibende Männerstimmen.

Josef wusste, dass er selbst nicht immer Ordnung hielt, vor allem in einer Sache, die eben nicht *in Ordnung* war und die von Zeit zu Zeit sein Gewissen belastete. »Du bist ein guter Kerl«, sagte Josef und drückte Georgs Hand, dann stand er unvermittelt auf und warf einen Blick zum Zitzelsberger-Anwesen hinüber. Dort verlud man Pferde auf den Transporter. Dieser Bauernhof war der letzte im Ort, der noch mit Arbeitspferden gewirtschaftet hatte. Damit war nun Schluss, der Pferdestall wurde schon für den Traktor ausgemessen, »automatisch« hieß das Zauberwort, der Maschinenring machte es möglich. Josef setzte sich wieder, zufrieden, dass die Maßnahmen, die er mit auf den Weg gebracht hatte, nun endlich auch in seinem Dorf angekommen waren. »Man muss mit der Zeit gehen«, sagte er trocken.

Er nahm einen kräftigen Zug von seinem Bier. Ein Herumstehender nickte ihm anerkennend zu. »Daheim schmeckt's Bier einfach besser«, versetzte Josef mit einem Siegerlächeln. »Also, Georg, wann immer was ist mit dem Betrieb, dann sei versichert, dass ich dir mit Rat und Tat zur Seite stehe und dir stets unter die Arme greifen werd. Ich hoffe, das ist dir bewusst.«

»Ja, das weiß ich, und ich weiß das auch sehr zu schätzen.«

»Eine Sache noch wollt ich mit dir besprechen.« Josef klang plötzlich besorgt. »Die Gerlinde, ich hab euch vorhin beieinander gesehen – gefällt sie dir?« Georg spürte, wie sich seine Ohren röteten.

»Ja, schon«, sagte er verlegen.

»Gerlinde und du, das geht aber nicht, weil was soll sie denn auf einem Sägewerk? Die hat da nichts verloren, sie war auf dem Gymnasium, jetzt wird sie studieren … Das kann nur schiefgehen. Von der Anlage her seid ihr grundverschieden. Außerdem kennt ihr euch schon seit Kindestagen, ihr müsst euch doch weiterentwickeln.« Georgs Blick hatte sich verdunkelt, aus schwarzen Kratern stierte er Josef an. Der verfluchte sich, dass er das Thema nicht schon viel früher angesprochen hatte, schließlich wusste er seit zwei Monaten, dass zwischen den beiden was im Gange war. Benno, der Gutsverwalter, hatte es ihm erzählt, als er Georg eines Morgens aus dem Herrenhaus schleichen sah.

Josef fuhr sich mit der Hand über den Mund, der Junge tat ihm unendlich leid, aber es half nichts, er musste es durchziehen. »Versteh mich nicht falsch«, sagte er, »ich respektiere dich über alles, das weißt du. Aber die Gerlinde ist meine Tochter, und du bist … wie ein Sohn für mich, verstehst?«

»Nicht ganz«, bröckelte es aus Georg heraus. »Ich arbeite Tag und Nacht, ich tu alles, um mich weiterzuentwickeln … Ich versteh dich nicht …« Kopfschüttelnd saß er da, den Tränen nah, seinen Blick zu Boden gerichtet. Alle Worte und Laute um ihn herum verschwammen zu einem breiigen Wabern.

»Es ist doch nix gegen dich«, versuchte Josef zu beschwichtigen. »Ich wollte nur sagen, dass das nicht passt. Eine Beziehung zwischen euch beiden wäre zum Scheitern verurteilt.« Langsam hob Georg den Kopf, seine grauen Augen hatten sich nun zu zwei Schlitzen zusammengezogen. »Es ist, weil ich ein Bastard bin!« Es klang wie eine Kampfansage.

»Nein!«, rief Josef und riss seine Arme in die Höhe. »Das stimmt nicht«, fügte er in gedämpftem Ton hinzu, bemüht, die Eskalation einzufangen. Doch da war es schon zu spät, sämtliche Augenpaare richteten sich auf die beiden. Gerlinde kam an ihren Tisch. »Was ist denn los?«

»Nichts. Wir reden nur, wie's weitergeht.« Ihr Blick wanderte zu Georg.

255

»Das ist richtig«, sagte Georg kühl. »Wir reden nur, wie's weitergeht.«

Auf einmal hörte man einen Aufschrei, gefolgt von aufgebrachten Stimmen, Wehklagen und Hufeklappern. Die gesamte Aufmerksamkeit der Trauergesellschaft wandte sich dem Nachbarhof zu. Die Sitzenden sprangen auf, jeder wollte was sehen. Ein Raunen ging durch die Menge, einige riefen »Vorsicht!«, als ein Pferd über die Straße galoppiert kam, direkt auf den Biergarten zu. Ein Teil der Leute drängte nun zur großen Kastanie, die meisten liefen zum Wirtshaus. Das Pferd schnaubte energisch, warf seinen Kopf ein paarmal nach links und rechts, wurde aber auch langsamer. Der alte Gaul – ein ausgemergelter, fuchsfarbener Haflinger – machte schließlich vor dem Kuchenbuffet halt und begann davon zu naschen. Manche schlugen die Hände über dem Kopf zusammen und lachten. Ohne langes Federlesen ging Gerlinde auf das Tier zu. Um es nicht zu schrecken, zog sie einen kleinen Bogen, so dass sie sich von vorne auf es zubewegte. Begleitet von beruhigenden Lauten streichelte sie ihm über die Stirn, tätschelte seine geschwollenen Ganaschen. Sie mochte keine Minute bei dem Pferd gestanden haben, da stürzte der Viehfahrer aufs Gelände. »Festhalten, das Mistvieh!«, brüllte er und wirbelte in der Rohheit, die ihm sein Beruf abverlangte, einen Holzprügel durch die Luft. In der anderen Hand hielt er einen Strick. Mittlerweile hatte sich herumgesprochen, dass der Haflinger ausgeschlagen und den jungen Zitzelsberger verletzt hatte. Beklommenheit machte sich breit, allerlei kluge Kommentare waren zu hören, aber unterm Strich war man sich einig: »Erschießen und zum Abdecker.«

Gerlinde wusste, was dem Tier blühte. Die Arme um den Hals des Gauls geschlungen, entschied sie, ihn nicht mehr loszulassen. »Lassen Sie das Pferd in Frieden!«, schrie sie dem Viehfahrer entgegen. Belämmert blieb der stehen; unschlüssig, was nun zu tun sei, sah er sich der Lächerlichkeit preisgegeben. Dann war Josef zur Stelle, er richtete ein ruhiges Wort an den Viehfahrer, bat ihn, etwas zurückzutreten, dann ging er zu Gerlinde und redete auf sie ein. Schließlich ließ sie vom Pferd ab. Doch bevor nun der Viehfahrer dem Tier seinen Strick anlegen konnte, schlug ihm Gerlinde auf die Kruppe und jagte es mit Gebrüll davon. Sämtliche Gäste beobachteten den Vorgang mit offenem Mund. Und der stand ihnen immer noch offen, als sich Gerlinde wieder hinsetzte – in aller Seelenruhe, mit einer geradezu unerschütterlichen Gefasstheit.

Das alte, geschundene Pferd kam indessen nicht weit, es lief in den Wald Richtung Osten, bald stieß es nicht nur an seine eigenen Grenzen, sondern auch an eine aus Stacheldraht. Die Grenzer hatten Erbarmen mit ihm und knallten es ab. Statt zu Hundefutter wurde es zu einem Schmaus für die Raubvögel.

7 Auf der Burgruine

Gerlinde trat ein paar Schritte nach hinten, unter ihren Füßen knirschte der heiße Kies. Die Ruine flimmerte vor ihren Augen, als ob sie schwitzte. Aus dem rissigen Mauerwerk ragten blattlose Doldenstängel, die mit ein wenig Phantasie aussahen wie rostige Speere. Doch hier verteidigte kein Mensch mehr sein Refugium, die Natur holte sich stoisch zurück, was ihr einst gehört hatte. »Komm mit«, sagte Georg und fasste nach ihrer Hand.

»Ich war noch nie hier.«

»Ich schon oft, aber das ist lange her.« Hand in Hand gingen sie über den wüsten Platz auf den ehemaligen Burggraben zu, den man problemlos überqueren konnte, seit man ihn mit Abraum und Kriegsschutt aufgefüllt hatte. Die Senke trennte den äußeren Burghof von dem kleinen inneren. Drinnen war es vollkommen still. Efeu rankte sich das Gemäuer hinauf, der halbe Hofraum war vom ausladenden Geäst eines alten Nussbaums überdacht. Rings um den Stamm war eine Bank angebracht. Gerlinde wollte sich setzen. »Nicht hier, hier ist es zu stickig.« Georg zeigte auf eine gegenüberliegende Stelle, wo an einer Mauer ein Treppchen etwa zwei Meter nach oben führte. Sie stiegen die steilen Stufen hoch, die auf einen Wallgang führten, der früher die beiden nach Süden ausgerichteten Wehrtürme verbunden hatte. Ein Turm fehlte gänzlich, vom anderen war nur noch die Hälfte übrig, als hätte man ihn der Länge nach auseinandergeschnitten. Zwischen der offenen und der befestigten Seite verlief eine dicke, niedrige Feldsteinmauer, die nur einen halben Meter höher war als der Gang selbst. Darauf setzten sie sich und blickten im Schatten des Turmrelikts auf die Landschaft hinaus. Unmittelbar vor ihnen breiteten sich Wiesen und Weizenfelder aus, dahinter lagen als grob gezogene Schattenstriche bucklige Waldungen, zwischen denen die Kirchtürme der Dörfer wie rote Nadelspitzen aus dem Dunkel aufragten.

»Weißt du noch«, sinnierte Gerlinde, während sie in die Ferne blickte, »wo wir als Kinder auf einer Wiese so viel blühenden Löwenzahn gesehen haben, und du hast gesagt: ›Schau, da sind Löwen, die wollen uns beißen!‹ Dann sind wir losgelaufen, wie auf der Flucht, und haben nicht aufgehört, zu schreien. Nachher sind wir zusammengebrochen und haben uns gekugelt vor Lachen.« Georg schnaubte durch die Nase. »Ich weiß, das war schön.« Er schürzte die Lippen und seine Gesichtszüge wurden hart. Im Grunde genommen befanden sie sich wieder auf einer Art Flucht, nur dass es jetzt nichts zu lachen gab. Seit gestern war die Situation verworren, ihr Gemütszustand schwankte zwischen Wut und Verzweiflung.

»Dein Vater denkt, dass ich nicht gut genug für dich bin. Er meint es wirklich so, und ich weiß nicht, warum.« Gerlinde saß auf ihren Händen und wippte leicht mit dem Kopf, worauf ihr eine Strähne ins Gesicht glitt, die sie versuchte wegzupusten. »Ich kann mir immer noch nicht erklären«, fuhr Georg fort, »wie das sein kann. Ausgerechnet er!« Dabei warf er ihr einen unwirschen Blick zu, fast so, als wäre es auch ihre Schuld.

»Ich weiß nicht, ob es damit zu tun hat«, wiegelte Gerlinde ab, »ich glaube, er kommt einfach mit der Situation nicht zurecht, dass ich einen Freund haben könnt. Ich glaube, er hat Angst, dass er mich verliert … Vielleicht ist das so ein Vaterreflex, der mit dir gar nix zu tun hat.« Dieser Gedanke war Georg neu. Er strich ihr das Haar aus der Stirn.

»Meinst du wirklich?«, fragte er skeptisch.

»Warum nicht? Er hat ja nur mich und meine Schwester.«

»So ein Schmarrn, du wärst doch nicht verloren für ihn, wenn du bei mir wärst, im Gegenteil!«

»Aus seiner Sicht ist es vielleicht so.«

»Aber du bist doch kein Kind mehr, und irgendwann *muss* er dich freigeben.«

»Das ist auch nur eine Möglichkeit, die zweite ist, dass er dich prüfen will. Vielleicht will er erst sehen, dass das Sägewerk in guten Händen bei dir ist, bevor er mich in deine Hände geben will – so ungefähr. Vielleicht will er sichergehen, dass es mir an deiner Seite an nichts fehlen wird.«

Georg griff sich an die Stirn, irgendetwas an diesen Überlegungen schien ihm faul, denn Josef ließ doch kaum eine Gelegenheit aus, ihn zu loben und zu bestärken. Warum sollte nun ausgerechnet aus ihm ein doppelzüngiger Wachhund geworden sein, der seine Tochter von ihm fernhielt? Und das auch noch aus fragwürdigen pädagogischen Gründen … Es entstand eine Pause, die eine Schnake mit ihrem hell-monotonen Summen füllte. Georg wischte mit der Hand durch die Luft. Als er sie öffnete, klebte das zerquetschte Insekt auf seinem Daumenballen. »Hm«, grummelte er, »glaubst du wirklich, dein Vater traut mir nicht zu, dass ich es zu was bringe?«

»Doch, aber er will trotzdem immer und überall das Letzte aus einem herausholen. Für mich ist das ein schlüssiger Grund.« Da fiel Georg eine Bemerkung ein, die Josef ihm gegenüber vor einiger Zeit gemacht hatte.

»Er hat mal einen Ami erwähnt, den er nach dem Krieg kennengelernt hat, Bobela oder so, der hat ihm von den Indianern in Amerika erzählt, dass die Rituale haben, wo Buben in den Kreis der Männer aufgenommen werden, da geht's darum, dass die ihre innere Stärke beweisen müssen, und dafür werden sie drangsaliert und gequält. Die Indianer sagen, dass die Selbstbeherrschung die Grundlage aller Kraft ist. Und das hat mir dann dein Vater auch versucht einzuimpfen. ›Selbstbeherrschung‹, hat er gesagt, ›ist das A und O.‹ Vielleicht will er mich wirklich auf Herz und Nieren prüfen.«

Gelinde stutzte kurz, dann musste sie lachen. »Was, ausgerechnet er sagt das, wo er doch selber oft so unbeherrscht ist. Aber ich glaube, das ist der Schlüssel. Es *kann* nur so sein.« Erleichtert lehnte Gerlinde ihren Kopf an seine Schulter, denn selbstverständlich würde Georg die Prüfung bestehen, daran hatte sie nicht den geringsten Zweifel. An Georg nagte unterdessen weiter die Angst, dass er Josefs Erwartungen nicht entsprach. Tief in sich spürte er, dass es hier nicht um eine Initiationsprüfung ging. Aber er stand mit dem Rücken zur Wand, er hatte jetzt keine andere Möglichkeit, als sich den Arsch aufzureißen. »Von ihm lass ich mich nicht unterkriegen, dem werd ich's zeigen, keine einzige Stunde werde ich mehr schlafen. Ich werd mich zerreißen.« Schlagartig nahm ihn seine Wut wieder in Besitz.

»Ruhig«, sagte Gerlinde, »denk an die Selbstbeherrschung ...« Sie fasste ihm ins Haar, mit der anderen Hand streichelte sie ihm zärtlich übers Gesicht. »Mach dich nicht kaputt. Wenn ich nach Eisenstein komm, will ich was von dir haben.« Sie neigte ihren Kopf und drückte ihre Stirn gegen seine.

»Für dich«, flüsterte er, »würde ich alles aufgeben, ich würde auch in völliger Armut leben, das wär mir scheißegal.« Gerlinde schlang ihre Arme um ihn und zog ihn fest zu sich heran. »Wenn wir nicht zusammen sind, mal ich mir jeden Tag mit dir aus ... Ich liebe dich so sehr, ich würd sterben vor dir.« Georg wusste nicht, was er darauf sagen sollte. Er wusste auch gar nicht, wie sie das meinte, dieses Vor-dir-Sterben, ob zeitlich oder räumlich. Wahrscheinlich war es nicht wichtig, für ihn spielte der Tod überhaupt keine Rolle. Er wusste nur, dass er mit ihr für immer leben wollte. Er streichelte ihr über die Finger. »Du hast richtige Halbmonde auf den Fingernägeln. Nicht so Pranken wie ich.«

»Ich könnte mir keine schöneren Pranken vorstellen.«

»Hör zu«, sagte er plötzlich mit eindringlicher Stimme, »wenn das alles nichts bringt, dann schwör mir, dass wir es allein durchziehen.«

»Das schwör ich dir, aber ich bin mir sicher, dass er irgendwann einlenken wird. Und bis dahin halten wir uns geheim und verhalten uns unauffälliger als bisher.« Georg sah sie nachdenklich an, ehe er langsam nickte. Die Sonne stand mittlerweile nur noch eine Handbreit über dem in der Ferne liegenden Wald, es wurde Zeit, aufzubrechen. »Schau nicht so. Am liebsten würde ich dich jetzt mit Löwenzahn einreiben, damit du nicht mehr so ernst dreinblickst.« Prompt hellte sich sein Gesicht auf, und er fasste nach ihrer Hand, ließ sie aber gleich wieder los.

»Ich hab eine Idee, wir ritzen unsere Namen in den Stein.« Und bevor sie irgendwas darauf erwiderte, lief er schon zum Moped und holte einen Schraubenzieher aus der Satteltasche, mit dem sie ihre Anfangsbuchstaben ins Gemäuer des Innenhofs kratzten.

»GG – sieht aus wie Grundgesetz«, sagte Gerlinde scherzhaft. Georg zog noch einmal die Gravur nach.

»Das da wird bleiben im Stein, egal, was kommt. Du und ich, wie ein Naturgesetz.«

8 Schnee

Zerfranste Umrisse, zerfaserte Ränder, im Vordergrund überbelichtete, umgeworfene Eiben. Im Hintergrund ein See, vielleicht auch ein Schneefeld. Gerlinde saß auf einem Baumstamm und wartete auf Georg. Von Weitem schon sah er sie, er lief und lief, sie schien ihn aber nicht zu bemerken, also rief er ihr zu, schließlich schrie er. Allmählich kam er näher, allerdings nur schleppend. Jetzt erst merkte er, dass er in Tiefschnee watete. Seine Schneeschuhe hatte er anscheinend verloren, und je weiter er voranschritt, desto höher musste er die Beine heben, wie ein Hindernisläufer, der mit jeder neuen Hürde eine höhere zu überspringen hatte. Im Grunde aber sank er mit jedem Schritt tiefer. Er dachte, wenn er aufhörte, zu schreien, würde er Kräfte sparen. Gerlinde war unterdessen aufgestanden, unschlüssig blickte sie sich um, sie glaubte wohl nicht mehr, dass er noch komme. Sie durfte nicht gehen, er musste ihr unbedingt die Geschichte mit dem Hirsch erzählen. Sie würde stolz auf ihn sein, endlich würde er im richtigen Licht gesehen werden. Die Geschichte würde ihn todsicher retten. Er schrie lauter als vorhin, er brüllte um sein Leben, was ihn schlagartig erschöpfte, so dass aus seinem Mund nur unverständliche, immer leiser werdende Laute drangen. Dann sah er, wie Josef plötzlich ins Bild rückte und auf seine Tochter zuging. Gerlinde schien davon ungerührt, erzählte ihm aber umgehend, dass er, Georg, einen Hirsch vor dem Hungertod bewahrt habe. Sie wusste also davon. Doch schon nach den ersten Sätzen verzog Josef das Gesicht und meldete Zweifel an. Einem Rotwild widerfahre so etwas nicht. Georg wolle ihr wohl mit dem Hirsch einen Bären aufbinden, worauf er scheppernd lachte. Ein Wichtigtuer und Angeber sei er, wie sein Vater, den er gekannt habe, auch der hätte ständig Lügengeschichten verbreitet. Die Unterstellung machte ihn rasend. Er strampelte, schlug mit den Armen um sich, fletschte die Zähne, aber es nützte nichts, sein Protest fand keine Resonanz. Gerlinde hatte sich unterdessen bei Josef untergehakt und bei jedem Wort ihres Vaters genickt. Georg folgerte, dass zwischen ihm und den beiden eine Wand sein müsse, eine durchsichtige, jedoch schallabweisende Membran. Da beschloss er, zu weinen, erstens, um glaubhaft zu wirken, zweitens, um den Schnee mit Salzwasser wegzuschmelzen. Würde er wieder ungehindert laufen können, wäre er ohne Weiteres im Stande, die Wand zu durchbrechen und für Aufklärung zu sorgen. Dann versank er vollends im Schnee.

Nach dem turbulenten Sommer kam ein kurzer Herbst, auf den ein langer, strenger Winter folgte. Schon Anfang Dezember lagen die Temperaturen deutlich unter null Grad. Kurz nach Neujahr begann es dann unablässig zu schneien. Der Schnee produzierte ein Gemisch aus Weiß und Grau, aus Licht und Dämmerung und begrub unter immer höher werdenden Schichten alles unter sich. An den Gebäuden schien er hochzuwachsen, während an den Dächern glasige Eiszapfen zu wuchtigen Lanzen anschwollen. Aus dem Schnee formte der Wind Gebilde, die je nach Entfernung ihre Form zu verändern schienen. Man konnte Waldgeister oder Schwellenhüter in ihnen sehen, mehrköpfige Tiere oder jämmerlich verwachsene Kreaturen. Der Himmel brachte eine weiße Plage übers Land, die er mit vollen Händen ausstreute, ein fortdauerndes Flimmern und Wirbeln, ein alles verschlingendes Gestöber. Ab Mitte Januar wurde es richtig arg. Nicht nur der Mensch, auch das Wild versank bis zum Bauch und tiefer. Noch nie hatte man so viele Füchse im Dorf gesehen, noch nie so viele Rehe und Hasen auf der Straße. Selbst die Räumfahrzeuge kamen an manchen Tagen nicht hinterher, steckten fest oder blieben liegen. Nur mit größter Mühe konnten die Menschen ihre Behausungen verlassen. Die Schule fiel aus, genauso wie das Hochamt unter der Woche, das gesamte Wirtschaftsleben kam weitestgehend zum Erliegen. Für Tage konnte niemand aus dem Tal hinaus und niemand hinein, und so kam es zu einem Versorgungsengpass. Für die Kinder war der Nahrungsmangel etwas Neues, die Älteren fühlten sich an die Nachkriegszeit erinnert, während die ganz Alten bereits das Ende der Welt heraufkommen sahen. Denn selbst zu mittelalterlichen Pestzeiten, behaupteten sie, war der Sonntagsgottesdienst nicht ausgefallen. Der Grund für die aktuelle Absage war aber eher profaner Natur. Pfarrer Zuckerstätter war beim Schneeräumen ausgerutscht und hatte sich den Knöchel derart verstaucht, dass er nicht lange stehen konnte, und ein Ersatzpfarrer war bei dieser Wetterlage nicht heranzuschaffen.

Wahrscheinlich war Georg der einzige Mensch im Tal, dem die Lebensmittelknappheit egal war. Er arrangierte sich klaglos mit den Umständen und praktizierte eine Askese, die selbst seine Mutter verwunderte. Morgens und abends träufelte er Fleischextrakt in warmes Wasser und trank die Brühe, dazu kaute er eine dünne Scheibe Brot, tagsüber lutschte er einen Löffel Honig und aß eine Schale eingewecktes Obst. Es reichte, weil es reichen musste.

Georg verzehrte sich allein nach Gerlinde. Schon den Winter davor hatte er sie wenig gesehen, die Zugverbindungen waren unzuverlässig, und sie hatte die Befürchtung gehabt, es nicht rechtzeitig von Eisenstein zurück ins Internat zu schaffen. Einen Winter später waren sie näher aneinandergerückt, aber nun umso weiter voneinander entfernt. Gerlinde studierte jetzt Tiermedizin in München, und die beiden hatten vereinbart, sich von Oktober bis April nicht zu sehen. Mit dieser Maßnahme wollten sie in erster Linie vor Josef den Anschein erwecken, doch kein Interesse füreinander zu haben. Darüber hinaus wollte sich Gerlinde ins Studium einfinden, das sehr lernintensiv war, und am Ende des Wintersemesters standen ohnehin schon die ersten Prüfungen an.

Um dem jeweils anderen nah zu bleiben, hatten Georg und Gerlinde beschlossen, einander regelmäßig zu schreiben. Seit seiner Lehrzeit im Ruhrgebiet war Georg damit vertraut, den Kugelschreiber nicht nur für das Ausstellen von Rechnungen in die Hand zu nehmen, und nach den ersten Briefen legte er die Angst ab, sich falsch oder unzulänglich auszudrücken. Er nahm sich jetzt mehr Zeit, und durch den Abstand wuchs die Sehnsucht, ihr seine Gefühle in einer für ihn noch nie dagewesenen Offenheit mitzuteilen. Georgs Herz war immer noch zerrupft, also fasste er sich eins und vertraute ihr auch seine quälendsten Gedanken an, seine immer wiederkehrenden Befürchtungen, nicht zu genügen. Manchmal, schrieb er, habe er Angst, all seine Ziele zu verfehlen. Denn in mancher Hinsicht fühle er sich anderen unterlegen. Er sei nicht auf dem Gymnasium gewesen und könne kein Studium vorweisen, er sei unbelesen, beherrsche keine Fremdsprache und spiele noch nicht einmal ein Instrument. Seine Kenntnisse beschränkten sich lediglich auf die Holzwirtschaft. Zwar würde er Ehrgeiz und Lernbereitschaft mitbringen, doch sei er oft unsicher, ob diese Tugenden ihren Ansprüchen genügen würden. Ständig müsse man auf der Hut sein und Schwächen verbergen. Ihr aber könne er sie zeigen, ohne Zurückweisung befürchten zu müssen. Und allein das sei schon gewaltig und dafür würde er sie über alles lieben.

Gerlinde stimmte zu alldem einen heiteren bis beschwichtigenden Ton an. Er solle sich nicht den Kopf zerbrechen, ihr sei es wurscht, von wem er abstamme und woher er käme, sie wolle nur ihn, ohne Wenn und Aber, und damit sei alles gesagt. Außerdem habe er vergessen zu erwähnen, dass er sehr schön singen könne. Ferner brauche er sich überhaupt keine Sorgen zu machen, keiner der Studenten habe auch nur annähernd sein Format, das seien keine richtigen Männer, alles nur Schnösel ohne die geringste Spur von Sensibilität. Um seinem Gefühl von Unbelesenheit abzuhelfen, schickte sie ihm ein Buch, Stefan Zweigs »Sternstunden der Menschheit«, von dem sie überzeugt war, dass er es mögen würde. In ihrer Widmung schrieb sie, sie sei sich sicher, dass auch er noch Großes in seinem Leben erreichen werde. Damit dies aber in Erfüllung gehe, müsse er noch begreifen, dass hinter jedem erfolgreichen Mann eine starke Frau stehe. Dahinter hatte sie ein paar Herzen gemalt und ein lachendes Gesicht. Nachts im Bett las Georg dann im Buch, aber nie mehr als ein paar Seiten, damit er länger davon zehren konnte.

Schon beim ersten Tageslicht war Georg draußen und schaufelte, so gut es noch ging, den Weg vom Haus zur Straße frei. Es war der dritte Tag, an dem das Dorf von der Außenwelt abgeschnitten war. Bis auf das Schneeräumen und einige Wartungs- wie Reparaturarbeiten war er zur Tatenlosigkeit verdammt. Kein Brett konnte weggeschafft, kein Stamm herangekarrt werden. Anfänglich hatte er die erzwungene Ruhepause gehasst, allmählich aber breitete sich eine ungewohnte Gelassenheit in ihm aus. Noch am Vormittag machte sich Georg auf in den Wald, er sorgte sich um das Wild, das auch einen auszehrenden Kampf gegen die Schneemassen führte. Es gab entlegene Gebiete, wo sich kein Jäger mehr hinwagte. Wenn die Tiere keine Nahrung bekamen, richteten sie empfindliche Schälschäden an den Bäumen an oder verhungerten jämmerlich.

Georg hatte sich einen großen Rucksack umgeschnallt, der angefüllt war mit Heu, zudem waren seine Jackentaschen randvoll mit Eicheln und Bucheckern. Auch wenn das bisschen Futter nicht allzu viel bewirken würde, es auszustreuen war immer noch besser, als daheim zu sitzen und sich auszumalen, was hinter der Arberkette passierte.

Um nicht einzusinken, zog er seine Schneeschuhe an, zwei ovale, über einen Meter lange und mit Leder bezogene Holzrahmen. Dazu war er mit Gamaschen ausgestattet, die bis zu den Knien reichten, sowie mit zwei Schistecken. Dann stapfte er los. Georg hatte eine Futterkrippe im Visier, die sich in den höheren Lagen befand. Je weiter er nach oben gelangte, desto dichter wurde der Wald. Das spärlich gewordene Sonnenlicht flimmerte zwischen den Stämmen, als wäre es aus gelber Asche. Irgendwann war außer dem Knirschen des Schnees und seinem Atem kein Geräusch mehr zu hören. Kurz bevor er die Krippe erreichte, von der er bereits den Giebel und das Gestänge sah, bemerkte er etwa zwei, drei Meter vor sich eine zuckende Bewegung am Boden. Georg rieb sich die Augen. Was er eben noch für herumliegendes Geäst gehalten hatte, waren die Geweihstangen eines Hirschs, der nahezu komplett im Schnee eingesunken war. Georg stocherte mit einem Stecken in die Schneeschicht, aber es war ihm unmöglich, zum Boden vorzudringen. Offenbar war an dieser Stelle eine Senke im Waldboden, die dem Tier zum Verhängnis geworden war. Sachte bewegte er sich auf die unglückliche Kreatur zu. Als er nur noch eine Armlänge von ihm entfernt war, stellte er fest, dass es ein junger Rothirsch war. Sein mit Basthaut überzogenes Geweih war noch unverzweigt. Der Schnee stand ihm bis an die Tränengruben. Georg betrachtete seine scheuen, braunen Augen und staunte über die feinen Wimpern. So nah war er einem Tier in freier Wildbahn noch nie gekommen. Er spürte seine Angst, die sich nun in erschöpfter Regungslosigkeit ausdrückte, allein seine Nase pulsierte. Er hielt ihm einen Büschel Heu ans Maul, und das Tier schnappte tatsächlich danach und kaute. »Gut so«, lobte Georg. Dann fing er damit an, es auszugraben. Wie ein Archäologe, der eine Skulptur freilegt, arbeitete sich Georg vom Hals bis zum Rücken voran. Während der Prozedur gab er ihm immer wieder zu fressen. Peu à peu kam ein abgemagerter Hirsch zum Vorschein. Doch damit das Tier nicht von Neuem einsank, musste er es aus der Senke schleusen. Er hatte gesehen, dass der Schnee bei der Futterkrippe nur bis zur Barre stand, was bedeutete, dass sich der Hirsch spätestens ab dort wieder würde bewegen können. Es mochten vielleicht fünfzehn Meter sein. Und so stampfte er den Schnee Schritt für Schritt fest, so dass eine Art Korridor bis zur Krippe entstand.

Es ist nicht überliefert, was der Hirsch all die Zeit über fühlte, ob er sich schämte oder einfach nur erleichtert war. Fest stand jedenfalls, dass er die Rettung umstandslos annahm, denn Georgs Plan ging auf. Der junge Rothirsch schlich ihm nach, und sobald er wieder Boden unter seinen Hufen verspürte, schlug er einen eigenen Weg ein und verschwand im Dickicht, aber nicht ohne sich noch einmal nach seinem Retter umzudrehen. Und Georg war, als ob ihm das Tier zunickte, worauf er wie selbstverständlich die Hand hob.

Am Abend wollte Georg Gerlinde in einem Brief von dem ungewöhnlichen Erlebnis erzählen. Im Bett liegend, setzte er immer wieder neu an, suchte nach den passenden Worten und strich sie doch wieder durch. Ehe er auch nur einen tauglichen Satz aufs Papier brachte, fielen ihm die Augen zu und er schlief ein. Als er aufwachte, war es draußen noch dunkel. Sein letztes Traumbild zeigte Josef und Gerlinde, wie sie gemeinsam aus der Szenerie hinausschlenderten, und plötzlich zweifelte Georg an seinem Erlebnis mit dem Rothirsch. Eine tiefe Verunsicherung überkam ihn, so dass er sich vornahm, gleich bei Tagesanbruch zur Futterkrippe hochzustapfen. Dort müssten noch die Spuren seiner Rettungsaktion zu sehen sein. Aber nein, dachte er gleich darauf, es ist so geschehen! Georg richtete sich auf, er ballte seine Hände und rieb sich den Schlaf aus den Augen. Natürlich war es so passiert. Er hatte noch nie Probleme gehabt, Traum und Wirklichkeit auseinanderzuhalten, so auch jetzt nicht. Der Schnee, schloss er, war der Unruhestifter und verwirrte seine Sinne. So wie er im freien Gelände alles gleichmachte, verwischte er auch die äußeren und inneren Wahrnehmungen. Er schüttelte sich, sprang aus dem Bett und zog die Vorhänge auf, was er nun sah, war grandios: Es hatte aufgehört zu schneien.

9 Das Wohnheim

Die Plätze im Wohnheim waren heiß begehrt, denn die Stadt war rasant gewachsen, und billiger Wohnraum für Studenten war knapp. Die Einwohnerzahl hatte sich in gut zwanzig

Jahren, seit dem Ende des Krieges, auf 1,2 Millionen verdoppelt. Gerlinde hatte nicht einfach nur Glück gehabt; natürlich hatte ihr Vater nachgeholfen und dafür gesorgt, dass sie einen Platz in dem von ihr favorisierten Studentenwohnheim in der Nähe vom Englischen Garten bekommen hatte, sein Freund Jakob Blaschko war schließlich der Eigentümer der Immobilie. Die Tierärztliche Fakultät lag nur fünf Fahrradminuten davon entfernt, und Gerlinde sollte nicht unnötig lange durch die Stadt pendeln müssen, etwa von Freimann oder gar von Freising aus. Gleichwohl war Josef die aktuelle Studentengeneration suspekt, etliche Wohnheime galten als Brutstätten sozialistischer Weltanschauung, aber jede Generation gebar nun mal ihre eigenen Verirrten. Zu seiner Zeit war es nicht anders gewesen, jetzt musste er da eben durch als Vater und hoffen, dass seine Tochter den Irrlehren abhold blieb. Immerhin hatte sie sich für ein vernünftiges Fach eingeschrieben, das seiner Ansicht nach immun war gegen politische Ideologien, und dass Gerlinde ihr Leben Schritt für Schritt selber in die Hand nehmen wollte, gefiel Josef ebenfalls, sprach es doch für ihren Willen zur Selbständigkeit.

Gerlinde verdiente sich ein paar Mark als Hilfskraft am Institut für Tierphysiologie dazu, doch ohne Josefs finanzielle Unterstützung hätte sie sich so manches nicht leisten können, etwa das Pferd oder ab und zu einen Schiausflug in die Alpen. Außerdem brachte ihr Josef hin und wieder eine teure Handtasche oder andere modische Accessoires von einer Tagung in Hamburg oder Berlin mit. Für Gerlinde waren solche Geschenke eine Selbstverständlichkeit, und Josef spürte instinktiv, dass er sie mit derlei Zuwendungen an sie band und sie sich seiner sanften Lenkung kaum entziehen konnte oder wollte. Selbst die Liebelei mit Georg gehörte offenbar der Vergangenheit an, auch wenn sie beide nie darüber gesprochen hatten. Sie war eben sein Mädchen, und noch brauchte sie seine Führung, die sie aber am besten nicht wahrnehmen sollte, davon war er überzeugt.

Die Wohnanlage war überschaubar, fünf Häuser aus rotem Backstein, mit schlichten Satteldächern. Gerlinde wohnte im nördlichsten Gebäude, dem sogenannten Atriumhaus. Ein Zimmer, sechzehn Quadratmeter zum Schlafen und zum Lernen, es gab kleinere Buden im Haus. Am Anfang fühlte sie sich so einsam wie nie zuvor in ihrem Leben. Sie hatte eine Welt voller fremder und abgezirkelter Rituale betreten, auf die sie zunächst mit starker Verunsicherung reagierte. Erst nach und nach wurde es erträglich, sie stürzte sich ins Studium und bemühte sich, Verabredungen für die Abende zu finden. Nach etwa zwei Monaten, als sie die meisten Bewohner bereits kannte und einzuordnen wusste, kam sie auch besser mit der politisch aufgeladenen Gesprächskultur zurecht. In größeren Runden äußerte sich Gerlinde allerdings nur, wenn sie zu den Dingen einen emotionalen Zugang hatte oder wenn sie sich unmittelbar betroffen fühlte, wie vom unangenehm autoritären Lehrstil einiger Professoren, die aufgrund ihrer Nazivergangenheit immer mehr in die Schusslinie der Studentenschaft gerieten. Ansonsten überließ sie das Reden gerne den anderen. Nur beim Thema Bildungsgerechtigkeit und der Forderung nach freiem Zugang zu den Universitäten konnte sie sich ereifern. Es gab ihr zu denken, dass sich Georg für seine einfache Schulbildung vor ihr genierte. Viele der Theorie- und Strategiedebatten waren ihr hingegen zu hochgestochen, die Diskutanten kamen ihr genauso verbohrt und geltungssüchtig vor wie etliche Parteifreunde ihres Vaters, nur eben mit inhaltlich entgegengesetzten Positionen. Ihr könnt reden, was ihr wollt, dachte sie ein ums andere Mal, wenn sie die Leute vom SDS ihr unverständliches Zeug referieren hörte, denn nichts gedeiht wirklich ohne Liebe. Mit einem Lächeln auf den Lippen verzog sie sich dann auf ihr Zimmer, wo sie sich in ihre Bücher vergrub oder einen Brief an Georg aufsetzte.

Im April, noch während der Semesterferien, wollte Gerlinde ihren zwanzigsten Geburtstag mit einer kleinen Party feiern. Ein paar Kommilitonen, Gerda, eine Freundin aus Freisinger Kindheitstagen, sowie eine Handvoll Leute vom Wohnheim, mehr sollten es nicht sein, die Gerlinde in den Keller des Artriumhauses einlud, wo es eine Bar gab, Tische, Bänke, alles sehr einfach und bescheiden, aber völlig ausreichend, um Spaß zu haben. Natürlich sollte auch Georg dabei sein und endlich ihr neues Umfeld kennenlernen, in dem sie sich stetig wohler fühlte und deren Gesetzmäßigkeiten sie von Tag zu Tag besser durchschaute.

Georg reiste am Nachmittag mit dem Zug an, in Eisenstein gab er vor, in München einen möglichen Geschäftspartner treffen zu wollen, er werde wohl erst am nächsten Tag wiederkommen. Nachfragen gab es nicht. Nur Erna ahnte den wahren Grund seiner Reise, sagte aber nichts.

Um ein Haar hätte Georg Gerlinde nicht erkannt. Sie hatte ihre Locken glätten lassen, trug ein hellblaues Haarband, einen petrolfarbenen Minirock und einen neuen, schwarzen Mantel aus Schurwolle. Sie sah einfach hinreißend aus. Ihre Begrüßungsküsse waren stürmisch, sie wurden ihm allerdings schnell unbehaglich, ein seltsames Gefühl von Entblößung überkam ihn, denn noch nie zuvor hatte er eine Frau in der Öffentlichkeit geküsst. Zu Fuß machten sie sich auf den Weg zur Münchener Freiheit. Die Passanten hatten es eilig, waren geschäftig, das hektische Gewusel übertrug sich auch auf die beiden, und es war unklar, wer aufgeregter war, Gerlinde oder Georg. Sie schnatterte in einer Tour, während er überwiegend schwieg, und ehe er sich versah, fand er sich in der Herrenmodeabteilung von Hertie wieder und sah sich in einer teuren Blue Jeans vor einem Spiegel stehen. Gerlinde fand, er sehe prächtig darin aus, also kaufte sie ihm die Hose, die er gleich anbehalten sollte. Sie passe ihm viel besser als seine alte Bundfaltenhose. Als Georg den Preis sah, zeigte er erschrocken mit dem Finger auf das Schild. So viel Geld für Kleidung auszugeben, bestürzte ihn. Modisch war er sicherlich nicht auf der Höhe der Zeit, aber er wollte auf keinen Fall über seine Verhältnisse leben. Herrn Königs Kaufmanns-Abc hatte er immer noch im Kopf. Jeder muss das, was er für sich beansprucht, auch erarbeiten können. Er wollte nichts geschenkt bekommen, und außerdem: Woher hatte sie bloß so viel Geld? Aber Gerlinde bestand darauf, ihm die Jeans zu kaufen, als nachträgliches Geburtstagsgeschenk sozusagen. Sie habe gespart, behauptete sie, als Hilfskraft am Institut verdiene sie regelmäßig und auch ziemlich gut. Georg nickte wortlos, er hatte zwar seine Zweifel, wollte aber auch kein Theater machen. In Wirklichkeit hatte Gerlinde das Geld natürlich von Josef bekommen. Zusammen mit dem Mantel, den sie sich im selben Kaufhaus hatte aussuchen dürfen, war es ihr Geburtstagsgeschenk gewesen.

Gerlinde war richtig stolz auf Georg. Mit der neuen Jeans, dem abgetragenen Jackett und seinem Wanderrucksack, der an einem Träger über seiner Schulter baumelte, sah er lässig aus, fand sie, total scharf. Für sie war Geld nur ein schnödes Mittel für schöne Dinge, und letztlich war es gleich, woher es kam. Wenn sie es hatte, war sie großzügig und gab es aus, hatte sie keins, ging die Welt auch nicht unter. Zudem wollte sie kein Spießer sein, die größte Diffamierung in ihrer neuen Welt.

Gerlinde zeigte Georg das Wohnheim, stellte ihn Bewohnern vor, darüber hinaus gab es viel zu tun, der Partykeller musste noch vorbereitet werden, wirklich Zeit für sich hatten sie nicht, aber es war eben ihr Geburtstag, und Georg war ein-

273

fach froh, sie endlich wiederzusehen. Über die teure Jeans wollte er sich nicht länger den Kopf zerbrechen. Er blickte über den alten Baumbestand im Innenhof. Zwischen den Geländerstreben hing Wäsche, vor jedem Haus parkte ein kleiner Schwarm bunter Fahrräder. Es gefiel ihm hier, vielleicht war das Leben in der Stadt gar nicht so schlecht. Schließlich trudelten die ersten Gäste ein. Gerlinde strahlte übers ganze Gesicht, über jedes noch so kleine Geschenk freute sie sich wie eine Schneekönigin, noch mehr aber freute sie sich, dass Georg gut bei ihren Freundinnen ankam. Die zeigten sich beeindruckt, wenn er mit der ihm eigenen Bescheidenheit von seinem Betrieb erzählte, vom Arbeiten im Wald, vom Holzfällen und Anpflanzen. Und Georg, der nicht damit gerechnet hatte, dass seine Erzählungen auf Interesse stoßen würden, wurde immer unverkrampfter und selbstsicherer. In den Augen der jungen Frauen war er gewissenmaßen ein Exot aus dem Wald, eine Art kerniger Naturbursch. Seine Ernsthaftigkeit ließ ihn älter und reifer wirken als die meisten seines Alters, hinzu kam seine athletische Statur. Er übte eine Attraktivität auf sie aus, die ihm selbst am wenigsten bewusst war. Gleichwohl fühlte sich der im Flirten ungeübte Georg pudelwohl in der Runde, noch nie war er Hahn im Korb gewesen. Anders als im Waldgebiet fand er hier alle Mädchen sehr schön, und natürlich war seine Gerlinde die hübscheste, immer wieder griff er nach ihrer Hand und drückte sie.

Als die Musik lauter wurde, lockte der Beat die Leute auf die kleine Tanzfläche, und Georg hatte keine Scheu, mitzumachen. Alles fühlte sich leicht an, die fliegenden Haare, die wirbelnden Miniröcke, die Welt drehte sich schneller als sonst, eine neue Epoche kündigte sich an, und selbst wenn er kein Englisch verstand, so spürte er den Wandel der Zeit in der Musik. Die meisten Texte handelten von Aufbruch und davon, sich alter Zwänge zu entledigen: Day Tripper, These Boots Are Made For Walking, Keep On Running …

In der hinteren Ecke, allein an einem Tisch unter einem Plakat der Rolling Stones, das die fünf als die »härteste Band der Welt« anpries, saß Jean. Seine Staubwedelfrisur wies ihn eigentlich als das sechste Bandmitglied aus, ebenso sein ernster, fast grimmiger Blick, doch besah man ihn genauer, machte er einen eher verlorenen Eindruck, wie jemand, der noch nach seiner Band suchte, weshalb sein Alleinsein nicht wirklich selbstgewählt schien. Durch den Qualm seiner filterlosen Zigaretten stierte er zu den tanzenden Frauen, die an diesem Abend klar in der Überzahl waren. Wenn er sein Glas Rotwein zum Mund führte, spreizte er den kleinen Finger ab, dann konnte man auch seiner schwarz lackierten Nägel ansichtig werden. Georg hatte schon einiges intus, vor allem Bier und ein paar Schnäpse, als er auf den Hinterbänkler aufmerksam wurde, von dem Gerlinde erzählt hatte, dass sie ihn zwar nicht eingeladen hatte, er aber auch nicht stören würde, insofern ließ sie ihn mitfeiern. Georg sah dessen Einsamkeit sofort, sie weckte sein Mitgefühl, aber auch sein Interesse, also setzte er sich dazu und stieß mit ihm an. Jean trug eine lila-schwarz gestreifte Samtjacke, dazu ein schwarzes Hemd. Sein Gesicht, mit Dreitagebart und ausgeprägten Augenringen, hellte sich umgehend auf, als sich Georg zu ihm setzte. Jean war ein Einzelgänger, exzentrisch im Auftreten und dennoch auf eine gewisse Art scheu. Die wenigsten wussten, dass er Philosophie und Politikwissenschaften studierte, allerdings ließ er sich nur unregelmäßig an der Uni blicken. Er war ein klassischer Bummelstudent, wie man damals sagte, und hockte so lange auf allen möglichen Studentenpartys in der Stadt herum, bis er anständig blau war und sich mutig genug fühlte, ein Mädchen anzusprechen. Meistens war es

schon richtig spät und seine Auserwählte in der Regel sturz-
betrunken. Manchmal klappte es dann, die eine oder andere
abzuschleppen.

Nachdem sich Jean und Georg miteinander bekannt gemacht hatten, entwickelte sich rasch eine lebhafte Unterhaltung. »Aber was«, fragte Georg, »willst du denn machen,
wenn du zur Uni gehst, aber doch nicht hingehst?« Jean
machte Augen, als hätte er sich verhört, dann nahm er einen
tiefen Zug von seiner Zigarette und blies den Rauch seitlich
aus dem Mundwinkel. »Ich werde Regisseur oder Anarchist.
Dazwischen passt nix für mich.« Darauf grinste er und zog
wieder an seiner Kippe, diesmal stieß er den Rauch durch
die Nasenlöcher aus. In Georgs Ohren klang das ziemlich verrückt, aber Jean sagte es in einem so ruhigen Tonfall, als gäbe
es nichts Selbstverständlicheres. Dann unterbreitete er ihm,
dass er mit seinem Kumpel Rainer gerade einen Film plane,
in dem es um einen Stadtstreicher gehe, der eine Pistole findet und damit durch die Stadt zieht. »Was Nouvelle-Vague-
Mäßiges. Wie wir uns die Regie aufteilen, ist noch nicht ganz
klar, ich bin eher für die kollektivistische Variante.« Georg
wusste nicht, was er mit »Nouvelle Vague« und »Regie aufteilen« meinte, zeigte sich aber trotzdem beeindruckt. Er fand
den Kerl spannend und wollte in seiner unverblümt neugie-
rigen Art mehr über ihn wissen. »Und wie ist die Sache mit
dem Anarchisten zu verstehen? Das klingt ja richtig schräg,
ein bisschen nach Wildwest.«

Jean zog seine Augenbrauen zusammen, er fragte sich,
ob der Typ völlig verblödet sei oder ihn verschaukeln wolle.
»Okay«, sagte er forsch, »es ist so: Ich bin immer für Aktionen statt für akademische Laberei. Ich ordne mich nicht so
gern unter. Der gesamten Menschheit geht es besser, wenn jeder nach seiner individuellen Freiheit strebt und danach lebt.
Dadurch wird geistige Entfaltung erst möglich, und der Ka-

pitalismus wird überflüssig. Aber zuerst muss das Bewusstsein jedes Einzelnen revolutioniert werden. Verstehst du?« Georg, der mittlerweile gehörig einen sitzen hatte, nickte gelehrig. »In dem Zusammenhang«, fuhr Jean fort, »ist die Arbeiterkontrolle momentan das Wichtigste. Darüber hat Trotzki schon geschrieben. Und ich hab auch schon bei ein paar Aktionen mitgemacht.«

»Ja, genau«, brach es aus Georg heraus, während er seinen Zeigefinger in die Luft schwang, »Arbeiterkontrolle finde ich auch gut!« Allerdings hatte Georg, der den Namen Trotzki nicht wirklich einzuordnen wusste, weniger die ökonomische Doppelherrschaft und eine Arbeitsgemeinschaft der Klassen im Sinn, sondern war für eine schärfere Kontrolle der Arbeiter, die seiner Ansicht nach viel zu oft lustlos bei der Sache waren. Zu Beginn des Gesprächs hatte Georg Jean erzählt, dass er in einem Sägewerk arbeitete, in der lauten Musik war aber untergegangen, dass er das Werk auch leitete.

»Du musst deinen Betrieb«, forderte ihn Jean nun auf, »auch unter Arbeiterkontrolle setzen, zusammen mit den anderen müsst ihr dafür kämpfen.«

»Ja, aber mit wem soll ich denn kämpfen, ich bin allein …«

»Niemand ist allein.«

»Na gut, meine Mutter und Gerlindes Vater gibt es noch.«

»Was, ihr seid nur zu dritt?«

»Und dann noch fünf Arbeiter, wir sind ein kleiner Betrieb.« Jean stutzte, auch er war nicht mehr ganz nüchtern.

»Dann ist es ja noch leichter, den Betrieb lahmzulegen und eine Arbeiterkontrolle durchzusetzen.«

Georg kratzte sich am Kopf. »Warum denn lahmlegen?«, fragte er verständnislos. »Ich glaube, je größer ein Betrieb, umso mehr sind die Angestellten auf Zack. Das hab ich im Ruhrgebiet gesehen, wo ich gelernt hab.«

»Also, ich bin für überschaubare Kollektive«, wandte Jean ein. »Denn in einer Fabrik bist du nur ein kleines Rädchen. Monotone Arbeit, tagein, tagaus, nichts verschleißt den Menschen mehr. Das ganze Leben lang hunderttausend Schrauben drehen, Kolben ölen, Ketten auf Zahnräder spannen, und so Scheißzeug. Das ist die Hölle.«

»Immer noch besser als Arbeitslosigkeit.«

»Deswegen muss sich der Arbeiter doch selbst organisieren, seine Arbeit in die eigene Hand nehmen, anstatt sich von einer fremden abhängig zu machen. *Das* meine ich doch die ganze Zeit.« Georg schlug innerlich die Hände über dem Kopf zusammen. Der normale Arbeiter und sich selbst organisieren … Um Gottes willen! Er verdrehte die Augen, fuhr sich wie Josef mit Daumen, Zeige- und Mittelfinger über die Nase. Langsam dämmerte beiden, dass sie eventuell völlig aneinander vorbeigeredet hatten. »Na ja«, sagte Georg lapidar, »Bäume wachsen in die Richtung, wo sie Licht zum Leben haben, so wie wir. Wovon lebst du eigentlich?«

Eine Viertelstunde später saßen beide in Jeans Zimmer auf einem alten, zerfledderten Kanapee und rauchten einen Joint. »Mein kleiner Schokoladenhandel«, grinste Jean, »spült mir das nötige Kleingeld in die Kasse.« Das Zimmer hatte schwarze Wände, die Decke war dunkelrot gestrichen. Auf dem Boden, der übersät war mit Büchern und Klamotten, hatte Jean gleichmäßig an der Wandleiste entlang Kerzen verteilt, ein paar weitere auf dem Schreibtisch erhellten zusätzlich den Raum.

»Aber es ist schon gefährlich, oder? Wenn man dich erwischt, dann musst du ins Gefängnis, nicht wahr?« Für Georg war es das erste Mal, dass er Haschisch rauchte. Im Ruhrgebiet hätte er ein paarmal die Möglichkeit gehabt, mit den Italienern mitzurauchen, aber damals hatte er sich nicht getraut, irgendetwas zu tun, wofür man ihn hätte rausschmeißen können. Jetzt wollte er es einfach mal ausprobieren und testen, ob die Droge wirklich so grandios war wie ihr Ruf. Weil er kein Raucher war, musste er beim Inhalieren husten, davon abgesehen merkte er nach den ersten Zügen nichts, alles schien unverändert, nur der Mund wurde ihm trocken. Von einem speziellen Rauschgefühl keine Spur, vielleicht wollte ihn der Student auch verarschen oder sich wichtigmachen, aber das wäre dann auch egal. Es war nach wie vor interessant, mit ihm zu plaudern. »Wenn die Gesellschaft leben will«, dozierte Jean, »muss sie gefährlich leben. Für jeden Einzelnen gilt das genauso. Deswegen habe ich auch keine Angst, dass man mich erwischt.«

»Ist das wirklich so?«

»Wenn ich's dir sag.«

»Woher kommst du eigentlich?«

Jeans Augen blitzten diabolisch. »Aus'm Himmel.« Nach einem kurzen Moment schob er nach: »Meine Mutti hat immer gesagt, ich bin ein Engel.« Jetzt wurde Georg plötzlich klar, an wen ihn Jean die ganze Zeit über erinnert hatte: an Berle natürlich. Wie dieses Kerlchen dasaß, verschmitzt und verstiegen, die Haltung, die Körpersprache, das kam ihm alles vertraut vor. Aber Georg konnte ihn nicht wirklich ernst nehmen, und mochte auch alles seine Richtigkeit haben, was er da von sich gab, die Worte kamen ihm wie auswendig gelernte Psalmen vor, die mit jedem Schluck und jedem Zug ungezügelter aus ihm herausblubberten. Trotzdem empfand er eine große Empathie für den Studenten.

Gerade wollte Jean ihm weitere anarchistische Grundsätze beibringen, da fragte ihn Georg, ob er schnitzen könne. »Schnitzen?« Jean kniff die Augen zusammen.

»Ja, Muttergottesfiguren zum Beispiel.« Der Student war perplex. Er wischte sich ein paarmal über die hohe Stirn, das dunkelbraune, marokkanische Hasch hatte es in sich, brachte seine Gehirnwindungen ganz schön in Wallung, eine Lösung kam ihm trotzdem nicht in den Sinn.

»Sag halt«, hakte Georg nach, »kannst du schnitzen oder nicht?«

Fassungslos schüttelte Jean den Kopf. »Was willst du denn für einen Schwachsinn wissen?«

»Du erinnerst mich an einen Madonnenschnitzer, den hab ich gerngehabt, jetzt ist er tot, und wahrscheinlich bin ich nicht unschuldig daran.« Jean beäugte ihn misstrauisch, langsam fühlte er sich von dem dämlich glotzenden Provinzler komplett verschaukelt. Dieses Misstrauen wiederum erzeugte in Georg ein Gefühl der Beklemmung, und das Zimmer verengte sich mehr und mehr zu einer Gruft. Er spürte, wie es in seinen Fingern kribbelte, die Leichtigkeit von eben war mit einem Mal dahin. Seine Mundhöhle glich einer Wüste. Er schloss die Augen, und ihm war, als ob seine Zunge zu einem riesigen Wurm mutierte, der an trockenen Marmorfelsen nach Wasserreserven tastete.

»Alles in Ordnung?« Georg schüttelte langsam den Kopf, dabei wollte er eigentlich nur sagen, dass er unbedingt etwas zu trinken brauchte und nach frischer Luft verlangte. Jean verstand zumindest sein erstes Bedürfnis und reichte ihm eine angebrochene Flasche Cola. Kurz nachdem Georg davon getrunken hatte und gerade als er sein zweites Anliegen aussprechen wollte, begann sich alles entsetzlich schnell um ihn herum zu drehen, sein letzter Blick ging zur Decke, und er dachte, der Himmel würde bluten. Dann wurde ihm so schlecht, dass er sich an Ort und Stelle übergeben musste. Aber daran konnte er sich schon nicht mehr erinnern, ebenso wenig, wie er aus Jeans Zimmer in Gerlindes gelangt war, wo er am nächsten Morgen nackt und völlig zerstört in ihrem Bett aufwachte.

Für Jean hatte Georgs Zusammenbruch ein unangenehmes Nachspiel. Kiffen auf dem Zimmer war nicht gerne gesehen, vor der Heimleitung musste er sich aber auch der Verführung zum Drogenmissbrauch schuldig bekennen. Dadurch kam heraus, dass Jean entgegen der Hausordnung sein Zimmer mit schwarzer Farbe gestrichen hatte. Es stand also schlecht um ihn, und als Außenseiter hatte er nicht viele Fürsprecher. Kurzum: Ein Rauswurf war unabwendbar. Jean, der eigentlich Hans hieß, trug es mit Fassung. Es hatte vielleicht etwas Gutes. Denn nun war er gezwungen, sich für eine der beiden Alternativen zu entscheiden: aus- oder aufsteigen, dazwischen gab es nichts. Er war schließlich schon dreiundzwanzig, und es wurde höchste Zeit, seinen hehren Ansprüchen an sich selbst endlich Genüge zu tun.

10 Der letzte Sommer

Zwei Briefe aus den USA lagen vor Erna auf dem Tisch. Bevor sie den ersten, auf dessen Rückseite deutlich »Für Erna« stand, öffnete, hatte sie sich eigens dafür die Hände gewaschen, nun aber drehte sie erst einmal das Kuvert hin und her und befühlte das Material, das ihr feiner vorkam als hiesiges Briefpapier. Die vielen Stempel sowie die blau-weiß-rot umlaufenden Balken wiesen ihn als ein wertvolles Dokument aus. Noch nie hatte sie einen Brief von so weit weg erhalten. Und die Kennedy-Briefmarke, dachte Erna und lächelte gerührt, hat sie bestimmt draufgeklebt, weil sie weiß, dass er mir damals so leidgetan hat, der junge ermordete Präsident. Mit einem scharfen Messer machte sie sich schließlich daran, ihn vorsichtig zu öffnen. Dann setzte sie ihre Brille auf und begann zu lesen.

Vom Hauseingang her tönte plötzlich Georgs Stimme: »Ich fahr jetzt!«, rief er zweimal hintereinander. »Wart noch, komm bitte her, Corin hat geschrieben, aus Amerika.« Kurz darauf lehnte Georg am Küchenbuffet und hörte seiner Mutter beim Vorlesen zu: »… Unser Sohn heißt Tom, er ist gesund und munter. Vieles ist sehr anders, ich versteh auch nicht jedes Wort, aber Fred ist sehr bemüht, mir alles zu erleichtern.« Georg pressierte es, die ganze Zeit über hatte er schon ungeduldig mit dem Kopf gewackelt. »Das ist sehr interessant, Mama, aber ich muss …«

»Jetzt wart halt noch kurz, einen Absatz noch …«

»Na gut, aber du musst schneller lesen.« Erna räusperte sich und strich das Blatt glatt.

»Freds Familie hat mich gut aufgenommen, bei seinem Onkel kann ich sogar in einer Wäscherei aushilfsweise arbeiten, die ist in einer ruhigen, überschaubaren Gegend. Sonst ist New York immer noch wie ein riesiges Labyrinth für mich. Das alles macht mir Angst, wenn ich daran denke, dass Fred vielleicht nach Vietnam abkommandiert wird. Aber es bleibt mir nichts übrig, ich versuche, die Stellung zu halten, und hoffe, dass auch dieser Krieg bald zu Ende geht. Ich hoffe, Ihr seid wohlauf. Sag Deinem Georg auch liebe Grüße von mir. In herzlicher Verbundenheit, Deine Corin«. Beide wechselten einen langen Blick.

»Gut«, sagte Georg schließlich und streichelte seiner Mutter über den Rücken, »ich bin spät dran, ich muss nach Regensburg … Am frühen Abend bin ich wieder da.«

»Wart, ich mach dir noch was zu essen.«

»Lass gut sein.« Er drehte sich um, machte einen Schritt zur Tür, die Holzdielen knarzten unter seinem schweren Schuhwerk. Erna sprang auf, drängte sich an ihm vorbei und tunkte ihre Finger in das neben dem Türrahmen angebrachte Weihwasserbecken. »Jeder Mensch braucht einen Schutzengel«, sagte sie mahnend und besprenkelte sein Gesicht mit dem Wasser.

Ein paar Minuten später heulte der Motor des Lasters auf. Im letzten Jahr hatte Georg beharrlich daran gearbeitet, das kleine Sägewerk zu einem ernstzunehmenden Unternehmen auszubauen. Hierfür investierte er in eine neue Vollgattersäge und in eine Vierseithobelmaschine. Der Jahreseinschnitt sollte auf 20 000 Festmeter angehoben werden. Josef hatte sich seine Kalkulation angeschaut und bis auf ein paar unerhebliche Einwände alles umstandslos abgesegnet. Der Kredit, der für die Investition aufgenommen werden musste, lief schließlich über ihn. Über andere Dinge sprachen sie nicht, schon gar nicht über ihren Disput auf Vinzenz' Beerdigung. Beide gaben sich keine Blöße, gingen freundlich, aber distanziert miteinander um. Jeder deutete es für sich, wenn auch falsch. Während Josef davon ausging, dass sich die Sache mit Gerlinde erledigt hätte, dachte Georg, Josef wollte abwarten, ob sich die Investitionen rentieren und entsprechend Gewinn abwerfen würden. Er verstand die Situation sozusagen als letzte Prüfung. Und Josef wiederum schwor sich, Georg an dessen 21. Geburtstag die Wahrheit zu sagen. Dann wäre er volljährig, dann würde er den Betrieb überschrieben bekommen, Erbschaft und Schicksal, so dachte er nicht ohne selbstgefälliges Pathos, sollten sich die Hand reichen.

In den wenigen Stunden, in denen Erna nicht mit Arbeit eingedeckt war, hatte sie sich stets um Georgs Wohlergehen gekümmert: Sie pflegte ihn, als er Masern, Mumps und Windpocken hatte, sorgte dafür, dass er am Abend gewaschen ins Bett ging und an Feiertagen ordentlich angezogen war, achtete darauf, dass er seine Hausaufgaben erledigte, und fuhr regelmäßig mit ihm zum Zahnarzt, was damals auf dem Land eine Seltenheit war. Auch den fehlenden Vater versuchte

Erna ihrem Sohn bestmöglich zu ersetzen, vor allem war sie bestrebt, ihm beizubringen, dass alles, was ein Mensch tat, Konsequenzen hatte und jede Handlung mit einer gewissen Verantwortung verbunden war. Den Bettklopfer als Züchtigungsinstrument brauchte sie nicht, und auch der Watschenbaum fiel so gut wie nie um. Wenn Georg etwas anstellte, wurde er ausgeschimpft und gelegentlich mit Hausarrest bestraft, das reichte völlig aus, um ihm so manche Grenze aufzuzeigen. Ferner hatte sich Erna schon früh vorgenommen, sich von der Macht der anderen nicht dumm machen zu lassen. Ebenso wie von der eigenen Ohnmacht. Und auch diese von ihrer Mutter Maria gestiftete Mitgift, eine Art natürlicher Intelligenz, gab sie an ihren Sohn weiter.

Ernas Erziehung schien jedenfalls gefruchtet zu haben, denn aus Georg war ein optimistischer, aufrichtiger Mensch mit einem ausgeprägten Gerechtigkeitssinn geworden, selbst wenn er hin und wieder aufbrausend und abweisend sein konnte. Erna jedenfalls war sehr stolz auf ihren Sohn, und dass er wohlgeraten war, setzte die vielen Entbehrungen und Zugeständnisse, die sie hatte machen müssen, in ein versöhnliches Licht.

In den fünfziger Jahren, als es wirtschaftlich für einige Jahre schlecht um das Sägewerk stand, hatte sie ein Verhältnis mit einem Zeichenlehrer aus Viechtach, einem Witwer mit drei Kindern, aber sie beendete es, weil sie fürchtete, Georg würde durch eine neue Bindung ins Hintertreffen geraten. Eisenstein, so ihre damalige Überlegung, war das Beste für den Jungen, nicht zuletzt wegen der Erbschaft, die ihm in Aussicht gestellt war. Für den Lehrer allerdings empfand Erna weit mehr als Zuneigung. Aber auf die Liebe, das war ihr längst klar, war kein Verlass.

Mehrmals strich Erna gedankenverloren über den anderen Brief, der zwar an sie adressiert, aber für Corins Mutter bestimmt war. Schließlich ging sie in den Flur und nahm ihre Weste vom Garderobenhaken. Bislang war das Wetter wechselhaft gewesen, in den letzten Tagen hatte es sogar weiter abgekühlt. Die Luft war erfüllt vom Zwitschern der Erlenzeisige, dazwischen, wie als Protest gegen die tiefen Sommertemperaturen, hallte das harte Tschilpen eines Fichtenkreuzschnabels. Gerade als Erna aufs Fahrrad stieg, sah sie Gerlinde auf das Haus zukommen. »Ja, so eine Überraschung.« Ernas Stimme vibrierte, ihr war anzuhören, dass sie mit ihrer Nichte nicht gerechnet hatte. Die wirkte nervös, ein paar Haarsträhnen hingen ihr ins Gesicht. »Ist denn der Georg da?«

»Der ist gerade nach Regensburg, der kommt erst am Abend wieder.« Gerlinde schloss die Augen, mit den Fingerkuppen zog sie an der Haut zwischen den Brauen.

»Stimmt, richtig … Das hab ich vergessen.«

Erna schob das Fahrrad an ihr vorbei, hielt aber nach ein paar Metern nochmal an. »Ich muss zum Bahnhof. Hab Post von der Corin …«, und wie zur Beglaubigung zog sie den Umschlag heraus und hielt ihn kurz in die Höhe, »jetzt wollt ich zu ihrer Mutter nach Klingenbrunn, zur Gertraud, du kennst sie doch, oder, die Großtante deiner Mutter?« Während sie das sagte, fiel ihr zum ersten Mal auch die äußere Ähnlichkeit zwischen Gerlinde und Jutta auf. »Also, ich wollt ihr den Brief vorlesen, den sie mir für sie mitgeschickt hat … Sie tut sich so schwer mit dem Lesen, und sie hat keinen mehr …«

Gerlinde nickte mechanisch. »Ja, das versteh ich, das musst du tun«, sagte sie tonlos.

»Komm halt morgen wieder, morgen ist Sonntag, da hab ich auch Zeit.« Ohne Gerlindes Antwort abzuwarten, radelte sie davon.

Gerlinde setzte sich auf die Bank neben der Sägehalle und

atmete tief durch. Bis auf das Vogelgezwitscher war es ruhig, sie schien mutterseelenallein auf dem Gelände zu sein. An der Außenwand der Halle lehnte ein Reisigbesen, also griff sie danach und begann, Holzreste zusammenzukehren. Das Arbeiten beruhigte sie. Alles würde gut werden, alles würde sich fügen, schließlich liebte sie ihn, und er liebte sie. Und zusammen waren sie eins und bald zu dritt.

»Was machst du da?«, schallte es plötzlich über den Hof. Josef ging ein paar Schritte auf sie zu. »Wo sind die anderen?«

»Die sind alle weg.«

»Musst du nicht lernen?« Gerlinde schwieg, starrte ihm aber geradewegs in die Augen. In aller Ruhe legte sie den Besen weg.

»Und warum bist du hier?«

Josef hatte ein paar Tage frei, die Parlamentsferien hatten gerade begonnen. Er wollte seine große Tochter, die sich zum Lernen auf ihre Semesterprüfungen nach Eisenstein zurückgezogen hatte, überraschen und selbst ein paar Tage ausspannen. Nun war er der Überraschte. Ihm schwante nichts Gutes, zwischen seinen Augen bildete sich eine tief Furche. »Komm mit, ich muss mit dir reden.« Gerlinde schüttelte trotzig den Kopf. »Komm schon und mach kein Theater, du gehörst hier nicht her!« Sie verschränkte die Arme und verharrte regungslos. »Ich will einfach«, schlug Josef nun einen milderen Ton an, »dass du ein unbeschwertes Leben führen kannst. Hier«, und er breitete zögerlich seine Arme aus, »kannst du's nicht.«

»Was weißt du denn schon? Nichts weißt du!«, zischte sie ihn an. Sie setzte eine Pause, strich sich die Haare zurück. »Ich liebe ihn.«

Josef kniff die Augen zusammen, sein Gesicht wurde fahl. Das gehe nicht, stammelte er mehrmals hintereinander, weil es nicht möglich sei. Ausgeschlossen. Das Vogelgezwitscher schien immer schriller zu werden, die Sonne immer schwächer. Gerlindes Wut wich einer klammen Beunruhigung.

»Lass uns bitte gehen«, sagte Josef mit flacher Stimme. Mit einer Handbewegung unterstrich er seine Bitte. Gerlinde folgte ihm wortlos. Nach und nach spürte er, wie ein längst überwunden geglaubter Schmerz in sein Knie strahlte. Seine Prothese drückte entsetzlich. Auf einmal fing er wieder an zu humpeln. Fast den ganzen Weg vom Sägewerk bis zum Herrenhaus musste ihn Gerlinde stützen.

Im dämmrigen Salon, der seit einigen Jahren Wohnzimmer genannt wurde, brach das Fensterglas das Licht in viele kleine Sonnen. Immer von Neuem begannen sie zu kreisen, stießen gegeneinander und lösten sich auf. Josef hatte sich ein Bier aus dem Kühlschrank genommen, jetzt schnalzte der Bügelverschluss, gleich darauf nahm er einen langen Schluck direkt aus der Flasche. Gerlinde saß ihm auf einem Stuhl gegenüber. Den ganzen Weg über hatten die beiden kein Wort miteinander gewechselt, nun aber war es Zeit für die Wahrheit. Josef setzte die Flasche ab. »Der Georg … der Georg … ist dein Bruder«, quoll es schließlich aus ihm heraus.

»Mein Bruder …?« Sie schluckte trocken, ihr Atem stockte.

»Durch mich«, schob er fahrig hinterher. »Er ist ein Hufnagel, durch mich.« Mit Daumen, Zeige- und Mittelfinger fuhr er sich über den Nasenrücken, seine Augen flackerten.

»Aber Vater«, versetzte sie leise, während sich ein glasiger Schleier auf ihre Pupillen legte, »das kann doch nicht sein …« Er hob und senkte seine Achseln, ließ seinen Blick kreisen, bis er nach einer halben Ewigkeit Halt fand in ihrem Gesicht.

»Nach'm Krieg ging viel durcheinander. Deine Mutter war schwer krank, es hat den Anschein gehabt, sie überlebt die Zeit nicht. Und für eine kurze Zeit hat mir die Erna Trost gespendet. Wo der Krieg vorbei war, haben wir nicht gewusst, was aus uns wird.« Er stockte, nahm einen hastigen Schluck Bier. »Wir haben vereinbart, dass niemand was davon erfährt … Deine Mutter hat kurze Zeit später dich auf die Welt gebracht …«

»Du lügst!« Sie sprang auf, der Stuhl kippte und knallte zu Boden. Eine dumpfe Stille hielt Einzug. »Wieso sollte ich lügen?«, sagte er sanft, fast zärtlich. »Wenn er nicht mein Sohn wär, er wär der beste Mann für dich. Der ist wie ich, ehrgeizig und geradeaus. Vielleicht ein bisschen jähzornig, aber das bin ich auch, ein echter Hufnagel halt.«

»Du hast nie was gesagt, wieso hast du nichts gesagt!?«

Nun stand auch er auf. Als ob er nach etwas in der Luft zu greifen versuchte, krümmte er seine Finger. »Ich kann das nicht alles erklären … Ihr Kinder seid gewachsen, habt nebeneinander gespielt wie Geschwister … Erst wollt ich's deiner Mutter nicht sagen, später meinem Bruder nicht … Dann bin ich auch noch Landrat geworden, mit einem unehelichen Kind wird man das nicht. Damit das alles nicht irgendwann auffliegt, bin ich weggezogen, wir sind nach Freising … Es war doch nicht damit zu rechnen, dass ausgerechnet ihr zwei euch findet … Es tut mir so leid.« Jetzt bekam auch Josef feuchte Augen.

»Vater, du hast Blutschande auf dem Gewissen! Ich krieg ein Kind von ihm!« Scharf und schneidend hatte sie diese Worte ausgesprochen, in ihrem Gesicht zuckte nicht ein Muskel. Josef schlug die Hände vor den Mund, und mit einem Mal wurde ihm bewusst, dass er das Leben seiner Kinder zerstört hatte. Gottverdammte Feigheit, gottverdammte Rücksicht, dröhnte es in ihm. Nun galt zu retten, was es noch zu retten gab. »Du musst es wegmachen.« Er versuchte, sachlich zu bleiben, aber die Tränen liefen ihm über die Wangen, wie seit dem Tod seiner Frau nicht mehr.

»Ich wollt's ihm heute sagen«, schluchzte Gerlinde.

»Du darfst ihm nichts sagen, nichts«, flehte er sie an, »wenn Georg die Wahrheit erfährt … der bringt mich um. Er würde es nie verstehen …«

Gerlinde vergrub ihr Gesicht in beiden Händen, das Vaterunser dröhnte ihr unsinnigerweise in den Ohren, immer und immer wieder der Anfang des Gebets, zugleich war ihr, als stünde sie allein und weggesperrt in einem dunklen Verlies. Sie versuchte, aus dem Alptraum aufzuwachen, aber es gelang ihr nicht. Dann spürte sie einen leichten Druck auf ihrem Hinterkopf. Prompt schlug sie Josefs Hand aus ihrem Nacken. »Vater, was du getan hast, ist unverzeihlich!« Schluchzend fiel Josef vor ihr auf die Knie, in knechtischer Furcht umklammerte er ihre Beine, drückte sie an sich. »Bitte bleib bei mir, ich hab das nicht gewollt.« In dieser Haltung, wie miteinander verwachsen, verharrten die beiden minutenlang, bis sie das aufgebrachte Bellen eines Hundes aus ihrem tranceartigen Zustand riss. Erst jetzt lockerte Josef seinen Griff. Wenig später fuhr ein alter Ford Taunus auf den Hof. Es war der Messerschleifer, der über die Dörfer tingelte und seine Dienste anbot. Langsam rappelte sich Josef auf. Mit dem Ärmel seines Hemdes wischte er sich das Gesicht trocken, ehe er zur Tür ging. Dann machte er noch einmal kehrt, und wie von Sinnen warf er alle Scheren und Messer, die er in der Küche finden konnte, in eine Blechwanne und übergab sie dem verdutzten Schleifer, der vor der Haustür stand. Bevor dieser auch nur ein Wort sagen konnte, trug Josef ihm auf, erst nächste Woche mit den geschliffenen Klingen wiederaufzutauchen. Er steckte ihm 20 Mark in die Jackentasche und schickte den verdutzten Mann weiter. Als Josef wieder ins Wohnzimmer trat, saß Gerlinde auf dem Stuhl und starrte apathisch vor sich hin, in ihrer Hand hielt sie eine ausgetrunkene Flasche Bier.

Aus dem ersten Stock tönte Klaviermusik. Georg blickte gut gelaunt nach oben. Wahrscheinlich wieder die Frau aus Stuttgart, vor einem Jahr war sie auch da gewesen und hatte gespielt, an Vinzenz' Leichenfeier, und Gerlinde hatte mitgesungen. Dieses Mal kannte Georg das Lied, ein Schlager aus den Fünfzigern, »Glaube mir«. Er liebte die Melodie, konnte sich aber nicht mehr an den Text erinnern, also pfiff er nur leise mit. Die Leute hockten in der Gaststube, draußen war es ihnen zu frisch. Und so stand er nun allein und pfeifend im Biergarten vom Huber Wirt und wartete auf seine Liebste, die ihn hier treffen wollte, wie sie ihm vorhin kurz und knapp am Telefon mitgeteilt hatte.

Der letzte Akkord war gerade verklungen, als Gerlinde auftauchte. Sie kam allerdings nicht von der Straße, sondern von der anderen Seite, wo sie über den alten, morschen Holzzaun, der den Biergarten von einer Wiese abgrenzte, kletterte. Georg sah sofort, dass irgendwas mit ihr nicht stimmte. »Wo kommst du denn her?« Ohne darauf zu antworten, näherte sie sich ihm in einer scheuen, nahezu gebückten Haltung. »Was ist mit dir … Hast du was getrunken?«

»Und wenn schon, macht dich das jähzornig?« Sie verzog die Mundwinkel zu einer Grimasse. Georg versuchte, ruhig zu bleiben, sich unbesorgt zu geben.

»Was wollen wir machen, willst du drinnen was essen?«

»Bloß nicht, ich wollte dich nur abholen, lass uns spazieren gehen.« Sie stapfte voran, kletterte erneut über den Zaun, er hinterher. Schweigend stiegen sie über die Wiese den Abhang hoch und durchquerten ein dunkles Wäldchen. Schnell ahnte Georg, wohin sie wollte. Offenbar zur Lichtung an der Grafen-Quelle, von der man über die Baumwipfel hinweg auf das ausgebreitete Dorf blicken konnte. Nach einer Viertelstunde erreichten sie den Platz. Es war immer noch hell genug, um eine gute Aussicht zu haben. Insgeheim hatte Georg die ganze Zeit über gehofft, dass sie ihm was vorspielte, irgendeinen Bluff veranstaltete, vielleicht hatte es ja was zu feiern gegeben, und sie war deshalb betrunken. Aber Gerlinde lehnte nur schweigend an einem Granitfelsen und starrte mit leeren Augen ins Tal.

»Die Corin hat heute geschrieben, aus Amerika. Und im Radio hab ich vorhin gehört, dass es dort in den großen Städten zu Rassenkämpfen gekommen ist.«

»Nicht nur dort«, versetzte sie gallig.

»Ich versteh nicht …«

»Es gibt auch nichts zu verstehen. Ich wollte dir sagen, dass ich weggeh.« Ihre Stimme klang wie ein Reibeisen, kalt und ruppig.

»Aber du bist doch schon weg, du bist doch in München …« Gerlinde löste sich vom Stein, suchte Abstand.

»Ich muss ganz weg, ich werde alles ändern in meinem Leben.« Georg hob zwei-, dreimal seinen Kopf, als habe er erst jetzt verstanden, wovon sie sprach.

»Hör zu«, sagte er fast beschwörend, »wir können doch gemeinsam weg. Ich war heute in Regensburg, hab mich mit dem Pollersbeck getroffen, einem Bauunternehmer, wir haben uns sehr gut verstanden und haben abgemacht, dass ich ihn regelmäßig beliefern werd. Die bauen dort die Universität, das ist ein Riesenauftrag. Mir schwebt sogar eine Niederlassung in Regensburg vor. Wir könnten das zusammen schmeißen, du bist doch so gescheit, kannst dir in allem helfen …« Mit offenen Armen ging er auf sie zu, sie aber wich zurück zum Stein, wo sie ihre Hände fest gegen den Granit drückte.

»Deine kleinkarierten Aufsteigerphantasien interessieren mich nicht! Georg, begreifst du nicht, was ich meine?« Wie angewurzelt stand er da, beschämt, eine Rötung kroch ihm langsam den Hals hinauf.

»Ich liebe dich nicht mehr.« Sie neigte den Kopf und fing an, zu summen, es war die Melodie des Brahms-Liedes, das sie ihm vor einem Jahr noch ins Ohr gesungen hatte. Er versuchte sie zu umarmen, aber sie blockte ihn mit angezogenen Ellenbogen ab.

»Was ist denn los mit dir? Ich will dich doch, ich würd dich auf der Stelle heiraten …«

»Heiraten?« Gerlinde entfuhr ein läppisches Lachen, wie über einen abgedroschenen Witz, ein Anflug von Irrsinn lag in ihren Augen. »Warum willst du mich heiraten? Wenn ich du wär, ich würd mich nicht heiraten. Wenn ich ein Mann wär, ich nähm zu hundert Prozent eine andere Frau.«

»Dann will ich kein Mann sein«, brach es aus ihm heraus, »solang ich dich hab, ist mir alles recht.« Für eine Sekunde sah sie ihn verächtlich an.

»Du hast mich aber nicht, und was zwischen uns war, sollten wir vergessen.« Es klang wie ein Befehl. Eine tiefe Falte grub sich in ihre Stirn, und ihre Augen stießen wie blauer Stahl in ihn hinein.

»Bist du denn von allen guten Geistern verlassen …« Schweiß trat Georg ins Gesicht, seine Stimme zitterte.

»Leider, Georg. Kein einziger ist mehr in mir. Schau mich an, ich bin verrückt. Und wenn du mich nicht verlässt, verlass ich dich. Mein lieber Georg, wir passen nicht zusammen.« Innerlich mahnte sie sich, nicht zu weinen, nicht umzufallen, ihre Gefühle zu bändigen, also setzte sie ein blasiertes Lächeln auf. Jetzt wurde Georg endlich wütend, aus Leibeskräften schrie er sie an: »Hat dir dein Vater ins Gehirn geschissen, oder was wird hier gespielt?!«

»Nein, er hat damit nichts zu tun. Die Trennung ist auf meinem Mist gewachsen. Ich will es so! Der Himmel ist mein Zeuge, ich liebe dich nicht mehr. Unsere Liebe war ein Missverständnis!«

»Ein Missverständnis?«

»Nein, kein Missverständnis. Ein Irrtum, ein dummer Irrtum.« Kaum hatte sie den letzten Satz ausgesprochen, klatschte es. Die Ohrfeige warf ihren Kopf zur Seite, sie aber tat so, als wäre es bloß ein Tätscheln gewesen. »Du kannst fester zuschlagen, es wird dir nichts nutzen. Mein Entschluss steht fest.«

»Was ist denn passiert, seit dem letzten Mal?!«

»Nimm's einfach so, wie es ist. Die Geschichte kann man nicht zurückdrehen.«

»Hast du einen anderen?!«

»Ja«, sagte sie betont trocken und nickte hochmütig. »Ja, ich hab jemanden kennengelernt, einen feinen Mann mit Manieren und Klasse, nicht so einen grindigen Holzbauern, wie du einer bist.« Mit voller Wucht schlug Georg zu. Diese Ohrfeige schleuderte sie gut zwei Meter nach hinten. Mit aufgeplatzter Lippe und dem Abdruck seiner Pranke im Gesicht stand sie sofort wieder auf, angriffslustig und opferbereit zugleich. »Man kann keinen Bastard lieben, weil du nur die Sprache der Gewalt kennst, weil du dumm bist und roh.« Jetzt packte er sie an der Gurgel. »Bring mich um!«, röchelte sie mit geschlossenen Lidern, darauf wartend, dass er zudrückte. Er ließ ab von ihr.

Mittlerweile war es dunkel geworden, nicht ein Stern stand am Himmel. Georg konnte ihre Augen nicht sehen, er wähnte sich in einem Alptraum, aus dem er dringend aufwachen musste. Dafür drehte er sich auf dem Absatz um und ging weg, erst langsam, dann immer schneller, bis aus dem Gehen ein Laufen wurde. Als er außerhalb ihrer Sichtweite war, brach Gerlinde zusammen. Eingerollt wie eine Larve lag sie in dem kalten, steinigen Morast. Sie konnte nicht mehr weinen, stattdessen murmelte sie immer und immer wieder, wie ein Mantra, ein und denselben Satz: »Ich kann doch nichts dafür …« Währenddessen legte sich der Nachthimmel über sie wie ein Totentuch, dreiundvierzig Jahre vor ihrem tatsächlichen, viel zu frühen Tod.

In derselben Nacht setzte Georg einen Brief auf. Aber alle Versuche, das Geschehen zu rekapitulieren, mündeten nach ein paar Zeilen in lähmender Fassungslosigkeit. Zornig und ohnmächtig zerriss er Seite um Seite und begann immer wieder von Neuem. Schließlich besann er sich, vielleicht hatte sie von einer schrecklichen Krankheit erfahren und wollte aus diesem Grund mit ihm brechen, aus Angst, ihm eine Last zu sein. Vielleicht vertrug sie den Alkohol nicht – richtig betrunken hatte er sie ja noch nie erlebt. Sehr wahrscheinlich war sie durch eine höhere Instanz entschuldigt, denn dieser Mensch von vorhin, das war nicht Gerlinde. Winselnd entschuldigte er sich für die Schläge, nahm die Schuld für die Eskalation ganz auf sich. An manchen Stellen verwischten seine Tränen die Tinte zu einem Blau, von dem er dachte, es gliche ihren Augen, und er weinte daraufhin umso heftiger.

Auf einmal ging die Tür auf. Sein herzzerreißendes Schluchzen hatte Erna nicht schlafen lassen, es tat ihr richtiggehend weh in der Brust. Jetzt sah sie Georg am Schreibtisch kauern, im Licht der kleinen Stehlampe war er nur noch ein Schatten seiner selbst. Von hinten trat sie an ihn heran, ließ beide Arme über seine Schultern gleiten, drückte ihn an sich. Georg schmiegte sich an ihre Brust, eine Nähe, die er seit Kindheitstagen nicht mehr zugelassen hatte. Zwar hielt er mit einer Hand das Blatt bedeckt, nichtsdestotrotz konnte sie erkennen, dass der Brief an Gerlinde adressiert war. »Was immer auch passiert ist, sei nicht traurig. Die Zeit heilt Wunden.« Sie drückte ihn fester an sich, wie zum Schutz schloss sie ihre Arme vor seiner Brust. Ihr Kinn ruhte auf seinem Kopf. »Der Weg voran, Georg, führt auch einmal auf den Grund, mindestens einmal. Es wird noch viele Enttäuschungen in deinem

Leben geben, aber aus jeder wirst du gestärkt hervorgehen.«
Er hob und senkte die Schultern, Rotz und Wasser liefen ihm
die Wangen hinunter. »Ich hab mir immer geschworen, mich
in dieser Frage herauszuhalten, man soll sich nicht einmi-
schen, denn die Liebe fällt, wohin sie will, man kann sie nicht
lenken.« Sie streichelte ihm über den Kopf, fuhr mit ihren Fingern in sein dichtes Haar, bis ihre Hand darin verschwand. Dann machte sie einen Schritt zur Seite, so dass
sie ihm ins Gesicht blicken konnte. »Ich will dir trotzdem raten, lass die Finger von Gerlinde. Sie wird dein Leben kaputt-
machen, bevor es angefangen hat. Sie ist leidend, und sie ist
schwach. Und schwache Menschen sind nicht harmlos. Ihre
Schwäche ist ihre Stärke. Gerlinde gibt sich gern als Opfer,
und das erzeugt Schuldgefühle. Sie wird dich hinunterziehen
in ihre Dunkelheit. Ich wünsche mir aber, dass du lebst und
dass du strahlst. Die Zukunft gehört dir, weil du tüchtig bist
und weil du was kannst. Lauf ihr nicht nach, wer dich einmal
schlägt, haut auch ein zweites Mal zu.« Erna presste ihre Lippen aufeinander. Sein Blick verriet ihr, dass er ihre Worte verstanden hatte. Sie begannen bereits in ihm zu arbeiten.

IV. Buch (1973-1975)

1 Zur Krone

Mit festem Griff umschloss Lothar die Taille seines Weiß-
bierglases und nahm einen satten Schluck. Zufrieden drückte er sein breites Kreuz gegen die Rückenlehne, worauf das
Rattangeflecht knirschte.

»Mach meinen Barhocker nicht kaputt, du Rüpel!«

Prompt klappte der Angeschnauzte seinen Oberkörper
vor. »'tschuldigung.« Konrad grinste, dann nahm er ein Heft-
chen samt Kugelschreiber aus einer Schublade hinterm Tresen. »Erster Juni, Hochzeit Lothar … Wie ist eigentlich dein
Nachname?«

Lothar riss seine lustigen Äuglein auf. »Lechner. El, el, Lothar Lechner«, sagte er mit schnalzendem Zungenschlag.

Konrad wedelte schlaff mit einer Hand. »Schon gut. Wenn
du mir vor Weihnachten das Aufgebot bringst, mach ich dir
noch dieses Jahr eine saubere Kalkulation.«

Lothar kratzte sich im Nacken, spitzte seinen Mund zu
einem kleinen O. »Das kriegen wir hin«, sagte er schließlich
nach kurzem Überlegen.

»Wunderbar.« Konrad servierte seinem letzten Gast ein
frisches Hefe. »Geht aufs Haus.« Er hatte es nicht eilig, zuzu-
sperren, Gläser mussten noch gespült, die Ausschanktheke
geputzt werden, währenddessen etwas Gesellschaft zu haben,
war nicht verkehrt. Er steckte sich eine Mokri an. »Und jetzt
erzähl mal, was bist du überhaupt für einer? Weiß ja nur ein
paar Brocken von dir. Aus'm Ruhrpott kommst, seit Kurzem
bist bei BMW in Dingolfing, und jetzt willst eine Hiesige heiraten. Das geht ja Schlag auf Schlag.«

»Na ja, manchmal geht's eben schnell, was soll ich sagen.«
Lothar zog die Achseln hoch, schlürfte vom Bier.

»Und Weißbier saufst wie Muttermilch, als ob du einer
von uns wärst.«

Hastig strich sich Lothar den Schaum von der Lippe.
»Bin ich auch, in gewisser Weise. Mein Großvater kommt
aus der Region, ein bisschen weiter östlich, Bayerische-Wald-
Gegend. Der ist um die Jahrhundertwende ins Revier ausgewandert. Wir wissen nicht so viel über ihn, er ist im Ersten
Weltkrieg gefallen, hat aber vorher noch meinen Vater und
meine Tante gezeugt. Andreas Lechner. Jetzt ist sein Enkel
wieder zurück nach Bayern, so einfach ist das.«

Konrad unterbrach das Gläserpolieren. »Na, dann hast du
ja Steinbeißerknochen in dir, nicht nur Eisenkocherblut.«
Behände goss er zwei Obstler ein. »Auf deinen Opa. In Bayern sagen wir Anderl zu Andreas.« Sie kippten die Schnäpse
auf ex. Mit einer wischenden Handbewegung sammelte Konrad die Gläser auf. »Und jetzt zu dir, lass dir nicht alles aus
der Nase ziehen.«

Lothar war ein Arbeiter, wie er im Buche stand, zupa-
ckend und um keinen zotigen Spruch verlegen, aber er wusste auch genau, wann es Zeit war, die Klappe zu halten. Seine
Stärke bestand im Zuhören. Jetzt allerdings war er gefordert,
über sich zu sprechen. Na schön, dachte er, endlich mal einer
von diesen verstockten Bayern, der fragt. Dann zog er seine
Augenbrauen zusammen, er räusperte sich zwei-, dreimal,
wie es wichtige Persönlichkeiten vor einer Ansprache tun.
Lothar erzählte von seiner Kindheit mit zwei Geschwistern,
von denen er das jüngste war. Der Vater ein wortkarger Kriegs-
veteran, später Kumpel auf der Zeche Ewald in Herten, die
Mutter Frisöse. Bergarbeitersiedlung, ärmliche, beengte Wohn-
verhältnisse, viel Chaos und Gezänk. Nach der Hauptschu-
le immerhin die Fachoberschule gemacht, dann eine Lehre
als Stahlbauschlosser angefangen, die Bergbaukrise miterlebt, später Konti-Arbeit, wo es einem den Rhythmus ständig
durcheinanderwarf. Eins-a-Zusammenhalt, aber auch viel
Mist erlebt, viel Scheiß gebaut. Mit Rita, seiner ersten Freun-

din, nach Duisburg gezogen, an der Emscher auf der Thyssen Zeche in der Kokerei malocht. Wenig Einkommen, stattdessen Blutsaugermieten, Ratten im Flur, Giftwolken am Himmel. Wegen dem Dreck ständig Bronchitis, zu essen nur Fleischwurst und Konservenfraß.

Lothars Rede klang nicht larmoyant, es war vielmehr ein um Genauigkeit bemühter Bericht. Gleichwohl schien es, als durchlebte er die Strapazen aufs Neue. Immer wieder fuhr er sich durchs Haar. Wenn er ein Wort suchte, rieb er seine Hände gegeneinander. Unterbrochen wurde er nur von sich selbst, als er noch ein Weißbier bestellte, sowie einmal von Konrad, der mit einem Faustschlag eine Ameise erledigte, die gerade arglos über den Tresen marschierte.

»Wo die Scheißviecher immer herkommen.« Genervt zupfte er sich den schwarzen Punkt von der Handkante.

»Versteh mich nicht falsch, es gibt sicher schlechtere Leben, es gibt Leute, die haben gar nix zu fressen, aber was ist schon ein Leben ohne Lebensgefühl?«

»Ich versteh schon.«

»Irgendwann ging's dann mit Rita auseinander, weil ich mit ihr nichts wie gestritten hab, nichtsdestotrotz nochmal zusammen, nochmal das gleiche Programm. Bis es endlich aus war vor einem Jahr. Ich hab geheult wie ein Schlosshund, gesoffen wie ein Esel, weil, jetzt kam auch raus, dass sie mich nach Strich und Faden beschissen hat. Eigentlich wollte ich das Abendgymnasium machen, doch dann im Frühjahr auf einmal die Anzeige in der WAZ, hab ich gleich die Lauscher aufgestellt.« Um Konrad zu verdeutlichen, wie ihn die Annonce angesprungen hatte, hob er seine Hand und stanzte die Textblöcke mit zackigen Bewegungen in die Luft: »»Du lebst nur einmal, Jupp! / Darum raus aus Ruß-Land. / Komm nach Bayern. / Nach Dingolfing. / Zu BMW.‹« Er hielt eine Sekunde lang inne, kratzte sich an der Schläfe. »Hab dann gleich den Atlas rausgeholt. Schön im Grünen *und* Industrie, wo gibt's denn das ... Acht Wochen später bin ich nach Landshut gezogen. Hier ums Eck, Dreifaltigkeitsplatz. Und in der ›Krone‹ hab ich mein Wohnzimmer gefunden.«

Warum das Gasthaus »Zur Krone« hieß, wusste niemand so genau. Manche meinten, es hätte mit der »Landshuter Hochzeit« zu tun. Quasi in Anlehnung an die prunkvolle Eheschließung zwischen Herzog Georg und Hedwig, der Tochter des polnischen Königs, im 15. Jahrhundert, ein Bündnis gegen die Macht der Osmanen. Konrad dagegen, der das Lokal seit etlichen Jahren führte, war der Meinung, dass die Leute es nie nüchtern verließen, beim Gehen hätten sie stets »einen in der Krone«. Auch das eine plausible Erklärung, aber um derlei Details ging es ohnehin selten, eher schon um Welt- oder Lokalpolitik. Die Stammgäste nannten die schmuddelige Boazn schlicht »Zum Kone«.

Man konnte Konrad alias Kone nicht unbedingt als erfolgreichen Kneipier bezeichnen, sein Wirtshaus war weder eine Goldgrube noch ein Schmuckkästchen, aber es lief auch so nicht schlecht, die Pacht war günstig und der Zapfhahn beständig im Fluss. Das Hauptklientel bestand aus Arbeitern, eine Halbe Bier kostete nicht viel, und wenn zwei zu viel davon erwischten und sich in die Haare kriegten, ging Konrad rigoros dazwischen. Meist glückte ihm eine schnelle Schlichtung, er scheute sich aber auch nicht davor, die Streithähne rauszuschmeißen, und seine Kompromisslosigkeit brachte ihm Respekt ein. Dann raunte man sich mit vorgerecktem Kinn zu, dass der Kone wieder hatte durchgreifen müssen. Niemand wusste, dass er an den Folgen einer aufkommenden Schrumpfniere litt. Sein angegrautes Haar war struppig geworden, sein Gesicht bekam schleichend katatonische Züge, was seinen ohnehin oft herben Worten eine Schonungslosigkeit verlieh, die er gar nicht beabsichtigte. Gemeinhin aber galt er als gute Haut, was sich unter anderem daran zeigte, dass er viele Gäste anschreiben ließ, auch diejenigen, bei denen absehbar war, dass sie ihren Deckel nie vollständig bezahlen würden. Die entsprechenden Kandidaten hielten ihm dann beim Abkassieren ihren aufgeklappten Geldbeutel hin, aus dem er sich das Kleingeld fischte. In der Regel nahm er ein paar Münzen – gerade so viele, dass sie am nächsten Tag noch ein Auskommen hatten – und verrechnete sie mit ihren Schulden. Eine flüssige Bank, der Kone, nur ohne Zinsen, kommentierten ein paar Witzbolde. Aber das war ihm wurscht, im Gegensatz zu ihnen war ihm bewusst, dass er nicht endlos leben würde.

Die Wanduhr über dem Türrahmen mit den verschnörkelt geschwungenen Ziffern streckte ihre Zeiger in entgegengesetzte Richtungen. Um das olivgrüne Keramikgehäuse rankte rotglitzerndes Gestrüpp. Lothar kniff ein Auge zu, um seinen Blick zu schärfen. Doch schon so spät. Er hatte auf halb elf spekuliert, die Uhr aber markierte unmissverständlich eine Stunde später. Dabei wollte er eigentlich noch bei seiner Liebsten vorbeischauen; ein kleiner Interessenkonflikt bahnte sich in ihm an. Er schwang sich mit dem Drehhocker wieder vor sein Bier.

»Jetzt weiß ich aber immer noch nicht«, störte Konrad seinen Gedankengang, »wie man als frisch Zugereister einen so schweren Eindruck auf unsere Weiber macht. Oder hast du dir ein Aschenputtel angelacht …« Er zwinkerte ihm zu, grinste verschmitzt, doch Lothar verstand keinen Spaß.

»Ne«, verneinte er trocken, »auf keinen Fall. Ich hab da ein Dornröschen wachgeküsst, die ihr Eingeborenen allesamt übersehen habt, weil ihr entweder zu blöd seid oder zu blind – zu meinem Glück.« Verdattert schob Konrad die Unterlippe nach vorne.

»Jetzt bin ich aber neugierig.« Lothar knautschte seinen

Schlapphut, der auf dem Nebenhocker thronte. Eine echte Liebesgeschichte habe sich da entwickelt, sagte er mit rührseliger Stimme. Schon kurz nach seiner Ankunft in Landshut habe er Gerlinde kennengelernt. Als Nachbarin, ein Haus weiter, sei sie ihm sofort aufgefallen, ein paarmal kreuzten sich ihre Wege auf der Straße. Da habe er sie einfach angesprochen. Anfänglich habe sie sich noch geziert, er aber blieb hartnäckig. Auf eine erste Verabredung in einem Café folgte eine zweite, dann gingen sie abends aus. Sie redeten viel, hörten einander zu. Gerlinde schätzte sein Einfühlungsvermögen, er fühlte sich von ihr gebraucht. Ein Tanzabend, ein erster Kuss. Wochenendausflüge, Kinogänge. Geborgenheit in einer brüchigen Welt. »Mit ihr ist es ein innerer Frieden, und auch der ganze Wahnsinn da draußen, Jom-Kippur-Krieg, Ölkrise, alles, was so in letzter Zeit passiert ist, das macht uns keine Angst.«

Lothar war kein politischer Mensch. Dennoch machte er sich Gedanken, wenn auch nicht übermäßig viele. Für ihn war das Gesellschaftsfundament unverrückbar zementiert. Ging es um Klassen- oder Verteilungsfragen, kam ihm immer eine Zeichnung in den Sinn, die er von einer Postkarte her kannte: Auf den Ästen eines Spalierbaums hocken Vögel nebeneinander. Die vertikale Anordnung entsprach der Form einer Pyramide. Ganz oben saßen nur ein paar, je tiefer es nach unten geht, desto mehr Vögel drängelten sich auf den breiter werdenden Ästen. Alle Vögel koteten, so dass den untersten am meisten Dreck auf den Kopf klatschte. Unter der Zeichnung stand: »Je weiter du unten sitzt, desto mehr wirst du von oben beschissen.« Genauso ist es, und genauso wird es immer bleiben, hatte Lothar jedes Mal gedacht, wenn er vor dem Pissoir seiner ehemaligen Stammkneipe stand, wo ihm die Postkarte auf Augenhöhe entgegenstach. Immer wieder war ihm ein neues Detail aufgefallen, die Farbschattierung der Vögel, der Hintergrund, die Form der Scheiße. Anstrengungen zu unternehmen, den dargestellten Zustand zu ändern, hielt er für aussichtslos. Jeder musste selbst schauen, nicht unten zu landen oder von dort wegzukommen. Dabei konnte man sich gegenseitig unterstützen, ganz klar, aber das Unten und das Oben, das gab es einfach, es war unaufhebbar, ein Naturgesetz wie die Schwerkraft oder der Magnetismus. Dementsprechend war es Lothar nicht möglich, die Arbeiterparolen mitzuskandieren, Mobilisierungsverse gingen ihm nur schwer über die Lippen. Auf die Barrikaden zu steigen, fand er völlig unnütz. Andererseits hielt er es für richtig, dass es Gewerkschaften gab, und auch die Ziele der Septemberstreiks 69 unterstützte er, aber zu linken Aktivisten blieb er stets auf Distanz.

»Mich geht's ja nix an, aber die Heirat«, wandte Konrad ein, »geht ja trotzdem rasant.« Langsam senkte Lothar seinen Kopf, sein Blick blieb an der verglimmenden Glut im Aschenbecher hängen, ehe er wieder zu Konrad hochschaute.

»Am ersten autofreien Sonntag, vor drei Wochen, sind wir mit den Fahrrädern auf die Autobahn, beide schön eingemummelt, A21 von München Richtung Salzburg. Ich wollte unbedingt die Berge sehen, ihnen entgegenradeln.« Lothar geriet ins Stocken, für einen kurzen Moment schloss er die Augen. »Irgendwo haben wir eine Ausfahrt genommen, sind auf einen braungesprenkelten Feldweg, ein paar Bauernhöfe, aus den Kaminen stieg Rauch auf … Vor uns Weite, nichts als Weite, bis zum Alpenrand und den Bergspitzen am Horizont einfach nur ein blau-weißer Himmel. So haben wir gestanden und gestaunt und uns an der Hand gefasst. Ich wusste, besser kann's nicht werden, mit keiner. Und da hab ich sie spontan gefragt, ob sie mich heiraten will … Wir haben uns gefunden, ohne uns gesucht zu haben, das ist ein … Glück. Wir sind beide häuslich, aber auch gern unterwegs und eben auch … horizontbedürftig.« Bei dem Wort »horizontbedürftig« lachte Konrad auf. Da bemerkte Lothar, dass er es noch nie vorher gesagt hatte, es eigentlich gar nicht kannte, und trotzdem war es ihm wie selbstverständlich über die Lippen gekommen.

»Wo kommt sie denn her, ist sie eine Landshuterin?«

»Nicht gebürtig, die ist an der deutsch-tschechischen Grenze aufgewachsen, und in Freising ist sie ins Internat gegangen und hat später Tierarzthelferin gelernt. Ist alles ein bisschen durcheinander.«

»Aha. Und ihre Familie, du musst ja wissen, wo du reinheiratest …«

»Der Vater war Politiker, Hufnagel, den kenn ich aber nicht. Eine jüngere Schwester hat sie noch, ganz nett. Und die Mutter ist schon vor langer Zeit gestorben.« Lothar fasste sich an die Nasenwurzel. »Da ist wohl manches schwierig, mit dem Vater war's nicht immer leicht … Aber was soll's, in meiner Familie war's auch nie einfach. Meine Mutter ist die uneheliche Tochter von einem Gelsenkirchener Gewerkschaftsbeamten mit dem Namen Feige, der Name sagt alles. Der hat sich nach der Zeugung aus'm Staub gemacht. Mein Vater ist ähnlich geschädigt … Die haben alle n' Hau. – Mach mir die Rechnung.«

Während Konrad die Weißbiere addierte, sortierte der andere Teil seines Gehirns das eben Gehörte. Er brauchte nicht lange nachzudenken, der vornehm gekleidete Mann mit dem Gehstock musste also der alte Hufnagel gewesen sein … Er verabschiedete Lothar, dann sperrte er hinter ihm die Tür zu. Draußen hatte der Winter innerhalb von ein paar Stunden die Stadt mit einer dicken Schneedecke überzogen.

Konrad hatte den Lodenmantel entgegengenommen und das schwere Stück an den Garderobenhaken gehängt. Der betagte Mann hatte sich an einen der runden Tische an der Fensterseite gesetzt. Um diese Zeit kam so gut wie nie ein Gast vorbei. Konrad war gerade damit beschäftigt gewesen, einen Drahtkranz zu basteln, der die roten Lamettapuscheln rund um die Wanduhr halten sollte. Eine verzwickte Konstruktion. Er legte Uhr und Werkzeug auf dem Tresen ab und machte dem Herrn einen Kaffee. Die gepflegten weißen Haare, der Henriquatre-Bart, der mit einem Silberknauf beschlagene Gehstock, all das ließ auf eine wichtige Persönlichkeit schließen. Gleichzeitig oder gerade deshalb umwehte ihn eine Aura von Vergangenem. Sein anthrazitfarbener Anzug, in dessen Brusttasche ein verblichen blaues Tuch steckte, war ihm eine Spur zu weit, als sei er in ihm geschrumpft. Unablässig schaute er mit müden Augen aus dem Fenster, irgendetwas schien ihn zu bedrücken.

Seit drei Jahren war Josef nicht mehr im Landtag vertreten, zudem hatte er alle Ämter und Vorsitze abgegeben. Zum Abschied – und das hatte es noch nie gegeben – forderte ihn eine überparteiliche Gruppe von Abgeordneten auf, sich etwas zu wünschen. Josef bat seine Kollegen, unter drei Dingen auszuwählen: 1. ein Kupferstich des Landtags, 2. ein Zinnservice (Teller, Leuchter, Krug), 3. eine vollständige Ausgabe von Marcel Prousts »Auf der Suche nach der verlorenen Zeit«. Die Reihenfolge habe nichts zu bedeuten. Die Kollegen belächelten seine Wünsche und entschieden sich für den Kupferstich. Mit einem Blumenstrauß in der einen und den in Geschenkpapier eingeschlagenen Landtag in der anderen Hand verließ er den echten und sollte ihn nie wieder betreten.

Seine Devise als Politiker war stets gewesen, dass »die lauten Sachen alle nichts taugen«, jetzt war es ganz still um ihn geworden. Einmal im Monat fuhr Josef mit dem Zug nach Eisenstein, blieb dort für einige Tage, genoss die gute Luft und

beaufsichtigte die kleinen und größeren Instandhaltungsmaß-
nahmen, die beständig am Gutshof anfielen. In Freising ging
er gern in den Park, las fernöstliche Gedichte über Schnee,
Zeit und Einsamkeit und hörte immer wieder Bachs »Gold-
berg-Variationen«. Zwar blätterte er noch regelmäßig die
tonangebenden Zeitungen durch, die Mehrheit der Themen
interessierte ihn jedoch nicht mehr. Hinzu kam, dass er
viele Belange der Jungen nicht nachvollziehen konnte, die
Sympathie für linken Terrorismus war ihm beispielsweise
völlig unbegreiflich. Seinetwegen Proteste gegen Altnazis oder
Demonstrationen für den Weltfrieden, aber Banküberfälle,
Bombenanschläge … Jetzt hatten sie doch ihren Sozi-Kanz-
ler, einen Marxismus-Sympathisanten und Friedensnobel-
preisträger, gegen den er im Übrigen, anders als die vielen
Kraftlackeln in seiner Partei, nicht stänkerte. Brandts Knie-
fall in Warschau hielt Josef für unkritisierbar, und seine Frie-
denspolitik war unterm Strich von großer, im Grunde genommen christlicher Vernunft getragen. Was also wollten
diese Grünschnäbel noch? Die Ernährungslage war exzellent,
die Infrastruktur funktionierte tadellos, kein deutscher Soldat musste in den Krieg, nur ab und zu eine kleine Rezession,
aber die Bürgerkinder der RAF zündelten trotzdem, wollten
mit Kaufhausbränden das »knisternde Vietnamgefühl vermitteln«. Der alte Goethe fiel ihm ein: »Den Teufel spürt das
Völkchen nie, und wenn er sie beim Kragen hätte.« Mit der
Freiheit war es genauso, zu viel davon hat den Teufel gesehen. Die Jungen spürten nicht mehr, wie gut es ihnen ging,
Josefs Auffassung nach schätzten sie nicht, was die Alten aufgebaut hatten. Dachte er länger über diese Idiotie nach, ver-
schwamm ihm das Zeitgeschehen wie hinter einer riesigen
Milchglaswand. Den meisten Irrsinn, der um ihn herum geschah, konnte sein Hirn gnädigerweise verdrängen, dennoch
war Josef nicht im Stande zu begreifen, dass das geistige Fut-

ter, das man den jungen Leuten, vor allem der Studentenschaft, vorsetzte, nicht ausreichend satt machte.

Klimpernd rührte er seinen Kaffee um, dann drückte er zwei Tabletten aus dem Blister. Die Schmerzen kamen immer mittags. Wenn er jetzt keine Medizin nahm, setzten die Beschwerden in einer halben Stunde ein. Josef weigerte sich zu glauben, dass sie psychische Ursachen hatten. Was sollte das denn für eine Psyche sein, die sich pünktlich um ein Uhr mittags mit rumorendem Schmerz zu Wort meldete? Er betrachtete eine Armada von Bläschen, die durch das Umrühren in der Tasse entstanden waren und sich zu kleinen kreiselnden Inseln zusammenschlossen. Er nahm die Schmerztabletten in den Mund, spülte sie mit zwei Schluck Kaffee hinunter und spürte dem pelzigen Druck in seiner Speiseröhre nach. Sein tägliches Ritual gegen die Schmerzen in seinem Bein.

Konrad stand hinterm Tresen und beobachtete ihn mit einem Auge, während er halbherzig an seiner Weihnachtsdekoration herumfummelte. Die anhaltende Stille war ihm zuwider, krampfhaft überlegte er, was er diesen unnahbar wirkenden Mann fragen könnte, ohne dabei aufdringlich zu wirken.

»Entschuldigen Sie, ich wollte Sie mal fragen, weil wir hier natürlich auch viel diskutieren, und Sie machen auf mich den Eindruck, als ob Sie eine höherstehende Person sind …«

»Was wollen Sie wissen?«, schnitt Josef ihm das Wort ab.

»Ich wollt nur wissen, was Sie von den autofreien Sonntagen halten? Die Scheißaraber müsste man doch allesamt einen Kopf kürzer machen, oder nicht? Was die sich rausnehmen!« Konrad mischte seiner Empörung einen fraternisierenden Unterton bei – seine bewährte Taktik, um die Leute zum Reden zu bringen. Josef musterte ihn durchdringend, sofort war ihm klar, dass es dem Wirt nicht um die Frage an sich ging, sondern dass er schlicht neugierig war und etwas über ihn in Erfahrung bringen wollte. Er sah aber auch, dass er kein bösartiger Kerl war, eher ein gewöhnliches Provinzplappermaul.

»Wie Sie wissen«, fing er in belehrendem Tonfall an, »ist der Dollar seit zwei Jahren nicht mehr goldgedeckt. Das waren 35 Dollar pro Unze. Wegen Vietnam haben die Amerikaner aber viel mehr Geld gedruckt, als sie Goldreserven im Keller haben. Deshalb die Entkopplung vom Gold. Und jetzt, seit 71, drucken sie die grünen Scheine wie Klopapier.«

»Jaja, das wird schon so sein«, sagte Konrad, »nur kann man halt schlecht auf den Dollar scheißen.«

»Richtig.« Josef lächelte versonnen. »Aber was ist durch die Klopapierdruckerei passiert?«

»Weiß nicht.«

»Inflation. Der Dollar hat an Wert verloren.«

»Ach so, klar.«

»Und warum werden dadurch die Erdölexporteure nervös?« Josefs stechender Blick verunsicherte Konrad, weshalb er sich wie ein schlecht vorbereiteter Schüler vorkam.

»Wie soll ich denn das wissen? Bin doch kein Experte.«

»Weil Erdöl mit Dollar abgerechnet wird. Und durch die Dollarabwertung machen die OPEC-Länder Verluste.«

»Ja, von mir aus«, versetzte der Wirt trotzig, »aber was hat das jetzt mit den autofreien Sonntagen zu tun?«

»Sie haben mich was gefragt«, gab Josef zurück, »also gebe ich Ihnen eine Antwort. Oder haben Sie geglaubt, ich rede den Revolverblättern das Wort?« Seine von ein paar Altersflecken gezeichnete Hand streckte sich nach der Kaffeetasse. »Den können Sie abräumen. Bringen Sie mir noch eine Tasse und einen Obstler.« Daraufhin erklärte er Konrad den Rest des Weltgeschehens. »Die Volkswut soll sich gegen die Ölscheichs richten, nicht gegen die eigentlichen Drahtzieher. Die gebärden sich jetzt auch noch als Geschädigte.« Josef stürzte den Schnaps hinunter. Es fühlte sich gut an, jemandem die Augen zu öffnen, der keine Ahnung hatte vom großen Mahlwerk der Politik, so wie er es insgeheim genoss, den Mann ein wenig vorzuführen.

»Und woher wissen Sie das alles?«, fragte Konrad in einer Mischung aus Ergebenheit und Skepsis.

»Ach, wissen Sie, hin und wieder bin ich noch umfänglich informiert. Ich habe einen amerikanischen Freund, ein hohes Tier, der war im Frühjahr eingeladen auf einer schwedischen Insel, da hat man das besprochen. Früher ein Militär, heute ein Banker bei Lehman Brothers. Wenn er nach München kommt, treffen wir uns immer auf einen Kaffee.«

Konrad nickte freundlich. Langsam bereute er es, den Alten angesprochen zu haben. Dessen Angeberei ging ihm mittlerweile mächtig auf den Senkel. »Aber Sie kommen nicht aus Landshut?«, hakte er trotzdem noch einmal nach.

»Nein, ich habe nur meine Tochter besucht … Sie war aber nicht zu Hause. Deshalb bin ich zu Ihnen auf einen Kaffee. Jetzt ist es mehr geworden. Ich hoffe, ich habe Sie nicht gestört.« Die Wendung, dass er ihn gestört haben könnte, beschämte Konrad ein wenig. Oder machte sich der Alte nur über ihn lustig? Beim Zahlen gab er ein ordentliches Trinkgeld, und als er hinausging, sah man ihm wieder seine Bedrücktheit an.

Konrad blickte ihm durchs Fenster hinterher. Er sah, wie der Mann in einiger Entfernung an einem Haus klingelte. Zwei-, dreimal, doch niemand machte ihm auf. Schließlich hielt er ein vorbeifahrendes Taxi an und stieg ein. Konrads Blick fiel auf die kahle Stelle über der Tür, wo sonst die Uhr hing. Es tat ihm ein wenig leid, dass er abfällig über den Alten gedacht hatte.

2 Das Geständnis

In der Gnadenkapelle, nahe der Schwarzen Madonna, waren die Herzen von einem Kaiser, sechs Königen, drei Kurfürsten, elf fürstlichen Frauen und fünf Bischöfen bestattet. An den Außenwänden und im Innern hingen dicht nebeneinander unzählige Votivtafeln, die Gläubige zum Dank für ihnen widerfahrene Wunder angebracht hatten. »Ich hab wunderbare Hilf erlangt« stand über diesen Bildern von brennenden Häusern, umgestürzten Fuhrwerken und gebrochenen Knochen.

Betend umrundeten die Pilger die Kapelle, manche taten es auf Knien; dabei legten sie sich Kreuze auf die Schultern, die für diese peinigende Übung bereitgestellt waren. Erna versuchte, so aufrecht wie möglich zu gehen, kerzengerade, um ihre Aufrichtigkeit auch nach außen hin zum Ausdruck zu bringen. Ihre Schuhe drückten, aber die Blasen würden vergehen. Noch hatte sie nichts zu danken, noch war sie nicht geheilt. Vielleicht war es von Nutzen, dass man hier zur heiligen Maria betete. Der Muttername, womöglich ein gutes Omen, denn von ihr wusste sie sich immer beschützt. Seit ihrem Tod spürte Erna, dass Maria ein Auge auf sie hatte. Erna war fest davon überzeugt, dass sie durch ihre Mutter von einem gütigen Kokon umschlossen war, der sie vor den ganz großen Tragödien bewahrte.

Jetzt aber erflehte Erna den Schutz beider Mütter, es stand ernst um sie. Deshalb die Wallfahrt nach Altötting. Erna war nie eine eifrige Kirchgängerin gewesen – in erster Linie ging sie zum Hochamt, um nicht negativ aufzufallen. Grundsätzlich war sie jedoch der Meinung, dass der Mensch an irgendetwas glauben müsse, wenn auch nicht zu viel. Und Kirche und Glauben, so viel war ihr klar, waren nicht identisch. Der Rosenkranz konnte auch ein Schlagring sein. Und in jedem Prediger steckte ein Politiker. Der echte Glauben half einem, sein Leben aufs Sterben vorzubereiten, jenseits willentlichen Zutuns. Ihre Mutter hatte diese beneidenswerte Absichtslosigkeit gehabt. Sie war leichthändig in den Tag hinein gestorben, ohne Gram und Bitternis. Erna aber war zehn Jahre jünger als ihre Mutter bei ihrem Tod, sie fühlte sich noch nicht bereit.

Die meditativen Gebete machten sie durchlässig, mit jeder Umrundung war ihr, als weitete sich ihr Innerstes. Erinnerungen an früher stiegen auf, an die Erntezeit nach dem Krieg. Beim Dreschen auf der Tenne, mit dem Dreschflegel in der Hand. Männerarbeit in Ermangelung der Männer. Die Verse, die Franz vorsagte und so den Arbeitsrhythmus vorgab. Es half, die Anstrengung zu überwinden, sich in eine Abfolge einzupassen. »Schind Katz aus! – Katz frisst d'Maus.« Was war das für ein Leben gewesen. Alle Dinge sind, wie es ihnen frommt, die Welt nur Fassade, hinter allem ein Überlebenswille und ein Geheimnis. Und hinter jedem Geheimnis noch eins, wie der Schatten eines Schattens. Es ist an der Zeit, sinnierte sie zwischen zwei »Ave Maria«, Licht ins Dunkel zu bringen, sich zu rüsten fürs Jenseits.

Die Decken und Wände waren immer noch etwas schief, wenn auch nicht mehr verräuchert. Gleich am Hauseingang war mit dämmenden Gipsplatten ein Vorraum geschaffen worden, damit man nicht wie früher beim Eintreten sofort im Wohnraum stand. Mittlerweile gab es auch einen Steinfußboden sowie ein Badezimmer mit Klo und Dusche, in das man den Ziegenstall umfunktioniert hatte. Der Rest der alten Stallung wurde als Schuppen genutzt, dort lagerten Brennholz und Kohlen. Ernas Leben spielte sich vorwiegend im Wohnraum ab, den sie auch als Küche nutzte und der spärlich mit einem Schaukelstuhl und einem durchgesessenen Sofa möbliert war. Auf dem Tisch stand ein kleiner Fernseher, daneben eine Nähmaschine. Unterm Dach gab es zwei ausgebaute Kammern, wovon eine ihr Schlafzimmer war.

Seit sechseinhalb Jahren wohnte sie nun am Nordhang, im Häuschen ihres Onkels, das nach Franz' Tod leer gestanden hatte und immer baufälliger geworden war. Erst im Frühjahr 67 hatte es Georg von Grund auf renovieren lassen, kurz bevor er das ihm überschriebene Sägewerk an einen neuen Betreiber verpachtet hatte. Im darauffolgenden Jahr machte er sich selbständig und gründete die Schatzschneider Trockenbau GmbH in Obertraubling bei Regensburg. Damit kehrte er Eisenstein den Rücken, während Erna in gewisser Weise zu den Wurzeln ihrer Familie zurückfand. In genau diesem Häuschen hatte ja nicht nur ihr Onkel gewohnt, auch ihre Mutter und ihre Großeltern hatten hier gelebt.

Seit Georgs Weggang sorgte Erna für sich allein. Zunächst hatte sie in Zwiesel Arbeit in einer Holzschuhmacherei gefunden, die Georg früher beliefert hatte. Die Tätigkeit war mühsam, doch der Lohn war angemessen. Anfang der siebziger Jahre ging die Manufaktur in Konkurs, und eine Münchner Strumpffirma übernahm das Unternehmen, nicht aber Erna. Der neue Chef bevorzugte jüngeres Personal, und sie gehörte mit 53 zweifellos zum alten Eisen.

Was Neues zu finden, war schwierig. Im Waldgebiet waren Arbeitsplätze rar, zusammen mit dem Ruhrgebiet galt die Gegend als Armenhaus der BRD. Erna war ratlos, Armut hatte sie ein für alle Mal überwunden geglaubt, jetzt stand sie plötzlich wieder vor der Tür. Gleichzeitig wurde ihr klar, dass ihre sozialen Kontakte sowie ihre Freundschaften immer mit dem Sägewerk verknüpft gewesen waren, aber dieses Umfeld gab es nun nicht mehr. Engere Beziehungen hatte sie zu niemandem aufgebaut, außer zu Corin, doch die war in Amerika. Erna wusste nicht ein noch aus, sie wusste nur, dass sie auf keinen Fall Sozialhilfe beziehen wollte. Ihre Geschichte taugte schließlich perfekt für Spott oder geheucheltes Mitleid. Die mittellose Flüchtlingsfrau, durch Heirat aufgestiegen und zur heimlichen Herrin des Sägewerks geworden, Mutter eines erfolgreichen Sohns, mit einem Mal wieder ganz unten. Die Schadenfreude wollte sie sich tunlichst ersparen.

Im Krämerladen gab es Situationen, in denen sie sich schämte, an der Theke ihre überschaubaren Wünsche zu äußern. In diesen Momenten fürchtete sie, in Verdacht zu geraten. Die Dorf-Tante-Emma hieß Berta, Berta Gassenhuber, ein schnatterhaftes Weib mit Eulen-Gesicht. Bei jedem Einkauf fragte sie demonstrativ nach, ob es nicht noch etwas sein dürfe, und während sie fragte, sah sich Erna im Spiegel ihrer boshaften Augen. Jedes Mal lehnte Erna diskret ab. Anfänglich führte sie fadenscheinige Gründe an, später, als sie auf die scheinheiligen Fragen besser vorbereitet war, behauptete sie, Georg sei zu Besuch gewesen und habe ihr reichlich Lebensmittel mitgebracht. Mit ihrem Laden hatte die Eule das Verkaufsmonopol im Ort, sie wusste genau, wer was und wie viel einkaufte und was sich daraus ableiten ließ. Ihre gesammelten Erkenntnisse gab sie dann in Vereinslokalen oder bei diversen Kaffeekränzchen weiter, wo man sich darüber das Maul zerriss. Irgendwann zog Erna es vor, im neueröffneten Supermarkt in Zwiesel einzukaufen, das nahm zwar wesentlich mehr Zeit in Anspruch, aber nun brauchte sie sich nicht mehr den bohrenden Blicken auszusetzen. Auch sonst zog sie sich aus dem gesellschaftlichen Leben zurück. Man sah sie in der Kirche, man grüßte sich auf der Straße, längeren Gesprächen ging Erna aber geschickt aus dem Weg, schob eine zu erledigende Arbeit vor oder eine Fernsehsendung, die sie nicht versäumen dürfe. Dabei versuchte sie stets, einen gut gelaunten Eindruck zu machen. Den einzig intensiveren Austausch pflegte sie mit fliegenden Händlern und Bibelforschern, die ab und zu anklopften. Mit denen hielt sie dann einen mitunter vertrauensvollen Plausch.

Georg hatte in dieser Zeit wenig Kontakt mit seiner Mutter, zu sehr war er mit sich und dem Aufbau seines Betriebs beschäftigt. Kam er mal zu Besuch, vermied es Erna, über ihre Sorgen zu sprechen. Sie sah, dass er selber zu kämpfen hatte, also ließ sie davon ab, ihm durch ihre Klagen zur Last zu fallen. Solange sie noch ein paar Ersparnisse hatte, kam sie schon über die Runden. Sie versuchte einfach, so genügsam wie möglich zu leben.

Nach außen hin begegnete sie der Armut mit Trotz. Sie hielt das Häuschen peinlichst sauber, und nur wenn Georg vorbeikam, gab es Kaffee und Kuchen, einmal auch etwas Fleisch, die meiste Zeit aber ernährte sich Erna von Kartoffeln, Einbrennsuppe oder saurer Milch, meistens aber von Kartoffeln in allen Variationen. Erst als ihr einer der Hausierer eine Stelle in einer Stickerei vermittelte, konnte sie ein wenig aufatmen. 3 Mark Stundenlohn waren zwar nicht viel, aber das Geld reichte immerhin für ein paar Anschaffungen und für abwechslungsreichere Kost. Und, was fast noch wichtiger war, sie konnte endlich das Stigma der Arbeitslosigkeit abstreifen.

In vielerlei Hinsicht glich Ernas Leben dem ihrer Großmutter, die sich Jahrzehnte vorher für kleines Geld in einer Konservenmanufaktur verdingt hatte. Auch Emma war damals gezwungen gewesen, nahezu isoliert zu leben. Doch davon wusste Erna nichts. Sie kannte nur das Grab ihrer Großmutter, es war derselbe Flecken Gras, unter dem auch ihr Onkel begraben lag und unter dem auch sie dereinst liegen würde. Beim Gedanken daran lief ihr jedes Mal ein eisiger Schauer über den Rücken.

Über all der Scham und den Entbehrungen hatte Erna an Gewicht verloren. Es war, als ob ihr die eine, immer wiederkehrende Frage nicht nur ans Herz ging, sondern genauso am Fleisch nagte: Was habe ich falsch gemacht? Und selbst wenn sie sich manches schönreden konnte, im Spiegel erblickte sie jeden Abend tiefdunkle Schatten unter ihren Augen. Die Beschwerden im Unterleib sowie die regelmäßig auftretende Schmerzen beim Wasserlassen würden nicht mehr von allein verschwinden.

Über der Spüle befand sich ein Fenster, das den Blick auf die verschneiten Hänge unter einem hohen, glasblauen Himmel freigab. Fast schmerzhaft blendete das Weiß auf der Netzhaut. Von irgendwoher dröhnte ein hämmerndes Geräusch. Erna kniff die Augen zusammen. Der alte Hirlinger saß am Rand des Feldwegs auf einer Bank und klopfte Steine. Der schon wieder. Als animierte sie seine Klopferei, klappte sie im selben Rhythmus ihre Hände auf und zu. Ihre linke Hand schien geschwollen. Oder täuschte sie sich? Sie betrachtete die Innenseite ihrer Unterarme, die sprüngige Porzellanhaut an manchen Stellen. Vielleicht von den Medikamenten. Sie zog ihren Ärmel drüber, strich die Bluse glatt.

Erna wollte vermeiden, dass man ihr die Krankheit ansah. Ihr war daran gelegen, gesund und souverän zu wirken, Entschiedenheit auszustrahlen. Für nicht gerade wenig Geld hatte sie sich eine Dauerwelle machen lassen, die man neuerdings trug und die ihr tatsächlich gut stand. In gewisser Weise fühlte sie sich nun größer, raumgreifender und würde Josef mehr entgegenzusetzen haben.

Um fünf nach drei erklang das Motorgeräusch seines schweren Achtzylinders. Kurz darauf veranstalteten die Spatzen an der Futterglocke einen Tumult. Der schwarze, in die Jahre gekommene BMW-Barockengel nahm den ganzen Stellplatz vor dem Haus ein. Als die Autotür zuschlug, reckte der Steineklopfer neugierig seinen Kopf in die Höhe. Erna zog die

Gardinen zusammen, worauf sich das Licht zu einem handbreiten Streifen verengte und den Raum in zwei Hälften teilte. Dann schellte die Glocke. Jetzt gilt es, dachte sie und machte ihm auf.

Josef und sie hatten sich bestimmt fünf Jahre lang nicht gesehen. Nach ein paar Begrüßungsfloskeln wies sie ihm einen Stuhl am Esstisch zu, über den sie eine rote Tischdecke mit giftgrünen Christbäumen und debil grinsenden Weihnachtsengeln gebreitet hatte. Sie bot ihm Kaffee und Plätzchen an, schließlich setzte sie sich ihm gegenüber. Ihr fiel auf, dass sich auch Josef herausgeputzt hatte; der Duft von Rasierwasser stieg ihr in die Nase. Zwar blickte er sie aus abgekämpften Augen an, und sie bemerkte, dass er schmaler geworden war, aber sein Körper hatte immer noch Spannung, und er wirkte ausgeschlafen. Mit durchgedrücktem Rücken saß er am Tisch, sie redeten über dies und das, übers Wetter und über Weihnachten, gelegentlich fischte er sich einen Keks aus der Schale. Zwischen ihrem Geplänkel sah er sich immer wieder interessiert um.

»Was ist das denn?« Lachend zeigte er auf eine gerahmte Postkarte, die rechts von ihm an der Wand hing. »Weißt du, was da draufsteht?«

»Hat mir Corin zum letzten Geburtstag geschickt. Die Übersetzung hat sie hinten draufgeschrieben.«

»Köstlich! Ich les es dir mal vor, dann hörst du's im Original: ›May you be in heaven half an hour before the devil knows you are dead‹.« Betont desinteressiert blickte Erna zu Boden.

»Bravo, Josef.«

»Eins muss man den Amis lassen, sie haben schon einen sehr guten Humor.«

»Das ist ein irischer Trinkspruch«, versetzte Erna nicht ohne Genugtuung, ehe sie ihm und sich Kaffee nachschenkte. »Aber vielleicht«, sagte sie kurzatmig, »ist der Spruch ja genau die richtige Überleitung zu dem, was ich dir sagen wollte und weswegen ich dich hergebeten habe.« Sie ruckelte ihren Stuhl zurecht. »Neulich war ich beim Doktor. Sie haben mir die Ergebnisse gegeben und gesagt, ich habe Krebs. Gebärmutterhalskrebs. Ich weiß nicht, wie lange es mich noch gibt.« Sie atmete tief ein und aus, während sie ihn mit einem ausdruckslosen Blick musterte.

»Das tut mir leid, damit hab ich jetzt nicht gerechnet.« Erna war für ihn immer die Robustheit in Person gewesen, unzerstörbar wie er selbst. Etwas unbeholfen griff er nach ihrer Hand, dabei tauchte sein Arm durch den fahl gewordenen Lichtstreifen. Es wirkte wie eine symbolische Überwindung ihrer Distanzhaltung. Erna zog die Hand zurück. Sie stand auf und knipste die Deckenlampe an.

»Weiß es der Georg schon?«

Langsam schüttelte sie den Kopf. »Niemand weiß es. Der Georg hat viel zu tun, da will ich ihn nicht zusätzlich aufwühlen. Sein Betrieb läuft sehr gut … Er tut für mich, was er kann. An Weihnachten wird er schon kommen.«

»Er ist ins Baugewerbe eingestiegen, das war schlau. Ich hab's trotzdem nie verstanden, dass er das Sägewerk aufgegeben hat. Wenn ich gewusst hätt, dass er's nicht weiterführen will …« Josef stockte, er war um Gefasstheit bemüht, doch seine Worte klangen wund. »Das Nest war für ihn bereitet, er war der Kronprinz, und jetzt … Seine Pächter wirtschaften alles herunter, alles, was er aufgebaut hat … Das wird nicht mehr lange gutgehen.« Er hob seine Hände auf Schulterhöhe, ließ sie aber gleich wieder fallen.

»Vielleicht«, erwiderte Erna trocken, »war aber das Nest nie ein Nest.«

Josef horchte auf. Erna streifte mit beiden Händen über die Tischdecke, ihre dunklen Augen fixierten einen der Engel, schließlich fasste sie Mut. »Nach dem Krieg war die Zeit nicht einfach, du weißt es … Ich hätte nicht gewusst, wie ich mit dem Kind durchkomm. Du hättest mich weggeschickt.«

Mit Daumen, Zeige- und Mittelfinger fuhr sich Josef über die Nase. Was zum Teufel sollte diese alte Geschichte, worauf wollte sie hinaus? Aus ihrem Gesicht ließ sich nichts ablesen. »Ich hab dich aber nicht weggeschickt.«

»Dafür gab's nur einen Grund, deinen Sohn.«

»Das weiß ich selber«, gab er unwirsch zurück.

»Der Georg ist aber nicht dein Sohn.«

Stille. Nichts als Stille. Reglos hockten sie da und glotzten einander an. Sie, die es gesagt hatte, und er, der es gehört hatte, waren gleichermaßen gebannt von der Wucht der Worte. Aus einer unendlich weiten Entfernung hörte man, wie Eisen auf Stein schlug, in hoher Taktung, hartnäckig und enervierend. Erna ging zum Fenster, mit beiden Händen drückte sie fest gegen den Rahmen, obwohl sie wusste, dass es vollständig geschlossen war.

»Was erzählst du mir da, natürlich ist der Georg auch *mein* Sohn.«

Erna blieb an der Spüle stehen, verschränkte die Arme. »Er sieht dir überhaupt nicht ähnlich«, versetzte sie barsch.

»Vielleicht kommt er rein äußerlich mehr nach dir, aber er hat meine Fähigkeiten, er hat Kraft, er weiß, was er will … Er ist ein Hufnagel, er hat Durchsetzungsvermögen …«

»Eure Dynastie!«, fiel sie ihm ungehalten ins Wort, »dass ich nicht lache! Dein Bruder war auch ein Hufnagel, er hatte nichts davon. Georg hat kein Hufnagelblut, und trotzdem ist er wer. Dieser ganze Blut-und-Boden-Dreck steckt euch allen noch in den Köpfen, auch dir, vor allem dir.«

Josef reckte sein Kinn vor, und als hätte er ihre Provokation überhört, weichte sein Blick auf. »Das Einzige, was mir immer leidgetan hat«, sagte er mit einem Anflug von Wehmut, »war, dass ich es ihm nie sagen konnt.«

»Weil du ein Feigling bist – so wie ich. Aber jetzt sag ich's dir, bevor ich sterb. Du sollst die Wahrheit wissen.« Erna hatte sich fest vorgenommen, im Gespräch hart zu bleiben, aber Josefs klägliches Nicht-wahrhaben-Wollen und ihr eigenes Versagen, das sie jetzt, im Angesicht des Todes, einholte, wie es ihr schien, machten sie plötzlich sentimental. Sie wandte ihren Blick zum Fenster, wischte sich ein paar Tränen aus den Augen. Schließlich begann sie zu erzählen, von den letzten Kriegstagen, vom Tod ihrer Mutter und von der Begegnung mit Andreas Küster. Sie erzählte, wie sie auf den Hof kam, und von der Nacht zum Frieden. Erna schilderte alles sorgfältig, doch was sie zu sagen hatte, war schwer in Worte zu fassen, sie war nicht gewohnt, darüber zu sprechen, und ohnehin waren Kriege wie Kriegserinnerungen den Männern vorbehalten. Frauen schienen keine Vergangenheit zu haben.

Josef hatte die ganze Zeit über die Ellbogen auf den Tisch gestützt, das Gesicht hielt er hinter seinen ineinandergelegten Händen versteckt, erst am Ende ihrer Rede vergrub er es in seinen Handtellern. Er brachte es nicht fertig, vor ihr zu weinen. Sein Herz schlug wild. »Du hättest mir das früher sagen sollen!«

»Wenn ich dir damals die Wahrheit gesagt hätte, das Kind hätt den Winter nicht überstanden. Es war die einzige Lüge, mit der der Georg überleben konnte. Wo hätt ich denn hinsollen?«

»Später waren die Winter nicht mehr so streng und der Bub nicht mehr so klein.«

Erna setzte sich wieder an den Tisch. Sie beugte ihren Oberkörper vor, legte ihre Hände auf die Knie. »Glaub ja nicht, dass mir jetzt leichter ist. Ich hab mir nicht aus Spaß die Eingeweide vor dir aufgerissen. Ich hab Schmerzen, genau da, wo das Kind rausgekommen ist. Ich hab's mir nicht leichtgemacht, ich büß meine Strafe ab, Tag für Tag, kannst Gift drauf nehmen.« Sie machte eine Pause, in der sie die Beine übereinanderschlug. »Ich hab mir oft überlegt, es dir zu sagen. Aber ich dachte, durch dich hat er wenigstens jemanden, einen, der respektiert wird, der sich ab und zu um ihn kümmert. Selbst nachdem du weggezogen bist … Dein Bruder war dazu nicht fähig, erst recht nicht, wo er zum Saufen angefangen hat … Einmal hab ich den Georg und dich am Fluss stehen sehen, den Arm hast um ihn gelegt und ihm was erklärt. Er war glücklich.«

»Ertränken hätt ich ihn sollen!«, schoss es aus Josef heraus. Da klatschte es auf seiner Wange. Die Ohrfeige war saftig, und sie war die erste seit sechzig Jahren. Wieder von einer Frau, wieder von einer Mutter. Josef war perplex, und für einen kurzen Moment durchfuhr ihn die Einsicht, dass es damals ein Fehler war, sie mit seinem Bruder zu verbandeln, anstatt sie selbst zu heiraten. »Weiß der Georg, dass ich immer dachte, ich sei sein Vater?«

Erna schüttelte den Kopf. »Ihm war klar, warum ich den Vinzenz geheiratet hab, wir mussten wo unterkommen, aber er weiß bis heute nicht, dass du geglaubt hast …«

Josef senkte seinen Blick. »Und ich hab immer geglaubt, wenn er weiß, was ich dachte, bringt er mich um.«

»Ich versteh nicht. Wieso hätte er dich umbringen sollen?«

Er barg sein Gesicht wieder in beiden Händen. »Du weißt nichts«, flüsterte er. Schließlich hob er seinen Kopf, als hätte er ihn aus einer Schlinge gezogen, und mit einem Mal begannen seine Augen zu funkeln. »Vielleicht wird alles gut, und sie verzeiht mir. Alles wäre gerettet … Erna, sei's, wie's sei, vielleicht werden wir wieder miteinander verwandt. Für deine Lüge könnt ich dich vierteilen, aber es soll auch was Gutes haben. Ich hab heute meinen Sohn verloren, aber womöglich krieg ich ihn auf andere Weise wieder.« Ruckartig stand er auf und griff nach dem Gehstock.

Vor der Tür blieb er nochmal stehen. »Wir zwei haben Schuld auf uns geladen, wir müssen es unseren Kindern beichten, bevor es zu spät ist.« Und dann sah er sie an, sein Blick war weich und dankbar, wirklich dankbar. »Weißt du, wenn Eisen auf Stein schlägt, gibt's Funken. So ist das halt bei uns.«

Oder Tränen, dachte Erna, die schon Luft geholt hatte, um ihn zu korrigieren, es aber doch hinunterschluckte.

»Übersteh alles gut, wir sehen uns«, sagte er ganz zum Schluss und ging hinaus.

3 Georgs Neuanfang

Der VW Bus, ein T1 Samba mit einer Lackierung in Delfter Blau, war ein zusätzlicher Farbtupfer in der hügeligen Landschaft. Auf den Wiesen graste braunes Herdbuchvieh, und im Morgenlicht sonnten sich die verstreut liegenden Bauernhäuser. Mit rot angelaufenem Gesicht saß Georg am Steuer, neben ihm Loibl mit einer ausgebreiteten Landkarte auf dem Schoß, Huber hockte in zweiter Reihe und schaute stoisch aus dem Fenster. Schon zweimal hatten sie sich verfahren. »Warum«, herrschte Georg seinen Beifahrer an, »nimmst du eine Karte aus den Vierzigern? Ist doch klar, dass früher alles anders war!«

»Ich hab keine andere gehabt«, verteidigte sich Loibl, »und ich schau doch vorher nicht drauf, von wann die Karte ist. Die Richtung hat sich ja nicht verändert …«

»Da vorne ist ein Wegweiser«, sagte Huber, »alles wird gut, scheißts euch nicht an.« Huber war mit fünfundfünfzig der Älteste des Trios, und als das Schild gleich darauf »Wackersdorf 13 Kilometer« anzeigte, setzte er ein triumphales Lächeln auf. Georg stieg aufs Gas, ihm pressierte es, bis sich plötzlich ein lautes Knarzen unter das Motorengeräusch mischte, dann Klopf-, schließlich Quietschlaute. Keine zwei Minuten später standen die drei hinterm Fahrzeug und starrten in den Motorraum. Die Uhr zeigte drei viertel zehn, doch die Sonne heizte schon wie ein Backofen. Schulterzuckend wandte sich Loibl ab und holte sich ein Bier aus dem mitgebrachten Kasten. »Bevor's warm wird …«, warb er um Verständnis, ehe der Kronkorken durch die Luft segelte.

Um zehn sollten sie an der Baustelle sein. Georg sah schon alle Felle davonschwimmen, unentwegt zupfte er an seinem Bart herum und fluchte halblaut vor sich hin. Schließlich tauchte Hubers Kopf unter der Heckklappe hervor. »Das Schwungrad hat sich gelöst, das klopf ich jetzt provisorisch fest, die paar Kilometer schaffen wir schon. Später bohr ich mit'm Handbohrer neue Haltelöcher, dann läuft alles wieder wie geschmiert.« Georg fiel eine Zentnerlast vom Herzen, er hatte sich schon nach Wackersdorf laufen und um Hilfe betteln sehen.

In dem Örtchen im Oberpfälzer Wald, umgeben von etlichen Braunkohleflözen, sollte er seinen ersten eigenen Auftrag ausführen. Ein Zuspätkommen wäre nicht nur peinlich gewesen, es hätte auch schwerwiegende Folgen haben können. Denn der offizielle Projektauftrag in Höhe von 35 000 Mark war an seinen alten Arbeitgeber gegangen; er selbst hatte noch kein Unternehmen angemeldet. Würde der Kunde jetzt einen Rückzieher machen, stünde er mit nichts als warmen Worten da. Außerdem wusste er nicht, ob die geplante Konstruktion bauwerklich funktionierte und die Unterkonstruktion aus Holzlatten mit den anderen Materialien zusammenpasste. Der Architekt hatte sich für die neuen Akustikdecken sowie für die Wandverkleidung moderne, zementfreie Baustoffe gewünscht, deshalb Gips und Leichtbauplatten, deshalb überhaupt der Auftrag. Er selbst aber hatte sowas noch nie verarbeitet, seine beiden Mitstreiter – zwei Zimmerer, die ihm das Arbeitsamt in Cham vermittelt hatte und die er am frühen Morgen von dort abgeholt hatte – kannten sich damit auch nicht aus. Alles in allem also eine riskante Mission.

»Wird schon, Georg, wird schon werden. Du musst mehr lachen. Ich sag immer, lieber später ankommen als nie ...« Huber gefiel sich in der Rolle des lässigen Seniors. Loibl, ungefähr Ende dreißig, wischte sich den Schweiß von der Stirn. Auch er war mittlerweile guter Dinge und fühlte sich ebenfalls berufen, dem jungen Ehrgeizling ein paar Lebensweisheiten einzuschenken. »Nur nicht hudeln, man kann immer alles aufholen. Wir wissen doch, was wir tun, und wir wissen, was wir können. Und wenn wir es nicht können, wird uns schon was einfallen, und wenn uns nix einfällt, dann haben wir's wenigstens probiert. Mehr kann kein Mensch tun.«

Georg lächelte gequält. Eigentlich hasste er diese schluffige Einstellung, jetzt aber beruhigte sie ihn ein wenig und dämpfte seine Nervosität. Am Ende waren sie nur eine Viertelstunde zu spät, was aber überhaupt nicht ins Gewicht fiel, weil sich der Auftraggeber halb elf notiert hatte.

Nachdem sich Gerlinde von ihm getrennt hatte, stellte sich Georgs Leben auf den Kopf. Das Dorf war ihm unerträglich geworden, alles dort war mit den Hufnagels verbunden, direkt oder indirekt. Das Gut, die Wälder, das Sägewerk – wie ein Geschwür wucherten die Besitztümer und Hinterlassenschaften dieser Familie in dem Ort. Vor allem Gerlinde schien ihm auf allen Plätzen und Straßen allgegenwärtig, auch wenn sie aus Eisenstein verschwunden war. Auf so mancher Strecke spürte er sie sogar hinter sich auf dem Moped. Georg wollte nicht nur weg wie jemand, der kurzfristig eine

Luftveränderung brauchte, er musste weg, um nicht zu ersticken.

In seiner Not kam ihm der Regensburger Unternehmer Dieter Pollersbeck in den Sinn, ein Baulöwe alter Schule, den man immer nur mit einer Zigarre in der Öffentlichkeit sah. Georg hatte ihn mit billigem Holz für den Universitätsbau versorgt. Pollersbeck hatte Georgs Talent sofort erkannt, seine Einstellung, bei Problemen nicht zu klagen, sondern Lösungen zu liefern, imponierte ihm. Daher hatte er ihm bereits im Sommer 1966 eine langfristige Zusammenarbeit in Aussicht gestellt, die Georg damals noch ausgeschlagen hatte. Ein halbes Jahr später rief er den Bauunternehmer an und erkundigte sich nach einer Möglichkeit, in dessen Firma unterzukommen. Er schmierte ihm etwas Honig ums Maul, behauptete, von einem Großen der Branche lernen zu wollen, sprach davon, dass er auf der Suche nach einer neuen Herausforderung sei, und überhaupt: Er würde gerne in eine Region wechseln, die etwas zu bieten habe. Dafür wäre er bereit, das Sägewerk aufzugeben und nach Regensburg zu ziehen. Pollersbeck, zunächst überrascht von Georgs Ansinnen, war begeistert. Denn wie es der Zufall wollte, suchte der gerade einen Leiter für ein neues Geschäftssegment. Ihm schwebte vor, in den Fertighäuser-Markt einzusteigen, er wollte diese Gebäude bauen *und* vertreiben. Das war noch unüblich, und er brauchte einen jungen, fähigen Kerl, der das Ganze zu leiten verstand. Als Holzfachmann kam ihm Georg wie gerufen. Pollersbeck hielt ihn nicht nur für zuverlässig und lernwillig, sondern auch für gut möbliert im Dachstüberl, wie der untersetzte Oberpfälzer, der es vom Maurerlehrling zum Millionär gebracht hatte, zu sagen pflegte, wenn er jemanden für intelligent hielt. Die beiden schlossen also einen Vertrag, und Georg fing am 1. Juli 67 als Betriebsleiter der neugegründeten Fertighaussparte an.

Regensburg lag 120 Kilometer westlich von Eisenstein, weit genug entfernt von seiner Vergangenheit, aber noch in der Nähe seiner Mutter. In dieser altehrwürdigen Stadt tat sich was, die neugebaute Uni verschaffte ihr neuen Schwung, in deren Dunstkreis, so die Prognose, würden sich auswärtige Unternehmen ansiedeln. Georg gefiel es hier; die Donau, der Dom, alles nicht zu klein und nicht zu groß. Als er zum ersten Mal vom Galgenberg auf die Altstadt hinunterblickte, dachte er, endlich mal eine Stadt, deren Wolken nicht schöner sind als sie selbst. Hier mischten sich altes Gemäuer und neuer Beton aufs Beste.

Georg hatte einen Plan gefasst, er wollte sich erst das Bauwesen von innen anschauen, möglichst viel lernen, um sich dann, zur gegebenen Zeit, selbständig zu machen. Womit genau, wusste er noch nicht, aber er hatte jetzt wenigstens einen Ausgangspunkt.

Die Arbeit bei Pollersbeck ließ sich gut an. In Obertraubling, wo die neue Sparte ihren Sitz hatte, mietete er eine Einzimmerwohnung. Der Weg zum Büro war ein Katzensprung. Auf die Baustellen und zur Fertigungsstätte fuhr er mit einem VW Bus, den er sich gebraucht gekauft hatte. Er nutzte ihn privat wie dienstlich, dafür hatte er eine entsprechende Abmachung mit dem Chef getroffen, der ihm das gesamte Benzin bezahlte. Und Georg fuhr ständig herum, schaute sich viel an, erkundete die Gegend, wann immer ihm die Fertighäuser, die er unermüdlich an den Mann zu bringen versuchte, Zeit dafür ließen. Sein Ziel war es, *alles* in Erfahrung zu bringen. Hierfür schaute er dem Alten bei jeder Gelegenheit über die Schulter, bemühte sich, zu entschlüsseln, nach welchen Kriterien er Entscheidungen traf und woher er seine Informationen über den Markt bezog. Georg saugte alles Nützliche auf, notierte sich Kontakte, hielt fest, wer wann wofür zuständig war.

Wie kein Zweiter wusste Dieter Pollersbeck um die Schubkraft des Geldes. Der Mann hatte einen untrüglichen Instinkt dafür, wen er drücken konnte und wen er mit ein paar zusätzlichen Mark pimpern musste. In Materialangelegenheiten blieb er allerdings stur. Wenn er jemandem etwas abkaufte, verhandelte er nie. Pollersbeck rief einen Preis auf, und der war unumstößlich. Darauf angesprochen, flüsterte er Georg bei der Weihnachtsfeier schwer angesoffen zu: »Feilschen und wetten tun nur Juden und Zigeuner.« Peinlich berührt verdrehte Georg die Augen, er wusste nicht, wie er darauf reagieren sollte. Pollersbeck grinste nur verschlagen und ließ ihn zappeln. Schließlich schlug er Georg auf den Rücken und säuselte, dass er sich nur einen Spaß erlaubt hätte. Der wahre Grund für seine Verhandlungstaktik sei die Erkenntnis, dass sie ihm viel Zeit spare, denn in den meisten Fällen hätte man sich sowieso auf seinen Vorschlag geeinigt.

Der Bau-Boom der letzten Jahre hatte einen mächtigen Mann aus ihm gemacht, der deutlich zur Schau trug, dass ihn nichts aufhalten konnte. Wie beiläufig nahm er einmal einen Strafzettel von der Windschutzscheibe seines falsch geparkten Mercedes 300 SE, holte ein Feuerzeug heraus, hielt es unter das dünne Papier und zündete seine Zigarre damit an. »Manche klugen Leute«, sagte er dann zu Georg, »sind einfach nicht erfolgreich, weil sie zu viel über alles nachdenken. Die sehen nur die Risiken. Man muss aber die Sachen durchziehen. Scheiß dir nichts, dann fehlt dir nichts.« Georg respektierte den Alten, mochte seine geradlinige Art, dennoch hielt er ihn für ein Arschloch. Vor allem im Umgang mit dem Personal. Pollersbeck war ein vom Bluthochdruck gezeichneter Choleriker, ständig unter Strom. Wie er Mitarbeiter – Männer wie Frauen – wegen irgendwelcher Lappalien zusammenstauchte, war an Grobheit kaum zu überbieten. Er fegte über die Baustellen wie ein Derwisch, als wäre die Redewendung

»auf den Putz hauen« eigens für ihn erfunden worden. Fachlich konnte ihm allerdings niemand etwas vormachen, der Alte wusste alles über Zement, sah jeden Riss im Beton, jeden Pfusch beim Mörteln. Schludrige Maurer wurden bei ihm sofort ausgetauscht. Pollersbeck genoss aber auch die großen Empfänge, wo er mit den wichtigen Leuten auf Du und Du stand. Dort mehrte er nicht nur seinen Einfluss, sondern auch seine Leibesfülle. Er war berüchtigt für die Mengen, die er in sich hineinschaufeln konnte, und nüchtern ging er sowieso nie nach Hause. Den größten Profit heimste er aber im Schatten der Legalität ein: geräuschlose Rathausbeschlüsse, billiges Bauland, garantierte Rückvergütung – der gut geschmierte Verteilungszirkel lief prächtig. Standen Betriebsprüfungen an, wurde der sogenannte Kugelschreibererlass, der Steuerbeamten untersagte, Geschenke anzunehmen, die über den Wert eines Kugelschreibers hinausgingen, geflissentlich ignoriert. Pollersbecks Sekretärin Lisa wurde dann mit einer Besorgungsliste ausgestattet, mit der sie auf Einkaufstour ging.

Es hatte den Anschein, als könne Pollersbeck nichts erschüttern, geschweige denn einschüchtern. Seine fragwürdigen Praktiken trotzten vielen Bewunderung ab, und wenn er wieder einen großen Auftrag an Land gezogen hatte, dann hieß es anerkennend: »Irgendwas wird er schon gedreht haben, der Hund.« Die wenigen in der Firma, die seine Machenschaften ablehnten, hielten aus Angst um ihren Arbeitsplatz den Mund.

Schon nach einem halben Jahr bei Pollersbeck begann Georg es zu hassen, dessen Angestellter zu sein, er mochte dem fetten Sack nicht länger dienen, auch weil er ihm wie das komplette Gegenteil seines ehemaligen Lehrherrn Knut König vorkam. War König die Korrektheit in Person, suhlte sich Pollersbeck im Sumpf der Korruption. Mahnte der eine mit nüchternen Worten, brüllte der andere unflätig seine Belegschaft zusammen. Sämtliche Prinzipien, die Georg kannte und denen er auch jetzt noch folgte, hatte ihn sein alter Meister gelehrt, von seinem neuen Chef lernte er vor allem, wie er seine Geschäfte in Zukunft gerade *nicht* abwickeln wollte.

Georg war nun 22 und hatte 10 000 Mark angespart. Er wusste, dass das noch zu wenig war, um sich selbständig zu machen, zumal ihm die zündende Geschäftsidee fehlte. Aber seine Rücklagen wuchsen beständig, denn zu seinem monatlichen Gehalt kam der Erlös aus der Verpachtung des Sägewerks. Davon legte er einen Großteil zurück, um irgendwann ein ordentliches Startkapital zu haben.

Georg hatte das Geld penibel im Blick. Von Anfang an spielte es eine zentrale Rolle in seinem Leben. Aus dem einfachen Grund, weil es lange Zeit nicht da oder nur spärlich vorhanden war. Sparsamkeit in allen Bereichen war oberstes Gebot, verwertet wurde alles, weggeworfen nichts, und von Kindesbeinen an war er dazu angehalten worden, mitzuarbeiten, ob bei Bauarbeiten, im Sägewerk oder im Wald. Besonders die Arbeiter im Sägewerk hatten Georg in die Abläufe eingebunden und ihm viel beigebracht. Alles in allem hatte er eine grundsolide Gewerkeausbildung durchlaufen, so dass er auf jeder Baustelle zurechtkam. Für ihn, bekräftigte er gegenüber Lisa, sei daher immer klar gewesen: Wolle er vorwärtskommen, müsse es im Handwerk sein. Bei einer Arbeit mit den Händen, und zwar mit den eigenen. Ein verlegener Blick streifte Lisa. Sie lag auf seiner Brust, schaute über den Rand seines Unterkiefers in sein nachdenkliches Gesicht. Dabei hörte sie sein pochendes Herz. Intuitiv wusste sie, dass dieser junge Kerl eine Wunde in sich trug. Erfolg haben wollten viele, aber in ihm spürte sie eine Entschiedenheit, die nur hatte, wer willens war, sich für sein Vorhaben aufzuopfern, sich zu zerreißen, um diese Wunde zu schließen. Sie traute Georg viel zu, weil er kühl sein konnte, aber niemals kaltblütig war.

Lisa war neun Jahre älter als Georg, sah aber mit ihren einunddreißig beinahe jünger aus als er. Sie war dünn, fast knochig, trug einen rotbraunen Bubikopf hatte Sommersprossen auf der Nase und blasse, feinädrige Haut. Das einzig klassisch Feminine an ihr waren die langen Wimpern. Auch wenn sie es auf den ersten Blick ausstrahlte, so war sie alles andere als verträumt. Lisa war wendig und gewitzt und konnte, wenn es sein musste, genauso derb sein wie ihr Chef, der sie – zu ihrem Glück – nicht attraktiv fand. Ihre Einstellung sieben Jahre zuvor hatte sie in erster Linie Frau Pollersbeck zu verdanken, die ganz genau wusste, dass ihr Mann barocke Frauentypen bevorzugte. Für Pollersbeck sollte sich Lisa dennoch als absoluter Glücksfall erweisen, denn sie war eine hervorragende Bürokraft, perfekt organisiert, schnell, diskret und schlagfertig. In dieser Zeit wuchs die Firma rasant, der Umsatz stieg jährlich um 20 Prozent, und Lisa hielt Pollersbeck, der den dazugehörigen »Papierschmarrn«, wie er sagte, hasste, mit ordnender Hand den Rücken frei und den Laden zusammen. Sie besorgte ihm einen gewieften Anwalt und einen raffinierten Steuerberater. Mittlerweile gab es vier weitere Sekretärinnen in der Firma, und für manche Großaufträge wurden kurzfristig zusätzliche Schreibkräfte eingestellt. Lisa aber war nicht nur zur Chefsekretärin aufgestiegen, sie war die unumschränkte Herrscherin der Akten und Geschäftspapiere.

Als Betriebsleiter der neuen Sparte hatte Georg vor allem am Anfang viel mit ihr zu tun, denn jede kaufmännische Entscheidung führte über ihren Schreibtisch, auf dem, gleich einer Schaltzentrale, sämtliche Fäden zusammenliefen. Bei der Weihnachtsfeier vertieften sie schließlich ihren Austausch. Sie tranken, sie feixten, Georg stimmte zum Erstaunen der gesamten Belegschaft »O Tannenbaum« an – worauf ihn manche Kollegen nur noch »Domspatz« nannten, in Anlehnung an den berühmten Regensburger Knabenchor –, und im weiteren Verlauf des Abends ließ er Lisa zum ersten Mal teilhaben an seinen Ambitionen. Es war nicht so, dass sie sich in ihn verliebt hätte, gleichwohl beschloss sie an diesem Abend, ihn zu verführen. Ferner fasste sie den Entschluss, ihm unter die Arme zu greifen. Und anstatt ihm wie vielen anderen Mitarbeitern Sand in die Augen zu streuen, wenn es um die Tricks und Schliche des Chefs ging, entschied sie, ihm seine zu öffnen. Georg sollte begreifen, in welche Welt er sich da vorzuwagen gedachte und mit welch harten Bandagen dort gekämpft wurde. Fortan hing er an ihren Lippen, und noch in derselben Nacht küssten sie sich auf dem Nachhauseweg.

Für Lisa war die nun beginnende Affäre nicht nur aufregend, sondern auch riskant, denn sie war seit fünf Jahren verheiratet, allerdings war die Ehe nicht glücklich. Ihr Mann wünschte sich Kinder, sie aber wollte keine, also nahm sie die Antibabypille, die damals sehr schwer zu kriegen war, zumal im erzkatholischen Regensburg. Kamen ihr Mann und sie auf das Thema Kinder zu sprechen, entzündete sich regelmäßig ein heftiger Streit. Doch Lisa blieb hartnäckig, eine Eigenschaft, die sie bei Pollersbeck konsequent entwickelt und trainiert hatte. Von dem Alten lernte sie, mit dem Messer im Mund zu kämpfen.

Ihr Chef hatte ihr auch den Kontakt zu einem Arzt verschafft, der keine moralischen Bedenken hatte, ihr das Verhütungsmittel zu verschreiben. Pollersbeck war bestimmt kein Mann, dem an der Selbstbestimmung der Frau gelegen war, aber ging es darum, Lisa als Büroleiterin zu halten, war er völlig ideologiefrei. Und Moral war in seinen Augen ohnehin biegsam wie Gummi. Dabei strebte Lisa einfach nur eine Arbeit außerhalb der eigenen vier Wände an, die ihrer Ausbildung gemäß war. Sie wollte einen Betrieb mitgestalten, gebraucht werden, Anerkennung erfahren – auch wenn ihr Arbeitgeber in einem zweifelhaften Ruf stand, der sie zugegebenermaßen zunehmend bedrückte. Doch sie verwahrte sich dagegen, zur Hausfrau herabgestuft zu werden. Unter diesen Umständen ein Kind zu bekommen, hätte sie todunglücklich gemacht. Den Haushalt schmiss sie ja ohnehin allein, denn obwohl sich ihr Mann für modern und aufgeschlossen hielt, waren Bügelzimmer und Waschküche für ihn unbekannte Regionen im gemeinsamen Einfamilienhaus.

Es mutete wie eine Ironie des Schicksals an, dass Lisa erst durch die Arbeit beim wohl größten Chauvinisten der Oberpfalz zu einer selbstbewussten Frau geworden war, denn ausgerechnet in seiner Firma wurde ihr Wertschätzung zuteil für das, was sie tat, und nicht für das, was sie *war*. Natürlich mochte sie Kinder, aber wenn der Preis der Mutterschaft die Aufgabe ihrer Arbeit war, würde sie eben auf Nachwuchs verzichten. Und dieser Verzicht, schloss sie, machte sie erst zur Frau. Sie selbst hatte eine Entscheidung getroffen und sich nicht ihre vermeintlich natürliche Bestimmung aufzwingen lassen.

Erstaunlicherweise konnte sie mit Georg über diese Dinge reden. Wenn sie mit ihm schlief, reizte es sie, ihrem jungen Liebhaber etwas beizubringen. Sie hatte schnell herausgefunden, dass seine sexuellen Erfahrungen überschaubar waren, also zeigte sie ihm, worauf er bei Berührungen achten sollte, welche Fingerfertigkeiten und vor allem welche Zungenkünste eine Frau erregten. Sie legte Wert darauf, ihm die Besonderheiten der weiblichen Anatomie nahezubringen, wies ihn an, wo er sich Zeit lassen müsse und wann er seiner Kraft nachgeben sollte. Kurz, die zierliche Lisa eroberte Georg nach allen Regeln der Kunst. Sie spürte mit ihren Lippen Zonen auf, deren Liebkosungen ihn durchzuckten wie sanfte

Stromschläge, flüsterte ihm aber auch Anzüglichkeiten ins Ohr, die er von einer Frau nie erwartet hätte, was einmal dazu führte, dass er die Beherrschung verlor, sie am Hals packte und für einen kurzen Moment zudrückte. Entsetzt über sich selbst sprang er auf und wollte nichts wie davon, seine Tat war ihm unbegreiflich. Aber Lisa beruhigte ihn, versicherte ihm, dass ihr nichts passiert sei, und zog ihn mit einem beherzten Ruck zurück auf die Matratze. »Die Gefahr«, sagte sie lapidar, »gehört dazu, es soll doch auch Spaß machen. Lern einfach deine Grenzen kennen.« Das tat er. Ihre Treffen öffneten ihm in vielerlei Hinsicht die Augen.

Lisa war ziemlich stolz auf ihren Fang. Georg war ein schöner Mann, was ihm selbst gar nicht bewusst war. Großgewachsen, breitschultrig, dichtes Haar. Wenn er lächelte, strahlte er Liebenswürdigkeit aus, seine grauen Augen verliehen ihm einen melancholischen Ausdruck, seine leicht gekrümmte Nase Charakter. Und seit es mit Gerlinde auseinandergegangen war, hatte er sich einen Vollbart stehen lassen, der ihm eine verwegene Note einbrachte.

Schon zweimal hatten sich Lehrmädchen bei Lisa nach ihm erkundigt, die eine in der Hoffnung, ein paar hilfreiche Informationen über ihn einzuholen, während die andere Rat suchte, da sie unsterblich in Georg verliebt sei, zu ihrem Leidwesen würde er sie jedoch kaum beachten. Lisa setzte beiden Ermittlungen ein abruptes Ende. Der Mann sei, so viel könne sie mit Sicherheit sagen, in festen Händen und lebe ansonsten nur für die Arbeit.

Für Georg war es aufregend, mit einer Frau intim zu werden, die er sympathisch und interessant fand, für die er aber keine großen Gefühle aufbrachte. Seltsamerweise kam er sich nach dem ersten Treffen wie ein Verräter vor. Als hätte er Gerlinde hintergangen. Wenn er Lisa anfasste, wenn er sie von einer bestimmten Position aus betrachtete, ihren Bauchnabel, die Rundungen des Pos, ihren Nacken … Sein Kopf stellte unentwegt Vergleiche an, und vor seinem inneren Auge flackerten Bilder von Gerlinde auf. Erinnerungen an ihre gemeinsamen Nächte. Und kurz, für ein paar Hundertstelsekunden vielleicht, versetzte es ihm einen Stich ins Herz. Selbstverständlich war ihm klar, dass er Gerlinde keine Rechenschaft schuldig war. Er brauchte sich ihr nicht zu erklären, brauchte sich niemandem gegenüber zu erklären, ihm stand es frei, zu tun und zu lassen, was er wollte, dennoch überfiel ihn am Ende des Tages ein bitteres Gefühl, als sei jetzt erst das Ende ihrer Liebe eingetreten, da er einer anderen Frau sein ganzes, unteilbares Ich anvertraut hatte.

Dennoch freute er sich auf die heimlichen Zusammenkünfte mit Lisa von Mal zu Mal mehr. Sie trafen sich unregelmäßig, meistens dann, wenn sie angeblich Überstunden machte und ihr Mann beim Kegeln war. Zweimal trieben sie es im Büro. Zwar stellten sie sicher, dass niemand im Gebäude war, der Kitzel, erwischt zu werden, vögelte trotzdem mit, und auf Regeln und Gebote einfach zu pfeifen, verlieh den beiden eine Energie, die sie über den tristen, langen Winter mit Leichtigkeit hinwegtrug.

Mit der Zeit jedoch empfand Georg den Sex mit Lisa nicht mehr ganz so berauschend wie am Anfang. Gewiss, sie brachte ihm erstaunliche Lektionen bei, aber es war anders als mit Gerlinde, es fehlte der Funke, der die Verschmelzung zum Zünden brachte, so dass er es bald mehr genoss, nach dem Liebesakt mit Lisa im Bett zu liegen und über das Leben zu philosophieren.

Sie sprachen viel über die Firma, aber auch über das Wesen eines Betriebs, über Personalführung und Geschäftsmoral. Der Mensch, meinte Lisa, sei von Natur aus egoistisch und faul und bringe seine besten Leistungen nur unter großem Konkurrenzdruck zustande. Sie schloss daraus, dass das kommunistische Menschenbild, das Gleichheit postulierte, nicht mit der Natur des Menschen in Übereinstimmung zu bringen sei. Das kapitalistische Menschenbild hingegen, das sich auf freien Wettbewerb stütze, komme der menschlichen Natur wesentlich näher.

Aufmerksam hörte Georg ihr zu, er sah es genauso, die meisten Menschen seien träge, man müsse sie eben zur Arbeit zwingen. Vor allem aber stellte er sich die Frage, wie man es anders machen könnte als Pollersbeck, ohne dabei wirtschaftlich auf der Stecke zu bleiben. »Wer nicht wächst, muss weichen«, hieß es doch immer. Wenn es aber Leute wie ihn gab, die den Wettbewerb mit illegalen Methoden umgingen, war es schwierig, zu wachsen, eigentlich unmöglich. »Jemand wie Pollersbeck«, schimpfte er, »fährt die Arme aus und lässt die Kleinen nicht hochkommen, wie eine Birke, die den anderen Bäumen das Wasser abgräbt.« Müsse er nun auch zu solchen Mitteln greifen? War es nur so möglich, auf dem Markt zu bestehen? Georg wollte nicht korrupt sein müssen, auch wenn Lisa anführte, andere Baufirmen würden es ganz genauso machen oder es zumindest versuchen, nur Pollersbeck war in der Oberpfalz eben allen einen Schritt voraus.

»Du musst am Anfang«, schärfte sie ihm ein, »einen Bereich finden, wo es kein Hauen und Stechen um die besten Aufträge gibt. Sonst kannst du's vergessen.« Darauf war er selber schon gekommen, außerdem hatte er nicht vor, Bauunternehmer zu werden. Die Fertighäuser waren da schon interessanter, aber die Sparte gehörte Pollersbeck. Und allein die Vorstellung, seinen jetzigen Chef als Konkurrenten zu haben, brachte jedes Nachdenken darüber zu einem schnellen Ende.

»Das Allerwichtigste als Unternehmer«, sagte sie ein anderes Mal, »ist Vertrauen. Und die Voraussetzung dafür ist Ehrlichkeit. Du musst allen immer reinen Wein einschenken.

Den Kunden, den Banken, dem Finanzamt. Alle Karten auf den Tisch legen, dann passiert dir nichts.« Georg lachte, wie jemand lacht, der nicht genau weiß, warum. »Lach nicht so blöd. Das ist mein Ernst. Ich glaub, dem Chef fällt seine ganze Bescheißerei demnächst auf die Füße.«

Georg fragte nicht nach, aber er ahnte, dass sich irgendwas zusammenbraute. Denn Pollersbeck hatte in den vergangenen Wochen einen fahrigen, manchmal sogar verunsicherten Eindruck gemacht.

Im Frühjahr gingen die beiden schon gar nicht mehr miteinander ins Bett, ihr körperliches Interesse aneinander war abgeklungen, nicht aber ihr geistiges. Lisa wurde zu einer echten Freundin. Einmal trafen sie sich an der Donau auf einen Kaffee, Georg jammerte kleinlaut vor sich hin, er hatte noch immer keine rechte Ahnung, wie er sich selbständig machen sollte. Lisa wiegte den Kopf, sie ließ einen zweiten Würfelzucker in ihre Tasse plumpsen, auf einmal schlug sie einen konspirativen Ton an. »Hör zu, wir haben einen Auftrag reingekriegt, aus Wackersdorf. Die wollen eine Schule renovieren, die Decken neu machen, die Wände auch. Alles mit neuartigen Materialien. Normalerweise machen wir sowas nicht. Ich hab aber an dich gedacht.« Sie zog das Auftragsschreiben aus ihrer Handtasche und schob es ihm über den Tisch. »Schau's dir an, der ganze Trockenbau, das ist groß im Kommen. Mach's einfach selber, Georg. Wo es tröpfelt, muss man drunterhalten ... Bei uns wird's bald eine Sintflut geben. Es wird nicht mehr lange so weitergehen wie bisher. Das könnte deine Chance sein.«

Georg verstand. Noch am selben Tag setzte er sich mit dem Baustoffhändler Mayer aus Wackersdorf in Verbindung. Mayer war in der Gipsindustrie tätig, und Georg kannte ihn, weil er technische Unterlagen bei ihm angefordert hatte, um dessen Baustoffe für Fertighäuser zu testen. Und genau dieser Mann vermittelte jetzt einen Auftrag der Gemeinde Wackersdorf an Pollersbeck. Kurzum: Georg riss einfach den Auftrag an sich, ohne dass sein Chef Wind davon bekam. Der hatte gerade auch andere Sorgen.

Pollersbeck hatte acht Jahre lang keine Steuererklärungen abgegeben, und irgendwie hatte er es geschafft, seinen offiziellen Wohnort konsequent zu vertuschen. Eines Tages aber spürte ihn die Steuerfahndung dann doch auf, und das Finanzamt erließ die entsprechenden Bescheide. Aber Pollersbeck wehrte sich so heftig, dass das Finanzamt resignierte. Man wollte keinen Ärger von oben, zudem hieß es, der Mann sei ein wichtiger Arbeitgeber in der Region, durch die steigenden Lohnzahlungen kämen die Steuern eben auf Umwegen in die Staatskassen. Also duckte man sich weg und drückte sämtliche Augen zu. Bis auf einen. Florian Höcherl, ein junger, furchtloser Finanzassessor, wollte partout nicht klein beigeben. Nachdem er beim Amtsgericht das Grundbuch eingesehen hatte, begann er, in sämtliche Immobilien des Steuerschuldners zu vollstrecken. Er ließ Zwangshypotheken eintragen und pfändete Eigentümergrundschulden. Drei Tage später lief Pollersbeck Sturm, riss die Tür zum Dienstzimmer des Finanzbeamten auf, stürzte auf ihn zu und brüllte: »Sie haben mein Lebenswerk vernichtet!« Dabei hielt er den brennenden Stummel seiner Zigarre so nah an Höcherls Gesicht, dass der weiß wie Speck wurde und vor Schreck vom Stuhl kippte. Davon ungerührt stieg der Bauunternehmer über den am Boden Liegenden und tobte weiter wie ein Verrückter. Schließlich beruhigte er sich, wandte sich zur Tür und bot dem Assessor beim Hinausgehen eine Teilzahlung an. Höcherl begriff sofort, dass er den Bauunternehmer in der Tasche hatte. Den Überfall zahlte er Pollersbeck gnadenlos heim. Die Nachzahlungen und Säumniszuschläge brachen dem zwar nicht das Genick, doch es war deutlich mehr als ein Nackenschlag, so dass sich der Unternehmer gezwungen sah, erhebliche Anteile seiner Firma zu veräußern. Man wusste nicht genau, weshalb Pollersbeck an politischem Rückhalt verloren hatte. Es wurde kolportiert, er habe sich gegenüber den Stadthonoratioren zu oft im Ton vergriffen. Wahrscheinlich aber hatten sich schlicht ein paar Abhängigkeitsverhältnisse verschoben, während zur gleichen Zeit jemand im Finanzamt auf geltendes Recht bestand.

Früher als Georg es geplant hatte, von einem Tag auf den anderen, verließ er die Firma. Und fast synchron zu Pollersbecks Abstieg stieg er auf. Doch vorher erledigte er den gekaperten Auftrag in Wackersdorf. Als eine Art Testlauf. Sechs Wochen lang stand er mit seinen beiden Gehilfen täglich auf dem Gerüst, wo sie schraubten, sägten und montierten. Ständig waren sie gezwungen, zu improvisieren, aber dadurch lernten sie am meisten. Am Ende hatte die Berufsschule Wackersdorf eine nagelneue Raumauskleidung, die sich sehen lassen konnte. Der Bauherr und der Architekt waren hochzufrieden. Und auch der Vermittler des Auftrags, der Baustoffhändler Mayer, wurde dafür gelobt, einen so tüchtigen und fähigen Mann an Land gezogen zu haben.

Für Georg war das die Bestätigung, mit dem Innenausbau aufs richtige Pferd gesetzt zu haben. Sein Platz sollte fortan im Baunebengewerbe sein. Aus den Gesprächen mit Mayer und anhand seiner Beobachtungen ergab sich für ihn ein klares Bild: Die Ansprüche der Kunden wurden höher, die technischen wie innenarchitektonischen Anforderungen wurden komplexer. Es zeichnete sich eine neue Bauweise ab, mit leichteren Materialien wie Faserzement oder Promabest-Platten; viel giftiges Zeug, aber davon ahnten viele noch nichts. Mit der beschönigenden Umschreibung »Systeminnovation am Bau« wurden Bedenken im Namen des Fortschritts ignoriert. Und so entwickelte sich ein rasch wachsender Industriezweig, für den es erst eine Handvoll kleinerer spezialisierter Betriebe gab. Noch im selben Sommer, im Jahr 1968, gründete Georg seine eigene Firma, die Schatzschneider Trockenbau GmbH, als Dreimannbetrieb, Loibl und Huber wurden seine ersten beiden Mitarbeiter.

Es war damals üblich, dass die Baustellen in den kalten Wintermonaten geschlossen wurden. Georg nutzte die Zeit, um mit seinen Mitarbeitern – darunter ein paar gestandene Zimmererleute – in der Nähe vom Bahnhof Obertraubling eine eigene Werkshalle aus Holz zu bauen, die ein halbes Jahr später eingeweiht wurde. Huber war sein Obermonteur, und wie er, der zum ersten Mal eine Bauleitung übernommen hatte, die Arbeiten anleitete, war beeindruckend. Anscheinend unerschütterlich und stets ruhig, ungeachtet der Kälte und mancher Lieferengpässe. Huber war ein aufrichtiger Kerl, nie auf den eigenen Vorteil bedacht, einer, der um der Sache willen anpackte. Georg erkannte, dass man auf die bauen musste, die einem dankbar waren, sie zahlten es mit doppelter Münze zurück. Und so wie Huber es ihm nie vergessen sollte, dass Georg ihn, der mittlerweile sechsundfünfzig Jahre alt war, von der Arbeitslosigkeit befreit hatte, so würde Georg es Lisa niemals vergessen, dass sie ihm den Weg ins Unternehmertum gewiesen hatte, ohne selbst davon zu profitieren.

Zu jener Zeit traf er sie nur sporadisch, aber auch mit anderen Freunden hatte er kaum Kontakt. Entweder er arbeitete auf der Baustelle, oder er kümmerte sich um die kaufmännischen Belange. Urlaub machte er nie. Wollte er mal kurz abschalten, fuhr er sonntags an einen See oder unternahm eine Wanderung ins Umland; er brauchte keine Fernreisen, um seine Batterien aufzuladen.

An einem Sonntag im Frühsommer fuhr er zum nahe gelegenen Guggenberger See. Der Winter mit dem Bau der Werkshalle hatte ihn gebeutelt. Manchmal überkamen ihn Zweifel, ob er nicht voreilig zu viel Geld investiert hatte. Er hatte sich ausgerechnet, wie viele Aufträge er brauchte, damit sich die Investitionen amortisierten, aber dafür gab es eben keine Gewissheit, der Markt war eigensinnig wie ein kleines Kind.

Eigentlich wollte er am See seine Ruhe haben, den Schwänen am Ufer zuschauen, stattdessen richtet man dort ein Kinderfest aus, mit Trubel und Geschrei. Entnervt stand er von der Holzbank auf, um weiterzugehen, als auf einmal Böllerschüsse die Luft erschütterten, dumpfe, mit Urgewalt hervorgebrachte Salven. Nicht nur er, auch die Schwäne schreckten zusammen. Verstört schwammen sie, jeder für sich, kreuz und quer hin und her. Aber dann geschah etwas Verblüffendes. Mit dem Leitschwan an der Spitze bildeten sie eine Formation und ruderten, einer hinter dem anderen, mit erhobenen Köpfen hinaus auf den offenen See. Georg beobachtete das Schauspiel, schließlich begriff er den Sinn, und er musste über sich selbst lachen. Er schwor sich, niemals die Nerven zu verlieren. Die Natur machte es einem doch vor. Nur wer Angst hat, verliert den Kopf! Sein Blick folgte dem Schwanenzug, der unbeirrt das andere Ufer ansteuerte. Er stieß einen brachialen Schrei aus, wie ein Fußballer nach einem wichtigen Tor, dazu riss er seine Arme hoch. Die Festgesellschaft glotzte belämmert zu ihm herüber, ein Mann pöbelte ihn an. Georg scherte sich nicht darum, nur kurz war ihm danach, dem schmerbäuchigen Typen eine reinzuhauen, stattdessen aber hob er entschuldigend seinen Arm und machte sich davon.

Dennoch blieb die Angst ein latenter Begleiter. Es gab Nächte, da wachte er um zwei Uhr morgens schweißgebadet auf, und es kamen ihm die Tränen, ohne dass er wusste, weshalb. Nach einer solchen Nacht, an einem trostlosen Novembermorgen, machte er sich daran, sein Zimmer endlich gemütlicher einzurichten. Er schleppte einen verstaubten Umzugskarton aus dem Keller hoch, in dem sich ein paar vergessene Habseligkeiten befanden. Georg spekulierte auf Fotos, die er rahmen und an die völlig kahlen Wände hängen könnte, er hoffte auf ein paar Kerzen, auf etwas Zierrat. Mit einem Mal lag das Buch »Sternstunden der Menschheit« vor ihm, das Gerlinde ihm ein paar Jahre zuvor geschenkt hatte. Er hatte keine Ahnung, wie der schmale Band in den Karton geraten war. Hatte seine Mutter ihn eingepackt? Gerlindes Widmung, die er seinerzeit tausendmal gelesen hatte, stand ihm wieder vor Augen. Sein Herz krampfte sich zusammen, ein Anflug von Übelkeit überkam ihn. Er fischte das Buch heraus, hielt es zwischen Daumen und Zeigefinger, darauf bedacht, es nicht anzusehen, und lief damit vors Haus. Dort entsorgte er es in die Mülltonne. Plötzlich überkamen ihn Bedenken. Wenn es nun ein Nachbar in die Finger bekäme … Umständlich holte er es wieder heraus, für eine lange Sekunde überlegte er, es zu verbrennen. Schließlich aber ging er unverrichteter Dinge zurück ins Haus, wo er feststellte, dass auf dem Boden des Kartons, unter seinen Schneeschuhen, Gerlindes Briefe lagen, sorgsam geschichtet zu zwei Stapeln, auch an sie hatte er keinerlei Erinnerung mehr gehabt.

Er überlegte, was er tun sollte, während vor dem Fenster ein paar Spatzen heftig aneinandergerieten. Würde er jetzt alles vernichten, wäre das feige, er würde die Vergangenheit unleserlich machen. All ihre Briefe, die Widmung – es waren doch zweifelsfrei Dokumente des Unrechts, und deswegen, so dachte er, war es seine Pflicht, sie aufzuheben. Irgendwann würde der Tag schon kommen, an dem ihm Gerechtigkeit widerfahren würde. Eines Tages würde er ganz oben stehen, dann würde er die Briefe herausholen und sie mit Genugtuung vor ihr ausbreiten. Es würde Gerlinde wehtun, und sie würde Reue zeigen und einsehen, dass sie einen groben Fehler begangen hatte. Allerdings zu spät, kein Bitten und Betteln würde ihn erweichen können. Georg stellte sich vor, dass sie einen reichen Freund hatte, irgendeinen Schwabinger Angeber, und er malte sich aus, wie er den überrunden und in den finanziellen Ruin treiben würde. Wie genau, gab seine Rachephantasie nicht her, mehrere Varianten flackerten in verworrenen Bildern vor seinem inneren Auge auf, nur das Ende war klar, er würde triumphieren und schließlich auch das gesamte Hufnagelgut zermalmen.

Ein paar Tränen kullerten ihm über die Wangen. Er feuerte das Buch zu den Briefen in den Karton, dann trug er ihn wieder in das kleine Kellerabteil und verstaute ihn so, dass er ihn nicht zu Gesicht bekam, wenn er den Verschlag öffnete. Aber durch dieses unerwartete Rendezvous mit der Vergangenheit reifte in ihm der Entschluss, wieder mit dem Lesen anzufangen beziehungsweise überhaupt damit zu beginnen. Er erinnerte sich an das Gefühl der Versunkenheit, das ihn beim Nachdenken über die Zweig-Geschichten überkommen hatte, an das Tableau entlegener Welten, die da zwischen den Buchdeckeln aufschienen, und das alles in einer unerreicht eleganten Sprache.

Auch Josef diente Georg als Vorbild, wenn es darum ging, sich präzise auszudrücken. Der hatte beständig ein paar Aphorismen auf Lager, meistens von Goethe, aber auch von anderen Dichtern. Zitate, die passten, die das gerade Verhandelte anschaulich in einem Satz bündelten. Darin zeigte sich eine Souveränität, die Georg, ohne dass er es sich jetzt eingestanden hätte, sehr an Josef bewunderte. Auch Knut König hatte sich mitunter gewählt ausgedrückt, manchmal, wenn er einen Vergleich bemühte, sagte er, dieses oder jenes sei wie bei Dostojewski oder wie bei Schiller. Hinzu kam, dass Georg vor nicht allzu langer Zeit den Architekten Egon Altmann erlebt hatte, der einen riesigen Auftrag von der Stadt zugesprochen bekommen hatte. In einer kleinen Delegation marschierten sie über den Neupfarrplatz, den es umzugestalten galt. Altmann war bereits ein älterer Herr, aber wesentlich moderner und origineller als Josef und König. Er schien noch wortgewandter als die beiden. In gewisser Weise war Altmann Künstler, Ingenieur und Unternehmer in einem. Kein Dampfplauderer, kein aufschneiderisches Gehabe. Unbestechlich, vor allem unangreifbar kam er ihm vor. Und er war jemand, der seine Sache nicht nur beherrschte, sondern auch *betrieb*. Altmanns Brillanz war nicht nur berühmt, sondern auch berüchtigt. Oft kanzelte er Mitarbeiter derart vernichtend ab, dass sich manche nie wieder davon erholten. Georg wusste nichts von diesen Vorfällen, aber er spürte, dass der Mann weit mehr gefürchtet war als beliebt. Und das imponierte ihm. Jedenfalls ging Georg davon aus, dass der Architekt unheimlich belesen sein musste, also konnte es nur von Vorteil sein, wieder ein Buch auf dem Nachtkästchen liegen zu haben.

Nach außen hin wirkte Georg meist bescheiden, fast unscheinbar. Sein Auftreten war das eines reservierten Mannes, der nicht viel von sich preisgab, dafür aber die anderen umso mehr reden ließ. Seine eigenen Sätze begannen nicht selten mit »man« und endeten oft in ungelenken Passivkonstruktionen. Diese anfängliche Unsicherheit aber, weswegen Kunden ihn gerne unterschätzten, kultivierte er mit der Zeit und machte sie zur Methode. Seine zurückhaltende, fast spröde Art, stellte er fest, half ihm sogar, möglichst viele Informationen aus dem Auftraggeber herauszubekommen. Und wenn er genug wusste, lächelte er sein gewinnendes Lächeln und schlug ein. Seinen eigenen Aufstieg vor Augen, verachtete er jene, die immer den Weg des geringsten Widerstands gingen. Er belächelte Menschen, die es immer leicht hatten, denen der Erfolg in die Wiege gelegt worden war. Wenn er später davon erzählte, dass sein erster Firmensitz ein Bauwagen war, ausgestattet mit einem Klapptisch, einem Ofen, drei Spinden und zwei Werkzeugschränken, dann klang immer auch der Stolz mit, sich gegen alle Widerstände durchgesetzt und Großes geleistet zu haben.

Georg erkannte früh, dass ein Bauherr am liebsten alles aus einer Hand bezog. Aus dem Grund bot er nicht nur die Dienstleistung, sondern auch die entsprechenden Produkte mit an: Zu den Decken kamen mit der Zeit Trennwände, Isolierungen, Türen und Fassaden dazu. Aus dem Rohbau ein bezugsfertiges Gebäude zu machen – diese Geschäftsidee sollte *sein* Schlüssel zum Erfolg werden.

Gleichzeitig schaffte er es, Solidarität im Betrieb aufzubauen, ähnlich wie in einer Familie. Neben seinem Verhandlungsgeschick, dem strategischen Talent und einer schnellen Auffassung war vor allem die Gabe, seine Mitarbeiter zu motivieren, entscheidend für das rasche Wachstum der Firma. Er selbst kam jeden Morgen um sechs Uhr ins Büro und setzte sich an den Schreibtisch, ab acht war er auf der Baustelle, und das an sechs Tagen der Woche. Arbeiten hatte für Georg eine reinigende Kraft. Etwas gemeinsam mit anderen fertigzustellen oder abzuliefern, beinhaltete für ihn die Essenz alles Tuns. Und weil er seine Arbeit nicht als Arbeit empfand, war er mit seinem Beruf zufrieden, er machte ihn geradezu glücklich, nur solche Arbeit, dachte er, sollte man im Leben anstreben.

Am Tag, als die Werkshalle eingeweiht wurde, bekam er am Morgen einen Anruf. Evi, ein ehemaliges Lehrmädchen bei Pollersbeck, das von Lisa angelernt worden war und seinerzeit heftig für ihn geschwärmt hatte, war am Apparat. Ihre Stimme flatterte, und als sie schließlich Lisas Namen stammelte, schluchzte sie los, als gäbe es kein Halten mehr. Es dauerte lange, bis sie sich wieder gefasst hatte und weitersprechen konnte. Lisa war tot, ihr Mann hatte sie im Streit erwürgt. Und was anderntags einer Boulevardzeitung einen reißerischen Aufmacher wert war, riss Georg den Boden unter den Füßen weg. Der Hörer rutschte ihm aus der Hand, und nun war er es, der um Fassung rang und mehrere Anläufe brauchte, um Evi für den Anruf mit einem knappen »Vergelt's Gott« zu danken. Er selbst vergalt es Gott, indem er ihm abschwor. Seine eigenen Rückschläge und Niederlagen konnte er sich noch als Prüfungen eines letztendlich gerechten Gottes erklären, Lisas Tod dagegen empfand er als vollkommen sinnlos. Kein Mensch, erst recht kein Gott, hatte das Recht, diese wunderbare Frau so früh aus dem Leben zu reißen, sie auf eine derart ruchlose Art abkratzen zu lassen.

Doch wie so oft in seinem Leben behielt er den Schmerz für sich und verschloss ihn tief in seinem Herzen. Seine Gefühle gingen niemanden etwas an, nur mit Gerlinde hatte er darüber sprechen können, aber die war seit Langem weg. Ängste und Verletzungen brachen sich allenfalls in Wutanfällen Bahn. Für seine Umgebung blieben die eigentlichen Ursachen jedes Mal im Dunkeln.

Georg sammelte sich, gekonnt überspielte er die Nachricht, dabei wirkte er nicht einmal apathisch, nur ein bisschen verhaltener als sonst. Mit der Erklärung, er habe sich eine Erkältung eingefangen, daher die glasigen Augen, zog er sich schließlich zeitig von der Einweihungsfeier zurück. Erst zu Hause ließ er seiner Trauer freien Lauf.

In der Werkshalle wurde ganz vorne neben dem Eingang eine kleine Schreibstube eingerichtet, und Georg stellte Evi, die nach Pollersbecks Beinahe-Pleite arbeitslos geworden war, als seine erste Bürokraft an. Bei ihr holten die Arbeiter ihren Lohn ab, zunächst noch in der Lohntüte und in bar, erst nach ein paar Jahren wurde er überwiesen. Alle zwei Wochen gab es einen Vorschuss, am Monatsende dann die Abrechnung.

Wenn man einen Krankenschein benötigte, ging man ebenfalls zu Evi.

Als der zweite Winter bevorstand, wollte er vermeiden, dass seine Mitarbeiter arbeitslos wurden. Auf der Suche nach einer Möglichkeit, sie weiterzubeschäftigen, stieß er im »Holz-Zentralblatt« auf eine Anzeige, die gebrauchte Maschinen zur Kleiderbügelproduktion anbot. Die Anschaffung war zwar ein wirtschaftlicher Reinfall, aber die kalte Jahreszeit konnte dennoch mit Beschäftigung überbrückt werden, und seine Mitarbeiter verstanden, dass er alles daransetzte, um ihnen zu einem Auskommen zu verhelfen. Noch Jahre später rechneten sie ihm das hoch an. Erst im dritten Winter nach der Betriebsgründung war es möglich, die Baustellen offen zu halten. Seine Materialien hatten sich durchgesetzt, bedenkenlos überließ man ihm die Rohbauten. Von da an ging es steil bergauf. Vor allem die Olympischen Spiele in München bescherten dem kleinen Montageunternehmen einen immensen Schub. Aber auch für Großbauten außerhalb Bayerns bekam er jetzt regelmäßig Aufträge. In jener Zeit trug er für sämtliche Bereiche, vom Lager über die Produktion bis zum Versand und zur kaufmännischen Abwicklung, die alleinige Verantwortung. So kam es, dass ihm 1972 die Bank kein Geld mehr geben wollte, weil er vor lauter Arbeit die Abrechnungen vernachlässigt hatte. Georg wurde in die Filiale zitiert und gezwungen, als Sicherheit eine Lebensversicherung abzuschließen, obwohl sein Betrieb nach der Auftragslage hervorragend dastand. Das Erlebnis war erniedrigend, und er schwor sich, nie wieder abhängig zu werden und im Leben keine Schulden mehr zu machen.

Eisenstein besuchte er in diesen Jahren nur selten. Obwohl er an seiner Mutter hing, kamen ihm die Besuche wie eine lästige Pflichtübung vor. Erna war fürsorglich und zurückhaltend, doch etwas sträubte sich in ihm, sich ihr voll und ganz anzuvertrauen, obwohl sie gemeinsam durch so viele Feuer gegangen waren. Einmal kam er seinem Unbehagen auf die Schliche, er verstand, dass es mit Ernas ablehnender Haltung gegenüber Gerlinde zu tun hatte, verdrängte diese Einsicht aber schnell wieder. Mochte Ernas Mahnung auch zutreffend gewesen sein, es tat ihm immer noch weh. Denn selbst die innigsten Momente mit Gerlinde verkehrten sich dadurch in ihr Gegenteil, dabei waren sie – selbst in der Rückschau – wahrhaftig gewesen. Jedes Mal wenn er nach Eisenstein fuhr, fühlte er sich reflexhaft mit der Forderung konfrontiert, etwas verteufeln zu müssen, was im gelebten Augenblick rein gewesen war wie sonst nichts auf der Welt.

Als er an Weihnachten 1973 seine Mutter besuchte und sie ihm von ihrer Krankheit erzählte, tat es ihm unendlich leid, dass er sie in den vergangenen Jahren so vernachlässigt hatte. Ihm war nach Weinen, aber es ging nicht, also drückte er sie fest an sich, um ihr zu zeigen, dass er sie liebte.

4 Schwestern

Heidi liebte Gerbera. Sie stellte sich ein Meer aus Magenta oder Gelb vor. In jedem Fall eine Flut in großen gläsernen Kugelvasen, auf jedem Tisch, in jeder Nische, auf jedem Fenstersims. »Der Raum«, sagte sie in fachmännischem Tonfall und breitete dabei ihre Arme aus, »muss blühen. Die Leute müssen reinkommen, und ihnen muss die Kinnlade runterfallen.«

Sie ließ eine Hand in ihre Tasche gleiten, aus der sie ein Päckchen Damenzigaretten angelte. Prompt tastete Konrad nach seinem Feuerzeug, und noch während sie die Slimsize an den Mund führte, züngelte auch schon eine Flamme unter ihrer Nase. »Danke, sehr aufmerksam.« Sie ließ den Rauch aus ihren gespitzten Lippen strömen.

Ohne rotlackierte Fingernägel verließ Heidi selten das Haus, ohne Make-up und Lippenstift nie. Heidi machte Eindruck auf Männer, und sie war sich ihrer Wirkung durchaus bewusst. Ihrer Einschätzung nach sah sie ziemlich gut aus, auf manchen Fotos – und das bestätigten ihr die Männer – atemberaubend gut. Man hätte diese Fotos ohne Weiteres auf das Cover von Modezeitschriften setzen können. Ihre hohen Wangenknochen und die entsprechende Schminke verliehen ihrem Gesicht eine markante Androgynität. Dazu eine dunkelblonde, gewellte Mähne, ein schlanker Körper, kleine feste Brüste. Doch obgleich Heidi alle aktuellen Schönheitsideale auf sich vereinte, war sie im eigentlichen Sinn nicht schön. Ihr fehlte es an natürlichem Glanz.

Ein Mörderweib, dachte Konrad, und sein Blick haftete eine Sekunde länger an ihr, als dass man ihn noch als aufmerksam oder zugewandt hätte bezeichnen können.

»Können wir uns kurz unter vier Augen beratschlagen, nur kurz …« Nun meldete sich Gerlinde zu Wort, sie lächelte freundlich, aber bestimmt.

»Klar. Schaut euch ruhig um, ich werkle inzwischen weiter.« Konrad verzog sich hinter den Tresen. Gleich darauf dudelte das Radio.

»Gib mir auch eine«, sagte Gerlinde.

»Seit wann rauchstn du?«

»Schon lange, immer mal wieder.«

»Hab ich nicht gewusst.«

Für eine kurze Weile standen beide schweigend nebeneinander, ließen mit hochgerecktem Kinn ihre Blicke durch den Raum wandern. »Zu protzig will ich es nicht haben …«, sagte Gerlinde zögerlich, sie drückte die Zigarette aus, hüstelte.

»He, Wirt, mach lauter!« Konrad tat, wie ihm von Heidi aufgetragen. Die legte den Arm um ihre Schwester und trällerte den Refrain mit: »Baby, I'd love you to want me / The way that I want you / The way that it should be ...«

»Heidi, bitte.« Heidi schnippte in Konrads Richtung, zog Daumen und Zeigefinger zusammen – prompt wurde es wieder leiser. Zum Dank warf sie ihm eine Kusshand zu. »Bleib mal locker. Da wird nix zu protzig. Es ist deine Hochzeit, Schwester!«

»Du denkst also«, sagte Gerlinde mit gedämpfter Stimme, »dass es keine Schnapsidee ist?«

»Was? Die Heirat oder die Idee, hier zu feiern?« Heidis Augen funkelten provokant.

Zwischen den Schwestern hatte von Anfang an ein starkes Band der Zuneigung, aber auch ein ausgeprägtes Konkurrenzverhältnis bestanden. Im Kern ging es immer um die Anerkennung des Vaters, um die Frage, wer von ihnen gerade seine Aufmerksamkeit erhielt. Wenn eine Geliebte in Josefs Leben trat oder gar eine neue Frau an seine Seite zu rücken drohte, solidarisierten sich die Schwestern miteinander. Das schweißte die beiden zusammen, genauso wie die fünf langen Jahre, die sie gemeinsam auf dem Internat verbracht hatten. Wurde die eine angefeindet, stand die andere eisern hinter der Schwester, sie hielten zusammen wie Clanmitglieder in einem Mafiafilm. Vor allem Gerlinde kehrte dann ihren Beschützerinstinkt heraus, gleich einer Löwenmutter verteidigte sie die Kleine. Ansonsten war das Spektrum ihrer Verbundenheit vielfältig. Von vorsätzlicher Kälte und Eifersucht bis zu Mitgefühl und unverbrüchlicher Liebe war alles dabei. Außer Hass, aber auch er sollte noch kommen und in beide hineinfahren wie ein Herbststurm in einen lichten Wald.

Im Laufe der letzten Jahre war ihr Kontakt lose geworden, schon lange vertrauten sie einander nicht mehr alles an.

Das hatte sicherlich auch mit einer natürlichen Entwicklung zu tun, mit unterschiedlichen Lebensplänen, anderen Freundeskreisen und verschiedenen Interessen. Streng genommen aber ließ sich der Beginn ihres Auseinanderdriftens auf den Tag datieren, an dem Gerlinde Georg wiederbegegnet war.

Josef hatte keine Lieblingstochter, aber hätte er sich festlegen müssen, hätte er wohl Gerlinde genannt. Sie war seine Erstgeborene. Juttas Tod hatte sie seiner Ansicht nach am härtesten getroffen. Dachte er an diese Zeit, dann rührte ihn die damalige Traurigkeit des Kindes immer noch, seine Sprachlosigkeit, seine verstörten Blicke. Gerlinde glich ihm auch in einer Fähigkeit, die er selbst erst in späteren Lebensjahren zu schätzen wusste: der Fähigkeit zur Melancholie. Verantwortliches Leben, das wurde ihm irgendwann bewusst, ging einher mit Leiden, man brauchte breite Schultern, man brauchte einen Plan, man brauchte Vernunft. Man benötigte aber auch ein hohes Maß an Feingefühl. Je älter er wurde, umso mehr leuchtete ihm das Zusammenspiel ein. Vielleicht war Gerlinde zu sensibel, während Heidi zu oberflächlich war. Zumindest empfand er es so. Josef mochte nicht, wie sie sich anmalte und herausputzte, ihre aufgedrehte Art war ihm oft zu anstrengend. Meistens aber sah er darüber hinweg, und er unterließ es, sie zu kritisieren. Der Verlust einer Tochter war schmerzlich genug, die zweite wollte er nicht auch noch vergraulen.

Das Abitur hatte Heidi nur mit Müh und Not geschafft, ein Studium kam für sie nicht in Frage. Statt an die Uni nach München ging sie nach Regensburg und machte dort in einem großen Kaufhaus eine Ausbildung zur Dekorateurin. Ab und zu kokettierte sie zwar damit, doch noch Innenarchitektur zu studieren, aber wirklich ernst meinte sie das nicht. Als sie im Sommer ihre Ausbildung beendete, war sie 23, hatte eine Abtreibung hinter sich, drei Architekten zum Freund ge-

habt und keine genaue Vorstellung, wie sie ihren Beruf ausüben wollte. Letztlich blieb sie bei Horten, was nicht unbedingt herausfordernd war, aber auch nicht langweilig.

Heidi war clever, sehr clever sogar. Sie hasste es, in Gefühlsfragen Erwartungen erfüllen zu müssen, und das sprach
sehr für ihre emotionale Integrität. Und bei allem Interesse
für das andere Geschlecht: Sie war intelligent genug, um zu
wissen, wie weit sie gehen konnte, ohne Kontrolle und Selbstachtung zu verlieren. Heidi erfüllte auch sämtliche Bedeu-
tungen des Begriffs »unternehmungslustig«, mitunter war
sie dann in Angriffslaune, und die alte, hufnageltypische Arroganz machte sich bemerkbar. Dass sie sich eines Tages selbständig machen würde, stand für sie außer Frage. Wie sie das
anstellen wollte, war noch Zukunftsmusik, aber sie war sich
sicher, dass es dazu kommen würde. Die Vermutung, nichts
Besonderes zu sein, hatte sie noch nie befallen, warum auch?
Heidi schätzte sich selbst als realistisch ein. Im Gegensatz
zu ihrer Schwester hatte sie ihr Leben im Griff, davon war
sie überzeugt. Nur wenn sie niemanden um sich hatte, beschlich sie manchmal die Angst, zu verschwinden.

»Ich weiß, dass du Vorbehalte hast, aber der Lothar ist ein
ganz Lieber, auf eine gewisse Art ist er … rein, reinen Herzens. Jetzt zum Beispiel ist er gerade in meiner Wohnung
und backt Christstollen. Ich bin heute nicht mehr dazu gekommen, also hat er die Sache in die Hand genommen. Ich
mein, welcher Mann macht das schon …«

Heidi schaute ihre Schwester an, als würde sie spinnen,
sagte aber mit heiterer Stimme: »Ich weiß, ich kenn ihn. Aber
es ist nicht mehr so wie früher. Man muss nicht gleich heiraten, wenn man einmal miteinander im Bett war. Du kennst
ihn doch erst seit so kurzer Zeit.« Gerlinde spähte zur Theke,
sie fürchtete, Konrad würde ihr Gespräch belauschen, aber

er war gar nicht da. »Ich war so lang allein«, sagte sie im Tonfall alter Vertrautheit, »und der Lothar ist halt da, wenn man ihn braucht. Ich spür das.«

»Ich will dich ja nicht von der Heirat abhalten, wenn's Liebe ist ...«

»Ach«, seufzte Gerlinde, »Liebe ... das ist so ein großes Wort. Mir reicht das kleine Glück.« Dabei dachte sie an die Stallwärme, wie sie es nannte, die sie spürte, wenn sie mit Lothar zusammen war. Wie bei einem Schimmel, der unerschrocken steht, einfach nur dasteht, ein bisschen schnaubt und unablässig Wärme spendet. Davon hätte sie ihrer Schwester niemals erzählt, die hätte das als lächerlich und kitschig empfunden. Und Heidi war eine Meisterin im Lachen, vor allem im Auslachen.

»Aber vor dem Lothar hast du doch noch nie einen festen Freund gehabt. Das hat mich immer gewundert, dabei warst du immer so beliebt und so hübsch.«

»Ich hab doch jetzt einen festen Freund.« Gerlinde zwinkerte kurz und setzte damit dem Thema ein Ende. In diesem Moment schob sich Konrad mit dem Rücken voran durch die Tür. In den Händen einen Kasten Weißbier, den er schweratmend hinter die Bar schleppte. »Nachschub für den Lothar«, feixte er. »Habt ihr alles besprochen?«

»Das Lokal hat einen sehr schönen Grundriss, das sind klare Linien, man könnte hier an der rechten Seite ein Podest aufbauen, dann hätte man eine kleine Bühne für eine Band oder so. Und ein Höhenunterschied bringt immer mehr Bewegung in einen Raum. Dann würde ich noch Blumen und farblich passende Vorhänge besorgen.« Heidi nickte ihren eigenen Worten hinterher.

»Mir soll's recht sein«, sagte Konrad, »wenn ihr alles wieder mitnehmt, was ihr herbringt, kein Problem. Wir haben hier schon ein paar anständige Feste gefeiert. Letztens war ein Feuerwehrball, da haben sie ein Banner aufgehängt: ›Andere rennen raus, wir rennen rein.‹ Da war die Hölle los. Neun Monate später haben die einen Mitgliederschub verbucht, nicht von schlechten Eltern.« Er grinste. »Ich mein nur, das ist kein schlechtes Omen und kein schlechter Ort für eine Hochzeitsfeier.«

»Der Schub«, frotzelte Heidi, »macht sich aber hier noch nicht bemerkbar.«

»Mein Wirtshaus ist auch kein Kindergarten«, konterte Konrad. Der Punkt ging an ihn. »Ich mach dem Lothar auch einen Superpreis. Sobald ihr sagt, ihr wollt am 1. Juni hier feiern, weil den Termin hab ich mir schon vorläufig notiert, läuft die Maschinerie.« Er bückte sich und begann, die Flaschen in den Kühlschrank zu packen. Gerlinde warf ihrer Schwester einen fragenden Blick zu, worauf Heidi zustimmend nickte. »Also gut, wir machen die Feier hier«, sagte Gerlinde mit kräftiger Stimme, »aus, amen, basta.« Konrad hob aus der Versenkung seinen Daumen, rief »Glückwunsch, gute Entscheidung!« und ließ ihn umgehend wieder hinter der Holzfassade verschwinden.

»Warum kommst du eigentlich so selten nach Hause? Der Vater würde sich so freuen.« Von einer Sekunde auf die andere fühlte sich Gerlinde bedrängt. Ein taubes Gefühl breitete sich auf ihrer Zunge aus. »Ich bin in der Arbeit voll eingespannt. Und wenn ich mal frei hab, ist der Lothar da.«

»Aber du kommst doch nicht erst so selten, seit du den Lothar kennst.«

»Jetzt an Weihnachten sehen wir uns bestimmt.«

Plötzlich schwang die Tür auf, ein kalter Windstoß wehte herein. Keuchend stand Lothar im Türrahmen, bevor er etwas sagen konnte, musste er erst einmal tief durchatmen. Dann sprudelten ein paar Worte aus ihm heraus: »Anruf Krankenhaus«, »Vater Verkehrsunfall«, »letzte Nacht«, »Ko-

354

ma«. Lothar ruderte mit den Armen. »Ich hab gesagt, ich bin der Schwiegersohn, sonst hätte mir die Frau nichts sagen dürfen …«

Heidi war die Erste, die ein Wort herausbrachte. »Aber er soll doch mit seinem Bein überhaupt nicht fahren«, schluchzte sie und fasste nach der Hand ihrer Schwester. »Und die Straßen sind so glatt«, murmelte Gerlinde, ihre Augen blickten vollkommen leer. Geistesgegenwärtig meldete sich Konrad zu Wort: »Ich ruf euch ein Taxi, wenn ihr wollt.«

Wenig später schenkte er das erste Bier des Tages aus und setzte es Lothar vor. »Ich hab ihren Alten nie gesehen«, sagte der einigermaßen beklommen, »nicht mal auf Fotos. Ich stell ihn mir irgendwie groß vor, so wie einen bayerischen König, ein bisschen pompös.« Konrad wiegte seinen Kopf, er blickte auf den Stuhl am Fenster, auf dem der Alte vor nicht allzu langer Zeit gesessen hatte, dann fiel sein Blick auf die zusammenfallende Schaumkrone in Lothars Weißbierglas. »Irgendwann«, befand er nüchtern, »muss jeder König abdanken.«

5 Josefs letzter Gang

Nach dem Besuch bei Erna war Josef wieder zum Gut zurückgefahren, wo er den Wagen in der Scheune parkte. Wut und Trauer überfielen ihn abwechselnd, er hatte Angst, die Fassung zu verlieren. Wenn er an die zurückliegenden Jahre dachte, schüttelte es ihn am ganzen Leib.

Die Beziehung zu seiner älteren Tochter war so ramponiert, dass sie sich nur dann sahen, wenn es unumgänglich war. Wie zu Heidis Absolvia. Oder zuletzt an seinem 70. Geburtstag. Beiden fiel es schwer, dem anderen unter die Augen zu treten, und doch sollte niemand etwas von ihrem zerrütteten Verhältnis erfahren. Vor allem Heidi nicht. Ihr Geheimnis blieb unter Verschluss. Immer fanden sich plausible Vorwände, kleine Ausreden, man führte scheinbare Zufälle herbei oder ließ es auf ungünstige Umstände ankommen, nur um sich aus dem Weg gehen zu können. Aus diesen Verschleifungen heraus zerfiel die Familie Stück für Stück, man setzte sich kaum mehr ausführlich auseinander und verlor sich zunehmend aus den Augen. Gelegentlich telefonierten Josef und Gerlinde miteinander, wobei der Anruf stets von ihm ausging. In letzter Zeit aber, genau genommen nachdem die beiden an seinem runden Geburtstag zum ersten Mal seit langem mehr als nur ein paar nichtssagende Phrasen getauscht hatten, unternahm er zweimal den Versuch, sie spontan zu besuchen. Auf dem Weg von Freising nach Eisenstein stieg er in Landshut aus dem Zug und ließ sich mit einem Taxi zu ihrer Wohnung bringen. Beide Male klingelte er vergebens. Beide Male hinterließ er eine Nachricht in ihrem Briefkasten, auf die sie jedoch nicht reagierte.

Und jetzt soll alles umsonst gewesen sein, der Bruch mit Georg, die Abtreibung, alles die Folge einer dreisten Lüge? »Herr Gott im Himmel«, brüllte er mit nach oben gereckten Händen. Er durfte jetzt nicht durchdrehen, musste kühlen Kopf bewahren und sich die moralische Entrüstung versagen. Und horchte er aufrichtig in sich hinein, war ihm seine Mitschuld durchaus bewusst. Er war damals gern leichtgläubig gewesen und musste sich jetzt eingestehen, dass er beschissen werden wollte – weil *er* endlich ein Kind haben wollte. Und als Erna dann einen Buben zur Welt gebracht hatte, war er insgeheim froh, dass er einen Stammhalter gezeugt hatte.

Jetzt war sein Ziel klar, es stand ihm vor Augen, seit er Ernas Wohnstube verlassen hatte. Er wollte nicht nur Aufklärung leisten, er war willens, Georg und Gerlinde wieder zusammenzubringen. Das wäre das Beste für alle, die Erlösung schlechthin, und jeder könnte in Frieden leben – und sterben.

Das Telefon tutete unablässig, trauriger als eine Sirene im Nebel, doch Gerlinde nahm einfach nicht ab. Nach etlichen Versuchen gab er schließlich auf. Freitagabend, Advent, Zeit der Weihnachtsfeiern – Gerlinde war nicht zu Hause. Er wusste von ihr, dass sie im Sommer heiraten wollte, es hatte nicht euphorisch geklungen, einen Mann aus dem Ruhrgebiet. Vielleicht war sie mit ihm übers Wochenende weggefahren. Schließlich kam ihm das Telefonat mit Heidi in den Sinn, mit ihr hatte er erst letzten Sonntag gesprochen. Die hatte vor, morgen ihre Schwester zu besuchen, um sie bei der Organisation der Hochzeitsfeier zu unterstützen, also war davon auszugehen, dass Gerlinde morgen wieder daheim sein müsste. Von Heidi hatte er auch erfahren, dass der Bräutigam bei BMW arbeite, er sei ein schlichtes Gemüt und sehe aus wie ein schwitzender Käse, wahrscheinlich zu lange am Hochofen gestanden. In ihren Spott mischten sich auch Unverständnis und echte Besorgnis. Josef hatte dazu geschwiegen.

Jetzt lag er im Bett, wälzte sich hin und her, stand auf, trank ein Bier, dann noch eins. Die Unruhe hatte ihn gepackt, aufgezwungene Untätigkeit hatte ihn immer schon an den Rand des Wahnsinns getrieben. Er musste irgendetwas tun. Mehrfach fuhr er sich mit Daumen, Zeige- und Mittelfinger über die Nase. Plötzlich kam ihm ein Gedanke, er verschränkte beide Hände hinter dem Kopf, lächelte in sich hinein. Warum nicht mit was Unvorhersehbarem aufwarten, mit einer Überraschung. Zwar hatte er wegen seiner Prothese schon lange keine weiten Strecken mehr mit dem Auto zurückgelegt, diese aber kannte er wie seine Westentasche, war sie schon tausendmal gefahren, über die Rusel aus dem Wald, auf die B11 ins Isartal Richtung München. Im Tank war genug Sprit. Es war frostig, doch die Straßen waren gestreut, kein Neuschnee.

130 Kilometer, bei der Witterung … in zweieinhalb Stunden wäre die Strecke zu machen. Ein Klacks, verglichen mit dem, was er früher geleistet hatte. Josef fühlte sich wach wie nie, und er hatte Biss, endlich wieder Biss! Ein Hufnagel musste Tatsachen schaffen. Und das ging am besten von Angesicht zu Angesicht. Er würde gleich in der Früh vor ihrer Tür stehen, sie zu einem Weißwurstfrühstück einladen, Klartext reden. »Might makes right«, wie sein alter Freund Bobela sagen würde. Und er hatte nicht nur die Macht, für Klarheit zu sorgen, er hatte auch die gottverdammte Pflicht dazu. Nur er allein war in der Lage, das Recht wiederherzustellen. Das Gefühl, die Zügel wieder in der Hand zu halten, verlieh Josef Kraft. Er hatte auch schon einen Eröffnungssatz auf der Zunge: »Gott«, würde er zu Gerlinde sagen, »Gott liebt die Menschen seiner Unvollkommenheit wegen, deswegen gibt er jedem eine zweite Chance.« Und Heidi sollte ruhig dazukommen, sie sollte alles mitkriegen. Der Augenblick war gekommen, seine Töchter mit der Vergangenheit zu konfrontieren, damit sie nicht verurteilt waren, sie zu wiederholen. Josef kochte sich einen Kaffee, packte eine kleine Reisetasche und hinterließ Benno, dem Gutsverwalter, eine kurze Notiz: »Bin mit dem Auto zu Gerlinde nach Landshut gefahren. Väterliche Stippvisite. Sonntag wieder zurück! Josef« Als Wegzehrung steckte er sich zwei Pfefferbeißer ein. Dann schritt er über den Hof, urinierte noch neben das Scheunentor in den Schnee, dann fuhr er los. Der Himmel über dem Wald war sternenklar.

Josef kam schneller voran, als er gedacht hatte, um fünf Uhr morgens steuerte er seinen Barockengel bereits an Dingolfing vorbei. Die gelben Schilder neben der Bundesstraße maßen seinen Weg, gleich einem Countdown schrumpften die Zahlen seinem Ziel entgegen. Noch dreißig Kilometer. Zu fast jedem vorbeiziehenden Ort fiel ihm eine Episode ein,

Wahlkampfveranstaltungen, Geschäftspartner, ehemalige Geliebte, sein Leben war reich an Begegnungen gewesen. Doch dann, gerade dort, wo die Straße begann, in einer ausgedehnten Linkskurve um einen Baggersee herumzuführen, fielen ihm die Augen zu. Das rechte Vorderrad des Autos geriet aufs Bankett, und aufgeschreckt durch das rumpelnde Geräusch riss Josef reflexartig das Lenkrad nach links. Urplötzlich stand sein Körper unter Strom. Auf der mit gefrorenem Nebel überzogenen Straße kam der Wagen ins Schleudern, dann nochmal eine abrupte Lenkbewegung. Sein lädiertes Bein war wie taub, anstatt dosiert zu bremsen, drückte er das Bremspedal durch, worauf aus dem behäbigen Barockengel ein durchgehender Gaul wurde, der ihn über den linken Straßenrand hinaustrug. Sich mehrmals überschlagend polterte die Limousine die Böschung hinunter, walzte Stauden und jung gepflanzte Bäumchen platt. Mit einem letzten Knall kam schließlich alles zum Stillstand.

Allmählich meldete sich sein Bewusstsein zurück, er schmeckte Blut und Schleim in seinem Mund. Sachte öffnete er die Augen, mit der Verwunderung eines Mannes, der mit unerträglichen Schmerzen rechnete, aber nichts weiter als Druck auf seinen Schläfen spürte, schloss er sie wieder – um sie erneut aufzumachen. Es ergab keinen Unterschied im Grad der Finsternis. Er spürte, wie unsicher sein Zeitgefühl war, und nahm sich vor, seinen Herzschlag zu zählen. Er konnte ihn aber nicht hören. Von irgendwoher kam ein Brummen, ein hauchdünner Faden Licht fiel auf sein Gesicht, flackerndes, staubiges Licht. Vielleicht das Geräusch eines näher kommenden Dieselmotors. Die Lichtquelle wurde heller und gewann an Beständigkeit, vielleicht der Scheinwerfer eines parkenden Autos. Er blickte in den Rückspiegel, konnte aber außer dem immer intensiver werdenden Lichtkegel nichts erkennen.

Zeit auszusteigen, dachte er. Gleich darauf stand er am Ufer des Baggersees. Es löste keine Verwunderung in ihm aus, dass er nicht fror, genauso wenig, wie es ihn befremdete, dass er seinen Gehstock nicht brauchte. Der Wagen ragte mit dem Vorderbau ins Wasser, alle Fenster zerbrochen, das Dach aufgeplatzt wie eine Konservendose. Es beunruhigte ihn nicht, stattdessen gingen ihm profane Gedanken durch den Kopf. Dinge wie Abschleppkosten, Versicherungsbeteiligung und die Frage, ob es überhaupt sinnvoll war, einen Neuwagen anzuschaffen. Er erwog, einen Dankesbrief an die Bayerischen Motorenwerke zu schreiben, der massive Blechmantel habe ihm das Leben gerettet, inklusive dem Bedauern, dass der Barockengel nicht mehr produziert würde.

Dann bemerkte er, dass jemand im Auto saß, er gewahrte die Konturen eines Mannes, auf der Fahrerseite angegurtet, schlafend oder ausruhend, die Stirn lag jedenfalls auf dem Lenkrad. Dabei hatte er schon lange keinen Chauffeur mehr. Er drehte sich um und schaute den Uferweg hinunter, um das Terrain zu erkunden. Es war taghell, allerdings konnte er keine Sonne ausmachen, erst recht kein künstliches Licht. Die Landschaft passte nicht mehr zur Gegend, es lag kein Schnee, der Untergrund sah aus wie warmes, rotbraunes Kirschbaumholz, aber es konnte kein Holz sein, wenn man darauf ging, verursachte es überhaupt keine Geräusche. Er wandte seinen Kopf zurück, aus dem Baggersee war ein Meer, vielleicht sogar ein Ozean geworden, und sein Wagen glich einem Floß.

Eine Frau kam auf ihn zu. Josef erkannte sie sofort, es war die Griechin, die alte Partisanin, jetzt aber um einiges jünger, die er 1941 auf Kreta bei der Gruppenexekution erschossen hatte. Immer noch schämte er sich maßlos, ein Teil dieser Verbrecherbande gewesen zu sein. Aus irgendeinem kindlichen Impuls heraus rechnete er mit einer Ohrfeige, sie aber blieb etwa einen Meter vor ihm stehen und blickte ihn unbefangen aus schwarzen Augen an. Ihr Haar war nicht mehr verklebt und hing auch nicht mehr wie seifiger Flachs herunter. Sie streckte ihre Hand aus und bewegte sie unmittelbar vor seinem Gesicht von oben nach unten. Synchron zu ihrer Handbewegung schloss er seine Lider.

Als er die Augen wieder aufmachte, war die Frau verschwunden. Dafür war das Floß plötzlich mit vertrauten Gesichtern besetzt: ganz vorne seine Eltern, neben ihnen Jutta, dahinter Kreszenz, seine erste Frau, dann seine beiden Brüder Vinzenz und Korbinian, hinter ihnen weitere Leute, die er gut kannte. Alle sahen wesentlich jünger aus, schienen fast im selben Alter zu sein. Und alle winkten ihm zu. Augenblicklich war ihm klar, dass sie gekommen waren, um ihn abzuholen. Er brauchte nicht lange zu überlegen, was er tun sollte. Ein Gefühl der Sorglosigkeit breitete sich in ihm aus. In der Ferne hörte er ein Martinshorn. Schon wieder was passiert, dachte er, ohne dabei seinen Gang zum Floß zu unterbrechen.

Josef starb im Klinikum Landshut, wo mittags um 12 Uhr sein klinischer Tod festgestellt wurde.

6 Die Beerdigung

Für die Parteiobristen war der Januar ein Monat mit einem komplett zugehangenen Zeitfenster. Einen zusätzlichen Termin rund um die zahlreichen Neujahrsempfänge zu finden, und das auch noch im Wahljahr 74, war eine echte Herausforderung. Bis Mitte Februar wollte man nicht warten, also wurde die Trauerfeier für Josef Hufnagel, den langjährigen Landtagsabgeordneten und Staatssekretär, überdies Parteimitglied der ersten Stunde, kurzerhand auf einen Vormittag unter der Woche gelegt, zwei Tage nach Heiligdreikönig. Es passte auch irgendwie zu seinem politischen Wirken, sein Ruf war schließlich der des geschickt agierenden Weichenstellers im Hintergrund gewesen, ausgekocht, aber immer im legalen Bereich. Da Josef weder zu den in Klüngeln verstrickten Alt-Nazis noch zu den neuen Partei-Karrieristen gehörte, jener sich im Aufstieg befindenden Politikerkaste, die man später »Amigos« nennen sollte, weil sie die Demokratie mit ihrer Freunderlwirtschaft schamlos hintergingen, war er nie in die allererste Riege aufgestiegen. In der Parteielite gab es mächtige Leute, die für jede Gefälligkeit des Großkapitals die Hand aufhielten, eben ganz so, wie es ihnen der Parteivorsitzende vormachte, der aus blinder Kommunisten-Furcht beste Kontakte zu Ultrarechten und Faschisten rund um den Globus unterhielt und diese Kreise nicht nur mit wohlfeilen Ratschlägen, sondern auch mit erklecklichen Summen unterstützte.

Hufnagel hielt es mehr mit rechtsstaatlichen Prinzipien denn mit dubiosen Seilschaften. Dabei waren es gerade die prinzipienfesten Leute, die im Wesentlichen verantwortlich waren für den tiefgreifenden Strukturwandel Bayerns, der nach dem Krieg in den Bereichen Bildung, Infrastruktur und Industrie beharrlich vorangetrieben wurde. Aber die Verdienste darum schrieben sich andere auf ihre Fahnen und strichen die öffentlichen Lorbeeren ein.

Das Gros der Trauergäste wirkte unruhig oder schläfrig, manche linsten im Minutentakt auf ihre Armbanduhr, andere sehnten im Dämmerzustand den Festschmaus herbei. Der Landwirtschaftsminister, ein klerikaler Hardliner, der zuletzt für Aufregung gesorgt hatte, als er vor einem katholischen Männerverein die Pille verdammte, weil mit ihr »die Grenze zwischen Gut und Böse überschritten« werde, sprach in aberwitzig verschachtelten Formulierungen. Nur mit Mühe konnte man seinen Worten entnehmen, dass Josef ein Politiker war, der stets das Wohl Bayerns im Blick gehabt und seine eigenen Interessen hintangestellt hatte. Weitere belobigende Attribute waren »rechtschaffen«, »vertrauenswürdig«, »gewissenhaft«. Es hatte schon bewegendere Trauerfeiern in der Staatskanzlei gegeben, aber die hohlen Phrasen des Ministers ebenso wie die des Landtagspräsidenten trugen auch dem Umstand Rechnung, dass sich Josef vom Politbetrieb abgewandt hatte, nicht ohne vorher ein paar mahnende Abschiedsworte an die Kollegen adressiert zu haben, was den Herren damals sauer aufgestoßen war.

Heidi war zufrieden, sie schüttelte etliche Hände, tauschte eifrig Visitenkarten, führte aber auch das eine oder andere ehrlich gemeinte Gespräch. Unter den Gästen befanden sich ja nicht nur gleichgültige Funktionäre, sondern auch aufrichtig trauernde Mitstreiter, die Heidi teilweise von klein auf kannte. Vor allem die älteren Beamten aus den Ministerien schätzten ihren Vater sehr. Als sie die Feier verließ und am Ausgang dem Ministerpräsidenten in die Arme lief, der nicht teilnehmen hatte können, mit ihr aber ein paar warme Worte wechselte, schwor sie sich, dass sie eines Tages wiederkommen werde, und zwar anlässlich eines Empfangs, den die Regierung ihr zu Ehren ausrichtete. Dann würde sie nicht Schwarz tragen, sondern in einem luftigen Kleid die Treppen hochschweben.

Der Wind wehte eisig, dennoch blieb sie stehen, blickte von den Stufen herab auf die leuchtende Stadt. Natürlich war sie traurig, sehr traurig sogar, sie empfand eine wahrhaftige Trauer um ihren Vater, der so plötzlich und unter so rätselhaften Umständen aus dem Leben geschieden war. Heidi kannte Niedergeschlagenheit, Enttäuschung, auch Schwermut und dergleichen, aber dieser anhaltende Schmerz, ohne dass ein Trost oder eine Ablenkung ihn zu bändigen vermochte, war ihr bislang unbekannt gewesen.

Ihre Schwester hatte es noch schlimmer erwischt, aber die war ohnehin anders in die Welt gepflanzt. Gerlinde war in Heidis Augen immer schon empfindlicher gewesen, weshalb sie auch in den letzten Wochen zu nichts zu gebrauchen war. Sie war regelrecht krank geworden, schleppte sich durch den Tag oder lag apathisch im Bett. Die Beerdigungsvorbereitungen und alle Organisationsarbeit blieben an Heidi und an Benno hängen, aber spätestens nach dem heutigen Tag zog Heidi Kraft daraus. Erst jetzt wurde ihr klar, was es hieß, ein Erbe anzutreten und es weiterzutragen. Heidi fühlte sich zum ersten Mal erwachsen, als hätte sie sich dem Zugriff des Vaters entzogen, obwohl sie es als ihren Auftrag ansah, Josef über den Tod hinaus zu vertreten. Es waren nur noch lose Fesseln, die sie an ihn banden und die sie nun in den Händen hielt. Allmählich freute sie sich auf die Beerdigung, es würde ihr Fest werden, in seinem Sinne zwar, doch nach ihren Vorstellungen.

Trotz klirrender Kälte und der teilweise arg vereisten Straßen, die für manche eine Anreise unmöglich machten, war die Sankt Florian Kirche zu Eisenstein brechend voll. Von hochrangigen Honoratioren aus der Landeshauptstadt bis hin zu den einheimischen Hutzelweibern hatten sich nahezu alle Schichten und Altersgruppen, so schien es, versammelt, um dem Toten die letzte Ehre zu erweisen. Der ehemalige Bürgermeister und Landrat war ein schillernder Volkstribun gewesen, dessen Glanz auf das Dorf abgestrahlt hatte. Am zweiten Januarsonntag 1974 erfolgte nun sein letzter Auftritt.

Heidi hatte durchgesetzt, dass Pater Buzzi, ein mit Josef befreundeter Geistlicher aus Freising, die Predigt hielt. Sehr zum Leidwesen von Pfarrer Zuckerstätter, der sich schon gefreut hatte, auf seine alten Tage noch einmal so richtig aus dem Füllhorn alttestamentarischer Beweihräucherungslyrik schöpfen zu können. Pater Buzzi drückte sich hingegen weit weniger pathetisch aus, aber gerade sein Understatement, durchsetzt von feinem Humor, förderte eine aufrichtige Wehmut zu Tage und spendete gleichzeitig Trost. Dass Buzzi, ein Südtiroler Franziskaner, auf Anhieb die passenden Worte fand, mag auch daran gelegen haben, dass er als Einziger Kenntnis von Josefs Kriegstrauma hatte. Der hatte ihm ein paar Jahre zuvor die Exekution der Partisanin gebeichtet. Und der Pater ahnte, dass da noch etwas anderes Josefs Herz zermürbte. Aus diesem Grund ließ er gleich zu Beginn für das Seelenheil des Verunglückten beten.

Die beiden Töchter saßen in der vordersten Bank, neben ihnen die Verwandtschaft, hauptsächlich mütterlicherseits. Schließlich stand Heidi auf und ging langsam nach vorne, sie tat es mit Eleganz und Würde, ließ für einen kurzen Moment ihren Blick auf dem offenen Sarg ruhen und schritt weiter zum Ambo. Es hatte den Anschein, als trete da nicht die jüngere Tochter, sondern die Witwe vor die Trauernden. Ihre Gefasstheit verlieh ihr die Aura einer verlässlichen Begleiterin des Toten, die zu wissen schien, dass die Lebenden nur die eine Hälfte des Wirklichen sind, während die andere aus den Gestorbenen besteht. Denn die Toten entschieden mit über die Plätze, die für die Lebenden blieben. Heidi wusste offenbar, welcher Platz ihr zukam. Ihre Ansprache geriet zwar weniger tiefgründig, als es ihre Ausstrahlung versprach, dennoch war sie in ihrer Bescheidenheit überzeugend. Nur am Ende geriet ihr etwas zu viel Schmalz in die Rede. Josef, sagte sie salbungsvoll, sei trotz seiner immensen Verpflichtungen ein umsorgender Vater gewesen, der ihnen stets christliche Werte vorgelebt habe und ihnen ein Vorbild an unerschütterlicher Aufrichtigkeit war.

Gerlinde senkte den Blick, eine flüchtige Blässe trat ihr ins Gesicht, ihr Rachen fühlte sich ausgedorrt an, sie schluckte trocken, hüstelte ein-, zweimal. Wäre der Anlass nicht so tragisch gewesen, sie hätte sich ein galliges Lachen nicht verkneifen können. Josefs Feigheit hatte ihr Leben ruiniert, aber was hätte sie auch tun sollen, selbst wenn sie die Rede vorher gelesen hätte, wie es ihr Heidi angeboten hatte, hätte sie keinen Einwand erhoben, wozu auch? Sein Leben war ohnehin vorbei, das Geschehene vergangen und das Vergangene unwiderruflich. Ihre Gedanken blieben an den von Josef angeblich so konsequent gelebten christlichen Werten hängen, und sie musste an die wilde Ehe mit Cornelia von Freyberg denken. Gerlinde hatte schon damals verstanden, dass die adrette Frau nicht nur ihr Kindermädchen war. Prompt hatte sie Cornelias Bild vor Augen, und plötzlich, so viele Jahre später, fiel ihr auf, dass diese Frau eine signifikante Ähnlichkeit mit Erna gehabt hatte. Es war verblüffend, aber ja, klar, dachte sie, völlig einleuchtend. Dieser Frauentyp war ganz nach dem Geschmack ihres Vaters gewesen. Und mit beiden hatte er also eine Beziehung geführt, allen christlichen Werten zum Trotz.

Vor allem aber war Gerlinde heilfroh, Erna und Georg nicht begegnen zu müssen. Besonders ein Wiedersehen mit Georg war ihr Alptraum schlechthin. Doch zum Glück traf zwischen den Jahren eine Absage ein. In einer mit Schreibmaschine verfassten Beileidsbekundung bedauerte Georg, dass er und seine Mutter nicht an der Beisetzung teilnehmen könnten, »aufgrund einer bei Erna jüngst ausgebrochenen, sehr schweren Krankheit«. Sie sei für einen längeren Zeitraum in Behandlung in der Universitätsklinik Erlangen. »Ich besuche sie dort beinahe täglich«, hieß es am Ende des Schreibens, »daher ist es leider jetzt schon für mich absehbar, dass auch ich nicht zur Beerdigung kommen kann. Wir bitten vielmals um Verständnis und verbleiben mit herzlichen Grüßen, Georg und Erna«. Den Brief hatte Georg seiner Sekretärin Evi diktiert, erleichtert, dass er eine gute Ausrede hatte. Damit war für ihn die Sache erledigt.

Heidi hatte für das Requiem das Freisinger Kammerorchester gewinnen können, das über exzellente Streicher und Sänger verfügte. Auf der Empore war es eng, doch in verkleinerter Formation fanden schließlich alle Musiker Platz. Als die Sopranistin zu Beginn »Cum dederit« aus Vivaldis Psalmvertonung »Nisi Dominus« anstimmte, schien es, als hätte jemand eine direkte Leitung zum Himmel gelegt, so erhebend klang die Musik. Zu den roten Winternasen kamen reihum feuchte Augen. Fast zeitgleich zogen alle Erwachsenen ein Taschentuch hervor. In ähnlich berührender Weise wurde später noch die Eröffnungsarie aus Händels Oper »Xerxes« gesungen sowie das »Agnus Dei« von Bach.

Heidi legte großen Wert darauf, dass bei der Sarglegung der hiesige Kirchenchor auftrat und aus Schuberts »Deutscher Messe« den »Schlussgesang« intonierte. Viele sagten, dass der Chor noch nie so gut gewesen wäre wie heute. »Zum Niederknien«, wie der alte Hirlinger beim Leichenschmaus Gerlinde versicherte. Und weil er schon dabei war, sich besonders gewählt auszudrücken, fügte er hinzu, dass es mit Sicherheit ein historischer Tag für ihren Vater gewesen sei. Er habe Josef ja noch am Nachmittag gesehen, bei der Erna. Stets freundlich sei er gewesen, immer nobel. Gerlinde drückte ihm die Hand, nickte seine Bemerkungen weg. Erst Monate später rechnete sie eins und eins zusammen und zog daraus ihre Schlüsse.

Vorher hatte man den beiden Töchtern am Sarg kondoliert, dessen Katafalk von zig Trauerkränzen gesäumt war. Hauptsächlich Kränze von örtlichen Vereinen, aber auch von einigen überregionalen Verbänden. Dazwischen lehnte ein Kranz, der wegen seiner Schlichtheit auffiel, gestiftet von der Vereinigung der Verfolgten des Naziregimes. Niemand wusste so recht, ob jemand von dieser Organisation anwesend war, und wenn ja, wer das sein könnte. Warum ausgerechnet bei einer Beerdigung das alte Zeug wieder aufwärmen?, echauffierte sich innerlich der Gassenhuber, als er das schmucklose Tannengrün entdeckte. Einfach nur geschmacklos, dachte Berta, die hinter ihm in der Reihe stand. Andere überkam ein diffuses Unbehagen, und sie fühlten sich beobachtet.

Kurz bevor der Sargdeckel geschlossen wurde, nahm Gerlinde ihren Mut zusammen und sah dem Leichnam zum ersten und zum letzten Mal ins Gesicht. Sie hatte befürchtet, der Anblick könnte eine unkontrollierte Wut in ihr auslösen, aber stattdessen fühlte sie nur Mitleid. Josefs wächsernes Antlitz zeigte einen Ausdruck von Hilflosigkeit, wie eine höhere Macht sie Gesichtern aufprägt, indem sie vollendete Tatsachen schafft.

Eine nicht enden wollende Menschenmenge strömte aus der Kirche, so dass man sich fragte, wie sie alle darin Platz gefunden hatten. Rasch formierten sich die Leute zu einem Zug und folgten den Sargträgern zum Friedhof. Wahrscheinlich hatte das Dorf seit der Beisetzung von Georg Hufnagel, dem Begründer der Glasdynastie, vor gut zweihundert Jahren keinen so langen Trauerzug mehr erlebt. Damals war eine Hundertschaft von Glasarbeitern gefolgt, deren Gräber heute keiner mehr kennt. Aus dieser Zeit gab es nur noch die Familiengruft der Hufnagels. In ebenjene wurde Josefs Sarg nun eingelassen, und nachdem Heidi das erste Schäuflein Erde ins Grab geworfen hatte, fing es an, in dicken Flocken zu schneien, als wollte auch der Himmel seinen Teil zur Bestattung beitragen.

7 Jakob

Die Gremess fand beim Huber Wirt statt, dem einzig verbliebenen Wirtshaus in Eisenstein. Dort gab es auch einige Fremdenzimmer, wo sich von weit her Angereiste einmieten konnten. Der Saal war bis auf den letzten Platz besetzt, die Kellnerinnen servierten Schweinebraten und Wiener Schnitzel, die meisten tranken Schwarzbier oder schweren Rotwein. Die Irritation um den schmucklosen Kranz war in der Kirche zurückgeblieben. Man erzählte sich allerlei Anekdoten über Josef, lobte überschwänglich die gelungene »Leich« und tauschte sich einmal mehr über den mysteriösen Unfall aus. Niemand wusste etwas Neues zu berichten. Die Frage, weshalb Josef zu dieser Unzeit mit dem Auto unterwegs war, konnte keiner plausibel beantworten. Gerlinde hatte offenbar auch keine Ahnung. Sie habe, versicherte Benno, nicht mit seinem Besuch gerechnet, und Josef selbst, meinte der Gutsverwalter, sei eben immer für eine Überraschung gut gewesen. »Der ist halt einfach losgefahren, der hat sich nichts geschissen.« Auf die Frage, wie es mit dem Gut nun weitergehen solle, zuckte er mit den Schultern, darüber hätten sich die Töchter bislang bedeckt gehalten. Er selbst hoffte auf eine Verlängerung seines Vertrags, aber viel mehr als Hoffen blieb ihm nicht.

Wäre es nach den Eisensteinern gegangen, insbesondere nach den Eindrücken rund um die Beerdigung, dann hätte Heidi das Gut übernehmen sollen, in ihren Augen war sie die ideale Thronfolgerin. Über ihr lag zweifellos der Nachglanz ihrer Herkunft. Ihre schwarz schimmernde Seidenbluse verlieh ihr Eleganz, während das rot-weiß karierte Trachtentuch um ihre Schultern heimatliche Verbundenheit suggerierte. Die ganz Alten erkannten in Heidi ihre Großmutter Siglinde wieder, die stets volksnah gewesen und auf die Leute zugegangen war. Zusätzlich, auch da waren sich die meisten einig, war sie mit der weltgewandten Strahlkraft der Hufnagels gesegnet; großgewachsen, geschmeidig, selbstbewusst. Gerlindes zurückhaltende Art hingegen löste bei den Einheimischen Befremden aus. Die aufgeweckte Herzlichkeit früherer Tage war verflogen. Und man sah, was man sah: eine verzagt wirkende junge Frau. Da passte es ins Bild, dass ihr Verlobter, der gar nicht an ihrer Seite war, ein normaler Fabrikarbeiter sei, wie es hieß. Wie unterschiedlich doch Geschwister sein können, bilanzierte man verwundert, merkte aber im selben Atemzug an, dass es bei den Söhnen der vorherigen Generation nicht anders war. Doch unabhängig von persönlichen Vorlieben hofften alle, dass die Erbinnen das Hufnagelgut nicht verkauften. Einen Fremden wollte niemand im Ort haben.

Aufmerksam erkundigte sich Heidi bei jedem, ob das Essen schmeckte und ob es reichlich sei. Die ärmlich wirkenden Leute ermutigte sie, nachzubestellen, mit den ihr bekannten hielt sie einen kleinen Schwatz, dazwischen klärte sie Organisatorisches, etwa mit dem Chorleiter oder mit dem Wirt. Sie spürte den allgemeinen Zuspruch, weshalb sie mit stolzgeschwellter Brust durch die Reihen streifte. Am Ende ihrer Runde warf sie einen flüchtigen Blick ins Nebenzimmer, das sogenannte Stüberl, das eigentlich nicht für die Trauergäste reserviert war. In dem lindgrün tapezierten Raum fiel ihr ein Mann auf, den sie schon in der Kirche bemerkt hatte. Er war vielleicht Anfang fünfzig und saß ganz allein an einem Tisch. Seine Gesichtshaut war großporig und sehr blass, wodurch seine mandelbraunen Augen besonders hervorstachen, aus denen wiederum ein wacher Geist blitzte. Sein kurzes, krauses Haar erinnerte Heidi an ein staubiges Hundefell. Nachdem er aber aufgestanden und ihr gravitätisch seinen Arm entgegengestreckt und sie ein paar Schritte auf ihn zu gemacht hatte, bemerkte sie, dass es gut gepflegt war und seine ganze Erscheinung auf einen betuchten Mann schließen ließ. Seinen schwarzen Nerzmantel, der neben ihm über einem Stuhl hing, verortete sie im dreistelligen Preissegment. Heidi schüttelte seine Hand, die groß war und sich steinern anfühlte. »Blaschko«, sagte er schließlich mit sonorer Stimme, »Jakob Blaschko. Sie können mich gerne Jakob nennen, wie es Freunde tun oder die Töchter von Freunden.« Unmerklich gingen seine Mundwinkel in die Höhe.

»Sie kannten meinen Vater?«

»Deshalb bin ich hier, ja.« Mit einer einladenden Handbewegung bot er ihr an, sich zu setzen. »Gern, aber nur kurz, ich muss mich noch um einiges kümmern …«, sagte Heidi unschlüssig und wirkte, als würde ein Taxi auf sie warten.

»Wirklich? Meine Erfahrung lehrt mich, dass die Leute bei einem Leichenschmaus ganz gut alleine zurechtkommen.«

»Dann brauch ich mich ja gar nicht zu Ihnen setzen«, gab sie spitz zurück.

»Oh«, lächelte er verschmitzt, »ich bin natürlich die berühmte Ausnahme von der Regel.« Erst jetzt fiel ihr sein Akzent auf, irgendwas Osteuropäisches, dachte sie. Tschechisch vielleicht.

»Soso, *Sie* sind also die berühmte Ausnahme von der Regel.«

»In vielfacher Hinsicht ist das korrekt, nur bin ich nicht berühmt. Aber bitte, hören Sie auf, mich zu siezen.« Kurz darauf saß sie auf dem Stuhl neben ihm, hatte sich eine Zigarette angesteckt und nippte an einem Glas Sekt. Es war schon seltsam, der Mann gefiel ihr äußerlich kein bisschen, aber er verströmte Macht und Witz, und diese Kombination wirkte anziehend auf sie. Doch die Leichtigkeit ihres gemeinsamen Einstiegs war schnell dahin, nachdem er angefangen hatte, ihr seine Geschichte zu erzählen.

»Als ich am Morgen des 10. Mai 1945 Eisenstein zu Fuß verließ, hieß ich noch Krzysztof Nawałka und war ein polnischer Zwangsarbeiter, der nur ein paar Brocken Deutsch gesprochen hat. Zwei Jahre lang war ich auf dem Hof bei Josef und Jutta Hufnagel. Ich wollte nach Amerika auswandern, bin aber nur bis zur Donau gekommen. Da haben mich die Amerikaner aufgegriffen und in ein Auffanglager gesteckt. Am Ende bin ich in Deutschland geblieben.« Er stieß ein kehliges Lachen aus.

»Und warum heißt du jetzt anders?«, fragte Heidi irritiert.

»Weil Jakub Blaczko mein richtiger Name ist, mittlerweile eingedeutscht, deshalb Jakob, und Blaschko schreibt sich jetzt mit ›sch‹ statt mit ›cz‹ …« Er fuhr sich mit der Oberseite seiner Finger ein paarmal über die Wange, dabei musterte er sie prüfend. »Das ist ein jüdischer Name, ich musste aber einen anderen annehmen, um zu überleben. Statt nach Treblinka bin ich in ein Arbeitslager gekommen, und statt ins Jenseits wurde ich nach Eisenstein verfrachtet. Von meiner Familie sind alle ermordet worden.«

Heidi biss sich auf die Unterlippe, sie wusste nicht, was sie sagen sollte, noch nie war sie einem Juden begegnet. Ein stacheliger Ballon blähte sich in ihr auf, sie spürte, wie sich ihr Gesicht langsam zu röten begann. »Das tut mir leid«, murmelte sie schließlich.

»Ist nicht deine Schuld, dafür bist du zu jung. Deine Eltern waren immer gut zu mir, dein Vater hat mir geholfen, mehr als einmal. Er hat gewusst, dass ich ein Jude bin, er hat es irgendwann mitgekriegt, er hätte mich ins Gas schicken können, und umgekehrt hätte man ihn hinrichten können, wenn rausgekommen wäre, dass er mich deckt.«

Jakub entstammte einer assimilierten jüdischen Handwerkerfamilie aus einem Dorf in Ostgalizien. Als sich in der Ziegelei, wo Jakub und sein um zwei Jahre älterer Bruder Simon arbeiteten, ein Unfall ereignete, bei dem der nichtjüdische Arbeiter Krzysztof Nawałka ums Leben kam, schlug der zuständige Amtsarzt vor, den Totenschein auf den Namen Jakub oder Simon Blaczko auszustellen. Jakub lehnte zunächst ab, er hatte Angst, der Schwindel könnte auffliegen, weil er erst achtzehn und der Tote schon einundzwanzig war. Deshalb schlug er vor, Simon solle die Identität des Toten annehmen. Der aber sträubte sich mit Vehemenz. Er werde die Eltern und die zwei kleinen Schwestern auf keinen Fall vor den anrückenden Nazis im Stich lassen. Gemeinsam mit dem Vater würde er die Familie in Sicherheit bringen. Da sei es gut, wenn es einer schon geschafft habe. Zudem hätte er als jüngerer Bruder dem älteren zu gehorchen. Die beiden gingen im Streit auseinander. Und während die Familie noch im selben Jahr ermordet wurde, überlebte Jakub mit den Papieren von Krzysztof Nawałka.

»Sein Tod verschaffte mir einen Platz unter den Lebenden«, erläuterte Jakob ungerührt, »so wie die Sturheit meines Bruders.« Auf seiner Stirn bildete sich eine steile Falte, sein Blick schweifte ab. »Wann immer ich den Namen Krzysztof höre, läuft es mir kalt über den Rücken. Weil ich heute noch denke, ich muss spuren.«

Als Jakob bemerkte, dass Heidi glasige Augen bekommen hatte, legte er seine Hand auf ihre. »Aber nicht doch … Um Josef sollst du weinen, nicht um mich, das alles ist jetzt dreiunddreißig Jahre her. Mir geht es gut … Ich bin nicht nur ein Deutscher geworden, mit einer deutschen Frau und zwei deutschen Kindern, sondern auch wohlhabend. Die glückliche Ausnahme von der Regel«, und er lachte, worauf sich Heidis Gesicht schlagartig aufhellte. Er erzählte ihr noch, dass er Immobilienmakler in München sei und dass er es Josef zu verdanken habe, in dieser Branche Fuß gefasst zu haben, da ihr Vater ihm einst das Startkapital geliehen habe. Jakob hätte für seinen Beruf auch den wesentlich weniger schmeichelhaften Begriff des Grundstücksspekulanten gebrauchen können, und gelegentlich trug ihm sein Geschäftsgebaren den Vorwurf der Skrupellosigkeit ein. Dann hatten nicht wenige schnell wieder das antisemitische Klischee vom bösen, reichen Juden zur Hand. Dabei bekriegten sich alle mit scharfen Messern im Kampf um die besten Immobilien der Stadt.

Es war Josef, der ihm Jahre zuvor unmissverständlich zu verstehen gegeben hatte, dass man sich manchmal die Hände schmutzig machen müsse, um seinen Widersachern in nichts nachzustehen. »Und du«, hat er Jakob eingeimpft, »du darfst ruhig gerissener sein als die anderen.« Zusammen sorgten sie in den nächsten Jahren dafür, dass Jakob entscheidende Vorteile gegenüber seiner Konkurrenz einfahren konnte, denn der Baureferent war erpressbar. Josef hatte für dessen tiefbraune Vergangenheit erdrückende Beweise gesammelt und sie Jakob zur Verfügung gestellt. Wäre das Konvolut an die Öffentlichkeit gelangt, es hätte den Referenten wohl das Amt gekostet. In die Enge getrieben kommutierte er und machte Jakob kurzerhand zum Feigenblatt, indem er ihn bei der Vergabe von Grundstücken bevorteilte. Ebenso sein Nachfolger, der selbst zwar nichts zu verbergen hatte, sich aber in einem Akt kruder Entschädigungslogik besonders philosemitisch gab. Von ihm wurde Jakob ständig hofiert, während er hinter verschlossenen Türen geltendes Recht unterwanderte. Derlei Praktiken waren im Grunde genommen für Josef kein legitimes Mittel der Politik, in Jakobs Fall aber fand er die Begünstigung angemessen. Er sah darin die Möglichkeit einer wenn auch symbolischen Wiedergutmachung. Bei mehreren Flaschen Rotwein hatte er Jakob gestanden, dass er anfangs Sympathien für Hitlers wirtschaftliche Maßnahmen gehegt hatte. Dass sie in Kriegs- und Vernichtungspolitik münden würden, sei ihm bis 38 nicht wirklich klar gewesen. Er habe auch die antisemitischen Gesetze ignoriert, solange die Vorteile für den Betrieb überwogen hatten. Selbst seinen Arbeitern hatte er anfangs eingeschärft, es sei gut, dass Hitler an der Macht sei. Für diesen Irrtum würde er sich bis zu seinem Lebensende schämen.

Bevor Heidi wieder zurück in den Saal ging, wollte sie noch von Jakob wissen, warum er nach Kriegsende nicht nach Amerika ausgewandert sei, wie er es doch eigentlich vorgehabt hatte. Blaschko wippte leicht mit dem Kopf, dann kniff er seine Augen zusammen und presste seine Stirn gegen die Handfläche. »Soll ich Wasser holen?«, fragte Heidi besorgt.

»Ist gut«, sagte er tonlos, »ist schon gut. Ich bin nur etwas müde.« Sie holte ihm dennoch ein Glas, das er in einem Zug leerte.

»Weißt du, wie das ist, wenn ein Mensch stirbt? Wenn sich sein Körper aufbäumt, jedes Glied sich wehrt, jede Faser sich gegen das Ende stemmt … Man möchte mitsterben. Man empfindet Scham, selber noch am Leben zu sein.« Auf seinen Lippen formte sich ein bitteres Lächeln. Heidi verfluchte sich, die Frage gestellt zu haben, ließ aber nicht locker und fragte nach einer kurzen Pause, was seine Antwort nun mit Amerika zu tun habe.

»Wahrscheinlich nichts«, entgegnete Jakob, nun schon wieder freundlich zugewandt. »Es tut mir leid, wenn ich wirres Zeug rede. Die Vereinigten Staaten, habe ich damals für mich festgestellt, sind genauso unbewohnbar wie der Rest der Welt. Also hab ich mir das Geld für die Überfahrt gespart.«

Heidi nickte, als wüsste sie Bescheid, aber auch diese Aussage klang in ihren Ohren seltsam kryptisch.

So furchtbar der Krieg Jakob auch mitgespielt hatte, nach dessen Ende gingen seine Schrecken für ihn noch weiter. Das US-Militär hatte ihn im Internierungslager Plattling zum Wachdienst eingeteilt, das kurz zuvor noch eine Außenstelle des Konzentrationslagers Flossenbürg gewesen war. Dort wurde er Zeuge, wie amerikanische Soldaten über tausend Angehörige der ehemaligen Wlassow-Armee auf Lkw trieben, um sie anschließend in Güterzügen hinter die Grenze, in die sowjetische Besatzungszone, zu bringen. Diese Russen waren dem Kommando von General Wlassow unterstellt gewesen, der sich den Nazis angedient hatte, um so für die Befreiung seines Vaterlandes von der stalinistischen Diktatur zu kämpfen. Die Soldaten wussten, dass hinter der Grenze Folter und Hinrichtung auf sie warteten, oder Gulag bis zum Lebensende. Gemäß der Konferenz von Jalta waren die Amerikaner zur Auslieferung verpflichtet, und dennoch war sie Jakobs Auffassung nach nicht rechtens, denn viele Russen wollten lieber sterben als ausgeliefert werden. Gleich zu Beginn dieser Nacht-und-Nebel-Aktion begingen mehrere Häftlinge Selbstmord. Mit in die Kleidung eingenähten Rasierklingen schlitzten sie sich ihre Pulsadern auf. Eine andere Methode war, sich einen Nagel mit einem Stein ins Herz zu jagen. Jakob musste mithelfen, Notverbände anzulegen, seinen Schlagstock, um die armen Teufel vom Suizid abzuhalten, musste er zum Glück nicht einsetzen. Das taten die GIs. Nach dieser blutigen Nacht hatten die meisten von ihnen einen Schock fürs Leben. Auch Jakob war traumatisiert, er sprach nie mit jemandem darüber, höchstens in Andeutungen. Das Erlebnis markierte das Ende seines Vertrauens in jegliche Politik. Befehle, egal wer sie aussprach, lehnte er seither ab. Nach Plattling war er der Meinung, dass kein Staat gerecht war. Es gab vielleicht manche, die weniger ungerecht waren als andere, aber im Großen und Ganzen … Er wollte nicht mehr unten stehen, ganz gleich, wo er sich befand. Jakob blieb in Bayern, er zog nach München, betätigte sich im Schwarzmarkthandel mit Kaffee, danach im Schmuck- und Goldhandel. Er lernte seine Frau Margit kennen und bekam mit ihr zwei Kinder. Sobald er seinem Sohn und seiner Tochter etwas beibringen konnte, schärfte er ihnen ein, dass man keine echte Gefahr überwindet, ohne eine andere einzugehen. Alles andere sei läppisch, nicht der Rede wert.

Im Spätsommer 54 las er im Zuge der »Affäre von Freyberg« über den Staatssekretär Hufnagel. Als er Josefs Bild in der Zeitung sah, traute er seinen Augen nicht. Der Kater lässt das Mausen nicht, dachte er süffisant. Jetzt wusste er auch, wen er um Geld für seine Immobilienpläne anpumpen konnte. Die Ergiebigkeit des Bau- und Sanierungsgeschäfts stand ihm deutlich vor Augen. Sein Deutsch war inzwischen passabel, aus einer Kneipe im Schlachthofviertel kannte er ein Netzwerk aus Maurern und Zimmerern, die er als schnelle Bautruppe an sich zu binden gedachte.

Jakob öffnete ein weißgoldenes Etui und entnahm daraus eine Visitenkarte, die er Heidi reichte. Edel sah sie aus, schwarze, geschwungene Buchstaben auf goldenem Hintergrund. »Besuch mich mal in München oder in unserem Haus in Starnberg. Du bist wie er, das gefällt mir.«

8 Landshuter Hochzeit

Gerlinde schätzte ein gewisses Maß an Förmlichkeit, eine Förmlichkeit der Kleidung, der Tischsitten, der Umgangsformen. Deren Einhaltung, versicherte sie Lothar, verursachte keine zusätzlichen Kosten, selbst wer arm sei, sei nicht dazu verdammt, in den geschmacklosesten Fetzen herumzulaufen, oder müsse deswegen am Tisch rülpsen oder gedankenverloren in der Nase bohren. Förmlichkeit habe mit Selbstachtung zu tun und mit Würde. Wer das nicht besaß, dem fehle es an Empfindsamkeit oder einfach nur an Gefühl, wie Gerlinde sich ausdrückte. So wie Bildung ihrer Ansicht nach nicht die schlichte Ansammlung von Wissen widerspiegelte, sondern die Fähigkeit, fast alles ertragen zu können, ohne die Fassung oder das Selbstvertrauen zu verlieren, so war auch Förmlichkeit kein leeres Gefäß, sie war das passende Behältnis für einen wachen Geist. Es kam nicht häufig vor, dass Gerlinde Lothar zurechtwies, sie hatte Nachsicht mit ihm, weil er es nicht besser gelernt hatte, hie und da nahm sie ihn dennoch zur Seite. Im Kern ging es immer um seinen Mangel an Geduld. Obwohl Lothar an und für sich ein zurückhaltender Kerl war, neigte er Gerlindes Ansicht nach dazu, die Dinge zu überstürzen. Das Gehetzte war ihm offenbar eingeschrieben.

Gerlindes Mahnungen klangen in etwa so: Lass die Leute ausreden, bevor du was sagst. Sag stets »bitte«, wenn du etwas von jemandem willst. Sprich nicht mit vollem Mund. Kau langsamer beim Essen. Schluck erst hinunter, bevor du den nächsten Bissen nimmst. Achte darauf, den Leuten in die Augen zu schauen, wenn du mit ihnen sprichst. Lothar ließ die Hinweise gelassen über sich ergehen, er nahm sie nicht als Bevormundung, sondern bemühte sich, Gerlindes Vorstellungen zu entsprechen. Er wollte ja seinen Horizont erweitern, ohne gleich mit seiner eigenen Klasse und Herkunft zu fremdeln. Ein Schuss mehr Würde, dachte er, schadet auf keinen Fall.

Gerlinde wiederum ertappte sich ständig dabei, Lothar an Georg zu messen. Sicher, Georg war auch ein Arbeiter, aber er war feinfühliger, seine Bewegungen waren geschmeidiger, in ihm nistete, so fand Gerlinde, erkennbar eine natürliche Sittlichkeit. Und Erna, das musste man ihr lassen, hatte dem Jungen Manieren beigebracht. Sprach das nicht alles dafür, dass Georg ihr Bruder war, ihr Halbbruder? Dass sie aus demselben Holz geschnitzt waren …

Schon war sie wieder im Strudel ihrer peinigenden Gedanken, dass der einzige Mann, den sie je geliebt hatte, ihr Verwandter war, und eben nicht nur ihr Seelen- oder Geistesverwandter, sondern auch ihr Blutsverwandter. Vielleicht, mutmaßte sie, war sie ja krank, vielleicht litt sie an einer Art Geisteskrankheit, an einer Form von Hybris, die sie gegen die überlebensnotwendige Vermischung der menschlichen Gene auf selbstzerstörerische Weise rebellieren ließ. Womöglich gab es in ihr eine verheerende unbewusste Sehnsucht nach der Reinheit des Blutes, die keine Kreuzung duldete. Zwanghaft darauf bedacht, nur sich selbst zu reproduzieren. Selbstherrlich, selbstverliebt … Andererseits: Vielleicht war alles ganz trivial, ein kurioser Zufall, eine unglückliche schicksalhafte Fügung, aber auch Zeugnis für die Freiheit des Menschen, sich in alles und jeden verlieben zu können, weil seine Vorstellungskraft unendlich ist. Und sie hatte sich halt in ihren Bruder verliebt, was war schon dabei. Immerhin zwei Jahre lang das reinste Glück. Anderen war es in ihrem ganzen Leben nicht einmal zwei Tage lang vergönnt, von diesem Glück zu kosten. Und jetzt war eben Lothar ihr Leben. Er half ihr in die Schuhe, damit sie weitergehen konnte. Auch das war Glück.

Der 1. Juni war der erste heiße Tag des Jahres, worauf niemand richtig vorbereitet war. Nach der kirchlichen Trauung machte sich der Hochzeitstross auf zur »Krone«, wo sogleich das Mittagessen aufgetischt wurde. Das Lokal war sauber herausgeputzt, die Tische feierlich gedeckt, ein paar dezent angebrachte Girlanden querten den Raum, gelbe Gerberasträuße in Kugelvasen sorgten für eine frische, einladende Atmosphäre. In der Mitte des Raumes war eine kleine Tanzfläche freigeräumt worden, wo später der Hochzeitswalzer getanzt werden sollte. »Leider nur mit Musik vom Band, weil für eine

Band kein Platz ist, aber so kann sich wenigstens niemand verspielen«, wie Lothar seiner Schwester gegenüber bemerkte, die ihrerseits Gerlindes Brautkleid »mutig und trotzdem sehr schön« fand, mit der »amerikanischen Schulter«, der schmalen Taille und dem langen Rückenausschnitt. Dazu der luftige Rock mit Wellenspitzen und ihr Entschluss, auf Schleppe und Schleier zu verzichten.

Das Fest begann also harmonisch und heiter, doch zu aller Verdruss stellte sich rasch heraus, dass die Elektrik überlastet war, weshalb die Sicherung immer wieder herausflog. Konrad blieb nichts anderes übrig, als die vier großen Standventilatoren, die er kurzfristig besorgt hatte, zu opfern, um wenigstens die Kühlanlage und die Küchengeräte am Laufen zu halten. Zwar wurden alle Fenster geöffnet, aber das bewirkte an diesem windstillen Tag kaum ein laues Lüftchen. Die Hitze drückte allen aufs Gemüt. Dazu die Schwaden aus Zigarettenrauch, dampfendem Essen und den vielfältigen Ausdünstungen der Menschen.

Die Gäste wussten sich jedoch zu helfen, sie tranken einfach noch mehr als üblich, die Erwachsenen Beerenwein oder süßen Sekt und natürlich literweise kühles Bier. Den Kindern servierte man Spezi ohne Ende. Dementsprechend angesoffen waren die Erwachsenen bereits am Nachmittag, während die Kleinen tobend herumflitzten. Gläser gingen zu Bruch, gefolgt vom Geplärre der Eltern und den Tränen der Gescholtenen, zeitweise ging es arg durcheinander. Der Raum war einfach zu eng, aber es half nichts, man arrangierte sich damit.

Lothars Bruder Hermann kam schließlich auf die Idee, den drei Tischgarnituren vor der Wirtschaft zwei weitere aus Konrads Garage hinzuzufügen, und holte sich dessen Einverständnis, sie aufzubauen. Ihm schwebte vor, das Gros der etwa fünfzigköpfigen Hochzeitsgesellschaft ins Freie zu navigieren, ungeachtet dessen, dass es dort nicht weniger heiß war als drinnen, denn der Platz lag kaum im Schatten, und es standen nur zwei intakte Sonnenschirme zur Verfügung. Zusammen mit Korni, einem Jugendfreund seines Bruders, der auch schon ordentlich einen im Tee hatte, schleppte er die Tische und Bänke aus der Garage.

Beim Aufbau des ersten Tischs klemmte der Schnappverschluss, und beim Versuch, die verkantete Querstrebe zu lockern, zerrte Hermann so heftig und ungestüm am Gestell, dass ihm der Seitenbügel mit voller Wucht auf die Nase schlug. Auf seinem Weg bis zum Waschbecken des Herrenaborts hinterließ er eine unappetittliche, wenngleich eindrucksvolle Blutspur.

Die Irritation war groß, als er in den Festsaal geschlurft kam und sich neben Lothar setzte, dem er beschämt etwas ins Ohr flüsterte. Hermanns ramponierte Nase, sein blutgetränktes Hemd, das fahle Gesicht ließen auf eine Schlägerei schließen, doch konnte Korni die Gemüter schnell beruhigen. Mehr wankend als stehend, versuchte er unter Aufbietung all seiner Konzentration den Sachverhalt aufzuklären. Dabei musste er sich sichtlich Mühe geben, um nicht vor Lachen zusammenzubrechen. Anschließend bestellte er zwei Obstbrände, einen für sich, den anderen für den Patienten. Hermanns Nase stand zwar nach dem Malheur nicht schief, nichtsdestotrotz brachte man ihn ins Krankenhaus, wo die diensthabende Assistenzärztin einen geschlossenen Bruch feststellte. Sie verpasste ihm eine blutstillende Tamponade und verabreichte ihm ein Schmerzmittel, dann fuhr man Hermann wieder zurück aufs Hochzeitsfest, wo er mit großem Beifall empfangen wurde und gleich darauf mit seinen neuen Freunden weitersoff. Ein paar Stunden später musste er von seinem Schwager und Korni in seine Pension befördert werden. Beim Hinausgehen grölten sie auf die Melodie von

»Camptown Races« ihren selbstgetexteten Song mit dem Titel »Herten kommt bald wieder«.

Lothars Anhang aus dem Pott hatte sich definitiv amüsiert und gebührend verausgabt. Aber auch seine neuen Freunde, hauptsächlich Arbeitskollegen aus dem BMW-Werk Dingolfing, standen den Westfalen in nichts nach. Einer von den jüngeren musste sich übergeben, schaffte aber den Weg zum Klo nicht mehr, so dass er sich in eine der gläsernen Blumenvasen im Flur erleichterte. Und weil er so strack war, blieb er gleich neben ihr liegen, bis ihm jemand einen halben Liter Wasser über den Schädel kippte. Ab dem Zeitpunkt, als ein anderer die zweite Vase umtrat, die Heidi neben dem Toiletteneingang aufgestellt hatte, gingen sowieso alle Kerle raus zum Pinkeln und urinierten gegen die Garagenwand. Die Frauen hielten zwar das Terrain vor ihrer Toilette sauber, im Inneren sah es aber auch nicht besser aus als bei den Männern. Die süßen Weine und das deftige Essen bahnten sich auch bei ihnen den Weg zurück nach außen, und das nicht immer zielgenau in die dafür vorgesehene Schüssel. Am Ende glich das ganze Lokal einem Schlachtfeld.

»Sauber … Wie bei einem Ritteressen. Was ihr da heute abgezogen habt, da war die ›Landshuter Hochzeit‹ ein Scheißdreck dagegen«, urteilte Konrad später fachkundig und klopfte Lothar anerkennend auf die Schulter.

Gerlinde versuchte während der Feier über das sich anbahnende Chaos hinwegzusehen, sie setzte ein ungetrübtes Lächeln auf und freute sich tatsächlich über die eine oder andere Ansprache. In manchen Momenten überkam sie sogar ihre herzlich unbekümmerte Art früherer Tage. Und wenn ihr auch das meiste zu dumpf war, die Sauflieder etwa oder überhaupt die hemdsärmelig laute Art vieler Gäste, so hielt sie sich vor Augen, dass Lothar im Grunde seines Herzens sanfter war als die anderen seiner Klasse. Seine Freunde samt deren Frauen waren ihr eigentlich auch nicht zuwider. Manche waren sehr nett, nur eben in der Gruppe furchtbar geistlos. Aber je näher das Ende des Festes rückte und die Verwüstungen zunahmen, desto bedrückender fand sie es, dass ausgerechnet ihre Hochzeitsfeier zu einem banalen Besäufnis ausgeartet war, dass sie zu einer Kleinbürgerhochzeit verzwergt wurde, mit einem Walzerparkett von drei auf drei Metern.

Heidi dagegen hatte mit nichts anderem gerechnet. Wer einen Proleten in einer Proletenkneipe heiratete, bekam nun mal eine Proletenfeier, so einfach war das. Dass die Ventilatoren ausgefallen waren, war Pech und hatte die Zustände verschärft, aber so kam das wahre Gesicht dieser Meute eben nur schneller zum Vorschein, wobei sie die Party teilweise sogar ganz lustig fand, abgesehen von dem Umstand, dass am Ende des Tages drei der teuren Vasen zu Bruch gegangen waren, die sie von Horten geliehen hatte. Heidi achtete darauf, nicht betrunken zu werden, sie nippte am Weißwein und trank viel Wasser, während die Männer sie emsig umschwirrten. Sie trug ein knielanges Kleid, kurzärmelig, aus johannisbeerroten Stoffteilen gefertigt, mit hauchfein gezeichneten Sonnen und Monden bedruckt, eine Inspiration aus Indien. Das Brustteil war prunkvoll mit goldenem Rankenwerk bestickt, dem als Blüten Spiegelstückchen aufgenäht waren, was ihr etwas Märchenhaftes verlieh. Dazu hatte sie flache Samtschuhe an. Mit dem Outfit war sie zweifellos der heimliche Star. Sie ließ sich anflirten und flirtete zurück. Ab einem gewissen Punkt jedoch gab sie ihrem Gegenüber unzweideutig zu verstehen, dass sie nicht zu haben war, entweder durch Blicke oder Gesten, wenn nichts anderes half, durch die Erwähnung ihres Freundes – und somit war die Sache erledigt. Im Lauf des Nachmittags ging sie zweimal hinaus und telefonierte von einer Telefonzelle aus, ansonsten unterhielt sie sich mit

Gerlindes Kolleginnen aus der Tierarztpraxis und freute sich, Gerda wiederzusehen, Gerlindes älteste und einzig verbliebene Freundin aus gemeinsamen Freisinger Kindheitstagen.

Gerda, mittlerweile Realschullehrerin in der oberbayerischen Provinz, war von Natur aus still und lieb. Nichts lag ihr ferner, als jemanden zu kompromittieren oder über andere zu lästern. Sie wollte zuerst immer verstehen, bevor sie sich ein Urteil bildete. Gerdas Worten entnahm Heidi jedenfalls, dass sie aus Gerlinde nicht schlau wurde. Seit ihrem überstürzten Studienabbruch vor acht Jahren sei wohl irgendetwas aus den Fugen geraten. Vielleicht, vermutete sie, hatte es mit der Trennung von Georg zu tun. So zumindest ihr Bauchgefühl. Bis dahin nämlich sei Gerlinde glücklich gewesen, auch wenn ihr Vater die Beziehung nicht gutgeheißen habe. Mittlerweile machte Gerlinde zwar schon wieder einen besseren Eindruck auf sie, vieles könne sie dennoch nicht nachvollziehen, und sie warf einen skeptischen Blick in die Runde, wo gerade Korni zu einer lallenden Rede auf das Brautpaar anhob.

Heidi runzelte die Stirn. Sie wusste von einer Art Affäre, einem Techtelmechtel, wie Achtzehnjährige es nun mal haben, ein paar Zungenküsse, ein wenig Fummeln … Aber von einer ernsthaften Beziehung war keine Rede gewesen, als Georg ihr gegenüber kürzlich erwähnt hatte, einen »längst verjährten Flirt« mit ihrer Schwester gehabt zu haben. Und wenn schon, sagte sich Heidi, alles vor ihrer Zeit. Seltsam war es dennoch.

Der einzige Gast aus Eisenstein war Benno, der Gutsverwalter, ein loyaler und diskreter Mann von 63 Jahren, dessen Familie den Hufnagels schon seit Generationen diente. Sein Großvater, Ignaz Kerner, war der letzte Verwalter der Hufnagel'schen Glashütte gewesen. Aber auch danach hatte man, abgesehen von ein paar Unterbrechungen, beständig Aufgabenfelder für die Kerners gefunden. Nachdem die beiden Erbinnen im Frühjahr seinen Vertrag verlängert hatten, war er vollkommen entspannt. Die Zeit bis zur Rente war gesichert, alles andere empfand Benno als segensreiche Zugabe.

Nun lehnte er an der Holzsäule der Bar. Er hatte noch eine Pfütze Bier in seinem Glas, die er hin- und herschwappen ließ, um etwas Schaum zu fabrizieren. »Soll ich dir noch einen Pfiff draufmachen?« Mit müden Augen schaute Benno auf, schließlich streckte er Konrad, der grinsend hinterm Tresen stand, das Glas hin.

Claudia, eine der beiden Aushilfskellnerinnen, war noch da und räumte die letzten Gläser ab. »Was passiert eigentlich mit den Gerbera, nehmt ihr die mit …?«

»Kannst alle du haben«, verfügte Lothar mit einer Armbewegung, als würde er ein unsichtbares Lasso schwingen, »wir haben so viele Blumensträuße gekriegt, die passen gar nicht in die Wohnung, oder Schatz?«

Gerlinde pflichtete ihm bei. »Nimm sie ruhig mit, so viele du willst.« Claudia begann übers ganze Gesicht zu strahlen. »Danke! Ich finde nämlich das Gelb so schön …«

Beim Stichwort Gelb kam Lothar noch einmal in Feierlaune und schmetterte ein vom Schluckauf unterbrochenes »We all live in a yellow submarine« in das verbliebene Grüppchen. Das Lied, von dem alle nicht mehr als die erste Textzeile kannten, war in der stickigen, von unzähligen gelben Blumen dominierten Atmosphäre ein Partyhit gewesen. Gerlinde, die neben ihm auf einem Barhocker an der Theke saß, legte ihre Hand auf seinen Mund. »Lothar, bitte … Es reicht jetzt langsam.« Er sah es ein und schwieg. Wenn auch manches schiefgegangen war, so war Lothar doch sehr zufrieden mit der Feier. Am meisten freute ihn, dass seine alten und neuen Kumpels sofort einen Draht zueinander gefunden hatten. Außerdem war er sehr stolz auf seine schöne Braut. Der 1. Juni markierte so etwas wie einen vorläufigen Höhepunkt seiner beachtlichen Erfolgsgeschichte. Er hielt sich sein Weißbierglas an die Stirn, schloss die Lider, schmeckte noch den Geruch ihrer Hand, bis ein Schluckauf seine kurze Meditation unterbrach. Claudia wuselte im Saal herum, mit flinken Handgriffen schnürte sie aus kleinen Sträußen große, als fürchtete sie, man könnte es sich noch einmal anders überlegen.

Plötzlich drang von draußen ein mattes Donnern herein, kurz darauf ein zweites, das schon nicht mehr ganz so fern klang. Dann fuhr ein frischer Windzug durch das Lokal. Fast gleichzeitig wendeten sich alle Augen zu den offen stehenden Fenstern. »War auch an der Zeit«, sagte Konrad, dann ließ er seinen Blick durch den Raum schweifen. »Wo is eigentlich deine Schwester?« Gerlinde zuckte mit den Schultern. »Ich weiß es nicht«, sagte sie träge, »sie wollte irgendwas aus dem Auto holen oder wegbringen, ich hab's nicht genau verstanden.«

Millionen kleiner Tropfen prasselten auf den Asphalt, Petrichor lag in der Luft. Für einen Moment waren alle still, lauschten dem Regen und schnupperten seinem Aroma nach. Auf einmal ging die Tür auf, und mit dem einsetzenden Zugwind wurde es noch frischer. Heidi stand im Türstock, prompt zog sie die ganze Aufmerksamkeit auf sich. »Ich hab jemanden mitgebracht«, sagte sie mit einem leichten Singsang in der Stimme.

Aus dem Dunkel des Flures trat Georg hervor und stellte sich neben Heidi. Zur Begrüßung nickte er bedächtig, sagte freundlich »Hallo« und blickte jedem einmal kurz in die Augen, auch Gerlinde, die er betont neutral ansah. Er wirkte vital, in seinem Gesicht keine Spur von Nervosität. Die beiden obersten Knöpfe seines azurblauen Hemdes standen offen, feines Brusthaar kräuselte sich im Ausschnitt. Sein akkurat getrimmter Vollbart verlieh ihm Seriosität, aber auch Strenge.

»Ja, so eine Überraschung! Girgl, wo kommst du denn her?« Schnurstracks ging Benno auf ihn zu, schüttelte ihm überschwänglich die Hand.

»Girgl sagt aber schon lang keiner mehr zu ihm«, stellte Heidi klar, »ganz Regensburg nennt ihn Georg oder ... Chef.« Sie stieß ein spitzes Lachen aus.

»Is aber ein herrlicher Name«, rief Lothar, der diese Kurzform für Georg noch nie gehört hatte. »Also, wenn ich wiedergeboren werde, möchte ich auch Girgl heißen.« Ein kleiner Lacher für die Runde, nur Gerlinde lachte nicht, sie nahm einen tiefen Atemzug und saß mit einem Mal sehr aufrecht. »Was machst du hier?«, fragte sie brüsk in die Heiterkeit hinein. Georg lächelte unverändert freundlich, unbeeindruckt, als befände er sich in einem separaten Raum. »Ich wollte dir zur Hochzeit gratulieren«, sagte er aufreizend gelassen.

»Danke.« Gerlinde wandte ihren Kopf zu Lothar. »Georg ist unser Cousin.« Dann zu Georg: »Das ist mein Mann, der Lothar.« Die beiden nickten einander zu. »Freut mich, dich kennenzulernen«, sagte Georg, »dann sind wir jetzt quasi Familie.«

»Genau. Und das ist doch eine schöne Sache«, bekräftigte der Bräutigam und lupfte sein Weißbierglas.

Inzwischen goss es draußen wie aus Kübeln, der Regen toste wie ein Orchester. »Eine Runde mach ich noch, wenn ihr wollt. Wodka, wollt ihr Wodka trinken? Geht aufs Haus!« Konrad taxierte jeden Einzelnen, doch die Reaktionen fielen eher unschlüssig aus, bis Lothar schließlich mit der Hand wedelte. »Einfach machen, der kommt schon weg.« Konrad lachte auf, dann streckte er sich nach der Schnapsflasche. Wenig später standen alle, auch Claudia, in einem Halbkreis um den Tresen.

»Auf das Brautpaar«, sagte Konrad und hob sein Gläschen, »das war eine Feier für die Ewigkeit, legendär. Ich ziehe meinen Hut und sage Champs-Élysées!« Dann stürzte er als Erster den Wodka hinunter.

Benno atmete einmal kräftig durch, ein paar Lebensgeister meldeten sich zurück. »Georg«, sagte er nun betont deutlich, bedacht, seinen Anredefehler von vorhin zu korrigieren, »wie geht es eigentlich deiner Mutter? Man sieht sie so selten.«

»Gut. Sie ist jetzt wieder zu Hause. Die Behandlung in Erlangen hat ihr gutgetan. Sie ist fast wieder ganz gesund, aber sie muss sich halt noch schonen.«

»Sie soll mal bloß nichts überstürzen.« Bennos zusammengezogene Augenbrauen signalisierten Betroffenheit.

»Das wird sie schon nicht«, sagte Georg in einem aufgeräumten Tonfall, »da pass ich schon auf. Heidi und ich besuchen sie morgen.« Er griff nach ihrer Hand und zog sie zu sich heran.

Gerlinde blinzelte, erst schnell, dann langsamer. Doch immer wenn sie die Augen öffnete, sah sie die ineinandergelegten Hände der beiden. Unmöglich in Worte zu fassen, was sich dem Fassbaren entzog. Gleichzeitig ein Pochen, als versuchte eine Faust, ihr von innen die Augen aus dem Kopf zu drücken. Nur in ihrem Hinterkopf ein kleiner Schimmer Hoffnung: Vielleicht ist alles nur ein schlechter Scherz, ein Jux, den man mit ihr trieb. Vielleicht hatten sie sich abgesprochen. Sie wartete auf die Auflösung, starrte wie in Hypnose auf die Hände, aber die blieben unverändert verbunden.

Schließlich strich sich Heidi mit der Hand übers Haar. »Na ja, es sollte ja eine Überraschung werden, und eigentlich sollte der Georg früher kommen, aber nun ist es halt so«, gluckste sie verlegen, »der Georg und ich, wir sind nämlich zusammen. Seit ein paar Wochen erst. Wir hatten ja wegen dem ganzen Erbschaftszeug miteinander zu tun, und dann sind wir sowieso beide in Regensburg ...« Sie presste ihre Fingerknöchel gegeneinander.

»Und auf einmal«, fuhr Georg fort, »sitzt sie auf meinem Sofa, in einer Rauchwolke, wie eine Fata Morgana, das war schon verrückt.«

Heidi ließ ihren Kopf auf seine Schulter sinken, und überwältigt von der Gelegenheit stieß sie das Messer in Gerlindes Wunde und drehte es um, indem sie ihre Schwester fixierte und in einem lockeren Tonfall sagte: »Und auf einmal hat es gefunkt zwischen uns. Richtig gefunkt.«

»Schön«, sagte Lothar und klatschte in die Hände, »da wäre man ja fast geneigt, noch ein Ründchen zu bestellen. Herzlichen Glückwunsch! Nur eine Sache muss ich aus Artenschutzgründen noch fragen ... Ich dachte, ihr seid alle verwandt ... Oder ist man da in Bayern nicht so streng?« Und feixend fügte er hinzu: »Was für mich einiges erklären würde.«

Bennos Zeigefinger schnellte in die Höhe. »Verwandt ist nicht gleich blutsverwandt, junger Mann«, dozierte er schulmeisterlich. »Es gibt auch angeheiratete Verwandtschaft.« Gleichwohl ahnte Benno die pikante Note dieser Verbindung. Schließlich war er es, der Josef damals von Gerlindes und Georgs Verhältnis erzählt hatte. Sein Blick fiel auf die blassgesichtige Gerlinde, und ihm schwante nichts Gutes.

Draußen war es unterdessen wieder ruhig geworden. »Es hat aufgehört zu regnen«, sagte Claudia und schloss die Fenster. »Leert mal eure Tassen«, verfügte Konrad, »Claudia will nach Hause, und ich auch. Und ihr«, wobei er sein Kinn in Lothars und Gerlindes Richtung reckte, »ihr solltet sowieso schon längst in der Werkstatt sein.«

Den letzten Satz hatte Gerlinde schon gar nicht mehr mitbekommen. Erst kippte ihr Kopf zur Seite, dann der ganze Körper, und sie stürzte mitsamt dem Barhocker um wie ein akkurat gefällter Baum. Das schöne weiße Kleid, war Claudias erster Gedanke, als sie Gerlinde auf dem klebrigen, schmutzigen Holzboden liegen sah, aber mein Gott, man heiratet eh nur einmal.

9 Kalte Leugnung

Corins Ahnung, dass es mit ihrer Mutter nun zu Ende ging, hatte sich bestätigt. Ihr Bruder, der mittlerweile das Gehöft am Klingenbrunner Ortsrand bewirtschaftete und dort mit seiner Familie und Oma Gertraud lebte, hatte ihr ein Telegramm geschickt. Also entschied sich Corin kurzerhand, zu kommen, obwohl ein Flug kostspielig war und so viele andere Rechnungen beglichen werden mussten. Doch wenn das Leben endet, so Corins Überzeugung, und es im Tod zurückkehrt in die Hände Gottes, durfte Geld keine Rolle spielen. Es war schließlich ihre Mutter, deren Hände sie großgezogen hatten, dieselben, die sie geschaukelt, zuweilen gehauen, aber auch gestreichelt hatten.

Gertrauds Gesicht war innerhalb kurzer Zeit zu einem dichten Gespinst aus feinen Falten geworden, obwohl sie noch gar nicht so alt war. Aber nach einem Schlaganfall war sie nicht mehr richtig auf die Beine gekommen. Die jahrzehntelange Knochenarbeit forderte ebenfalls ihren Tribut. Morgens schmerzten ihre Gelenke, abends schwollen die Knöchel an. Ganz zart, mit großen Augen und weißem Haar, lag sie im Bett, die Haut auf den Händen wie aus Papier und mit Altersflecken übersät. Corin war klar, dass es nach diesem

Wiedersehen kein weiteres mehr geben würde. Das letzte war vor vier Jahren gewesen, jetzt war es erst ihr zweiter Besuch in der Heimat, seit sie in Amerika lebte.

Wirklich traurig machte sie aber nicht der absehbare Tod ihrer Mutter, sondern die Tatsache, dass sie ihr nie die Wahrheit zugemutet hatte und es in all den Jahre nicht fertiggebracht hatte, ihre Mutter damit zu konfrontieren, dass ihr Mann schwarz war. Schwarze waren in deren Kosmos »Neger«, also Wilde, Menschen von geringerem Wert. Eine derartige Verbindung hätte sie nie im Leben verstanden. Zwar bedauerte es Corin, die wahre Identität ihrer amerikanischen Familie zu verschleiern, aber die Angst, mit ihrer Mutter darüber in einen sinnlosen Streit zu geraten, hatte immer überwogen. Gertraud, deren Welt einen Radius von 100 Kilometern nie überschritten hatte, fiel es ohnehin sehr schwer, ihre älteste Tochter in New York zu wissen, so weit weg und dann noch in der gottlosesten Stadt überhaupt. Daher schloss sie jeden Tag Corin und ihren Enkel, den sie nur von Fotos kannte, in ihr Gebet mit ein, in der Hoffnung, das Böse möge niemals Besitz von ihnen ergreifen.

Gertraud war allerdings nicht der einzige Mensch in der Heimat, dem Corin die ganze Wahrheit vorenthielt, im Grunde wusste außer ihren Geschwistern und Erna niemand Bescheid. Ungeachtet der Einstellung ihrer Mutter wollte sie es nicht darauf ankommen lassen, ihre bayerische Familie möglichen Spötteleien auszusetzen. Der Rassismus in der neuen Heimat war schon belastend genug. Erst elf Jahre war es her, dass Freds Tante Hattie, eine Küchenhilfe aus Baltimore, von einem weißen Gast mit einem Stock erschlagen worden war.

Zur Beglaubigung ihrer Ehe mit Fred schickte Corin falsche Fotos, die einen weißen GI-Kumpel ihres Mannes zeigten, während die Bilder ihres Sohnes Tom, der 1966 zur Welt gekommen war, authentisch waren. Von ihm schickte sie nur

Aufnahmen aus den Wintermonaten, denn in dieser Zeit war seine Haut wesentlich heller, weswegen er als südeuropäischer Typ durchging, in jedem Fall als weiß. Wann immer Gertraud neue Fotos ihres Enkels zu Gesicht bekam, freute sie sich über den schönen Buben, der ihr tatsächlich nicht unähnlich sah, wie sie jedes Mal stolz bemerkte.

Mit übereinandergeschlagenen Beinen saß Corin nun bei Erna in der Wohnstube und reichte ihr eifrig kommentierend ein Foto nach dem anderen. Corin war zweifellos dieselbe geblieben, dennoch staunte Erna nicht schlecht, wie sich die neue Welt in die alte Freundin eingeschrieben hatte. Sie redete wesentlich mehr als früher, auch kamen ihr die Worte viel schneller über die Lippen, fast sprudelnd, wobei sie manchmal englische Vokabeln verwendete oder sich unterbrach, wenn ihr der passende deutsche Begriff nicht gleich einfiel. »Und das ist Tom bei der Einschulung, german spricht er leider nicht so gut. Aber wie sollte er auch, bin ja nur ich, die wo es mit ihm spricht.«

»Deutsch meinst du?«

»Sure, klar, was hab ich gesagt?«

Erna lächelte nachsichtig, sie sagte nichts, zeigte stattdessen auf das nächste Foto. »Und das ist der Fred?«

»Ja.« Corin räusperte sich, schwermütig betrachtete sie die Fotografie, die Fred in einem Café in Brooklyn zeigte, strahlend, auf dem Kopf ein Baseballcap mit der Nummer 42, die Finger seiner rechten Hand zu einem Victory-Zeichen ausgestreckt. »Das war vor Vietnam … Jetzt sieht er anders aus, sein Lebensmut … die glänzenden Augen, das ist wie weg. Ständig hat er schlechte Träume … nightmares …«

»Alpträume«, sekundierte Erna.

»Nein, Angstträume.« Corin richtete sich auf, ein Anflug von Wut überkam sie, »der träumt jede Nacht, dass er stirbt. Ich hoffe, es wird wieder besser. Erst hieß es, sie brauchen ihn nicht, dann haben sie ihn doch eingezogen … Dieser Krieg im Dschungel war das Allerletzte, und jeder hat's gewusst, von Anfang an! Am Ende schicken sie doch nur die Armen und die Schwarzen ins Feuer. That's the way it goes.« Sie nahm die Sonnenbrille aus dem Haar, ordnete mit beiden Händen ihre Frisur. Ihr sommersprossiges Gesicht war wie eh und je, und eigentlich, dachte Erna, wird es immer schöner, je älter sie wird.

»Der wird schon wieder«, sagte Erna und streichelte Corin mit ihren dünnen Fingern über die Wange, »wir haben uns doch auch wieder gefangen nach dem Krieg. Und schau mich an, noch vor einem halben Jahr hab ich geglaubt, ich werd bald sterben. In der Klinik haben sie dann die richtige Behandlung für mich gefunden. Das Leben ist wundersam …« Auf Corins Gesicht legte sich ein mildes Lächeln, das ausdrückte, dass sie ihr gern glauben würde, es aber nicht könne. Dabei schlug sie die Augen nieder und wedelte mit ihrer Sonnenbrille wie mit einem Fächer, so dass auch der Trompetenärmel ihrer Bluse lose mitschlenkerte.

Auf einmal war ein näher kommendes Motorengeräusch zu hören. Erna stand auf und ging zum Fenster. Sie erwartete Georg und Heidi, aber erst später am Nachmittag, und überlegte schon, wie sie Corin und die beiden jungen Leute am besten an einen Tisch setzen sollte. Doch dann bog ein orangefarbener VW Käfer in die Einfahrt. Erna kannte das Auto nicht, erkannte aber jetzt, da es angehalten hatte, wer darin saß. »Es ist Gerlinde. Ich weiß nicht, was die will. Die hat doch gestern erst geheiratet …«

»Das wird sich schon zeigen«, sagte Corin, während sie eilends die Fotos in ihre Handtasche steckte.

Gerlindes Begrüßung fiel kühl aus. »Grüß dich, Tante Erna, wir haben was zu besprechen.« Damit schritt sie an ihrer Tante vorbei in die Wohnstube. Erna tapste ihr hinterher.

»Corin ist gerade zu Besuch, und sie ist doch so selten da ...«
Aber da stand Gerlinde schon vor ihrem ehemaligen Kindermädchen, etwas perplex, eine ungelenke Umarmung folgte.
Im tiefsten Inneren tat es Gerlinde schrecklich leid, Corin
ausgerechnet jetzt wiederzusehen, ausgerechnet in dieser an-
gespannten Situation, aber es half nichts, nach ein paar net-
ten Phrasen schnitt sie Corin mitten im Satz das Wort ab
und wandte sich Erna zu. »Entschuldigung, aber ich kann
nicht warten ... Ich muss *jetzt* mit dir reden, unter vier Augen!« Zur Bekräftigung ihrer Absicht setzte sie sich mit
verschränkten Armen an den Tisch, ihre blauen Augen verströmten eisige Kälte. Corin stockte der Atem, Gerlindes Ag-
gressivität war ihr völlig rätselhaft. Erna dagegen ahnte, womit sie zu tun haben könnte. Aus tiefen Augenhöhlen heraus
schaute sie Gerlinde ins Gesicht. »Kann denn die Corin nicht
bleiben?«, fragte sie mit fast flehendem Unterton.

»Ich glaube nicht, dass du das möchtest.«

»Ich muss schon sagen«, schaltete sich nun Corin ein,
»wie du dich aufführst, das tut man nicht, she's your aunt!«

»So what, I don't care! I'm already dead!«, schoss Gerlinde zurück.

»Was sagt sie?« Erna starrte zu Corin hinüber, doch ehe
die antworten konnte, taxierte Gerlinde sie scharf: »Geh einfach, bitte.«

»Das ist immer noch mein Haus!«, bäumte sich Erna endlich gegen die Nichte auf, die jedoch völlig unbeeindruckt davon blieb.

Corin biss sich auf die Lippen, vor ihrem inneren Auge
sah sie die verzweifelte Vierjährige nach dem Tod ihrer Mutter, sah die Fünfjährige, die kein Wort mehr sprechen wollte.
»Sag, Kind, was ist denn Schlimmes passiert?«

»Schlimm? Was ist schon schlimm! Wer schon einmal gestorben ist, für den ist nichts mehr schlimm ... Ich will die

Wahrheit wissen, das ist alles!« Darauf griff Corin nach ihrer Handtasche. »Gut«, sagte sie beschwörend, »ich geh jetzt, aber lass dir eins gesagt sein, es gibt nie nur eine Wahrheit.«

Erna brachte ihre Freundin noch zur Tür, nun waren die beiden Frauen allein in der Stube. Jetzt erst fiel ihnen auf, wie erschöpft die jeweils andere aussah. Auch wenn sie das Schlimmste erst einmal überstanden hatte, die Karzinombehandlung hatte Erna mitgenommen, sie machte einen zerbrechlichen Eindruck, ihre Bewegungen wirkten verlangsamt, als ob Reiz und Reaktion schlecht synchronisiert wären. Gerlinde wiederum war der Stress der vergangenen Tage deutlich anzusehen, vor allem jener der letzten Nacht. Sie hatte tiefe Augenringe, und obgleich es bei Weitem nicht mehr so heiß war wie tags zuvor, stand ihr ein glänzender Schweißfilm auf der Stirn. Völlig überstürzt schien sie ins Auto gestiegen und losgefahren zu sein.

»Darf ich dir was anbieten, einen Schluck Wasser vielleicht?« Etwas hilflos stand Erna an der Spüle, als hätte sie vergessen, in welchem Regal die Gläser standen.

»Wer ist der Vater vom Georg?!«, herrschte Gerlinde sie an und schlug mit den Fingerknöcheln hart auf den Tisch.

Langsam drehte sich Erna um, bemüht, Gerlindes Blick auszuweichen. »Was du alles wissen willst …«, sagte sie mit gespielter Überraschung.

»Ich möchte das wissen, jetzt!«

»Nach dem Krieg ging viel durcheinander. Da wurde man nicht gefragt, da ging's ums Überleben …«

Gerlinde erhob sich, ging um den Tisch herum und trat bis auf zwei Meter an Erna heran, die mit dem Rücken am Spülbecken lehnte, die Arme gekreuzt, die Augen halb zugekniffen.

»Ist meine Frage zu kompliziert?« Starr, ohne zu zucken, blickte sie auf Erna herab.

»Wer bist du denn, mich so zu behandeln. Ich lass mich nicht mehr so dumm anreden!« Gerlinde aber ließ sich nicht beirren, den Zorn der Alten nahm sie als Bestätigung, also setzte sie nach, diesmal mit weicher Stimme. »Ich will doch nur wissen, ob der Georg und ich denselben Vater haben.«

»Nein, wer sagt denn sowas …«

»Mein Vater hat das zu mir gesagt«, entgegnete Gerlinde. Erna öffnete die Arme, machte eine ratlose Geste. »Dann hat er dir was Falsches gesagt.« Gerlinde nickte jetzt zustimmend, als würde sie ihr glauben. »Aber wieso«, fragte sie plötzlich mit schneidender Stimme, »hätte er das erfinden sollen?«

Erna strich sich mit den Fingern über die Nase, fast so, wie es Josef immer getan hatte. »Woher soll ich denn das wissen, ich kann doch nicht in ihn hineinschauen. Und deswegen weiß ich auch nicht, warum er das …«

»Du lügst!«, fuhr Gerlinde dazwischen und stampfte auf den Boden, worauf Erna kurz zusammenzuckte.

»Ich lüg nicht«, schnappte die zurück, »und jetzt möchte ich, dass du gehst!«

»Nein! Nicht bevor ich die Wahrheit weiß. Wieso hast du Josef angelogen und ihm weisgemacht, er sei der Vater vom Georg?!«

»Ich hab ihm nix weisgemacht, vielleicht wollte er's so haben. Du weißt doch, wie sehr er den Georg geschätzt hat.« Gerlinde horchte auf. Erna war in die Falle getappt, und beide wussten es.

»Mein Vater war kein Phantast, der sich irgendwas eingeredet hat, was nicht hätte sein können. Du hast ihm das Kind untergeschoben! Er hat gezahlt, und niemand durfte erfahren, was sowieso nicht gestimmt hat … Hat wenigstens Onkel Vinzenz gewusst, was gespielt wird?«

Erna senkte ihren Blick, während sich auf Gerlindes Gesicht ein Lächeln der Genugtuung zeigte. Sie war sich nun sicher, das Rätsel gelöst zu haben, und verwünschte sich dennoch, nicht viel früher auf die Lösung gekommen zu sein. »Hast du ihm am Tag vor seinem Tod alles gestanden, wo er bei dir war? Wollte er deswegen in derselben Nacht noch zu mir …?«

Erna war wie gelähmt, sie fühlte sich wieder wie damals, eine mittellose Magd, der man gerade das letzte Quäntchen Würde genommen hatte. In dieser verkürzten Version der Geschichte stand sie da wie ein berechnendes Weib, niederträchtig und verkommen. Doch so eine war sie nicht, so ging auch die Geschichte nicht. Nun aber waren all ihre Kräfte aufgebraucht, um Gerlinde etwas entgegenzusetzen, die blindwütig auf sie eingetreten hatte und sich jetzt als Siegerin aufspielte. Erna ließ sich in den Schaukelstuhl fallen, schweigend verharrte sie dort einige Momente, ehe sie tief Luft holte.

»Das geht dich alles nichts an, geh endlich«, sagte sie schließlich zermürbt und hielt sich die Hände vors Gesicht.

»Was bist du nur für ein feiges Mistvieh!«, schrie Gerlinde, und in der groben Beschimpfung bündelte sich all ihre Abscheu, ihre Wut und Verachtung. Hätte sie einen Stock zur Hand gehabt, sie hätte für nichts garantieren können.

Nur einen Augenblick später hörte man, wie ein Schlüssel ins Schloss gesteckt wurde, Erna reckte den Hals. »Georg«, rief sie, »komm schnell, sie ist verrückt!«

Als der die Tür aufstieß, fiel sein Blick zuerst auf seine Mutter im Schaukelstuhl, er sah ihre gekrümmte Haltung, die verstörten Augen. Dann sah er Gerlinde, die neben dem Tisch stand, die Hände in die Hüften gestützt, alles an ihr war von fiebriger Entschlossenheit.

»Was ist hier los?«

»Georg, du bist gar nicht mein Bruder, sie hat gelogen und alles verbrochen …«

Erna schüttelte den Kopf, weinend wiederholte sie, dass Gerlinde verrückt sei und dass sie endlich verschwinden solle. Georg stand wie vom Schlag getroffen, verstand nicht, was los war, was die beiden von ihm wollten.

»Georg«, übertönte nun Gerlinde die Alte, »wir sind keine Geschwister, ich dachte es aber immer!«

Der presste seine Hände gegeneinander, er spürte, wie er plötzlich zu schwitzen begann. »Ich weiß nicht, was du da daherredest … Wieso sollen wir Geschwister sein? Es ist besser, wenn du gehst. Die Mutter ist nicht gesund, siehst du das nicht?«

Gerlinde machte einen Schritt auf ihn zu, in ihrem Blick lag eine Dringlichkeit, wie er sie noch nie gesehen hatte. »Sie hat es getan!«, schnaubte sie, »sie hat meinem Vater gesagt, er wäre auch dein Vater. Und er hat mir eingeschärft, dass es Blutschande sei, wenn wir uns lieben! Ich hätte dich doch sonst niemals verlassen!«

Aber du hast es getan, dachte er ungerührt, sagte aber stattdessen mit klarer Stimme: »Du hast mich verlassen, weil du einen anderen gehabt hast.«

»Das hab ich erfunden.«

Georg schwieg, eine bleierne Ratlosigkeit drückte auf ihn. Die Erinnerung an Gerlinde hatte ihn schon lange nicht mehr gequält, nur manchmal noch spürte er einen kurzen stechenden Schmerz, wie wenn man mit der Zunge einen kranken Zahn abtastet.

»Warum glaubst du mir denn nicht …« Sie schluchzte ein-, zweimal, starrte ihn mit weit aufgerissenen Augen an. »Ich lass mich auf der Stelle scheiden, ich bring ihn sogar um für dich … Kein Tag ist vergangen, an dem meine Gedanken nicht bei dir waren. Ich bin von falschen Tatsachen ausgegangen!«

Georg wandte sich zu Erna, die stumm dasaß, mit leerem

Blick und versteinerten Gesichtszügen, wie ihr eigener Schatten. Er spannte eine Hand über seine Stirn, als wollte er sein Gehirn zusammenhalten, Gedankenfetzen bestürmten ihn, Bilder aus einem anderen Jahrzehnt, verschnitten mit Stimmen aus der Gegenwart. »Selbst wenn das, was du sagst, stimmt … es ist zu spät.« Seine Stimme wurde brüchig, aber dann überfiel ihn ein kalter Trotz, und er überließ sich einem dumpfen Bedürfnis nach Vergeltung und Aufrechnung. »Du hast das geglaubt, was dir dein Vater erzählt hat. Kein Wort hast du mir davon erzählt. So eine Frau will ich nicht, so eine passt nicht zu mir. Du hättest mich nicht weitergebracht.«

»Was heißt denn weiterbringen … Wohin denn?«

»Wäre ich hiergeblieben«, sagte er mit fester Stimme, »ich wäre hier versauert. Mit dir hätte ich Eisenstein nicht verlassen, ich wär noch immer ein kleiner Holzhändler aus der Provinz.«

»Das ist eine Lüge!«, schrie sie dagegen an, und wahrscheinlich war es auch eine, aber in diesem Moment war er sich sicher: Mit ihr an der Seite hätte er nicht die Energie aufgebracht, diese Firma, die allein sein Werk war, mit all der Hingabe und Disziplin aufzubauen.

Als er durchs Fenster blickte, sah er Heidi in Gerlindes Rücken, die geradewegs auf das Haus zuging. Sie hatte die ganze Zeit über mit Corin auf der Bank am Rand des Feldwegs gesessen, wo früher gelegentlich der alte, mittlerweile verstorbene Hirlinger gehockt war und Steine geklopft hatte. Georg drängte auf einen Schlusspunkt, er hasste diese Art ungezügelter Emotionalität, wollte sich dem alten Schmerz nicht länger aussetzen, also sagte er in geschäftsmäßigem Ton: »Geh jetzt bitte. Und misch dich nicht mehr in mein Leben ein.«

Schlagartig begriff Gerlinde, dass ihr Kampf vergebens war. »Wahrscheinlich«, sagte sie nach einem kurzen Innehalten, »war es naiv von mir zu glauben, dich noch einmal erreichen zu können. Du hast Angst vor der Vergangenheit. Aber für mich hättest du kein Held werden müssen, für mich warst du schon immer der Beste ... Tu mir wenigstens einen Gefallen, trenn dich von meiner Schwester, sie passt nicht zu dir, ich kenn sie.«

Mit dieser Bemerkung traf ihn Gerlinde mitten ins Herz. Entgegen seinem Vorsatz, ruhig zu bleiben, packte ihn die Wut. »Aber du kennst mich nicht!«, ging er sie scharf an. »Und ich warne dich, hör endlich auf, sonst lernst du mich richtig kennen!«

In diesem Moment öffnete sich die Tür, und Heidi steckte den Kopf herein. In ihrem gelben T-Shirt und mit der hellblauen Schlaghose wirkte sie wie ein argloser Teenager. »Ich habe draußen Corin getroffen, und sie hat erzählt, dass du hier bist«, plauderte sie drauflos und blickte zu ihrer Schwester, ohne sie jedoch wirklich dabei anzusehen.

»Allerdings«, zischte Gerlinde, ihre Nasenflügel zitterten vor Zorn. Sie schritt auf die Tür zu, herrisch und hoch aufgerichtet, dort drehte sie sich noch einmal um und schaute jedem der drei in die Augen: »Verflucht sollt ihr sein in alle Ewigkeit.« Es klang beiläufig und darum umso brutaler.

10 Verschmähtes Erbe

Der Mensch, sinnierte Lothar, könnte eigentlich glücklich sein. Wenn er allein in einem Raum säße, wenn er ausreichend zu essen und zu trinken hätte, wenn man ihn einfach nur in Ruhe ließe. Dann müsste er theoretisch glücklich sein oder zumindest zufrieden, weil er nämlich den ganzen Plunder um sich herum überhaupt nicht brauchte, das meiste davon jedenfalls nicht. »Aber«, und er schnappte sein Weißbierglas und nahm einen hastigen Schluck, um schließlich zum Punkt zu kommen, »der Mensch schafft das nicht! Weil er dann die Einsamkeit und die Langeweile spüren würde und deshalb zum Nachdenken verdammt wäre. Er würde die Ausweglosigkeit erkennen, dass er nämlich stirbt. Und deshalb braucht er Zerstreuung!«

Konrad hielt einen frisch polierten Willibecher in die Höhe, drehte ihn mit einem zugekniffenen Auge im trüben Lichtstreifen. »Und genau deswegen«, sagte er launig und nahm sich das nächste Glas vor, »sitzt du ja auch bei mir. Noch ein Bier?«

Lothar nickte. »Ich zerstreu mich aber nicht, ich sammle mich …« Er versuchte, an seinen vorherigen Gedanken anzuknüpfen. »Es ist ein bisschen wie beim Jagen, es kommt nicht auf die Beute an, sondern auf die Jagd selbst.«

Mit beiden Unterarmen auf den blitzsauberen, mit Nussbaumholz furnierten Tresen gestützt, beugte sich Konrad nun vor und funkelte Lothar an. »Und was jagst du, Freund, wenn ich fragen darf?«

»Eben. Ich bin anscheinend eine Ausnahme, ich jage ja gar nicht. Ich weiß nur, wer viel arbeitet, stirbt früher.«

Konrad stellte ihm das Weißbier hin, dabei krampfte sich seine Brust zusammen, als hätte ihm jemand einen Stich versetzt. Die Symptome seiner Schrumpfniere überfielen ihn in letzter Zeit immer häufiger, Kopfschmerzattacken, Schwellungen in den Unterschenkeln, Muskelkrämpfe. »Jetzt pass mal auf«, sagte er ungewöhnlich schroff, »der Tod ist ein Thema für sich. Du bist erst dreißig, redest aber daher wie ein Rentner. Was soll ich denn sagen, ich geb todsicher vor dir den Löffel ab, da kann ich mich zerstreuen oder sammeln, wie ich will, jeden Abend vor dem Einschlafen seh ich den Sargdeckel auf mich niedersausen … Und du? Seit einem Jahr bist jetzt verheiratet, bist aber jede freie Minute bei mir in der Wirtschaft, philosophierst irgendein Zeug daher und schaust drein wie ein Haubentaucher! Da muss doch noch ein Feuer sein, Herrgottnochmal!«

Lothars Lippen formten sich zu einem kleinen O, ein glasiger Schleier legte sich über seine Augen. »Ich kann auch gehen.«

»Entschuldige, ich hab nicht vorgehabt, dich zusammenzufalten, ich …« Auf einmál hielt Konrad inne, sein Blick zielte an Lothar vorbei zur Tür hin, und er zog seine Brauen hoch. »Na sowas, die schöne Schwester, was für eine Ehre.«

Lächelnd hob Heidi die Hand, gleich darauf schwang sie sich auf einen Barhocker neben Lothar, der ziemlich verblüfft aus der Wäsche schaute. Konrad bot ihr eine Zigarette an. »Danke, im Moment rauche ich nicht«, sie deutete mit dem Zeigefinger auf ihren Bauch, wo sich unter dem Strickkleid eine kleine Rundung abzeichnete, »da ist was unterwegs.«

»Glückwunsch«, sagte Konrad.

»Auch von mir«, nickte Lothar.

»Gut, dass ich wenigstens dich treffe. Eigentlich wollte ich zu Gerlinde, die ist aber nicht daheim, telefonisch erreicht man sie seit Tagen nicht … Jetzt hatte ich heute was in Landshut zu erledigen, da dachte ich mir, ich klingle einfach spontan.«

Ein Windstoß rempelte ans Fenster. »Schon wieder so ein scheißkalter Wind, und das mitten im Sommer«, grantelte Konrad.

»Siehst du«, sagte Lothar, »meine Frau ist gar nicht zu Hause, also kannst du mir ruhig noch ein Schnäpperken kredenzen.« Heidi und Konrad warfen sich einen irritierten Blick zu.

»Wir haben das Hufnagelgut jetzt endlich verkauft. Ein Unternehmer will es zum Hotel umbauen, mit Reitschule.

Uns soll's recht sein, für die Lage war der Preis ganz in Ordnung. Ich weiß, dass Gerlinde mit allem nichts zu tun haben will, sie will von ihrem Erbanteil nichts haben, weshalb auch immer. Georg und ich sind trotzdem der Meinung, das wäre unrecht.«

Lothar wippte mit dem Kopf, als handelte es sich um das Fußballergebnis zweier unbekannter Mannschaften.

»Wir würden euch gerne die Hälfte der Summe überweisen«, setzte Heidi nach. Mit nahezu aufreizender Langsamkeit drehte Lothar seinen Hocker in ihre Richtung. »Um mir den Krempel zu sagen, bist du extra hierhergekommen?«

»Tja, manchmal macht man eben verrückte Dinge«, sagte sie in sarkastischem Tonfall, »gib mir einfach eine Bankverbindung, und ich zisch wieder ab.«

Lothar schwenkte mit dem Hocker zurück. »Konrad, altes Haus, wie ist deine Kontonummer?«

Heidi trommelte mit den Fingernägeln auf den Tresen. »Du Witzbold, ich bin nicht zum Scherzen gekommen.« Von draußen war eine Kirchturmuhr zu hören, die viermal bimmelte. Als sie verklungen war, breitete sich eine unbehagliche Stille im Raum aus. »In der Zeitung hab ich gelesen«, rang sich Konrad schließlich zu einer Bemerkung durch, »dass dein Mann eine Glasfabrik in Dingsbums gekauft hat.«

»In Regenhütte.«

»Stimmt«, sagte Konrad und zog den Stöpsel aus dem Spülbecken.

»Glas ist krisensicher, was? Geht immer kaputt. Aber ich sag dir eins, Scherben bringen nicht immer Glück.« Lothar lächelte verzagt, auf seiner Stirn sammelten sich klitzekleine Schweißperlen. »Bestell dir doch auch was. Der Kone hat bestimmt auch Apfelsaft.«

»Selbstverständlich!«, nickte Konrad beflissen und drehte sich zum Kühlschrank um. Der Rest vom Spülwasser gurgelte durch den Abfluss. »Ich weiß nicht, was meine Schwester gegen mich hat«, Heidi hob beide Arme, »oder anders gesagt, ich weiß nicht, mit welchem Recht sie etwas gegen mich hat.«

»Stell dir vor, ich weiß es auch nicht«, nuschelte Lothar und nahm einen Schluck von seinem Bier, »ich weiß nicht mal, was sie gegen mich hat. Seit letztem Monat sind wir amtlich geschieden.«

Verdutzt riss Konrad die Augen auf. »Ja, Kruzifix«, polterte er los, »warum weiß ich denn nix davon?!«

Lothar zuckte mit den Achseln. »Was hätt ich denn dazu sagen sollen … Ich wollt nicht die Stimmung vermiesen. Weiß der Kuckuck, ich glaub, sie ist in München. Vielleicht hat sie einen anderen, ein Arbeitskollege hat sie letztens in Vilshofen gesehen … Ich weiß es nicht. Ich dachte immer, ich hätte ein Dornröschen wachgeküsst, jetzt weiß ich es besser.«

Heidi klopfte ihm auf die Schulter, flüsterte »Tut mir leid«.

»Konrad, leg doch mal ›Griechischer Wein‹ auf. Vielleicht will meine Ex-Schwägerin mit mir tanzen …« Lothar stieg vom Hocker und breitete auffordernd die Arme aus. Keine zehn Sekunden später bewegten sich die beiden mit langsamen Foxtrottschritten übers Parkett, auf dem er zwölf Monate zuvor mit Gerlinde den Hochzeitswalzer bestritten hatte. Und jedes Mal wenn Udo Jürgens den Refrain anstimmte, sang er aus tiefster Seele mit, inbrünstig und mit ganzer Hingabe. Das Wasser lief ihm in Bächen aus den Augen und tropfte auch auf Heidis Brust, und zum ersten Mal war es so, dass Heidi aufrichtiges Mitleid für jemand anderen empfand. Tränen standen ihr in den Augen, wie auch Konrad, der neben dem Plattenspieler stand und die Nadel vorsichtig hochlupfte, als das Lied zu Ende war.

V. Buch (1982-1984)

1 Hans

Hans stammte aus Landsberg am Lech, das zu zweifelhafter Berühmtheit gekommen war, weil Hitler dort im Gefängnis gesessen und »Mein Kampf« geschrieben hatte. Hans war Jesuiten-Schüler gewesen; auf dem Eliteinternat, das er zwischenzeitlich zwei Jahre lang besucht hatte, behauptete er, eine jüdische Mutter zu haben, die als junges Mädchen, in Unkenntnis, wer da in Haft war, dem späteren Führer aus Mitleid Papier in die Zelle geschmuggelt hätte, damit der sein Buch schreiben konnte, was natürlich komplett erlogen war. Hans aber erzählte es so, dass keine Zweifel aufkamen. Am Beginn seiner Studienzeit in München gab er an, Spross einer französischen Künstlerfamilie zu sein, weswegen er sich Jean nannte.

Nicht nur sein einfallsreicher Umgang mit der eigenen Biografie zeichnete ihn aus, sondern auch ein Charme, der vielleicht anderswo schmierig genannt worden wäre, in der Münchner Schickeria aber die Herzen aufschloss. Zur Begrüßung schüttelte er einem sanft die Hand, wie jemand, der in seinem Leben höchstens mal einen Stift heben musste. Hans verbreitete keine Angst. Und ebendas war, bei genauer Betrachtung, zum Fürchten. Hatte er sich früher, um interessanter zu erscheinen, unnahbar und einzelgängerisch gegeben, so war er mittlerweile geradezu gesellig geworden. In Amerika hatte er die Wichtigkeit von Netzwerken begriffen, also die Fähigkeit, sich jederzeit mit Leuten zu verbinden, frei nach der Devise: Aus Freunden werden irgendwann Kunden. Und in der Tat: Es fiel ihm leicht, seinen Gesprächspartnern stets mit Neugierde zu begegnen, geselliges Betragen ging ihm mühelos von der Hand, es passte auch wesentlich besser zu ihm als die verstockte Existenzialistenpose seiner jungen Jahre. Wenn er jemanden als nützlich erachtete, konnte er ziemlich gut zuhören und hatte ein außerordentliches Gespür dafür, was in anderen vorging. Er war eben ein guter Schauspieler oder vielmehr das, was die große Mehrheit darunter verstand, er beherrschte die hohe Kunst des Sichverstellens. Gleichwohl hatte er auch einen authentisch liebenswerten Kern. Beim Lachen knautschte sich sein Gesicht wie das eines Shar-Pei, und manchmal konnte er herzergreifend verloren aussehen. Doch Hans war nicht nur eine kultivierte Plaudertasche, die sich auf das Gesprächsniveau ihres Gegenübers einzupendeln verstand, er hatte in erster Linie eine klare Agenda vor Augen: Er wollte reich werden, nicht besserverdienend oder wohlhabend, sondern stinkreich – zum Wohle seiner selbst und zum Wohle der Gesellschaft.

Nachdem Hans im Alter von dreiundzwanzig Jahren sein Studium an die Wand gefahren hatte und aus dem Münchner Studentenwohnheim geworfen worden war, stand er mit leeren Händen da, er hatte weder einen Ausbildungsplatz noch eine Bleibe und sah sich genötigt, den Heimweg anzutreten. Sein Vater, ein Beamter im gehobenen Dienst, der dem jüngsten seiner drei Söhne im Vertrauen auf dessen Selbständigkeit freie Hand gelassen hatte, fuhr harte Geschütze auf und stellte ihn unmissverständlich vor die Wahl: entweder Enterbung oder Absolvierung eines Studiums nach den Vorgaben des Vaters. Hans hatte die Möglichkeit, zwischen Jura, Medizin und Volkswirtschaft zu wählen, abzuschließen im schnellstmöglichen Zeitraum inklusive Promotion, an einer Universität im süddeutschen Raum. Positive Zwischenergebnisse seien am Ende jedes Semesters vorzulegen, andernfalls würde der Vater den Geldhahn unwiderruflich zudrehen.

Die Demütigung lastete schwer auf ihm, doch da Hans der körperlichen Arbeit abhold war, stimmte er kleinlaut zu. Die Verordnungen seines Alten zeigten indes Wirkung. Der junge Mann lebte spartanisch und büffelte wie noch nie in seinem Leben. Nach vier Jahren schloss er an der Uni Tübingen das Studium der Volkswirtschaftslehre ab, anschließend wurde er dort mit einer Arbeit über »Irreversibles Konsumentenverhalten« promoviert. Danach bekam Hans eine Stelle als Prüfungsassistent bei Arthur Andersen, einer der weltweit größten Unternehmensberatungsgesellschaften, in Hamburg. Nach ein paar Jahren wurde er schließlich zum Wirtschaftsprüfer bestellt. Während seiner Tätigkeit für diese Firma verbrachte er Mitte der siebziger Jahre zwölf Monate in der Chicagoer Zentrale, wo er im Bereich Unternehmenskäufe und Restrukturierungen weitergebildet wurde. Sein Ziel war es nun, eine Niederlassung in Deutschland zu übernehmen, und darauf arbeitete er ehrgeizig hin. Doch dummerweise konnte man ihm in einem Bankrottfall die Verheimlichung von Insolvenzmasse nachweisen und in einem anderen Fall eine kleine Bilanzfälschung. Zwei im Grunde branchenübliche Delikte, die wohl kaum aufgeflogen wären, hätte man Hans nicht bei der Firmenleitung sowie beim Gesetzgeber verpfiffen. Offenbar, so wurde gemutmaßt, von einem internen Kontrahenten, der ihn unbedingt aus der Firma kegeln wollte, um an seiner Stelle die Karriereleiter hochzukraxeln. Der anonyme Maulwurf hatte allerdings gehandelt, um kommenden Schaden von der Firma abzuwenden. Er meinte Hans' Potential zur Selbstbereicherung erkannt zu haben, das sich seiner Ansicht nach mit der Bekleidung höherer Positionen nicht vertrug. Hans verlor seine Konzession als Wirtschaftsprüfer, strafrechtlich hingegen war die Angelegenheit nicht sonderlich schmerzhaft, auch psychisch nahm er keinen Schaden, denn die Mehrheit der Kollegen versicherte ihm schulterklopfend, dass es sich schlicht um eine Intrige gehandelt habe. Insofern stürzte er nicht ab, sondern heftete das Erlebnis unter der Rubrik »lehrreiche Erfah-

rung« ab. Nach Zahlung einer Geldstrafe trennte man sich
gütlich.

Nur drei Monate später heuerte Hans bei der Blaschko
Immobilien GmbH in München an. Eigentlich drängte es ihn
in den Investment-Markt, wo man sagenhafte Renditen einstreichen konnte, weshalb er seine Fühler nach einer Wall-
Street-Bank ausstreckte. Als sich dann tatsächlich die Möglichkeit ergab, für Salomon Brothers zu arbeiten, überkamen
ihn jedoch Bedenken. Zwar hätte er weder Frau noch Kinder
zurückgelassen, doch seine Eltern wurden nicht jünger und
bei seinem Vater machten sich die ersten Anzeichen einer
Demenz-Erkrankung bemerkbar. Hans hatte seinem Alten
viel zu verdanken, er hatte ihn in die Spur gebracht, und vielleicht, dachte Hans, wäre es eine Art ausgleichende Gerechtigkeit, ihn auf seinem letzten Weg beizustehen. Und von
München lag das Elternhaus nur eine Autostunde entfernt.

Also sagte er in New York ab und in München zu, tat dies
aber nicht bedauernd, sondern durchaus optimistisch, denn
die Stelle bei Jakob Blaschko, Kunde der Münchner Arthur
Andersen Dependance, hatte ihren Reiz. Blaschko war auf
der Suche nach einem neuen kaufmännischen Leiter, und
die ersten Gespräche waren vielversprechend gelaufen. Der
Firmengründer hatte einen langen Atem und schon so manche Rezession überstanden. Das ihm in Aussicht gestellte
Einkommen war in Ordnung, die gewerblichen Prognosen,
trotz gegenwärtig schlechter Konjunktur, sogar hervorragend.
Die knappe Ware Boden verlor perspektivisch nie an Wert,
man musste nur wissen, wann man welchen Einsatz vornahm,
um daraus Kapital zu schlagen. Außerdem gefiel ihm, dass
sich Blaschkos Kernbereiche auf Luxussanierungen und den
Bau von Büroanlagen beschränkten.

Anfang 1981 trat Dr. Hans Klankermeier seinen neuen Job
in München an, in jener Stadt, mit der er noch eine alte Rech-

nung zu begleichen hatte. Fünfzehn Jahre zuvor hatte er die Landeshauptstadt im Kriechgang verlassen müssen, jetzt marschierte er dort ein wie König Ferdinand bei der Rückeroberung Granadas, Hans' Prunkpferd indessen war ein nagelneuer, flammend roter Porsche SC 911 mit 180 PS.

München war für Hans das beste Pflaster Deutschlands. Die Schwergewichte Allianz, Siemens und BMW hatten hier ihren Sitz, das Bavaria Atelier drehte internationale Kinofilme, in den Musicland Studios nahmen die Rolling Stones, Queen und etliche andere Stars ihre Platten auf und im Olympiastadion spielte der erfolgreichste Fußballverein des Landes. Die Protagonisten aus Wirtschaft und Showbusiness brauchten aber nicht nur Platz zum Arbeiten, sie wollten auch angemessen feiern und wohnen. Noch gab es viel Luft nach oben sowie viel Platz drum herum. Die Baulandpreise in München waren in den letzten dreißig Jahren um etwa das Achtzigfache gestiegen, bei entsprechender Mietpreisentwicklung. Ein Ende der Fahnenstange war nicht in Sicht, die Wertsteigerung ging unverdrossen weiter, das traumhaft schöne Umland bettelte förmlich um Erschließung.

Hans war sich sicher, dass alles, was die US-Amerikaner heute praktizierten, morgen auch in der Bundesrepublik Standard sein würde. Und weil die deutschen Affen sowieso alles nachmachten, was in Übersee passierte, war es nur eine Frage der Zeit, bis auch hierzulande eine angebotsorientiertere Wirtschaftspolitik inklusive drastischer Steuersenkungen für Unternehmen Einzug halten würde. Abgesehen von der folkloristisch rigiden Familienpolitik und dem ganzen christlich puritanischen Gesülz fand er die geplanten Reformen von Ronald Reagan, dem neuen amerikanischen Präsidenten, schlüssig und sinnvoll, dazu gehörte auch, wie dieser den Kommunisten in den Arsch zu treten gedachte.

Die Behauptung, Hans habe im Vergleich zu seiner frühen Studentenzeit einfach nur eine opportune 180-Grad-Wende vollzogen, wäre zu kurz gegriffen, es war vielmehr so, dass er mit Bedacht – und dazu gehörten Theorie und Praxis – seine Einstellung geändert hatte. Er glaubte, das Ineinander von Himmelfahrt und Höllensturz zu kennen, und war der Ansicht, dass sich die Komplexität einer Gesellschaft der menschlichen Rationalität entzöge. Schon Kant war ja sinngemäß der Auffassung, dass dem Menschen eine Doppelmoral innewohne. Hans glaubte ebenso wenig an Solidarität wie an die Fähigkeit des Menschen, gesellschaftliche Vorgänge zu verstehen. Damit seien auch alle Versuche zum Scheitern verurteilt, gesellschaftliche Entwicklungen auf Basis einer kollektiven Willensbildung zu gestalten. Demokratie war seiner Meinung nach ein großer Murx, nur Marx war schlimmer, der mit seiner ökonomischen Analyse zwar nicht falschlag, aber in seiner Schlussfolgerung kolossal danebengegriffen hatte. Allein der freie Markt sei der beste Mechanismus, Informationen umfassend zu integrieren und auf diese Weise die Gesellschaft oder das, was man dafür hält, sinnvoll zu steuern. Alle anderen Gestaltungsversuche beruhten auf Irrationalitäten. Hielte sich der Staat mit seinen Eingriffen zurück und unterwürfe sich der Marktlogik, gäbe es weit weniger Chaos auf der ganzen Welt. Denn auf jedem Markt, ganz gleich auf welchem, setze sich immer die beste Leistung durch, erbracht vom begabtesten oder intelligentesten Individuum, das gleichzeitig auch das verantwortungsvollste sei, allein schon aus Gründen der Selbsterhaltung. Verhielte sich einer unfair, würde der Markt ihn regulieren, da der Konsument eben auch nach moralischen Kriterien entscheide. Für Hans war seine Markttheologie, kleine Irrtümer inbegriffen, konsistent. Sie war sozusagen seine Geschäftsgrundlage. An sie glaubte er mehr als an Liebe oder Schicksal.

In München gehörte Hans bald zum gerngesehenen Gast

der exklusivsten Gastronomien. In den einschlägigen Bars begegnete man gelegentlich Berühmtheiten, die Frauen waren atemberaubend, die Männer erfolgreich, und immer war alles »großartig«. Probleme kamen an der »harten Tür« so gut wie nie vorbei. Hans sah man immer nur im Designeranzug. Sein Haar trug er kurz, seine schmale, aber sportliche Figur – er ging regelmäßig zum Fitnesstraining – ließ ihn dynamisch erscheinen, und die Farbe des Brillengestells war immer abgestimmt auf die Farbe seines Hemds. Die Brille ließ ihn intelligent aussehen, diente aber eigentlich nur dazu, seine engstehenden Augen zu kaschieren.

Doch sosehr Hans die rauschenden Abende im Kreis der Schönen und Reichen genoss und so gewinnbringend er sie auch empfand, seine Vorliebe galt dem Schmutzigen. In Hans' Innerstem gab es ein unbändiges Verlangen, auf Mäßigung und bürgerliche Attitüde zu pfeifen. Und manchmal, wenn er spätnachts in seinen heimlichen Lieblingsclub einfiel, hatte er Büchners Zeilen im Kopf, die er vor langer Zeit für eine Theateraufführung gelernt hatte, wonach alle Menschen »Schurken und Engel, Dummköpfe und Genies und zwar das alles in einem« seien.

Das »Hochgefühl« war ein Schuppen in Haidhausen, der auf Saufen, Sex & Rock 'n' Roll setzte, ein improvisierter Halb-Punk-Laden, der schon am Eingang signalisierte: Hier war Sendepause vom Alltag garantiert. Im Halbschatten der Neonoptik feilte jeder an seiner Wunschidentität, betört von der Freiheit, sich benehmen und inszenieren zu können, wie es einem gefiel. Inmitten des Publikums aus Partypionieren, Punks, Dandys und Mitgliedern der Schwulenszene wirkte Hans auf den ersten Blick deplatziert, bei genauerer Betrachtung aber passte er perfekt ins Bild. Dort hin und wieder abzustürzen, war ihm Bestätigung für die Abgründe seiner Persönlichkeit, für die dämonischen Züge, die er heimlich auskostete, wobei seine Vorstellung vom Dämonischen sehr romantisch gefärbt war.

Mit einem Hochprozentigen in der Hand lehnte Hans am rostigen Eisengeländer der Galerie, von wo aus man einen freien Blick auf die Tanzfläche hatte. Er spähte hauptsächlich nach Frauen, die er bei nächster Gelegenheit anzuckern wollte. Haschisch war schon lange nicht mehr seine Droge, Hans liebte Kokain, den Schnee, auf den alle talwärts fahren, wie Falco passend rappte, und der ihn in ekstatische Höhen schleuderte, sobald er ihn in die Nase sog. Mit ihm in der Blutbahn konnte man endlos quatschen oder einfach nur die Sau auf der Tanzfläche rauslassen, ohne dass man sich später dafür zu schämen brauchte. Mitunter kam es vor, dass man sich im »Hochgefühl« ein zweites Mal kennenlernte, wenn die Erinnerung Leck geschlagen war im Durcheinander aus Klängen, Körpern und Kokolores. War es wirklich gut gewesen, erwachte man am nächsten Tag mit einem Filmriss.

Davon war Hans heute weit entfernt, es fehlte der Kick, was hauptsächlich daran lag, dass der DJ avantgardistischen Schrott auflegte. Er wandte sich zur Bar, wo Erwin, ein schwarzer Ex-GI, im Bademantel auf einem Barhocker stand und anfing, »My Way« zu singen, mit Kopfhörern auf den Ohren und einem Walkman in der Hand. Hans klatschte mit ihm ab, dann stellte er sein leeres Whiskeyglas auf die Theke, überlegte einen Augenblick, ob er bleiben oder gehen sollte. Auf einmal stupste ihn eine Frau von der Seite an und sagte »Hallo«. Er blickte sie ein bisschen hilflos an, auf ihrem ovalen, von kupferroten Strähnen gerahmten Gesicht lag ein vertrauliches Lächeln. Nett, dachte Hans, sehr nett, ein bisschen massig vielleicht, aber okay. Wobei ihm die Blonde hinter ihr, die gerade mit Erwin quatschte, wesentlich besser gefiel. Wahrscheinlich kannte er sie von hier, woher sonst. Er konnte auch nicht hundertprozentig ausschließen, dass er schon mal mit ihr gevögelt hatte. »Du bist immer noch sehr schön«, nuschelte er schlampig und legte seine Hand auf ihre. Mit einer kreisenden Fingerbewegung bestellte er zwei Bourbon. »Danke«, sagte sie knapp und zog ihre Hand zurück, »ich wünschte, man könnte das auch von Ihnen behaupten.«

Hans fuhr sich mit Daumen und Zeigefinger über die Mundwinkel. »Schon okay«, sagte er trocken, »aber mach es wie ich, lüg einfach.«

Die Frau nickte ihm anerkennend zu. »Keine schlechte Antwort, Dr. Klankermeier.« Für einen Moment glaubte er sich verhört zu haben.

»Ich bin Jana, Jana Blaschko.« Verdammt, die Tochter vom Chef, was zum Teufel machte die denn hier? Hans versuchte, sich nichts anmerken zu lassen. Immerhin hatte er ihr noch kein Koks angeboten. Alles also im legalen Bereich, alles easy.

»Jaja, ich weiß, Entschuldigung. Ich wollte nur einen kleinen Scherz machen … Also, das Kompliment, das war schon ernst gemeint, wenn auch nicht so forsch, wie es vielleicht rüberkam. Aber ich hätte schwören können, wir hätten uns schon mal geduzt.«

Jana schüttelte den Kopf. »Nein, wir haben uns ja erst einmal gesprochen, beim Firmenjubiläum letztes Jahr, da warst *du* noch ganz frisch in der Firma.«

»Jaja, stimmt, richtig«, sagte er beflissen.

Die Kleine, fiel ihm jetzt wieder ein, machte irgendwas mit Kunst – Galerie, bildende Kunst, Performance … vielleicht auch alles gleichzeitig, er brachte es nicht mehr zusammen. Ein-, zweimal hatte er sie noch in der Firma rumspringen sehen, mit riesengroßen Mappen unterm Arm.

»Hi, ich bin Heidi«, eine Hand mit rotlackierten Fingernägeln schob sich in sein Blickfeld. Hans drehte seinen Kopf, die Hand gehörte zur Blonden, und ganz offensichtlich waren Jana und sie befreundet. Die Frau hatte reichlich Taft in den Haaren, ansonsten: schmales Gesicht, weit ausgeschnittenes Dekolleté, selbstbewusstes Auftreten. Hans reichte ihr die Hand, wunderte sich, dass die sich hierher verlaufen hatte. Der Barmann knallte die beiden Whiskeys auf den Tresen, sprach Hans mit Vornamen an und kassierte gleich ab. »Und noch einen für die Dame.«

Heidi hob abwehrend die Hand. »Danke, für mich nicht, ist mir zu stark. Einfach nur eine Cola.« Jana nippte an ihrem Glas, prompt verzog sich ihr Gesicht. »Anscheinend bist du hier Stammgast?«

Hans räusperte sich, drückte mit dem Mittelfinger für zwei Sekunden auf den Steg seiner Brille, dann behauptete er, heute wäre erst sein zweiter Besuch hier, er hätte dem Kerl vorhin eher beiläufig seinen Namen verraten. Und er interessiere sich eben auch für die Subkultur der Stadt. »Eine kleine Feldstudie sozusagen.«

Amüsiert zog Jana ihre Augenbrauen hoch. »Das ist ja spannend. Und ich hab mich schon gewundert, weil von der ganzen Belegschaft hätte ich dich ungefähr als Letzten hier erwartet.«

Hans nahm es als Kompliment. Es stellte sich heraus, dass die zwei einen Streifzug durchs Münchner Nachtleben unternahmen. »Und auf unserer letzten Station«, kicherte Jana, »wollte ich ihr mal was echt Abgefahrenes zeigen, was sie so noch nie gesehen hat, stimmt's?« Heidi zündete sich eine Zigarette an, worauf Hans seine Luckys rausholte und sich ebenfalls eine ansteckte.

»Ist schon interessant hier«, gab Heidi zu, »ein bisschen schmuddelig, aber nicht unsympathisch. Stammgast werd ich sicher nicht, aber wer weiß.« Sie stieß ein kräftiges Lachen aus, das eigentlich nicht zu ihrer schlanken Erscheinung passte.

»Heidis Vater und meiner waren befreundet, und jetzt sind wir es«, erläuterte Jana. Hans erfuhr, dass Heidis Mann schon seit einiger Zeit Aufträge von Blaschko erhielt und irgendwas im Bereich Trockenbau und Fassaden machte. Offenbar besaß er ein Unternehmen mit Sitz in Regensburg. »Wir überlegen schon länger, nach München umzuziehen.«

»Und Heidi überlegt«, sekundierte Jana und schlang ihren Arm um deren Hüfte, »ob sie nicht in Kunst investieren will …«

»Interessant«, sagte Hans, »ein spannender Markt.«

»Irgendwas muss man ja tun mit seinem Geld«, dabei blies sie den Rauch nach oben aus und lächelte selbstbewusst.

Der DJ hatte nun umgeschwenkt und legte Depeche Mode auf, eine neue Band aus England, »Just Can't Get Enough«. »Na endlich«, jauchzte Erwin und stürzte die Treppe hinunter zur Tanzfläche. Auch Heidi versetzte die Musik sofort in Schwingung. »Wenn's eine Hymne für mich gäb, dann diese Nummer.« Sie schlug die Hände rhythmisch über ihrem Kopf zusammen. Hans wusste, dass er die Finger von ihr lassen musste, aber es fiel ihm nicht leicht. Seine Augen waren gerade dabei, sie auszuziehen, als Jana fragte, wie lange er seine Feldstudie denn noch betreiben wolle.

Er sah sie an wie einen Alien, seine Eloquenz schien ihn verlassen zu haben, doch plötzlich schwirrte ihm eine Idee durch den Kopf, von der er selbst richtiggehend begeistert war. »Das mit der Feldstudie ist ja nur die halbe Wahrheit«, verschwörerisch neigte er ihnen seinen Kopf zu, »eigentlich bin ich hier, weil mich die Immobilie interessiert. Und um die richtig einzuschätzen, muss man eben nachts reingehen, wenn die Bude aufhat.« Er würde das Gebäude nicht abreißen, er würde auch die Gastro bestehen lassen, man müsse das Ganze allerdings anders aufziehen. »So Studio 54 mäßig, wo Exzess und Stil zusammenfließen«, bedeutungsvoll schwenkte er sein Glas, »mit Klassedrinks, Kunstverstand und zahlungskräftigem Partyvolk, nicht so ein Loch wie das hier. In sowas würde ich gerne investieren.« Er öffnete die Arme ein Stück weit. »So sieht's aus, ich mach nie was aus reiner Lust an der Freude, bei mir ist immer der Businessgedanke im Hinterkopf. Aber bitte, Ladys, behaltet es für euch. Noch ist das nur eine kleine, private Spinnerei.«

Zwei Tage später, am Montagmorgen um 9 Uhr, saß er in seinem Büro und ging die üblichen Unterlagen für die Woche durch. Gerade war er dabei, zu recherchieren, wem denn eigentlich das Gebäude gehörte, in dem das »Hochgefühl« untergebracht war, als das Telefon klingelte und Frau Mittermeier, seine Sekretärin, ihm einen Anruf vom Chef durchstellte. Er rümpfte die Nase, die Kleine hatte ihn hoffentlich nicht angeschwärzt. Doch nichts dergleichen, Jakob Blaschko teilte ihm mit, dass er für 13 Uhr eine außerordentliche Sitzung der Geschäftsführung einberufen wolle. Nur so viel im Voraus: Nach reiflicher Überlegung habe er sich entschlossen, die Firma zu verkaufen. Einzelheiten dann später. Hans starrte noch für einen Augenblick auf den Telefonhörer in seiner Hand. Na toll, dachte er, fängt die Woche schon wieder gut an.

2 Ernas Tod

Professor Müller spitzte die Lippen, sein Blick ruhte auf Georg, der fahrig wirkte und nach irgendetwas in seinen Jackentaschen zu suchen schien. »Krebszellen«, sagte der Arzt behutsam, »dürfte es eigentlich gar nicht geben. Doch irgendwie entkommen sie den Sicherheitsmechanismen des

Körpers. Der Mensch ist eben kein Werk in Vollendung.« Er deutete ein Lächeln an, das Georg mit wissendem Blick erwiderte. Endlich ertastete er die Kanten des Umschlags, unauffällig zog er die Hand aus der Tasche. Er hatte schon befürchtet, den Brief verlegt zu haben, in Wahrheit hatte er ihn aber wohl vergessen, aus Angst, Dinge zu erfahren, denen er nicht gewachsen war. Als er vorhin in Ernas Krankenzimmer nachgesehen hatte, lag er nach wie vor in der Schublade, zwischen dem Neuen Testament und den Medikamenten. Auf dem Kuvert stand in eckiger Schrift: »Meinem Sohn Georg«.

»Das Problem«, führte der Mediziner weiter aus, »liegt in den Genen. Sie steuern, wie stark sich Zellen im Körper vermehren. Nimmt das Zellwachstum überhand, entsteht Krebs.«

Georg zupfte an seiner Nasenspitze. »Jetzt war nichts mehr zu machen«, sagte er mit gedämpfter Stimme, es klang nicht wie eine Frage, auch nicht wie ein Bedauern, es klang einfach nur erschöpft.

»Leider. In den letzten Wochen ging es rasend schnell, wie Sie wissen.«

Georgs Gedanken schweiften ab, sein Blick ging aus dem Fenster, an dem Schnee vorbeifiel, beleuchtet von einem starken Scheinwerfer, der quer über den Hinterhof strahlte. Der gelbe Kegel machte die unaufhörliche Bewegung sichtbar, mit der die Flocken aus der Dunkelheit herabsanken und wieder dorthin verschwanden. Als sein Autotelefon geklingelt hatte, wusste er sofort, was die Stunde geschlagen hatte. Noch während die Krankenschwester ihm mitteilte, dass es jetzt wohl so weit sei, setzte Georg zum Wendemanöver an.

Seit zwei Wochen hatte sich Erna in der Klinik befunden, Georg hatte ihr die beste im Landkreis Regensburg besorgt, wo seine Mutter auf der Komfortstation lag, in einem Einzelzimmer, mit Zusatzbett für ihn. Es gab auch einen Balkon mit Blick auf die Donau, Geld spielte keine Rolle.

»So ein großes Bett hab ich noch nie gehabt«, hatte Erna gesagt, als man sie mit dem Rollstuhl ins warmbeleuchtete Zimmer schob. Zu dem Zeitpunkt war der Krebs bereits weit fortgeschritten. Bei einer Untersuchung im November hatte man festgestellt, dass er wieder zurück war und angefangen hatte, zu streuen. Dieses Mal aggressiver als zuvor.

Die letzten fünf, sechs Jahre hatte sie sich in einem stabilen oder zumindest beschwerdefreien Zustand befunden, während sich ihre Lebensbedingungen deutlich zum Besseren gewandelt hatten. Als Georg erfahren hatte, dass seine Mutter über Jahre hinweg gezwungen gewesen war, ein ärmliches Leben ohne vernünftiges Einkommen zu führen, änderte er schleunigst ihre Situation. Anfänglich war er noch wütend auf sie gewesen, weil sie sich ihm nicht früher anvertraut hatte, schließlich machte er sich ob seiner Achtlosigkeit bald selber schwere Vorwürfe. Bereits nach ihrem Klinikaufenthalt in Erlangen unterstützte er sie nach Kräften, und als er ein Jahr später das Sägewerk verkaufte, richtete er mit dem Erlös ein Konto ein, so dass sie einen sorgenfreien Lebensabend verbrachte, denn sie bezog auch noch eine kleine Rente und ging, in erster Linie der sozialen Einbindung wegen, zweimal wöchentlich in die Stickerei. Mindestens einmal im Monat bekam sie Besuch von Georg, entweder fuhr er allein nach Eisenstein, oder er kam mit Heidi und den Kindern. Manchmal, wenn gerade eine Baustelle im Umkreis lag, schaute er auch unangemeldet vorbei. Trotz seiner permanenten Verpflichtungen war es ihm wichtig, einen guten Kontakt mit ihr zu halten. Teils aus schlechtem Gewissen, teils aus aufrichtiger Fürsorge. Georg ahnte, dass sie nicht alt werden würde.

Doch im selben Maß, in dem er ihre Nähe suchte, mied er sie. Und auch Erna wahrte eine gewisse Distanz. Beide sprachen nicht über das wirklich Wesentliche, als hätten sie ein

Stillhalteabkommen geschlossen, das ihnen untersagte, die Vorkommnisse vom 2. Juni 1974 auch nur mit einer Silbe zu thematisieren. Gerlinde und Josef waren gleichsam tabu. Gleichzeitig wurde Erna nicht müde, Heidi zu loben und zu betonen, wie gut sie und Georg zusammenpassten, denn insgeheim fürchtete sie, dass sich Georg noch einmal für die andere Schwester entscheiden könnte. Woher die Furcht kam, wusste Erna nicht, aber die Angst saß tief, vor allem ihre Träume waren vor Gerlinde nicht sicher. Meistens lauerte sie ihr mit einem Messer auf oder bewarf sie mit Steinen. Es gab noch zwei, drei weitere Varianten, in denen Gerlinde Erna nach dem Leben trachtete. Das Schlimmste war jedoch, dass Georg jedes Mal danebenstand und eine Miene zog, als würde es ihr recht geschehen. Mit der Zeit allerdings wurden die Alpträume weniger. Spätestens als sich das zweite Kind ankündigte, fühlte sich Erna sicher. Sie war nun überzeugt, ihr Sohn würde bei Heidi bleiben, und sie redete sich ein, dass es auch richtig so sei, obwohl sie spürte, dass es ständig Spannungen zwischen den beiden gab. Sollte er sich halt eine Freundin zulegen, solange er die Familie nicht verließ und die Kinder nicht unter die Räder kamen …

Manchmal, meistens kurz vor dem Einschlafen, überlegte sie, ob die große Wunde überhaupt zu schließen gewesen wäre. Das Bild ihres zu Tode betrübten Sohnes kam ihr in den Sinn, wie er in seinem Zimmer hockte, über ein Blatt Papier gebeugt, und ihm das Wasser aus den Augen tropfte. Wie sie zu ihm trat, ihre Arme um ihn schlang, ihm schließlich mit entschiedenen Worten von Gerlinde abriet. Vielleicht war es ein Fehler gewesen, vielleicht hatte sie das Mädchen falsch bewertet. Aber damals war es eben ihre Überzeugung gewesen. Und so verkehrt wiederum konnte ihre Haltung auch nicht gewesen sein, ihrem Sohn gehörte ein Riesenunternehmen, er genoss hohes Ansehen, hatte zwei gesunde Kinder, eine schöne Frau, ein großes Haus. »Der Erfolg gibt ihm recht«, stand vor Kurzem über Georg in einem Zeitungsbericht, den er ihr mitgebracht hatte. Sein Erfolg gibt auch mir recht, dachte sie nach der Lektüre.

Die früher immer wiederkehrende Frage »Was habe ich falsch gemacht?« verblasste zunehmend. Nur gelegentlich tauchte sie noch aus der Abstellkammer ihres Gewissens auf. Doch auf die Gegenfrage »Was könnte ich wiedergutmachen?« fand sie keine rechte Antwort. So verging Monat um Monat, Jahr für Jahr. Nach dem zweiten Krebsbefund schluckte sie trocken, das Jammern überließ sie anderen. Erna hatte nicht das Gefühl, bestraft zu werden, sie war eher dankbar gestimmt, die letzten Jahre noch gelebt haben zu dürfen.

Fast täglich besuchte Georg sie nun im Klinikum, es war Winter, und er konnte sich leichter dafür Zeit nehmen als in den anderen Jahreszeiten. Zweimal stattete er ihr auch mit dem sechsjährigen Felix und der dreijährigen Nikola einen Besuch ab, damit die sich von ihrer Großmutter verabschieden konnten. Heidi war der Meinung, die Kinder seien zu klein dafür, der Tod sei ihnen noch nicht zumutbar, aber Georg bestand darauf. »Sie sollen«, fand er, »ruhig sehen, wie ein Mensch vergeht.«

Und Erna verging von Tag zu Tag mehr. Ihre Nase wurde spitzer, die Nasenflügel schmaler. Das Dreieck um Mund und Nase bekam eine marmorne Blässe, die bläulichen Stellen im Gesicht nahmen zu. Georg tupfte beständig ihren Mund mit einem feuchten Tuch ab. Dazwischen nahm er ihre Hand und streichelte sie. Fünf Tage vor ihrem Tod, an einem strahlenden Februarnachmittag, bat sie ihn, das Bett auf den Balkon zu schieben. In seiner gesamten Länge hatte das Gestell nicht Platz, aber es reichte, dass sie die Sonnenstrahlen auf der Haut spüren konnte und die trockene Kälte im Gesicht. Sie hätte gerne richtig durchgeatmet, aber es ging nicht mehr. »Soll ich dich wieder reinschieben, nicht, dass du dich erkältest«, fragte Georg nach einer Weile.

»Hast Angst, ich könnt sterben?« Erst als er ihr Schmunzeln sah, verstand er, dass seine Bemerkung unbedacht gewesen war.

»Ich will halt, dass du gesund stirbst«, setzte er eins drauf, worauf beide zu lachen anfingen, und zum ersten Mal seit vielen Jahren kamen Georg ein paar Tränen in ihrer Gegenwart. Plötzlich aber, mitten in die Heiterkeit hinein, sagte Erna, dass sie ihm einen Brief geschrieben habe, schon im Dezember, der habe aber seine Gültigkeit nicht verloren. Der Umschlag würde in der Schublade des Nachtkästchens liegen. »Ich bitte dich, lies ihn erst, wenn ich nicht mehr bin.« Georg nickte. »Es steht nichts drin, was du nicht eh schon weißt, aber ich wollte es dir trotzdem erklären. Meine Sicht der Dinge.« Sie suchte seine Augen, und er nickte nun wie jemand, dem die Wahrheit zumutbar war.

Als er sich zum letzten Mal an ihr Bett setzte, es war der Abend seines 36. Geburtstags, wehte draußen ein böiger Wind, der ständig gegen den Rollladen des großen Fensters polterte.

»Bald hast du's geschafft, hab keine Angst«, wiederholte er im Flüsterton. Er selber wusste hingegen nicht, ob er sich mehr vor ihrem Tod oder vor dem Brief fürchtete. Erna schaute ihn aus sehr müden, tief eingesunkenen Augen an, die nur noch einen Spaltbreit offen standen. Es wirkte, als würde sie durch ihn hindurchschauen, als würde ihr Blick schon in eine andere Welt reichen. Gleichwohl reagierte sie noch auf ihn. Wenn er ihre kalten Finger drückte, konnte er beobachten, wie ihre Mundwinkel zuckten. Immer wieder setzte ihre Atmung für einige Sekunden, manchmal auch für eine ganze Minute aus. Einmal ging er hinaus zum Telefonieren, sprach erst mit Heidi, dann mit Evi, seiner Sekretärin. Für den Fall, dass er im Krankenhaus nächtigen würde, müsse man die Sitzung am Morgen verschieben. Doch dazu kam es nicht. Nachdem er ins Zimmer zurückgekehrt war, merkte er sofort, dass sich Ernas Atmung abermals verändert hatte, sie war flacher geworden, und ein rasselndes Geräusch war hinzugekommen. Schließlich nahm sie einen tiefen Atemzug, es war wie ein Seufzer. In einem Anflug von Ergriffenheit umarmte er sie, drückte sie mit aller Kraft an sich und legte Dank und Wut und Angst in diese Umarmung hinein, es war die Angst, dass er sie vielleicht nicht mehr lieben würde können.

»Ich möchte Ihnen nochmals mein aufrichtiges Beileid aussprechen.«

»Danke, Herr Müller«, murmelte Georg, der immer noch das Schneetreiben verfolgte. Jetzt drehte auch der Arzt seinen Kopf zum Fenster. Ein paar Sekunden schauten beide still hinaus. »Meine Mutter«, bekannte er, »ist auch erst vor Kurzem gestorben, ich kann ungefähr ermessen, wie Sie sich fühlen. Lebt Ihr Vater noch, wenn ich fragen darf?«

Auf die Frage war Georg nicht gefasst. Er wandte ihm sein Gesicht zu, seine grauen Augen waren mit einem Mal sehr tief. Wie der alte Brunnen, dachte der Arzt, den er im letzten Italienurlaub in einem verfallenen Burghof gesehen hatte. Man konnte einen Stein hineinfallen lassen, und erst nach langen Sekunden hörte man das Aufklatschen, so leise und fern, dass man es kaum für möglich halten mochte.

»Nein, der ist schon viele Jahre tot«, antwortete Georg nach einer Pause.

»Verstehe, dann ist dieser Verlust natürlich noch schwerwiegender.« Georg sagte nichts darauf, er zeigte nicht die kleinste Regung.

3 Wachstum

Das Unternehmen war Georgs Lebensinhalt, ihm ordnete er so gut wie alles unter. Rund um die Uhr trieb er Projekte voran, er kannte keinen Feierabend, die Firma ruhte nie. Die meisten Mitarbeiter trugen die Entscheidungen ihres Chefs widerspruchslos mit. Dabei gingen sie mitunter auf dem Zahnfleisch, und im Grunde war es nur dem Glück geschuldet, dass sich wegen Überlastung oder aufgrund von unzureichenden Sicherheitsvorkehrungen keine schweren Unfälle ereigneten. Woanders wäre der Betriebsrat schon längst eingeschritten, doch hier setzte er sich aus den Handwerkern der ersten Stunde zusammen. Alte Haudegen wie Loibl und Huber hatten das Sagen, aufkommende Klagen bügelten sie verlässlich nieder. Denn grundsätzlich stimmten ja das Gehalt und die Zulagen, Georg achtete stets darauf, seine Angestellten anständig zu bezahlen. Selbstausbeuterische Kraftakte verlangte er ihnen dennoch ab, ganz so, wie er sich selbst keine Schonung zugestand.

Seine Firma war rasch dafür bekannt geworden, mit relativ kleiner Besetzung schnell und gründlich zu arbeiten, weshalb das inzwischen auf fast 400 Mitarbeiter angewachsene Unternehmen einen gewaltigen Auftrag an Land ziehen konnte. Georg hatte den Zuschlag für den Komplettausbau der Universität Wuppertal erhalten. Zweieinhalb Jahre lang schufteten seine Arbeiter im südlichen Ruhrgebiet, wenn Not am Mann war, war sich Georg nicht zu schade, selbst mit aufs Gerüst zu steigen. Die Auftragssumme von über 20 Millionen Mark hatte zur Folge, dass man den Umsatz in den Jahren 74/75 trotz der schweren Rezession deutlich steigern konnte.

Einen Teil seiner Mitarbeiterschaft kannte Georg seit den Anfängen, man duzte sich, man war zusammen auf Montage gewesen, ihnen gegenüber verspürte er eine tiefe Verbundenheit, genauso wie eine zunehmende Verantwortung. Seine Entscheidungen, und das wurde ihm mehr und mehr bewusst, waren von immer größerer Tragweite. Viele hatten in ihrer Zeit bei Schatzschneider eine Familie gegründet, laufend wurden Kinder geboren, Eigenheime gebaut, Kredite aufgenommen.

Georgs neuer Finanzchef, Thomas Zeiler, ein ruhiger Mann mit einem buschigen Oberlippenbart, hatte stets alles im Blick. Georg selbst war ebenfalls aufmerksam, und dennoch zeigten sich im Zuge der Expansion immer mehr Probleme in der Unternehmensstruktur. Dem jungen Chef und seinen Leuten fehlte es an Erfahrung, den Markt adäquat einzuschätzen, und Georgs Haltung, alle Aufträge zu bedienen, barg Risiken. Die Löhne mussten bezahlt, die Lohnnebenkosten abgegolten werden, Transportspesen, Materialien, der steigende Energieverbrauch, das immer komplexer werdende Vertriebssystem, all das musste tagtäglich bedient werden. Um die Betriebskosten niedrig zu halten, brauchte es laufend kreative Lösungen. So zum Beispiel neue Anlagetechniken, mit denen man Estriche für große, fugenlose Flächen herzustellen in der Lage war. Fassadensysteme mussten ständig auf bauphysikalische Eigenschaften hin geprüft werden. Die Mitarbeiter mussten regelmäßig zu Schulungen, was wiederum personelle Engpässe verursachte. Obwohl alle eifrig ihren Aufgaben nachgingen, lief vieles zu schwerfällig. Kundenbetreuung und Qualitätssicherung ließen nach, relevante Ausschreibungen gingen unter, kleine Aufträge wurden schlampig ausgeführt. Die Firma musste sich vorsehen, ihren guten Ruf nicht zu verspielen.

Schließlich wurde eine Betriebsversammlung abgehalten. Einen Tag zuvor hatte Georg Zeiler rausgeschmissen, weil der hinter seinem Rücken eine EDV-Anlage bestellt hatte, deren Kosten sich auf über eine halbe Million belaufen hätte.

Georg stornierte den Kauf und setzte Zeiler erbost vor die Tür. Auf der Versammlung kam das Thema dann auch sofort zur Sprache.

»Wir haben die neue Technik bitter nötig«, klagte Katrin Kriener, die Personalchefin, »unsere Probleme fangen doch vor allem in der Logistik an.« Das war der erste von mehreren hitzigen Kommentaren, die Evi mit ruhiger Hand koordinierte. Mit einem Zentralrechner zu arbeiten, meinte als Nächstes Heinz Jodelbauer, der die kleine Glasfabrik in Regenhütte leitete, wo man auf Glastrennwände und Türglas spezialisiert war, sei natürlich gewöhnungsbedürftig, aber wahnsinnig effektiv. Heutzutage müsse man technologisch aufrüsten, »sonst«, sagte er in einem alarmierenden Ton, »kommen wir schnell aufs Abstellgleis!«

»Bu şekilde, so ist es«, rief Serkan Sahin, ein Mitarbeiter aus der Produktion, dazwischen, »die moderne Welt wartet nicht auf uns!« Es folgten weitere Stimmen, die allesamt in dieselbe Kerbe schlugen. Doch je mehr Gegenwind aufkam, desto heftiger sträubte sich Georg gegen eine solche Anschaffung. Seiner Meinung nach kostete das Computersystem zu viel Geld, er fürchtete, es könnte an anderer Stelle fehlen. Und er wollte partout vermeiden, sich wieder zu verschulden. Als sich nun im Lauf des Abends herausstellte, dass sämtliche Spartenleiter Zeilers Vorgehen unterstützten, wurde Georg ungehalten. Von Jähzorn gepackt, drohte er, alles hinzuschmeißen. Dass ihn sein Finanzchef hintergangen hatte, war skandalös genug, dass sich nun alle leitenden Angestellten auf dessen Seite schlugen, wertete Georg als Verrat, als »hinterfotzige Meuterei«, wie er ihnen mit brennend rotem Gesicht entgegenfeuerte.

Auf einmal ging es rund. Die meisten waren in Wuppertal dabei gewesen, hatten Überstunden aufgetürmt, jeder hatte sein Privatleben schon öfter und für längere Zeit der Firma geopfert, dafür nun auch noch angeschrien zu werden, werteten sie als Unverschämtheit.

»Wir könnten ja mal die Gewerkschaft einschalten, die kämpft für eine 35-Stunden-Woche. Davon sind wir kilometerweit entfernt«, stänkerte ein junger Werkzeugmacher. »Man verdient sicher nicht schlecht bei Ihnen, aber wir sind keine Hamster im Laufrad.« Gelächter kam auf, ein paar trotzige Bravo-Rufe mischten sich darunter. In diesem aufgeladenen Durcheinander ging plötzlich eine Hand nach oben. Evis Wortmeldung wurde zunächst von den meisten übersehen, bis Georg schließlich »Ruhe« brüllte, um ihr das Wort zu erteilen. Evi war schon seit einigen Jahren nicht mehr Lohnbuchhalterin, sondern Georgs persönliche Sekretärin. Bis es endlich ganz ruhig war, rieb sie die Handflächen gegeneinander und ließ ihren Blick über die anwesenden Köpfe schweifen.

»Ich möchte hier nicht als Sprachrohr vom Chef betrachtet werden, damit das von vornherein schon mal klar ist …« Sie atmete einmal kräftig ein und aus, versuchte, ihre Aufregung zu zügeln. »Wir haben schon sehr viel erreicht mit der Firma, Verbesserungen warten trotzdem noch an allen Ecken und Enden. Das Schlimmste wäre, wenn wir heute voller Misstrauen auseinandergingen.« Sie hielt kurz inne, und als sie ihren Oberkörper leicht in Georgs Richtung drehte, war allen klar, dass er nun zum Hauptadressaten ihrer Worte wurde. »Es ist«, fuhr sie fort, »noch nie ein Meister vom Himmel gefallen. Alle, die hier sind, sollten sich das vor Augen halten. Man lernt nie aus, dafür braucht es aber die Fähigkeit, den anderen zuzuhören. Nur so schafft man es, dass alle an einem Strang ziehen. Wer aber immer nur recht haben will, ist auf dem Holzweg. Deshalb muss jeder das Rückgrat haben, von seinem Standpunkt auch einmal abzurücken. Dazu braucht es Mut und Vertrauen. Die Basis kann nicht ohne Leitung, die Leitung kann aber auch nicht ohne Basis arbeiten. Ich für meinen Teil werde jedenfalls alles tun«, sagte sie abschließend und mit größtmöglicher Entschlossenheit in der Stimme, »dass hier noch lange und gut zusammengearbeitet wird. Das ist das Mindeste, und das muss man von jedem anderen auch erwarten können!«

Kaum hatte sie zu Ende gesprochen, brandete stürmischer Applaus auf. Ein wenig verhalten klatschte Georg mit. Nach außen hin waren seine Gesichtszüge unverändert hart, innerlich jedoch verspürte er eine seltene Rührung, und er hätte Evi am liebsten umarmt.

Diese kluge, beherzte Rede machte Evi endgültig zur guten Seele des Unternehmens. Ihr kupferfarbenes Haar trug sie am Hinterkopf zu einem Knoten geschlungen, und ihre hellen Augen schienen mehr von ihrem Wesen zu verbergen als preiszugeben, doch ihr Blick verströmte uneingeschränkte Loyalität. Mit Nachnamen hieß sie Warmbrunn, und in gewisser Weise war das völlig zutreffend: Sie war eine heilsame Quelle; ihr Appell sprudelte jedenfalls zum richtigen Zeitpunkt aus ihr heraus.

Evi war als Einziger bewusst gewesen, worum es in dem Konflikt in Wirklichkeit ging, nämlich um Georgs tiefsitzende Angst, hintergangen zu werden. Wie viele andere, die sich aus kleinen Verhältnissen hochgekämpft hatten, zeigte er bisweilen Anflüge von reaktivem Stolz. Vertrauensbrüche oder das, was er dafür hielt, waren für ihn nahezu unverzeihlich, und Zeilers Alleingang konnte er nicht anders verstehen, schließlich hatte es die Abmachung gegeben, dass Georg noch einmal eine Nacht darüber schlafen wolle, bevor er die Investition absegnete. Denn natürlich brauchte man eine EDV-Anlage, die Argumente lagen auf der Hand, auch das Geld war im Prinzip dafür vorhanden. Indem Evi an diesem Abend zum richtigen Zeitpunkt das Wort ergriffen hatte, ohne Georg dabei vorzuführen, hatte sie ihn vor sich selbst geschützt.

Als Evi am nächsten Tag um halb acht ins Büro kam, saß Georg wie jeden Morgen bereits an seinem Schreibtisch. Ohne aufzublicken, wünschte er guten Morgen, nach einer kurzen Pause schob er ein »Danke übrigens« hinterher. Evi nickte, einen Augenblick überlegte sie, nachzuhaken, verkniff es sich dann aber, Eingeständnisse gehörten eben nicht zu seinen Stärken. Als hätte er ihre Gedanken gelesen, bat er sie plötzlich, Kaffee aufzusetzen. »Zeiler kommt gleich«, nuschelte er, »dann bringen wir den Kauf unter Dach und Fach. Es war ein Fehler von mir. Danke nochmals.«

Auf Drängen von Evi und Zeiler erklärte sich Georg zwei Wochen später bereit, zum ersten Mal eine externe Beratung heranzuziehen. Er hörte sich um und holte Empfehlungen ein, schließlich folgte er dem Rat von Jakob Blaschko und verpflichtete Dr. Ágnes Telkes, eine auf Wirtschaftsrecht spezialisierte Juristin aus München. Die kleine, rundliche Frau, geradlinig und um kein kritisches Wort verlegen, sollte ihm helfen, die Firma neu zu organisieren. Nach Durchsicht sämtlicher Bilanzen sowie nach ausführlichen Einzelgesprächen mit den Spartenleitern war sie vollständig im Bilde über die Situation. Oberstes Ziel war es, Georgs Kontrollversessenheit, wie sie sich ausdrückte, zu mindern. »Auch wenn die Firma einen guten Kopf hat«, stichelte sie, »braucht es mehrere Schultern, um die Last zu stemmen. Oder wollen Sie in Ihrer Auftragsflut untergehen?«

Die etwa fünfzigjährige Unternehmensberaterin war eine gebürtige Ungarin, die nach dem Krieg mit ihrer Familie nach Deutschland emigriert war. Ihre Tante war eine berühmte Biophysikerin in Amerika, ihre Mutter eine anerkannte Psychotherapeutin gewesen, ihr selbst machte es ebenfalls sichtlich Spaß, sich in einer Männerdomäne zu behaupten. Wegen ihres schlichten, geradezu tantenhaften Kleidungsstils wurde Ágnes Telkes gerne unterschätzt, dabei verfügte sie über eine hohe analytische wie soziale Intelligenz. Kontrahenten und anderweitig Verbitterte verunglimpften die Unverheiratete gerne als schrullig oder schimpften sie eine alte Lesbe. Ihren Referenzen konnte das allerdings nichts anhaben, große Konzerne wie Daimler Benz oder Siemens gehörten zu ihren Kunden, ebenso die irakische Regierung oder das Emirat von Kuwait. Georg war begeistert von Frau Telkes, was vor allem darauf beruhte, dass die Juristin von Anfang an eine unumwundene Wertschätzung ihm gegenüber zum Ausdruck brachte. Der junge Firmenchef war in ihren Augen nämlich kein klassischer Kapitalist, sondern ein umsichtiger Unternehmer. »Kann schon sein, ich hab mich noch nie damit befasst, ob es da einen Unterschied gibt«, sagte Georg mit hochgezogenen Schultern.

»Doch, doch«, lächelte Frau Telkes, »den gibt es.« Sie tippte ihre Fingerkuppen gegeneinander, »nach Schumpeter betrachtet der Kapitalist ein Unternehmen lediglich als bloßes Anlageobjekt. Ein Unternehmer ist dagegen jemand, von dessen Kraft ein Unternehmen lebt. Deshalb spricht man auch vom Unternehmergeist. Der sorgt für Innovation, treibt das Wirtschaftswachstum und den sozialen Wandel voran. Ökonomisch betrachtet, ist Wachstum schlicht die Zunahme der Wirtschaftsleistung in einem bestimmten Zeitraum. Und die mit Abstand wichtigsten Ressourcen dafür sind Kreativität und Innovation, und das geht von Leuten wie Ihnen aus. Ein Kapitalistengeist ist mir hingegen noch nie untergekommen …« Sie hob ihr Kinn an und taxierte ihn herausfordernd: »Oder geht es Ihnen hauptsächlich um Profit?«

»Na ja«, sagte Georg, »wenn was rausspringt, wär's schon recht.« Darauf stieß sie ein spitzes Lachen aus. »Mal schauen, wie wir das am besten hinkriegen, ohne dass Ihre Belegschaft Sturm läuft.«

Dann legte Ágnes Telkes los. Es gab nur ein Dogma, das

nicht angerührt werden durfte: niemals eine Bank um Kredite anbetteln. So verlockend frisches Investitionskapital gewesen wäre, Trauben, die zu hoch hingen, wurden schlichtweg für ungenießbar erklärt. Nach reiflicher Überlegung kamen sie überein, die Bereiche Verkauf und Abwicklung zusammenzuführen. Außerdem stockte er die Firma um rund hundert Mitarbeiter auf. Ferner – und diese Maßnahme sollte das Fundament zu nachhaltigem Erfolg werden – brachte ihn Frau Telkes dazu, das Unternehmen in kleine Profit Center umzuwandeln. Das bedeutete, dass die einzelnen Sparten zu eigenverantwortlichen Betrieben geformt wurden. Die jeweiligen Leiter hatten ihre Geschäfte und Aufträge selbst zu planen und zu koordinieren. Für Georg war diese Umstrukturierung enorm entlastend, während sie bei den Mitarbeitern gut ankam, denn von nun an wurden sie mit 15 Prozent am Unternehmenserfolg beteiligt.

»Ihre Leute«, prognostizierte Telkes, »werden sich noch stärker mit der Firma identifizieren, und davon werden alle profitieren. Sie müssen nur aufpassen, dass kein überhöhter Leistungsdruck entsteht. Achten Sie darauf, die Mitarbeiter nicht zu verschleißen.« Schließlich gab sie ihm noch den Rat, ein von der Praxis durchdrungenes Unternehmen zu bleiben, ganz gleich, welche Dimensionen es in Zukunft noch annehmen würde. Er sollte, so weit wie möglich, keine Vertriebsmitarbeiter beschäftigen, die nur als Verkäufer fungierten, sondern Projektberater, die Kenntnis vom Markt und tatsächlich Ahnung von der Materie hätten. Ebenso riet sie ihm von Geschäftsführern ab, die nicht selbst auf einer Baustelle arbeiten könnten. Seine leitenden Angestellten sollten die Rolle des Monteurs genauso gut verstehen wie die Perspektive des Kunden.

Nach der geglückten Umstrukturierung nahm sich Georg vor, auch internationale Aufträge an Land zu ziehen. Und das ging schneller als gedacht. Der erste führte die Firma nach Spanien, wo eine Ferienanlage an der Costa Blanca gebaut wurde. 1978 arbeiteten sie zum ersten Mal außerhalb Europas, im Irak für den staatlichen Ölkonzern. Im selben Jahr ging es in den Iran, wo sie für Daimler ein Lkw-Werk modernisierten. Das schnelle Wachstum verlangte nach größeren Produktions- und Geschäftsflächen, weshalb die Zentrale in Obertraubling Schritt für Schritt erweitert wurde, während andernorts Tochtergesellschaften und Niederlassungen entstanden. Mit der Übernahme der Janus Holzwerke in Wilhelmshaven, eines Spezialisten für furnierte Platten, ebnete Georg den Weg für einen Großauftrag der Deutschen Bank in Frankfurt, wo seine Leute sämtliche Holzwände anbrachten.

Bis 1980 stieg die Betriebsleistung auf 100 Millionen Mark. Rückblickend war es Georgs beste Zeit als Unternehmer, im Privaten dagegen kriselte es unentwegt, trotz der Geburt seiner beiden Kinder.

4 Grundrisse

Im Frühjahr 1975 hatten Georg und Heidi geheiratet, da war sie bereits schwanger, was aber nicht der alleinige Grund für die Hochzeit war. Nach wie vor verbrachte Georg den Großteil seiner Zeit im Unternehmen, ihm schenkte er die meiste Aufmerksamkeit. Heidi war nicht so vermessen, ihn davon abhalten zu wollen, sie begehrte ja vor allem den Firmenchef, ihre Bewunderung galt ganz und gar der Führungspersönlichkeit Georg Schatzschneider, dem Macher und Lenker des kleinen Imperiums. Sehr schnell begriff sie, dass wesentlich mehr dazugehörte, als auf ihr Äußeres zu setzen oder kokett aufzutreten, um Georg fest an sich zu binden. Also brachte sie sich ein, versuchte ihn tatkräftig zu unterstützen. Allen Mitarbeitern begegnete sie mit routinierter Freundlichkeit, insbesondere den Frauen. Mit Komplimenten und aufmerksamen Gesten suchte sie deren Komplizenschaft, worin sie nicht gerade erfolglos war. Vor allem umschmeichelte sie Evi, von der sie annahm, sie übe einen nachhaltigen Einfluss auf Georg aus. Kurzum: Sie machte sich beliebt, tat es aber mit so viel Charme, dass ihr niemand berechnendes Verhalten hätte unterstellen wollen. Und wer das Kalkül dennoch erkannte, relativierte es sogleich mit den Worten: »Die Frau weiß wenigstens, was sie will.«

Heidi liebte es, stundenlang über Ideen, Ziele und Wertvorstellungen zu diskutieren. Georg war zwar zurückhaltender, genoss es aber, im Mittelpunkt ihrer Aufmerksamkeit zu stehen. Und er schätzte es, dass sie ihm ihre Gefühle zeigte. Am Anfang ihrer Beziehung hatte er ihr gestanden, dass er lernen wolle, weniger muffig und stattdessen zugänglicher zu sein. Zu lange habe er ein eigenbrötlerisches Privatleben geführt, nun sei er gewillt, sich zu öffnen.

Georgs Vorsätze waren keine Lippenbekenntnisse, er gab sich ernsthaft Mühe, ihnen gerecht zu werden. Denn Heidi schien ihm die Lösung für alles, was in seinen vorherigen Beziehungen schiefgegangen war. Allerdings bezogen sich seine Überlegungen nur auf die beiden Freundinnen, die er jeweils für etwa ein Dreivierteljahr gehabt hatte, einmal Ende der sechziger, das andere Mal Anfang der siebziger Jahre. Gerlinde kam dabei nicht vor, über die Zeit mit ihr hüllte er sich in Schweigen, und auch über ihren Auftritt bei Erna am Tag nach ihrer Hochzeit verloren die beiden kaum je ein Wort. Nur einmal verständigten sie sich darauf, dass es sich wohl um eine Überreaktion aus Eifersucht gehandelt habe. Gerlinde war eben eine Drama Queen mit einem Hang zur großen, theatralischen Geste.

Mit Heidi, dachte Georg, war es anders. Er meinte nun zu wissen, was er brauchte, und war sich sicher, es in ihr gefunden zu haben. Zwar begehrte er sie nicht mit derselben Intensität wie früher Gerlinde, aber seine Gefühle für sie fußten auf dem soliden Fundament gleicher Ansichten. Sie teilten die Vision eines großen, international ausgerichteten Unternehmens, und Heidis Vorschläge, wie man die Außendarstellung der Firma verbessern könnte, stießen bei Georg auf uneingeschränkte Zustimmung. Er machte sie zur Leiterin der Abteilung Werbung, die später in Marketing umbenannt wurde. Heidi kündigte ihren Job bei Horten und widmete sich fortan der Unternehmensvermarktung. Sie organisierte Messeauftritte, sorgte für originelle Kundengeschenke, kümmerte sich um Druckunterlagen und Anzeigen, und ihre lebhafte wie unverblümte Art kam sowohl intern als auch bei den Kunden gut an.

Georg war froh, eine schlaue Frau gefunden zu haben, die ihm mit Rat und Tat zur Seite stand. Er verfiel sogar dem Glauben, sie wirklich zu lieben. Ihre Gespräche ergaben sich oft zwanglos, und sie waren begeistert, dass sie über nahezu alles miteinander sprechen konnten, wenngleich ihre Gespräche fast ausnahmslos um die Firma kreisten oder um gemeinsame Freunde und Bekannte.

In ihrem fünften Ehejahr redeten sie allerdings nur noch selten miteinander, ihr Austausch beschränkte sich auf das Nötigste. Dieselben Eigenschaften, die sie zu Beginn ihrer Beziehung so anziehend aneinander gefunden hatten, erzeugten jetzt Missmut und Groll. Heidi war der Meinung, dass ihre nicht mehr funktionierende Kommunikation an den beiden Kindern lag, die ständig ihre Aufmerksamkeit beanspruchten. In Wirklichkeit krankte ihre Ehe an unterschiedlichen Vorstellungen von Intimität und Kommunikation. Heidi sehnte sich nach Innigkeit und drängte auf Gespräche, sie hielt sich an die Ratschläge aus Selbsthilfebüchern und Psychologiemagazinen und artikulierte ihre Wünsche, doch alles, was sie bekam, waren vage Versprechen. In den Büchern stand, Partner würden sich in guten Beziehungen stützen und einander offenbaren, was sie wirklich bewegt, also machte sich Heidi daran, ihre Empfindungen öfter zu äußern, um ihren Mann zu motivieren, es ihr gleichzutun. Doch Georg reagierte nicht wie erhofft, denn er hatte die Bücher nicht gelesen – und war auch nicht bereit dazu. Er las schon lange nicht mehr, dafür war einfach keine Zeit, und irgendwann ging das Bedürfnis danach verloren. Morgens blätterte er den Wirtschafts- und den Politikteil der Tageszeitung durch, abends versuchte er bisweilen, sich Fachliteraturen zu widmen. Die Lektürevorschläge seiner Frau kamen ihm wie überflüssige Extravaganzen vor.

Dabei wusste Georg genau, was sie wollte, nur war er nicht bereit, es ihr zu geben. In mancher Hinsicht konnte er es auch nicht, er war einfach nicht fähig dazu. Und ganz gleich, wie viel sie miteinander sprachen und sich austauschten, Heidi schien immer mehr zu wollen. Er hatte den Eindruck, sie nie zufriedenstellen zu können. Von ihren Wünschen fühlte er sich bedrängt, weshalb er Dinge sagte, die sie vor den Kopf stießen. Heidi wurde dann wütend und ließ ihn in Ruhe. In einsamen Momenten jedoch war sie manchmal selbst erschrocken über ihr besitzergreifendes Gebaren. Ihre vermeintliche Unabhängigkeit gegenüber dem anderen Geschlecht schien wie verflogen, und sie ertappte sich dabei, ihre Selbstachtung aufzugeben. Wie es so weit hatte kommen können, war ihr unerklärlich. Sie fühlte sich jedenfalls erbärmlich.

Aber auch Georg entpuppte sich im Lauf der Jahre als fragiler Partner. Ob es nun um einen Firmenkauf oder um ein vollendetes Großprojekt ging, insgeheim war Georg auf

Heidis Bewunderung angewiesen, die sie gefälligst auch artikulieren sollte, so wie sie es noch am Anfang getan hatte. Seine narzisstische Seite, so schien es, kehrte er besonders in Heidis Gegenwart hervor, während er anderen als bescheidener Unternehmer galt und seine zurückhaltende, uneingebildete Art zu Recht oft gelobt wurde.

Zu Hause indessen hatten sich Heidi und Georg in einen zermürbenden Konkurrenzkampf verstrickt. Und im selben Maß, in dem er ihr eine einstmals vertraute Nähe nicht mehr zugestand, versagte sie ihm ihre Bewunderung. Sie begannen sich mit kleinen und größeren Spitzen zu traktieren, Heidi lachte beispielsweise schrill auf, wenn er ein englisches Wort falsch aussprach, und er schüttelte nur herablassend den Kopf, wenn sie wirtschaftliche Einschätzungen abgab. Heidi hielt ihm vor, er habe Angst vor Intimität. Sein Standpunkt war, sie würde ihm die Luft zum Atmen rauben. Im Streit wiederholten sie immer dieselben Vorwürfe, worauf sich ihre Positionen nur noch mehr verhärteten. Die Kinder wohnten dem Gezänk ihrer Eltern als eingeschüchterte Zeugen bei, um sie zu trösten und das eigene schlechte Gewissen zu beruhigen, wurden sie deshalb nicht selten mit überzogenen Geschenken bedacht.

Nach einiger Zeit drängte Heidi nicht mehr auf Zweisamkeit. Zwar genoss sie es nach wie vor, bei Empfängen die gutaussehende Gattin an seiner Seite zu sein, aber wer genauer hinsah, dem entging nicht, dass sich die beiden schon nach ein paar Ehejahren wie geschiedene Leute benahmen. Georg war mit der Situation ebenfalls nicht glücklich, aber solange es dem Unternehmen gutging, konnte er sich mit allem arrangieren. Er schöpfte seine Zufriedenheit ohnehin aus der Arbeit. Zu Hause gab er sich gerne mit den Kindern ab, allerdings beschränkten sich die Zeiten auf das Wochenende, und das bestand im Wesentlichen aus den Sonntagen. Heidis

Schweigen nahm er als Zeichen, dass sich seine Frau mit dem Status quo abgefunden hatte. Er setzte darauf, dass die Dinge eines Tages irgendwie von selbst wieder ins Lot kommen würden.

Als sich Ernas Tod ankündigte, spürte Heidi, dass Georg allmählich weicher wurde. Zum ersten Mal legte er eine Durchlässigkeit an den Tag, von der Heidi zunächst irritiert, bald aber berührt war. Sie glaubte, seine Trauer könnte helfen, wieder eine größere Nähe zwischen ihnen aufzubauen. Und tatsächlich redeten sie wieder vertraut miteinander. Georg wirkte weich und schutzbedürftig, und zur Begrüßung und zur Verabschiedung umarmten sie sich wie früher, nur dass es Heidi jetzt manchmal vorkam, als hinge er wie ein Stein an ihrem Hals. Nach Ernas Tod hielt die friedfertige Stimmung zwischen ihnen zunächst an. Den Brief erwähnte Georg allerdings mit keiner Silbe, er versteckte ihn und wartete auf den richtigen Zeitpunkt, ihn zu lesen.

Eine Woche nach Ernas Beerdigung fuhr Heidi mit den Kindern und mit Andrea, ihrem Kindermädchen, über das verlängerte Faschingswochenende in ihr Oberaudorfer Ferienhaus. Georg hatte sich ebenfalls ein paar Tage freigenommen, aber er wollte die Zeit allein zu Hause verbringen, um den Tod der Mutter noch einmal zu betrauern. Vielleicht würde er wandern gehen, vielleicht sich auch nur lesend einigeln.

Nachdem der Mercedes im Morgengrauen davongebraust war, entfaltete das Haus eine Ruhe, die er schon ewig nicht mehr wahrgenommen hatte. Er setzte Kaffee auf, schmierte sich ein Honigbrot – er kaute langsam, ohne Hast und Ungeduld. Das Radio blieb ausgeschaltet, die Zeitung im Briefkasten.

Nach dem Frühstück ging er auf die Terrasse, die mit Milchglasscheiben umrahmt war, auf denen unzählige Prilblumen klebten, von den Kindern begierig gesammelt und zu einer riesigen Blütenwand arrangiert. Das gelegentliche Tschilpen der Spatzen war zu hören, sonst nichts. Er legte die Hände hinter dem Rücken übereinander, wippte leicht von einem Bein auf das andere. Geblendet von der frühen Sonne ließ Georg den Blick über den Garten schweifen. Der Boden war von einer schmutzig glitzernden Schneedecke überzogen, der abgedeckte Swimmingpool hielt Winterschlaf, ebenso die nackten Obstbäume samt dem Indianerhäuschen zwischen ihren Stämmen, das er letzten Sommer für Felix zusammengezimmert hatte. Das Grundstück war von einem dichten, weiß lackierten Zaun umgeben, niemand konnte sich Einblick verschaffen, weder in den Garten noch in sein Inneres.

Georg hob den Kopf, er blickte in den perlmuttfarbenen Dunst, der sich über dem Gelände ausbreitete. Er fragte sich, ob es ein Gutes hätte, bis zum Ende seines Lebens hier zu bleiben, oder ob er hier schon längst ans Ende gekommen war. Dann wandte er sich ab, ging in sein Arbeitszimmer und holte den Brief aus seinem Versteck.

5 Der Brief

Georg zerrte den sündteuren Kaschmirmantel vom Kleiderbügel, den Heidi ihm vor Kurzem zum Geburtstag geschenkt hatte. Er zog die Haustür hinter sich zu und lief los, hinaus ins Freie, hinunter zum Fluss, mehr Ziel hatte er nicht vor Augen, vorbei an knorrigen Pappeln und den hässlichen Wacholderhecken der Nachbarhäuser bis ans Ufer. Dort stapfte er die Böschung hoch bis zum Scheitel des Damms und schlug die nördliche Richtung ein. Allein dem Impuls der Bewegung folgend, suchte sein Blick Halt auf dem schwarzen

Spiegel der Donau. Ein zurückgestautes Schreien wummerte unter seiner Schädeldecke. Über ihm ein glanzloser Himmel, weit und breit kein Mensch. Das stumpfe Licht verwandelte die Birken in glacierte Stelen eines geräumigen Friedhofs. Wind peitschte ihm entgegen, und zwischen den Böen hörte er die raue Stimme seiner Mutter, die nicht aufhörte, ihm aus dem Brief vorzulesen.

Georgs leiblichem Vater hatte Erna nur einen kurzen Abschnitt gewidmet. Ein Andreas aus Berlin, jung und intelligent, mit schönen grauen Augen. Ebenfalls auf der Flucht wie sie. Wahrscheinlich in den Nachkriegswirren umgekommen. »Mit Sicherheit aber«, schrieb Erna, »war es kein Zufall, ihn getroffen zu haben.« Der Unbekannte habe dazu beigetragen, dass er auf der Welt sei, auch wenn die Welt damals hoffnungslos gewesen war und ihre Entscheidung, ihn zuzulassen, gleichsam verrückt. »Doch nichts ist nur schwarz oder weiß, gut oder schlecht. Ich wollte Dich von Anfang an, dafür war ich aber gezwungen, zu lügen.«

Sie habe Josef damals in den Glauben versetzt, der Vater zu sein, habe keinen anderen Ausweg gesehen, wahrscheinlich wäre sie sonst vom Hof gejagt worden. Mägde waren billig und ergeben, die tägliche Schinderei sei hart gewesen. »Ein Weiberleut«, erklärte sie, »war ausgeschmiert. Das wollte ich nicht sein, schon Dir zuliebe nicht. Also hab ich den Spieß umgedreht.«

So vergingen die Jahre, und nur Josef und sie teilten die Lüge, die ihr Geheimnis war, das keiner zu lüften bereit war. »Josef konnte gut damit leben, er hat Dich geliebt und hat immer sehr viel auf Dich gehalten. Die Wahrheit kannte er nur für einen Tag, in der Nacht darauf passierte schon der Unfall.« Nach seinem Tod habe sie keine Kraft mehr gehabt, die Geschichte von Neuem aufzurollen, es fehlte ihr der Mut. Es sei ihr aber nicht bewusst gewesen, mit welcher Inbrunst

Gerlinde ihn geliebt habe. »Vielleicht muss ich mir eingestehen«, resümierte Erna, »dass wir uns in der Liebe zu Dir am
ähnlichsten waren.« Als Gerlinde damals in ihrem unbändigen Zorn vor ihr stand, wusste sie sich nicht mehr zu helfen.
»Ich hatte solche Angst, und hätte ich alles zugegeben, wer
weiß, womöglich hätte ich Dich verloren. Mein Leben hätte
keinen Sinn mehr gehabt.« Sie würde ihn über alles lieben
und sei so unermesslich stolz auf ihn, dies sei die einzige
und unumstößliche Gewissheit, die sie am Ende ihrer Tage
habe.

Es tue ihr unheimlich leid, die Wahrheit verschwiegen
und damit viel Kummer verursacht zu haben. Sie bat ihn inständig darum, die finsteren Zeiten mit zu bedenken, wenn
er über sie urteile. Der Brief schloss mit dem Versprechen,
dass sie stets ein beschützendes Auge auf ihn haben werde,
egal, ob er ihr verzeihe oder nicht.

Abschließend berichtete sie noch von ihren Brüdern, die
um einiges älter gewesen waren als sie, Trafikant der eine, der
das Geschäft zu Hause übernommen hatte, der andere ein
Zimmerer, mit dem Georg womöglich die Neigung zum Holz
teile. Beide im Krieg gefallen, ebenso wie ihr Verlobter Max,
der eben nicht auf der gemeinsamen Flucht gestorben sei,
sondern schon 43 in Stalingrad ums Leben gekommen war.

Ernas Schrift hatte nichts Überhastetes, aber man merkte ihr die Dringlichkeit an, die in ihren Worten steckte. Kein
Satz war ausschweifend, kein Gedanke ungenau, gerade so,
als hielte jemand Gericht über sich selbst – als Ankläger,
und Verteidiger in einem.

Der Himmel verdunkelte sich, wurde aber gleich wieder
klar, dennoch hatten die vorüberziehenden Wolken eine Vor-
ahnung von Graupelschauer zurückgelassen. Georg hatte
keinen Schimmer, wie lange er schon unterwegs war, beim
Blick aufs Handgelenk stellte er fest, dass er seine Armband-

uhr zu Hause hatte liegen lassen. Aber diese Orientierungslosigkeit spiegelte auch sein Gefühl wider, es glich einer zeitlosen Getriebenheit. Vergangenheit und Gegenwart begannen sich ineinanderzuschieben, und immer stärker wurde der Eindruck, dass er sich selbst Aug in Aug gegenüberstand. Der letzte Wortwechsel mit Gerlinde schoss ihm durch den Kopf. Seine Arroganz und Herablassung. »Du hast geglaubt, was dir dein Vater erzählt hat. So eine Frau will ich nicht …« Keinen Deut war er besser, das sah er jetzt ein. Denn im selben Maß wie Gerlinde ihrem Vater hatte er seiner Mutter vertraut, hatte ihren Worten geglaubt aus falscher Rücksichtnahme. Jetzt hatte er es schwarz auf weiß, Gerlinde war nicht verrückt geworden, so wie es Erna ihn hatte glauben lassen. Sie hatte alles richtig erfasst und war so mutig gewesen, seine Mutter zur Rede zu stellen. Er dagegen war zu schwach gewesen für die Wahrheit, und so blieb ihm die Erkenntnis, mit seiner eigenen Feigheit an der Lüge mitgestrickt zu haben und ein Komplize der Schweigegeschichte geworden zu sein. Georg fühlte sich überwältigt von Scham und Selbstverachtung. Tränen liefen ihm über die Wangen. Die Welt, dachte er, ist in Wasser geschrieben, und das, was Schicksal genannt wird, ist nichts weiter als der Alptraum gutgläubiger Menschen.

An der Stelle, wo die Donau einen Knick nach Osten machte, bäumte sich unversehens ein zwei Meter hohes Absperrgitter vor ihm auf. Dahinter hatte man auf einem riesigen Areal angefangen, das Ufer zu bebauen. Jetzt, wo er zum Stehenbleiben gezwungen war, spürte er mit einem Mal die Kälte. Unter dem Mantel trug er nur einen dünnen Pullover, er war bestimmt seit Stunden – oder Tagen – unterwegs, die eisige Luft schnitt ihm empfindlich in die Glieder. Schlagartig wurde es finster, nasse Flocken patschten ihm ins Gesicht. Georg tapste den Hang hinunter, aber auch unten versperrte ihm der Zaun den Weg, nicht nur nach vorne, auch zur Seite hin. Die einzige Lichtquelle befand sich zu seiner Rechten, dort ragten ein paar verschwommen leuchtende Stecknadelköpfe aus der Dunkelheit heraus. Mehrmals krümmte er seine vor Kälte taub gewordenen Finger. Es blieb ihm nichts anderes übrig, als zu versuchen, einen Pfosten aus seinem Betonfuß zu heben. Mit aller Kraft machte er sich daran, das Eisen zu versetzen, und als sich die gewünschte Lücke zwischen den Gittern endlich auftat, juchzte er auf, als hätte er gerade etwas Bedeutendes vollbracht.

Über einen Kiesweg, der übersät war mit Mulden, gelangte er auf eine geteerte Landstraße, die geradewegs in die Innenstadt führte. Ein eigenartiges Gefühl von Freiheit durchströmte ihn, kein quälender Gedanke mehr, nur der Schneeregen machte ihm ein wenig zu schaffen. Allerdings war er sich sicher, bald auf eine Gaststätte zu stoßen, wo er sich aufwärmen konnte, vielleicht kreuzte auch vorher ein Taxi seinen Weg. Nach gut vierhundert Metern kam er in eine Vorstadtsiedlung mit kleinen, dicht aneinandergedrängten Häuschen, deren aschige, im Dunkel liegende Umrisse wie überdimensionierte Hundehütten aussahen. Vor den Schaufenstern der Geschäfte, an denen er vorüberging, waren die Rollladen heruntergelassen. Er konnte nicht erkennen, ob in einem der Gebäude Licht brannte, alles wirkte wie ausgestorben. Er ging weiter, senkte dabei seine Lider und geriet in eine Art Dämmerzustand, so dass er von der Realität nur noch das Erforderlichste wahrnahm. Nun wagte er zum ersten Mal seit vielen Jahren, Gerlindes Körper zu berühren. Sachte streichelte er mit den Fingerspitzen über ihre Hüften, streichelte ihre Schultern, den Nacken. Er zupfte ihr Kiefernnadeln aus dem Haar, drückte seine Stirn an ihre, der Geruch von Zitronenmelisse stieg ihm in die Nase, ebenso der Duft von Rosmarin und Fichtenharz. Aus der Vogelperspektive betrachtete er, wie sie auf dem Moped über eine Waldstraße fegten. Gerlindes braungebrannte Arme um seine Brust geschlungen. Die Sonne sprenkelte Lichtfäden durch das Laubdach, in der Ferne schimmerte der Kleine Arbersee.

Schrilles Gekicher riss ihn aus seiner Versunkenheit. Auf der gegenüberliegenden Straßenseite sah er die Rücken einiger Menschen in ein Wirtshaus verschwinden. Endlich, dachte er, obgleich er noch gerne ein bisschen weitergeträumt hätte. Mittlerweile hatte es aufgehört zu regnen. Georg wischte sich die Nässe aus dem Gesicht und kämmte mit den Fingern sein Haar, dann überquerte er die Straße. Unter dem Vordach des Eingangsbereichs saß ein kräftiger Mann rittlings auf einem Stuhl, auf dem Kopf trug er einen breitkrempigen Hut. Beide Arme auf die Lehne gestützt, machte er einen bärbeißigen Eindruck, wohl eine Art Türsteher oder Kontrolleur, schätzte Georg, dafür sprach auch die Diskomusik, die aus dem Lokal drang.

»Hat gerade erst angefangen«, brummte der Kerl mit einem mordsmäßigen Bass.

»Macht nix«, erwiderte Georg und ging an ihm vorbei.

»Moment, Mister!«, rief ihm der Türsteher hinterher.

»Was ist denn?« Gereizt wandte sich Georg um. Inzwischen war der Kerl aufgestanden, ein Koloss von einem Mann, aber nicht deswegen fuhr Georg erschrocken zusammen. Der Riese hielt auf einmal eine Pistole in der Hand. Intuitiv hob Georg die Hände, »ganz ruhig, ganz ruhig«, raunte er ihm beschwichtigend zu.

Für einen kurzen Moment war der Türsteher selbst perplex, schließlich fing er an zu grinsen, steckte sich eine Zigarette in den Mund, drückte den Abzug der Waffe und hielt die kleine Flamme, die aus dem Lauf züngelte, an die Kippe. Entnervt ließ Georg die Hände fallen. »Was soll denn das?«, blaffte er den rauchenden Riesen an.

»Ich will Sie nur darauf hinweisen, dass heute ein Faschingsball ist.« Fasching. Georg hatte diesen Irrsinn völlig vergessen. Jetzt fiel ihm auch auf, dass der Türsteher unter seinem offenen Wildledermantel eine Cowboymontur trug, mit Westernhemd und Pistolenhalfter, an seinen Stiefeln prangten sternförmige Sporen. »Und Sie sehen mir nicht gerade so aus, also ob Ihnen das klar wäre. Sie sind ja nicht verkleidet, oder gehen Sie als begossener Pudel?«

Georg zeigte keine Regung, nicht ein Gesichtsmuskel zuckte. »Ich gehe heute als ich selbst, das war schon längst überfällig.« Dann zog er die Tür auf und verschwand in das Lokal.

»Trottel«, knurrte ihm der Cowboy hinterher. Keine zwei Minuten später kam Georg wieder heraus. Aus dem Wirtshaus dudelten die Akkorde vom »Ententanz«. »Ich hab doch gesagt«, stichelte der Türsteher, »dass das nichts ist für Sie.«

»Ich hab meinen Geldbeutel vergessen«, grummelte Georg. Er presste die Augen zusammen, mit gespreiztem Daumen und Ringfinger massierte er sich die Schläfen.

»Ohne Eintritt kein Zutritt, Mister. So ist das Leben. Dann müssen Sie halt wieder gehen.«

Ein Rudel junger Menschen bog ums Eck und steuerte feierlaunig auf die Gaststätte zu: zwei Kerle in Matrosenanzügen, zwei Piraten, ein Ölscheich, drei Zigeunerinnen, ein Sarotti-Moor, zwei Hexen und zuletzt ein Schlacks als Minnesänger verkleidet. Mit weit ausgebreiteten Armen baute sich der Türsteher vor ihnen auf. »Zeigt mal, was ihr dabeihabt, alle Utensilien rausrücken, scharfe Waffen kommen nicht ins Haus.« Die Mädchen kicherten, ein paar Jungs maulten kleinlaut.

»Letztes Jahr«, sagte der Türsteher plötzlich zu Georg gewandt, »ist einer mit einem Samuraischwert rein, der hätte fast einen Clown im Suff einen Kopf kürzer gemacht. Dieses Jahr wird aufgepasst.«

Georg lächelte gequält. Auf einmal glotzte der Scheich in seine Richtung. »Herr Schatzschneider … Sind Sie das?« Kurz überlegte Georg zu verneinen, sagte aber stattdessen: »Ja, und wer bist du?« Der junge Mann kam auf ihn zu, schüttelte ihm ergeben die Hand und stellte sich vor. Er sei Azubi bei den technischen Zeichnern, wofür er wahnsinnig dankbar sei. Dann fing er an, seinen Abteilungsleiter sowie die Firma in den höchsten Tönen zu loben. Georg verordnete sich ein unverbindliches Lächeln, wahlweise sagte er »aha« oder »soso«, dabei musterte er das Gesicht des jungen Mannes auf die gleiche Weise, wie er früher nach Unebenheiten im Holz gesucht hatte. Er hatte den Jungen bestimmt schon mal gesehen, denn zu Beginn ihrer Lehrzeit begrüßte er stets alle Azubis persönlich. An diese Strebervisage konnte er sich aber nicht erinnern. »Was machen Sie denn hier, wenn ich fragen darf, gehen Sie auch zum Ball?«

»Nein, nein«, wiegelte Georg ab, »ich bin nur zufällig hier, bin beim Spazierengehen in den Regen geraten, meine Frau holt mich gleich ab.«

»Ach so ist das«, nickte der Azubi. Drei Meter hinter ihm stand als einzig Verbliebene eine der Hexen und wartete auf ihn.

»Genau so ist das«, bekräftigte Georg, »und jetzt geht mal schön rein und habt viel Spaß. Wer jung ist, muss die Jugend genießen.«

»Ja, danke, da haben Sie vollkommen recht, Herr Schatzschneider«, erwiderte der Junge und strahlte wie ein rührseliger Opa. Dann verschwand er mit seiner Hexe endlich durch die Tür.

»So jung und schon so ein Riesenarschkriecher«, kommentierte der Türsteher den Auftritt.

»Ein Vollidiot wird man meistens nicht erst im Alter.«

»Da ist was dran«, brummte der Cowboy, dann tippte er an seine Hutkrempe: »Edgar.«

»Georg.«

»Bin mal gespannt, wann deine Frau kommt, Georg.«

»Dienstagabend, hat sie gesagt.« Die beiden tauschten ein kurzes, komplizenhaftes Grinsen.

»Und wie lange bist du schon unterwegs?«

Georg wiegte seinen Kopf leicht hin und her. »Ich glaube, seit gut sechsunddreißig Jahren.«

Edgar nickte anerkennend. »Dann wird's wohl Zeit, nach Hause zu kommen.«

»Unbedingt«, sagte Georg, »nichts lieber als das.«

Als er die Augen aufschlug, lag er bäuchlings, alle Glieder von sich gestreckt, in seinem Bett. Er fasste sich an den Hinterkopf und musste feststellen, dass er klitschnasses Haar hatte. Gleichzeitig registrierte er, dass auch sein Schlafanzug komplett durchnässt war, als hätte er in einer feuchten Grotte oder in einem Dampfbad geschlafen. Ein fahler Lichtstreifen fiel durch die Lamellen der Jalousie. Er nahm eine ausgiebige Dusche, stand aufstöhnend unter dem Brauseregen, den er abwechselnd auf heiß und kalt stellte.

Beim Abtrocknen betrachtete er sein nacktes Spiegelbild, ein paar Wohlstandspfunde klammerten sich an seinen Bauch, doch eigentlich fand er sich gut in Schuss. Als er sich aber länger ins Gesicht blickte, sah er sich einem unglücklichen alten Mann gegenüberstehen. Und plötzlich begannen sich die Lippen des Alten zu bewegen. Georg schob seinen Kopf nach vorn, um besser zu verstehen. »Du musst dein Leben ändern«, hörte er ihn flüstern.

Während der Kaffee durch die Maschine schnorchelte, konnte er immer nur einen Gedanken denken: Vielleicht musste er sich völlig neu erfinden. Es gab noch was anderes als den Alltag zwischen Büro, Baustellen und Bilanzen. Sein Leben war ein Kampf geworden, er war an viel zu vielen Fronten engagiert, permanent zogen und zerrten alle an ihm. Vielleicht sollte er tatsächlich alles in andere Hände geben, er hatte seine Ziele im Großen und Ganzen ja erreicht, hatte ein potentes Unternehmen aufgebaut, war Millionär geworden, er könnte sich zurückziehen, würde bei normaler Lebensführung vermögend bleiben bis an sein Lebensende, könnte vieles gemächlicher und bewusster angehen, sich den lange gehegten Traum einer kleinen Holzmanufaktur erfüllen, vielleicht ein Zweimannbetrieb in den Bergen, ohne von Umsatz und Gewinn abhängig zu sein. Und warum nicht eine Weltreise unternehmen, warum nicht mit Gerlinde … Mit ihr zusammen, und jetzt gestand er es sich zum ersten Mal ein, hatte er stets bei sich bleiben können. Sie hatte ihn nie gedrängt, seine Wünsche und Vorstellungen den ihren anzugleichen. In ihrer Gegenwart hatte er sich öffnen können, ohne eine gekränkte Reaktion fürchten zu müssen. Aufgeregt lief er umher, euphorisiert von dem Gedanken, alle zu überraschen. Eingemummelt in eine Decke fläzte er sich auf das Wohnzimmersofa, malte bei geschlossenen Augen an seinem zukünftigen Bild, und auch wenn die Farben noch nicht kräftig waren, so wurden die Konturen nach und nach schärfer, während im Gegenzug der Zwiespalt zwischen ihm und seinem Leben verblasste.

Evi kam ihm aus einem Maisfeld entgegen. »Das kannst du nicht tun«, beschwor sie ihn, »das geht nicht!« Schließlich begann sie bitterlich zu weinen. Er selbst war auf der Suche nach Gerlinde, stolperte in ein Zimmer, das über und über mit Uhren bestückt war – Standuhren, Kuckucksuhren, allerlei Wanduhren, alte und moderne, auch Wecker waren darunter. Heidi putzte eine große Pendeluhr. »Ich hab doch nicht die letzten Jahre mit dir verbracht«, fauchte sie, »damit du jetzt gehst.« Nikola und Felix hingen wie Larven in zwei Netzen an den Zeigern einer runden Wanduhr, offenbar in tiefem Schlaf. Er starrte auf seine Kinder, hatte Angst, dass sie herunterfielen. »Gerlinde ist tot«, spottete Heidi, »hast du das nicht kapiert?« Er machte sich daran, die beiden Kleinen aus den Netzen zu rollen, was ihm kaum gelang. »Mach dich nicht verrückt«, sagte Heidi plötzlich in einem anschmiegsamen, fast traurigen Tonfall, »bei mir bist du auch schön.« Mit einem Mal stand Josef im Raum, er hatte Georgs Kaschmirmantel an und verströmte eine unangreifbare Autorität. »Gib mir die Kinder, meine Enkelkinder, bei dir sind sie nicht in Sicherheit.« Georg rührte sich nicht, er fühlte sich wie versteinert, dann hörte er einen Wecker schellen.

Er riss die Augen auf, das Telefon klingelte. Schlaftrunken nahm er den Hörer ab, Heidi war am Apparat. »Hast du noch geschlafen?«, fragte sie vergnügt.

»Ja, bis eben.«

»Das tut dir bestimmt mal gut.«

»Wie geht's euch?«

»Großartig. Ich habe gestern Abend schon mal angerufen, aber da warst du nicht da.«

»Ich war spazieren.«

»Georg, hör zu«, ihre Stimme bekam eine verschwörerische Note, »Jana hat erzählt, dass ihr Vater verkaufen will.«

»Was verkaufen?«

»Na, die Firma, seine Immobilienfirma. Weil, Jana und ihr Bruder wollen das Unternehmen nicht weiterführen.«

»Um mir das zu sagen, weckst du mich auf?«

Georg hörte, wie seine Frau Atem schöpfte. »Jakob will an uns verkaufen«, verkündete sie und betonte jedes Wort, »an uns! Zu einem fairen Preis, zu einem Vorzugspreis …« Er schwieg. »Georg, bist du noch dran?«

449

»Ja.«

»Das ist doch Wahnsinn, oder? Eigentlich hätte mir Jana nichts sagen dürfen, und ich darf dir eigentlich auch nichts sagen …«

»Warum sagst du's dann?«, unterbrach er sie.

»Weil ich mich freu und weil ich dir auch eine Freude machen wollte.«

»Ich freu mich ja auch«, beteuerte er schließlich, »es ist nur gerade ein bisschen früh. Lass uns darüber sprechen, wenn du wieder da bist, sei so gut, bitte.« Er legte den Hörer auf die Gabel und starrte mit ausdruckslosen Augen aus dem Fenster.

6 Der Kauf

Georg war sich der großen Chance bewusst, man konnte dennoch nicht behaupten, er hätte zugeschnappt wie ein Hund nach dem Knochen, als ihm Jakob Blaschko sein Immobilienunternehmen zum Kauf anbot. Er hatte Bedenken, weil diese Übernahme nicht realisierbar wäre, ohne deftige Verbindlichkeiten einzugehen, was bei den gegenwärtig hohen Zinsen einen langen Tilgungsprozess zur Folge hätte. Also stattete Georg Ágnes Telkes einen Besuch ab. Sie kannte Blaschkos Firma ebenso gut wie seine, außerdem brauchte er sich ihr gegenüber nicht zu erklären, sie wusste, dass Georg ohne Bank- und Investorenkredite arbeitete, nur mit dem eigenen Vermögen wirtschaftete.

Die beiden trafen sich in ihrem idyllischen Häuschen am Perlacher Forst, wo Frau Telkes Sandtörtchen und Lindenblütentee kredenzte. Sie machte einen sehr gelösten Eindruck auf ihn, was offenbar damit zu tun hatte, dass sie seit gut einem Jahr nicht mehr als Unternehmensberaterin tätig war, sondern sich entschieden hatte, Vorträge über »eine ökologisch angepasste Wirtschaft« zu halten sowie eine Lehrtätigkeit an der LMU auszuüben.

»Ich muss nicht mehr meinen Überzeugungen zuwiderhandeln.« Georg horchte auf. »Was ist denn passiert?«, fragte er neugierig. Frau Telkes verzog den Mund. »Wissen Sie«, sagte sie schließlich in einem sehr bedachten Tonfall, »die Massenarbeitslosigkeit und die Inflation haben in den letzten Jahren die Spielregeln verändert. Kapitalanlagen und die Erwirtschaftung von Profiten verlagern sich zunehmend in den leistungslosen Bereich, in den Finanzmarkt, was die Probleme aber nicht löst, sondern nur verschleiert. Viele Unternehmen und Politiker tun meine Bedenken als Hysterie ab, aber ich kenne die Zahlen und habe lange genug zutreffende Prognosen erstellt – der produzierende Sektor verliert Jahr um Jahr an Gewicht. Wir befinden uns bereits mitten im Zeitalter der Deindustrialisierung.« Sie tauchte eines der jakobsmuschelförmigen Gebäckstücke in ihre Tasse. »Die Interessen der Aktionäre werden durch Investmentfonds und von Analysten und eben Unternehmensberatungen durchgesetzt. Dafür werden peu à peu die wirtschaftspolitischen Rahmenbedingungen geschaffen. Die Angelsachsen und die Amerikaner machen es vor. Großanleger aus den OPEC-Ländern oder amerikanische Pensionsfonds üben einen enormen Druck aus. Der Aktienkurs«, sagte sie mit einem feinen Lächeln auf den Lippen, »ist der neue Goldstandard. Und dem ist es gleich, wie viele Arbeitnehmer auf der Strecke bleiben. Und ihm ist auch gleich, wer ein Unternehmen leitet und ob er es redlich macht oder nicht. Am Ende muss jeder auf der Bühne der Bonität bestehen, sonst hat er ausgetanzt. Es wird noch viel ärger werden, glauben Sie mir.«

Aufmerksam hörte Georg zu. Der weltweite Konjunktureinbruch ab 1980 bereitete auch seiner Firma Probleme, Aufträge waren storniert worden, so dass er schon angefangen hatte, mit spitzem Bleistift zu kalkulieren. Beispielsweise hatte er sich ausrechnen lassen, wie viel Kaffee täglich in seinem Unternehmen weggeschüttet wurde. Das Ergebnis belief sich auf fünfzig Liter. Seitdem mussten alle Mitarbeiter ihren Kaffee in der Küche bestellen, anstatt ihn selbst zu kochen. Die entscheidende Maßnahme, um niemanden entlassen zu müssen, war aber die große Solidaraktion, bei der alle Mitarbeiter, vom Pförtner bis hin zu ihm selbst, für ein halbes Jahr auf zehn Prozent ihres Gehalts verzichteten. »Mittlerweile sind die gestundeten Löhne zurückgezahlt. Das war unglaublich … Sogar die Linken haben mir applaudiert, und die Gewerkschaft hat mir einen Preis gegeben, aber natürlich weiß man nicht, wann es wieder einmal hart auf hart kommt, und ob es dann genauso glimpflich ausgeht.«

Frau Telkes nickte. »Ja«, sagte sie, »ich habe davon gelesen, und es hat mir einiges an Anerkennung abgerungen. Und um ehrlich zu sein, ist das der Grund, weshalb ich Sie auch jetzt beraten werde, obwohl ich das eigentlich nicht mehr mache. Sie haben eine gewisse Redlichkeit, das mochte ich immer an Ihnen. Sie leiten Ihr Unternehmen mit Umsicht. Ich hoffe, in der Hinsicht bleiben Sie sich treu und lassen sich nicht verbiegen. Um zum Punkt zu kommen: Sie werden sich als Einzelner nicht gegen die Entwicklung stemmen können. Irgendwann brauchen Sie frisches Kapital, um zu investieren, um sich vor allem zu internationalisieren, mit Standorten im Ausland, wo es deutlich höhere Wachstumsraten gibt. Bei Ihrer Firmengröße ist das nicht ohne Risiko … Es kann gutgehen, aber Sie kennen die Gefahren selbst.« Sie machte eine kleine Pause, legte die Hände aufeinander, beugte sich vor. »Haben Sie zum jetzigen Zeitpunkt schon mal überlegt, zu verkaufen? Sie hätten für Ihr Leben ausgesorgt …«

Georg räusperte sich, sein Blick schweifte durchs Fenster, glitt schließlich hinaus aufs Nachbargrundstück, wo ein kleines Mädchen mit einem Collie-Mischling spielte, ausgelassen tobend, mit fliegenden Haaren. »Solche Gedanken an ein anderes Leben«, sagte er mit verhaltener Stimme, »gehen mir immer mal wieder durch den Kopf, erst neulich ... Aber jetzt, mit der Möglichkeit der Blaschko-Übernahme, stehe ich vor einer Entscheidung ...« In seinem Blick lag etwas Flehendes, insgeheim hoffte er, sie würde ihm *alles* ausreden, stattdessen aber sagte sie: »Das kann ich gut verstehen. Boden ist begrenztes Gut, die Preise werden steigen. Und wenn Sie jetzt in den Wohnungsmarkt einsteigen, mit Ihrer Firma im Rücken, dann haben Sie ein Pfund in der Hand. Aber lassen Sie sich eines gesagt sein: Überhöhte Mieten machen eine funktionierende Gesellschaft kaputt. Deshalb muss auch Eigentum laut Grundgesetz dem Gemeinwohl dienen.«

»Klar, selbstverständlich«, pflichtete Georg ihr bei, »aber grundsätzlich sind Sie der Meinung, ich soll Blaschko übernehmen? Das birgt doch auch Risiken ...«

»Ich wüsste nicht, welche. Wenn Sie weiter Unternehmer bleiben wollen, wären Sie töricht, es nicht zu tun.«

»Das habe ich befürchtet«, sagte er mit ironischem Unterton, »mir war aber wichtig«, fügte er mit ernster Miene hinzu, »es auch von Ihnen zu hören.«

»Danke für die Blumen. Was ich eingangs vergessen habe zu fragen und was mich doch sehr interessiert: Warum will Blaschko seine Firma nur an Sie verkaufen?«

»Das hat mit meiner Frau zu tun, genauer gesagt, mit ihrem Vater. Das ist eine lange Geschichte.«

»Ich hab Zeit«, funkelte ihn die kleine Frau an, »wollen Sie noch eine Tasse Tee?«

Eine Woche zuvor hatte Jakob Blaschko Heidi und Georg in sein Haus nach Starnberg eingeladen. Hier, in diesem 25 Kilometer südwestlich von München gelegenen Städtchen, an der Nordspitze des gleichnamigen Sees, hatte er sich vor zehn Jahren eine Villa gekauft, die er mit seiner Frau Margit bewohnte. Ein Seeufer-Anwesen im klassischen Baustil, mit viel Grünfläche drum herum und einem Wintergarten mit Blick aufs Wasser.

»Könnte ich mir heute nicht mehr leisten«, sagte er nicht ohne eine gewisse Koketterie in der Stimme, »die Grundstückspreise steigen ja täglich, stündlich.« Dabei lachte er sein typisches kehliges Lachen. Dieses Haus sei aber, räumte er ein, nie als Spekulationsobjekt vorgesehen gewesen, von Anfang an war klar, es als Alterssitz zu behalten, und jetzt sei es eben an der Zeit, die verbleibenden Jahre zu genießen. Er fuhr sich mit der Oberseite seiner Finger über die Wange. »Ich habe lange genug im Dreck gestanden, und noch weit in die Fünfziger hinein haben wir in Rattenlöchern gehaust, sogar noch mit den Kindern …« Er warf seiner Frau einen fürsorglichen Blick zu.

Auf Heidi machten die Blaschkos wie immer einen harmonischen Eindruck – sie kannte die beiden ja schon länger und war im Gegensatz zu Georg nicht zum ersten Mal zu Gast in ihrem Haus. Vielleicht, und darin bestand nun ihre heimliche Hoffnung, war ein so großes gemeinsames Projekt die perfekte Gelegenheit, auch ihrer Beziehung neues Leben einzuhauchen. Abgesehen davon war eine Tätigkeit im Immobiliensektor genau nach ihrem Geschmack, denn der Verkauf von Luxusapartments erschien ihr wesentlich attraktiver als der von Trockenbauten und Fassadentechniken. In Zukunft wollte sie selbst mitgestalten, und welcher Bereich wäre dafür geeigneter als der des schönen Wohnens? Selbst der Arbeitsplatz war wesentlich attraktiver als der Zweckbau in Obertraubling. Der Hauptsitz der GmbH lag im Stadtteil Bogenhausen, im Nordosten Münchens, auf der rechten Seite der Isar. Die Büros befanden sich in der Beletage eines spätklassizistischen Altbaus; helle, hohe Räume mit Stuckdecken und einem Boden aus schwarz gesprenkeltem Marmorkies, und das alles inmitten einer begrünten, gutbürgerlichen Gegend.

»Unsere Kinder«, hob Jakob an, nachdem sie im Wintergarten Platz genommen hatten, »zeigen beide kein Interesse, die Firma weiterzuführen. Das ist schade, aber es ist so.«

Margit neigte ihren Kopf zu Georg, der neben ihr saß. »Man muss den Willen der Jungen akzeptieren. Jana hat die Kunst und Simon seine Wissenschaft. Die wollen ihr eigenes Leben machen, das hat Jakob lange nicht gepasst.«

»Was macht er gleich nochmal?«

Heidi rollte mit den Augen. »Das fragt Georg jedes Mal, wenn von Simon die Rede ist.«

»Ich hab ihn halt noch nie gesehen, dann vergisst man sowas eben.«

»Psychologie«, sagte Jakob und legte die Arme übereinander. »Simon arbeitet für ein Hamburger Institut, und ich glaube, er macht das sehr gut. Noch vor einigen Jahren hab ich das belächelt …«

»Belächelt? Geschimpft hast du wie ein Rohrspatz«, korrigierte ihn seine Frau.

»Sicher, wer so ein Erbe ausschlägt, hat ja auch nicht alle Latten am Zaun … Und auch Jana hat von Anfang an abgewinkt. Natürlich war ich darüber nicht glücklich. Zwei Kinder und kein Nachfolger, das ist keine gute Quote.« Ein zaghaftes Lächeln breitete sich auf seinem nobel verwitterten Gesicht aus. Er löste die verschränkten Arme und beugte sich vor. »Es ist ja so«, sagte er, »meine Generation hat vor allem eine Lektion gelernt: Verlorenem nicht nachzutrauern. Und diese Lektion lässt sich am besten in drei Worten zusammenfassen: Es geht weiter. Ich möchte aber auch, dass es für die Firma bestmöglich weitergeht. Und deshalb, Georg, ist es mein Wunsch, dass du, dass ihr«, dabei drehte er seinen Kopf in Heidis Richtung, »die Firma übernehmt. Natürlich kann ich sie euch nicht schenken, aber ich habe mir einen Kaufpreis überlegt, der für alle Beteiligten – auch für meine Kinder – fair und vertretbar ist.«

Georg saß da wie einer der bronzenen Löwen vor der Münchner Residenz, er zeigte keine Reaktion, seine Augen schimmerten wässrig grau, nur seine Mundwinkel gingen unmerklich nach oben. »Was soll ich sagen«, fing er in schleppendem Tonfall an, »es ehrt mich sehr, dass du dabei an uns denkst. Ich muss das aber alles noch im Detail durchrechnen lassen, es ist ja nicht so, dass man einen Mantel kauft oder ein Auto. So ein Zuwachs hätte ja gewaltige Folgen, und auch wenn es ein guter Preis ist, es ist viel Geld, aber man fragt sich natürlich auch, warum du das machst, ich werd daraus nicht schlau …«

Verwundert verzog Blaschko sein Gesicht, denn sein Angebot war, und das wussten alle hier am Tisch, vor allem in Anbetracht von Georgs bestehendem Portfolio, ein unverhofftes Geschenk, wie ein Sechser im Lotto. Georg merkte sofort, dass er unglaubwürdig wirkte, aber jede weitere Erklärung, das spürte er auch, hätte ihn noch mehr in die Bredouille gebracht.

Nach einer Weile trat Jakob an die Verglasung des Wintergartens. Mit durchgedrücktem Kreuz, seinen Rücken den anderen zugewandt, sah er hinaus auf den durch den Wellengang gekräuselten See. »Es hat natürlich sehr viel mit Josef zu tun, der mir damals mit einem Darlehen zum Einstieg ins Immobiliengeschäft verholfen hat. Das hab ich ihm nie vergessen, ich will was zurückgeben …« Mit einer geschmei-

digen Bewegung, die man dem schweren Körper nicht zugetraut hätte, drehte sich Blaschko auf dem Absatz um und richtete seinen Blick auf Georg. »Ich habe in den letzten Jahren
miterlebt, wie du deinen kleinen Betrieb zu einem schlagkräf-
tigen Unternehmen aufgebaut hast, und ich weiß nur zu gut,
wie schwer das ist, vor allem als Gründerunternehmer. Du
kannst aber davon ausgehen«, sagte er plötzlich mit einer
Heftigkeit und Schärfe in der Stimme, die ihn selbst zu überraschen schien, »dass ich dich nicht über den Tisch ziehen
werde. Auch wenn ich ein Jude bin!«
Der Satz sauste nieder wie ein Fallbeil, schlagartig war es
still geworden, so dass man nur den Wind von draußen hörte,
leise wie das Wehen leichter Gardinen. Georg schlug die Augen nieder, wurde rot im Gesicht. »Ich schwöre«, bebte es
schließlich aus ihm heraus, »das hat überhaupt nichts damit
zu tun. Das ist ein grobes Missverständnis ...«
»Aber warum zögerst du dann?«, fauchte Heidi ihn an.
Georg zuckte zusammen, mit Daumen, Zeige- und Mittelfinger fuhr er sich mehrmals über den Nasenrücken. »Es ist
ein Missverständnis, wirklich«, wiederholte er gepresst. Kleine Schweißperlen traten ihm auf die Stirn.
»Na, gut«, sagte Jakob nun in einem bemüht unverkrampf-
ten Ton, »aber lass mich wenigstens versuchen, dir was Grund-
sätzliches zu erklären.«
Er rieb seine Finger gegeneinander, kniff die Augen leicht
zusammen. »Es wird ja oft behauptet, besonders von den Antisemiten, dass reich werden das Lebensziel eines Juden ist.
Aber das ist Unsinn. Reich werden bedeutet für uns nur eine
Zwischenstufe, es ist ein Mittel zum Zweck. Das eigentliche
Ziel ist der Aufstieg ins Geistige, in eine höhere kulturelle
Schicht. Aus dem Grund habe ich auch meine Kinder was
Geistreiches studieren lassen, nicht damit sie vermögend
werden – das dürfen sie natürlich trotzdem werden –, son-

dern klug, damit sie sich … in eine reinere, nicht vom Geld dominierte Sphäre erheben können. Das war mir lange Zeit nicht klar, aber ich habe alles nachgelesen … Es war im östlichen Judentum so, es sind unsere, meine kulturellen Wurzeln. Deshalb ist auch mein Sohn Gelehrter geworden, auch wenn er kein Jude ist, aber dennoch … ja, und ich gebe zu, das war mir am Anfang nicht recht …« Jakob suchte nach Worten, dafür hielt er immer wieder inne, während er seinen Blick durch den Raum schweifen ließ. »Ich habe erst in den letzten Jahren festgestellt, dass ich von meinem Wesen her nicht so sehr am Materiellen hänge, Simon hat mir die Augen geöffnet, auch Jana. Es ist ein Teil meiner Bestimmung …«

»So hast du das noch nie formuliert«, unterbrach ihn Margit, »du hast immer gesagt, du möchtest jetzt mehr Zeit zum Leben haben.«

»Jaja«, grummelte der Alte und machte eine ungeduldige Geste, »das ist halt die Kurzversion von dem, was ich gerade gesagt habe.« Er gab ihr einen Kuss auf den Hinterkopf. »Wir wollen in Zukunft viel reisen«, sagte er nun an Georg und Heidi gewandt, »ich möchte meine Heimat besuchen, in der ich seit über vierzig Jahren nicht mehr gewesen bin, wir wollen noch einmal nach Israel, in die USA … Alles Dinge, die viel zu kurz gekommen sind.« Er lachte noch einmal kehlig, bevor sein Ton rau und hart wurde. »Wenn du meine Firma nicht kaufen willst, Georg, dann sag es freiheraus. Es gibt keinen Mangel an Interessenten und auch keinen an Leuten, die viel mehr Geld zahlen würden, als ich von dir verlange.«

Für Georg wäre es die Chance gewesen, alle Karten auf den Tisch zu legen, doch er hielt die wahren Gründe zurück. Stattdessen schob er sein Zögern auf kaufmännische Umsicht. »Ich hab halt was gegen Kredite, ich mag keine Zinsen zahlen«, rechtfertigte er sein Zögern, »sowas ist ungerechtfertigtes Geldverdienen, aber das ist meine Privatabneigung gegen Banken, und mir graust vor Abhängigkeiten, schließlich heißt es doch freies Unternehmertum und nicht kapitale Gefangennahme.« Er zuckte mit den Schultern und schüttelte ein paarmal unschlüssig den Kopf.

»Aber Georg, wenn's weiter nichts ist. Ich kenne einen hervorragenden Bankdirektor, der macht dir gute Konditionen. Irgendwann muss jeder investieren, auch du. Unternehmen sollen schließlich unternehmen und nicht stillstehen.« Abermals lachte Jakob, doch jetzt klang es weniger belustigt, sondern erleichtert. Und auch Heidi war beruhigt, sie war sich sicher, dass man dieses Problem mit Leichtigkeit aus der Welt schaffen würde. »Mit dieser Palette an Immobilien kann man nichts falsch machen, Georg. Das ist keine Gefangenschaft, das ist eine neue Freiheit!« Blaschko schwang beide Arme in die Höhe. »So ist es, deine Frau bringt es auf den Punkt.«

Noch im selben Monat, im März 1982, einigten sich Jakob und Georg auf die Übernahme. Beide zeichnete Handschlagqualität aus: Ausgemacht ist ausgemacht. Den Rest regelten Juristen.

7 Das Buch Toskana

Nachdem sie sich von Lothar getrennt hatte, war Gerlinde wieder nach München gezogen. In der Anonymität der Großstadt hatte sie sich vorgenommen, ihr Leben fundamental zu ändern. Dabei strebte sie nicht nur eine äußerliche Veränderung an. Ihr Ziel war es, eine *wesentliche* Wandlung zu vollziehen, um dadurch eine innere Unabhängigkeit zu erreichen. Gegen die Welt da draußen, aus Ignoranz und Härte gebaut, wollte sie sich eine gesunde Rücksichtslosigkeit aneignen und gleichgültiger werden. Nur das schlechte Gewissen Lothar gegenüber belastete sie von Zeit zu Zeit. Irgendwann, schwor sie sich, würde sie ihm die ganze Geschichte erzählen.

Gerlinde begann wieder zu lesen, blätterte in Albert Camus' Schriften, stöberte in Nietzsches und E. M. Ciorans Werken. Camus' Roman »Der Fremde« wurde ihre Bibel. Sie war fasziniert vom introvertierten Meursault in seiner Gefängniszelle und der Behauptung, dass man sich eigentlich an alles gewöhnen könne. Wie Camus diese Zelle beschrieb und alles, was darin war, bestärkte Gerlinde in ihren Gedanken, dass man immerzu in der Lage sei, sich zu verändern. Hör auf, dein Hirn mit metaphysischen Fragen zu martern, und hör auf, darauf zu hoffen, dass sich irgendetwas ändert – ändere dich selbst! Überall, stellte Gerlinde fest, war von Hoffnung die Rede. Derweil ist die Hoffnung nur eine Flucht, ein Ausweichen. Eine Art Panzer, mit dem man sich die Wirklichkeit vom Leib hält. Sie ist ein Fehler gegenüber dem Leben. Alles Unglück, notierte sie sich auf einem Zettel, den sie an der Küchentür anbrachte, stammt von der Hoffnung. Friedrich Nietzsche half ihr, ihre Zurückgezogenheit zu ertragen: »Werde, der du bist!«, rief er ihr zu. Ebenso wurde die Musik wieder zu einem lebendigen Bestandteil ihres Lebens. Sie spielte Schumann- oder Brahmslieder, und wenn sie selbst nicht am Klavier saß, hörte sie stundenlang dem virtuosen Spiel Martha Argerichs zu. Ging Gerlinde in die Staatsoper, gab sie eigentlich nie darauf acht, was auf der Bühne passierte. Entweder schloss sie die Augen, oder sie betrachtete die Orchestermusiker, als sprächen sie mit ihren Instrumenten allein zu ihr.

In der Pause einer Turandot-Aufführung wurde sie von einem kleinen, etwa fünfzigjährigen Italiener angesprochen. Der Herr mit Silberbrille und lebhaften Augen stellte sich als

Franco vor. Sie plauderten über Puccini, und Franco machte Gerlinde zum Abschied ein Kompliment zu ihrer »anmutigen Erscheinung«, wie er sich ausdrückte.

Das Restaurant »Der Kleine Italiener« in der Feilitzschstraße in Schwabing war mit seiner ehrlichen Küche, den fünf Nudelgerichten, den guten Weinen und den Fotografien italienischer Fußballstars an der Wand eine unprätentiöse Gastwirtschaft von überschaubarer Größe. Franco, ein ehemaliger Buchhalter und Opern-Aficionado, hatte es erst zwei Jahre zuvor eröffnet. Er hatte schon einige Furchen im Gesicht, aber immer noch volles Haar und scharf gezogene Brauen. In seinem Mundwinkel hing stets lässig eine Zigarette. Fast alle Stammgäste waren Musiker oder verdingten sich anderweitig in der Kulturbranche. Laut Franco hatten aber nur wenige von ihnen eine Ahnung von Esskultur (gleichwohl wussten alle seinen Chianti zu schätzen), und einigen fehlte seiner Ansicht nach sowieso jeder Anstand. Deshalb dekorierte Franco sein Restaurant mit kleinen Hinweisschildern, die seine »Hippies«, wie er sie nannte, zu kultivierten Menschen erziehen sollten. Über dem Tresen hing ein dicker schwarzer Pfeil, daneben stand »Kasse!«, damit beim Gehen niemand das Zahlen vergaß. An den Heizkörpern klebten Zettel, auf denen stand: »Füße runter, aber dalli!« Das Verhältnis zwischen Franco und seinen Gästen hatte sich dennoch ausgesprochen freundschaftlich entwickelt, denn Franco hatte ein Herz für Künstler.

Zwei Monate nachdem er Gerlinde in der Oper angesprochen und schon fast wieder vergessen hatte, betrat sie nun an einem Spätsommerabend 1975 den »Kleinen Italiener«. Beim ersten Besuch kam sie mit Gerda, zu der sie beständig Kontakt hielt und die Gerlinde überreden konnte, sie in das Lokal zu begleiten, an dem sie schon einige Male vorbeigekommen, in dem sie aber noch nie einen Platz im meist hitzigen Getümmel ergattert hatte. An diesem Abend war die Atmosphäre weitaus entspannter, Franco war hocherfreut, erkannte Gerlinde sofort wieder und nahm sich auch Zeit für einen lockeren Schwatz. Beim nächsten Mal, eine Woche später, kam Gerlinde dann alleine.

Auf Francos Empfehlung hin entschied sie sich für eine ausgezeichnete Pasta Asciutta, anschließend tauschte sie sich mit ihm über ihre ersten prägenden Musikeindrücke aus. Sie erzählte von den Schellackplatten ihrer Kindheit, mit Callas, Tebaldi, Richard Tauber oder Jussi Björling. Franco war hingerissen von ihr, begriff jedoch schnell, dass diese Frau ein sehr schweres Herz mit sich herumtrug, was seiner Meinung nach auch den Ausschlag für ihre gefährliche Schönheit gab. Seine Intuition riet ihm jedenfalls davon ab, ihr den Hof zu machen oder sie für ein erotisches Abenteuer zu gewinnen. Und er dankte Gott dafür, dass er bereits in einem Alter war, in dem er dies erkannte und sich somit viele Probleme ersparte. Abgesehen davon, war er ein verheirateter Mann, und seine Frau verstand diesbezüglich keinen Spaß.

Also beschloss Franco, eine Art Ersatzvater für Gerlinde zu werden, vielleicht konnte er ihr ja auf diese Weise helfen. Nachdem sie noch drei- oder viermal zu Gast gewesen war, fragte Franco, ob sie nicht Lust hätte, hie und da für ihn zu arbeiten. Er könnte noch jemanden in der Küche sowie für den Service gebrauchen, ein-, zweimal die Woche. Er selbst wäre sehr glücklich darüber, sie würde aber auch den Gästen eine große Freude erweisen, wenn sie sie mit ihrer Grandezza beehrte. Franco setzte sein gewinnendstes Lächeln auf, dem Gerlinde nach einigem Zögern nachgab, und sie sagte zu, obwohl sie noch nie in einer Gastroküche oder als Kellnerin gearbeitet hatte.

Sie hatte Respekt vor der Arbeit und fühlte sich einem gewissen Erwartungsdruck ausgesetzt. Insgeheim aber freute sie sich, ein Teil der *famiglia* zu werden, denn mittlerweile hatte sie auch Francos Frau Laetitia, den Koch Umberto und Allegra, die Stammbedienung, kennengelernt, die ihr alle eine unaufgeregte Herzlichkeit entgegenbrachten. Außerdem konnte sie die kleinen Einkünfte gut gebrauchen.

Gerlinde musste mit ihrem Geld haushalten, auch wenn sie finanziell einigermaßen unabhängig war. Sie besaß die Zweizimmerwohnung in der Zugspitzstraße in Giesing, die Josef Anfang der fünfziger Jahre gekauft hatte. Außerdem gehörte ihr die Hälfte des Hauses in Freising, das im Sommer 74 von einer Lehrerfamilie bezogen wurde; Heidi und sie teilten sich die Mieteinnahmen. Des Weiteren hatte Josef BMW-Aktien im Wert von rund 100 000 Mark hinterlassen und ungefähr denselben Betrag als Festgeldanlage. Auch das teilten die Schwestern paritätisch auf.

Den Großteil des Erbes, also alles, was mit Eisenstein in Verbindung stand, hatte Gerlinde allerdings kategorisch ausgeschlagen. Mit dem Ort wollte sie partout nichts mehr zu tun haben. Für sie war das Dorf von bösen Geistern befallen, sie selbst hatte einen Fluch ausgesprochen, hatte dort die schlimmsten Stunden ihres Lebens ertragen müssen. Und selbst nachdem sich in ihren Augen alles aufgeklärt hatte, fühlte sie sich in ihrer Ablehnung nur noch weiter bestätigt, basierte doch dieser über Jahrhunderte angehäufte Reichtum auf nichts anderem als auf Ausbeutung in all seinen Facetten. Glasperlen als Tauschware für den Sklavenhandel, teures Waldglas für die Gewaltherrscher Europas, die eigenen Arbeiter unter erbärmlichen Bedingungen schuften lassen – damit hatte man ein Vermögen gemacht, von dem sie nicht profitieren wollte. Zu dieser politischen Einschätzung ihrer Herkunft fand sie allerdings erst viel später, und an so manchen rotweingetränkten Abenden kokettierte sie dann damit, ihr Eisenstein-Erbe allein aus diesem Grund ausgeschlagen zu haben.

Ihrer Schwester erzählte sie, der Besitz sei ihr zu viel Ballast. Zu viel Verpflichtung. Deshalb könne Heidi nicht nur das Gut samt dem Land, sondern auch die Antiquitäten, den Schmuck sowie den wertvollen Glasbestand in den Vitrinen des Herrenhauses ganz für sich allein haben. Für Heidi war Gerlindes Haltung befremdlich, aber sie brachte auch nicht die Geduld und das Interesse auf, sich mit den vermeintlichen Verschrobenheiten ihrer Schwester ernsthaft auseinanderzusetzen. Nach dem Verkauf des Guts hatte sie ihr mehrmals die Hälfte des Erlöses angeboten, aber Gerlinde hatte jedes Mal abgelehnt. Perdu, sagte sich Heidi, dann sei es so. Georg schwieg sowieso dazu, und Gerlinde selbst war mit ihrem Anteil zufrieden. Er ermöglichte ihr eine solide geistige Freiheit, mehr wollte sie nicht.

Die Arbeit bei Franco war nun ein kleines, nicht unwillkommenes Zubrot. Gerlinde arbeitete sich rasch ein, bei der Stammkundschaft war sie bald beliebt, und nicht nur bei den Männern, die ihre Hälse nach ihr reckten; auch die Frauen mochten sie von Anfang an, obwohl sie trotz ihrer liebenswürdigen Art unnahbar, fast rätselhaft blieb. Sobald ein Gespräch auf private Belange zusteuerte, wurde sie verschlossen, gab wenig von sich preis und wechselte das Thema. Für viele der Gäste war Gerlinde auch deshalb nicht zu entschlüsseln, weil sie offenkundig keine künstlerischen Ambitionen hatte, was höchst ungewöhnlich war für eine junge, gutaussehende Frau, die in einem Künstlerlokal kellnerte und nach getaner Arbeit noch blieb, um zu reden. Die meisten wollten in einem Film mitspielen, ein Buch veröffentlichen oder anderweitig reüssieren, Gerlinde dagegen hatte nichts dergleichen vor. Sie diente sich bei niemandem an, war nicht servil und zeigte sich auch nicht von prominenten Gästen beindruckt. Gerlinde behandelte alle gleich.

Gleichwohl verschafften ihr die Arbeit, die sie von Mal zu

Mal souveräner erledigte, und der Umstand, dass sie beliebt und angesehen war, ein neues Selbstbewusstsein. Die verkorksten Jahre schienen endlich hinter ihr zu liegen. Hauptsächlich hatte sie Umgang mit einer Handvoll Leuten, die im Schnitt um die zehn Jahre älter waren als sie. Mit zwei Männern und zwei Frauen hatte sie sich sogar enger angefreundet. In wechselnden Konstellationen wurde leidenschaftlich, geradezu ausgelassen diskutiert, jedes Mal mit viel Wein, und Gerlinde erprobte ihre an Camus und Nietzsche angelehnten Argumente. Sie wollte es wissen, wollte alles wissen. Vor allem, wie man richtig lebt, ohne sich schuldig zu machen, ohne an Gott zu glauben, ohne sich an jemanden zu binden. Der Wein machte sie unerschrocken, sie sprach aus, was sie dachte, verfluchte das Patriachat und dürstete nach noch mehr Leben.

Im Mai 1976, fuhr sie mit ihren vier neuen Freunden – Peter, Tobias, Tabea und Carmen – in einem Fiat-Kleinbus in die Toskana. Peter, der als Film- und Fernsehkomponist nicht unerfolgreich war, hatte sich in der Nähe des Städtchens Bucine, gut vierzig Kilometer nordöstlich von Siena, ein altes Bauernhaus gekauft. Über einen mit Franco befreundeten Makler war er schon länger auf der Suche gewesen. Er kannte die Gegend aus vielen Urlauben, sprach mittlerweile auch ganz gut Italienisch, nun hatte es endlich geklappt, der Traum vom Toskana-Domizil ging in Erfüllung. Das Haus sollte ein klassischer Zweitwohnsitz werden, eine zweite Heimat, wo er Rast und Ruhe finden und sich von kreativen Schüben überfallen lassen wollte.

Für die Ankunft in Italien war der Monat Mai wie gemalt, alles stand längst in Blüte, die Landschaft atmete unter sanften, begrünten Hügeln, die Straßen waren gesäumt von Zypressen. An einem Weinberg gabelte sich schließlich die Straße, und sie fuhren auf einem Schotterweg rechts daran vorbei. Nach etwa zwei-, dreihundert Metern zeigte sich das hanglagige Anwesen mit dem Namen »Casa Sole«; nicht unbedingt prachtvoll, dafür mit apartem Charme ausgestattet. Ein flach geneigtes Zeltdach, die Fassade aus Naturstein und Ziegel, vor dem Eingang eine kleine, überdachte Terrasse. Dem Haus gegenüber stand ein alter, wuchtiger Schuppen, an dem Reben emporkletterten. Neben der Terrasse wurzelte ein zweihundert Jahre alter Maulbeerbaum, über dessen Wipfel hinweg man den Turm einer Kirche sehen konnte. Zusammen mit den weißblühenden Olivenbäumen auf dem Gelände sorgte er tagsüber für kleine, schattige Oasen.

Im Obergeschoss verfügte das Haus über zwei größere und zwei kleinere Zimmer, eine Wohnküche und ein Bad. Im Untergeschoss waren früher die Stallungen gewesen, mit kleinen, offenen Bögen sowie Nebenräumen, die durch niedrige Durchgänge verbunden waren. Der Kaufpreis für das Bauernhaus mit rund 10 Hektar Grund, sagte Peter nicht ohne Stolz, sei günstig gewesen, und durch den aktuellen Wechselkurs sei er geradezu läppisch geworden.

Peter hatte Musik studiert und als Komponist von Stücken Neuer Musik erste kleinere Erfolge gefeiert. Das gab er Ende der sechziger Jahre auf, um sich dem Komponieren zugänglicherer Melodien zuzuwenden. Er landete beim Fernsehen und verdiente plötzlich ziemlich viel Geld. Er hätte aber auch, und das nahm man ihm ohne Weiteres ab, kein Problem damit gehabt, auf einer Flokatimatte im Stall zu schlafen. Auf Luxus war er nie aus gewesen, auf Applaus schon eher. Da es das Leben gut mit ihm meinte und er es vermied, gegen Mauern zu rennen, stattdessen offene Türen bevorzugte, nahm er seinen Wohlstand, den er mitunter mit musikalischen Beiträgen zu dümmlichen Abschreibungsfilmen erwirtschaftete, dankend an. Dennoch verstand sich Peter als kritischen Geist, der die Wahrheit dort aussprach, wo sie wehtat. Diese Sichtweise hatte er allerdings exklusiv. Sein

Vorhaben war es nun, das neue Haus mit Freunden zu teilen, es als einen generösen Treffpunkt zu etablieren, um »unter den Sternen Italiens, die Geschicke der Welt zu bereden«, wie er sich ausdrückte.

Seine Beziehung zu Gerlinde war unstet, was jedoch weniger an ihm lag. Er begehrte sie und hätte sich lieber heute als morgen mit ihr verlobt. Mit Gerlinde war das aber nicht so einfach, deshalb entsprach ihr Liebesverhältnis einem periodischen Auf und Ab. Nach einer rauschenden Silvesternacht waren sie miteinander im Bett gelandet, worauf sich Peter am Morgen danach am Ziel seiner Träume wähnte. Gerlinde gab ihm allerdings klar zu verstehen, dass sie zu einer Partnerschaft nicht bereit sei. Für das gemeinsame Leben mit einem Mann fühle sie sich momentan nicht geschaffen, sagte sie lapidar. Seit dieser ersten Nacht war sie manchmal, getrieben von einer weinselig euphorischen Laune, mit Peter nach Hause gegangen. Meistens blieb sie jedoch nicht einmal bis zum Frühstück, was ihm bei aller zur Schau gestellten Abgeklärtheit doch ziemlich zu schaffen machte.

Zuweilen ließ ihn Gerlinde am langen Arm verhungern, strafte ihn mit Ignoranz, sobald er begann, sie mit seinen Forderungen zu bedrängen. Insgeheim genoss sie es aber auch ein bisschen, nach Herzenslust über ihn zu verfügen. Nach ein paar Monaten hatte Peter schließlich ihre Bedürfnisse akzeptiert, und er beschloss, sich in Geduld zu üben. Er verlegte sich auf eine Langzeitstrategie, um Gerlinde ganz für sich zu gewinnen. Das toskanische Haus sollte dabei eine Trumpfkarte sein, denn er wusste, dass sie regelmäßig von Fernweh gepackt wurde und von der Sehnsucht nach einem abgeschiedenen Paradies.

Eine Woche verbrachten die fünf im Landhaus. Peter erwies sich als kundiger Fremdenführer, er zeigte ihnen Siena samt seinem beeindruckenden Dom, war kunsthistorisch wie kulinarisch beschlagen und knüpfte auch erste Kontakte zu den Nachbarn. Die Abende verbrachten sie schwärmend auf der Terrasse. In der Luft schien eine fast sakrale Leichtigkeit zu liegen, und alle glaubten zu spüren, wie ihre Gedanken nicht länger von deutschem Ernst grundiert waren, unangenehme Grübeleien rauschten wie kurz aufschwellende Störgeräusche vorbei.

Peter hatte sich vorgenommen, das Haus umzubauen, aus den alten Ställen sollte ein großer Wohnraum werden, die Kammern wollte er zu einem Arbeitszimmer zusammenlegen. Gleichzeitig sollte die Wohnetage verschönert werden. Alles unter der Regie eines Maurermeisters und seiner drei Helfer, die er bereits zur Hand hatte. Es stellte sich nur die Frage, wie das alles zu organisieren wäre, denn ihm selbst war es aufgrund seiner Beschäftigungslage unmöglich, die Bauarbeiten vor Ort zu koordinieren, dabei sollte der Umbau noch vor Wintereinbruch beendet sein. Es fehlte jemand vor Ort, der die Handwerker in seinem Sinne anwies und ihnen ein wenig auf die Finger schaute.

Am letzten Morgen, noch im Bett, erklärte sich Gerlinde bereit, den kompletten Umbau zu beaufsichtigen. Sie habe Zeit und würde das gerne machen. Ihre feste Stimme ließ keine Zweifel offen, dass sie es auch ernst meinte. »Traust du dir das wirklich zu?«, fragte Peter, während er sich den letzten Schlaf aus den Augen rieb.

»Ja«, sagte sie trocken. »Ich habe mir alles gründlich überlegt, ich muss nur noch einmal nach München zurück. Du zeigst mir die Pläne, erklärst mir alles – im Juni können die Handwerker loslegen.«

Peter nahm Gerlindes überraschendes Angebot zwiespältig auf. »So war das aber nicht geplant«, murmelte er, schließlich hoffte er immer noch, sie fest an sich zu binden. Mit ihrem Vorstoß schien sein Plan erstmal auf Eis gelegt, gleichzeitig war das seine Chance, die Renovierung in diesem Jahr abzuschließen. Und warum sollte man sich nicht auf sie verlassen können? Die anderen fanden Gerlindes Idee wunderbar, vor allem Tabea war begeistert und beneidete sie um ihren Mut, alles stehen und liegen zu lassen und allein dem inneren Impuls zu folgen.

Die Sehnsucht nach dem Süden war bei Gerlinde zweifellos vorhanden, doch spielte für ihren Entschluss auch ein Telefonat mit Heidi eine Rolle, das sie etwa vier Wochen zuvor geführt hatte. Durch das Haus in Freising waren sie hin und wieder aufeinander angewiesen, so wie gemeinsames Eigentum eben verbindet. Dinge wie Reparaturen oder Mietabrechnungen mussten beständig besprochen werden.

Als sie nun telefonierten, hörte Gerlinde ein schreiendes Baby im Hintergrund. Sie wusste um das Kind, zu Felix' Geburt hatte Heidi ihr eine Karte geschickt, und Gerlinde hatte förmlich gratuliert, mehr wollte sie nicht damit zu tun haben. Heidi dachte nach wie vor, ihre Schwester sei immer noch eifersüchtig oder gekränkt, und Gerlinde hatte schlichtweg nichts dazu zu sagen. Jetzt aber dröhnte das untröstliche Schluchzen des Kindes in ihrem Kopf, ihr Herz begann sich zu verkrampfen, ihr Hals fühlte sich eng an, sie spürte ein Kratzen, als liefen ihr Ameisen die Kehle hinab. Plötzlich geriet sie in Atemnot, sie ließ den Hörer fallen und rannte ins Badezimmer, wo sie sich kaltes Wasser übers Gesicht laufen ließ. Danach hatte sie zum ersten Mal daran gedacht, dass es wohl das Beste wäre, das Land zu verlassen.

Peter wiederum gab sich mit der Vermutung zufrieden, dass seine Geliebte ein Leben als Hüterin der »Casa Sole« verlockend fand, und so leitete Gerlinde alles in die Wege, um in die Toskana zu ziehen. Ihre Wohnung vermietete sie an Umberto, den Koch vom »Kleinen Italiener«, ihrer Schwester schrieb sie einen Brief, in dem sie ihr mitteilte, dass sie aus beruflichen Gründen für eine unbestimmte Zeit in die Toskana ziehen würde. Daher wäre sie nicht mehr in der Lage, sich um die Belange des Hauses zu kümmern. Ihr Angebot: die Mieteinnahmen auf zwei Drittel für Heidi und ein Drittel für sich aufzudröseln. Sie wäre ihr sehr verbunden, wenn sie ihrem Vorschlag zustimmte. Heidi antwortete nie auf dieses Schreiben, doch nach ein paar Monaten sah Gerlinde auf ihren Kontoauszügen, dass ihre Schwester darauf eingegangen war.

Schließlich weihte sie Gerda in ihre Pläne ein, die inzwischen als Lehrerin an einer Münchner Realschule arbeitete, verheiratet und Mutter einer Tochter war. Die fand Gerlindes kurzfristigen Entschluss merkwürdig, andererseits hatte ihre Jugendfreundin sie in den letzten zehn Jahren schon mehrmals mit allerlei Kapriolen überrascht. Gerlinde sah nun die Zeit gekommen, Gerda die Wahrheit oder vielmehr den eigentlichen Grund ihrer nach außen hin oftmals schwer begreiflichen Kursänderungen zu erklären.

»Ich bin nicht verrückt«, schloss sie ihren Bericht, in dem sie fast alles erzählt hatte, was Georg und sie betraf. In Italien werde sie nun Tabula rasa machen, was ja nichts anderes bedeute, als den ursprünglichen Zustand der Seele wiederzuerlangen. Die Voraussetzungen dafür seien jedenfalls fabelhaft. Zunächst einmal wolle sie in Peters Haus heimisch werden, danach würde sich schon was auftun. Während Gerlinde all das erzählte, stürzte sie drei Gläser Wein in sich hinein und rauchte eine halbe Packung Zigaretten.

An einem Juniabend kam Gerlinde mit ihrem vollgepackten VW Käfer in Bucine an. Sie rechnete mit einem sechsmonatigen Aufenthalt im »Haus der Sonne«, eben bis die Bauarbeiten abgeschlossen wären. Ähnlich wie in der Bundesrepublik Deutschland war auch in Italien das politische Klima äußerst aufgeheizt. Während die zweite Generation der RAF neue

Anschlagswellen gestartet hatte, begannen die Brigate Rosse, ihr italienisches Pendant, mit gezielten Tötungen von Staatsrepräsentanten. Gerlinde ahnte ungefähr, welches Stimmungsbild sie in Italien erwartete, zumal auch das deutsche Fernsehen und die Zeitungen regelmäßig vom Post-Chaos, von Schiffs- und Autobahngebühren, von Streiks, Pkw-Räubern und den zahlreichen Entführungen berichtet hatten, aber auch davon, dass etwa jeder dritte Italiener kommunistisch wählte. Über die Hintergründe und Feinheiten der italienischen Zustände wusste Gerlinde hingegen kaum Bescheid, auch nicht über den neofaschistischen, nicht selten von der Mafia ausgeübten Terrorismus und seine Verflechtungen mit den staatlichen Machtzirkeln.

Ohnehin war Gerlindes Lebensart in der Toskana ganz dem ruhigen Rhythmus des Landlebens angepasst. Mitunter konnte sie sich zwar energisch über soziale Missstände aufregen, öffentliche Protestaktionen aber waren ihre Sache nicht, auch wenn Menschen mit einem revolutionären Drang ihre tiefe Bewunderung galt. Gelegentlich war sie sogar neidisch auf sie, denn diese hatten, anders als sie, etwas gefunden, wofür sie brannten.

Die Renovierung des Bauernhauses nahm rasch Fahrt auf. Anfangs fremdelten die Männer damit, dass ihnen eine Frau Anweisungen auf der Baustelle gab, zudem eine Deutsche, in einem Mix aus Englisch, Französisch und ein paar Brocken Italienisch, aber Gerlinde scherte sich nicht darum. Unverzagt brachte sie sich ein, machte Besorgungen mit ihrem Wagen und hatte immer genug Lire im Geldbeutel, um die ersten Rechnungen bar zu begleichen. In einem der kleinen Zimmer im Obergeschoss hatte sie sich ein Provisorium eingerichtet. Das Haus verfügte über elektrisches Licht und fließendes Wasser, einen Telefonanschluss gab es allerdings nicht, weshalb sie einmal in der Woche zur Poststation nach Bucine fuhr, um mit Peter zu telefonieren. War zu Beginn alles aufregend und neu für Gerlinde, so stellte sich schnell eine beruhigende Routine ein, zu der es gehörte, dass Signora Gerlinde für die vier am Ende der Woche eine Mahlzeit zubereitete, wodurch sie nach und nach das Vertrauen der Handwerker gewann.

Neben Dino, dem Meister, der das Sagen hatte, gab es noch die beiden Lehrjungen Giuseppe und Giacomo sowie Mauro, den sie nicht ganz einzuordnen wusste. Mauro war dreißig wie sie, sein schwarzes, gelocktes Haar trug er zu einem Pferdeschwanz zusammengebunden. Ein ruhiger Kerl, stiller als die anderen, in manchen Situationen fast dröge, und dennoch ließen seine Augen auf einen verwegenen Geist hinter seiner zugeknöpften Fassade schließen. Mauro sprach ein rudimentäres Englisch, weshalb er zum Dolmetscher und für Gerlinde zum ersten Ansprechpartner wurde. Sie konnte nicht davon ablassen, sein Gesicht zu ergründen, die sanft eingefallenen Schläfen, die leichte Stirnwölbung, die krumme Nase mit der runden Spitze, den schmalen Mund mit der Kerbe in der Oberlippe und dann eben diese dunklen, von einem steten Glimmen erfassten Augen. Nach etwa sechs Wochen lächelte er zum ersten Mal aus seinem staubverschmierten Gesicht.

Gerlinde hatte über die Hitze im Haus geklagt, deretwegen sie nicht gut schlafen konnte. Darauf erklärte er ihr, dass sie die Fenster und Türen der Wohnetage tagsüber unbedingt geschlossen halten und erst nachts öffnen sollte. So würde das Haus kühl bleiben. Von nun an wurde ihr Verhältnis ein wenig vertrauter. Sie sprachen über die Gegend, über die Einheimischen und ihre Sitten, und Mauro korrigierte ihre Aussprache einiger italienischer Vokabeln, die Gerlinde abends bei ihrem autodidaktischen Studium paukte. An einem Wochenende half er ihr sogar, ein paar gebrauchte Möbelstücke anzuschaffen. Schließlich aber bat er sie, im Beisein der anderen nicht mehr mit ihm zu sprechen, zumindest nicht mehr als das Nötigste. Dino sei sein Schwager, und auch die beiden Jungen würden sich jetzt schon das Maul über sie zerreißen. Er wolle damit verhindern, dass im Dorf Gerüchte aufkämen. Das sei weder für ihn noch für sie gut, da man ja wisse, dass sie einen Mann habe.

Peter, antwortete sie pampig, sei nicht ihr Mann. Ein Freund, mal Liebhaber, mal Kumpel – weiter nichts. Und überhaupt, warum sollte sie sich den schmierigen Phantasien irgendwelcher Provinzdeppen beugen? Noch dazu, wo es nichts zu verheimlichen gab. Man werde sich doch wohl sympathisch sein dürfen! Mauro gab ihr vollkommen Recht, blieb aber bei seiner Bitte, der sie schließlich aus Rücksicht auf ihn, wenn auch zähneknirschend, Folge leistete. Allerdings wollte sie es nicht so einfach dabei bewenden lassen, also lud sie ihn an einem Samstag zum Abendessen ein, und zu ihrer Überraschung sagte Mauro sofort zu.

Bei Licht betrachtet wusste sie eigentlich nichts über ihn. Einmal hatte er erwähnt, dass er ursprünglich aus Reggio Emilia stammte, und sie hatte erfahren, dass Dino der Mann seiner Schwester war. Mehr nicht. Sie ahnte nur, dass er kein gewöhnlicher Handwerker war, und die Aussicht auf die Verabredung am kommenden Samstag versetzte sie in eine seltsame Nervosität.

Gerlinde hatte einen lichtblauen Minirock und eine rosafarbene Bluse angezogen und trug das Haar offen, anders als tagsüber, da steckte sie es meist unter ein Kopftuch, das sie im Nacken verknotete. Mit einem charmanten, um Nachsicht bittenden Lächeln präsentierte sie ein schlichtes Abendessen auf der Terrasse; Oliven, Pasta und frischen Salat, dazu Chianti und Wasser. Während sie aßen, streiften sie viele kleine Themen, sprachen über den Stand der Bauarbeiten und schwatzen über die anderen drei Arbeiter. Bei der Gelegenheit erzählte ihm Gerlinde, mit welchen Eselsbrücken sie sich anfänglich alle Namen gemerkt hatte: Dino war der Dinosaurier, der Älteste, die Lehrlinge waren wegen Giuseppe Verdi und Giacomo Puccini die beiden Komponisten – und er war für sie einfach nur Mauro, der Maurer. Der hörte amüsiert zu, schließlich meinte Gerlinde, dass sie nach wie vor nicht viel mehr über ihn wisse.

Mauro verschränkte die Hände, sein Blick wanderte zur Decke. Er sei in einem Haus aufgewachsen, das zu einem Gut gehörte, etwa 220 Kilometer nördlich von hier. Mit seinen Eltern und den vier Geschwistern wohnte er in einem kleinen Häuschen, gleich neben dem Herrenhaus. Äußerlich unterschieden sich die Gebäude sehr, der größte Unterschied aber bestand in der Lebensweise ihrer Bewohner, die nichts miteinander zu schaffen hatten. Zwar teilten sie denselben Hof, atmeten die gleiche Luft, aber es waren eben zwei getrennte Welten, deren alleinige Verbindung darin bestand, dass seine Familie einen Teil der Ernteerträge, und zwar über die Hälfte, an den Gutsherrn abzuliefern hatte, dem das Land gehörte. Das sei der einzige Anlass gewesen, zu dem sie Kontakt mit ihm gehabt hätten. Zwei benachbarte Häuser im Abstand von gerade einmal zwanzig Metern und dennoch wie durch eine Mauer getrennt! In seiner Stimme lagen Bitternis und Unversöhnlichkeit.

Gerlinde nickte verständig, während sie sich insgeheim fragte, ob die Verhältnisse auf dem Eisensteiner Gut die gleichen gewesen waren. Mauro erzählte weiter, dass er vor vier Jahren seine Stelle als Techniker bei Siemens aufgegeben hatte, da ihm die Arbeit in der Mailänder Fabrik zu eintönig geworden war und obendrein schlecht bezahlt wurde. Er hatte in der Endkontrolle gearbeitet, wo eine Menge modernster Geräte um ihn herumstanden, die er alle zu bedienen wusste, aber eigentlich habe er nichts weiter zu tun gehabt, als ein kleines Gehäuse zu überprüfen – tagein, tagaus die gleiche Tätigkeit. Nun sei er in der Toskana gelandet und würde versuchen, ein ausbalanciertes Leben zu führen. In Italien, ja, auf der ganzen Welt, fuhr er übergangslos fort, müsse sich einiges ändern, aber das werde durch Wahlen nicht möglich sein. Denn jede Regierung verlasse sich auf die Massenmedien und auf Spezialisten, deren Aufgabe es sei, zu zeigen, dass das, was die Mächtigen tun, nobel und gerecht sei, während die Schwachen selbst daran schuld seien, wenn sie litten. Im Westen nenne man diese Spezialisten Intellektuelle, und abgesehen von wenigen Ausnahmen erfüllten sie ihre Aufgabe mit großem Geschick, egal, wie lachhaft ihre Behauptungen seien. Diese Praxis gäbe es, seit man die Geschichte der Menschheit aufzeichne. Er machte eine abwinkende Handbewegung, dann angelte er sich eine Olive, die er gedankenlos anstarrte. Manchmal, und dabei lächelte er wieder versöhnlich, würde er sich noch über Politik aufregen, mittlerweile jedoch nicht mehr.

Gerlinde lächelte zurück, vermied es aber, seine Gedanken zu kommentieren. Die Pinien, die sich sachte im Wind bogen, beanspruchten für einen kurzen Moment ihre Aufmerksamkeit. Dann begann sie, ihm ihren Plan von einem Garten zu skizzieren, den sie im toskanischen Stil anlegen wollte, wovon sie allerdings noch zu wenig Ahnung hätte. Mauro lobte ihr Vorhaben und bestärkte sie in ihrem Eifer. Sobald es konkrete Pläne gäbe, werde er ihr selbstverständlich helfen.

Danach versiegte das Gespräch, und vor allem Mauro machte keine Anstalten, es wiederzubeleben. Ehe die Nacht vollends hereinbrach, schwang er sich auf sein Fahrrad und radelte davon. Auf einem Schutthaufen stehend, blickte ihm Gerlinde nach, bis das Klappern der Schutzbleche nicht mehr zu hören war, dann schlenderte sie ein wenig enttäuscht zurück auf die Terrasse, wo sie eine zweite Flasche Wein entkorkte. Untermalt vom Zirpen der Grillen stellte sich langsam ein Gefühl der Erleichterung ein. Wozu eine Affäre, die bestimmt schnell komliziert werden würde. Wozu eine Beziehung, wenn doch allein schon das Wort so trostlos und resignierend klang, dass es jeder Zweisamkeit den Zauber austrieb. Und Liebe – danach hatte sie ohnehin kein Verlangen, denn niemals mehr wollte sie wieder heillos verloren sein.

Im August kam schließlich Peter. Und was er sah, darüber war er äußerst erfreut. Die Bauarbeiten waren viel weiter gediehen, als er sich das vorgestellt hatte. Er selbst war mit Rückenwind angereist, seine jüngste Komposition hatte großen Anklang gefunden, weitere Aufträge standen an. Von Gerlindes Umsicht war er begeistert, ihre Gestaltungsabsichten fand er umwerfend. Allerdings zeigte sich schon nach vier Tagen, dass sie nicht miteinander zurechtkamen. Von ihm ging ein verkrampftes Gewürge um Harmonie aus, während Gerlinde ihren gewohnten Schlingerkurs zwischen Liebenswürdigkeit und Verachtung wiederaufnahm. Keine, dachte Peter eines Morgens, war so elegant im Schlaf wie sie, aber er kannte auch niemanden sonst, der sich solch heftigen Stimmungsabstürzen überließ.

Am fünften Tag entbrannte ein heftiger Streit, und als Peter aus Frustration ein Weinglas in ihre Richtung schleuderte, packte Gerlinde ihn erst am Kragen und stieß ihn gegen die Wand, danach warf sie ihre Sachen in den Koffer und teufelte ihm ein »Ciao, du Versager!« als Abschiedsgruß entgegen. Bevor sie jedoch den Zündschlüssel umdrehte, stand er reumütig am Seitenfenster und bat um ein klärendes Gespräch. In der Folge vereinbarten sie nicht nur einen Waffenstillstand, sondern Gerlinde schärfte ihm Wort für Wort ein, dass sie mit ihm niemals eine Beziehung im herkömmlichen Sinn führen werde. Auch habe sie keine Lust mehr, ihm ständig das Essen zuzubereiten, das Geschirr abzuräumen und seine Wäsche zu waschen. Zwar dürfe er sie gerne darum bitten, aber es vorauszusetzen, könne er vergessen. Peter bekam von ihrer Standpauke rote Ohren, ehe er Besserung gelobte. Wenig später machte Gerlinde ihm den Vorschlag, ganzjährig das Haus zu hüten. Die Sonne, das Klima hätten ihr bislang gutgetan, außerdem würde es sie reizen, das Grundstück stilvoll umzugestalten. Und im Endeffekt wäre es auch für das Haus besser, wenn ihm jemand beständig Leben einhauchte. Peter fand die Idee gut, und sie einigten sich darauf, es so zu versuchen. Von da an bekam ihr Verhältnis das richtige Maß an Abstand und Nähe, und für den Zeitraum ihrer italienischen Jahre wurde Peter ein verlässlicher Freund, mit dem sie sich nur noch selten stritt.

Der Umbau wurde schon Ende Oktober fertig, so dass auch noch Zeit blieb, den Schuppen auf Vordermann zu bringen, damit er als Garage und Abstellfläche genutzt werden konnte. Und schließlich machten sich die beiden daran, das Haus einzurichten. Gerlinde beanspruchte eines der beiden großen Zimmer für sich, das neben einem Bett, einem großen Kleiderschrank, einem Bücherregal und einem Schreibtisch auch eine Chaiselongue enthielt, mit einer beweglichen Vorrichtung, bei der man ein aufgeschlagenes Buch hinter eine Glasscheibe klemmen konnte, um es im Liegen zu lesen. Ansonsten brauchte sie keinen nennenswerten Komfort. Meistens waren ihre Hände rissig, grün wie die Pflanzen im Garten und mit erdigen Rändern unter den Fingernägeln. Einmal im Monat putzte sie das Haus, bis es blitzte, sie mähte Gras mit der Sense, verbrachte Stunden mit Disteljäten, streunte durch die Gegend, durchkämmte entlegene Talwinkel und kam wieder mit Körben voller Sauerampfer oder mit riesengroßen Sonnenblumenköpfen. Im Herbst zerkleinerte sie Brennholz mit der Axt, stapelte die Scheite anschließend zu einem ansehnlichen Stoß auf.

Auch das Verhältnis zu den Nachbarn im angrenzenden Dorf wurde inniger. Anfangs bot sie ihre Hilfe beim Kirschenpflücken an, was ihr eine verhaltene Wertschätzung einbrachte. Als sich aber herausstellte, dass sie tierärztliche Kenntnisse mitbrachte, war der Bann gebrochen. Egal, ob es um die Krankheiten oder Verletzungen der Rinder, Schweine, Schafe und Hunde ging, nicht der Tierarzt aus Bucine, der hohe Rechnungen ausstellte, wurde eingeschaltet, sondern Gerlinde. Ihren Aufwand beglich man mit Lebensmitteln oder ging ihr bei schweren Arbeiten zur Hand, und in den meisten Fälle war sie ebenso kompetent wie der Arzt. In ihrem zweiten Jahr in der Toscana wurde sie im Dorf zur hochgeschätzten Signora Veterinaria.

Gewiss war auch hier nicht alles perfekt, dennoch war die Welt in Ordnung. Verglichen mit dem Rest des Landes, sogar schwer in Ordnung. Selbst die Bauern hatten hier, im Kernland der Renaissance, eine ausgeprägte Kulturwertschätzung. Es beeindruckte Gerlinde und gab ihr zu denken, dass der Landwirt hier seine Wirtschaftsweise immer noch auf Eigenversorgung und Selbstvermarktung ausgerichtet hatte. Zumindest im Dorf steckte die Agrarindustrie noch in den Kinderschuhen. Das Beharren der Bauern auf Unabhängigkeit gefiel ihr. Sie wollten kein Geld für größere Maschinen und für noch mehr Produktion aufnehmen. Ihnen reichten die genossenschaftlichen Zusammenschlüsse. Zwar verharrten sie dadurch in einem bescheidenen, mitunter rückständigen Leben, »aber solange wir«, beteuerte ein alter Bauer, »ein Auskommen haben, gibt es nichts zu jammern«. Zu Gerlindes Verblüffung hatte der Alte sein Dogma auch auf Lateinisch parat: »Numquam parum est quod satis est« – nie ist zu wenig, was genügt.

Meistens schlug Gerlinde beim ersten Krähen des Nachbar-
hahns ihre Augen auf, dann blieb sie immer noch einige Minuten im Bett und begann den Tag mit den Bildern des Vor-
tags. Heute aber ließ sie die Lider geschlossen und zog die
Decke noch einmal bis unters Kinn.

Keine 24 Stunden vorher hatte Mauro an der Haustür ge-
pocht. Er sah verändert aus, gepflegt und frisch rasiert. Er
trug ein ordentliches Hemd, darüber einen eleganten Mantel, wirkte wie ein Versicherungsagent und nicht wie ein
Handwerker. Auf Gerlinde machte er einen aufgewühlten, ner-
vösen Eindruck. Massimo, ein Freund, erzählte er, ein sehr
guter Freund, habe einen schweren Unfall erlitten und liege
im Krankenhaus, vermutlich im Sterben. Er müsse dringend
zu ihm, sagte er mit verzweifeltem Blick, er müsse sich auch
um dessen Kinder kümmern. Das Problem sei, dass Massimo
in Turin lebe, gut 450 Kilometer entfernt, sein Wagen befin-
de sich aber gerade in Reparatur, und seine Freunde würden
ihr Auto selber dringend benötigen. Ob sie ihn nach Turin
fahren könne, jetzt gleich, für den Sprit würde er selbstverständlich aufkommen, zudem wolle er ihr 100 000 Lire für
den Aufwand geben. Mauro sprach in klaren, wenn auch hastigen Sätzen. Gerlindes Blick fiel auf eine große Sporttasche
in seiner Hand, der Griff eines Tennisschlägers ragte daraus
hervor. Wozu ein Tennisschläger, fragte sie sich im ersten Moment, aber da war der Gedanke auch schon wieder passé, so
überrumpelt war sie von seinem Auftritt. Seit dem Ende der
Umbauarbeiten war fast ein Jahr vergangen, und in der Zwischenzeit hatte sie nur noch einmal mit ihm zu tun gehabt,
als er ihr im Frühjahr für zwei Tage ein Mäuerchen im Garten errichtet hatte.

Als der Hahn zum zweiten Mal krähte, schälte sich Gerlinde aus dem Bett. Das Kalenderblatt zeigte den 16. November
1977. Der Himmel machte ein grau verschimmeltes Gesicht,

in der Luft lag schon seit Tagen eine ungemütliche Feuchtigkeit, und sie ging daran, das Haus zu heizen. Mauros nervöses Lächeln, der düstere Blick, als er gestern vor ihrer Tür gestanden hatte, tauchten wieder vor ihrem inneren Auge auf und die Erinnerung an die lange Fahrt, die großteils in drückendem Schweigen verlaufen war. Einmal hatten sie sich über Bücher unterhalten, sie wollte wissen, ob er lese und, falls ja, was ihn interessiere. Ein paar Namen fielen, Galina Serebrjakowa, Upton Sinclair, Antonio Gramsci, aber auch »Moby-Dick« fand er sehr beeindruckend. In den vergangenen Jahren sei er nicht mehr viel zum Lesen gekommen. Dann erklärte er ihr, dass sie, wenn sie vorhabe, länger in Italien zu bleiben, sich mit italienischer Geschichte befassen sollte. Er nannte »Das Manifest von Ventotene«, das drei Antifaschisten auf der gleichnamigen Gefängnisinsel, in Mussolinis Folterkammern, auf Zigarettenpapier verfasst hätten. Ein Manifest für ein Europa der Völker, vereint in einem europäischen Bundesstaat. Eine schöne Utopie. Nach dem Krieg sei jedoch alles anders gekommen. Die Amerikaner wie auch die Engländer hätten in Italien kein Interesse an Kriegsverbrecherprozessen gezeigt, weil sie sich die Faschisten im neuen Italien warmhalten wollten. Und genauso wenig wie damals sei heute ein echter Wandel gewünscht. Wer sich nicht mit schäbigem Konsum als Ersatz für wirkliche Freiheit zufriedengeben und sich mit Geld und Karriere ruhigstellen lassen wolle, der bliebe eben unerlöst in dieser westlichen, kapitalistischen Welt. Dann brach er mitten im Satz ab, er würde zu viel politisches Zeug reden, sagte er mit flapsigem Unterton, es sei ein Fass ohne Boden, unsäglich. Dann schaute er wieder stumm durch das Beifahrerfenster hinaus in den Regen, der auf die bergige Landschaft fiel.

Nach knapp sechsstündiger Fahrt, in der sie nur eine Pause eingelegt hatten, bogen sie von der Autostrada auf die

Schnellstraße in Richtung Innenstadt ab. Auf Mauros Knien lag ein Straßenatlas, er erläuterte ihr jede Abzweigung, damit sie für den Rückweg gut gewappnet sei. Nach einer weiteren halben Stunde erreichten sie die Innenstadt. Kurz bevor sie von der Via Po in die kleine Via Carlo Alberto abzweigen wollten, wo Mauro in der Nummer 6 erwartet wurde, sahen sie in einiger Entfernung einen Carabiniere mit einer Kelle am Straßenrand winken. Schlagartig wurde Mauro nervös. »Fahr langsamer«, forderte er Gerlinde auf. Dann wandte er sich um, riss den Reißverschluss seiner Tasche auf, die auf dem Rücksitz lag, und zog eine Pistole heraus, die er in seiner Manteltasche verschwinden ließ. Das alles ging unheimlich schnell.

Gerlinde stockte der Atem, und sie spürte, wie ihr der Schweiß aus allen Poren brach. »Pass auf«, sagte Mauro mit gepresster Stimme, »falls wir gleich kontrolliert werden, mein Name ist Paolo, verstanden? Nenn mich Paolo, bitte sag auf keinen Fall Mauro.« Dann zog er seinen Pass aus der Hosentasche und legte ihn vorsorglich auf das Armaturenbrett. Etwa zehn Meter hinter dem Polizisten parkte ein Polizeitransporter in einer Haltebucht, wo zwei Beamte gerade ein Fahrzeug kontrollierten.

»Hör zu, dir wird nichts zustoßen«, redete Mauro weiter auf sie ein, »selbst wenn jetzt was schiefgeht. Du weißt nichts, also bist du unschuldig. Bleib ganz ruhig und mach einfach, was man dir sagt.« Und tatsächlich wurden sie rausgewinkt und angewiesen, auf dem Seitenstreifen zu halten. Nach einer endlosen Minute des Wartens sah Gerlinde im Rückspiegel die beiden Carabinieri auf sie zukommen. Mauro drückte ihre Hand. »Vertrau mir«, flüsterte er, dann küsste er sie auf den Mund. Es war ein aufrichtiger, inniger Kuss, der unterbrochen wurde von trommelnden Fingerknöcheln gegen das Seitenfenster. Gerlinde kurbelte die Scheibe hinunter, ein Polizist entschuldigte sich mit ironischem Lächeln für die Störung und bat um die Ausweise sowie um die Fahrzeugpapiere. Ohne die Miene zu verziehen, wanderten seine Augen zwischen den Passfotos und ihren Gesichtern hin und her, dann gab er ihnen wortlos die Dokumente zurück. Für eine Sekunde ließ er seinen Blick auf der Sporttasche ruhen, bevor er Gerlinde den Kofferraum öffnen ließ. Währenddessen redete Mauro in einem plapperhaften Ton mit dem anderen Polizisten, erklärte ihm, dass seine Freundin zu Besuch in Italien sei und sie beide sich gerade auf dem Weg zu seinem Bruder befänden. Er nannte irgendein Kaff am Lago di Candia. Die ganze Prozedur dauerte keine fünf Minuten, danach wünschte man ihnen eine gute Weiterfahrt und eine glückliche Zukunft.

Beim Starten sprang der Wagen zweimal nicht an, weil Gerlindes Hände wie epileptisch zitterten, erst beim dritten Mal klappte es. Als Mauro einige Minuten später Gerlinde vor einem Eckhaus in der Via Carlo Alberto erneut küssen wollte, wies sie ihn brüsk zurück. »Ich hoffe«, beteuerte er mit eingezogenem Kopf, »ich kann dir irgendwann einmal alles erklären, ohne dass du mich dafür verachten wirst. Ich habe dieses Leben gewählt, bevor ich dich getroffen habe. Vielleicht war es ein Fehler, aber ich kann nicht mehr zurück.« Er legte ein Bündel Geldscheine ins Handschuhfach, dann stieg er aus, die Schlaufen seiner Tasche fest umschlossen. Gerlinde sagte zu alldem kein Wort. Ohne sich noch einmal nach ihm umzusehen, brauste sie davon.

Der Hahn krähte ein drittes Mal. Auf dem Misthaufen, dachte sie, ist das Vieh dem Himmel näher als jeder Terrorist der Welt, ganz gleich, für wen oder was er mordet. Sie hatte nur noch eine schemenhafte Erinnerung daran, wie sie aus der Stadt herausgekommen war. Eigentlich ein Wunder, dass sie die Rückfahrt unfallfrei überstanden hatte. Irgendwann kurz nach Mitternacht war sie wieder zu Hause gewesen, wo sie mit schmerzenden Gliedern ins Bett fiel, mit einem Kopf schwer wie Blei.

In den folgenden Tagen vermied sie es, eine Zeitung aufzuschlagen. Erst als sie wieder mit Peter telefonierte und der sie fragte, ob sie etwas von dem Attentat der Brigate Rosse in Turin mitbekommen habe, wurde ihr klar, wofür sie als Waffenkurier benutzt worden war. Von Mauro hörte sie nie wieder etwas. Es war müßig, darüber zu spekulieren, ob er spontan auf die Idee gekommen war, sie für seine Zwecke einzusetzen, oder ob die Fahrt von langer Hand geplant worden war. In den Jahren danach brachte sie nie den Willen auf, zu recherchieren, was aus ihm geworden war. Selbst als sie einmal Dino, den Maurermeister, auf der Straße traf, sprach sie ihn nicht auf Mauro, seinen vermeintlichen Schwager, an. Auch sonst verlor niemand im Dorf je ein Wort über ihn, als hätte es ihn nie gegeben. Gerlinde verspürte eine ohnmächtige Wut auf ihn, in die sich aber hin und wieder auch eine beklemmende Trauer mischte. In gewisser Hinsicht erinnerte er sie an den jungen Georg; in der Art der Entschlossenheit, in der Selbstaufgabe für ein Ziel. Aber was folgte daraus, und was kam nach dem Ziel, für dessen Erreichen beide schonungslos vorgegangen waren, ohne Rücksicht auf Verluste.

Gerlindes ganze Leidenschaft galt dem Garten rund um das Anwesen. Für die Beetumsäumung wählte sie hellblaue Bartiris. Neben den Kräutern pflanzte sie rosa Pfingstrosen, weiße Madonnen-Lilien und sattgelbe Wolfsmilch. Die Terrasse schmückte sie mit Zitrusbäumchen in Terrakottagefäßen, vor dem schattigen Hauseingang postierte sie Lorbeerstämmchen und Wandelröschen.

Im Winter fuhr sie ab und zu nach Florenz in die Oper, besuchte dort einmal im Mai das Maggio Musicale Fiorentino, ein international bekanntes Opernfestival. Und als sich die Gelegenheit ergab, auf einem nahe gelegenen Gut ein Pferd auszureiten, war ihr Glück nahezu perfekt. Hinzu kam noch das neu angeschaffte Klavier für Peters Arbeitszimmer. Er selbst wohnte alles in allem fünf Monate im Jahr im »Haus der Sonne«. Den Rest seiner Zeit verbrachte er meist in Aufnahmestudios in Hamburg, Westberlin oder München.

In den Sommermonaten bekamen sie beständig Besuch. Auch Gerda kam einmal vorbei, in der Regel aber handelte es sich um Peters Freundeskreis, der sich zunehmend aus Leuten aus der Filmbranche zusammensetzte. Mit den alten Freunden aus dem Umfeld des »Kleinen Italieners« hatte er sich überworfen, warum genau, wusste Gerlinde nicht so recht. Manche von den neuen Besuchern waren sehr nett und durchaus hilfsbereit, aber es war auch eine Szene, bei der die Inszenierung des Egos in der Gemeinschaft eine Pflicht zu sein schien. Und allen war eine snobistische Einstellung zu eigen, die sich am deutlichsten an ihren Witzeleien über die Bauern und über die konservativen italienischen Sitten im Allgemeinen ablesen ließ, niemand war offenbar willens oder fähig, auch nur einen Funken Empathie aufzubringen, weder die Männer noch die Frauen, die alle den Anschein erweckten, als hätten sie sich seit dem Kindergarten darauf vorbereitet, ihr Leben lang bewundert und um ihr blendendes Aussehen beneidet zu werden.

An den Partys und Gelagen, die sie veranstalteten, beteiligte sich Gerlinde kaum, tagsüber hatte sie ohnehin viel zu tun, abends zog sie sich entweder in ihr Zimmer zurück, oder sie gab sich so zurückhaltend, dass man sie eigentlich gar nicht wahrnahm. Peter indessen gefiel sich als großzügiger Gastgeber. In seinen Augen waren es vielleicht nicht seine besten Freunde, aber in jedem Fall erfolgreiche Kollegen, von denen ihm der eine oder die andere immer mal wieder einen

Auftrag zuspielte, so wie er sie wiederum in der Branche weiterempfahl.

Tagespolitische Themen hielt sich Gerlinde meist vom Leib. Eine Sache allerdings gewann mehr und mehr ihr Interesse, der Umweltschutz. Der musste ihrem Empfinden nach alle was angehen, ob Bauernschaft oder Bohème, ob Minister oder Minderleister, Wirtschaftsmagnat oder Wehrdienstverweigerer. Anfang 1979 las sie über die erste Weltklimakonferenz in Genf, wo Wissenschaftler darauf hinwiesen, dass eine fortschreitende Vernichtung von Waldbeständen zu einem massiven Anstieg der atmosphärischen Kohlendioxidkonzentration führen würde. Eine deutliche Erwärmung der Erde in den nächsten Jahrzehnten wäre unausweichlich, würde man weitermachen wie bisher. Selbst der amerikanische Präsident Jimmy Carter sprach das Thema im selben Jahr an. Besitz und Konsum, sagte er, würden das Verlangen nach Sinn nicht länger stillen. Carter stellte den ständig steigenden Verbrauch von fossilen Energieträgern mahnend in Frage. Für einen Präsidenten der weltweit größten Volkswirtschaft war diese Haltung unfassbar progressiv, und Gerlinde war wie elektrisiert. Carter hatte sogar Solarzellen auf dem Dach des Weißen Hauses anbringen lassen. Zwar machte der nach ihm gewählte Präsident Ronald Reagan alle guten Absichten wieder zunichte und schlug wirtschafts- und sozialpolitisch die entgegengesetzte Richtung ein, worüber sie sich maßlos aufregte, aber sie nahm auch zur Kenntnis, dass ungefähr zur selben Zeit in Karlsruhe eine neue Partei gegründet wurde, die sich der Umwelt- und Friedensbewegung verschrieben hatte. Ein Lichtblick in ihren Augen. »Die Grünen« machten bald von sich reden, und sie beschloss, Mitglied dieser Partei zu werden, sobald sie das nächste Mal nach Deutschland kommen würde.

Gerlindes Aufenthalt in der Toskana ging schneller zu Ende, als sie es vorgehabt hatte, auch wenn sie keine konkreten Zukunftspläne geschmiedet hatte. Sie wusste nur, dass sie irgendwann einmal wieder nach Deutschland zurückgehen werde, über das Wann machte sie sich keine großen Gedanken. Es hing ja auch von Peter ab, der ihr, ohne dass sie je einen Vertrag darüber geschlossen hatten, das vollständige Nießrecht einräumte. Schließlich war sie die perfekte Gutsverwalterin, und ihr Einsatz und die Arbeit, die sie auf dem Grundstück und im Haus leistete, wogen etwaige Kosten für ihre Logis bei weitem auf. Kleinere Ausgaben teilten sie sich, größere Posten übernahm Peter. Geld war nie ein Thema und erst recht kein Problem gewesen.

Dieses stabile Zusammenspiel kam jedoch aus dem Gleichgewicht, als Peter seine neue Geliebte, Trudy, mit in die Toskana brachte. Sie war zwanzig Jahre jünger als der Sechsundvierzigjährige und stand laut Peter am Anfang einer verheißungsvollen Karriere als Drehbuchautorin. Trudy hatte ein lautes Organ, das auch nachts unüberhörbar war, wenn sie beim Liebesakt mit Peter das Haus in Grund und Boden brüllte. Gerlinde lag dann mit Stöpseln in den Ohren im Nebenzimmer und versuchte, telepathisch auf Peter einzuwirken: Lass dir keinen Scheiß erzählen, du bist nicht so gut im Bett, wie sie dich glauben lässt, ich weiß es!

Nach anfänglicher Freundlichkeit zeigte Trudy bald ihr wahres Gesicht und begann, gegen Gerlinde zu sticheln. Außerdem wollte sie in Peters Abwesenheit das Haus zum Schreiben nutzen, was aber nur möglich sei, wenn sich niemand außer ihr im Haus aufhielte, selbst nachts nicht. Als Gerlinde ihr darauf nüchtern erklärte, dass sie sich dann eben ein anderes Domizil suchen müsse, weil sie nun mal hier wohne, warf Trudy ihr mangelndes Kunstverständnis und hochgradige Eifersucht vor, was Gerlinde zu einem Lachanfall provozierte. Schließlich drängte Trudy Peter dazu, von Gerlinde Miete sowie detaillierte Abrechnungen über die laufenden Kosten zu verlangen, weil sie der Meinung war, diese würde sich auf Peters Rücken durchschnorren. Peter wusste, dass das Quatsch war, aber anstatt für Klarheit zu sorgen, lavierte er herum und faselte gegenüber Gerlinde irgendwas von archaischen Kämpfen innerhalb der Clanhierarchie, die seiner Ansicht nach ganz normal seien am Anfang einer neuen Partnerschaftskonstellation.

Acht Wochen später, im Juni 1982, kehrte Gerlinde nach sechs Jahren in Italien wieder nach München zurück. Das Buch Toskana, wie sie es nannte, war ausgelesen. Und wenn man ein Buch gelesen hatte, musste man es schließen.

8 Das Sommerfest

An den Wänden hingen etwa fünfzehn abstrakte Bilder, gut ausgeleuchtet, in gestaffelten Formaten, vom kleinsten in Postkartengröße bis hin zu einem Gemälde von zwei mal zwei Metern Umfang. Aus den Lüftungsschlitzen entlang der Decke lugten graue Mäuse hervor, die sich erst bei genauerem Hinsehen als Marshmallow-Mäuse entpuppten, einige lauerten auch auf Stützbalken, andere hockten auf den Scheinwerfern.

Georg platzierte sich vor einem großflächigen Monitor, über ihm brachen sich die Bilder einer Video-Performance namens »Breaking Silence«. Fünf Minuten lang schwieg ein Opernsänger in einen Strauß von Mikrofonen. Nach etwa zwei Minuten bemerkte er das Schildchen unter dem Bildschirm: »Auch in der Stille ist etwas zu hören«. Da ist was dran, dachte er und ging weiter. Auf der rechten Seite des Ausstellungsraums, der früher einmal ein Heustadel war, lie-

fen auf zwei nebeneinander positionierten Monitoren Video-
montagen, die blau und rot eingefärbte Vulkanausbrüche in
Szene setzten, deren Lavazungen sich über nackte, sich im
Vordergrund rhythmisch bewegende Menschenleiber schoben. Die Darsteller schienen dabei von einem in den anderen
Bildschirm überzugehen. Man konnte das witzig finden oder,
wie Georg, Kopfschmerzen davon bekommen.

Im Garten schimmerte weißer Sand, der auf dem Boden
um die Bar gestreut worden war. Die Kellner, allesamt in al-
berne rote Pagenuniformen gezwängt, reagierten auf jeden
Wink eines Gastes. Georg nahm gerade ein kleines Bier entgegen, als seine Aufmerksamkeit von einem Mops mit schwarzer Schnauze gefesselt wurde. Das Tier wieselte orientierungs-
los zwischen den Beinen der Gäste herum, seine Zunge hing
ihm schlaff aus dem Maul und seine Glubschaugen erweckten den Anschein, als würden sie ihm gleich aus dem Schädel
fallen. Dachte man sich den gekringelten Schwanz weg, sah
es von hinten aus wie eine kleine Umzugskiste auf dünnen
Beinchen. Kurz dachte Georg darüber nach, ob solche Hunde je in der Natur vorgekommen waren oder ob ihre bedau-
ernswerte Existenz ausschließlich menschlichem Sadismus
geschuldet war, dann wandte er sich dem Buffet zu, einem
weiten Feld aus buntem Fingerfood, das er noch nie in seinem Leben gesehen und dessen Namen er noch nie gehört
hatte. Manches davon schmeckte aber gar nicht mal so übel,
und Georg stillte seinen Hunger mit sechs, sieben Häppchen,
dann stellte er sich an einen der Stehtische im Abendlicht und
nippte an seinem Bier.

Immer wieder hielt er Ausschau nach Heidi, die er im Aus-
stellungsraum aus den Augen verloren hatte, er schnappte Un-
sinniges wie Zusammenhangloses auf, hörte von Aktienkur-
sen und Fußballergebnissen (die WM in Spanien war gerade
zu Gange) und blickte einigen gutaussehenden Frauen sowie

ihren Begleitern hinterher. Er bemühte sich, die Wortfetzen zu verstehen, ließ es aber schnell bleiben und setzte sich stattdessen bereitwillig dem Gefühl von Melancholie aus. Die Sonne versank derweil im See, der nur einen Steinwurf entfernt lag und an dessen Ufer sich nun ziemlich viele der Gäste tummelten. Das majestätische Bergpanorama wirkte wie gemalt.

Ein Musiker fing an, auf einer E-Gitarre Michael-Rother-mäßige Riffs zu spielen. Für einen Moment schloss Georg die Augen und ließ sich vom Klang elektrischen Blätterrauschens durchströmen. Als er sie wieder öffnete, schwärmten die restlichen Leute aus dem Inneren des Stadels und aus dem Pavillonzelt zum Ufer hinunter. Nur er und die Kellner blieben zurück. Nach einer Weile verklang die Musik, und die Menschentraube am See formierte sich um den Steg herum zu einem Halbkreis. Mit einem Mal fiel ihm ein, dass bei ihrer Ankunft ein Freund von Jana, die mit einer Ausstellungseröffnung ihren 30. Geburtstag beging, auf sie zugekommen war, und ihn, Heidi sowie Hans Klankermeier gebeten hatte, bei Sonnenuntergang ans Ufer zu kommen. Ein paar Freunde hätten sich eine Überraschung für das Geburtstagskind überlegt, und es wäre großartig, wenn alle Gäste dabei sein würden.

Was soll's, dachte Georg, wahrscheinlich werden eh nur rhetorische Girlanden geknüpft und ein paar depperte Geschenke verteilt, aber als die erste Applauswelle an ihn heranschwappte, war er sich auf einmal nicht mehr ganz sicher, ob nicht auch Heidi etwas mit der Aktion zu tun hatte, und er beschloss, hinunterzugehen, um sich möglichen Ärger zu ersparen. Plötzlich spürte er ein Scharren an seinem Schienbein. Mit flehendem Blick schaute der Mops zu ihm hoch. Georg fühlte sich aufgefordert, dessen Not zu lindern, also schlenderte er mit dem Hund zum Buffet und warf ihm zwei

Stück Sushi zu. Ohne zu kauen, verschlang der Mops die mit
Lachs belegten Reishappen. Genüsslich kreiste seine Zunge
ums Mäulchen, seine Augen wirkten wie hypnotisiert.

»Zwei müssen reichen!«, mahnte ihn Georg, »das ist echter Lachs, viel zu teuer für einen Hund.« Der starrte ihn weiter aus seinen weit aufgerissenen Glubschaugen an. »Mehr
gibt's nicht!«, verfügte er streng und bewegte sich ein paar
Schritte weg, doch der Mops blieb sitzen wie ein kleiner, unerschütterlicher Buddha. »Na gut«, ließ sich Georg erweichen,
dem so viel Hartnäckigkeit auch ein Stück weit imponierte, und machte kehrt, »eins noch, dann ist Schluss.« Gerade wollte er dem Hund ein weiteres Röllchen vor die Füße
schmeißen, als jemand mit gedämpfter, aber energischer Stimme »Stopp!« rief.

Dirk Fiedler, Direktor einer Münchner Privatbank, kam
mit staksenden Schritten heran. »Nichts geben«, instruierte
er Georg, »das verträgt er nicht.« Georg ließ die Hand sinken, worauf auch der Mops, als wären sie aufeinander abgestimmt, den Kopf hängen ließ.

»Wassily, du Mistkerl«, schimpfte Fiedler, »wo warst du
die ganze Zeit?«

»Mir war nicht klar, dass der Hund Ihnen gehört. Der spa-
ziert hier schon ein Weilchen rum.«

»Normalerweise läuft er auch nicht weg ...«, grummelte
Fiedler, während er den Mops an die Leine legte und sie einmal straffzog, worauf das Tier röchelnd aufkeuchte. Der
Hund, erklärte sein Herrchen, fresse zwar Fisch, insbesondere Lachs, für sein Leben gern, allerdings vertrage er ihn nicht.
»Dann gibt es eine Riesensauerei, wenn Sie wissen, was ich
meine«, womit er das Thema ad acta legte.

»Verstehe«, sagte Georg. Dass er Wassily vorher schon entsprechend versorgt hatte, ließ er lieber unerwähnt, dafür holte er zwei kleine Biere von der Bar und für den Mops eine

Schüssel mit Wasser, anschließend stellten sie sich zu einem der Stehtische.

Dirk Fiedler hatte in einer Großbank Karriere gemacht. Er kam aus dem Privatkundengeschäft, seit drei Jahren war er nun Vorstand einer Münchner Bank und kümmerte sich dort um den Firmenkundenbereich. Er war Ende vierzig, hatte ein glattrasiertes Gesicht und war bekannt für seine Sportlehrerstimme. Vor zwei Monaten hatte sich Georg einige Male mit Fiedler getroffen, um den Kauf von Blaschkos Immobilienfirma zu stemmen. Am Ende stand eine Summe von 50 Millionen Mark in den Bilanzen, womit die Übernahme finanziert werden konnte. Für alle Seiten war es ein gutes Geschäft. Jetzt aber, ohne die Notwendigkeit, über Kredite und Abschlüsse reden zu müssen, standen sie etwas ratlos nebeneinander. Beide richteten den Blick auf die Geburtstagsgesellschaft, von der man allerdings wenig mitkriegte, außer gelegentlichen Applaus, begleitet von ein bisschen Gejohle und Gelächter.

»Der Wassily gehört eigentlich meiner Frau, aber die konnte heute leider nicht mitkommen, jetzt ist er mir geblieben«, seufzte Fiedler ohne den üblichen Druck in der Stimme. Er starrte den Mops an, der Hund starrte apathisch zurück. Georg überlegte, ob er den Bankdirektor auf die auffällige Chrysantheme im Knopfloch seines Sakkos ansprechen sollte, scheute sich aber zu fragen, was es damit auf sich hatte. Als sie so schweigend nebeneinanderstanden, fiel Georg auf, dass sich Fiedler insgesamt verändert hatte. Sein Teint war gräulich, das Gesicht hohlwangig, gleichzeitig wirkte es aufgequollen. Auf seinem markanten Kinn heilte eine Rasierwunde. Das Bier schien ihm allerdings zu schmecken. Während Georg erst zwei, drei Schlucke genommen hatte, war Fiedlers Glas schon leer. »Soll ich uns noch ein Bier besorgen?«

»Danke, ich hab noch.« Der Direktor nickte bleiern und trottete davon.

»Oder doch«, rief ihm Georg nach, »bringen Sie mir bitte eins mit. Gleich kommen die anderen zurück …« Ohne sich umzudrehen, hob Fiedler den Daumen. Vielleicht, dachte Georg, war der Kerl doch nicht so verkehrt. Er machte einen verhunzten Eindruck, und das machte ihn irgendwie menschlich, er war jedenfalls nicht mehr so steif und korrekt wie noch vor einigen Wochen.

Ein paar Minuten später herrschte wieder reges Gedränge um sie herum. Die Pagen entzündeten Bodenfackeln auf dem Gelände, und der Gitarrist fing wieder an zu spielen. Georg schaute in den dämmrigen, wolkenlosen Himmel, wieder trug ihn die Musik ein Stück weit fort, dieses Mal hörte es sich an wie ein Zug, der in der Ferne vorüberrauschte.

»Wo ist eigentlich Ihre Frau?«, beendete Fiedler nach einer Weile ihr behagliches Schweigen. Georg wollte schon mit den Schultern zucken, da entdeckte er Heidi neben Hans Klankermeier am Eingang des Pavillonzelts. Die beiden schienen sich über irgendetwas zu amüsieren. Georg bewegte sein Kinn in ihre Richtung: »Was halten Sie eigentlich von Dr. Klankermeier?«

»Wieso, eifersüchtig?«

»Nein, sonst würde ich nicht so ungeschickt fragen. Ich will nur Ihre Meinung hören, weil ich weiß, dass Sie ihn kennen. Er ist mein Angestellter, und vielleicht hat er ja verborgene Talente. Eine Spaßbremse scheint er schon mal nicht zu sein.«

»Was soll ich sagen, wir sind befreundet«, wich Fiedler zunächst aus, »doch wenn ich ehrlich sein darf, ich halte Hans für einen der intelligentesten Männer unter den Immobilienentwicklern in München, und das als Quereinsteiger. Er ist seriös und zuverlässig.«

»Was heißt seriös?«

Fiedler hob die Augenbrauen, langsam bekam sein Gesicht etwas mehr Farbe. »Sie wissen so gut wie ich, dass die Bauwirtschaft, nun ja, als korruptionsanfällige Branche gilt. Klankermeier weiß aber, wie man Kunden sauber um den Finger wickelt. Er ist so ein Typ, der hinter einem in die Drehtür reingeht und vor einem herauskommt. Sie haben Glück mit ihm.«

»Na, bei so viel Lob«, prostete Georg ihm zu, »werde ich doch noch eifersüchtig.«

Erwartungsgemäß war Heidi eingeschnappt, als sich herausstellte, dass Georg nicht wie verabredet am Ufer gewesen war. Somit hatte er auch ihre spontane Rede verpasst, die laut Hans extrem witzig gewesen war und über die sich Jana unheimlich gefreut hatte. Wäre ihm nicht Fiedler beigesprungen, der bestätigte, dass sich Georg die ganze Zeit um den verwaisten Hund gekümmert hatte, wären sie darüber wohl in Streit geraten. Aber in seiner Gegenwart und der einiger anderer Partygäste, die sich zu ihnen stellten, darunter auch Jana, der Heidi sofort den roten Teppich ausrollte, fand sie bald zu ihrer ausgelassenen Stimmung zurück. Die Schlipsträger hörten ihr aufmerksam zu und lachten über jede ihrer Pointen.

»Gut drauf, Ihre Frau«, schmunzelte Hans. Der kaufmännische Leiter von Blaschko Immobilien hatte sich neben seinem neuen Chef platziert. Georg spürte auf Anhieb, dass Klankermeier ihn gründlich taxierte, all seine Reaktionen und Worte registrierte wie ein verdeckter Ermittler. Wo er und seine Frau denn nächtigen würden, fragte Hans, offensichtlich bemüht, das Gespräch in Gang zu halten und auf eine persönliche Ebene zu bringen.

»Im Haus der Blaschkos«, sagte Georg in die nördliche Richtung weisend, »einfach nur die Straße runter. Die beiden haben ja vorige Woche ihre große Reise angetreten, die wollten sich den Trubel nicht antun.«

Hans nickte eifrig. »Jaja, meine Sache ist der Trubel auch nicht, aber ab und zu ist er doch ganz schön.« Er strahlte in die inzwischen wieder kleiner gewordene Runde.

Heidi schwang den Träger ihrer Handtasche über die Schulter. »So, für mich reicht es jetzt, war alles anstrengend heute.« Und zu Georg gewandt sagte sie: »Ich geh zu Andrea und den Kindern, bleib ruhig noch hier, ist gut, wenn ihr euch mal ganz ungezwungen unterhalten könnt. Ich dreh noch eine Runde, um mich von den anderen zu verabschieden.« Und ehe Georg auch nur ein Wort darauf erwidern konnte, drückte sie ihm einen Kuss auf und rauschte davon.

Hans und Fiedler blickten ihr schweigend hinterher, selbst Wassily schaute ihr nach. »Auftritte und Abgänge sind ihre Stärken«, kommentierte Georg trocken, was ihm zwei dezente Lacher einbrachte. Dabei verspürte er überhaupt kein Interesse, mit den beiden auch nur eine Minute länger zu verbringen, und er überlegte, unter welchem Vorwand er sich ebenfalls verabschieden könnte, ohne sie vor den Kopf zu stoßen. Sich Heidi einfach anzuschließen, kam allerdings nicht in Frage.

»Was halten Sie eigentlich davon, dass Ihre Frau den Mietvertrag mit dem Studentenwerk aufkündigen will?«

»Sie meinen das Wohnheim beim Englischen Garten?«

Hans lächelte seifig. »Ja, sicher. Wir haben nur das.«

»Und was soll damit sein ...«

»Sie hat mir vorhin erzählt, so en passant, dass sie die Anlage gerne in Eigentumswohnungen umwandeln würde. Ich halte das für keine schlechte Idee.« Georg schaute in Klankermeiers selbstgefällige Visage, am liebsten hätte er reingeschlagen. Aber anstatt seinem Impuls zu folgen, senkte er seinen Blick und richtete ihn auf seine Hände, die übereinandergelegt auf dem Tisch ruhten. »Ich habe mit meiner Frau noch nicht darüber gesprochen, außerdem bin ich der Meinung, dass wir hier nicht über Geschäftliches reden sollten, schon gar nicht über firmeninterne Dinge in Gegenwart von Dritten.« Es klang freundlicher, als es gemeint war. Prompt sprang Fiedler seinem Kumpel zur Seite.

»Wegen mir machen Sie sich da mal keine Sorgen, ich höre jeden Tag so viel Geschäftstratsch, bei mir geht das hier rein und da raus.« Er setzte ein verbindliches Lächeln auf und machte eine wischende Handbewegung. Indessen suchte Hans nach einer galanten Ausflucht. Er räusperte sich, drückte mit dem Mittelfinger für zwei Sekunden auf den Steg seiner Brille. »Da haben Sie vollkommen recht«, insistierte er, »ich wollte aber eigentlich auf etwas ganz anderes hinaus. Für mich ist das Wohnheim nur deshalb ein Thema, weil ich meine eigene kleine Geschichte mit ihm habe, und *davon* wollte ich eigentlich erzählen.« Georg horchte auf. »Was heißt das?«

»Na ja, als ich zu Blaschko gekommen bin und festgestellt habe, dass die Immobilie zu uns gehört, hab ich mir ins Fäustchen gelacht, weil ich ja Mitte der Sechziger selber drin gewohnt habe.« Georg spürte, wie sich sein Puls beschleunigte.

»Ich kenne das Wohnheim auch aus der Zeit. Ich war genau einmal dort, für eine Nacht«, für einen kurzen Moment schloss er seine Lider, »das war am 16. April 1966.«

»Witzig, kurz danach bin ich damals rausgeflogen.«

»Ich weiß«, sagte Georg nun mit der Autorität eines Propheten, der zwar nicht in die Zukunft sehen konnte, aber die Vergangenheit messerscharf vor sich hatte. »Du bist Jean, der Hascher«, und langsam wich die Anspannung aus seinem Gesicht, und er fing an, bis über beide Ohren zu grinsen.

»Das gibt's doch nicht«, brach es aus Hans heraus, »jetzt weiß ich auch, wer du bist. Wegen dir haben sie mich rausgeworfen, du hast mein Zimmer vollgekotzt … Der Typ mit dem Sägewerk, aus dem Kaff an der Grenze.« Lachend schlossen sich die beiden vor dem staunenden Fiedler in die Arme, mit einem Mal fiel alles Verkrampfte von ihnen ab. Im Nu orderte Hans noch eine Runde Bier, und die zwei skizzierten redselig ihren Streifzug durch die letzten sechzehn Jahre.

»War damals nicht deine Freundin im Wohnheim, die hat doch ihren Geburtstag gefeiert, was ist eigentlich aus der geworden?« Die harmlos gemeinte Frage setzte Georg unversehens zu. Plötzlich sah er sich in die Enge getrieben, denn weder hatte er die Absicht, Gerlinde zu verleugnen, noch wollte er in dieser Runde von einer großen, aber verflossenen Liebe erzählen. Mit Sicherheit würde Hans früher oder später mit Heidi darüber sprechen, und wenn die erführe, dass er damals Gerlinde im Wohnheim besucht hatte, würde seine Erzählung vom kurzen, unbedeutenden Flirt ein für alle Mal alle Glaubwürdigkeit verloren haben. Und sofort wäre die Frage auf dem Tisch, weshalb er die Beziehung all die Jahre über kleingeredet, ja, im Grunde genommen verheimlicht hatte. Eine solche Auseinandersetzung konnte er gerade nicht gebrauchen, denn Heidi war seit Kurzem nicht mehr nur seine Frau, sie war auch zu seiner Geschäftspartnerin geworden. Als Minderheitsgesellschafterin war sie in seine Firma eingestiegen, mit einer Einlage von etwa drei Millionen Mark, dem Erlös ihres Eisensteinerbes. Ein Riss in der Ehe würde wahrscheinlich auch einen Riss im neuen Unternehmen nach sich ziehen.

»Ach«, sagte er abwiegelnd, »das war nichts Dauerhaftes. Was mich mehr interessieren würde«, und er versuchte, das Thema zu wechseln, »wie ist es denn mit deinem … Schokoladenhandel weitergegangen?« Bereitwillig nahm Hans den Faden auf. Der Rausschmiss aus dem Studentenheim, sagte er lachend, habe auch seine Karriere im Haschisch-Handel

beendet, rückblickend sei er aber ganz froh, dass er als Klein-
dealer nie den Durchbruch geschafft habe. Er sei nun schon
lange ein gut integriertes Mitglied der Leistungsgesellschaft,
nur ab und zu – eigentlich recht selten – würde er bei beson-
deren Anlässen dem Kokain zusprechen. Schon deshalb, um
zu ergründen, womit die wirklichen Eliten zwischen New
York und London und auch die Genies der Kunst ihre Kreativität steigerten. Man müsse eben Maß halten und dürfe
nicht zu gierig sein, sonst würde es einem ergehen wie dem
Fassbinder, der erst vor Kurzem am Koks zerbröselt sei. Er
habe ja den Rainer in seinen Anfängen erlebt, ein Leben auf
der Überholspur sei das gewesen, aber absehbar, dass der
Mann keine vierzig werde. Er würde nun sehr dafür plädie-
ren, ein Näschen zu nehmen, schon allein, um ihre Wiederbegegnung angemessen zu feiern. Zufälligerweise habe er ein
Gramm dabei.

Georg war der beredt vorgetragenen Erklärung mit staunenden Augen gefolgt. Für seine Verhältnisse war er schon
ziemlich angetrunken, hauptsächlich aber war er erleichtert,
dass das Thema Gerlinde wieder abgehakt war. Fiedler hingegen grinste in sich hinein. Er wusste nur zu gut, dass Hans
salbaderte, was das Zeug hielt. Gemeinsam hatten sie schon
einige Male heftig gekokst, und auch heute war Fiedler in erster Linie gekommen, um sich mit seinem Kumpel zu vorge-
rückter Stunde die Kante zu geben. Seit ihn seine Frau vor
ein paar Wochen verlassen hatte, suchte er sein Heil in der
Entgrenzung. Mit Hans hatte er dafür den idealen Kompagnon an der Seite. Sie suchten bei weitem nicht nur den dumpfen Exzess, sondern brüteten, aufgeputscht vom Koks und
überzeugt von der eigenen Genialität, quasi selbstberau-
schende Geschäftsideen aus. Damit ließ sich auch der Tren-
nungsschmerz, der sich im nüchternen Zustand hartnäckig
Geltung verschaffte, zuverlässig betäuben.

Wassily ging fest davon aus, dass er nun endlich nach Hause dürfe, also zog er in freudiger Erwartung an der Leine, dem Auto entgegen. Auf dem Parkplatz stiegen sie in Fiedlers 7er-BMW, und der Banker manövrierte die Limousine aus dem Ort hinaus und auf einen nahen Feldweg, wo ihre kleine, illegale Aktion ganz sicher kein Aufsehen erregen würde. Die Kirchturmuhr schlug Mitternacht, und sie waren definitiv noch willens, zur Party zurückzukehren, auch wenn das bestimmt nicht in Wassilys Interesse war.

Im Seitenfach hatte Hans einen Autoatlas gefunden, auf dessen Rückseite er mit seiner Kreditkarte ein Koksbröckchen zu Pulver hackte. Am Ende der Prozedur lagen drei, etwa fünf Zentimeter lange, weiße Streifen, kaum einer dicker als ein Mäuseschwanz, akkurat im selben Abstand nebeneinander. Hans rollte einen 100-Mark-Schein zu einem Röhrchen, steckte es in sein rechtes Nasenloch, das linke hielt er zu, und schnupfte die erste Line in einem Zug weg. Als Nächstes war Fiedler dran, auch er machte es routiniert. Hans reichte Georg das Gedeck auf die Rückbank. »Es ist jetzt das zweite Mal, dass du mich verführst, wenn ich wieder kotzen muss, schmeiß ich dich raus«, sagte er ohne den Hauch von Ironie und zog das Koks in einem Rutsch in sich hinein. Er wischte sich über die Nase, schniefte zwei-, dreimal. »Und jetzt, war's das schon? Ich spür überhaupt nix.«

»Wart's ab«, sagte Hans. Er stieg aus dem Wagen und steckte sich eine Zigarette an. Georg folgte ihm, gleich darauf Fiedler. Doch als der seine Fahrertür zuschlug, schnellte Wassily aus seinem Körbchen von der Rückbank hoch, sprang kläffend nach vorne und gegen den Türrahmen und drückte dabei mit einer seiner Pfoten den Bolzen der Türverriegelung nach unten, worauf sich alle vier Türen verriegelten. Fiedler begriff als Erster die Situation, schließlich wusste er, dass der Zündschlüssel noch steckte. »Kruzifix«, fluchte er ungehalten in die Nacht. Der sternenübersäte Himmel spendete zwar einigermaßen Licht, aber selbst bei Tag hätte man Wassily hinter den abgedunkelten Scheiben nur erahnen können, und sein verzweifeltes Kläffen klang nun wie das Echo aus einer jenseitigen Welt.

»Ja, gut«, gab sich Hans als Krisenmanager, »jetzt ist das Malheur schon mal passiert, jetzt müssen wir halt damit umgehen. Mein Gott, einfach die Scheibe einschlagen, und die Sache ist geritzt.« Fiedler zog verächtlich die Augenbrauen hoch, ehe er mit voller Wucht gegen das Fenster schlug. »Das ist Verbundglas, mehrschichtig, da kannst du mit der MG draufhalten, und es passiert nichts.«

»Ja, gut, war ja nur ein Vorschlag. Aber jetzt hör auf, mich so blöd anzuschauen. Hier gibt's nirgendwo ein Taxi, also müssen wir zur Party zurückgehen und uns von jemandem nach München mitnehmen lassen. Von dort fährst du einfach mit dem Taxi wieder zurück, und alles ist paletti.«

»Nein, das geht nicht«, wurde Fiedler kategorisch, »ich kann mich unmöglich zum Gespött machen, nicht in meiner Position. Wenn ich zurückgeh, kriegt doch jeder mit, was passiert ist. Die Leute sind klatschsüchtig …«

»Wir machen das so«, unterbrach ihn Georg, »da vorne ist ein Bauernhof, da klingeln wir jetzt. Du, Dirk, erklärst dem Bauern die Lage, und dann soll er dich mit seinem Auto zu deinem Haus fahren, da holst du den Ersatzschlüssel und kommst wieder her. Der Hans und ich warten derweil hier. Dem Bauern gibst du 100 Mark, und wenn er dumm fragt oder sich ziert, dann gibst ihm nochmal einen Hunderter – mehr nicht. Aber mehr braucht's auch nicht, schon für hundert fährt der dich überall hin. In anderthalb Stunden bist du wieder da.«

Und genauso machten sie es. Der Bauer war sogar noch wach, hockte vor dem Fernseher und glotzte irgendeinen Blödsinn. Es interessierte ihn weder, wie es zu dem Missgeschick gekommen war, noch wollte er nähere Details wissen, er steckte die 100 Mark ein, holte seinen alten Opel Rekord aus der Garage und fuhr kurz darauf mit Fiedler über die Landstraße nach München.

Georg hatte dem Bauern zwei Flaschen Bier abgekauft, damit saßen sie nun auf der Motorhaube und redeten. Euphorisiert vom Kokain waren die beiden überzeugt davon, dass sie zusammen den Immobilienmarkt so richtig aufmischen würden. Hans sprach von Boden wie von Fundgut, offenbarte Georg die Tricks, die er anzuwenden gedenke, und lobte sich selbst für seine unermüdliche Tüftelarbeit am Computer. Hans hatte nämlich die Möglichkeiten der elektronischen Datenverarbeitung bereits zu einem Zeitpunkt erkannt, als das Wort Computer in den Ohren der meisten noch wie »Doktor Mabuse« klang.

»Wenn du mir vertraust«, sagte er eindringlich, »zeig ich dir, wie man aus Scheiße Kaviar macht. Und nichts dabei ist illegal, alles absolut koscher.«

Tief in seinem Innersten hielt Georg Hans für einen Trottel, seinen Anstachelungen konnte er sich dennoch nicht entziehen. Georgs Ehrgeiz war wachgekitzelt, und mit einem Schlag waren die Zögerlichkeiten der letzten Monate verflogen. Er würde allen zeigen, dass er auch in der Immobilienbranche maximal erfolgreich sein konnte. Hans gegenüber gab er sich scheinbar unbeeindruckt und nickte nur gelassen mit dem Kopf. »Gut, dann bin ich mal gespannt, was du draufhast. Eine tolle Vita ist das eine, aber man muss die PS auch auf die Straße bringen.«

»Sicher«, sagte Hans, »klar. Die Wahrheit ist immer konkret, aber ich kann dir versprechen, mit den nötigen Vollmachten wird das eine extrem erfolgreiche Zusammenarbeit.«

»Eine Sache noch«, Georg kratzte sich etwas verlegen hinterm Ohr, »dem Dirk werde ich es auch noch sagen … mir wäre es lieb, wenn du meiner Frau nicht erzählen würdest, dass wir uns von früher her kennen. Das würde nur zu Missverständnissen führen. Dir das jetzt zu erklären, wäre einfach zu kompliziert. Außerdem hat Heidi was gegen Drogen. Und Frauen«, raunte er, ein Aufstoßen unterdrückend, »müssen schließlich nicht alles wissen.«

Hans versicherte, er würde schweigen wie ein Grab. Für ihn selbst sei das Koksen ja nur ein lausbübisches Hobby, weiter nichts. Insgeheim freute er sich aber, nun ein Geheimnis mit Georg zu teilen, waren sie doch, wie er wusste, der Kitt einer jeden Freundschaft. Daraufhin schnupften die beiden den Rest vom Koks weg und fühlten sich prächtig. Die Nacht war lau, der Hund hatte sich in sein Schicksal ergeben und endlich aufgehört, zu winseln, und die Zukunft nahm die Gestalt einer Goldgrube an.

9 Im wunderschönen Monat Mai

Ein frischer Nachtwind zog über die Terrasse und ließ das Weinlaub rascheln, als Georg ins Freie trat. Sein Körper war aufgeheizt, sein Haar verschwitzt. Um sich nicht zu verkühlen, zog er sich die Kapuze seines Bademantels über den Kopf. Er setzte sich in die Hollywoodschaukel, machte die Augen zu, und tatsächlich, nun hörte er den vorbeifließenden Bach, dessen Plätschern meist im Getöse des Alltags unterging.

»Als ob ich«, flüsterte er sich selbst zu, »ins Wasser gefallen wär, so nass. Ich trinke nicht, ich rauche nicht, geh sogar früh ins Bett … Was ist das nur, wo kommt bloß das ganze Wasser her …«

Im letzten Dreivierteljahr hatte Georg viel Geld in die Hand genommen und mehrgleisig investiert. So hatte er eine Augsburger Firma gekauft, spezialisiert auf Kühlanlagen und Logistikimmobilien, um im Tiefkühlbereich mitzumischen. Ende 1982 hatte er zu einem Schnäppchenpreis über 900 Wohnungen einer gemeinnützigen Wohnungsbaugesellschaft in Ingolstadt übernommen. Die Investition versprach auf den ersten Blick kaum Renditen, doch seine Berater, allen voran Hans, waren sich einig, dass es nur eine Frage der Zeit sei, bis die sogenannte Wohnungsgemeinnützigkeit fallen werde. Nach einem spektakulären Gewerkschaftsskandal, gestrickt aus Misswirtschaft und Veruntreuungen, prophezeiten sie dem sozialen Wohnungsbau sein baldiges Ende. Früher oder später werde die neue Regierung den Markt für Kapitalanleger und Investoren öffnen.

Zum Sitz seiner Holding hatte Georg München gemacht. Von seinem Büro in Bogenhausen aus lenkte er die Geschicke seines Reichs, gleichwohl wurde er mehr und mehr zu einem reisenden Geschäftsmann. Doch hatte er früher Baustellen besucht, begutachtete er jetzt Investitionsgüter und Spekulationsobjekte. Die Arbeit mit den Händen gehörte gänzlich der Vergangenheit an. Nicht nur räumlich, sondern auch gedanklich entfernte er sich von seinem Stammbetrieb. Peu à peu übertrug er alle Geschäfte seinem Finanzchef Thomas Zeiler. Nur Evi hätte Georg allzu gerne nach München gelotst, die aber blieb in Obertraubling und wurde zu Zeilers rechter Hand. Sie redete sich auf die Familie hinaus, wäre aber auch ohne Mann und Kinder nicht mitgekommen. Der Grund dafür war Hans. In dessen Gegenwart fühlte sie sich eingeengt und bevormundet. Er war ihr zu großmannssüchtig, einer, der nach oben buckelte und nach unten trat. Nicht viel anders als Pollersbeck, aber er kämpfte nicht mit offenem Visier und war deshalb gefährlicher, unberechenbarer.

Sie hoffte nur, dass sich Georg nicht zu sehr von ihm beeinflussen ließ.

Der private Umzug nach München klappte reibungslos. Sie bezogen eine Villa in Ismaning, die wesentlich größer war als der Regensburger Bungalow. In einem nahezu dörflichen Umfeld schmiegte sich das Haus an ein Wäldchen. Hier hatte man seine Ruhe und war trotzdem schnell in der Innenstadt. Felix wurde eingeschult, für Nikola fand man in der Nähe einen Kindergarten, wo sie vom ersten Tag an gerne hinging, was bei ihrem ängstlichen Naturell nicht selbstverständlich war. Glücklicherweise fanden beide Kinder rasch neue Freunde, und Felix, der ein Jahr zuvor Fan des FC Bayern München geworden war, durfte nun mit seinem Vater zu manchen Heimspielen ins Olympiastadion gehen und tobte dann gerne auf der Tribüne wie ein kleiner Rowdy. Georg selbst hatte sich noch nie viel aus Fußball gemacht, aber wenn Karl-Heinz Rummenigge, Felix' Lieblingsspieler, ein Tor schoss, jubelte auch Georg, und er freute sich, dass sich der Kleine freute, und der freute sich wiederum noch mehr, weil sein Vater glücklich schien. Heidi wiederum genoss das Getümmel der Großstadt, während Georg weitgehend die Öffentlichkeit mied. Empfänge oder Banketteinladungen überließ er meistens ihr oder einem seiner Geschäftsführer.

Georg stieß sich mit den Füßen ab, worauf sich die Schaukel in Bewegung setzte. Aus der Tasche seines Bademantels zog er ein zusammengefaltetes Blatt, eine Zeichnung von Felix. Er konnte sich nicht erinnern, wann der Junge sie ihm gegeben hatte. Felix produzierte laufend Bilder, die er dann stolz seinen Eltern aushändigte. Georg hatte es einmal Fünfminutenkunst genannt, und ein paarmal schon hatte er Felix zu erklären versucht, dass die Bilder noch schöner würden, wenn er sich mehr Zeit dafür nehmen würde; ein Ratschlag, von dem sich der Kleine bislang ziemlich unbeeindruckt zeigte.

Georg beugte sich vor, schwer zu sagen, was der Künstler dieses Mal hatte darstellen wollen. Nie schien er den Stift abgesetzt zu haben, Georg meinte einen Korpus zu erkennen, möglicherweise zwei, wahrscheinlich zwei kämpfende, ineinander verbissene Drachen. Ein ähnliches Motiv hatte Felix schon mal gezeichnet und es »Drachenkampf« betitelt.

Georgs Blick wanderte zu dem im Dunkel liegenden Indianerhäuschen. Vehement hatte Felix darauf bestanden, dass es den Umzug mitmachte. Georg schmunzelte in sich hinein. Was für ein verrücktes Kerlchen. Immer schon hatte der Bengel alles nach seinen Vorstellungen durchzusetzen versucht, der ließ sich nicht verbiegen. In zwanzig, fünfundzwanzig Jahren, davon war Georg überzeugt, würde Felix in seine Fußstapfen treten. Nikola dagegen war komplett anders, wahrscheinlich hatte sie auch keine andere Wahl im Schatten ihres Radaubruders. Vielleicht aber, befürchtete Georg, lag der Grund für ihre Schüchternheit in den früheren Streitigkeiten, die er mit Heidi ausgetragen hatte, bei denen es teilweise sehr laut zur Sache gegangen war. Und weil Nikola ein sensibles Wesen war, machte ihr das mehr zu schaffen als dem Jungen. Er atmete tief durch. Müßig, sich darüber den Kopf zu zerbrechen. Außerdem war sie nicht nur schüchtern, sie war klug und konnte entwaffnend fantasievoll sein. Erst heute hatte sie beim Schlafengehen zu ihm gesagt: »Papa, du bist wie ein großer, weiter See.«

»Wie kommst du denn darauf?«

Die Kleine hatte sich durchs lockige Haar gestrubbelt. »Wenn du über mir bist, schwimm ich in deinen Augen.«

»Dabei kannst du doch noch gar nicht schwimmen«, hatte Georg mit angefasster Stimme geflüstert. »Jetzt schon, siehst du?« Und sie fing an, sich unter der Bettdecke zu bewegen, schlängelnd und mit weit aufgerissenen Augen.

»Georg … bist du nicht im Bett?« Im Haus ging das Licht an. Heidi lehnte am Türstock, ihr Gesicht lag im Schatten, die Ränder ihres smaragdgrünen Blazers leuchteten.

»Ich kann nicht schlafen«, sagte Georg, ein wenig irritiert darüber, dass er sie nicht kommen gehört hatte. Er stand auf und tapste an ihr vorbei ins Wohnzimmer, wo er Hans am Rand des geschwungenen, überdimensionierten Sofas sitzen sah. Der zündete sich gerade eine Zigarette an.

»Du bist ja noch wach?«

»Das ist eine korrekte Feststellung«, erwiderte Georg.

»Mein Mann schwitzt in letzter Zeit so viel und kann deshalb nicht schlafen.«

»Falsch, Heidi, erst kann ich nicht schlafen, dann kommt das Wasser.«

Hans schlug die Beine übereinander. »Willst nicht mal zum Arzt gehen?«

»War er schon, aber der sagt, ihm fehlt nix. Oder liegt's doch am Waldsterben, um das du dich so sorgst …« Heidi grinste spöttisch.

»Vielleicht fühlst du dich einfach nicht wohl in deiner Haut. Kann ja auch sein: Stress, das Arbeitspensum, die ganze Verantwortung …«

»Ist schon gut«, schnitt Georg ihm das Wort ab. »Du bist mein Anlageberater, dafür zahl ich dir einen Haufen Geld, nicht für Heilpraktikersprüche.«

»Ich glaube, da hat jemand richtig gute Laune …« Pfeifend schlenderte Heidi zur Hausbar.

»War nicht so gemeint, Hans«, sagte Georg, ihm aufs Knie klopfend, während er sich neben ihn setzte. »Dann erzählt doch mal, wie war's denn?«

Hans beugte sich vor. »Gut«, sagte er beschwörend, »sehr gut. Alle waren da, der Ministerpräsident, der Lenz natürlich, sogar die DDR-Fraktion.«

Lenz war einer der größten Fleischhändler Deutschlands. Die Übernahme der Kühlanlagenfirma eröffnete Georg ein neues Geschäftsfeld, und mit Lenz hatte er nun einen potenten Lieferanten zur Hand, der ihm volle Lager garantierte. Erst vor Kurzem hatten sie einen langfristigen Kooperationsvertrag geschlossen. »Und weil alles so gut gelaufen ist«, strahlte Heidi, »wollten wir jetzt noch einen Absacker trinken und den Abend Revue passieren lassen.« Dabei zog sie die zweite Silbe in »Revue« albern in die Länge.

»Die haben alle einen Mordsrespekt vor dir. Selbst der Ministerpräsident hat gesagt: ›Die Schatzschneider-Gruppe kann man nicht mehr ignorieren.‹ Und den interessieren wirklich nur die Großen.«

»Ich weiß, Hans, ich bin nicht ganz blöd, aber wir gehören immer noch zum Mittelstand.«

»Die Prognosen sind aber andere, und die bestimmen den Wert einer Firma.«

Heidi stellte ein Tablett mit einer kleinen, hochprozentigen Getränkeauswahl auf dem Couchtisch ab. »Der Ministerpräsident würde dich gerne mal kennenlernen.«

»Wir kennen uns doch. Ich hab ihm bestimmt schon … zweimal die Hand geschüttelt.«

»Du weißt ganz genau, dass das ganz was anderes ist. Es geht um gute Kontakte, um Landschaftspflege …« Hans zog an der Zigarette und stieß den Rauch energisch nach oben aus.

»Ist schon recht«, sagte Georg, »aber alles zu seiner Zeit.«

»Also, ich fand's sehr schön. Wo mich der Lenz dem Ministerpräsidenten vorgestellt hat, da wusste der sofort, wer ich bin, durch meinen Vater natürlich. Dann hat er mich gefragt, wie wir drauf gekommen sind, in Kühlanlagen zu investieren, hab ich zu ihm gesagt, meine Idee war das nicht, ich als gelernte Innenausstatterin wäre ja schon an der Frage, wie man so ein Kühlhaus überhaupt einrichten soll, gescheitert … Dann haben alle gelacht.«

»Soso«, sagte Georg.

»Findest du nicht lustig?« Sie schaukelte ihr Glas, dass man die Eiswürfel klackern hörte.

»Doch Heidi, ich lach halt eher innerlich.«

»Wie geht's den Kindern?«

»Gut, die zwei haben sich widerstandslos ins Bett bringen lassen, sogar der Felix. Da fällt mir ein, Heidi, er will nächstes Wochenende mit mir ins Stadion gehen, aber jetzt hab ich festgestellt, das ist der 28. Mai, da kann ich nicht, da ist mittags die Versammlung in Obertraubling. Ich schaff das nicht rechtzeitig um halb vier zurück. Kann Miriam nicht mit ihm gehen?«

Miriam war das neue Kindermädchen, eine Frau in gesetztem Alter, die gleichzeitig als Haushälterin angestellt war. Zwar ging Miriam behutsam mit den Kindern um, aber sie hatte auch eine strenge Hand. Vor allem Felix rebellierte gegen ihre konsequente Art und lag regelmäßig mit ihr im Clinch. Die Kinder trauerten immer noch Andrea nach, bei der sie Narrenfreiheit hatten.

»Du musst halt Miriam fragen. Wenn sie mit ihm gehen will und er mit ihr, dann soll es so sein. Ansonsten solltest du nichts versprechen, was du nicht halten kannst«, stichelte Heidi.

»Danke für den Tipp, schreib ich mir hinter die Ohren.«

»Gegen wen spielt denn Bayern überhaupt?«

»Ich glaube, gegen Schalke. Das letzte Heimspiel vor dem Sommer … Apropos, die Gussglas- und Spiegel-Manufaktur in Gelsenkirchen, die hast du noch im Blick, ja?« Hans nickte pflichtschuldig. »Sicher«, sagte er, »klar. Haben wir doch gestern erst besprochen.« Der Rauch stand senkrecht in der Luft, wie ein Schleier aus feinen, durchsichtigen Gewinden.

Georg erhob sich. »Jetzt bin ich doch müde, ich geh nach oben, gute Nacht.« Er ging ein paar Meter, murmelte wie gedankenverloren etwas in sich hinein.

»Was hast du gesagt?«

»Nichts, Heidi. Ich muss noch das Licht bei unserer Tochter ausmachen.« Den Satz sprach er aber so leise, dass ihn die anderen nicht verstanden, und dann war er auch schon weg, ohne sich noch einmal umgedreht zu haben.

Heidi und Hans warfen sich verhaltene Blicke zu. Bis Georgs Schritte verhallt waren, schwiegen sie einander an. »Ich leg mal was auf«, sagte Heidi schließlich und ging zur Stereoanlage.

»Wenn ich ihn nicht kennen würde, würde ich sagen, du hast einen höchst seltsamen Mann.«

»Und weil du ihn kennst, ist er deshalb weniger seltsam?«

»Nein, aber ich hab es aufgegeben, mich über ihn zu wundern.«

»Das gibt's doch nicht, Georg hört die alten Scheiben von meinem Vater.« Heidi hielt eine Schallplattenhülle hoch. »Hier, Schumann, Dichterliebe.«

Hans zuckte mit den Schultern. »Ja, und?«

»Ich wundere mich nur, dass er sie heimlich anhört. Ich hab davon nichts mitgekriegt … Da sind noch mehr Platten …«

»Tja, was soll ich sagen, andere gehen heimlich ins Bordell oder koksen sich die Birne weg – dein Mann hört klassische Musik. Finde ich jetzt nicht wahnsinnig abgründig.«

»Lach nur … Ich kann dir jetzt nicht erklären, was mich daran verwirrt. Aber es ist seltsam, glaub mir. Egal, was willst du hören?«

»Leg doch einfach irgendwas auf, von mir aus die Stones.«

»Wieso die Stones?«

»Weiß nicht, weil Jagger, der Dreckskerl, der größte Rock-

'n'-Roll-Moneymaker ist, den's gibt. Aber nicht nur deshalb.«
Er setzte ein kleines, anzügliches Grinsen auf. »Ich wünsche
mir von dir *Under My Thumb*!«

Heidi verstand die Anspielung sofort. Für eine Sekunde
blickte sie ihm kühl in die Augen. »Damit kann ich leider
nicht dienen.«

»Kein Problem«, wiegelte Hans schnell ab. Er hielt sein
Glas gegen das Licht, schwenkte es einmal und leerte es in einem Zug. Heidi setzte sie sich in einem unverfänglichen Abstand zu ihm aufs Sofa. »Wir sind ein gutes Gespann, wir hätten heute sogar einem Eskimo eine Kühlanlage verkauft.«

»Absolut«, lächelte Hans.

»Aber sag mal, dieser eine Typ aus der DDR, der Kopf von
denen, der Devisenmann … Ich hab seine Funktion nicht
ganz verstanden, was macht der genau?«

»Du meinst Küster. Der ist Staatssekretär im Außenhan-
delsministerium. Er hat mit Lenz den ganzen Ost-West-Fleisch-
handel eingefädelt, den Milliardenkredit für die DDR hat er
auch organisiert. Ein Strippenzieher, ein richtig abgezockter
Hund. Dank ihm können wir aber unsere Kühlanlagen bald
in den Ostblock verkaufen.«

Heidi klemmte ihre Unterlippe zwischen die Zähne. »Sein
Gesichtsausdruck«, sagte sie schließlich, »vor allem diese grau-
en Augen, und auch wie er manche Dinge gesagt hat … Irgendwie hat der mich an Georg erinnert. Ist dir das nicht aufgefallen?«

»Also, ich finde nicht, dass die beiden Ähnlichkeit miteinander haben.«

»Er ist natürlich älter, hat diese komische Opabrille und
kaum noch Haare, trotzdem …«

»Wie du meinst, ich würde das aber dem Georg nicht sagen, sonst fühlt er sich gleich wieder angegriffen.«

»Wieso?«

»Na, ich bitte dich, mit einem Kommunisten verglichen zu werden«, höhnte Hans, »mit einem ›Helden der Arbeit‹ – ich bezweifle, dass ihm das gefallen würde. Also, ich finde solche Apparatschiks grauenhaft.«

»Dem Georg wär das wurscht, und ein ›Held der Arbeit‹ ist er ja selber. Ich kann mich nicht erinnern, wann wir das letzte Mal zusammen im Urlaub waren. Urlaub – das ist für ihn ein Fremdwort. Seit wir in München sind, verbringt er zwar mehr Zeit mit den Kindern, aber mehr als drei Tage am Stück waren da auch noch nie drin.« Sie richtete sich auf, ihre Augen wirkten plötzlich müde und traurig. »Egal«, sagte sie leise, »morgen ist ein neuer Tag.«

Hans drückte auf den Steg seiner Brille, wagte aber nicht, sie anzuschauen. Es war das erste Mal, dass Heidi ihm einen Blick in ihr Innenleben gewährte.

Nur eine halbe Stunde später kam er im »Hochgefühl« an. Die Stimmung war heiter, fast ausgelassen und machte dem Namen des Clubs alle Ehre. Nur Hans schien der Einzige auf verlorenem Posten zu sein. Selbst nach einem Drink und einem kleinen Näschen Koks breitete sich keine Euphorie in ihm aus. Die leutseligen Gesichter kamen ihm leer und blöde vor, und er hatte auch keine Lust, zu schwatzen. Starr wie eine Schaufensterpuppe lehnte er an einer Säule und blickte mit abwesendem Gesicht auf die Tanzenden. Auf einmal, völlig unangekündigt, begann er sich nach Heidi zu sehnen, nach ihrem Körper, nach ihren Armen, ihren Beinen, ihrem Hals, er wünschte sich, bei ihr zu schlafen, einfach nur im selben Bett mit ihr zu liegen, dicht an sie geschmiegt. Diese Art von Verlangen kannte er nicht, es verwirrte ihn zutiefst. Mit seiner rechten Hand fasste er sich auf die Stirn, und langsam, sehr sachte, fing er an, zu nicken, wie jemand, dem eine tiefe Einsicht zuteilwurde.

Plötzlich spürte er eine Pranke im Kreuz. Ein baumlanger Kerl, den er noch nie hier gesehen hatte, stand neben ihm und redete freundlich auf ihn ein. Es dauerte ein Weilchen, bis Hans begriff, dass der Typ ihn nach Koks fragte. Sein Instinkt sagte ihm jedoch, dass der Lange ein verdeckter Ermittler war. Im nüchternsten Tonfall, den er zustande brachte, erklärte Hans, er würde keine Drogen nehmen. Und was nach dieser Lüge kam, überraschte ihn selber, aber es war die Wahrheit, die reine, unverschnittene Wahrheit: »Ich habe mich verliebt«, brüllte er den anderen an und fügte, etwas weniger emphatisch, ein »verdammte Scheiße« hinzu. Darauf drehte er sich um und ging. Es war sein letzter Besuch im »Hochgefühl«, nie mehr wieder sollte er den Club betreten. Beim Hinauslaufen warf er den Rest seines Kokains in den Mülleimer.

In der Ferne war eine Düsenjägerstaffel zu hören. Heidi warf einen Blick auf die Küchenuhr, drei viertel sechs. Perfekt, dachte sie. Die Schnitzel hatte sie schon paniert, sie mussten nur noch gebraten werden, fünf Puddingschalen standen auch schon servierfertig auf der Anrichte als Nachtisch. Sie schmeckte den Kartoffelsalat ab, gab noch einen Spritzer Essig dazu, der hatte jetzt noch Zeit, ein wenig durchzuziehen. Einmal in der Woche – meist Samstag oder Sonntag – kochte sie selbst, seit sie in München lebten. Das Ritual sah auch vor, dass alle Familienmitglieder, manchmal auch Miriam, mit am Tisch saßen. Dafür bereitete sie einfache Gerichte zu, die auch den Kindern schmeckten. Das gemeinsame Essen war der Versuch, den Fliehkräften des Alltags entgegenzuwirken, vor allem aber sollte es den Kindern Familiensinn vermitteln, den sie selbst als Kind oft schmerzlich entbehrt hatte.

Felix war mit Miriam im Olympiastadion, in etwa einer

halben Stunde sollten die beiden zurück sein. Nikola spielte in ihrem Zimmer, Georg saß zeitunglesend auf der Terrasse.

»Hilfst du mir beim Tischdecken?«

»Ja, gleich«, brabbelte er vor sich hin, ohne den Kopf zu heben.

»Bevor ich's vergesse«, sagte Heidi, »der Hans meinte neulich, wir sollten überlegen, ob wir einen Sicherheitsdienst für die Kinder beauftragen.«

Langsam blickte Georg auf. »Was?«, fragte er, als hätte er sich verhört.

»Na ja, die Terroristen suchen sich ja nicht nur Politiker, sondern auch Industrielle. Und Entführungen muss man genauso in Betracht ziehen. Und jetzt, wo dein Name öfter mal in der Zeitung steht …«

»Soso, der Hans macht Sicherheitsvorschläge.« Er lachte tonlos, dann ließ er seinen Blick demonstrativ über die aufgeschlagene Seite wandern. »Also, ich kann meinen Namen nirgends finden.«

»Georg, es war fürsorglich gemeint. Und ich«, fügte sie nach einer kurzen Pause mit unüberhörbarer Wut in der Stimme hinzu, »teile seine Ansicht. Man sollte wenigstens darüber nachdenken.«

»Gut«, sagte Georg, nun um Sachlichkeit bemüht, »ich habe nachgedacht und halte den Vorschlag für … unangebracht. Ich bin, erstens, kein Konzernlenker, und, zweitens, haben wir nichts mit Rüstung oder Hochfinanzen zu tun … Und übrigens, warum sagt das der Hans zu dir und nicht zu mir? Ich seh ihn fast jeden Tag …«

»Weiß ich nicht, wir haben halt gequatscht, dann hat er das nebenbei erwähnt.«

»Aha, nebenbei.« Es klang abfällig, dann beugte sich Georg wieder über die Zeitung, als hätte es den Dialog nie gegeben.

»Mein Gott, bist du schon wieder muffig.«

»Ich hab aber gelesen«, funkelte er sie an, »dass schlechte Laune analytisches Denken fördert.« Heidi warf ihm einen irritierten Blick zu. »Das steht da wirklich«, und er blätterte ein paar Seiten zurück. »Da ... Ich *muss* sogar ab und zu muffig sein, sonst könnte ich ja meinen Job nicht richtig machen.«

Heidi schüttelte fassungslos den Kopf. Eigentlich hatte sie nicht vor, sich mit ihm zu streiten, schon gar nicht an ihrem Familientag. Doch jetzt konnte sie nicht anders. Seine grenzenlose Selbstgefälligkeit brachte sie auf die Palme. Sie schmiss alle guten Vorsätze über Bord und schaltete in den Angriffsmodus. So, du bräsiger Bauer, dachte sie, jetzt wird aufgeräumt, dass dir Hören und Sehen vergeht.

»Wann hast du eigentlich meine Schwester zuletzt gesehen?« Mit einem derartigen Vorstoß hatte Georg ganz offensichtlich nicht gerechnet. Er saß plötzlich sehr aufrecht in seinem Stuhl.

»Was soll das ... Das weißt du ganz genau.« Seine Ohren begannen sich zu röten.

Vor zwei Wochen hatte Georg im Auto gesessen, in unmittelbarer Nähe von Gerlindes Wohnung, den Hauseingang fest im Blick. Schon mehrmals, seit sie nach München gezogen waren, hatte er sich so auf die Lauer gelegt, in der Absicht, sie zu sehen. Wie ein Forscher, der sich an ein scheues Tier heranpirschte, nur nicht zu nah, um es nicht zu verschrecken. Er wollte nicht klingeln, wollte ihr keine Nachricht zukommen lassen. Aus der Distanz heraus beobachten, um dann vielleicht Kontakt mit ihr aufzunehmen. In letzter Zeit gab es Momente, in denen er sich maßlos nach ihr verzehrte. Gleichzeitig fürchtete er eine Begegnung, denn allein schon Gerlindes Existenz hielt ihm vor Augen, im falschen Leben zu stecken, mit der falschen Frau zu leben, allein der Kinder wegen – Heidis geschäftliche Beteiligung focht ihn mittlerweile nicht mehr an. Es schmerzte, wie eine sich immer und immer wieder entzündende Wunde. Insofern sehnte er sich zuweilen nach einer möglichst folgenfreien Symptombekämpfung: Gerlinde sehen, ihr ins Gesicht schauen, sie abstoßend und unattraktiv finden, verbraucht und verstiegen. Dann rief er sich die alten, immer noch verletzenden Szenen in Erinnerung und hoffte, schon ihr Anblick würde ihn zur Räson bringen, auf dass der Spuk ein Ende hätte und er sich wieder ausschließlich auf die maßgeblichen Dinge konzentrieren könnte.

Ein Dreivierteljahr lang hatte er es in unregelmäßigen Abständen immer wieder versucht, von frühmorgens bis spätnachts. Manchmal hatte er nur zehn Minuten zur Verfügung, manchmal zwei Stunden. Die Warterei hatte unterdessen den Nebeneffekt, dass er ungestört zum Nachdenken kam, die Lösung einiger unternehmerischer Probleme verdankte er dem Ausharren in der Zugspitzstraße. Und jedes Mal glotzte er auf den Jugendstilbau wie auf ein verwunschenes Schloss, studierte seine Dachkonstruktion, den Erker mit den floralen Motiven, die schlichten Fensterrahmungen. Mit der Zeit kannte er die Fassade in- und auswendig, was sich dahinter abspielte, blieb ihm allerdings verborgen. Dabei war er sich sicher, dass sie dort wohnte, auf dem Klingelschild stand ihr Name, ebenso auf dem Briefkasten. Er hatte bereits mit dem Gedanken gespielt, einen Privatdetektiv zu engagieren, nun aber trat sie an einem Donnerstag, gegen fünf Uhr nachmittags, aus dem Haus. Sie war es eindeutig. Ihr schwarzes Haar trug sie ähnlich wie vor zwanzig Jahren gelockt und kinnlang, dazu ein blaues Kleid. Ihr folgte ein großer, hagerer Kerl, ebenfalls schwarzhaarig. Er sah aus wie ein Spanier oder Italiener. Die beiden unterhielten sich, Gerlinde hakte sich bei ihm unter, beide wirkten gut gelaunt, frühlingsvergnügt. Sie schlenderten über die Straße, in seine Richtung.

Georg duckte sich weg, griff mit der rechten Hand nach dem Telefonhörer, ein Gespräch vortäuschend, hinter seiner Linken verbarg er sein Gesicht, sein Herz pochte bis unters Kinn.

Abermals war der Lärm von Kampfflugzeugen zu hören. Für einen Augenblick kniff Heidi die Augen zusammen, wie um sich zu sammeln. »Du hast also meine Schwester zuletzt vor neun Jahren gesehen?«

»Ja«, log er, »im Haus meiner Mutter. Wieso fragst du?«

»Weil es mich interessiert«, sagte sie mit gespielter Larmoyanz, um dann eisig nachzusetzen: »Weshalb war Gerlinde damals bei deiner Mutter?«

»Meine Mutter war schwer krank, wahrscheinlich wollte sie sie besuchen«, gab sich Georg arglos.

»Das stimmt nicht. Ich habe damals mit Corin vor dem Haus gewartet, die hat gesagt, dass Gerlinde von Anfang an aufgebracht und zornig war. Das war kein Krankenbesuch.«

»Ich weiß nicht, was das soll. Nach neun Jahren fängst du auf einmal mit dem alten Zeug an.« Er klappte die Zeitung zu und stand auf.

»Setzt dich wieder«, verfügte sie im Befehlston. »Warum hat Gerlinde uns damals verflucht?«

Georg versuchte, ruhig zu bleiben, er verschränkte die Hände, drehte die Daumen umeinander. »Das musst du sie fragen, du stehst mit ihr in Kontakt, nicht ich«, spielte er ihr den Ball zurück, im Wissen darum, dass sie nur in losem Austausch standen, wenn es um das Freisinger Haus ging. »Ich weiß nicht, was damals in sie gefahren ist«, fügte er in unverfänglichem Ton hinzu, »deine Schwester halt … Wir hatten Jahre zuvor ein, wie sagt man … Techtelmechtel. Als wir zwei zusammengekommen sind, war sie offenbar beleidigt und eifersüchtig. Aber das weißt du alles. Das haben wir schon mehrmals besprochen.«

»Gar nichts weiß ich, weil wir nie ehrlich und offen darüber geredet haben! Du hast mir ein paar Brocken hingeworfen, und daraus sollte ich mir was zusammenreimen.«

»Ja, mehr als mir was zusammenreimen kann ich auch nicht«, sagte Georg und breitete, wie zum Beweis seiner Unschuld, die Hände aus.

»Wie du lügst«, prustete sie plötzlich los, »herrlich!«

»Hör auf, so blöd zu lachen«, fuhr er sie an.

»Ich habe Briefe von ihr gefunden, ellenlange Briefe. Die bezeugen, dass sie dich geliebt hat. Es ist der Beweis, dass es kein Techtelmechtel war, auch keine Affäre und auch kein Flirt, wie du sonst oft gesagt hast. Warum hast du mich angelogen?«

Georgs Mund stand leicht offen, seine Augen wurden starr, wie zwei gefrorene Pfützen. »Wie kommst du überhaupt dazu, die Briefe zu lesen?«, fuhr er sie an. »Man schnüffelt nicht in anderer Leute Sachen!«

»Jetzt hast du dich selbst verraten, Georg. Ich habe sie nicht gelesen, ich habe sie nur entdeckt, in einem der alten Kartons im Keller. Ich hab auch nicht geschnüffelt, ich habe nur versucht, den Keller aufzuräumen. Ich wollte einfach sehen, was man entrümpeln kann, und dafür muss man hineinschauen. Warum hast du immer alles heruntergespielt?«

»Wird das jetzt ein Verhör, oder was?«

»Ich stell hier die Fragen«, herrschte sie ihn an, »du hast mir jahrelang keine Antwort gegeben!«

»Nicht so laut, die Kleine … Und jetzt reicht's auch wieder, die anderen werden jede Sekunde kommen …« Es war beschwichtigend, geradezu versöhnlich gemeint.

»Sie sind aber noch nicht da, und jetzt antworte mir!«

Georg sah, dass er ihr nicht beikam, sie hatte sich festgebissen und machte nicht die geringsten Anstalten, wieder loszulassen. In Gefühlsdingen konnte sie eben erbarmungslos sein, da stand sie ihrer Schwester in nichts nach. Um sie zu beruhigen, hätte er sie umarmen müssen, aber das brachte er nicht fertig.

»Du sagst also nichts, dann sag ich dir was: Ich hab Augen, ich hab Ohren, und ich hab einen Verstand. Ich werde das eigenartige Gefühl nicht los, dass sich irgendwas seit dem Tod deiner Mutter verändert hat. Mir scheint, sie hat dir irgendwas am Sterbebett verraten, irgendwas über Gerlinde …«

»So ein Unsinn!«, unterbrach er sie mit gespielter Entrüstung.

»Lass mich ausreden! Aber eins ist sicher: Erst wolltest du nicht nach München umziehen, hast dich dagegen gesträubt, aber dann, wo ich vor ungefähr einem Jahr erwähnt habe, dass Gerlinde wieder in München wohnt, da hast du plötzlich umgeschwenkt, ein bisschen zeitversetzt zwar, aber du hast umgeschwenkt … Sag nichts, du lügst ja sowieso. Ich hab das alles registriert, so wie ich viele andere Dinge auch wahrnehme.« Zu diesen Dingen gehörte der Bericht von Hans, der ihr im Vertrauen erzählt hatte, wo und unter welchen Umständen er Georg einst kennengelernt hatte.

Heidis Blick schweifte kurz ab, als hätte sie etwas vernommen, aber dann sah sie ihm geradewegs in die Augen. »Du kannst mich mit jedem Flittchen der Welt bescheißen, mittlerweile ist mir das egal, aber nicht mit meiner Schwester. Wenn du das tust, bring ich dich um.« Ihr Ton war eisig und erstaunlich gefasst.

Die Terrassentür öffnete sich, Nikolas Lockenkopf kam zum Vorschein, wie ein flügelgestutzter Engel stand sie da.

»Mama«, piepste sie, »das Telefon klingelt die ganze Zeit …« Jetzt hörten es auch die beiden Erwachsenen. Heidi streckte den Arm nach der Kleinen aus, während ihr Blick noch wie eine Waffe auf Georg gerichtet war. »Danke, Liebes, ich musste mit Papa noch ein paar Sachen besprechen.« Ihre Stimme klang weich wie ein Federbett. Erleichtert blieb Georg auf der

Terrasse zurück. Doch ehe er dreimal tief durchatmen konnte, hörte er ihren Aufschrei.

»Komm schnell«, rief Heidi, »der Felix hatte einen Unfall!« Aus ihrem Gesicht war alle Farbe gewichen, ihre Augen
blickten starr. Jetzt erst konnte er Heidi in die Arme nehmen.
Sie zitterte am ganzen Leib, stammelte Sätze, die er nicht verstand. Er umarmte sie so innig wie zuletzt nach Felix' Geburt.

»Bleib bei Nikola«, sagte er, »ich fahr hin.«

Auf dem Weg vom Stadion zurück nach Hause hatte sich
der Bub von Miriams Hand losgerissen und war über die
Straße gelaufen, wo er von einem Auto erfasst wurde. Die
Stelle, wo der Körper auf dem Asphalt aufgeschlagen war,
war mit Blutklecksen besprenkelt. Bei genauerem Hinsehen
sah es aus wie ein Bild von ihm. Die Ärzte konnten Felix
nicht mehr helfen.

10 Verstiegene Träume

Alles an Heidi und an der von ihr gestalteten Umgebung wirkte geordnet und vollkommen. Doch eigentlich, dachte Georg,
ist alles steril, trotz ihrer Bemühungen um Gemütlichkeit.
Beide lebten, ob in Regensburg oder in München, in einer
von ihr erschaffenen Welt, in der alles seinen Platz hatte und
eine aufgezwungene Harmonie herrschte. Sie strahlte Stil aus,
aber es fröstelte einen wie in einem Eispalast. Die Kunst an
den Wänden wirkte wie der Versuch, den Räumen Leben einzuhauchen, dabei waren diese anarchischen Farbarrangements
genauso pedantisch angebracht wie alles andere auch.

Georg ging durch das Haus wie auf der Suche nach der
verlorenen Zeit, im Bewusstsein, dass sie unwiederbringlich
war. Vor allem aber wusste er, mit dieser Frau würde er kein

Heim mehr teilen, kein Bett und keinen Kühlschrank. Georg betrat Felix' Zimmer, in dem immer noch alles beim Alten war. Seltsamerweise verspürte er keine Trauer, obwohl ihn sein Gewissen dazu aufrief. Keine Gefühlsregung schlug in ihm an, nur die Erkenntnis, dass auch er irgendwann sterben würde, und irgendwann war so nah und so fern wie der Himmel im Fenster. Und mit einem Mal, im Zimmer seines toten Sohnes, bekam er eine Vorstellung von sich als Abwesendem. Es war kein beängstigender Zustand, denn nichts würde ihm fehlen, weil er ja selbst fehlte. Er schloss die Augen, ehe ihn der Gesang eines Rotkehlchens aus dem Garten in sein gegenwärtiges Leben zurückholte.

Eben noch hatte es geregnet, jetzt teilten sich die Wolken, und die Sonne zeigte sich. Lothar stieg aus dem Wagen und lehnte sich an die Beifahrertür. Er atmete tief durch, genoss die feuchte, frische Luft, plötzlich zerstörte der rassige Sound eines 6-Zylinders die Ruhe. Ein Porsche bog um die Ecke und steuerte geradewegs auf die Einfahrt zu.

Heidi beäugte den Mann auf ihrem Grundstück zunächst skeptisch, nahezu abfällig, doch dann, nachdem er »Hallo Heidi, frohe Ostern« gesagt und seine gewitzten Äuglein weit aufgerissen hatte, erkannte sie ihn. Die Jahre hatten ihn verändert – es waren neun seit ihrer letzten Begegnung in Konrads Kneipe –, sein rechtes Auge war blau unterlaufen, außerdem trug er einen Verband um die Stirn.

»Lothar? Was machst du denn hier ...« Bevor er antwortete, grüßte er Hans, der Heidis misstrauischen Blick übernommen und noch nicht ganz abgelegt hatte, dann reichte er Nikola die Hand, die hinter Heidi aus dem Auto gehopst war. »Ich warte auf Georg, der ist nochmal ins Haus gegangen und holt noch was, die schweren Sachen hab ich ihm schon heraustragen geholfen.« Dazu machte er eine ausladende Armbewegung, die ausdrücken sollte, dass sich das Zeug im Kofferraum befand. »Ich war auch im Krankenhaus«, sagte er auf seinen Kopf deutend, »und da hab ich den Georg getroffen, wir sind uns quasi in die Arme gelaufen.«

»Wirklich? Das gibt's ja nicht.«

»Doch, das gibt's, ich war ja dabei«, zwinkerte er, »schön, dich zu sehen.«

Nach Felix' Tod war schnell klargeworden, dass Heidis und Georgs Ehe endgültig gescheitert war. Jener Teil der Trauerphase, in die sie sich gegenseitig auffingen, war nur kurz, bald fingen die beiden an, einander heftige Schuldzuweisungen zu machen. Georg warf Heidi vor, zu lange an Miriam festgehalten zu haben – er hatte sie ja der ständigen Reibereien wegen schon längst durch ein anderes Kindermädchen ersetzen wollen. Heidi konterte, er hätte nur sein Wort halten und selbst mit Felix ins Stadion gehen müssen, dann wäre die Katastrophe nicht passiert. Kaum ein Tag verging, an dem sie sich nicht anfeindeten und noch tiefer verletzten.

Zeitgleich begann Georg aus Verzweiflung und Hilflosigkeit eine Klagewelle loszutreten. Erst erstatte er Anzeige gegen den Autolenker, durch den Felix zu Tode gekommen war, dann ließ er eine Vernachlässigung von Miriams Aufsichtspflicht prüfen, und als beides abschlägig beschieden wurde, verklagte er die Stadt München, der er vorwarf, sie hätte den Straßenabschnitt am Unfallort absichtlich nicht verkehrsberuhigt, wofür es tatsächlich ein paar vage Indizien gab. Doch all diese Anstrengungen waren vergebens. Seine ohnmächtige Rachsucht erfuhr keine Genugtuung. Es fand sich einfach keine irdische Instanz, die man für den Tod des Kindes hätte verantwortlich und haftbar machen können.

»Niemand«, wurde selbst sein Anwalt am Ende deutlich, »kann in diesem Fall etwas dafür, es war Schicksal, akzeptieren Sie es und schließen Sie Frieden mit sich.«

Nach einigen Monaten kamen Georg und Heidi in einem ruhigen und sachlich geführten Gespräch überein, dass es besser sei, sich zu trennen, aber noch bis zur Klärung aller geschäftlichen und finanziellen Angelegenheiten weiter unter einem Dach zu wohnen. Beide waren über den Entschluss erleichtert, der wohl ohne den Verlust des Jungen nicht gefallen wäre. Wahrscheinlich hätten sie sich noch wesentlich länger streitend durchs Leben geschleppt. Jetzt war ihre Kampfkraft erschöpft, ein Miteinander war einfach nicht mehr möglich. Eine Trennung, mutmaßten beide, wäre unterm Strich auch das Beste für Nikola. Ihre ständigen Konflikte machten der Kleinen zu schaffen, sie vergrub sich immer öfter im Bett und war weinerlich, im Kindergarten nässte sie ein. Das änderte sich tatsächlich, nachdem zu Hause, wenn schon kein Miteinander, aber so wenigstens ein friedvolles Nebeneinander eingekehrt war.

Schon in den ersten Wochen nach Felix' Tod hatte Georg einen beengenden Druck in der Brust gespürt. Er ignorierte ihn, doch dieser unbestimmte Schmerz, der sich mal stärker, mal schwächer bemerkbar machte, zog nicht vorüber. Das neue Jahr brach an, und mit ihm nahmen die Beschwerden Woche für Woche, Monat für Monat zu, so dass er mit seiner Verdrängungsstrategie nicht mehr weiterkam. Für Mitte April nahm er eine Einladung zu Zeilers 45. Geburtstag an, den der Jubilar mit einer großen Feier in Regensburg beging. Eigentlich wollte Georg absagen, er hatte aber Bedenken, dass ihm dies als Arroganz ausgelegt würde, also biss er die Zähne zusammen und fuhr hin. Schon zu Beginn der Festlichkeit bekam Georg eiskalte Füße. Bald darauf wurde ihm hundeelend, und er spürte nichts mehr. Zum Glück war Evi da, sie erkannte seinen miserablen Zustand und hatte keine Scheu, den Chef vor aller Augen an der Hand zu nehmen und ihn in sein Hotelzimmer zu bringen. Allein hätte er das nicht mehr geschafft, so erschöpft fühlte er sich, dennoch sträubte er sich mit flattriger Stimme gegen einen Notarzt. Daraufhin gab sie ihm einen Cognac zu trinken und begann, um seinen Kreislauf wieder in Gang zu bringen, seine Füße zu massieren, unermüdlich, nahezu die halbe Nacht. Am nächsten Tag, es war ein Sonntag, fuhr er nach München und sofort ins Krankenhaus. Nach der Untersuchung sagte der Kardiologe, er habe »Riesenglück« gehabt und könne sich bei seiner Mitarbeiterin bedanken, ohne ihre Hilfe wäre er jetzt wahrscheinlich nicht mehr da, wie er sich ausdrückte. Georg habe einen Herzinfarkt erlitten, der Herzmuskel sei zwar nicht stark angegriffen, nichtsdestotrotz müsse er zur weiteren Behandlung und Beobachtung hierbleiben. Zudem verordnete er ihm strikte Ruhe.

»Herr Schatzschneider«, mahnte er unmissverständlich, »nehmen Sie es nicht auf die leichte Schulter, ein Herzinfarkt kommt nicht aus dem Nichts. Er ist die Reaktion auf Frustration und Erschöpfung. Sie sind noch keine vierzig, Sie müssen Ihr Leben ändern, wenn Sie nicht wollen, dass es wieder passiert. Beim nächsten Mal werden Sie nicht so glimpflich davonkommen.«

»Papa«, quietschte Nikola und rannte ihrem Vater entgegen, der soeben aus der Haustür trat. Georg fing die Kleine auf und lupfte sie in die Höhe. »Nochmal«, forderte sie. »Geht nicht, Niki«, sagte er, ihren Kopf streichelnd, »ich darf mich immer noch nicht anstrengen. Geh schon mal ins Haus, ich komm gleich nochmal rein.« Er nickte den anderen zu, hob flüchtig die Hand.

»Wir dachten, du bist noch im Krankenhaus«, stutzte Heidi.

»Ach, man wird da drin auch nicht gesünder …« Er ging ein paar Schritte auf sie zu. »Ich hab den Lothar mitgebracht, aber ihr habt euch ja schon begrüßt.« Georg genoss sichtlich die Verblüffung, die Heidi und Hans noch ins Gesicht geschrieben stand.

»Wir haben«, sagte sie, »einen kleinen Osterausflug an den Ammersee gemacht.«

»Bis es angefangen hat zu regnen«, sekundierte Hans. Die Situation war ihm offensichtlich unangenehm, doch er bemühte sich, Souveränität auszustrahlen.

Der Tod des Kindes hatte ihm quasi in die Karten gespielt, es war *die* Chance, Heidi für sich zu gewinnen – und er hatte sie ergriffen. Dafür legte er sich mächtig ins Zeug: Ständig bot er ihr Gefälligkeiten an, machte ihr kleine, aufmunternde Geschenke, vor allem aber war er ihr in der dunkelsten Zeit ihres Lebens ein einfühlsamer und stützender Freund. Kurzum: Hans bemühte sich um Heidi, wie er sich noch nie um eine Frau bemüht hatte. Und sobald wieder etwas Licht durch den schwarzen Schleier der Trauer dringen konnte, sah auch Heidi, was sie an Hans hatte und dass womöglich er der richtige Mann für sie sei. Noch hielten sie ihre Verbindung allerdings geheim, zumal auch die Scheidung noch nicht vollzogen war.

»Ist doch schön«, bekundete Georg jovial, »und ich find's auch schön, wie rührend du dich um Heidi kümmerst. Es ist ja unschwer zu erkennen, dass ich gerade hier ausziehe.«

Heidi nahm irritiert den Kopf zurück. Noch vor zwei Tagen lag er erschöpft und wortkarg im Krankenbett, jetzt wirkte er aufgeräumt und vital wie lange nicht. »Woher kommt denn auf einmal dein schneller Entschluss, wie, bitte schön, darf man das verstehen?«

»Mein Gott«, Georg zuckte mit den Schultern, »manchmal darf man nicht zu viel nachdenken, man muss einfach machen, und das habe ich jetzt getan.«

»Was ist denn passiert?«

»Ostern«, sagte Georg trocken, »das heißt doch Auferstehung. Mehr ist nicht passiert.«

Am Karfreitag, es war der 20. April 1984, waren Georg und Lothar einander auf dem Flur des Universitätsklinikums begegnet. Sie brauchten ein, zwei Sekunden, um zu begreifen, an wem sie da jeweils gerade vorbeigingen, dann aber drehten sie sich nahezu gleichzeitig zueinander um. Obwohl sie sich vorher nur einmal im Leben getroffen hatten, spürten die beiden sofort, dass sie sich viel mitzuteilen hatten. Natürlich war es Gerlinde, die sie miteinander verband, und wäre das Leben eine Parabel, hätte sie für beide eine Art Scheitelpunkt markiert.

Die zwei verabredeten sich auf eine Tasse Tee in Georgs Zimmer, wo sie ungestört waren. Rasch stellte sich heraus, dass Lothar seit etwa einem Jahr wieder mit Gerlinde in Kontakt stand. »Das muss man sich mal vorstellen, acht Jahre nachdem sie mich von einem Tag auf den anderen verlassen hat, erreicht mich über meinen Arbeitgeber ein Schreiben von ihr, in dem sie sich bei mir entschuldigt und mich fragt, ob wir zusammen einen Kaffee trinken würden. Die hat doch eine Vollmeise.« Aber den Kaffee, meinte Lothar lakonisch, hätten sie dann trotzdem getrunken. Gerlinde habe halt ihr schlechtes Gewissen erleichtern wollen.

»Und weshalb hat sie sich damals von dir getrennt?«, fragte Georg.

Lothar strich sich ein paarmal nachdenklich über den bandagierten Kopf. »Sie hat gesagt, sie konnte nicht anders, sie wäre eingegangen wie ein Vogel im Käfig in diesem Eheleben, wo ihr alles so absehbar vorgekommen war. Sie war damals nicht fähig, mir das zu erklären, deshalb ist sie abgehauen. Das Auto vollgestopft und weg, erst nach München, dann nach Italien.«

Mittlerweile trafen sich die beiden in unregelmäßigen Abständen wieder. Von Gerlinde hatte Lothar auch erfahren, dass Georg und Heidi ihren Sohn verloren hatten, und er wiederum konnte berichten, dass Gerlinde mit niemandem liiert war. Auf Georgs Einwand, er habe sie mit einem südländisch aussehenden Mann gesehen, meinte Lothar, dabei habe es sich aller Wahrscheinlichkeit nach um Umberto gehandelt, einen italienischen Koch, dem sie während ihrer Italienzeit ihre Wohnung vermietet hatte und der inzwischen in einer eigenen Wohnung im selben Haus lebte. »Da läuft nichts, das ist nur ein Freund, so wie ich«, lachte er. »Gerlinde hat keinen Kerl, aber die ist da ohnehin sehr speziell.« Georgs Erschöpfung wurde mit jeder Minute weniger und machte einer zaghaften Hoffnung Platz. Sie war also ungebunden, dachte er, so wie er selbst, während Lothars Wunden längst verheilt schienen.

Auf der Hochzeitsfeier seines Freundes Korni, erzählte Lothar, habe er vor einiger Zeit eine tolle Frau kennengelernt. Sie heiße Nina und er sei sich sicher, endlich die Liebe seines Lebens gefunden zu haben. Noch würden sie eine Fernbeziehung führen, allerdings halte er Ausschau nach einem guten Job im Ruhrgebiet. Er wolle zurück in die Heimat und eine Familie gründen.

»Die wirklich wichtigen Dinge des Lebens eben«, sagte er mit der Überzeugung eines gefestigten Mannes. Dass er sich seit einigen Jahren in der Gewerkschaft engagiere, erzählte er Georg auch, und dass es dazu wohl nicht gekommen wäre, hätte ihn Gerlinde nicht verlassen. »Da waren aber ein paar Jungs in Dingolfing, die waren halt dabei, und die haben sich wirklich um mich gekümmert, haben mich aufgefangen, nachdem's mir erstmal beschissen ging und ich drauf und dran war, so richtig mit dem Saufen anzufangen. So kam eins zum andern, und was die vertraten, fand ich gut, du kennst das ja alles von der anderen Seite«, grinste er, »jetzt bin ich hier im Betriebsrat. Nicht immer einfach, wenn du nicht zur ›Mannschaft der Vernunft‹ gehörst. Da werden dir schon mal Knüppel zwischen die Beine geworfen.«

Während Lothar erzählte, fasste Georg den Plan, ihm zu einer Anstellung in seiner Unternehmensgruppe zu verhelfen, und ihm fiel ein, dass man doch für die Gussglas- und Spiegel-Manufaktur in Gelsenkirchen einen Vertriebsleiter suchte. Er konnte sich gut vorstellen, dass Lothar dafür der Richtige wäre. Und so sollte es schließlich auch kommen.

Georg hatte großen Gefallen an ihm gefunden und erkannte schnell, dass der ein unaufgeregter Typ war, anständig im besten Sinn. Lothar musste man einfach reinen Wein einschenken, und deshalb beschloss er, ihm die Wahrheit über sich und Gerlinde anzuvertrauen. Er wollte wissen, wie Lothar die Chance einschätzte, noch einmal mit ihr zusammenzukommen. Und so erzählte Georg ihm alles, bis hin zum vorläufigen Schlusspunkt, als er im Auto gesessen hatte und Gerlinde aus dem Haus gekommen war. Er redete und redete, und Lothar kam gar nicht mehr aus dem Kopfschütteln heraus, doch im Grunde genommen schien er von den Enthüllungen nicht allzu sehr überrascht zu sein. Er habe schon immer geahnt, sagte er schließlich, dass Gerlinde in ihrem Inneren schwer verletzt sei, ihm sei durchaus bewusst gewesen, dass ihr irgendwas Traumatisches widerfahren sein musste. »Tja«, meinte er abschließend, »dann musst du da halt nochmal ran.« Er riet Georg zu einem Brief und bot sich an, ihn ihr als Bote nach Ostern zu überbringen. »Ich geb ihn ihr, und ich werde sagen, dass du es ehrlich meinst.«

Georg jubelte innerlich, eigentlich war ihm nach Weinen zumute, so gelöst fühlte er sich. Gleich würde er sich an den Brief setzen, er würde ein Treffen vorschlagen, und sollte Gerlinde dem zustimmen, würde sich auch Klarheit einstellen, ob es eine zweite Chance für sie gab. Georg wischte sich über die Augen, sein Herz schlug gleichmäßig, er spürte keinen unangenehmen Druck mehr.

Die beiden umarmten sich, bevor Lothar in sein Krankenzimmer zurückkehrte. Er tat sich schwer mit dem Einschlafen, denn er hatte vom Schicksal der beiden gewusst. Um ihm zu erklären, warum sie sich damals von ihm trennen musste, hatte Gerlinde Lothar in die *ganze* Geschichte eingeweiht. Gleichzeitig hatte sie ihm das Versprechen abgenommen, niemandem je davon zu erzählen. Daran hatte er sich gehalten, und er sah auch keinen Grund, gegenüber Georg wortbrüchig zu werden. Im Lauf von dessen Erzählung hatte er allerdings verstanden, dass Georg nicht alles wusste. Einen wesentlichen Teil kannte er nicht. Lothar sah zwar ein, dass die beiden noch nicht miteinander fertig waren und ihre Geschichte nochmal einen anderen Verlauf nehmen könnte, gleichwohl tat ihm Georg leid. Für kein Geld der Welt, sagte er sich, würde er mit ihm tauschen wollen. Lieber arm als ahnungslos.

Gut zwei Wochen nach seinem Herzinfarkt verabredeten sich Georg und Gerlinde zu einem Spaziergang im Englischen Garten. In Georgs Augen war der Gang eine Expedition, um jene Frau wiederzufinden, die er vor achtzehn Jahren verloren hatte. Vielleicht, so hoffte er inständig, war die Irrfahrt jetzt zu Ende, und er musste Gerlinde nur noch nach Hause holen.

Viel sprachen sie zunächst nicht miteinander, es blieb bei Oberflächlichem, und es schien, dass sie nur redeten, um keine peinliche Stille aufkommen zu lassen. Über das schöne Wetter, über ein Rudel Rollschuhfahrer, das kreischend an ihnen vorbeizog, über die Frage, ob sie irgendwo einkehren sollten oder besser nicht.

Beide versuchten, sich locker zu geben, unverkrampft,

heimlich jedoch beäugten sie einander, lasen wechselseitig in ihren Gesichtern, versuchten zu entziffern, wie sehr sich der andere verändert hatte. Gerlinde hatte immer noch den verträumten Blick und ihr warmes Lächeln, neu waren die feinen Fältchen um die Augen und ein paar hauchzarte, durchschimmernde Pigmentflecken auf der Stirn und an den Wangen. Für ihn stand schnell fest, dass sie nach wie vor die schönste Frau der Welt war.

Gerlinde fand ihn in seinem Sakko und in dem weißen Hemd sehr förmlich, ein bisschen zu steif, registrierte aber auch die jugendliche Wendigkeit, die noch immer in seinem Körper steckte. Und auch wenn er sich etwas verhalten gab, strahlte er eine um Wiedergutmachung bemühte Entschlossenheit aus. Nur seine blasse Gesichtsfarbe ließ noch auf den gerade überstandenen Infarkt schließen. Ansonsten sah er gut aus, seine herben Züge machten ihn attraktiv, er war ein Mann geworden.

Plötzlich nahm sie ihn bei der Hand. »Komm«, sagte sie, »wir gehen da jetzt hoch.« Wenig später nahmen sie Platz auf der obersten Stufe des Monopteros. Von hier oben hatte man eine herrliche Aussicht über die Stadt. Ein paar Teenager saßen rauchend und feixend in einem Kreis, ein junges Pärchen reckte die Köpfe in die Sonne, vereinzelte Touristen schossen Fotos. Georg hatte Gerlindes Hand nicht mehr losgelassen. Er nahm sie nun zwischen beide Hände.

»Es ist einiges schiefgelaufen, was?«, sagte er mit gefasster Stimme, worauf sie einen kurzen, heiteren Atemstoß von sich gab. »Das kannst du laut sagen.«

»Ich weiß jetzt gar nicht, ob ich weinen oder lachen soll.« Er presste seine Augen zusammen, als suchte er die Antwort im Dunkeln.

»Es geht doch beides, Georg.«

Es klang tröstlich. Ihre Blicke schweiften über Bäche und

Bäume, Kirchen und Kuppeln. »Vor einer Ewigkeit«, fing sie schließlich an, »hast du zu mir gesagt, du hättest immer wieder Zeitlang nach dem Wald, weil man dort viel besser allein sein kann. Ist das immer noch so?«

»Ich weiß nicht«, sagte er, »ich bin weg von da, aber ja, irgendwann werde ich bestimmt wieder zurückgehen. Ich hoffe, nicht allein.« Georg drückte ihre Hand, ihre Muskeln waren kräftig. Dann ließ er sie los, kratzte sich im Nacken. »Wollen wir unsere Namen dazuschreiben?« Er grinste. Die Stufen waren voller Initialen, Namenszüge und Herzen, meist von Liebespaaren, die ihr Bündnis in den Stein graviert hatten, um der Endlichkeit zu trotzen.

»Wir haben doch nix Spitzes dabei«, wiegelte Gerlinde ab.

»Wäre kein Problem, kann man sich schnell besorgen.«

»Aber Herr Schatzschneider«, lächelte sie ironisch, »das ist doch illegal, Sachbeschädigung. Man sollte doch der Jugend ein Vorbild sein …«

»So einseitig kann man das nicht sehen. Denn mit jeder neuen Beschädigung«, scherzte er, »wird eine Sanierung von dem Ganzen notwendiger. Wir kurbeln somit die Wirtschaft an, schaffen oder erhalten Arbeitsplätze.«

Sie neigte ihren Kopf, taxierte ihn mit einem leicht sarkastischen Blick. »Wenn man was kaputt macht, ist das gut für die Wirtschaft, ich weiß … Aber wenn der Stein saniert ist, sind wir auch wegradiert, dann können wir's doch gleich lassen.« Sie stand auf, streckte kurz ihre Arme aus, »komm, lass uns weitergehen.«

Sie stiegen den Hügel hinunter, spazierten ohne ein bestimmtes Ziel im Sinn nach Osten, in Richtung Isar. Nachdem sie eine Brücke überquert hatten, sagte Gerlinde mit plötzlichem Ernst: »Ich habe deinen Brief gelesen.« Es hörte sich an wie der Auftakt zu einer Auswertung.

»Davon geh ich aus, sonst wären wir ja nicht hier.« Georg

bemühte sich um einen lockeren Tonfall, während er spürte, wie sein Herz anfing, zu pumpen. Die beiden bogen auf einen ufernahen, von Eschen gesäumten Kiesweg, wo sie eine Parkbank fanden. Gerlinde schaute ihm offen ins Gesicht. »Ich habe alles verstanden, Georg. Ich glaube auch wirklich, dass dir alles sehr leidtut. Nur eine Frage bleibt: Warum ausgerechnet sie?«

Die Frage schmerzte, denn die Antwort tat es noch mehr. Er fasste sich an den Hinterkopf, er wand sich innerlich, seine Augenlider zuckten. Aber dann erinnerte er sich, dass er ihr gegenüber immer ehrlich sein konnte, und es hatte auch keinen Sinn, zu taktieren.

»Also, was soll ich sagen, ich bin manchmal ein rachsüchtiger Mensch. Ich wusste natürlich, dass dich diese Verbindung am meisten treffen würde. Und es war ja nicht so, dass ich Heidi damals nicht gemocht hätte.«

»Deine Rechnung ist aufgegangen, mich hat das tatsächlich fast umgebracht. Das heißt, du hast Heidi hauptsächlich benutzt, um mir eins auszuwischen?«

Georg hob die Arme und ließ sie sogleich wieder fallen. »Ich habe nie behauptet, dass ich ein Heiliger bin. Und ich habe trotzdem gehofft und auch geglaubt, dass es schon irgendwie gutgehen wird mit ihr und mir. Aber klar, da war auch Rache im Spiel, das muss ich zugeben.« Mit aufeinandergepressten Lippen nickte er schuldbewusst seinen Worten hinterher.

»Aber hast du nie daran gedacht«, setzte Gerlinde nach, »welchen Schaden du ihr und auch den Kindern damit zufügst? Sowas kann doch nicht gutgehen …«

Er wischte sich über die Augen, schließlich stützte er den Kopf in die Hände. »Es ist ja auch nicht gutgegangen. Aber wenn man drinsteckt, denkt man sich, durchdrehen geht nicht, also weitermachen. Und ich hab sowieso nur gearbeitet. Jetzt lässt sich die Zeit nicht zurückdrehen, Entscheidungen lassen sich nicht mehr umbiegen … Früher waren die meisten Ehen keine Liebesbeziehungen, die Leute haben trotzdem Kinder gekriegt, haben sich was aufgebaut. Das waren nicht alles Heimstätten des Unglücks. Das soll jetzt keine Ausrede sein, und ich will auch keine Schuld von mir weisen. Auf der anderen Seite: Die Heidi hat sich damals sehr um mich bemüht, ich musste sie nicht erobern, sie wollte diese Beziehung unbedingt.« Auf einmal kam ein kalter Wind auf. Georg griff nach ihrer Hand. »Lass uns irgendwo reingehen. Ich hab eine Idee.«

Draußen fing es an zu dämmern, die Regentropfen liefen die Scheibe hinunter, als befänden sie sich in einem Wettrennen. Gerlinde wandte sich vom Fenster ab, ließ ihren Blick durch den Raum wandern. »Das Zimmer ist schön«, sagte sie zu Georg, der gerade aus dem Badezimmer kam. »Was hast du dafür bezahlt? Ich geb dir die Hälfte.«

»Lass es.« Ohne darauf einzugehen, ging sie zur Garderobe, wo ihre Jeansjacke hing. »Lass es«, wiederholte er, »bitte.«

Sie klappte den Geldbeutel auf. »Jetzt sag schon, wie viel?«

»Nichts.«

»Wie, nichts?«

»Na, weil«, sagte er, sich aufs Bett setzend, »das Hotel gehört meinem Unternehmen.« Gerlinde sah ihn fassungslos an. »Das ist nicht dein Ernst, oder?«

»Nein, war ein Scherz«, ruderte er zurück und hob abwehrend die Hände. »Ich möchte trotzdem nicht, dass du mir Geld gibst. Nimm es einfach als … späten Ausgleich. Ich weiß noch gut, wo du mir damals eine sündteure Jeans gekauft hast. Die hast du mir geschenkt, obwohl ich das nicht wollte. Du warst aber unerbittlich. Jetzt zahl ich dir einen Teil zurück. Basta.«

»Na gut, ausnahmsweise, ich weiß, dass du viel Geld hast, ich möchte aber nicht eingeladen werden. Ich kann für mich selbst sorgen.«

»Gut«, beteuerte Georg, »ist angekommen. Dann haben wir das geklärt. Lass uns einfach was trinken.«

Wenig später füllte Gerlinde zwei Gläser mit Rotwein. »Du kriegst aber nur was, weil es heißt, Rotwein ist gut fürs Herz.«

»Dann hab ich ja richtig Glück gehabt mit meinem Infarkt.«

»Du bist ein Depp, Georg.«

»Das weiß ich selber«, grinste er.

Beide setzten sich im Schneidersitz auf den Teppichboden. Sie stießen an, tranken und nickten sich zufrieden zu.

»Sehr rund«, bekannte Gerlinde, »wirklich, richtig gut.«

»Dann haben wir hiermit endlich unsere Friedenspfeife geraucht, jetzt können wir ja fernsehen.« Georg sagte das so trocken und zugleich mit so viel Ironie in der Stimme, dass Gerlinde losprusten musste und den Wein, von dem sie gerade einen herzhaften Schluck genommen hatte, auf Georgs weißes Hemd spuckte. Er nahm das ziemlich unbeeindruckt hin, sagte lediglich: »Dann darf ich dich jetzt eine zweite Nacht einladen. Weil, eine Hose schenken ist das Gleiche wie ein Hemd kaputt machen.« Gerlinde konnte nicht aufhören, zu lachen, schließlich sagte er, auf seine Anzughose deutend, »mach die doch auch noch kaputt, dann hätten wir schon das Wochenende beisammen, zu dem ich dich einladen könnt.« Georg ließ sich jetzt einfach treiben, ohne darauf zu achten, ob er Blödsinn redete oder nicht, und Gerlinde kicherte und lachte vor sich hin, auch wenn sie manchmal gar nicht wusste, was gerade komisch war.

Der Regen schien abgenommen zu haben, sein Prasseln war kaum mehr zu hören. »Wie lange«, fragte sie schließlich, als sich ihre Ausgelassenheit ein wenig legte, »willst du denn eigentlich deine Firma noch selber leiten? Das geht ja schließlich auch auf die Gesundheit …«

Er hob die Schultern, als müsste er eine Last hochstemmen, sein Atem ging plötzlich schwer. »Ich weiß es nicht, ich müsste erst alles in guten Händen wissen, dafür bräuchte es aber den richtigen Nachfolger. Das ist verdammt kompliziert …« Er nahm sein Glas zur Hand, stellte es aber sofort wieder ab. »Scheiße«, zischte er, »ich hab was vergessen.« Er sprang auf und eilte zu dem schweren Eichentisch, auf dem ein Telefon stand. »Entschuldige, ich muss kurz was klären …«

Mit einer beschwichtigenden Handbewegung bedeutete sie ihm, dass das kein Problem sei. Sie stellte sich ans Fenster, rauchte eine Zigarette. Indessen ließ sich Georg mit einem Walter Lenz verbinden, und obwohl Gerlinde gar nicht wissen wollte, was Georg mit ihm besprach, war es unvermeidbar, dass sie einiges aufschnappte. Die Rede war von Ungarn, von Kühlanlagen und Fleischlieferungen, einige Namen fielen, verschiedene Orte in Osteuropa, Summen im hohen sechsstelligen Bereich. Georgs Stimme war wie ausgewechselt, sie klang forsch und unpersönlich, manchmal sogar richtiggehend kalt. »Ich bin noch nicht ganz gesund«, sagte er am Ende des Telefonats, »aber meine Frau und der Klankermeier sind genau instruiert. Die fliegen statt meiner hin, genau … danke, auf Wiederhören.«

Er warf den Hörer auf die Gabel, zog die Mundwinkel in die Breite. »Den muss man an der kurzen Leine halten, wenn der nur einen Zentimeter Raum kriegt, schmiert er dich aus, wo er nur kann.« Er setzte sich aufs Bett, sein Gesicht bekam wieder weiche Züge. »Tut mir leid, ich hatte das vergessen. Und es ist immer besser, man regelt die Dinge selber.«

»Schon gut«, versicherte Gerlinde, »ist ja auch interessant, dich als Macher zu erleben … Ich hab nur nicht verstanden, was heißt denn, deine Frau ist instruiert, ich dachte, ihr seid getrennt …«

»Ach, der Lenz ist ein Geschäftspartner, den geht mein Privatleben nix an. Offiziell bin ich ja noch mit Heidi verheiratet …«

»Aber ihr seid auch geschäftlich verbandelt, oder wie ist das Ganze zu verstehen?«

Georg rieb sich die Augen, er hatte keine Lust, darüber zu sprechen, sah aber ein, dass er ihr ein paar Erklärungen schuldig war. »Es ist so«, sagte er und zwang sich zu Geduld, »die Heidi hängt mit einem kleinen Anteil in der Holding mit drin. Damit hat sie sich vor zwei Jahren eingebracht … Und die Sache mit den Kühlanlagen ist halt, dass sie dieses Geschäft mit dem Lenz eingefädelt hat, zumindest glaubt sie das. Sie hat mein Plazet gekriegt, aber ich hab im Hintergrund vorher die Rahmenbedingungen ausverhandelt. Ich lass sie aber im Glauben, sie und mein Finanzadlatus hätten den Deal allein abgewickelt … Jetzt fliegen sie halt morgen nach Ungarn zum Spatenstich von einer Großschlachterei, bei Budapest. Das ist alles.«

»Du lässt sie also im Glauben …«, nagelte ihn Gerlinde fest.

»Ja«, knurrte er, »das ist doch nix Schlimmes. Sie hat sich Mühe gegeben, macht das auch gut, aber ich kann sie nicht allein aufs Feld schicken. Und der Klankermeier ist in der Theorie super, aber auch den würd ich nicht allein verhandeln lassen. Der hat keine Ahnung von Gewerbeimmobilien … Der kann nicht mal einen Nagel in die Wand hauen. Und deine Schwester würde den Hammer erst gar nicht finden.«

»Na gut«, lächelte sie vielsagend, »lassen wir das.«

Draußen war es Nacht geworden, dezent stieg der Ausgeh-
lärm von der Straße zu ihnen hoch, Laternenlicht spiegelte
sich im Fenster. »Gerlinde, wir haben fast zwanzig Jahre weggeworfen, das sollten wir schleunigst ändern«, sagte Georg
mit der Überzeugung eines Gründers. »Wir sollten Nägel
mit Köpfen machen.« Er schaute sie an, konnte aber ihre Augen nicht richtig sehen, weil ihr zwei Strähnen ins Gesicht
hingen. »Ich meine natürlich«, fuhr er nun in einem viel sanf-
teren Ton fort, »ich will nichts, was du nicht willst. Mir ist
auch klar, dass uns beide das Leben nicht verschont hat, dass
wir zwei verschiedene Wesen geworden sind, und jeder Vogel fliegt anders ... aber ich würde gerne nochmal mit dir
durchs Leben gehen, dieses Mal bis zum Ende ...«

Jetzt sah er ihre Augen, ein Tränenschleier lag auf ihnen.
Sie umarmten einander, und für beide fühlte es sich unfassbar geborgen an, wie eine langersehnte Ankunft zu Hause.
Sie legten sich ins Bett und hielten sich wortlos umschlungen, bis Georg anfing zu reden. Im Flüsterton sprach er von
Freiheit und Vertrauen und von all dem, was er ihr zu bieten
gedenke. Er wolle ihr ein sorgenfreies Leben bereiten, sie könnte sich verwirklichen, tun und lassen, was sie wolle. Sie beide könnten sich zudem überlegen, das Gutshaus in Eisenstein zurückzukaufen, das inzwischen verwaist sei. Er sprach
von Kindern, die er gerne mit ihr hätte. Schließlich, eben noch
im Redefluss, dämmerte er weg. Er war einfach noch nicht
wieder bei Kräften, der Tag war anstrengend gewesen, der
Wein hatte ihn schläfrig gemacht. »Ich liebe dich«, sagte er
noch, es klang wie ein halbtrunkener Seufzer, den er dreimal
wiederholte, von Mal zu Mal leiser, bevor ihn der Schlaf endgültig übermannte.

Gerlinde lag noch lange wach an seiner Seite. Als sie sich
sicher war, dass er fest schlief, ließ sie ihren Tränen freien
Lauf. Bestimmt war Georg die größte Liebe ihres Lebens, aber

sie würde, und das spürte sie untrüglich, neben ihm einge-
hen. Er meinte es ja gut, aber er war so dominant und so
stark, dass sie keine Chance hätte, ihm auf Augenhöhe zu begegnen. Es sei denn im Streit, und das wäre das Schlimmste.
Sie waren, dachte Gerlinde, eben nicht miteinander gewachsen, und es wirkte so, als würde er sie gnädig bei sich aufnehmen, in seinem Reich der Zahlen und Umsätze. Sie wollte
auch kein Kind – egal ob Tochter oder Sohn – zu seinem
Nachfolger erziehen müssen. Auch nicht den gemeinsamen
Sohn, den sie schon hatten. Georg würde versuchen, ihn aus
seinem Leben herauszureißen, es würde ihm nicht guttun,
womöglich sogar schaden. Nein, sie konnte Georg nicht von
Albert erzählen.

Gerlinde dachte auch an den Hass, den ihre Schwester ihr
entgegenbringen würde, und an die Rolle, die sie neben ihm
als seine Frau einzunehmen hätte, als Dame der Gesellschaft,
an die eindeutige Erwartungen geknüpft wären. Dabei war
sie zu dieser sogenannten gutbürgerlichen Gesellschaft ganz
bewusst auf Abstand gegangen. Gleichzeitig wurde sie von
einem quälenden Zweifel erfasst, vielleicht übersah sie ja
doch etwas, vielleicht ging sie von verkehrten Voraussetzungen aus, die dann in ihrem Kopf zu falschen Schlüssen
führten. Sie betrachtete sein Gesicht im Widerschein des
Großstadtlichts, schließlich legte sie ihren Kopf auf seine
Brust, direkt an sein Herz. »Mein Georg, mein lieber Georg«,
flüsterte sie, »wir sind in zwei verschiedene Richtungen gelaufen. Du kannst nichts dafür.«

Kurz bevor es dämmerte, erhob sie sich sachte. Als sie die
Tür hinter sich zuzog, war ihr, als ob diese Trennung noch
einmal schwerer wog als die erste, denn jetzt war es allein ihre
Entscheidung. Für einen Moment verschlug es ihr den Atem,
und sie verdammte das Leben dafür, dass es ihr dies alles auferlegt hatte.

Ungefähr zwei Stunden später wachte Georg auf. Er fasste neben sich, konnte Gerlinde aber nicht ertasten, er hob den Kopf, keine Spur von ihr. Sein Blick fiel auf einen Zettel, der auf dem Nachtkästchen lag. »Es geht nicht. Es tut mir leid. Gerlinde«

VI. Buch (1990-1994)

1 Sichere Heimat

Der Himmel über Berlin war wolkenlos. Nur am südlichen Horizont bildeten Kumuluswolken eine Barriere, über der noch eine einzelne runde Wolke stand, so dass man den Eindruck gewinnen konnte, ein zweiter Mond sei aufgegangen. Georg lehnte seinen Kopf ans Flugzeugfenster. Sein Blick fiel auf die aus der Höhe niedlich erscheinenden Miniaturgebäude der Stadt, die noch vor ein paar Monaten in Ost und West geteilt war. Mittlerweile schritt die Wiedervereinigung der beiden Deutschlands in rasantem Tempo voran. Dass ausgerechnet das Rote Berlin für ihn eine Zukunft als Konzernlenker bereithielt, entbehrte nicht einer gewissen Ironie.

Aus gut informierten Berliner Bankerkreisen hatte Georg vernommen, dass die DDR nicht, wie es allseits hieß, wegen ihrer Schulden kollabiert sei, sondern weil der Frust über die Diktatur zu groß geworden war. »Die Auslandsschulden waren absolut überschaubar, die Innenschulden belanglos, es gab keine Zahlungsunfähigkeit«, hatte ihm ein Bankvorstand bei einem Geschäftsessen erzählt. »Aber man kann die Leute nicht einmauern und bespitzeln, und als Entschädigung gibt's nicht mal was Schönes zu kaufen. Als junger Mensch will man da nur noch weg.« Und dann habe eben Gorbatschow seine Hand zurückgezogen, wogegen der Westen seine Arme sofort ausbreitete. Binnen weniger Monate ließ die Mehrheit der Ostdeutschen Hammer und Zirkel fallen, die Landschaften im Arbeiter-und-Bauern-Staat sollten von nun an mit besserem Werkzeug zum Blühen gebracht werden.

Noch im Herbst 1961, zwei Monate nach dem Bau der Berliner Mauer, hatte die sowjetische KP auf ihrem XXII. Parteitag die bevorstehende Vollendung des Kommunismus verkündet. Die Parteiführung versprach ein tägliches, kostenloses Mittagessen, mietfreies Wohnen, einen sechsstündigen Arbeitstag, dazu einen Monat bezahlten Urlaub im Jahr. Gleichzeitig stellte sie die Auflösung der Polizei durch den Einsatz von Bürgerwehren in Aussicht, während die Justiz- durch Laiengerichte ersetzt werden sollten, die von den Arbeitskollektiven gewählt werden würden. Der Staat, ein überflüssig gewordenes Machtorgan, würde in der Folge absterben. Die hehren Ziele galten nicht allein in der Sowjetunion, sondern sollten auch in einem guten Dutzend anderer Staaten umgesetzt werden, darunter auch in der DDR. Im Rahmen des »friedlichen Wettbewerbs« ging man davon aus, den kapitalistischen Erzfeind bis Anfang der achtziger Jahre zu überholen. Doch bevor es dazu kam, läuteten im ganzen Ostblock die Totenglocken, worauf manche im Westen gar das Ende der Geschichte verkündeten. Der Kapitalismus habe das Schlachtfeld des Kalten Krieges als Sieger verlassen, von nun an würde es keine ökonomischen Widersprüche mehr geben, nur noch kulturelle Differenzen.

Das Flugzeug kreiste über dem Staatsgebiet der gerade noch existierenden DDR, ehe es die Landeerlaubnis für den Flughafen Tegel in Westberlin erhielt. Wahrscheinlich, sagte sich Georg, wäre die Stadt ein gutes Pflaster für eine Investition. Momentan sei schließlich genauso eine Art Stunde null wie 45. Eine Gründerphase. Er blickte auf seine Speedmaster, in exakt 120 Minuten wurde er in der Charlottenburger Zentrale einer Investmentbank erwartet.

Sechs Jahre zuvor, nach der Wiederbegegnung mit Gerlinde, hatte Georg wochenlang andere Menschen gemieden, so gut es nur ging. Zum zweiten Mal hatte er sich von ihr verraten gefühlt, er hatte seine Schwächen vor ihr ausgebreitet, sie aber hatte offenbar bloß mit ihm gespielt. Ihr Motiv war ihm so rätselhaft, dass er gelegentlich auf den Gedanken verfiel, der Tag mit ihr sei ein verspäteter Aprilscherz gewesen und der Morgen danach die Nachwirkung einer boshaften Hypnose. Zur Wut und Ohnmacht mischte sich die Angst vor einem weiteren Infarkt. In einer ersten Reaktion hatte er überlegt, sich Lothar anzuvertrauen, dann aber beschlossen, die Sache mit sich allein auszumachen. Er genierte sich als Verlierer dazustehen. Als Lothar irgendwann von ihm wissen wollte, wie das Wiedersehen mit Gerlinde gelaufen sei, gab er sich abgeklärt, beide, log er, hätten eingesehen, dass sie einfach nicht mehr zueinander passten. Es klang lapidar, und diese Empfindung wollte er nicht nur vermitteln, er wollte sie sich selbst einpflanzen, einen Schutzwall um sein Herz errichten. Gerlinde zu kontaktieren, war eben ein grober Fehler gewesen. In stillen Momenten begann er, sich seiner Sehnsucht nach ihr zu schämen. Wie konnte er nur der Illusion nachhängen, ihre Beziehung nach all den Jahren und den tiefen Verletzungen einfach wieder aufzunehmen. Das ganze Unterfangen hätte früher oder später in einer Katastrophe geendet. Und dafür hatte er zeitweise allen Ernstes erwogen, alles stehen und liegen zu lassen. Schon einmal hatte sie ihm fast das Genick gebrochen, hatte er denn nichts daraus gelernt? Ein drittes Mal, schwor er sich, würde er nicht mehr auf Gerlinde hereinfallen und käme sie auf allen vieren angekrochen.

Georg sammelte all seine Energien und bündelte sie aufs Neue. Er spürte noch genügend Biss, doch bevor er wieder anpackte, nahm er eine dreimonatige Auszeit, die er großteils im Gebirge verbrachte. Beim Blick auf die Bergkämme tilgte er, so gut es ihm möglich war, alles Peinliche, im Grunde alles Peinigende der letzten Jahre aus seinem Gedächtnis, und er tat das ähnlich rigoros, wie er die Ausgrenzungserfahrungen seiner Kindheit aus seiner Erinnerung verbannt hatte. Kein Mensch sollte je wieder in der Lage sein, ihn zu demütigen.

Als er zurück in München war, ging er entschlossen an die

Arbeit. Als Erstes bezog Georg eine eigene Wohnung, die sich fußläufig zum Büro befand. Die Einrichtung der drei Zimmer gestaltete er schlicht, fast spartanisch, Heidi nannte sie zwar wahlweise farb- oder geschmacklos, aber ihr Urteil rang ihm allenfalls ein müdes Lächeln ab. Wenn sie das sagte, dachte er, hatte er wohl alles richtig gemacht. Als Nächstes kümmerte er sich um die Scheidung. Georg wollte sie unbedingt einvernehmlich, der Ehekrieg war auszehrend genug gewesen, außerdem hatten sie ein gemeinsames Kind aufzuziehen, und da Heidis neuer Partner ein wichtiger Mitarbeiter bleiben sollte, hatte er nicht vor, sich mit Hans zu überwerfen oder sich gar von ihm zu trennen. Dessen Wortschwall ging ihm zwar manchmal auf die Nerven, gleichwohl leistete er hervorragende Arbeit. Sollten die beiden ruhig glücklich werden, es kümmerte ihn wenig. Georg strebte ein korrektes, respektvolles Verhältnis mit Heidi an, nichts mehr und nichts weniger. Um das zu erreichen, trat er Heidi Anteile der ehemaligen Blaschko-Firma ab, so dass ihr von nun an 49,5 % davon gehörten. Sie konnte den Bereich der Luxussanierungen gestalten, wie sie wollte. Solange die Bilanz nicht ins Minus rutschte, würde er ihr nicht dreinreden. Was das Geschäftliche anging, vertraute er ihr ohnehin, denn Heidi war keine Traumtänzerin, im Gegenteil, sie widmete sich penibel allen organisatorischen Fragen und legte ihren Ideen strenge betriebswirtschaftliche Maßstäbe zugrunde.

Außerdem überschrieb er ihr die Villa. Im Gegenzug verzichtete Heidi auf alle weiteren Ansprüche; das elterliche Sorgerecht für Nikola blieb wie gehabt gleichberechtigt bestehen. Mit seiner Großzügigkeit in finanziellen Dingen sowie in Eigentumsfragen verhinderte er mögliche Psychoscharmützel und besänftigte gleichzeitig sein schlechtes Gewissen. Denn bei Licht betrachtet, hatte Gerlinde schon alles richtig kombiniert: Es war in der Tat eine Art Racheakt gewesen, mit Heidi eine Beziehung einzugehen. Er musste sich eingestehen, sie benutzt zu haben, um ihrer Schwester wehzutun; nicht nur, aber eben auch. Heidi wiederum war klar, dass Georgs Vermögen eines Tages Nikola zufallen würde, sofern er keine Kinder mehr in die Welt setzte. Sie war also bemüht, ein spannungsfreies Verhältnis zu wahren.

All das hatte zur Folge, dass aus Georg und Heidi wurde, was sie eigentlich schon immer waren: Geschäftspartner. Hans war in dem Konstrukt das ideale Bindeglied; er tüftelte für beide die Unternehmenskonzepte aus. Alle drei waren sich darin einig, dass es nach ganz oben noch viel Luft zu verdrängen galt, und genau da strebte Georg hin.

1985 gründeten er und Hans die S&K Industriebeteiligungen KG. Den beiden schwebte vor, im großen Stil auf dem deutschen Firmenmarkt mitzumischen und Unternehmen mit Umsätzen von mindestens fünfzig Millionen Mark aufzukaufen und zu *entwickeln*. Von nun an wuchs Georgs Firmengruppe in einer beachtlichen Dimension. Georg investierte, Hans organisierte, Bankdirektor Fiedler sicherte, falls nötig, die Zwischenfinanzierung. Die Profite teilten sie sich anteilig auf. Mit seinen Gewinnen gründete Hans eine Firma, mit der er nebenher an der Börse spekulierte. Dafür stellte er junge Informatiker ein und wettete anhand ihrer Berechnungen bevorzugt auf Währungsschwankungen. Trotz der damals zu entrichtenden Börsenumsatzsteuer ließ die erste Einkommensmillion nicht lange auf sich warten.

Der erste Deal der S&K Industriebeteiligungen war die Übernahme einer Düsseldorfer Ingenieurgesellschaft, bei der rund 300 Mitarbeiter beschäftigt waren. Als Nächstes kauften sie ein ehemaliges Holzwerk in Münster, das nichts mehr produzierte, sondern sich mit der Vermietung und Verwaltung ihres Grundbesitzes befasste. Die Gebäude auf dem Werksgelände wurden vor allem an Klein- und Mittelunternehmer verpachtet. Wenig später kam ein Unternehmen aus Mannheim hinzu, das sich auf die Reparatur und den Ersatzteildienst für Omnibusse spezialisiert hatte. Ihr beider Vorgehen war nicht immer astrein, den gesetzlichen Rahmen dehnten sie oft sehr zu ihrem Vorteil aus. Unternehmerische Integrität hatte für Georg jedenfalls nicht mehr den höchsten Stellenwert. In der Baubranche erwarb er sich schnell den Ruf eines »Asset-Strippers«, eines »Ausschlachters« oder »Plünderers«, der Unternehmen mit wertvollen Firmenanteilen kaufte, diese herauslöste und den Rest in Konkurs gehen ließ. Wo kein Kläger, da kein Richter, lautete die Devise, »und wenn wir's nicht tun«, kehrte Hans die letzten Bedenken beiseite, »dann macht's ein anderer«.

Mit der Zeit beherrschten sie die Technik nahezu perfekt, doch nicht immer ging alles reibungslos über die Bühne. Nach der Übernahme eines hessischen Kabelproduzenten wurde wegen des Verdachts der Untreue gegen sie ermittelt; den Niedergang der Firma, so die Anklage, habe Georg tatenlos geschehen lassen. In einem anderen Fall hatte er seine Einlage nicht voll erbracht, was man gemeinhin als »Gründungsschwindel« bezeichnete. Ein andermal hatte er es versäumt, rechtzeitig für eine Firma Konkurs anzumelden. Georg aber hatte stets clevere Juristen an seiner Seite, so dass er nur ein einziges Mal belangt werden konnte. Er bezahlte eine Million Mark Strafe, und damit war die Angelegenheit wieder vom Tisch.

Ende 1989 eröffnete sich ihm unerwartet die Gelegenheit für das ganz dicke Geschäft. Georg kaufte den bayerischen Anteil des Wohnungsbaukonzerns »Sichere Heimat«.

Dieser Konzern war eine große, von Gewerkschaften gegründete, gemeinnützige Wohnungsgesellschaft. Sie entstand unter anderem Namen in der Weimarer Republik, wurde in der NS-Zeit der Deutschen Arbeitsfront unterstellt und nach dem Krieg von der britischen Treuhandverwaltung den Gewerkschaften zurückgegeben. Das wichtigste Ziel war zunächst, die eklatante Wohnungsnot nach dem Zweiten Weltkrieg zu lindern. Von Hannover aus breitete sie ihren Wirkungsbereich in den fünfziger Jahren auf viele Bundesländer aus, auch auf Bayern. Innerhalb weniger Jahre baute die Gesellschaft Tausende von Wohnungen wieder auf und errichtete in großem Umfang neue. Binnen Jahrzehnten entwickelte sie sich zum größten nichtstaatlichen Wohnungsbaukonzern Europas, so dass sie in den siebziger Jahren über 400 000 Wohnungen verwaltete. Die SH baute günstig und schlicht. Um die Baukosten niedrig zu halten, wurde die äußere Gestaltung einfach gehalten, und man griff häufig zu industriell vorgefertigten Teilen – nicht immer ansehnlich, aber zweckdienlich. Ein gemeinnütziger Sektor der Wirtschaft sollte entstehen, der unabhängig von kapitalistischen Marktmechanismen funktionierte und für die arbeitende Bevölkerung erschwingliche Wohnungen bereithielt.

Diese alte sozialdemokratische Utopie zerbrach nun Anfang der achtziger Jahre. Die Gründe hierfür waren vielfältig, dass sich die »Sichere Heimat« immer häufiger auf unsicheres Terrain begeben hatte, war ein entscheidender Faktor. Sie wagte sich rund um den Globus an Großprojekte, die nicht mehr zum Wohnungsbau gehörten und die offen gewinnorientiert waren. Unter anderem hatte sie in Südamerika Grundstücke für knapp zwei Milliarden Mark erworben, ohne das Risiko von Währungsverlusten zu berücksichtigen. Diverse Verfilzungen wurden ruchbar, schließlich kam heraus, dass sich Vorstandsmitglieder durch illegale Geschäfte massiv bereichert hatten und die SH tief in den roten Zahlen steckte. Was wenige Jahre zuvor niemand für möglich gehalten hatte, trat ein: Der Riese wankte und fiel. Sein Sturz war gleichzeitig Wasser auf die Mühlen seiner Gegner. Gemeinwirtschaftliche Konstruktionen, so deren hämisches Urteil, seien stets ineffektiv und hätten zwangsläufig Misswirtschaft zur Folge. Der Abstieg der SH setzte den Abnabelungsprozess zwischen den Sozialdemokraten und den Gewerkschaften in Gang, und schleichend, gleichsam verdeckt, läutete er auch den Niedergang des linken Lagers in der BRD ein.

Um das finanzielle Desaster einigermaßen aufzufangen, war die Gewerkschaft gezwungen, ihre Bestände zu verkaufen. Die SH Bayern war das letzte große Filetstück, das von den Regionalgesellschaften übrig geblieben war. Es bestand aus 33 000 Wohnungen, die Hälfte davon in München, und 900 000 Quadratmetern Land. Dieser Gesamtbestand sollte ursprünglich für rund 320 Millionen Mark an den bayerischen Staat veräußert werden. Doch dann rückte die Gewerkschaft von ihrer Forderung ab, weil die christlich-liberale Bundesregierung Ende der achtziger Jahre per Steuerreformgesetz beschlossen hatte, die Gemeinnützigkeit von Wohnungsunternehmen aufzuheben. Bislang waren derartige Unternehmen steuerlich begünstigt, mussten im Gegenzug den Mietzins und folglich ihre Gewinne beschränken. Nun aber fiel diese Beschränkung, was zur Folge hatte, dass gemeinnützige Wohnungsunternehmen von jetzt an der Körperschafts-, Gewerbe- und Vermögensteuerpflicht unterworfen, andererseits von den gesetzlichen Bindungen befreit waren. Der Finanzminister versprach sich davon höhere Steuereinnahmen sowie einen gerechteren Wettbewerb, das neue Gesetz, so die regierenden Parteien, sei durchwegs im Sinne des Gemeinwohls. Anhand dieser Änderung gelangten in den nächsten Jahren Hunderttausende Wohnungen in private Hand, ihre Verwertung wurde zum Eldorado für die Anleger.

Der hochverschuldeten Gewerkschaft kamen die neuen Rahmenbedingungen sehr zupass, sie konnte jetzt viel höhere Preise für ihre Immobilienbestände verlangen. Daraufhin sprachen Politik und Presse von Wucher, der aufgerufene Preis würde sich nie im Leben amortisieren, die Gewerkschaft dagegen beharrte auf ihren Ertragswertberechnungen.

Der bayerische Innenminister verhandelte dennoch, allein schon um den Vorwurf, die Gewerkschaften seien geldgierig, politisch auszuschlachten; das Thema eignete sich hervorragend für den anlaufenden Landtagswahlkampf. Man bemühe sich sehr um einen Abschluss, war aus der Staatskanzlei zu vernehmen, mehr als 500 Millionen werde der Freistaat aber auf keinen Fall ausgeben, ein höherer Betrag sei dem Steuerzahler nicht zumutbar. Wenig überraschend liefen nun die Mieter Sturm gegen den Verkauf, ihnen stehe, hieß es, die Entmietung bevor, bei einem dermaßen hohen Kaufpreis hätte kein Investor eine andere Wahl, als die Wohnungen in teure Apartments umzuwandeln, andernfalls würde er pleitegehen.

Georg hatte die Diskussion um die SH Bayern aufmerksam verfolgt. Als die Verhandlungen mit einer holländischen Investorengruppe plötzlich ins Stocken gerieten, zögerte er keine Sekunde und schrieb einen Brief an die Gewerkschaft, in dem er sein Interesse bekundete. Den Vorstandsvorsitzenden der Firmenholding, der die »Sichere Heimat« verwaltete, kannte Georg flüchtig, denn vor etwa zehn Jahren war er von der Gewerkschaft als sozialster Mittelstandsunternehmer des Jahres ausgezeichnet worden. Man vertraute Georg, zumal er auch ein Einheimischer war, außerdem hatte Georg bewiesen, dass er eine verschachtelte Firmengruppe zu dirigieren wusste. Man traute ihm also die Leitung der Gesellschaft zu, und auch seine Bonität stand außer Zweifel: Sein Jahresumsatz wurde mittlerweile auf rund eine halbe Milliarde Mark geschätzt. Ein internationales Wirtschaftsmagazin zählte ihn gar zu den dreihundert reichsten Deutschen.

Als der Name Schatzschneider in einer Pressemitteilung genannt wurde, entlud sich die lange aufgestaute Empörung allein über seiner Person. Die Mieter hatten nun ein Feindbild, in den Medien war ein und dasselbe finstere Gesicht zu sehen. Die Zeitungen berichteten vom skrupellosen Spekulanten, dessen Asset-Geschäfte berüchtigt seien. Vor Georgs Firmenzentrale in Bogenhausen kam es zu regelmäßigen Demonstrationen. Aufgebrachte Menschen, die meisten davon Mieter in den zum Verkauf stehenden Wohnungen, machten ihrem Ärger und ihren Sorgen auf Transparenten und mit Trillerpfeifen Luft, »Schatzschneider, Heimatfresser!« gehörte noch zu den gemäßigteren Schmähungen.

In einer Pressekonferenz stellte sich Georg schließlich der Öffentlichkeit. Zwar vermochte er einige Vorwürfe zu entkräften – er versicherte, die Wohnungen nicht weiterzuverkaufen sowie die Mieten nur minimal zu erhöhen –, eine tiefsitzende Skepsis blieb jedoch bestehen. Sein verschlossener Blick, sein steifes Auftreten trugen dazu bei, dass man ihm seine guten Absichten nicht abnahm. Die Edelfedern der überregionalen Wirtschaftredaktionen streuten herablassende Spitzen über den Emporkömmling. Auf sie wirkte Georg wie ein dilettantischer Zocker, der sich in die Welt der wirklich großen Macher verirrt hatte.

Alles in allem dauerte das mediale Gewitter acht Wochen, die Zeit des Nervenfiebers, wie Georg sie rückblickend nannte, ungefähr dreimal so lange. Der Kaufpreis betrug knapp eine Milliarde Mark, die Übernahme der Kredite stand mit weiteren einhundert Millionen zu Buche. Die Verhandlungen und der Abschluss gestalteten sich unglaublich mühsam, vor allem weil sich Banken zurückzogen, um in der Öffentlichkeit nicht als Unterstützer des »Zockers« zu gelten. Bayerischen Kreditinstituten war eine Beteiligung an der Übernahme ohnehin untersagt worden. Außer Fiedlers Privatbank hatte Georg niemanden im Boot, doch sie allein war viel zu klein für dieses gigantische Geschäft. Dennoch war Georg zu keinem Rückzieher bereit. Die Übernahme eines Riesen würde ihn selbst zu einem machen. Jeden Tag ging er frühmorgens ins Büro, ließ Konjunkturprognosen erstellen und beratschlagte mit einem Expertenteam, welche Maßnahmen tauglich wären, um seine Liquidität zu steigern.

Schließlich, von einem Wimpernschlag auf den nächsten, entschied er sich, seine Stammfirma, die Trockenbau GmbH in Obertraubling, zu verkaufen, in die er in den nächsten Jahren ohnehin eine Menge Geld hätte investieren müssen. Ein Tochterunternehmen von Siemens hatte ihm bereits ein Jahr zuvor Avancen gemacht, innerhalb kürzester Zeit machte er nun den Verkauf fix, und da das Unternehmen jüngst durch Asbestsanierungen satte Gewinne eingefahren hatte und die Auftragslage blendend war, konnte Georg sein Unternehmen für einen sehr guten Preis abstoßen, und wie um sich selbst zu beweisen, dass er ohne jede Sentimentalität zu handeln verstand, tat er es, ohne seiner ersten Firma auch nur eine Träne nachzuweinen.

Die Belegschaft in Obertraubling versetzte er mit seiner Aktion in einen Schockzustand. Zeiler verstummte, Evi versuchte ihn mit verweinten Augen umzustimmen, viele der übrigen Angestellten appellierten an sein Herz und seine Ehre als Unternehmer, doch an seinem Entschluss konnten sie nichts ändern. Georg blieb hart, und insgeheim war er sogar stolz auf seine Unnachgiebigkeit.

Mit dem frischen Eigenkapital brauchte er nur noch ein großes Kreditinstitut und fand es in Gestalt der Berliner Bank. Als das Fax mit der Bestätigung aus dem Gerät schnurrte, knallten wenig später die Sektkorken im Büro. Georg jubelte nicht, er schloss nur die Augen und ballte die Hände zur Faust. Sollten sie ihn doch alle mal am Arsch lecken, dachte er. Jetzt könnten sie ihn von unten mit dem Fernglas suchen.

Nach Abschluss der Übernahme spekulierte die Presse weiter über die Frage, wie der Käufer auf seine Kosten kommen wolle. Wie sollte Georg allein die Zinsen für den Kredit bedienen, den ihm das Konsortium für den SH-Kauf bewilligt hatte? Schatzschneider, so mutmaßte man, würde die Grundstücke verwerten müssen, doch die meisten waren noch nicht als Bauland gewidmet. Er müsste Wohnungen verkaufen oder die Mieten deutlich erhöhen, hatte sich aber vertraglich verpflichtet, keine Luxusrenovierungen vorzunehmen, ferner den Mietzins um maximal 5 % anzuheben sowie beim Verkauf von Eigentumswohnungen eine Kündigung des Mieters wegen Eigenbedarfs auszuschließen. Wie also sollte das alles funktionieren, ohne gegen die Auflagen zu verstoßen? Für viele Außenstehende blieb er ein Hochstapler, der sich profilieren wollte.

Georg schwieg zu allen Spekulationen, und es trat ein, worauf er gesetzt hatte: Sein Unternehmen erstellte eine Anfangsbilanz, und es wurden, wie üblich, sämtliche Werte zu Verkehrswerten eingesetzt, woraus sich ein enormes Abschreibungspotential ergab. Das wiederum konnte auf Jahrzehnte hinaus genutzt werden, um keine Steuern zu zahlen. Georgs Kauf würde sich also durch massive Steuerersparnisse nahezu selbst finanzieren. Mit der SH verdiente er etwa 60 Millionen im Jahr, die Abschreibung machte jährlich ungefähr 30 Millionen aus, in weniger als zehn Jahren würden somit alle Verbindlichkeiten getilgt sein, ohne dass von außen auch nur ein Pfennig dazuzuschießen wäre. Seine Berechnung war so wasserdicht wie ein Fundament aus Granit, während die Argumentation des Finanzministers, die Abschaffung der Gemeinnützigkeit würde noch mehr Geld in die Staatskasse spülen, plötzlich ausgesprochen fadenscheinig wirkte.

Blieb die Frage, warum die Bayerische Landesbank respektive der Freistaat den Kauf nicht selbst getätigt hatte, sie hätte doch ein gutes Geschäft gemacht. Die Antwort lag auf der Hand. Der bayerische Innenminister, der das neue Gesetz befürwortet hatte, konnte dem Bundesfinanzminister, seinem Parteifreund, nicht in den Rücken fallen. Ein Kauf für so viel Geld aus Steuermitteln hätte einer Rechtfertigung bedurft, worauf das Kabinett und in der Folge die Öffentlichkeit die Sinnhaftigkeit des Gesetzes massiv hinterfragt hätten. Die Hemdsärmeligkeit des Ministeriums wäre schonungslos zu Tage getreten, ebenso wie die Ahnungslosigkeit der Presse. So aber blieb das eigentlich Skandalöse an der Übernahme hinter Nebelschwaden aus Paragrafen und Sonderregelungen verborgen. Am Ende freuten sich schließlich alle Akteure: Georg, der ein glänzendes Geschäft abgeschlossen hatte, die Banken, die ebenfalls gut daran verdienten, die Gewerkschaft, die einen erstklassigen Erlös erzielte, und die christsoziale Partei, die bei den Landtagswahlen im Herbst wieder locker über die 50-Prozent-Hürde kletterte.

Auf Anraten von Hans schrieb Georg dem Ministerpräsidenten und seinem Innenminister einen Brief, in dem er beiden zur erfolgreichen Wahl gratulierte. Selbstverständlich hätten sie dabei auch auf seine Stimme zählen können. Er wünschte ihnen eine glückliche Amtsperiode und verlieh der Hoffnung auf eine gedeihliche Zusammenarbeit zwischen der Schatzschneider-Gruppe und der christsozialen Partei Ausdruck.

Mehr war nicht nötig, um der Regierung seine Verschwiegenheit zu demonstrieren. Die Herren in der Staatskanzlei hatten durchaus verstanden, dass Georg sie hätte bloßstellen können, aber ein kooperatives Verhältnis vorzog. Weiterhin übernahm er in der Öffentlichkeit die Rolle des bösen Spekulanten, von nun an jedoch nicht mehr ohne entsprechende Ge-

genleistung der Regierung in Form von Subventionsgeschenken oder Gefälligkeiten in juristischen Belangen. So fasste ihn die bayerische Staatsanwaltschaft prinzipiell mit Samthandschuhen an, sofern vertretbar, ließ sie gänzlich die Finger von ihm. Es war ein freundliches Entgegenkommen, das Kapitaldelikte nicht selten in Kavaliersdelikte wandelte. Georg wiederum zeigte sich in Form von Parteispenden erkenntlich oder verschaffte manch Abgeordnetem einen Platz im Aufsichtsrat einer seiner Gesellschaften. Das Leben an der Spitze fühlte sich gut an. Und je länger er sich oben hielt, desto bereitwilliger sprach ihm auch die Allgemeinheit ihre Anerkennung aus. So jemand musste entweder enorm tüchtig oder extrem gerissen sein, und beides verdiente ihren Respekt.

2 Töchter

Die Schwestern hatten sich mit dem Käufer beim Notar in Freising getroffen. Eine Dreiviertelstunde später war der Eigentümerwechsel besiegelt. Der Verkauf des Vaterhauses war für beide eine zufriedenstellende Lösung. Schon seit einiger Zeit hatte Heidi keine Lust mehr gehabt, sich um die Liegenschaft zu kümmern, ihre Verpflichtungen als Unternehmerin beanspruchten sie zur Genüge. Und rechnete man die Instandhaltungskosten gegen die Mieteinnahmen auf, schrumpfte der Ertrag auf eine fast schon vernachlässigbare Größe.

Gerlinde wiederum konnte das Geld aus dem Verkauf gut gebrauchen. In den letzten drei Jahren hatte sie eine Ausbildung zur Pferdewirtin gemacht, vorher war sie nur Gelegenheitsjobs nachgegangen. Alles in allem lebte sie in materieller Hinsicht ein bescheidenes Leben, ohne dass es ihr an irgendetwas gefehlt hätte. Als sie jetzt aber plötzlich Geld in den Händen hatte, gab sie es auch gerne wieder aus. Ein paarmal unterstützte sie Freunde, die in finanzielle Schwierigkeiten geraten waren, sie gönnte sich die eine oder andere kostspielige Fernreise, und immer noch hatte sie ein Faible für exquisite und teure Kleider, so dass ihre Reserven bald wieder zur Neige gingen. Das alles bekümmerte sie wenig, sie hatte nie im Sinn gehabt, eine bayerische Häuslebauerin oder eine schwäbische Hausfrau zu werden, wozu also sparen? Und jetzt stand sie ohnehin vor einer neuen Wende in ihrem Leben. Auf einem Reiterhof südlich von München wartete eine Festanstellung als Reitlehrerin auf sie, die ihr ein kleines, aber stabiles Einkommen sicherte.

Gerlinde freute sich auf ihre neue Tätigkeit. Sie würde viel Zeit in der Natur und mit Kindern verbringen und wäre in ihrem Tun meistens autonom. Teamfähigkeit, wie man neuerdings sagte, war nicht erforderlich, und Gerlinde hasste Bevormundung, genauso wie ihr die Langeweile des in Besprechungen wiedergekauten Alltags missfiel, die sie von anderen Jobs her kannte. Die Anstellung war auch deshalb ein Glücksfall, weil Gerlinde mit ihren mittlerweile 44 Jahren als Neueinsteigerin ohne Berufspraxis galt. Doch das Ehepaar, das die Reitschule leitete, war von ihrer charmanten Art eingenommen, und als Gerlindes tiermedizinische Kenntnisse zur Sprache kamen, waren sie restlos von ihr überzeugt und stellten sie ein.

Für Gerlinde war das Reiten schon seit geraumer Zeit wieder wichtig geworden, es gehörte für sie zur Essenz des Lebens wie der Gang in die Oper oder das Lesen eines guten Buchs. Außerdem war sie bald nach ihrer Rückkehr aus Italien einer kleinen Ortsgruppe der Grünen in ihrem Viertel beigetreten. Eine dauerhafte Beziehung war sie seither nicht eingegangen, nichtsdestotrotz war sie in vielerlei Hinsicht mit sich im Reinen. Nun aber, vor der Anwaltskanzlei, stand sie auf dem von welkem Laub gesäumten Gehweg neben Heidi und merkte, wie ihre Schwester ihr unverwandt in die Augen blickte. Im Nu krampfte sich ihr Herz zusammen.

»Dann hätten wir das also hinter uns gebracht«, sagte Heidi, während sie den Autoschlüssel aus der Handtasche zog. Im Rahmen des Verkaufs hatten die beiden wieder regelmäßig Kontakt gehabt, einmal war es sogar zu einem Treffen gekommen, wirklich ausgetauscht hatten sie sich dabei aber nicht.

»Jetzt ist das Haus unserer Kindheit weg, irgendwie komisch, findest du nicht?«

»Wir haben uns beide dafür entschieden.«

»Vielleicht *weil* es unsere Entscheidung war, kommt es mir komisch vor.«

Heidi taxierte sie herablassend. »Sollen wir jetzt eine Runde trauern?«

»Hör zu«, blieb Gerlinde ruhig, »wir sind Schwestern, ich will keine Feindschaft mehr. Es ist pervers und auch so … lebenshemmend. Ich will Frieden mit dir, einfach nur Frieden.«

Der letzte Satz traf Heidi ungedeckt, er war so entwaffnend, dass es ihr unmöglich war, mit Spott oder Abwehr darauf zu reagieren. Verlegen umfasste sie mit der linken Hand ihr rechtes Handgelenk, zwei, drei Sekunden standen sie sich schweigend gegenüber, schließlich nickte Heidi leicht. »Soll ich dich in die Stadt mitnehmen?«

Beide bemühten sich, im Auto keine Stille aufkommen zu lassen, erzählten sich Unverfängliches, schwärmten über die kräftigen Herbstfarben, die sich übers Land gelegt hatten. »Wie ein endloses Gemälde von einem alten Meister«, sagte Gerlinde aus dem Fenster blickend.

»Und wir sind der weiße Klecks im Bild«, witzelte Heidi

und schaltete ihr weißes Mercedes Coupé in den nächsten Gang.

»Nur uns hat wahrscheinlich ein Pfuscher gemalt«, grinste Gerlinde.

»Ha! Das kannst du laut sagen«, lachte ihre Schwester. Wer nun genau mit dem Pfuscher gemeint war, ob Gott oder Josef oder der Autohersteller, war nebensächlich. Das gemeinsame Lachen wirkte wie ein Balsam, der ihre Verkrampfung löste, und Heidi schlug vor, in ihrem Haus in Ismaning noch etwas zu trinken. Von dort könne Gerlinde später umstandslos in die U-Bahn steigen und nach Hause fahren.

Heidi goss Pfefferminztee auf, arrangierte einen eiligen Imbiss aus Früchten und Kandis, zündete sich eine Zigarette an und erklärte währenddessen, dass die Haushälterin heute frei habe, Hans im Büro sei und Nikola noch in der Schule. Doch kaum hatte sie das ausgesprochen, tröpfelten Klavierklänge von oben herab in die Küche. »Oh«, murmelte sie, »sie ist doch schon da.« Ihre Gesichtszüge verrieten eine kleine Unsicherheit. Gerlinde kniff die Augen leicht zusammen. »Das ist Schubert …«

»Normalerweise übt sie nie.«

»Oder sie spielt nur, wenn sie denkt, es ist niemand im Haus.«

»Sie muss uns gehört haben«, war sich Heidi sicher.

»Soll ich gehen?«

»Nein, das wäre lächerlich.«

»Dann würde ich sie gerne sehen«, sagte Gerlinde, die ihrer Nichte noch nie begegnet war. »Weiß sie überhaupt, dass es mich gibt?«

Heidi nickte. »Klar, natürlich.«

»Aber was hast du ihr denn gesagt, warum wir uns noch nie gesehen haben?«

»Erst war Italien, und dann …«, sie rieb sich mit beiden

Handballen die Augen, »dann hab ich ihr mal erzählt, dass wir einen Streit hatten.«

»Das hat gereicht?«

»Ja, bis jetzt schon.«

»Sie wollte nie wissen, *warum* wir uns gestritten haben?«

»Nein«, versetzte Heidi leicht gereizt, »sie ist erst zwölf, da will man noch nicht alles wissen.« Plötzlich endete das Klavierspiel, beide schauten gleichzeitig zur Decke hoch. »Und dein Mann«, fragte Gerlinde mit gedämpfter Stimme, »will der auch nicht wissen, warum wir uns nie sehen?«

»Der weiß, warum.«

»Und warum?«

Heidis Augen verengten sich zu zwei dunklen Punkten. »Geht's noch, das weißt du doch wohl selbst am besten … Hättest du vor was weiß ich wie vielen Jahren den Mund aufgemacht, dann hätten wir uns verdammt viele Missverständnisse erspart.«

»Es tut mir leid«, versuchte Gerlinde einzulenken, »ich dachte damals, ich müsste mit allem allein klarkommen …«

»Du hast so viel Schaden angerichtet«, zischte Heidi unversöhnlich.

Gerlinde holte tief Luft, ihre Nasenflügel weiteten sich. »Was weißt du denn schon, ich hab mir weiß Gott wie viele Vorwürfe gemacht. Ich hab's halt einfach nicht anders gelernt. Der Vater war oft weg, und unsere Kindermädchen …« Sie schüttelte den Kopf. »Von klein auf war ich auf mich allein gestellt. Und auf dich hab ich aufgepasst wie eine Mutter. Ich hab immer versucht, dich zu beschützen.«

»Ach, so ist das, ich bin also schuld an deiner verletzten Existenz. Sag's doch einfach klipp und klar: Sie ist bei meiner Geburt gestorben!«

»Blödsinn, das hat dir nie jemand vorgehalten.«

»Aber gedacht habt ihr's alle, die ganze Zeit! Hättet ihr die

Wahl gehabt, ihr hättet sie euch zurückgewünscht und mir den Tod!«

»Das ist nicht wahr!«, protestierte Gerlinde, die sich nun nicht mehr bemühte, leise zu sprechen. »Ich war stolz, dass ich eine kleine Schwester hatte, ich war froh um dich *und* traurig, dass die Mutter tot war. Das eine hat aber mit dem anderen nichts zu tun. Und, ja, ich hab's auch als mein Verdienst angesehen, dass aus dir was geworden ist.«

»Danke, Gerlinde, herzlichen Dank für alles«, gab Heidi bissig zurück.

»Ich will keinen Dank, ich möchte nur, dass du mich verstehst oder begreifst, warum ich so bin, wie ich bin. Ich hab's mir nicht ausgesucht.«

»Ach Gott … warum«, seufzte Heidi, »ist es mit dir immer so anstrengend, man wird selber ganz dramatisch, wie ich das hasse …« Auf einmal ging die Tür auf und ein dunkelhaariges, blassgesichtiges Mädchen mit verträumten Augen und langen schlaksigen Gliedern warf einen Blick in die Küche. »Streitet ihr?« Sofort stand Heidi auf und ging auf sie zu. »Nein, Niki, wir haben nur leidenschaftlich diskutiert«, sagte sie und schloss das Kind in die Arme. Über Heidis Schulter hinweg beäugte Nikola Gerlinde, die dem Mädchen ein offenes Lächeln zuwarf.

Auch wenn die beiden Schwestern an diesem Tag ihr Kriegsbeil begruben, blieben sie zueinander in sicherer Distanz. Nach dem Verkauf des Hauses entfiel nun auch ein äußerer Grund, Kontakt zu halten. Im darauffolgenden Jahr aber äußerte Nikola den Wunsch, Reitstunden zu nehmen – sie wollte ihre Tante wiedersehen. Die Begegnung im Oktober 1990 hatte ausgereicht, um ihre Neugierde zu wecken. Und weil das Mädchen mittlerweile alt genug war, sich eigenständig durch die Stadt zu bewegen, verselbständigte sich die Beziehung zwischen Gerlinde und Nikola. Heidi hatte nichts dagegen, und Gerlinde tat es nicht mehr weh, dass Nikola auch Georgs Tochter war.

3 Albert

Den letzten Abschnitt des Briefes hämmerte Albert in die Tastatur, aus Angst, die Gedanken würden ihm sonst entwischen. In Wahrheit aber begleiteten sie ihn schon sein Leben lang. Erschöpft zog er das Blatt aus der Schreibmaschine, dann schob er sie ein Stück von sich. Um ein Haar hätte er den schmalen Silberrahmen vom Tisch gestoßen. Ein Foto von seiner Freundin Ulli, aufgenommen im letzten Sommer am Starnberger See. Mit einem zugekniffenen Auge und herausgestreckter Zunge linst sie in die Sonne.

Im April 1967, nach drei Monaten in einem Passauer Kinderheim, war Albert zu seinen Adoptiveltern nach Vilshofen gekommen, beide Gymnasiallehrer, beide Mitte dreißig und Wähler der Sozialdemokratie. Das Ehepaar ging zu dem Zeitpunkt davon aus, keine Kinder zeugen zu können. Nachdem sie jedoch den Jungen adoptiert hatten, bekamen sie zwei Jahre später doch noch eine Tochter, Alberts kleine Schwester Stefanie. Seit Albert ein Erinnerungsvermögen besaß, wusste er, dass er nicht das leibliche Kind seiner Eltern war, und dennoch war es ein prägendes Erlebnis gewesen, als der Sohn von Freunden seiner Eltern während eines gemeinsamen Italienurlaubs beim Spielen am Strand ihm zugerufen hatte: »Deine Eltern sind gar nicht deine richtigen Eltern!« Es klang provozierend, und der Junge grinste, als hätte er Macht über ihn.

Albert machte im Nachhinein dieses Erlebnis dafür verantwortlich, dass aus ihm ein nachdenklicher Mensch geworden war, einer, der sich oft mit der großen, existentiellen Frage konfrontiert sah: Wer bin ich wirklich? Damals sei ihm bewusst geworden, dass er in den Augen der anderen von der Norm abwich. Und von diesem Tag an, so schien es ihm jedenfalls, war er immer mal wieder – und meist von Gleichaltrigen – gefragt worden, wie es sich anfühlte, nicht das Kind seiner Eltern zu sein.

Ulli hatte schon mittags die gemeinsame Wohnung verlassen, damit er sich ungestört dem Brief widmen konnte. Seit Albert im Spätsommer beschlossen hatte, Kontakt zu seiner leiblichen Mutter aufzunehmen, schienen seine Gedanken unablässig darum zu kreisen, und obwohl er Ulli in die meisten seiner Überlegungen mit einbezog, fühlte sie sich einem endlos kreiselnden Monolog ihres Freunds ausgesetzt. Hinter der Fassade des selbstbewussten Studenten, in den sie sich zwei Jahre zuvor verliebt hatte, kam ein arg verunsicherter Mensch zum Vorschein. Zwar hoffte sie, seine Krise würde wieder vorübergehen, fürchtete aber auch, dass sie den wahren Kern seines Wesens freigelegt hatte. In Ullis Augen betrieb er einfach viel zu viel Nabelschau. Zweimal waren sie deshalb schon heftig aneinandergeraten.

Albert steckte den Brief in einen vorfrankierten, nicht adressierten Umschlag, den er wiederum in einen weiteren Umschlag steckte. Auf den schrieb er die Adresse vom Amt, zu Händen Frau Becker. Er legte ein kurzes Anschreiben bei, in dem er sich nochmals für ihr Vermittlungsangebot bedankte.

Als er den Anorak vom Garderobenhaken nahm, blieb sein Blick am Papierkorb hängen. Er glotzte in die schwarze Öffnung, dachte an sein Leben, an seine Liebe, an sein Bedürfnis nach Ordnung und Struktur. Er wusste, dass sich vieles ändern würde, wenn er den Brief abschickte. Vielleicht sollte er ihn zerreißen und wegschmeißen.

Beim Hinuntergehen sah er durch das Treppenhausfenster die ersten Demonstranten auf die Straße strömen. Die Vorstellung, sich gleich in einer Menschenmasse wiederzufinden, widerte ihn an. Aber in dieser Menge hielt sich auch Ulli auf, und er hatte ihr fest versprochen, zu kommen. Ihr lag sehr viel an solchen Gemeinschaftserlebnissen, und die Lichterkette war als symbolische Aktion gegen Fremdenhass initiiert worden. Sie sollte ein schweigsamer, aber weithin sichtbarer Protest gegen brennende Asylbewerberheime und andere ausländerfeindliche Ausschreitungen sein, wie sie sich jüngst in Deutschland ereignet hatten.

In Obermenzing stieg Albert in die S2. Die Bahn hatte nur einen Kurzzug eingesetzt, wie sonntags üblich, an diesem Tag aber war er zum Bersten voll, doch niemand beschwerte sich, alle blieben gelassen und friedlich.

Als Elfjähriger hatte Albert eine Art mystische Erfahrung gemacht, als ihn zum ersten Mal die Vermutung überfallen hatte, dass er sich alles, was er erlebte, vielleicht nur ausgedacht hatte. Das Weltgewebe um ihn herum wurde zeitweise löchrig, und vorübergehend hielt er sich selbst – in erster Linie nach Enttäuschungen oder Rückschlägen – für eine lächerliche Behauptung. Diesem bisweilen wackeligen Zustand versuchte er mit sehr guten Schulnoten beizukommen. Ermuntert von seinen Eltern begann er zu lesen und verschlang bald Bücher wie andere in dem Alter Süßigkeiten.

Als Pubertierender erträumte er sich phantastische Biografien seiner leiblichen Eltern. Er malte sich aus, sie seien Agenten, Revolutionäre, berühmte Persönlichkeiten, die ihn eines Tages abholen und aus seinem tristen Kleinstadtleben erlösen würden. Und je schillernder und auffälliger er selbst sei, desto eher würden sie auf ihn aufmerksam werden. Das Lesen schulte sein Ausdrucksvermögen, er wusste viel und war rhetorisch geschickt. Wer sich mit ihm anlegte, musste sich warm anziehen. Gleichzeitig war er bei nahezu allen

Dummheiten vorne mit dabei: Lehrerstreiche, Alkoholexzesse, Schulschwänzen – überall machte er mit, verfasste aber auch pointierte Artikel für die Schülerzeitung, engagierte sich für soziale Projekte und wurde in der Oberstufe zum Schulsprecher gewählt. Albert galt als Streber und Unruhestifter in einem. In fast allem, was er als Jugendlicher anpackte, gelang es ihm, zu brillieren, und abgesehen von einigen arroganten Anwandlungen war er zugänglich und hilfsbereit und deshalb bei den meisten seiner Mitschüler sehr beliebt. Viele sagten ihm eine glänzende Zukunft voraus, doch wer er wirklich war, wusste niemand so genau. Über sein Innerstes gab er wenig preis.

Am Marienplatz stieg er um und drängte sich an der Haltestelle Universität aus der U-Bahn, wo er das Kuvert in den erstbesten Briefkasten warf. Die restliche Strecke war zwar nicht weit, doch es war beschwerlich, sich einen Weg durch die Menge zu bahnen. Offenbar hatten mehrere Menschen die Idee gehabt, sich an der Uni zu treffen. Manche standen in kleineren Grüppchen, andere allein, wieder andere irrten umher auf der Suche nach ihrer Verabredung. Eine erwartungsvolle Unruhe lag am späten Nachmittag dieses 6. Dezember 1992 in der Luft. Albert empfand die Aufgeregtheit als aufgesetzt, und auch wenn er sich Mühe gab, der geplanten Lichterkette wohlwollend zu begegnen, blieb ein letzter Rest von Ressentiment. Im Stillen hielt er die Aktion für einen geltungsbedürftigen, symbolischen Quatsch, bei dem sich die Guten gegenseitig ihres Gutseins vergewisserten. Anstatt den Rechtsextremismus an seiner Wurzel zu bekämpfen, war man darauf aus, sich selbst zu feiern, und tat auch noch so, als hätte das etwas mit Zivilcourage zu tun.

Eine Weile tippelte er ungeduldig auf den Stufen vor dem Haupteingang hin und her, die Kälte kroch ihm langsam in die Knochen. Immer wieder ließ er seinen Blick über die

Menschenmenge gleiten, auf der Suche nach einer Frau im braunen Mantel und mit roter Mütze, aber er konnte Ulli einfach nicht entdecken.

Nach dem Grundwehrdienst bei der Bundeswehr hatte Albert ein Studium der Literaturwissenschaften sowie der Geschichtswissenschaften und Philosophie an der LMU München begonnen. In der Großstadt war er nun nicht mehr der einzige genialische Jungspund, hier gab es mehrere schillernde Typen, besonders an der Philosophischen Fakultät, dennoch fiel er immer wieder durch seinen Scharfsinn auf. Unterbrochen von einem Auslandssemester in Wien blieb er in München und nahm sich vor, sein Studium in der Regelstudienzeit durchzuziehen, um anschließend als Doktorand am Lehrstuhl zu bleiben. Seine Dissertation, so viel stand bereits fest, sollte Bertolt Brechts Filmdramaturgie behandeln. In Wien hatte er die umschwärmte Medizinstudentin Ulrike kennengelernt, eine Österreicherin, die er – und das verbuchte er als Riesenerfolg – für sich gewinnen und dazu bringen konnte, ihr Studium in München fortzusetzen. Gemeinsam hatten sie eine Zweizimmerwohnung unweit vom Schlosspark Nymphenburg bezogen, und das Glück wäre perfekt gewesen, hätte sich Albert nicht mehr und mehr vor dessen Ende gefürchtet, je länger es anhielt. Denn dahinter wähnte er nichts als einen düsteren Abgrund.

Langsam formierte sich die Menge zu einer Schlange, der Platz vor dem Unieingang leerte sich zusehends, Albert aber konnte Ulli nach wie vor nicht entdecken. Er blickte auf die Menschen in den Straßen, jeder hielt eine Kerze, eine Taschenlampe oder eine Laterne in der Hand. Die Demonstranten standen einfach nur stumm da, Schulter an Schulter in der Dämmerung. Er zog seine eigene Kerze aus der Tasche und entzündete den Docht. Sein Groll hatte sich gelegt. Er fühlte sich plötzlich aufgehoben, allerorts freundliche Gesichter, irgendwie überkam ihn sogar ein Gefühl von Geborgenheit. Eine Ahnung, dass seine Existenz einen Sinn hatte und eine Bestimmung in sich barg, begann sich in ihm auszubreiten. Die meiste Zeit seines Lebens kam er sich ja insgeheim wie ein ungebetener Gast vor, wie ein Geschöpf, das auf einem schäbigen Planeten in einem Seitenarm einer gewöhnlichen Galaxie lebte, sich ab und zu aufrichtete und laut wie zur Selbstvergewisserung rief: »Hallo, ich bin da!« Gerade aber fühlte es sich behaglich an, einfach nur das zu sein. Doch bevor er diesen selten gewordenen Zustand richtig genießen konnte, fing ein Kind in ohrenbetäubender Lautstärke an zu heulen. Albert drehte sich um, da entdeckte er hinter dem weinenden Kind Burkhards schwarz-silbrigen Wuschelkopf. Neben ihm stand Ulli, die Humphrey, Burkhards Mops, an der Leine führte. Gemeinsam mit der Mutter tätschelten sie abwechselnd das ungefähr vierjährige Mädchen, das untröstlich schien.

Burkhard war Alberts zukünftiger Doktorvater, Professor für Neuere Deutsche Literatur an der Münchner Universität, ein Intellektueller der eher unbeschwerten Sorte: kleine Hornbrille mit runden Gläsern, großes Selbstbewusstsein und mit der Welt und der Stellung, die er darin einnahm, absolut zufrieden. Unter der Studentenschaft war er bekannt und beliebt für seinen geschliffenen Humor, seine absoluten Alleinstellungsmerkmale waren allerdings seine Haarpracht, die einem Wischmopp glich, sowie sein mittlerweile in die Jahre gekommener Mops Humphrey, der ihn bei jeder Gelegenheit begleitete. Den Hund – die Geschichte erzählte Burkhard jedem, der sich länger als fünf Minuten mit ihm unterhielt – hatte er vor knapp zehn Jahren aus einem Augsburger Tierheim geholt, wo der Vierbeiner einige Wochen zuvor abgegeben worden war. Eigentlich habe er starke Vorbehalte gegenüber Möpsen gehabt, doch das namenlose, todunglücklich dreinschauende Tier habe ihm auf der Stelle das Herz gebrochen, er habe ihn Humphrey getauft und in ihm den idealen Lebensabschnittspartner gefunden. Der hechelnde Hund und der zerstreut wirkende Professor machten zusammen einen putzigen Eindruck, und nicht zuletzt durch den trotz seines Alters immer noch aufgeweckten Humphrey versprühte auch der 45-jährige Burkhard eine ungebrochene jugendliche Attraktivität. Seit einem Brecht-Seminar war Albert gewissermaßen mit ihm befreundet, und so war auch Ulli irgendwann mit ihm bekannt geworden.

Wahrscheinlich, dachte Albert, sind sich die beiden zufällig in die Arme gelaufen. Der Professor machte einen ratlosen Eindruck, unbeholfen wedelte er mit den Armen, um das Kind zu beruhigen. Offenbar war Burkhard unabsichtlich auf den selbstgebastelten Lampion des kleinen Mädchens getreten. Mehrmals sprach er sein Bedauern über das Missgeschick aus, schließlich fingerte er einen Zehnmarkschein aus seinem Portemonnaie und hielt ihn der Mutter unter die Nase. Kurz zierte sie sich, griff dann aber doch nach dem Schein und stopfte ihn sich in die hintere Hosentasche.

Die Frau und das Kind hatten sich bereits deutlich von Burkhard und Ulli entfernt, da zögerte Albert immer noch, auf sich aufmerksam zu machen. Etwas hielt ihn davon ab. Dann aber atmete er tief durch. »Hallo, ich bin da!«, rief er. Erschrocken drehten sich beide gleichzeitig zu ihm um, auch Humphrey reckte seinen Kopf nach ihm.

4 Zuflucht in Giesing

Nikola hätte nicht sagen können, wie lange sie schon ziellos herumgelaufen war, das gleißende Neonblau einer Tankstelle kam ihr gerade recht für eine Rast. Ein paar Minuten später kauerte sie auf einer Bank vor dem dazugehörigen Shop. Ziemlich durchgefroren knabberte sie abwechselnd an einem Snickers und nippte an einer Flasche »Saurer Apfel«, einem Gemisch aus Korn und Apfelsaft. Wenn sie nicht bald was unternähme, pochte es gegen die Innenseite ihrer Stirn, wäre ihr Leben verpfuscht. Alles war verkehrt gelaufen an diesem Abend, alles, und niemals hätte sie Jonas gegenüber darauf bestehen sollen, dass sie allein mit der Sache zurechtkäme. Ein paar Tränen liefen ihr über die Wangen. Nikola sah sich gezwungen, nach Hause zu fahren und ein Geständnis abzulegen. Vor allem aber sah sie Ärger auf sich zukommen, großen Ärger. Sie rieb sich die Tränen aus den Augen, dann nahm sie einen Schluck aus der Flasche, worauf sie angewidert das Gesicht verzog. Eigentlich mochte sie das Zeug, es hatte ihr schon ein paar lustige Internatsabende beschert, gerade aber schmeckte es wie Enteisungsmittel mit Apfelaroma.

Ein lässiges »'tschuldigung« riss sie plötzlich aus ihren Gedanken. »Es ist verboten, Alkohol hier zu trinken. Auch wenn er vom Shop ist.« Es war der Verkäufer, ein Kerl von Anfang zwanzig mit Kinnbart und blondierter Raverfrisur. Er stand vor der gläsernen Schiebetür, sein Zeigefinger wies auf eine Verbotsplakette neben sich.

Vollidiot, dachte Nikola, sagte aber: »Klar, kein Problem«, und schraubte die Flasche zu. Sie erhob sich, wickelte ihr langes, dickes Haar zu einem Strang und schob ihn unter die Jacke. Der Raver zeigte sich zufrieden.

»Sorry, ist Vorschrift.« Er machte eine kurze Pause, in

der er an seinem Bärtchen zupfte. »Was hast'n du heute noch vor?« Nikola blinzelte zwei-, dreimal gegen das Neonlicht. »Du weißt aber schon, dass ich noch minderjährig bin?«

»Macht nix«, grinste er, »da drück ich beide Augen zu.«

Sie zwängte die Flasche bis zum Hals in ihre Jackentasche. »Die hättest du mir gar nicht verkaufen dürfen. Das ist eine Straftat. Ich geh jetzt zur Polizei, dann bist du deinen Job los.« Es klang nicht wie ein Scherz. Schlagartig bekam der Kerl kalte Füße. »Ich hab das doch gar nicht gewusst …«, stammelte er, »woher soll ich denn wissen, wie alt du bist?«

»Dafür gibt's ne Ausweispflicht«, belehrte sie ihn, ehe sie sich zielstrebig in Bewegung setzte. Mit offenem Mund glotzte ihr der Verkäufer hinterher. Erst in einiger Entfernung hob Nikola winkend ihre rechte Hand, rief, »mach dir nicht in die Hosen, Spacko«, und zeigte ihm, ohne sich umzudrehen, den Mittelfinger. Die Flasche warf sie ins Gebüsch. Nun fühlte sie sich einigermaßen bereit für den Gang nach Canossa. Sie hielt Ausschau nach einem Taxi, da streifte ihr Blick das riesige Werbebanner einer Brauerei, das an einen Bauzaun vis-à-vis der Tanke gezurrt war. Unter dem Bild einer schwappenden Maß Bier stand »Giesinger Braukunst«. Mit einem Mal wurde ihr klar, wo sie war und dass ihre Tante in diesem Stadtteil wohnte. Warum war sie nicht gleich darauf gekommen? Zwar war sie noch nie bei Gerlinde zu Hause gewesen, aber sie kannte die Straße und wusste, wo es langging.

Gerlinde saß mit schweren Lidern am Schreibtisch, ihre Gedanken schlingerten. Alles, was sie bislang aufs Papier gebracht hatte, schien ihr banal und am Kern der Sache vorbei. Es hatte keinen Sinn, weiterzuschreiben, sie war einfach zu müde. Gerade als sie beschloss, ins Bett zu gehen und den Brief am nächsten Tag fortzusetzen, klingelte es an der Haustür. Erst dachte sie an ein Versehen oder an einen Streich, doch als es ein paar Sekunden später nochmal läutete und kurz darauf ein drittes Mal, nahm sie den Hörer der Gegensprechanlage ab. Gerlinde war nicht auf Besuch eingerichtet, ihre Wohnung glich einer Rückzugshöhle, nur für sie allein bestimmt, ihre verzweifelt klingende Nichte konnte sie indessen nicht abweisen.

Nikola konzentrierte sich in ihrer Erzählung auf das Wesentliche: Vergessen, die Pille zu nehmen, mit einem Jungen geschlafen, Kondom benutzt, Kondom gerissen. Jetzt war sie allein, wusste weder ein noch aus und hatte Angst, schwanger zu werden. Ihre einzige Hoffnung sah sie in der »Pille danach«, die allerdings sehr schwer zu kriegen war.

»Meine Mutter bringt mich um.«

»Niemand bringt dich um.«

»Dann kennst du sie schlecht.«

»Ich kenn sie zumindest länger als du, von einem Mord ist mir nichts bekannt.«

»Ha, ha, sehr witzig«, grummelte Nikola und ließ sich aufs Sofa fallen. Sie erwähnte nicht, dass sie wegen einer Sechs in Mathe Partyverbot hatte, sich aber trotzdem mit Jonas getroffen hatte, während Heidi und Hans bei einem Vortrag waren. Zu Hause hatte sie für den Fall, dass die beiden vor ihr zurückkehrten, einen Zettel hinterlassen, auf dem sie notiert hatte, dass sie bei einer Freundin sei.

Gerlinde roch den Alkohol, den ihre Nichte getrunken hatte. Sie hatte Nikola seit über einem Jahr nicht mehr gesehen. Seit sie nach der 8. Klasse auf ein Internat am Bodensee gekommen war, hatten die beiden keinen Kontakt mehr gehabt. Schon bei ihren letzten Reitstunden hatte das Mädchen angedeutet, dass es mit seiner Mutter über Kreuz lag. Gerlinde versuchte damals die Wogen ein wenig zu glätten, hütete sich aber davor, Partei gegen Heidi zu ergreifen. Ein kritisches

Wort hätte genügt, und der fragile Frieden zwischen ihr und ihrer Schwester wäre wieder dahin gewesen. Und neue Feindseligkeiten wollte sie tunlichst vermeiden, eine Haltung, die Nikola nicht begreifen konnte. Sie hatte sich von ihrer Tante unverstanden und im Stich gelassen gefühlt, jetzt aber schien die alte Komplizenschaft plötzlich wieder möglich. »Was soll ich denn tun?«

»Wie alt bist du jetzt?«

»Fünfzehn.«

Gerlinde setzte ein Gesicht auf wie eine Strafverteidigerin beim Ausfeilen einer ausgebufften Strategie. »Das ist schon sehr jung, aber heute seid ihr eh alle frühreif. Und du bist sicher, dass ich deine Mutter nicht anrufen soll?«

»Todsicher.«

»Und deinen Vater oder Hans?«

»Auch keine gute Idee.«

»Vor wie vielen Stunden warst du mit deinem … Jonas zusammen, ist er überhaupt dein Freund?«

Nikola drehte ihren Kopf zur Seite. »Das spielt doch keine Rolle«, sagte sie schnippisch, »wir kennen uns, das reicht doch.«

»Jetzt hör mal zu, Fräulein«, schlug Gerlinde eine schärfere Tonart an, »mir ist scheißegal, ob er dein Freund ist oder nicht. Aber wenn sowas nochmal passiert, dann packst du ihn und schleifst ihn mit zum nächsten Arzt. Es darf nicht sein, dass alles nur an dir hängenbleibt, verstanden?«

»Ja«, brachte sie kleinlaut über die Lippen.

»Und warum ist er jetzt nicht dabei?«, hakte Gerlinde nach.

»Weiß nicht, ich hab Angst gehabt, dass er vielleicht sauer wird …«

»Bist du verliebt in ihn?«

»Ich glaub schon.«

»Dann musst du ihm erst recht sowas zumuten. Wenn er nämlich dann seinen Schwanz einzieht und dich alleinlässt, kannst dich freuen. Solche Typen sind das Letzte. Sich an so jemanden zu hängen ist pure Zeit- und Lebensverschwendung!« Gerlindes Zeigefinger stand in der Luft, ihre Augen blitzten aufgebracht.

»Ist ja gut«, sagte das Mädchen, »ich hab's verstanden. Kann ich ein Bier haben?«

»Du bist schon angetrunken und noch keine sechzehn.«

»Mir geht's aber schlecht.«

»Ich mach uns einen Tee, und dann fahren wir in ein Krankenhaus, wo's einen frauenärztlichen Notdienst gibt.«

»Für eine ›Pille danach‹ brauch ich aber einen Erziehungsberechtigten.«

»Ist doch kein Problem. Wir sagen einfach, du bist meine Tochter. Kein Mensch wird das überprüfen. Zum Glück sehen wir uns ziemlich ähnlich.« Sie streichelte ihrer Nichte über den Kopf. »Ich zieh mir nur noch schnell was anderes an«, sagte sie, dann ging sie aus dem Zimmer.

Nikola sah sich nun zum ersten Mal richtig um. Eine verschlampte Eleganz wehte ihr entgegen. Das Wohnzimmer war nur von einer zylinderartigen Deckenlampe beleuchtet, die Luft roch pflanzenfeucht. Das vollgestopfte Bücherregal ragte vom Boden bis unter die Decke. Nikola stand auf und schlenderte ein wenig umher. Auf dem Fensterbrett entdeckte sie Gläser, in denen etwas Wurzeln zog. Eine Chaiselongue mit rotem Samtüberzug war am Fenster zum Hinterhof platziert. Sie ging weiter, sah sich den Schreibtisch an, ein gebeiztes Möbelstück, das auf dünnen Metallfüßen stand, die Arbeitsfläche war mit Büchern, aufgeschlagenen Heften und ein paar Schreibutensilien bedeckt. Zwischen heruntergebrannten Kerzenstummeln lag ein schmaler Stapel Briefe. Nikola beugte sich vor und hob die Umschläge an, es mochten vier, fünf sein, alle vom selben Absender: Albert Hofer. Vielleicht Liebesbriefe? Sachte nahm sie den obersten zur Hand, plötzlich hörte sie Schritte, sie legte den Brief zurück und flitzte auf Zehenspitzen quer durch den Raum, wo sie sich vor eine alte Schwarz-Weiß-Fotografie stellte, die an der Wand hing. Als unmittelbar darauf Gerlinde mit einem Tablett ins Zimmer kam, fragte sie mit gespieltem Interesse, wer denn die Frau auf dem Foto sei.

»Ich weiß es nicht«, sagte Gerlinde und stellte die Tassen auf dem Beistelltisch ab. Dann trat sie neben ihre Nichte, legte die Hand auf ihre Schulter. »Die Aufnahme ist von deinem Urgroßvater. Die hat ganz unten in einer verstaubten Holztruhe gelegen. Ich hab sie gefunden, als das Herrenhaus aufgelöst worden ist, vor fast zwanzig Jahren ...«

»Und wer ist sie?«

»Keine Ahnung. Deine Urgroßmutter ist es nicht, vielleicht ist es eine entfernte Verwandte, die wir nicht kennen.«

»Wie eine Indianerin sieht sie nicht aus.«

Das gerahmte, runde Foto mit einem Durchmesser von vielleicht zehn Zentimetern zeigte eine junge Frau im Salon des Herrenhauses. Auf dem Kopf trug sie einen Federschmuck wie eine etwas zu groß geratene Krone, der ihr bis auf die Brust reichte. Mit schüchternem Blick lugte sie in die Kamera.

»Ich fand immer, sie hat was Geheimnisvolles in den Augen, das hat mir gefallen, deswegen hab ich's damals mitgenommen. Mittlerweile ist es schon ganz schön verblichen.«

»Ich finde, sie sieht ängstlich aus. Vielleicht ist sie ja doch eine Indianerin«, sagte Nikola und setzte sich wieder aufs Sofa. Mit nachdenklicher Miene nippte sie am Tee. »Ist das jetzt wie eine Abtreibung?«

»Nein, da ist überhaupt noch nix befruchtet, wenn das überhaupt der Fall ist. Mir ist jetzt auch eingefallen, wo wir am besten hinfahren, ich kenne eine Gynäkologin.« Dann erklärte Gerlinde ihr noch, dass es vielleicht gar nicht nötig sei, die »Pille danach« zu nehmen. Sie müsse der Ärztin aber sagen, wann sie ihren Eisprung gehabt und wann genau sie die Pille vergessen habe zu nehmen, und vielleicht wolle sie noch ein paar andere intime Details wissen. »Wie dem auch sei, ich werde dafür sorgen, dass du heil aus der Sache rauskommst, auf alle Fälle nicht schwanger.«

Nikola presste die Lippen zusammen, nickte erleichtert, schließlich hob sie den Kopf und suchte Gerlindes Augen: »Hast du schon mal abgetrieben, weil du keine Kinder hast ...«

»Nein.«

»Ich fänd's nicht schlimm.«

»Aber ich«, versetzte Gerlinde streng, und ihr Gesicht bekam harte Züge.

»Okay«, gab sich Nikola beschwichtigend, »okay.« Unbeirrt griff sie ein anderes Thema auf: »Der Hans hat mal gesagt, du und Vater, ihr wärt mal ein Paar gewesen, deswegen hätte es einen Streit zwischen Mutter und dir gegeben ... Wart ihr wirklich ein Paar?«

»Ja, für eine kurze Zeit. Für mehr hat's nicht gereicht. Das ist alles sehr lange her. Weit vor deiner Geburt. Verjährt«, sagte Gerlinde und rang sich ein Lächeln ab.

»Ich hätte nix dagegen, wenn du meine Mutter wärst.«

»Schlag dir das aus dem Kopf, ich bin die Schwester deiner Mutter. Wäre ich deine Mutter, wir würden anders miteinander reden, alles wäre anders. Wir wären nicht dieselben.«

»Aber genau aus dem Grund«, blieb Nikola standhaft, »wünsch ich's mir doch.«

Nikola hatte einen robusten Kern, aber das Mädchen fühlte sich nicht wohl in seiner Haut, eine gewisse Orientierungslosigkeit ließ es regelmäßig auf dem Boden der Tatsachen ausrutschen. Das einst stille Kind hatte sich zu einem aufsässigen

Teenager entwickelt, wenig verwunderlich bei all dem, was es in seinem kurzen Leben bereits durchgemacht hatte: der Tod des Bruders, der Ehekrieg und die Scheidung der Eltern, eine geltungsbedürftige Mutter sowie ein karrieregetriebener Stiefvater, während der biologische Vater meistens abwesend war. Sie konnte oder wollte nicht alles leisten, was besonders die Mutter ihr abverlangte. Heidi liebte ihre Tochter über alles und versuchte ihr so viel Nestwärme wie möglich zu geben, hatte gleichzeitig aber auch klare Vorstellungen, wie Nikola zu sein habe. Je weniger das Mädchen in Heidis Augen *funktionierte*, desto häufiger und massiver wurden die Vorhaltungen, was wiederum Nikolas Renitenz anfachte. Mit dreizehn wurden ihre Schulnoten schlecht, gleichzeitig stellte sie Heidis Autorität beständig in Frage, worauf es häufig zu hitzigen Wortgefechten zwischen den beiden kam. Nikola opponierte offen gegen Heidis Erwartungshaltungen und untergrub laufend deren Hang zum Perfektionismus. Ein Lifestyle-Magazin hatte die Unternehmerin in einem Portrait als »Münchens Powerfrau Nummer 1« geadelt, für Heidi eine unglaubliche Genugtuung. Auf die Frage, ob sie eine strenge Mutter sei, hatte sie geantwortet: »Leider gar nicht. Daran gemessen, wie ich aufgewachsen bin, erziehe ich wachsweich. Meine Tochter wickelt mich ständig um den Finger.« Es klang charmant, entsprach aber nicht der Wahrheit.

Angeschoben von eiserner Disziplin, erzielte Heidi einen Erfolg um den anderen, nur die Tochter machte Zicken, dabei war sie Teil ihres Projekts. Denn je absehbarer es wurde, dass Georg keine weiteren Kinder haben würde, desto dringlicher sollte Nikola ihrem Plan zufolge zu seiner alleinigen Nachfolgerin aufgebaut werden. Das Internat sollte dafür die Voraussetzungen liefern. In der Eliteschule würden ihr die Flausen schon vergehen, auch wenn die Zensuren noch zu wünschen übrigließen. Nikola selbst war froh, aus der Schusslinie geraten zu sein. Nur mehr übers Wochenende oder während der Ferien, wie jetzt, wohnte sie zu Hause.

Weder Hans noch Georg nahmen die Grabenkämpfe zwischen Mutter und Tochter allzu tragisch. Georg sah es sogar ziemlich gelassen. Manchmal tat ihm sein Kind leid, aber er war einfach zu beschäftigt und gedanklich zu weit weg, um sich ernsthaft zu kümmern. Irgendwann, nach der Schulzeit, zum richtigen Zeitpunkt jedenfalls, würde er Nikola an seine Seite holen.

»Lass uns fahren«, sagte Gerlinde, »wenn du die ›Pille danach‹ kriegst, wird's dir schlechtgehen. Du kannst dann bei mir schlafen. Ich werde deine Mutter anrufen und ihr sagen, du hättest zu viel getrunken. Sie wird nicht erfahren, wo wir waren, okay?« Das Mädchen nickte. »Danke, das werde ich dir nie vergessen.« Sie griff nach ihrer Jacke, die über der Sofalehne hing, auf einmal hielt sie inne. »Eine Frage noch: Was hat euch eigentlich damals auseinandergebracht, dich und Papa?«

»Wir waren«, lächelte Gerlinde, »zu jung, das ist aber nicht schlimm gewesen, jetzt komm.«

Am Stich, den ihr diese Lüge versetzte, merkte Gerlinde, dass es immer noch nicht vorbei war, dass der Schmerz noch da und nicht einmal kleiner geworden war. Mit einem Mal wusste sie, wie sie den Brief weiterzuschreiben hatte. Es war der 1. November 1993, die Nacht von Allerheiligen auf Allerseelen.

5 Der Nachklang des Fluchs

Am selben Abend besuchte Heidi einen Vortrag in Janas Laden. Hans sollte eigentlich mitkommen, aber als die Veranstaltung anfing, war er immer noch nicht da, worüber Heidi sichtlich verärgert war. Schon vor Wochen hatten sie sich dazu verabredet, seit Längerem war das endlich mal wieder eine Gelegenheit, zusammen auszugehen.

Jana hatte nicht nur zum Vortrag, sondern für danach zu einem Umtrunk eingeladen, etliche Freunde hatten sich angekündigt, und sie waren, wie Heidi jetzt feststellen konnte, auch alle gekommen. Nur der Platz neben ihr blieb leer, wieder einmal. Heidi fühlte sich zurückgewiesen. So ließ sie nicht mit sich umspringen, rumorte es in ihrem Kopf. Trotzig erwog sie, sich scheiden zu lassen oder sich zumindest einen Liebhaber zuzulegen, jemanden, der mehr Zeit für sie aufbrachte und auf den man sich verlassen konnte. Jana setzte sich neben sie, drückte ihr aufmunternd die Hand. Sie warf einen Blick in die Runde, dann nickte sie dem Professor zu, worauf der ans Rednerpult ging.

Jana hatte ihre Galerie vor einiger Zeit schon geschlossen, die Kunstszene war nach der Wiedervereinigung nach Berlin gezogen, und abgesehen von einigen PR-Erfolgen, die ihr kurzfristig einige Aufmerksamkeit verschafft hatten, war es ihr nicht gelungen, sich längerfristig zu etablieren. Doch Jana hatte sich nicht entmutigen lassen, gemeinsam mit ihrem Freund Angelos eröffnete sie nur ein halbes Jahr später im Glockenbachviertel einen großräumigen Laden, der Kunst und Kultur unter dem Label »Exklusive Ethnokunst« vereinen sollte. Im Angebot hatten sie ausschließlich Hochpreisiges für die Reichen und gerade noch Erschwingliches für die Mittelschicht, in erster Linie vorderasiatische Teppiche, beduinischen Silberschmuck und griechische Bodenvasen, das alles verkaufte sich wesentlich besser als zeitgenössische Kunst. Bald kam Jana auf die Idee, das Sortiment um einheimische Volkskunst zu erweitern, schließlich gab es gerade einen Hype um Antiquitäten aus dem Voralpenland. Über einen Scout machte sie beeindruckende Hinterglasbilder ausfindig, frei von jeglichem Kitsch, allesamt Werke von unbekannten, teils anonymen Künstlern aus der oberbayerischen Gegend. Um ihrer Geschäftsidee Seriosität zu verleihen, engagierte Jana einen emeritierten Professor für Kunstgeschichte, der einen Vortrag über expressionistische Bauernmalerei hielt und die zum Verkauf stehenden Bilder zwischen Volkskunst und Avantgarde verortete.

Beflügelt vom Erfolg wandte sich Jana in der Folge der Holzbildhauerei zu. Ihr Scout, ein umtriebiger Kunststudent, entdeckte daraufhin in der Abendzeitung eine Kleinanzeige, in der jemand alte Madonnenschnitzereien zu einem günstigen Preis anbot. Schon am nächsten Tag fuhr er in das Dorf in der Nähe von Zwiesel, wo der Verkäufer in seiner Garage etwa zwanzig Skulpturen lagerte. Nicht nur die Muttergottes, auch andere sakrale Motive wie das Jesuskindlein oder der heilige Florian waren darunter. Janas Scout staunte nicht schlecht, die Werke kamen ihm vor, wie unter dem Einfluss von LSD geschnitzt, maßlos und verstörend und gerade deshalb unglaublich faszinierend. Der Verkäufer selbst, ein beleibter Rentner, fand sie nicht besonders schön, gleichwohl ging sein Kalkül auf, dass sich mindestens ein spinnerter Städter dafür interessieren würde. Woher die bis zu einem halben Meter hohen Schnitzereien stammten, wollte der Mann zunächst nicht preisgeben, als aber der Student hartnäckig blieb und genauere Auskünfte einforderte – schließlich müsse er sichergehen, kein Diebesgut zu erwerben –, zog der Alte Luft durch die Zähne und redete doch noch Klartext.

Als ehemaliger Feuerwehrkommandant war er beauftragt

worden, den Dachboden des alten Pfarrhauses im Nachbarort Eisenstein zu räumen, und da habe er unter einem Leinentuch die Holzfiguren aufgestöbert und seine Entdeckung auch sofort der Pfarrei gemeldet. Von dort habe sich aber niemand zurückgemeldet. »Und das wird auch keiner mehr«, polterte er los, »das war nämlich schon vor über einem Jahr.« Bei den Skulpturen, wusste der Rentner noch zu berichten, handle es sich um eine Hinterlassenschaft des früheren Pfarrers Zuckerstätter. Der längst verstorbene Geistliche musste sie einst zusammengetragen und gehortet haben – zu welchem Zweck auch immer. Jedenfalls, beharrte der Alte, sei es absolut legal, dass er die Holzfratzen nun zu Geld mache, er würde ihn dennoch bitten, die Geschichte nicht an die große Glocke zu hängen. Der Student versprach, Wort zu halten, anschließend verständigten sich die beiden auf einen Stückpreis von 20 Mark. Den Namen des Künstlers vermochten beide nicht zu ermitteln, es war aber unstrittig, dass die Figuren einer Hand entstammten, nicht nur weil sie sich stilistisch ähnelten, sondern weil auf der Unterseite aller Sockel dasselbe Initial, nämlich DB, eingraviert war.

An diesem Abend präsentierte Jana die Schnitzereien erstmals in ihrem Laden. Nach einer kurzen Einführung in das Wesen der Holzbildhauerei widmete sich der Professor dem sonderbaren Fund aus dem Bayerischen Wald, nannte ihn unumwunden eine kunsthistorische Sensation und sprach von einer klassischen Trouvaille. Mitgerissen von seiner Begeisterung hatte das Publikum bald das Gefühl, einer epochalen Entdeckung beizuwohnen. Der Professor bescheinigte den Werken eine kochende Sinnlichkeit, gespeist aus Tiefen, die man nicht ausloten könne. An drei Skulpturen zeigte er, was er in ihnen zu entdecken meinte. Die aufgerissenen Feuerherzen kämen ob ihrer feinen Bearbeitung einem anatomischen Herzen erstaunlich nah. Die Augen der Muttergottes sähen einen mit ungewohnter Direktheit an. Weder barmherzig noch verdammend, sondern uferlos durchdringend, wie es seiner Meinung nach nur Marmorskulpturen der italienischen Renaissance vermochten. Woher diese Schnitzereien im Endeffekt tatsächlich stammten, kam er zum Schluss, sei ihm nach wie vor ein Rätsel, er kenne nichts Vergleichbares in Mitteleuropa.

Dann bedankte er sich für die Aufmerksamkeit und genoss den anhaltenden Applaus. Auch Heidi klatschte begeistert; ihr Ärger über Hans hatte sich während des Vortrags verflüchtigt. Ohne mit jemandem auch nur ein Wort zu wechseln, ging sie nach dem Verklingen des Applauses sofort zu den Skulpturen, die nebeneinander auf einem Podest standen. Aus der Nähe imponierten sie ihr noch mehr. Jedes Stück schien mit Firnis überzogen, ein matter Glanz strahlte von ihnen ab. Besonders gut gefiel ihr eine Madonna mit ausgebreiteten Armen und offenstehenden Lippen. Vor ihr blieb Heidi länger stehen. Irgendetwas an dieser Muttergottes rührte sie an. Hoffentlich, dachte Heidi, hat Jana die noch nicht verkauft. Das Wissen, dass die Skulptur wohl aus dem Bayerischen Wald stammte oder dass es zumindest eine enge Verbindung dorthin gab, machte Heidi wehmütig; auch einen Anflug von schlechtem Gewissen meinte sie zu spüren, weil sie schon lange nicht mehr dort gewesen war, nicht einmal, um das Grab ihrer Eltern zu besuchen. Auf einmal war ihr, als blickte die Figur ihr so unmittelbar in die Augen, dass sich Heidi kurz in Bedrängnis wähnte und den Kopf wegdrehte.

Ihr Blick fiel auf die im Raum verstreuten Gäste, die sich allmählich in kleine Grüppchen zusammenschlossen. Eine junge Mitarbeiterin schlängelte sich mit einem Tablett an ihnen vorbei und reichte Sekt. Eine andere Hilfskraft räumte die Stühle weg und zwei weitere begannen, eine Bar aufzubauen. Aus dem Augenwinkel bemerkte sie plötzlich eine winkende Hand, Heidi drehte sich um und sah Angelos aus dem Büro auf sie zustürzen, auf seinem Gesicht ein namenloser Schrecken. Je näher er kam, desto größer wurde ihre Gewissheit, dass er der Überbringer einer schlechten Nachricht war. Als er schließlich leichenblass vor ihr stand und tief Atem schöpfte, fragte sie sich nur noch, ob ihrem Kind oder ihrem Mann etwas zugestoßen war.

Zunächst war Hans den Windungen des Lech gefolgt, hatte irgendwann den Fluss gequert und war über die Bundesstraße weiter Richtung Osten gefahren, gen München. Für den Umweg hatte er sich spontan entschieden, die Strecke schien ihm ideal, um seinen neuen pechschwarzen Audi V8 richtig auszuprobieren. Die Limousine war noch keine vier Wochen alt. Ein paarmal hintereinander trat er ordentlich aufs Gas, bremste scharf und jagte den Motor von neuem hoch. Ein versonnenes Lächeln legte sich auf sein Gesicht. Er stellte die Sitzheizung an, dann schnappte er sich eine CD aus dem Ablagefach und schob sie ins Laufwerk. Kurz darauf jaulte er zusammen mit James Brown »this is a man's world«, und als es anschließend hieß »but it wouldn't be nothing, nothing without a woman or a girl«, dachte er an Heidi und freute sich auf den gemeinsamen Abend.

Hans war in Landsberg am Grab seines Vaters gewesen. Im Beisein seiner Brüder und seiner alten Mutter hatte er nach katholischer Tradition am Allerheiligentag ein Grablicht angezündet. Danach hatte er mit seinen Verwandten ein Mittagessen im besten Restaurant der Stadt eingenommen und war beschwingt in sein Auto gestiegen.

Der Unfall ereignete sich östlich des Ammersees, unweit des Klosters Andechs, auf einer kaum befahrenen Straße mit völlig geradem Verlauf. Hans war sofort tot. Zur Aufklärung des Hergangs wurde bei der Staatsanwaltschaft ein Ermittlungsverfahren gegen Unbekannt eingeleitet und mehrere Zeugen vernommen. Der einzige unmittelbare Unfallzeuge, der Lenker des Pkw hinter Hans, gab zu Protokoll, dass es kurz vor 15 Uhr gewesen sei, als der Audi plötzlich begonnen habe, in Schlangenlinien zu fahren. Schließlich geriet das Auto auf die Gegenfahrbahn und prallte frontal gegen einen Baum am Straßenrand, anscheinend ungebremst. Der unter Schock stehende Fahrer gab ferner an, dass er den Eindruck gehabt hatte, vor ihm fahre ein Betrunkener. Auf seine Aussage hin konnte sich nach Einsicht des Obduktionsberichts allerdings niemand einen Reim machen, denn die Untersuchung der Leiche hatte ergeben, dass in Hans' Blut nichts vorhanden war, was seine Fahrtüchtigkeit hätte beeinträchtigen können, er hatte auch keinen Herzinfarkt erlitten. Zudem wurden ein unfallanalytisches Gutachten und eines zum technischen Zustand des Autos in Auftrag gegeben. Doch auch die Kfz-Sachverständigen konnten an dem Unfallfahrzeug keine technischen Mängel oder Hinweise auf Manipulationen feststellen, weshalb das Ermittlungsverfahren bald eingestellt wurde.

Die Obduktion hatte Professor Kemmerich, Leiter des Instituts für Rechtsmedizin der Universität München, vorgenommen. Als er fünf Tage nach der Untersuchung ein Gespräch mit Heidi führte, in der er ihr die Ergebnisse erläuterte, lag die Obduktionsakte vor ihm auf dem Tisch. Unter seinem Kittel trug Kemmerich Hemd und Krawatte, gleich mehrfach sprach er Heidi sein Beileid aus. Völlig erschöpft und mit den Gedanken weit weg, hörte sie ihm zu, stellte sogar ein paar Fragen, aber nur, um nicht gänzlich abwesend zu erscheinen. Einen Blick in die Akte ersparte sie sich. Ein Obduktionsbericht schien ihr am wenigsten geeignet, das große Warum zu beantworten.

Heidi war nach Hans' Tod wie betäubt, eingeschlossen in ein Gehäuse aus Trauer und Verzweiflung, dämmerte sie vor sich hin. Nach ihrem Vater und ihrem Sohn war nun also auch ihr Mann Opfer eines Verkehrsunfalls geworden. So viel Pech konnte kein Normalsterblicher haben, so viel Unglück hatte niemand verdient. Unweigerlich erinnerte sie sich an den bösen Fluch ihrer Schwester, und ein ausgreifendes Gefühl von Schuld stellte sich ein. Doch selbst wenn sie sich auf die Logik von Schuld und Sühne einließ, was ihr widerfahren war, entbehrte jeglicher Verhältnismäßigkeit. Mit dem Verlust von Felix war sie doch schon genug gestraft worden, mehr als genug. Und das Verhältnis zu Gerlinde war längst frei von Feindseligkeit. Es gab schlichtweg keine Altlasten mehr. Deswegen ergab dieser Tod einfach keinen Sinn! Heidi zermarterte sich das Gehirn, in ihrem grenzenlosen Schmerz war sie unfähig, von sich selbst abzusehen. Womit habe *ich* das verdient?, war die Frage, die sie nicht mehr losließ. Die seltsamen Begleiterscheinungen des Unfalls gerieten somit in den Hintergrund. Bis eines Tages, das Ermittlungsverfahren war längst abgeschlossen, ein Mann an ihrer Tür klingelte, der sich als Kriminalpolizist vorstellte, aber seinen Namen nicht nennen wollte. Heidi widerstand dem Impuls, ihm die Tür vor der Nase zuzuschlagen, weil sie ihn bei einer früheren Befragung schon einmal gesehen zu haben glaubte. Die Aufarbeitung des Unfalls, sagte er, sei seiner Meinung nach nicht mit rechten Dingen zugegangen, davon wolle er sie gern in Kenntnis setzen. Heidi zögerte einen Augenblick, schließlich bat sie ihn aber ins Haus.

Bei einer Tasse Kaffee setzte der Beamte ihr seine Bedenken auseinander. Die erste Merkwürdigkeit sei gewesen, dass der Fall nach kurzer Zeit von der Kriminalpolizei an die Verkehrspolizei übergeben worden war, obwohl zu dem Zeitpunkt bereits festgestanden hatte, dass ihr Mann weder betrunken gewesen sei noch einen Herzinfarkt erlitten habe. Die Weisung sei von höherer Stelle gekommen. Eigenartig sei auch, dass der Wagen unmittelbar nach dem Kfz-Gutachten verschrottet worden sei. Im Wissen um die Zeugenaussage habe ihn all das stutzig gemacht. Denn angenommen ihr Mann hätte Selbstmord begangen, so sprächen seiner Erfahrung nach die Schlangenlinien vor dem Aufprall eindeutig dagegen. Ein Selbstmörder würde zielgerichtet auf das Hindernis losfahren und dabei beschleunigen. Natürlich gäbe es immer Ausnahmen von der Regel, nach seinem Wissensstand gebe es jedoch keinen einzigen Hinweis, der das Szenario einer Selbsttötung stützen würde.

Heidi nickte stumm. Sie habe keinen Abschiedsbrief gefunden, ihr Mann sei im besten Alter gewesen, gesund und tatkräftig, er habe noch weitreichende Pläne gehabt. Der Anflug eines Lächelns legte sich für eine Sekunde auf ihr Gesicht. Vor ihrem inneren Auge flackerten Bilder von Hans auf, von seinem 50. Geburtstag und der Rede, die er gehalten hatte, sein listiger, gutgelaunter Blick, das knautschige Gesicht beim Lachen. Schlagartig füllten sich ihre Augen mit Tränen, an ihrer Entschiedenheit änderte das allerdings nichts: »Nein, ein Selbstmord ist definitiv auszuschließen.« Und es sei mit Sicherheit auch keine Unachtsamkeit gewesen, ihr Mann sei ein sehr versierter Autofahrer gewesen.

Der Beamte strich sich über die Schläfen. »Das dachte ich mir«, murmelte er. Er selbst habe keine anderen Anhaltspunkte als seinen Instinkt, immerhin geschult in zwanzig Jahren Berufserfahrung. Er habe nicht die Möglichkeit, seine Vermutung zu verifizieren, schließlich habe man ihm und seinen Kollegen den Fall entzogen, zudem sei auch das Auto nicht mehr vorhanden, um ein zweites Gutachten zu erstellen, nichtsdestotrotz wolle er ihr unbedingt mitteilen, dass er nicht an einen konventionellen Unfall glaube. Er sei der Ansicht, es habe sich um einen Anschlag gehandelt. Ausgeführt von absoluten Profis. »Ihr Mann muss Feinde, sehr mächtige Feinde gehabt haben.« Er sei kein Freund von Spekulationen, in diesem Fall aber habe er sich dazu durchgerungen, den außerdienstlichen Weg einzuschlagen, um ihr seine Bedenken mitzuteilen. Vielleicht würde es ihr helfen, das Unverständliche besser zu verstehen. »Es war, und da lege ich mich jetzt fest, kein Selbstverschulden«, sagte er im Brustton der Überzeugung. »Das macht Ihren Mann nicht wieder lebendig, aber vielleicht bekommt Ihre Trauer jetzt ein Fundament, verstehen Sie? Es gibt für alles auf dieser Welt einen Grund. Und dieser Unfall war kein Zufall, so viel steht fest, auch wenn ich es nicht beweisen kann.«

Heidi schwieg dazu, nur in ihrem Gesicht zuckte es unaufhörlich. Ich bin nicht schuld, sagte sie sich, einmal, zweimal, viele Male hintereinander. Ich bin nicht schuld. Schließlich fing sie an zu weinen. Die Tränen liefen ihr aus den Augen wie zwei Bäche, und das Wasser lief und lief, ohne dass sie auch nur einmal schluchzte oder einen Laut von sich gab. Dem Kriminalbeamten waren tränenreiche Begegnungen nicht fremd, diese Art zu weinen hatte er allerdings noch nie gesehen. Zumal sich Heidi nicht rührte und auch keine Anstalten machte, nach einem Taschentuch zu greifen. Ihm wurde unbehaglich zumute. »Es tut mir leid«, sagte er mit belegter Stimme, »wahrscheinlich war es doch keine gute Idee von mir …«

Jetzt erst wischte sich Heidi die Tränen aus dem Gesicht. »Lieber Herr X«, sagte sie, »der Himmel hat Sie geschickt, Sie haben mich … erlöst.« Was sie genau damit meinte, wusste er nicht, aber er fühlte sich erleichtert und war froh, sich offenbar richtig entschieden zu haben. Eine erstaunliche Frau, dachte er.

Heidi erzählte niemandem etwas von dem Besuch, aber

sie hörte sich im Freundes- und Bekanntenkreis um, wollte herausfinden, ob Hans ihr etwas verschwiegen hatte, ob er womöglich ein Doppelleben geführt hatte. Doch ihre Nachforschungen brachten nichts ans Licht, was ihr nicht bekannt gewesen wäre. Nur von Georg erfuhr sie ein paar Details, die sie zum ersten Mal hörte. Zu den Zeiten, als Hans noch sein Geschäftsführer war, habe er sich bei einigen Bauunternehmern und Handwerksbetrieben nicht gerade beliebt gemacht. Er habe gnadenlos die Preise gedrückt und kleine Firmen mit willkürlichen Beanstandungen noch mehr unter Druck gesetzt als in der Branche ohnehin üblich. Wer mit seiner Arbeit nicht fristgerecht fertig wurde, egal, aus welchem Grund, zahlte happige Strafen. Außerdem setzte Hans durch, dass er die Schlussrechnung von einem Sachverständigen überprüfen lassen konnte, unabhängig von den Feststellungen des Architekten. Derlei Methoden waren selbst Georg zu extrem, außerdem war er im Jahr nach der Übernahme der »Sicheren Heimat« um ein sauberes Image bemüht. Nach einigen Beschwerden beschnitt er Hans in dessen Kompetenzen, was dem naturgemäß sauer aufstieß. Die Streitigkeiten darüber waren letztendlich ausschlaggebend dafür, dass sich die beiden trennten und sich Hans selbständig machte. »Das war der eigentliche Grund für den Schnitt nach fast zehn Jahren. Mir ist er als Geschäftsführer zu brutal geworden, aber vielleicht hat er das auch provoziert, weil er keine Lust mehr gehabt hat. Und am Ende des Tages wollte er einfach sein eigener Herr sein.«

Heidi war das neu, zwar hatte sie manchmal Unstimmigkeiten mitgekriegt, doch Streit kam in den besten Familien vor. Über Details hatte sich ihr Mann nicht ausgelassen, die Trennung von Georg war einvernehmlich verlaufen, die beiden gingen im Guten auseinander und blieben sich gewogen. Hans erweiterte seine bestehende Firma und spezialisierte sie auf Analysen für Wertpapiere und Derivate, gleichzeitig baute er den Bereich des Hochfrequenzhandels aus, womit er in Deutschland zu den Pionieren in diesem Sektor gehörte. Von Monat zu Monat verdiente er mehr Geld – alles jedoch kein Grund, jemanden umzubringen.

Georg jedenfalls hielt Heidis Vermutung, Hans könnte Opfer eines Anschlags geworden sein, für vollkommen aus der Luft gegriffen. »Wer hätte das denn tun sollen?«, fragte er, worauf sie natürlich keine Antwort wusste. »Er wird halt zu schnell gefahren sein, ein neues Auto, und er hat Gas gegeben, vielleicht hat er sich kurz verhaspelt … So schlimm es ist, so wird's gewesen sein.« Heidi blieb nichts anderes übrig, als sich damit zufriedenzugeben. In ihrem Innern begannen indessen wieder Stimmen laut zu werden, die von Fluch und Sühne flüsterten. Sie sollten nicht mehr verstummen. Und Heidi scheute sich fortan davor, jemals wieder einen Menschen nah an sich heranzulassen – aus Angst, ihn wieder zu verlieren, aus Angst, es wäre abermals ihre Schuld.

6 Das erste Treffen

Das letzte Sonnenlicht wurde allmählich von der Laternenbeleuchtung ersetzt. Gerlinde ließ ihren Blick über die Häuserfassaden gleiten, aber weder konnte sie ein Schild mit der Aufschrift »Trespassers« noch eine Hausnummer erkennen, die Straße wirkte wie ausgestorben. Von früher her, als sie noch öfter ausgegangen war, kannte sie die Gegend eigentlich recht gut. Bis er sich die Miete nicht mehr leisten konnte, hatte sich beispielsweise der »Kleine Italiener« in der Nähe befunden, jetzt musste sie aber feststellen, dass sich das Viertel ziemlich verändert hatte. Viele Gebäude waren renoviert worden und machten einen herausgeputzten Eindruck.

Endlich entdeckte sie eine Hausnummer, die Nummer 8, somit wusste sie, dass sie auf die andere Straßenseite wechseln musste. Sie drehte ihren Kopf nach links und blickte in die Augen eines jungen Mannes, der von hinten gekommen und gerade im Begriff war, sie zu überholen. Ein kurzer Schauer lief ihr über den Rücken. Für den Bruchteil einer Sekunde meinte sie, dem jungen Georg gegenüberzustehen, aber es war Albert, zweifellos. Auch ihm war offenbar sofort klar, wer da neben ihm stand. »Gerlinde?«, fragte er vorsichtig, worauf sie mit einem langsamen Nicken antwortete.

Das »Trespassers« lag im Souterrain. Bevor sie die Stufen hinabstiegen, erzählte Albert, er habe das spanische Lokal vorgeschlagen, da dort nachmittags fast nie etwas los sei, selbst am Abend könne man ungestört Wein trinken, guten Wein, den besten Rioja der Stadt. Dabei könne man vielem auf den Grund gehen.

Im Eingangsbereich saßen zwei ältere Männer, sie spielten Karten und schienen sich durch nichts aus der Ruhe bringen zu lassen. Gleich dahinter nahm der Weinkeller die Form eines schlauchartigen Gewölbes an, das wie ein Stollen in die Erde führte. Eine ziemlich düstere, mit anmaßenden Fresken ausgemalte Höhle. Die an Ketten herabhängenden Lampen warfen einen kreisrunden gelben Schein. Alles in allem kaum heller als draußen. Wenigstens ist es warm, dachte Gerlinde, nachdem sich die beiden weit hinten einen Platz gesucht hatten. »Ich glaube«, schmunzelte sie, »hier sind wir wirklich ungestört.«

»Und unerkannt«, ergänzte Albert, während er mit seinem Feuerzeug eine Kerze anzündete. »Ich hab niemandem erzählt, dass wir uns treffen.«

»Ich auch nicht«, sagte Gerlinde.

Er wich ihrem Blick aus, kratzte stattdessen getrocknete Wachsfäden von der Kerze. »Dann haben wir zwei wohl dasselbe Geheimnis«, murmelte er nach einer kurzen Pause.

Beide hatten keinen großen Hunger, sie bestellten lediglich eine Schale Oliven und Weißbrot, dazu je einen halben Liter Rotwein, einen milden Faustino. Nach ein paar Schlucken wagte Gerlinde den Versuch, die beiderseitige Verkrampfung zu lösen. Sie strich sich eine Strähne hinters Ohr, suchte seine Augen. »Ich hab mich wahnsinnig über deinen ersten Brief gefreut«, sagte sie schließlich, »denn ich habe immer gehofft, du würdest irgendwann nach mir suchen. Dafür bin ich dir unendlich dankbar.« Albert blieb stumm, spielte weiter mit dem Wachs. »Ich habe jeden Tag an dich gedacht«, fuhr sie fort, »hab an deinen Geburtstagen Kerzen angezündet … Manchmal, ganz früher und dann nochmal, so vor zehn Jahren, hab ich dich heimlich beobachtet, auf dem Schulhof, meistens vom Auto aus. Ich war froh, dich glücklich zu sehen …«

Albert senkte seinen Blick. Er hatte sich Gerlinde anders vorgestellt, irgendwie älter, irgendwie verschlissener, jetzt aber saß ihm eine Frau gegenüber, von der er zwar theoretisch wusste, dass sie seine biologische Mutter war, die ihm aber äußerlich wie eine nicht unwesentlich ältere Kollegin vorkam. Er musste sich eingestehen, dass er sie attraktiv fand, weshalb es ihm schien, als hätten sie sich zu einem Rendezvous getroffen statt zu einem Kennenlernen zwischen Mutter und Sohn. Um seine Verwirrung in den Griff zu bekommen, versuchte er, seine Atmung zu kontrollieren. »Meine Kindheit«, sagte er mit bemüht fester Stimme, »war absolut in Ordnung. Ich habe es gut erwischt mit meinen Eltern, mit allem.« Er hielt kurz inne. »Ich war aber definitiv nicht immer glücklich.«

»Wer ist das schon? Nur Idioten wahrscheinlich.« Dabei ließ sie ein Lächeln aufblitzen, das sofort wieder verschwand.

»Warum hast du mich beobachtet? Das war dir doch untersagt …«

Gerlinde zuckte die Schultern. »Nur hin und wieder. Ich wollte einfach sehen, zumindest in winzigen Ausschnitten, wie du heranwächst.«

»Dann bist du also doch eine Art Agentin.«

»Wieso Agentin?«

»Nur so, als Kind hab ich mir das manchmal so überlegt.« Alberts Mundwinkel gingen sachte nach oben.

»Ich hab dich nicht leichtfertig hergegeben. Dein Vater und ich, wir waren einfach zu jung …«

»Ich weiß, das hast du geschrieben. Du bist ja auch immer noch jung.« Während er das sagte, hielt er seinen Blick gesenkt und begann wieder an der Kerze zu kratzen.

Vor vierzehn Monaten hatte Albert einen ersten Brief an Gerlinde geschickt. Seither hatten sich die beiden fünfmal geschrieben, und immer war es Albert, der die Fragen stellte. Seine größte Angst war zunächst, zu erfahren, dass er das Ergebnis einer Vergewaltigung sei. Diese Bedenken konnte Gerlinde ihm aber sofort nehmen. Er sei gewollt gewesen, nichts als gewollt, entstanden aus einem Akt der Liebe, wie sie sich ausdrückte. Alberts zweite Sorge bestand darin, auf eine banale, dümmliche Person zu treffen, auf eine Frau, die den ganzen Tag vor der Glotze saß, Klatschblätter las und Plüschtiere sammelte. Eine Mutti mit dem treudoofen Namen Gerlinde, die sich im Frühjahr 66 in einem »Akt der Liebe« zu ungeschütztem, vorehelichem Sex hatte hinreißen lassen. Zwar wusste er, dass Intelligenz und Intellekt nicht nur eine Frage der Genetik waren, sondern auch auf ebenso vielen sozialen wie gesellschaftlichen Einflüssen basierten, doch sollten seine biologischen Eltern zur Spezies der Unterbelichteten gehören, so wäre das sehr wohl von Bedeutung. Der Beweis seiner Lächerlichkeit, ja, seiner Nichtigkeit wäre endgültig erbracht, so jedenfalls dachte er, als er den zweiten Brief an sie abschickte. Trotz alledem, ob aus Erkenntnisdrang oder Selbstpeinigung: Er wollte, nein, er musste wissen, wer seine leiblichen Eltern waren, erst die Mutter, irgendwann später der Vater.

Spätestens nach Gerlindes zweitem Schreiben war sich Albert sicher, dass die Frau klug war, mehr noch: Sie verfügte über Witz und war in der Lage, sich geschliffen auszudrücken. Einerseits war er darüber erleichtert, andererseits irritierte es ihn. Zwar verlor sie nur wenige Worte über ihre Biografie, gleichwohl konnte er daraus ableiten, dass sie nicht aus ärmlichen Verhältnissen stammte, in denen jedes Kind eine untragbare finanzielle Belastung gewesen wäre. Es konnte also keine Frage des Geldes gewesen sein. Was aber war dann der Grund gewesen, ihn zur Adoption freizugeben? Selbst wenn sie sich zu jung gefühlt hatte, um ein Kind großzuziehen, und noch zur Schule gegangen war, so hätten sich bestimmt Wege finden lassen, ein Baby in Pflege zu geben, um es nach ein paar Jahren wieder zurückzuholen. Doch auf die Frage »Weshalb hast du mich hergegeben?« hatte er bislang noch keine zufriedenstellende Antwort erhalten.

Gerlinde beschrieb in ihren Briefen vor allem ihr inneres Stimmungsbild, sie gestand ihm ihre Scham, ihre Schuldgefühle, brachte aber auch ihre Freude zum Ausdruck, dass er den Kontakt mit ihr gesucht hatte. Seinen ganz konkreten Fragen war sie ausgewichen, hatte allerdings in ihrem letzten Brief angeboten, ihm bei einem Treffen alles zu erzählen, sofern er das wollte.

Dass es dazu nicht früher gekommen war, hatte mit Alberts anhaltender Krise zu tun, nachdem die Beziehung mit seiner Freundin Ulli in die Brüche gegangen war. Sie hatte mit ihm Schluss gemacht, und schlimmer noch: Kurz nach der Trennung hatte Albert sie und Burkhard, seinen Freund und Doktorvater, einander küssend in einer Bar ertappt. Wie ein Detektiv hatte er Ulli aufgelauert und war ihr gefolgt, und als er sie nun in Burkhards Arm sah, ganz selbstverständlich und vertraut miteinander, wurde ihm mit einem Schlag bewusst, dass die beiden schon seit Längerem ein Verhältnis miteinander haben mussten, während er ahnungslos geblieben war, da seine Gedanken nichts anderem gegolten hatten als der Suche nach sich selbst. Verborgen hinter einem Türstock, von wo aus er eine gute Sicht auf die beiden hatte, war ihm, als wohnte er seiner eigenen Hinrichtung bei. Plötzlich stierte ihn Humphrey an, der ihn zu erkennen schien und begann, mit dem Kopf zu wackeln. Da wandte sich Albert ab, er hatte ohnehin genug gesehen, und mit versteinertem Gesicht trat er den Rückzug an.

Albert resignierte im Heimlichen. Er verlor an Gewicht und trank zeitweise viel zu viel. Um nicht gänzlich unter die Räder zu kommen, sah er sich genötigt, wegweisende Entscheidungen zu fällen. Er kündigte seine Doktorandenstelle, entschloss sich, dem Beispiel seiner Adoptiveltern zu folgen, und sattelte auf ein Lehramtsstudium um. Deutsch- und Geschichtslehrer zu werden, erschien ihm jetzt die sinnvollste Wahl. Nach der Ausbildung wollte er ins Ausland gehen, er könnte Deutsch in Kanada unterrichten, oder wo auch immer, Hauptsache weg, neue Zelte aufschlagen.

Von der Schmach des Betrogenen erzählte er niemandem etwas, nicht einmal seinen engsten Freunden. Er wolle doch lieber Geld verdienen, statt an einer sinnlosen, noch dazu brotlosen Publikation zu arbeiten. Als Lehrer wäre er finanziell unabhängig, und in den Wissenschaftsbereich könne er in Zukunft immer noch zurück. Es klang cool und wohlüberlegt. Albert war in der Lage, seine Kränkung gut zu verber-

gen, obwohl ihn an manchen Tagen der Hass wie ein Fieber-
schub befiel.

Alles in allem war 1993 für Albert ein Jahr extremer Ge-
fühlsschwankungen. Insofern waren seine Briefe an Gerlinde, den ersten ausgenommen, von Schmerz und Bitterkeit
grundiert, und nur selten fand er zu einem optimistischen
oder wenigstens zuversichtlichen Ton.

Zurückgelehnt saß Gerlinde da, die Augenbrauen zusammengezogen. »Im September 1964«, beendete sie ihre Ge-
sprächspause, »habe ich deinen Vater getroffen, eigentlich
wiedergetroffen, und doch war es wie ein erstes Kennenlernen, wir waren beide achtzehn.« Sie beugte ihren Oberkörper
vor und fixierte einen Punkt am anderen Ende des Gewölbes.
Dann begann sie mit ihrer Erzählung, die eine Stunde lang
dauerte. Dabei bemühte sie sich um Sachlichkeit, versuchte,
ohne Schuldzuweisungen auszukommen. Albert hörte gebannt zu, ein paarmal fragte er nach, erkundigte sich nach
Namen und Ortschaften, vergewisserte sich der Beziehungen
von Personen zueinander.

Am Ende kam ihm der Bericht verstörend vor, fast skurril.
Die Verstrickungen schienen ihm lächerlich, wie kleine, mit
Leichtigkeit zu lösende Knoten, hätte sich nur irgendwer
doch wenigstens einmal getraut, den Mund aufzumachen,
um die Dinge zu hinterfragen. »Also ich bin zur Adoption
freigegeben worden«, stellte er halb belustigt, halb fassungslos fest, »weil ihr alles hingenommen habt, was euch andere
weisgemacht haben, wie das Amen in der Kirche ...«

»Nein«, widersprach sie entschieden, »du lebst, gerade
weil ich mich über meinen Vater hinweggesetzt habe. Zum
ersten Mal in meinem Leben! Er war davon ausgegangen,
du seist ein Inzestkind, geistig zurückgeblieben, vielleicht be-
hindert, lebensunfähig ... Ich habe aber eigenmächtig entschieden, dass du leben sollst. Ich hatte schon einen Termin

für die Abtreibung, illegal natürlich. Ich bin aber nicht hinge-
gangen, hab angerufen und gesagt, das hätte sich mit einem
natürlichen Abgang erledigt. Als mein Bauch nicht mehr zu
kaschieren war, hab ich mich versteckt. Ich hab das Studium
abgebrochen, zu meinem Vater hab ich gesagt, ich müsste
mich von der Abtreibung erholen. Eine Klosterschwester aus
meinem ehemaligen Internat hat mir geholfen, dann bin ich
nach Passau gefahren, wo du zur Welt gekommen bist ... Ich
hab gelogen und gelogen, denn auch Inzest ist strafbar.« Hier
stoppte sie abrupt. Sie spürte ihre Anspannung und schloss
für einen Moment die Augen. »Wahrscheinlich«, fuhr sie in
einem milderen Ton fort, »gibt es schönere Schwangerschaf-
ten, aber nachdem ich meinen Entschluss gefasst hatte, hab
ich jeden Tag gehofft, ich hab gebetet, dass alles gut wird
mit dir.«

Alberts Gesicht rötete sich. Jede Spur von Überheblich-
keit war aus ihm gewichen. Jetzt erst begriff er, dass er Glück
gehabt hatte. Und er verstand, dass seine Mutter einen Aus-
bruch aus einem System der Hörigkeit gewagt hatte, dem
er sein Leben verdankte.

»Auf meiner Geburtsurkunde, fast unleserlich, steht, ich
heiße eigentlich Georg mit Vornamen. Du hast mich also
nach ihm benannt ...«

»Ja«, lächelte sie, »einen Namen musstest du ja schließlich
kriegen. Dass dir deine Eltern einen anderen Namen geben
würden, war mir klar. Sie haben einen sehr schönen Namen
für dich ausgesucht. Wie Camus, das haben sie gut gemacht.«

»Bei mir war Einstein im Spiel«, grinste er, »sein Pazifis-
mus ... Camus ist aber auch okay, völlig okay.« Darauf hob
er sein Glas, und die beiden stießen an.

»Bei Camus heißt es: ›Es gibt keine Liebe zum Leben ohne
Verzweiflung am Leben.‹« Sie warf ihm einen zerstreuten
Blick zu. »Manchmal denke ich, er hat den Satz für mich ge-

schrieben oder über mich.« Albert fiel nichts dazu ein, er hob einfach nur das Glas, worauf sie nochmals anstießen.

»Erzähl mir was über Georg«, bat er sie. »Und warum seid ihr nicht mehr zusammengekommen, als klar war, dass er nicht dein Halbbruder ist?«

Gerlinde mühte sich um eine Antwort. Sie schüttelte den Kopf, dann schwieg sie wieder, sie fand einfach keinen Einstieg, sagte nur: »Es hat einen Versuch gegeben, aber es hat nicht mehr gepasst.«

»Hat er nie nach mir gefragt?«

»Er weiß nicht, dass es dich gibt.«

»Immer noch nicht?« Seine Augen weiteten sich zu großen, wässrigen Knöpfen. »Aber welchen Grund gibt es denn noch, mich zu verheimlichen?«, setzte er nach.

»Ich wollte es ihm erst nach unserem Treffen sagen.«

»Du hättest es ihm schon vor Jahren sagen können, spätestens nachdem ich dir geschrieben habe …«

Wieder schwieg Gerlinde eine Weile, jetzt wich sie seinen Blicken aus. Plötzlich sagte sie: »Ich war nie deine Mutter, und trotzdem, ich hab eine mütterliche Intuition gehabt. Ich dachte, er tut dir nicht gut.«

Jetzt, dachte Albert, jetzt kommt es raus, jetzt würde sich bewahrheiten, dass ein Teil seines Genpools zum Davonlaufen sei. Wahrscheinlich ein Penner aus der Provinz, ein halb schizophrener Versager, irgendwas in der Kategorie. Was sonst sollte hinter der Phrase ›Er tut dir nicht gut‹ stecken? Dass sein Vater Schmetterlingszüchter sei, konnte sie kaum damit gemeint haben. »Okay«, Albert setzte einen Blick auf wie vor dem Gang zum Jüngsten Gericht, »sag's einfach, raus damit. Wer ist mein Erzeuger? Erzähl mir alles über ihn, ich bin bereit.«

»Georg war ein herzensguter, ein liebenswerter junger Mann.« Sie lächelte, dann musste sie husten, es klang wie eine Bronchitis, aber sie hatte sich nur verschluckt. »Er lebt schon lange nicht mehr im Waldgebiet«, fuhr sie schließlich fort, »nach unserer Trennung hat er Karriere gemacht als Unternehmer. Er ist seinen Weg gegangen.«

Albert glaubte, eine gewisse Verachtung in ihrer Stimme zu hören. »Und dann?«, fragte er hastig.

»Mach dir selber ein Bild von ihm. Wir haben schon lange keinen Kontakt mehr. Manchmal krieg ich was mit durch seine Tochter, deine Halbschwester. Georg lebt auch in München, du wirst ihn bestimmt bald kennenlernen.«

»Aber warum hätte er mir nicht gutgetan?«

»Georg hatte schon immer einen immens starken Willen. Hätte ich ihm früher von dir erzählt, ich weiß nicht, was passiert wäre … Ich bin mir aber sicher, er hätte versucht, dich aus deiner Umgebung herauszureißen. Vor über zehn Jahren hat er seinen Sohn verloren, bei einem Verkehrsunfall … Er hätte dich als Ersatz gesehen. So in der Art. Davor hatte ich Angst.« Beschwörend wiederholte sie noch einmal den Satz: »Glaub mir, er hätte dir nicht gutgetan.« Als Albert wissen wollte, was er denn beruflich mache und wie Georg mit vollem Namen heiße, sagte sie: »Schatzschneider, Georg Schatzschneider.« Gerlinde sagte es schnell und ohne ihm in die Augen zu schauen.

»Der Spekulant …«

Sie antwortete mit einem stummen Nicken. Prompt klang Albert das Stakkato des Protestgeschreis in den Ohren: »Schatzschneider, Heimatfresser!«, hatte er vor vier Jahren bei einer Kundgebung gegen den Immobilienhai mitskandiert. Freunde, die als Mieter vom Verkauf der ehemaligen Gewerkschaftswohnungen betroffen waren, hatten ihn mitgenommen. Und auch wenn sich Albert nicht brennend für Bauwesen oder Stadtpolitik interessierte, zu den steigenden Grundstückspreisen sowie den damit einhergehenden Mieterhöhungen hatte er eine klare Haltung. Dubiose Figuren wie Schatzschneider, die sich maßlos bereicherten, fand er widerwärtig. Er versuchte sich das Bild des Multimillionärs ins Gedächtnis zu rufen, erinnerte sich aber nur an ein unscharfes Foto, das er einmal in einer Zeitung gesehen hatte.

»Alles okay?«, fragte Gerlinde in die Stille hinein.

»Ja, klar. Was soll ich sagen, der Name sagt mir was, aber ich kenn ihn nicht«, gab sich Albert abgeklärt und holte tief Atem. Sein Glas war leer, er schluckte trocken. Vorsichtig ließ er die eingezogene Luft entweichen. »Langsam werde ich müde. Wir sollten zahlen.«

Vor der Tür umarmten sich die beiden zum Abschied. Es sei gut und schön gewesen, sagte Albert, wenn es auch viel war, fast zu viel, aber damit habe er gerechnet.

Dann ließ er sich nach Hause treiben, aufgekratzt und gedankenverloren zugleich. An einer Fußgängerampel, die gerade auf Rot gesprungen war, lehnte er sich erschöpft an den Mast. Albert schloss die Augen, plötzlich hielt er es für möglich, dass er sich das Treffen mit Gerlinde nur eingebildet hatte. Ihre Geschichte klang zu absurd, um wahr zu sein, und die Pointe mit dem Spekulanten-Vater hätte aus einer seiner Kindheits- und Jugendphantasien stammen können. Kurz kam ihm das Buch »Die Stechfliege« in den Sinn, wo dem jungen Rebellen eröffnet wird, dass sein leiblicher Vater der Kardinal sei. Inklusive Showdown am Ende. Seine erste Freundin hatte es ihm vor Jahren geschenkt, aber er konnte sich kaum noch an den Inhalt erinnern. Mit einem Mal hörte er sich »Summertime« von Gershwin summen: »Your daddy's rich / And your mamma's good lookin'«, worauf er fast zusammenbrach vor Lachen. Was ist der Weltgeist, dachte er, nachdem er sich wieder einigermaßen beruhigt hatte, nur für ein gottverdammter Zocker.

Er überquerte die Kreuzung und stromerte ziellos durch

die Straßen, nach einiger Zeit trieb ihn die Kälte in eine dicht-besetzte, verrauchte Bar, wo er sich – obwohl er mit dem Rauchen aufgehört hatte – sofort Zigaretten kaufte und sich eine ansteckte. Ein erleichterter Seufzer entfuhr ihm, und als ein Platz am Tresen frei wurde, besetzte er ihn, bestellte einen Scotch und leerte das Glas in einem Zug. Er saß da und genoss einfach nur die Nähe zu den anderen Menschen.

Schließlich drängte sich eine Frau neben ihn, um eine Bestellung aufzugeben. Entgegen seiner sonstigen Zurückhaltung sprach er sie an. Die beiden wechselten ein paar Worte, brachten sich gegenseitig zum Lachen, ohne wirklich zu wissen, warum. Ihr Name war Karin, dunkle Korkenzieherlocken fielen ihr ins Gesicht, und sie gefiel ihm unglaublich gut. »Kennst du ›Summertime‹?«, fragte er sie. Karin wusste nicht genau, was er damit meinte. Anstatt es ihr zu erklären, sang er ihr einfach das Lied ins Ohr, dabei stupste seine Nasenspitze ständig an ihre Wange. Noch ehe er es zu Ende gesungen hatte, küssten sie sich.

Anderntags telefonierte er mit seinen Eltern. Er erzählte ihnen von dem Treffen mit seiner leiblichen Mutter. Nett sei es gewesen, mehr nicht, es werde ihm aber bestimmt zu einem inneren Frieden verhelfen, da sei er sich ganz sicher.

7 Der verlorene Sohn

»Verdammt nochmal«, fluchte Fiedler, nachdem er den Kaffee in einem Schwall ausgespuckt hatte und ein Teil des Tasseninhalts mit auf den Boden geschwappt war. Kopfschüttelnd stand er da und kippte den Rest des Cappuccinos in den Ficus. Er rückte seine Brille gerade. Auf dem nagelneuen, beigen Teppichboden zeichnete sich deutlich ein dunkelbrauner Fleck wie ein zweidimensionaler Hundehaufen ab. Fiedler stützte die Hände in die Hüfte, fluchte noch einmal, diesmal im Flüsterton.

Wenig später kniete er auf dem Boden, ein Schwämmchen in der einen Hand, in der anderen eine Tasse mit warmem Wasser, daneben eine Flasche Glasreiniger. Hektisch rubbelte er an dem Fleck herum. Unweigerlich fiel ihm die letzte Erniedrigung dieser Art ein; vor vielen Jahren hatte er den Perser bei sich zu Hause von echtem Hundeschiss säubern müssen. Über den damaligen Verursacher verhängte er das unwiderrufliche Verdikt der Verbannung. Schließlich war Wassily Wiederholungstäter gewesen. Noch am selben Tag verfrachtete er den Hund ins Auto und setzte ihn in Augsburg vor der Tür eines Tierheims ab. Der Bankdirektor wünschte dem Mops noch viel Glück und brauste umgehend zurück in die Landeshauptstadt. Freunden und Bekannten erzählte er, der Hund sei plötzlich schwer erkrankt und verstorben, wahrscheinlich habe das sensible Tier die Scheidung nicht verkraftet. Selbst nach Jahren wurde Fiedler, wenn er daran dachte, vom schlechten Gewissen geplagt. Doch immerhin, sagte er sich, war es die mit Abstand niederträchtigste Tat seines Lebens. Im Privat- wie im Berufsleben habe er sich sonst nie etwas zuschulden kommen lassen. Und im Haifischbecken der Finanzwelt anständig zu bleiben, das wolle schon was heißen. Der wohlige Schauer, der ihm bei diesen Gedanken überkam, war allerdings schnell wieder dahin.

Mit einer Aktentasche unterm Arm betrat Georg den Besprechungsraum, während die Tür hinter ihm ins Schloss knallte. Sein Blick schweifte über den großen ovalen Tisch mit den zwölf Freischwingern hin zur Glasfront und blieb schließlich an einem gebückten Schatten neben der Topfpflanze hängen. »Was machst du da?«

Fiedler erhob sich. »Die Kaffeemaschine«, schimpfte er

und warf dabei seinen Arm wie eine Angelrute aus, »ist viel zu heiß eingestellt.« Georg drehte sich um, das Edelstahlgerät funkelte ihm entgegen. Er hatte nur eine ungefähre Ahnung, was er daraus folgern sollte, ihm war es aber auch egal. Fiedler stellte die Putzutensilien auf dem Tisch ab, trat an Georg heran und schüttelte ihm die Hand. »Wie siehst du eigentlich aus?«

Georg sah an sich herunter, konnte aber nichts Fragwürdiges entdecken. Sein Anzug saß, ebenso seine Krawatte, die Schuhe blitzten. Georg fasste sich an den Schritt, der Hosenstall war zu. »Was soll mit mir sein?«, herrschte er Fiedler an.

»Du siehst aus, als ob du nicht geschlafen hättest …«

»Hab ich auch nicht.«

»Deine Augen sind auch ganz glasig.«

»Ich bin verschnupft, ist das verboten?« Er ging zu der kleinen Küchenzeile, wo er den Hahn aufdrehte und sich Wasser ins Gesicht klatschte.

»Hast du gesoffen?«

»Dirk, hör auf, mich auszufragen wie einen Kriminellen. Setz dich hin.«

Aus einem Schiebeschrank nahm Georg eine Flasche Cognac sowie zwei ballonförmige Gläser. Ein edler französischer Weinbrand, den er hatte anschaffen lassen, um auf erfolgreiche Geschäftsabschlüsse anzustoßen. Fiedler beobachtete ihn mit halboffenem Mund. »Ich dachte, du trinkst gar nichts mehr«, sagte er.

»Nur im Ausnahmezustand«, brummte Georg, »außerdem muss ich wach bleiben.« Fiedler deutete ein Nicken an, er warf einen Blick auf seine sündhaft teure Patek Philippe. »In spätestens anderthalb Stunden«, mahnte er, »werden wir unten erwartet, du willst doch nicht ernsthaft betrunken da hingehen.« Auf seiner Stirn wellten sich drei wulstige Falten.

»Ich weiß, was ich sagen werd, ich les doch eh nur vom

Zettel ab. Und die drei Danksagungen krieg ich auch so hin. Die können sowieso alle froh sein, dass ich ihnen die Hütte hingestellt hab. Jeder hat daran verdient. Außerdem bin ich nicht betrunken, ich bin nur aufgewühlt.« Dann goss er sich Cognac ein.

»Für mich bitte nichts«, verfügte Fiedler.

»Du brauchst doch bei der Einweihung eh nichts sagen, dafür muss ich jetzt mit dir reden. Trink mit mir ein Glas, allein komm ich mir vor wie ein Alkoholiker.« Kommentarlos stand Fiedler auf und ging zur Kaffeemaschine. »Wir trinken ihn mit Kaffee. Wie Rumkaffee. Dann bin ich dabei.« Georg streckte seinen Daumen in die Höhe. »Du bist ein Genie, Dirk. Jetzt weiß ich wieder, warum ich dich als Berater hab. – Verbrenn dich aber nicht.«

Mit »Hütte« meinte Georg den neuen, erst vor rund einem Monat fertiggestellten Hauptsitz der Schatzschneider-Gruppe. Ein 23-stöckiges, über 85 Meter hohes Hochhaus mit dem klingenden Namen »Schatzschneider Tower«. An diesem Tag, am 2. April 1994, nach gut zweijähriger Bauzeit, wurde es eingeweiht. Um 11 Uhr sollten die Feierlichkeit beginnen. Vom Ministerpräsidenten bis zum Oberbürgermeister hatte sich angekündigt, was Rang und Namen hatte. Kollegen wie Konkurrenten, Topmanager aus Wirtschaft und Industrie, insgesamt an die 400 Gäste wurden zum Festakt erwartet.

Eigentlich war Georg mit Fiedler verabredet, um nochmal den Ablauf durchzugehen, und eigentlich sollte auch seine Referentin mit dabei sein, doch die hatte Georg mit den Worten im Vorzimmer zurückgelassen, er müsse vorher noch ein Vieraugengespräch mit Dirk führen. Nach Hans' Ausscheiden hatte Georg alles darangesetzt, Fiedler von seiner Bank loszueisen, um ihn zu seinem Finanzvorstand zu machen, was ihm nach zähen Verhandlungen letztendlich gelungen war. Fiedler wurde ein wichtiger Kopf im Schatzschneider-Imperium und gewissermaßen zu Georgs Vertrautem. Mit dem Bau des Hochhauses im Gewerbegebiet im südlichen Bogenhausen war den beiden ein großer Wurf gelungen. Ihre hervorragenden Beziehungen zur Politik und Hochfinanz ermöglichten eine rasche wie unkomplizierte Durchführung. Allerdings gestalteten sich die Prognosen für eine Refinanzierung nicht gerade optimal. Der Konjunkturaufschwung nach der Wiedervereinigung war schnell verpufft. Für die sich eintrübende Wirtschaftslage machte Georg vor allem die Politik verantwortlich. Den hohen Arbeitslosenzahlen sowie den mageren Wachstumsraten musste endlich durch Reformen gegengesteuert werden; sie durften nicht länger durch unnötiges Geplänkel um soziale Gerechtigkeit blockiert werden. Tausende seiner Wohnungen mussten saniert werden, es gab zu viel Leerstand, der Geschäftszweig mit den Gewerbeimmobilien stagnierte, und dennoch hatte er einen Haufen Steuern zu entrichten. In dieser kritischen Zeit gelang es Fiedler durch hochriskante Börsentransaktionen, insbesondere durch Put-und-Call-Optionen, einen Millionengewinn einzuheimsen. Bei der Beisetzung von Hans hatte Fiedler ihm zugeflüstert, dass die Spekulation geklappt hatte, worauf Georg ein Kreuzzeichen gemacht und geschworen hatte, nie wieder Börsengeschäfte zu tätigen.

Georg stand dicht an der Glasfront. Er nahm einen Schluck von seinem Kaffee mit Cognac, heiß und raß floss ihm das Gemisch die Speiseröhre hinunter. Ein starker Westwind ließ die Wolken schnell vorüberziehen. Stundenlang hätte er sie betrachten können, von hier oben schienen sie ihm sehr nah. Und obwohl sich Wolken lautlos bewegten, hatte er ihr Rauschen im Ohr, das ihn gerade angenehm betäubte nach einer aufgewühlten Nacht. »Ich will«, sagte er bedächtig, »dass du mir die Wahrheit sagst, nicht als mein Anlage- oder Finanzberater, sondern als Mensch.« Fiedler wunderte sich über die Unterscheidung, aber bitte, dachte er und sagte: »Selbstverständlich.«

»Kannst du dir vorstellen, von einem Tag auf den anderen Vater zu werden? Vor quasi vollendeten Tatsachen zu stehen? Du machst einen Brief auf, so wie ich gestern Abend, und da steht, du hast einen Sohn …« Seine Stimme begann zu vibrieren, und er brach einfach mitten im Satz ab.

Fiedler konnte nicht beurteilen, ob Georg gerührt war oder nervös, tippte aber auf Letzteres. »Na ja«, richtete sich Fiedler auf, »jetzt sei mal ganz unbesorgt, das kann man alles juristisch prüfen, das ist kein Problem. Man kann das mit einer Abfindung klären, kinderleicht sozusagen. Das passiert ständig. Es gibt einfach Frauenzimmer, die haben ein Geschäftsmodell daraus gemacht, aber denen kann man auch ein Stück weit das Handwerk legen.«

»Dirk, das Kind ist siebenundzwanzig. Ich will wissen, wie du dich als Mann verhalten würdest, was würde das mit dir machen? Verdammt nochmal!«

»Oha, das ist natürlich eine andere Sache. Aber verheiratet bist du nicht, von dem her steht dir kein Ehestreit ins Haus, und wenn jetzt keine empfindlichen Ansprüche erhoben werden …« Fiedler räusperte sich kurz, seine Augen begannen hinter seinen Brillengläsern zu flackern. »Also, ich«, sagte er vorsichtig, »würde mich wahrscheinlich freuen.« Georg musterte ihn skeptisch, aber Fiedler meinte es tatsächlich so. »Ja«, bekräftigte er, »ich würde mich freuen.«

Georg wusste, dass die paar Brocken, die er Fiedler hingeworfen hatte, zu wenig waren, um eine ernsthafte Einschätzung erwarten zu können. Außerdem hielt er Fiedler in Gefühlsfragen für einen Dilettanten, allein, er hatte sonst niemanden, mit dem er darüber hätte sprechen können. Evi war ihm als Erste in den Sinn gekommen, aber die war aus seinem Leben verschwunden und wahrscheinlich schlecht auf ihn zu sprechen. Auch Lothar war ihm eingefallen, doch das letzte Treffen mit ihm lag schon lange zurück und war nicht ohne Spannungen verlaufen. Die traurige Wahrheit war, dass es niemanden gab, den er Freund oder Freundin hätte nennen können. Weit und breit kein Mensch, dem er sich hätte anvertrauen können, also musste Fiedler herhalten. Wenigstens der, dachte Georg.

Die Nachricht von Alberts Existenz hatte ihn umgehauen. Seit dem Tag, als sich Gerlinde aus dem Hotelzimmer davongemacht hatte, war er nicht mehr so aufgewühlt gewesen. Der Boden unter seinen Füßen entpuppte sich als Sumpfgebiet, tausend Konjunktive rasten ihm durch den Kopf. Immer war er gut darin gewesen, seine Emotionen zu verbergen, jetzt aber war es zum ersten Mal so, dass er etwas loswerden musste, andernfalls würde er implodieren, kurz hatte er sogar in Erwägung gezogen, sich krank zu melden und die Einweihungsfeier abzusagen. Zwei Stunden hatte er in einem bleiernen Halbschlaf vor sich hin gedämmert, ehe er sich aufgerafft hatte, um den Tag in Angriff zu nehmen. Und wenngleich er sich anfänglich genierte, sich Fiedler gegenüber zu öffnen, so war es doch der richtige Entschluss gewesen. Denn nach dem kurzen Gespräch ging es ihm spürbar besser. Fiedlers Bemerkung hatte genügt, um ihn wieder einigermaßen zurück in die Spur zu bringen. »Gut, danke. Mehr wollte ich nicht wissen«, sagte Georg. Er räumte den Cognac weg, dann bestellte er seine Referentin dazu.

Wie fast auf den Tag genau vor fünfundzwanzig Jahren, als die Werkshalle in Obertraubling eingeweiht worden war und Georg am selben Morgen vom Tod seiner Freundin Lisa erfahren hatte, ließ er sich auch heute auf der Eröffnungsfeier nichts anmerken. Mit guter Laune überspielte er seinen aufgewühlten Gemütszustand, er lachte sogar mehr als üblich, präsentierte sich locker, riss ein, zwei Witze über die Trägheit der Politik. Mehr noch, Georg war von sich selbst begeistert, und er zeigte es in der Öffentlichkeit. Und alles nur, weil in seinem Hinterkopf dieser kleine, unscheinbare Satz seine Wirkung tat. Freu dich, hallte es da, freu dich einfach. Du hast einen Sohn.

Vier Wochen später saß Georg hinter dem massiven Eichenschreibtisch in seinem Büro. Hier, im obersten Stockwerk seines Glaspalasts, thronte er wie ein Kardinal im Palazzo, mit dem Unterschied, dass er dem Himmel deutlich näher war als jeder rotgewandete Kleriker. Schon sechs Minuten überfällig, konstatierte er mit einem Blick auf die Uhr. Unmut stieg in ihm hoch. Er stemmte die Ellbogen auf die Knie und stützte das Kinn in die Hände. Er fühlte sich ausgelaugt, hatte keine Lust auf das Treffen. Georg erhob sich und ging zum Klavier, auf dem er ein paar Tasten anschlug. Irgendwann, dachte er, werde ich das auch noch lernen. Plötzlich zuckte er zusammen. Gerlinde stand im Zimmer und schaute ihn an.

»Ich hab geklopft«, sagte sie entschuldigend.

Georg nickte verlegen. »Hab ich nicht gehört.«

»Seit wann spielst du?«

»Ich spiel nicht«, sagte er hastig, ehe er ihr kurz die Hand schüttelte. Dann marschierte er zu seinem Schreibtisch zurück, wo er sich in den hochlehnigen Stuhl fallen ließ.

»Und was machst du dann mit einem Klavier im Büro?«, fragte Gerlinde halb neugierig, halb amüsiert.

»Ich hab's mal für Nikola gekauft. Früher hat sie mir ab und zu was vorgespielt. Schon länger her … Es ist trotzdem mit umgezogen. So ein Klavier ist ja auch ein schönes Möbelstück.«

»Aus Klangholz«, lächelte Gerlinde.

»Genau«, erwiderte er trocken. Dann machte er eine ausladende Handbewegung, »setz dich, ich hab bald den nächsten Termin, und du bist auch noch zu spät gekommen.«

Gerlinde glaubte sich verhört zu haben. Nicht nur, dass sie sich zeitlich komplett nach ihm gerichtet hatte, sie hatte sich auch darauf eingelassen, in seine Burg zu kommen. Dieser Ton ging ihr nun entschieden zu weit. »Wie redest du eigentlich mit mir?«, blaffte sie ihn an, »ich bin nicht zur Sprechstunde gekommen. Komm gefälligst hinter deinem Schreibtisch hervor und setz dich neben mich.«

Georg stutzte, er war Widerworte nicht mehr gewohnt. Die meisten Diskussionen hielt er für überflüssig, er hasste es, wenn nichts voranging, dann wurde er oft ungehalten, mit zackigem Ton ging er seine Untergebenen an. Eigene Fehler kommentiere er nie, während er die der Mitarbeiter oftmals aufspießte. Längst hatte er sich den Ruf eines Despoten erworben, hinter vorgehaltener Hand nannten ihn seine Angestellten so abfällig wie knapp einfach nur den »Alten«, dabei war er noch keine fünfzig.

»Na gut«, gab er sich betont konziliant, »dann komm ich dir halt entgegen.« Er rollte mit dem Stuhl hinter dem Tisch hervor, wo er ungefähr zwei Meter vor ihr anhielt. »Besser?«

Gerlinde schwieg dazu. Schließlich neigte sie leicht ihren Kopf zur Seite. »Ihr habt euch jetzt also getroffen.«

»Das ist korrekt«, sagte Georg.

»Lass dir nicht alles aus der Nase ziehen, wie war's?«

»Das weißt du doch bestimmt. Ihr steckt doch unter einer Decke.«

»Nein«, beteuerte sie, »ich hab nur *vor* dem Treffen mit ihm gesprochen, danach nicht mehr.«

Georg drückte sich aus dem Stuhl hoch. »Kann ich dir was anbieten, Kaffee, Tee, Wasser, was du willst …«

»Nein danke. Außerdem hast du doch gar nicht so viel Zeit.«

Er ging nicht auf die Spitze ein, sondern trat ans Fenster. »Wir haben uns in einem Café in der Nähe vom Hauptbahnhof verabredet, an einem *neutralen* Ort, weil er nicht in die Zentrale des Großkapitals kommen wollte.« Er fasste sich an die Stirn und schloss für einen Moment die Augen.

Mit dem Rückenwind eines frisch Verliebten war Albert zum Treffen mit Georg erschienen, aufgesattelt mit dem Vorsatz, seinem Erzeuger unmissverständlich klarzumachen, was er von dessen Gewerbe halte. Er hatte sich vorgenommen, Georg mit dem Übel des leistungslosen Einkommens zu konfrontieren, denn er würde ja nichts Produktives beitragen, sondern lediglich vom Erwirtschafteten der Mieter leben, von deren Arbeit, während er selbst Unmengen an Geld verdiene und das nur aufgrund der aberwitzig ungleichen Verteilung von Eigentum. So viel zu besitzen, sei nicht nur ungerecht, sondern auch gefährlich für den sozialen Frieden. Ein grober Fehler des politischen Systems. Man könne, nein, man müsse derlei Eigentumsverhältnisse ändern.

Albert hatte sich also einiges zurechtgelegt, um Georg Schatzschneider argumentativ anzugehen. Karin, seine neue Freundin, teilte seine Auffassung. Sie hatte Albert geraten, er solle sich treu bleiben, auf sein Herz hören und nicht verkrampfen. Nur war die Sache mit dem Sich-treu-Bleiben nicht ganz so einfach. Zwar vermochte sich Albert oft genug scharfsinnig zu ereifern, doch wenn dann die Person, der sein Unmut galt, leibhaftig vor ihm stand, verließ ihn nicht selten der Mut, und er brachte den Mund nicht auf.

So nahm auch die erste Begegnung zwischen Albert und Georg einen eher wortkargen Verlauf. Albert traute sich nicht, seine Vorwürfe vorzutragen, und überhaupt fiel es ihm schwer, Neugierde für seinen Erzeuger aufzubringen, obwohl Georg ein freundliches Gesicht machte und um Aufgeschlossenheit bemüht war. Unterschwellig fürchtete Albert, er könnte womöglich Sympathie für Georg empfinden, insofern beäugte er ihn mehr, als dass er sich mit ihm austauschte. Sie redeten sehr allgemein, über den Bayerischen Wald, über Stadt und Land, ein wenig über Alberts Eltern und über seine Pläne, als Lehrer zu arbeiten. Georg spürte, dass ihm der junge Mann mit Misstrauen begegnete. Er schien ihm zugeknöpft, wirkte verstockt, also unterließ es Georg auch, nachzuhaken, was genau Albert mit »Zentrale des Großkapitals« gemeint hatte, als er seine Einladung, in seinen Tower zu kommen, ausgeschlagen hatte.

Lediglich am Schluss machte Albert eine kritische Bemerkung. Nachdem ihm Georg nochmal in die Firmenzentrale eingeladen hatte, holte er Luft und stotterte, dass er mit großangelegter Abzockerei nichts zu tun haben wolle. Außerdem finde er Reichtum generell abstoßend. »Na gut«, sagte Georg, »ich respektiere andere Meinungen, aber man kann auch als armer Hund ein Abzocker sein, das ist keine Frage von privatem Vermögen.«

Albert nahm sich Zeit für seine Antwort, am liebsten wäre er einfach gegangen, dann aber sagte er: »Mir ist trotzdem jeder Kleinkriminelle lieber als jeder Großkopferte. Weil, die einen machen's aus der Not, die anderen mit System.«

»Ich hab auch mal aus der Not angefangen«, lächelte Georg, »irgendwann kommt halt ein System dazu. Erfolg ist kein Besitz, er ist nur gemietet. Und die Miete ist jeden Tag fällig. Das ist in jedem Beruf so. – Ich nehme an, dass ich dich nicht einladen darf.« Er lächelte immer noch, während er seine Brieftasche herausholte.

»So ist es«, sagte Albert, »ich bin Selbstzahler.«

»Was soll ich sagen«, Georg trommelte mit den Fingerkuppen gegen das Fensterglas. »Er ist ein netter Junge. Geschäftssinn ist halt nicht seine Stärke.«

»Vielleicht ist der fehlende Geschäftssinn gerade seine Stärke«, hielt Gerlinde dagegen.

»Vielleicht«, sagte er tonlos, dann ging er wieder zu seinem Stuhl, setzte sich und schlug die Beine übereinander. Seine Augen nahmen einen schläfrigen Ausdruck an, doch vom einen auf den anderen Moment blitzten sie angriffslustig auf: »Jetzt sag mir eins, warum hast du mir nie ein Wort von ihm erzählt?«

»Das hab ich dir doch geschrieben, ich habe ihn zur Adoption freigegeben, und es ist den leiblichen Eltern vorboten, Kontakt aufzunehmen.«

»Das beantwortet nicht meine Frage«, fuhr er sie an. Aufrecht saß Gerlinde da. Es war ihr bewusst gewesen, dass es zu dieser Art von Verhör kommen würde. Daher hatte sie sich geschworen, ihm keinerlei Zugeständnisse zu machen, keinen Millimeter von ihrer Position abzuweichen. Nur so hatte man eine Chance gegen ihn. »Es hätte nichts geändert«, sagte sie kühl, »weder du noch ich hätten ihn zurückholen können.«

»Blödsinn! Hättest du es mir vor zwanzig Jahren gesagt, ab dem Zeitpunkt, wo klar war, dass wir nicht verwandt sind – ja, Herrgott nochmal! –, unsere Geschichte wäre eine ganz andere geworden. Wie alt war der Bursche damals … sieben. Man hätte alle Missverständnisse aufklären können, man hätte einen Deal machen können, mit dem Amt, mit den Adoptiveltern. Der Kleine hat nämlich damals schon gewusst, dass er leibliche Eltern hat. Aber du bist so dumm gewesen, so egoistisch!«

Gerlinde fasste sich an die Stirn und stieß einen dumpfen Laut aus, es klang wie ein unterdrücktes Lachen. »Du hast doch gar nicht gewollt, dass alles anders wird. Du wolltest schon immer so einen Glaskasten und einen Haufen Leute um dich herum, die dir in den Arsch kriechen.«

»Ha«, rief er und klatschte in die Hände, »was für ein Schwachsinn! Das hat sich so ergeben. Ab einem gewissen Punkt kann man nicht mehr zurück.«

»Eben. Und bei dir war der Punkt schon vor zwanzig Jahren erreicht.«

»Hör auf, die Dinge zu vermischen. Ich bin sein leiblicher Vater, und ich habe nie was von seiner Existenz erfahren. Das ist nicht nur eine Schweinerei, das ist schreiendes Unrecht! Spätestens vor zehn Jahren hättest du mich aufklären müssen. Es wäre deine Pflicht gewesen!« Erneut sprang er auf, fuhr sich durchs Haar, dann goss er sich ein Glas Wasser ein und trank es in einem Zug aus. »Selbst Nikola ist sauer auf dich, weil du ihr den Bruder verschwiegen hast.«

Gerlinde spitzte die Lippen. Ohne auch nur einmal die Miene zu verziehen, wartete sie ab, bis er sich wieder gesetzt hatte. »Was glaubst du eigentlich, wie das für mich war, hast du darüber schon mal eine Sekunde nachgedacht? Ich hab ihn heimlich beobachtet und gesehen, dass das Kind gesund war, hab gesehen, dass es keine Schäden hat. Und als ich dann begriffen hab, was das für ein Lügennetz ist, und ich dann endlich *gewusst* habe, dass er nicht das Ergebnis von Inzest ist, was meinst du, wie es mir ergangen ist? Ich hab am meisten gelitten, weil ich ihn unter diesen Umständen natürlich nie und nimmer weggegeben hätte. So ein Kind ist aber auch keine Ware, die man um- oder eintauscht, wie es einem gerade passt!«

»Dann frag ich dich als glühende Verfechterin der Menschenrechte, warum hast du ihn, den kleinen Georg, denn so hat er doch eigentlich mal geheißen, warum hast du ihn nicht behalten?« Er streckte seinen Arm aus und zeigte mit dem Finger auf sie, als wollte er damit in einer Wunde bohren. »Indem du ihn weggeben hast, hast du doch anderen einen vermeintlichen Inzestbuben angedreht! Dir selber wolltest du kein behindertes Kind zumuten, aber fremden Menschen eins unterschieben!«

Gerlinde sprang von ihrem Stuhl auf. »Da hätte ich dich mal sehen wollen, du hättest meinen Vater erschlagen! Davor hatte er nämlich immer Angst gehabt, dass du ihm was antust. Wenn rausgekommen wäre, dass er gelogen hat, weil er immer dachte, du bist sein Sohn, es aber nicht gesagt hat, dann wärst du doch durchgedreht. Und wahrscheinlich wärst du damals auch deiner Mutter an die Gurgel gegangen! Ein Blutbad hättest du angerichtet! Und jetzt hör auf, mir irgendeine Schuld aufzuladen oder mir ein schlechtes Gewissen zu machen. Ich habe ihn nicht abgetrieben, und darauf bin ich stolz, obwohl mich mein Vater dazu gedrängt hat!«

Georgs Puls raste, ihm war, als sei eine alte Verletzung aufgebrochen. Vielleicht war er wirklich so ein Scheusal, wie sie sagte, aber dann war sie auch eins. Er wischte sich über den Mund, seine Augen verfinsterten sich. »Irgendwie glaub ich dir kein Wort. Du hast ihn mir verschwiegen, um dich an mir zu rächen. Das ist die Wahrheit.«

»Du bist doch verrückt«, sagte sie entgeistert, »völlig verrückt. Was weißt du schon von Wahrheit? Dir geht's doch immer nur um dich. Es geht aber in dieser Sache nicht um dich. In erster Linie geht es um Albert!« Sie machte eine Pause, in der sie einen langen Atemzug ausstieß. Wie er da hockte auf seinem Thron, zerknirscht und selbstgefällig zugleich und doch so erbärmlich, sah sie plötzlich den geprügelten Jungen in ihm. Gerlinde fasste sich. Es darf nicht sein, dass wir so weit sinken, dachte sie und sagte, indem sie all die gefallenen, giftigen Worte beiseiteschob: »Albert hat mir erzählt, dass er eine Frau kennengelernt hat. Offenbar ist er jetzt mit ihr zusammen … Das ist doch schön, Georg. Sei doch deiner eigenen Jugend nicht so fremd. Und hör auf, ihn wie eine Wertanlage zu betrachten. Wenn er irgendwann will, wird er schon kommen. Mit oder ohne Geschäftssinn.«

Sie ging auf ihn zu, für einen kurzen Moment nahm Gerlinde einen Ausdruck in seinem Gesicht wahr, als wollte er ihr um den Hals fallen. Sie verspürte denselben Impuls, aber dann drückte sie einfach nur seine Hand, die ganz feucht war von Schweiß. »Es ist doch alles gut gegangen, Georg. Er ist ein guter Kerl, und er sieht dir wahnsinnig ähnlich, und ich glaube, dass er auch deine liebenswerten Seiten geerbt hat.« Er wich ihrem Blick aus. »Vielleicht«, fuhr sie fort, »werden wir, wenn wir zusammen schon keine Eltern geworden sind, doch irgendwann einmal Großeltern. Mein Gott, Georg. Du hast so oft den Kampf gesucht, aber so viel Widerstand hält doch kein Mensch aus …«

Unvermittelt stemmte er sich von seinem Stuhl hoch, schnell und wuchtig. Er stand vor ihr, schlackerte unbeholfen mit den Armen und nuschelte etwas von einem Termin, den er absagen müsste, er würde aber gleich wiederkommen. Mit eingezogenem Kopf lief er aus dem Zimmer.

Georg ging geradewegs auf die Toilette, wo er sich einschloss. Dort begann er zu weinen, und es tat so weh, dass er würgen musste. Als er wieder einigermaßen bei Sinnen war, wusch er sein Gesicht mit kaltem Wasser. Ein drittes Mal, sagte er sich, so wie er es sich vor Jahren schon geschworen hatte, ein drittes Mal würde er nicht auf sie hereinfallen. Sein Spiegelbild mahnte er zur Strenge, er würde sich nicht von ihr weichkochen lassen. Den Mut, zu ihr zurückzukehren, hatte er indessen nicht. Georg schickte seine Referentin zu Gerlinde, die ihr ausrichtete, Herr Schatzschneider lasse sich entschuldigen, da man ihn zu einem Meeting erwarte.

8 Spätfrost

Ministerialrat Florian Höcherl hatte die Nase gestrichen voll. Bei seiner Arbeit als Referatsleiter für Steuerfahndung waren ihm in den letzten Jahren einfach zu viele Steine in den Weg gelegt worden. Besonders wenn es um die dicken Brocken ging, wie zuletzt im Fall Schatzschneider, bereitete ihm vor allem die eigene Behörde regelmäßig Schwierigkeiten. Er war jetzt 54, und er spürte, wie sich ein Gefühl der Vergeblichkeit in ihm auszubreiten begann. Um nicht vollends depressiv zu werden, musste er etwas ändern in seinem Leben. Nach reiflicher Überlegung meldete er sich schließlich in einer Jägerschule an, um den Jagdschein zu erwerben. Schon oft, rief er sich ins Gedächtnis, war ihn ein Anflug von Neid überkommen, wenn die arriviertesten seiner Kollegen ein paar Bemerkungen über die letzte Treibjagd hatten fallen lassen. Und waren nicht viele große Staatsmänner auch Jäger gewesen? Im Leben gab es nun mal nur zwei Kategorien: jagen oder gejagt werden. Höcherl war nicht nur von Beruf, sondern auch von Natur aus ein Fahnder, seine Veranlagung stimmte also. Getrieben von dem Verlangen, seine Lebensfreude wiederzuerlangen, war er strebsam und fleißig, und bereits ein Dreivierteljahr später, kurz nach Ostern, legte er erfolgreich die Prüfung ab. Für sein Umfeld war sein neues Hobby ein Kuriosum, doch Höcherl parierte alle Fragen mit dem Hinweis, dass er sich seit Jahren schon nach einer Betätigung an der frischen Luft sehnte, dafür schien ihm die Jagd ideal, zudem war Revierpflege eine äußerst sinnhafte Angelegenheit, ein Dienst an der Gesellschaft sozusagen.

An einem späten Apriltag 1994, um sieben Uhr früh, ging er dann zum ersten Mal allein auf die Pirsch. Die Temperaturen hatten über Nacht noch einmal angezogen. Höcherl putzte sich die Nase, er zog seine gefütterte Feldmütze tief in die

Stirn, das Gewehr hing über seiner Schulter, das Messer war verstaut, das Fernglas griffbereit. Er trug eine Thermohose, um sich vor der Kälte zu schützen, sowie knöchelhohes, robustes Schuhwerk. Höcherl fühlte sich gewappnet.

Am Morgen nach dem Treffen mit Georg saß Gerlinde wieder im Sattel. Neben ihrer Tätigkeit als Reitlehrerin bildete sie auch Jungpferde aus. Gwendolyne, die dreieinhalbjährige Kaltblutstute, hatte sich schon gut an Zaumzeug und Sattel gewöhnt, und in der Halle machte das Pferd bereits Fortschritte. Nun ging es zum ersten Mal ins freie Gelände. Gwendolyne, stellte Gerlinde zufrieden fest, hatte Vertrauen gefasst.

Sie selbst fühlte sich heute allerdings angeschlagen. Ein aufwühlender Traum, in dem sie in Georgs von Tränen überströmtes Gesicht blickte, hatte ihr eine unruhige Nacht beschert. Auch jetzt, während des Ausritts, dachte sie unentwegt an die Begegnung mit ihm. Besonders das bizarre Ende konnte sie nicht deuten. Warum war er nicht mehr zurückgekommen? Es wäre nichts dabei gewesen, sich zu verabschieden, es hätte so gut wie keine Zeit gekostet. Sie fasste den Entschluss, ihm nach der Arbeit einen Brief zu schreiben, zugewandt und versöhnlich, ohne Vorhaltungen und Belehrungen. Darin würde sie ihm auch erklären, warum sie sich damals aus dem Hotelzimmer weggestohlen hatte. Prompt reihten sich die ersten Zeilen wie von selbst aneinander, und das beklemmende Gefühl, das Gerlinde seit dem Aufwachen begleitet hatte, begann sich unter den Hufschlägen zu verflüchtigen. Das Tier schien ihre Losgelassenheit zu spüren und nahm zum ersten Mal ihre Galopphilfe an.

Höcherl hatte einen Ansitz auf einer abschüssigen Wiese gewählt. Dort saß er nun und späte in die Morgenröte. Schließlich, wie aus dem Nichts kommend, schlich ein Fuchs übers Feld. Klein und niedlich. Er nahm ihn ins Fadenkreuz. Aus der Nähe sah er noch putziger aus und komplett unschuldig. Höcherl begann am ganzen Körper zu zittern. Welch grausamer Gott, seufzte er, hatte ihm nur diese schwere seelische Prüfung auferlegt? Nein, halt, gingen plötzlich sämtliche Alarmglocken in seinem Kopf los, Schonung! Jetzt erst fiel es ihm ein, er durfte das Tier gar nicht schießen. Erleichtert senkte Höcherl das Gewehr, als er auf einmal kräftig niesen musste, worauf sich ein unkontrollierter, den Fuchs bei weitem verfehlender Schuss löste.

In etwa 300 Meter Entfernung wurde Gerlinde schlagartig aus ihrer Versunkenheit gerissen. Sie blickte auf, und in diesem Moment scheute Gwendolyne, sprang von Panik gepackt zur Seite und ging durch. Gerlinde hatte keine Chance, sich im Sattel zu halten. Hart schlug sie auf dem von der Nachtkälte gefrorenen Boden auf. Sie wollte schreien, aber der Schock saß zu tief. Sie spürte sofort, dass ihre Hüfte zerbrochen war, und im selben Augenblick hatte sie bereits erfasst, dass sie nie wieder in ihrem Leben würde reiten können.

Höcherl bekam von alldem nichts mit. Unmittelbar nach dem Schuss stieg er vom Hochsitz und fuhr nach Hause. Das erste Tier, das er schießen würde, sagte er sich am Steuer seines Toyota, sollte dann doch ein großes sein. Am besten ein Hirsch oder eine Wildsau, jedenfalls nichts Zartes. Höcherl war gerührt von sich, und er sprach sich eine Seele zu.

VII. Buch (2009/2019/1900)

1 Ein Licht, das nie ausgeht

Die Folgen des Reitunfalls waren verheerend. Gerlinde hatte sich einen irreparablen Hüftschaden zugezogen. Besonders ihr rechtes Bein war betroffen. Sie hinkte und schleifte es beim Gehen nach, so dass sie auf einen Stock angewiesen war. Der Sturz vom Pferd katapultierte Gerlinde in längst überwunden geglaubte düstere Gemütszustände zurück, zumal sich ihre finanzielle Situation als ausgesprochen fragil erwies. Zwar hatte ihr die Unfallversicherung eine einmalige Summe von 175 000 Mark ausbezahlt, darüber hinaus erhielt sie eine kleine monatliche Erwerbsunfähigkeitsrente, mit dem Geld musste sie jedoch streng haushalten. Ihre körperlichen Einschränkungen verursachten laufend unvorhergesehene Kosten, und Rücklagen aus ihrer Erbschaft hatte sie keine mehr.

Weil ihr das Treppensteigen immer größere Strapazen bereitete, blieb ihr nichts anderes übrig, als umzuziehen. Nach einigem Suchen fand sie schließlich im Osten von München eine einigermaßen bezahlbare Wohnung, die über einen Aufzug zu erreichen war. Nach drei Jahren sah sie sich gezwungen, ihre Eigentumswohnung zu verkaufen, weil sie für anfallende Instandhaltungskosten am Haus sowie in der Wohnung selbst nicht mehr aufkommen konnte. Der Verkauf tat ihr sehr weh, aber es half nichts, keine Bank war bereit, ihr einen Überbrückungskredit einzuräumen.

Inzwischen war sie über fünfzig und hielt sich mit Minijobs über Wasser, saß etwa in einer Tierarztklinik am Empfang oder sortierte Setzlinge in einer Großgärtnerei. Körperlich beanspruchende Tätigkeiten fielen ihr schwer, für Büroarbeiten war sie vielen Arbeitgebern zu alt oder schlichtweg nicht qualifiziert genug. Man legte ihr eine Umschulung zur Steuerfachgehilfin nahe, die sie aber bald wieder abbrach. Es fehlte ihr schlichtweg an Kraft, jetzt, im fortgeschrittenen Alter, für etwas zu lernen, was ihr völlig wesensfremd war und wofür sie keinerlei Interesse aufbringen konnte.

Gerlinde haderte mit ihrem Schicksal und trank mehr, als ihr guttat. Eine Flasche Rotwein am Nachmittag wurde eher zur Regel als zur Ausnahme. Hinzu kamen Tabletten, erst gegen die ständigen Schmerzen in Hüfte und Bein, bald darauf gegen die aufkommende Schwermut. Als die Hartz-IV-Gesetze in Kraft traten, steigerte sich ihre Perspektivlosigkeit in eine Ohnmacht. In ihren Träumen schlich sie durch Gewölbe, die den Kerkern von Piranesi glichen. Gewaltig hoch, verschlungen und ohne Orientierungspunkte. In mancher Hinsicht ähnelte ihr Leben dem von Erna in den Jahren ihrer Arbeitslosigkeit, und wie Erna schämte sich auch Gerlinde zutiefst für dieses Leben. Wann immer sie sich daher mit alten Weggefährten traf, achtete sie streng auf ein gepflegtes Äußeres, trank in deren Gegenwart kaum Alkohol und versagte sich sogar das Rauchen. »Es geht mir gut«, behauptete sie jedes Mal mit sturer Zuversicht. Ihre Mittellosigkeit spielte sie herunter, machte sogar Witze darüber. Unerträglicher noch als ihre Situation war ihr das Mitleid der anderen, denn es steigerte ihren Selbsthass und die Verachtung, die sie sich selbst entgegenbrachte.

In erster Linie aber war es die Scham, die Gerlinde davon abhielt, den Kontakt zu ihrer Familie zu halten oder gar zu intensivieren. Heidi hatte ihre Schwester unmittelbar nach dem Unfall im Krankenhaus und später in der Rehaklinik besucht, im Anschluss jedoch hatten sie nur noch wenige Male telefoniert, und weil Gerlinde nie von sich aus zum Hörer griff, verloren sie sich ganz aus den Augen. Auch die Verbindung zu Nikola riss irgendwann ab; zum einen verzieh ihr die Nichte nie ganz, dass sie ihr Albert verschwiegen hatte, zum anderen ging Nikola nach dem Abitur ihre eigenen Wege, studierte erst an einer Privatuni in Nordrhein-Westfalen und entzog sich danach weitestgehend dem Einfluss der Familie, indem sie nach Kalifornien übersiedelte. Nur Albert traf sie noch gelegentlich, ohne dass daraus eine vertraute oder gar innige Beziehung entstanden wäre. Und mit Georg hatte Gerlinde überhaupt keinen Kontakt mehr. Das Gespräch in seinem Büro war die letzte Begegnung der beiden gewesen.

Seit den frühen achtziger Jahren war Gerlinde Mitglied der Grünen gewesen. Als die Partei zusammen mit den Sozialdemokraten eine Regierung bildete und einer Steuersenkungsorgie für Reiche zustimmte und gleichzeitig eine Verarmungspolitik mit auf den Weg brachte, die besonders prekäre Existenzen wie sie zu spüren bekamen, wandte sich Gerlinde enttäuscht von den einstigen Rebellen ab. Ehe sie aus der Partei austrat, legte sie sich zum Abschied noch mit einigen Mitgliedern ihrer Ortsgruppe an, beschimpfte sie als Opportunisten und Kriegstreiber und legte das Thema ad acta.

Zu Hause saß Gerlinde manchmal wie benommen auf dem Sofa, die Zeit zerrann wie ein viel zu nasser Pinselstrich auf dünnem Papier, die Umrisse der Menschen und Ereignisse verschwammen, irgendwann verlor Gerlinde den Überblick über die Formularlandschaften der Ämter, sie versäumte Fristen, verpasste Termine. Eines Tages ging sie einfach nicht mehr zum Jobcenter. Sie verweigerte sich den Gängeleien, sah nicht länger ein, warum sie kleinkarierte Staatsdomestiken um eine sogenannte Grundsicherungsleistung anbetteln sollte. Gerlinde entschied sich, von ihren wenigen Reserven sowie von ihrer geringen monatlichen Rente zu zehren. Wie das auf Dauer gehen sollte, war ihr zunächst egal.

Ihre finanzielle Notlage spitzte sich indessen Monat für Monat zu, vor allem nach einer empfindlichen Mieterhöhung infolge eines Eigentümerwechsels der Wohnungsbaugesellschaft. Ende 2008 wurde sie schließlich mit der Miete säumig. Nach zwei Mahnungen wurde ihr mit Zwangsräumung gedroht, all das, während sie mit einer schweren Lungenentzündung flachlag. Als sie wieder halbwegs zu Kräften kam, wollte sie unbedingt einen neuen Anlauf nehmen, um ins soziale Sicherungssystem zurückzukehren. Sie wollte sich um die Mietkostenerstattung ihrer Wohnung kümmern, war auch willens, jede Arbeit anzunehmen, die man ihr anbieten würde. Zugleich nahm sie sich vor, Gerda und Lothar um Geld zu bitten und den beiden ihre verzweifelte Lage zu gestehen. Gerlinde hatte sich schon die Nummer der beiden herausgelegt, um am Abend anzurufen. Noch bevor die Dämmerung einsetzte, wurde sie jedoch von einer unendlichen Erschöpfung überwältigt. Mit letzten Kräften schleppte sie sich ins Bett, wo ihr sogleich die Augen zufielen.

Drei Tage später klingelte ein Angestellter der Wohnungsbaugesellschaft an ihrer Tür. Niemand öffnete. Unverrichteter Dinge wollte der Mann schon wieder abziehen, weil er aber einen seltsam beunruhigenden Geruch wahrnahm, ließ er die Tür von der Polizei aufbrechen. Sie fanden Gerlindes Leichnam eingehüllt in eine Blumendecke. Der Angestellte erzählte später Gerda, Frau Hufnagel habe ausgesehen, als würde sie schlafen. Richtig friedlich, schob er hinterher.

Albert lag auf dem Bett. Mit der Fernbedienung in der Hand zappte er von Sender zu Sender. Er hasste Fernsehen, doch jetzt, allein in einem der Fremdenzimmer beim Huber Wirt, war ihm alles recht, was ein bisschen Ablenkung versprach. Auf einem Nachrichtenkanal lief gerade ein alarmierender Bericht über die Schweinegrippe, nach zehn Sekunden verließ Albert die Geduld, er schaltete weiter und landete bei den Börsenkursen. Ein säuglingshaft glattes Gesicht frohlockte, dass der DAX im April deutlich in die Höhe geklettert sei. Damit belehre der deutsche Aktienmarkt alle Pessimisten und Ver-

schwörungstheoretiker eines Besseren. Denn während Öko-
nomen von Aktienkäufen dringend abrieten, sorgten, so der
Kommentator, mutige Investoren für erfreuliche Kursgewin-
ne. Das Babygesicht glänzte, als hätte man es mit Zuckergla-
sur eingepinselt.

Albert hatte die Finanzkrise ziemlich kaltgelassen. Dass
in den Vereinigten Staaten ein großer Teil der Mittelklasse-
jobs verloren ging und durch Arbeitsplätze im Niedriglohn-
bereich ersetzt wurde, während man der Wall Street, die die
Wirtschaft an die Wand gefahren hatte, einen Rettungsanker
zuwarf, regte ihn kaum mehr auf. Mit den Banken habe man
halt das System gerettet. Ein paar Börsenmakler gehen sym-
bolisch hops, ein paar Anleger schauen in die Röhre, 40 Billio-
nen Euro weltweit verbrannt. Was soll's, die Spielregeln waren
bekannt, der Crash gehörte dazu. Albert hatte Geschichte
studiert und nahm für sich in Anspruch, zu wissen, wovon
er sprach.

Seit der Geburt seiner Tochter Lea im Jahr 1995 sah er vieles nicht mehr ganz so dogmatisch. Peu à peu wurde er zu
einem angepassten Mitglied der bürgerlichen Gesellschaft,
über die er noch als Student gelästert hatte, sie sei schon immer die Verbündete des Faschismus gewesen. So ließ er sich
auch, um keinen Kredit aufnehmen zu müssen, beim Bau des
Eigenheims von Georg unter die Arme greifen.

Als verbeamteter Lehrer an einem bayerischen Gymnasium
verdiente er nicht schlecht, er zahlte seine Steuern und stänkerte nur noch selten gegen die Verhältnisse. Seine politischen
Ansichten gerannen zu historischen Betrachtungen, nahezu
entkoppelt von der Gegenwart. Wie die meisten anderen Menschen seiner Klasse auch hatte er den Verlockungen von Wohlstand und Konsum nachgegeben, um sich erfolgreich zu betäuben. Das machte ihn im Grunde seines Herzens zu einem
unerfüllten Menschen; seine psychischen Schwankungen hiel-

ten sich aber in Grenzen. Seine kleine Familie hatte ihn geerdet, so dass aus dem Unbehausten ein Aufgehobener geworden war. Nur ein kleines Flämmchen des Argwohns bewahrte er sich in seinem Innern.

Im Fernsehen war nun ein mexikanischer Gottesdienst zu sehen. Ein Prediger im grauen Anzug pries den HErrn. Die Kamera schwenkte auf einen Springbrunnen, den buntbekleidete Choristinnen umschritten, dazu spielte ein Orchester aus vierzig Xylophonen den »Pilgerchor«, im Takt dazu sprudelten die Fontänen rauf und runter. Albert schaltete den Fernseher aus. Jetzt fiel ihm auf, dass er sich bislang noch keine Gedanken über den Ablauf der Trauerfeier gemacht hatte. Er wusste nur, dass ein Pater Buzzi durch die Andacht führen würde. Gerda, die mehr oder weniger alles im Alleingang organisiert hatte, würde ebenfalls ein paar Worte sprechen. Er selbst war mit einer kleinen Rede nach ihr dran.

Albert schürzte die Lippen, sein Blick glitt durch den Raum. Es war ein Zweibettzimmer mit kleinem Balkon, von dem aus man eine herrliche Aussicht auf den Großen Arber hatte. Leas Koffer stand noch ungeöffnet neben der Tür. Sofort nach der Ankunft war sie mit Georg losgezogen.

Georg und Lea hatten seit einigen Jahren schon eine erstaunliche Zuneigung füreinander entwickelt, die sich in einer gemeinsamen Leidenschaft für den Wald und die Natur widerspiegelte. Gemeinsam hatten sie schon allerlei Ausflüge unternommen, und was für das Kind jedes Mal zu einer spannenden Expedition in die Wildnis wurde, geriet für Georg zu einer Reise in die eigene Kindheit. In der Gesellschaft von Lea war er nicht mehr der muffige, mitunter tyrannische Alte, sondern hatte plötzlich wieder einen Sinn für die Schönheit der Umgebung, erinnerte sich ans Schwarzfischen und an stundenlanges Pilzesuchen. Im Winter stapften die beiden durch den Schnee oder schnallten sich Ski an. Georg erläuterte Lea die Baum- und Pflanzenarten, zeigte ihr alte Schmugglerpfade an der Grenze und dachte sich dazu allerlei Geschichten aus. Bisweilen saßen sie einfach nur schweigend auf einem Granitblock und schauten in die Weite.

Diese Streifzüge unternahmen sie seit nun rund fünf Jahren. Meistens in den Ferien. Es war sogar vorgekommen, dass sich Georg, was er für seine Kinder nie getan hatte, eigens freigenommen hatte, um mit Lea für ein Wochenende in den Bayerischen Wald zu fahren. Mittlerweile war sie fast vierzehn, ein zierliches Mädchen mit dem Gesicht einer Schlawinerin, nussbraunen Augen, einer Stupsnase und hohen Backenknochen. Wenn sie sich freute, ganz gleich worüber, konnte sich niemand ihrer Freude entziehen. Selbst als Pubertierende neigte sie noch zu verspieltem Überschwang und war dennoch auf ganz unkindliche Weise geerdet.

Lea hatte Albert zur Beerdigung begleitet, weil sie ihren Großvater sehen wollte. Mit Gerlinde hatte die Familie hingegen wenig Kontakt gehabt, weshalb Karin erst gar nicht mitgekommen war und lieber ein Fortbildungsseminar besuchte. Das letzte Treffen zwischen Albert und Gerlinde lag schon ein Jahr zurück. Erst vor ein paar Tagen hatte er von Gerda erfahren, dass sie völlig mittellos gestorben war. Ihm gegenüber hatte sie nie geklagt, aber er erinnerte sich an die bedrückende Aura ihrer letzten Jahre, die er von Mal zu Mal beklemmender empfunden hatte.

Albert musste zugeben, dass er ihre missliche Situation hätte sehen können, eigentlich hätte sehen müssen. Er war einfach zu feige gewesen, vielleicht auch zu bequem, um ihren Zustand zu ergründen. Jetzt, beim Nachdenken darüber, ob er sich gewissermaßen wegen unterlassener Hilfeleistung anklagen müsse, kam er zu dem Schluss, dass er ein Konformist sei. Er hatte sich zu jemandem entwickelt, das musste er sich eingestehen, der die Gleichgültigkeit zum Prinzip seines Denkens und Tuns erhoben hatte.

Unter seinem Balkon gingen Leute vorbei, Rollkoffer klackerten über das Pflaster. Albert blickte nicht hinunter, er hatte keine Lust auf Begrüßungsfloskeln, stattdessen blieb er wie angewurzelt stehen und betrachtete die weißen Blüten der im Dämmerlicht aufragenden Rosskastanien. Gerdas und Nikolas Stimmen erkannte er gleich, die brüchige gehörte wohl dem Pater. Daneben konnte er noch zwei, drei weitere Sprecher heraushören. Anscheinend gehörten alle zur Trauergesellschaft, die schon jetzt angereist war, um anderntags pünktlich zu Gerlindes Begräbnis zu erscheinen.

Zu Lothars Überraschung verfügte der Landgasthof über einen Computer mit Internetanschluss, an den er sich sofort nach ihrer Ankunft setzte. Gerda, mit der er die letzte Wegstrecke von München nach Eisenstein gefahren war, hatte ihm im Zug etwas erzählt, dem er unbedingt auf den Grund gehen musste. Er tippte ein paar Schlagworte in die Suchmaschine und tastete sich Schritt für Schritt voran. Eine Fliege setzte sich auf den Bildschirm, Lothar stach mit dem Cursor nach ihr, vermochte sie damit aber nicht zu beeindrucken, also pustete er sie weg. Dann klickte er einen weiteren Link an, und was er nun las, machte ihn fassungslos. »Was für eine Schande«, flüsterte er. Lothar presste die Lippen aufeinander, seine Augen fingen an zu brennen.

Am nächsten Vormittag, als sich das noch vom Nachttau bedeckte Gras langsam unter den Sonnenstrahlen aufrichtete und die Wärme in den Erdboden kroch, fanden sich in der Sankt Florian Kirche in Eisenstein etwa ein Dutzend Trauernde ein. Pater Buzzi, der schon vor über fünfunddreißig Jahren die Predigt bei Josefs Beerdigung gehalten hatte, war von Gerda gebeten worden, auch bei Gerlindes Verabschiedung zu reden. Trotz seines hohen Alters machte der Geistliche einen lebhaften Eindruck, er hatte wache, teilnehmende Augen, und sobald er vor der kleinen Trauergemeinde stand und zu sprechen begann, bekam auch seine Stimme Kontur. Er berichtete, wie die Verstorbene ihn vor zwei Jahren nach einem Gottesdienst angesprochen und um geistlichen Beistand gebeten hatte. Wie einst ihr Vater sei auch sie bestrebt gewesen, sich mit ihm über die letzten Dinge auseinanderzusetzen. Seither hätten sie sich vier- oder fünfmal getroffen, er habe ihr auch die Beichte abgenommen. Pater Buzzi beschrieb Gerlinde als lebenskluge Frau, der Äußerlichkeiten, diesen Eindruck habe er unzweifelhaft gewonnen, nichts mehr bedeuteten. Was genau er mit »Äußerlichkeiten« meinte, ließ der Pater offen. Ihm gegenüber, erzählte er weiter, habe sie einmal beiläufig erwähnt, sie würde sich bei ihrer Beerdigung statt großer Worte vor allem Musik wünschen, und sie habe damals Schuberts letzte Klaviersonate genannt, als Zeugnis einer ständigen Zweideutigkeit. Gerda hatte unter Gerlindes CDs eine Aufnahme davon gefunden, die man nun abspielte, und zwar den vollständigen 1. Satz, der eine gute Viertelstunde dauerte.

Das Zuhören, sagte der Pater im Anschluss, sei eine Handlung, eine aktive Teilnahme am Dasein anderer, ebenso eine Teilnahme am Leiden der anderen. Zuhören verbinde Menschen erst zu einer Gemeinschaft. Aus Gesprächen mit Gerlinde wisse er, dass sie sich immer für andere Menschen interessiert und an deren Leben Anteil genommen habe. Sie habe die Welt und ihre Mitmenschen nicht in Schwarz und Weiß eingeteilt, weil sie wusste, dass einer einzelnen Existenz das ganze Farbenspektrum zugrunde liegt. Sie habe erkannt, dass das menschliche Leben Gutes genauso wie Böses ausmache und dass es falsch sei, nach diesen Bezugsgrößen Urteile zu fällen. Zu einer solchen Erkenntnis vermöge nur jemand zu gelangen, der anderen zuhören könne, denn dies sei die Voraussetzung, um in sich selbst hineinzuhorchen. Womöglich sei Gerlinde am Ende ihres Lebens oft allein gewesen, ihre prekären Lebensumstände sowie die Tatsache, dass sie in der Stunde des Todes niemanden um sich gehabt habe, sprächen dafür. Allerdings habe sie sich seit Längerem mit der Frage beschäftigt: Wer bist du selbst? Und wer nähme dich bei der Hand, das zu erfahren, wenn nicht Gott. Von daher, schloss der Geistliche, sei sie mit Sicherheit nicht einsam gestorben.

Seine Worte klangen tröstlich, aber gleichzeitig führten sie allen das Unvorstellbare vor Augen. Gerlindes Abstieg und ihre damit einhergehende Armut konnten nun nicht länger beschwiegen werden.

Als Nächstes trat Gerda ans Mikrofon. Sie erzählte ein paar heitere Begebenheiten aus gemeinsamen Kindheitstagen. Mit angerührter Stimme sagte sie, Gerlinde sei stets mutig gewesen. Sie habe sich so vieles getraut, sei beherzt durch alle Wechselbäder des Lebens gegangen. Dann fing Gerda an zu schluchzen, und es war ihr nicht mehr möglich, weiterzusprechen.

Eine halbe Stunde später hatten sich die Trauergäste um die Familiengruft der Hufnagels versammelt, auf deren Abdeckung eine aus Granit geschaffene Skulptur stand. Sie stellte einen knienden Mann dar, der in den Händen eine Glasschale gen Himmel reckte.

Albert stand dem offenen Grab am nächsten. Seine Schuhspitzen waren eingestaubt vom Kies, wenn er sein Gewicht verlagerte, knirschte es unter seinen Sohlen. Er zog ein Blatt Papier aus der Innentasche seines Sakkos und faltete es mit zittrigen Händen auf. Ohne Gerlinde, eröffnete er seine Ansprache, hätte er wohl nie seine Frau kennengelernt. Dann berichtete er davon, wie er nach dem ersten Treffen mit ihr in eine Bar gestolpert war und, noch unter dem Eindruck dieser inspirierenden Begegnung, den Mut gefasst hatte, Karin anzusprechen.

Am Abend zuvor hatte Albert seinen an und für sich kurzen Text noch mit ein, zwei Anmerkungen erweitert, die er nun zum Schluss vortrug. Er äußerte sich über den Zusammenhang von Arbeitslosigkeit und Ausgrenzung. Über die Verfasstheit desjenigen, der eine niedrige soziale Stellung einnimmt und in der Folge von Gefühlen der Scham und Minderwertigkeit zerfressen wird. »Wir haben uns alle schuldig gemacht«, sagte er klipp und klar, »weil wir nicht hinsehen wollten. Denn arm sind in unseren Augen immer nur die anderen, dabei besteht die eigentliche Armut darin, nicht einzuschreiten, wenn in der nächsten Umgebung Verzweiflung regiert.« Er steckte seinen Zettel ein und begann, frei zu sprechen. »Man nennt den Tod oft den großen Gleichmacher. Aber das ist falsch. Gerade im Tod erkennt man die Einzigartigkeit, die Unverwechselbarkeit und auch die Unersetzlichkeit des Verstorbenen. Meine Mutter war einzigartig, und ich schäme mich, dass ich das oft nicht erkannt habe.« Für einen Moment hatte er das kleine Flämmchen in ihm zum Lodern gebracht.

Während Gerlindes Sarg in die Gruft gelassen wurde, begann im Osten Berlins die Trauerfeier für Andreas Küster. Er war zwei Wochen zuvor verstorben, hochbetagt und sozial geächtet. Um den einst gefragten Mann war es seit Jahren schon still geworden. Wenn sein Name überhaupt noch genannt wurde, dann ausschließlich mit negativem Beiklang. Der Träger des Karl-Marx-Ordens galt als Paradebeispiel des privilegierten Spitzenfunktionärs eines Unrechtsstaates, linientreu bis zum Ende.

Abgesehen von seiner Frau und seinen drei Kindern erwies nur noch ein Trüppchen alter Genossen dem Toten die letzte Ehre. Küster hatte seinerzeit im Parteiseminar gelernt, dass der vollendete Kommunismus am höchsten Punkt einer gesellschaftlichen Entwicklung stehe. Jeder, der nach links oder rechts abweiche, werde unweigerlich am tiefsten Punkt landen. Küster war nie abgewichen. Er hatte diese Doktrin verinnerlicht, doch zugleich musste er sich am Schluss eingestehen, dass der Kommunismus eine Utopie war, die Menschen mit sehr seltenen Charaktereigenschaften voraussetzte: Die Gabe der Selbstkritik müssten sie mit der Tugend der Genügsamkeit vereinen. Gäbe es hinreichend viele solcher Menschen, wäre der Kommunismus wiederum nicht mehr nötig. Ihre kurze Rede beendete seine Frau mit den Worten, ihr Mann habe viel gewagt und viel verloren. Er habe dennoch ein erfülltes Leben geführt.

Wer wolle, verkündete Heidi unmittelbar nach der Beerdigung, sei herzlich zu einem Traueressen beim Huber Wirt eingeladen. Ihre Stimme klang belegt, sie hüstelte, dann nickte sie auffordernd in die Runde. Weil keiner eine Reaktion zeigte, streckte sie die Hand aus und winkte, als würde sie einer Kinderschar den Weg weisen. Zögerlich bewegten sich schließlich die Leute vom Friedhof zum Gasthof, und es schien, als hätten sich seit dem Morgen die Löwenzahnblüten auf den Wiesen und die jungen, noch hellgrünen Blätter der Bäume um ein Vielfaches vermehrt, vielleicht lag es aber einfach nur an der Sonne, die inzwischen hervorgebrochen war und den gesamten Ort in ein gelbes Licht tauchte.

Albert spürte, wie ihm jemand auf die Schultern tippte. Er drehte sich um und blickte in Nikolas Gesicht.

»Deine Rede war sehr schön.«

»Danke.«

»Wo ist deine Tochter?«

»Die ist noch mit Georg auf dem Friedhof geblieben. Er wollte ihr noch das Grab seiner Mutter zeigen.«

»Wie heißt sie gleich nochmal?«

»Lea.«

»Stimmt«, sagte sie, »Lea. Auch schon eine kleine Lady.«

»Weiß nicht, sie hat eher was Burschikoses.«

»Ich meine eher altersmäßig.«

»Ja, klar.« Er ließ die Antwort einfach so stehen und senkte seinen Blick. Auf subtile Weise war Nikola im Stande, ihn zu verunsichern. Sie hatte etwas Forderndes an sich, eine permanente Anspannung schien von ihr auszugehen, auch jetzt. Nikola fiel auf in ihrem schicken, zweiteiligen Businesskostüm und dem dynamisch kurzen Haarschnitt. Ihrer sportlichen Figur sah man die eiserne Disziplin an, der sie sich offenbar unterwarf. Das iPhone hatte sie entweder in der Hand oder sofort griffbereit. Albert und sie kannten sich nicht gut, bisher hatte es auch nur ein paar Begegnungen gegeben, die letzte war vor drei Jahren gewesen, zu Georgs 60. Geburtstag.

Damals lebte sie noch nicht lange in Kalifornien und war zum ersten Mal wieder zurück nach Deutschland gekommen. Sie hatte ihm von ihrer Praktikanten-Stelle im PR-Bereich bei Apple in Cupertino erzählt. Albert konnte nicht viel mit ihr anfangen. Wenn sie den Mund aufmachte, kam ein Schwurbel an Begriffen heraus, die ihm nicht viel sagten, Kürzel und Chiffren aus ihrer New Economy Welt. Vieles an Deutschland kam ihr lächerlich rückständig vor, und sie war nicht müde geworden, ihre Ansichten ständig kundzutun. Ihr damaliger Freund war auch bei der Feier gewesen. Der Kerl hatte es nach Alberts Empfinden nicht leicht mit ihr, ständig spielte sie die Unzufriedene und Ruhelose, so dass er den Eindruck gewinnen musste, sie könnte ihm jeden Moment einen anderen Mann vorziehen. Laufend beklagte sie sich über irgendetwas, was ihr Freund dann prompt zu verbessern versuchte.

Nikolas Abkehr von Deutschland und die Distanz zu ihrer Familie war die Folge einer tiefen Kränkung, die sie insbesondere Georg gegenüber empfand. Er war kaum je für sie da gewesen, selbst nach Hans' Tod nicht, der sie sehr getroffen hatte. Und als sie einige Jahre später bei ihm Trost gesucht hatte, weil ihre erste große Liebe sie verlassen hatte, da wusste er nicht einmal, oder hatte es wieder vergessen, dass sie überhaupt einen Freund hatte. Von da an hatte Nikola mit ihrem Vater abgeschlossen, oft meldete sie sich monatelang nicht bei ihm. Bei den spärlichen Telefonaten gab sie sich geschäftig, und Georg brachte nicht das Interesse und die Energie auf, nach den Gründen für ihre Zurückhaltung zu fragen. Tief in sich drin wusste er es, aber er war einfach zu nicht mehr in der Lage, als ihr zu signalisieren, dass er sie jederzeit mit offenen Armen empfangen würde. In Nikolas Augen allerdings wäre nichts heilsamer gewesen als ein großes Schuldeingeständnis seinerseits.

Das Verhältnis zu ihrer Mutter hatte sich dagegen deutlich verbessert nach Hans' Tod. Der geteilte Schmerz stellte eine Verbundenheit zwischen den beiden her, die Bestand hatte. Heidi war geschäftlich mittlerweile völlig selbständig geworden. Mitte der neunziger Jahre hatte sie ihre Anteile aus der Schatzschneider-Gruppe herausgelöst und die Firma »Hufnagel Immobilien – Munich's finest Real Estate« gegründet. Das Unternehmen beschränkte sich auf den Verkauf, auf die Vermietung sowie auf die Projektentwicklung hochpreisiger Immobilien. Die gute Beziehung zu ihrer Mutter hatte Nikola jedoch nicht davon abgehalten, ihren eigenständigen Weg zu gehen, der freilich ohne die finanziellen Zuwendungen ihrer Eltern auf diesem Niveau nicht möglich gewesen wäre. Gleichwohl war sie in dem, was sie tat, sehr erfolgreich.

Inzwischen hatte sie eine Festanstellung bei Apple, zumindest ihre Karriere verlief wunschgemäß.

Nikola warf einen Blick auf ihr Handy. »Erstaunlich, kaum Netz hier. Aber vielleicht auch mal nicht schlecht.« Sie blinzelte, ein leichtes Lächeln lag um ihren Mund. Prompt kam sie Albert etwas nahbarer vor, ein wenig durchlässiger als sonst.

»Bist du extra aus Amerika gekommen?«

»Ich hab den Aufenthalt mit ein paar Terminen hier verbunden. Damit sich's lohnt.« Sie hielt kurz inne. »Deine Rede«, fuhr sie fort und legte sich die rechte Hand aufs Herz, »war wirklich schön, richtig bewegend. Ich weiß nicht, warum Gerlinde so abgestürzt ist. Mir tut das wahnsinnig leid …«

Aus dem Küchenradio tönte ein Achtziger-Jahre-Klassiker von The Smiths, der den Kellner zum Mitsingen motivierte. Er schmetterte gerade den Refrain, als er mit einer Kiste Mineralwasser in den Händen die Tür zur Wirtsstube aufstieß, eine Sekunde später wurde sein Blick starr, und seine Ohren färbten sich rot. Er hatte die Ankunft der Trauergesellschaft nicht mitbekommen, die sich auf drei Tische verteilt hatte und ihn jetzt aus verdutzten Augenpaaren anglotzte. Ein mageres »'tschuldigung«, brachte er endlich hervor, während er sich in erhöhtem Tempo hinter den Tresen verzog.

»Singen Sie ruhig weiter!«, rief Nikola.

»Ja, genau, keine Scheu«, pflichtete ihr Lothar bei, aber im selben Augenblick verstummte schon das Radio. Gleich darauf betraten Georg und Lea die Gaststube. Lothar verschränkte die Arme und starrte aus dem Fenster. Abgesehen von einer flüchtigen Begrüßung am Morgen hatten er und Georg noch kein Wort miteinander gewechselt.

Nachdem Lothar München verlassen hatte und auf Georgs Vermittlung hin in dessen Gussglas- und Spiegel-Manufaktur in Gelsenkirchen als Vertriebsleiter angefangen hatte, führte ihn sein Weg fünf Jahre später zu Opel nach Bochum, wo er in der Personalabteilung eine Anstellung fand. Als das erste Kind schulpflichtig wurde, zog er mit seiner Frau in ihre Heimat nach Ostwestfalen. Dort ließen sie sich in einer kleinen Gemeinde im Kreis Gütersloh nieder. In leitender Position war Lothar nun für einen Automobilzulieferer tätig, er engagierte sich im Sport- und Heimatverein und kandidierte 1999 als parteiunabhängiger Kandidat für das Bürgermeisteramt, das er schließlich in einer Stichwahl für sich entscheiden konnte. Und so wie er seinen neuen Beruf ausführte, unaufgeregt und zugewandt, mit ruhiger Hand, dazu mit einem guten Draht zur Industrie genauso wie zu den »kleinen Leuten«, konnte man davon ausgehen, dass er dieses Amt bis zu seiner Rente und womöglich noch darüber hinaus bekleiden würde. Es war eine sinnhafte Tätigkeit, und Lothar versuchte alles, um das finanzielle Ausbluten seiner Kommune zu verhindern. Als Gewerkschafter war er Mitglied bei den Sozialdemokraten gewesen, aber mit dem Beschluss der Hartz-IV-Gesetze war er, wie viele andere auch, aus der Partei ausgetreten. Sie hatte seiner Ansicht nach das untere Drittel der Bevölkerung verraten.

Lothars Verhältnis zu Georg war schon lange belastet, denn der hatte seinerzeit die Manufaktur regelrecht ausgepresst, der Arbeitnehmerschutz, vor allem für die Malocher, war stetig untergraben worden. Immer öfter war Lothar in eine moralische Zwickmühle geraten. Am Anfang hatte er noch den Kopf eingezogen oder darüber hinweggesehen. Aber als er nach einem schweren Produktionsunfall mitbekommen hatte, dass die Arbeiterin, der ein Fuß amputiert werden musste, nicht einmal sozialversichert war, konnte er nicht mehr an sich halten. Er versuchte, bei Georg zu intervenieren, der ihm jedoch nur ausrichten ließ, er habe keine Kenntnis von der Angelegenheit, könne aus der Ferne auch wenig Einfluss nehmen. Außerdem sei für derlei Belange der Geschäftsführer zuständig. Das war der letzte Kontakt zwischen den beiden gewesen. Vier Wochen danach reichte Lothar die Kündigung ein und ging zu Opel. Die Manufaktur wurde wenig später geschlossen, ihre Einzelteile profitabel verkauft.

Georg wiederum konnte zu Recht behaupten, von all den Dingen nichts zu wissen. Denn er hatte ein System installiert, das es ihm erlaubte, unbeteiligt zu bleiben, sobald unangenehme Fragen auftauchten. Eine eingeführte und weit verbreitete Praxis, die völlig legal war. Das alles lag nun zwanzig Jahre zurück.

Erst nach dem Essen kamen die Gespräche richtig in Gang, kreisten schließlich mehr und mehr um die Frage, weshalb Gerlinde verarmt gestorben war. Zwar war von Alkohol die Rede, von Tabletten und Depressionen, natürlich von ihrem schweren Reitunfall, doch ein Rest von Unbegreiflichkeit blieb bestehen.

Lothar hatte keinen Appetit gehabt, er schützte einen überstandenen Magenkatarrh vor, auf den er noch Rücksicht nehmen müsse. Stattdessen trank er ein Weißbier und dann noch eins. An den Gesprächen beteiligte er sich nur beiläufig, zu viel ging ihm durch den Kopf. Zuletzt hatte er Gerlinde an Weihnachten gesprochen, die beiden hatten telefoniert, wie sie das in den Jahren davor schon immer praktiziert hatten. Dieses Mal schien Gerlinde betrunken, nur mit Mühe brachte sie ihre Sätze zu Ende. Am Schluss versprach sie, dass alles wieder gut werden würde, und wünschte ihm Gottes Segen. Lothar wischte sich mit der Hand über die Augen. Er hatte Gerlinde wirklich mal geliebt, sehr sogar, und immer war ein Rest an Verehrung geblieben. Dass ihre Leben nach der Scheidung dermaßen entgegengesetzt verlaufen würden, hätte er nie für möglich gehalten.

Lothar schaute aus dem Fenster, sein Blick fing die angrenzenden Waldungen ein. Die Baumkronen neigten sich wie ein gleichmäßiger Fellstrich im Wind. Mit einem Mal fiel es ihm wieder ein: »Horizontbedürftig« war das Wort, das ihm die ganze Zeit auf der Zunge gelegen, aber nicht über die Lippen hatte kommen wollen. Wehmütig lächelte er in sich hinein. Schließlich wanderten seine Augen zu Georg hinüber. Der hockte am anderen Ende des Raums. Um ihn herum saßen Albert, Lea, Nikola und Heidi sowie Pater Buzzi und Georgs Chauffeur. Aus Georgs Gesichtsausdruck konnte Lothar keine besondere Betroffenheit ablesen. Er wirkte ernst und gefasst, hielt sich mit Kommentaren sichtlich zurück. Unterdessen drehten sich in Lothars Kopf drei Gedanken unaufhörlich im Kreis. Der erste war: Diesem Schwein sollte man ordentlich die Leviten lesen. Der zweite mahnte zur Räson: Es gibt keine absolute Moral. Also brich keinen Streit vom Zaun und hör auf, ihn anzuklagen. Das alles macht Gerlinde nicht wieder lebendig. Der dritte Gedanke: Wahrscheinlich würde sich Georg wieder darauf hinausreden, von allem nichts gewusst zu haben, was mit Sicherheit der Wahrheit entsprach. Er würde ohnehin nichts erreichen. Lothar kam zu dem Entschluss, die Klappe zu halten, aber in seinen Schläfen pochte immer noch die Wut. Schließlich bemerkte er, wie Georgs Enkelin vom Tisch aufstand, sich verabschiedete und die Stube verließ.

Als wäre das ein vereinbartes Zeichen gewesen, stemmte sich Lothar in die Höhe. Einen Moment lang schwankte er leicht, dann stand er fest wie eine Eiche. Nach drei Sekunden war es völlig still geworden, alle Blicke richteten sich auf ihn. Lothar spürte, wie sein Kopf anschwoll. »Entschuldigt bitte, aber bevor sich hier alles auflöst, muss ich noch was loswerden. Es wurde an unserem Tisch und eigentlich von uns allen hier darüber diskutiert, wie es denn passieren konnte, dass

Gerlinde unter so unwürdigen Bedingungen aus dem Leben geschieden ist. Albert hat am Grab schon sehr richtige Dinge gesagt, die ich jetzt gar nicht wiederholen möchte. Jeder muss sich selbst hinterfragen und sich an die eigene Nase fassen.« Er machte eine kleine Pause, ballte beide Hände zu Fäusten. »Eine Sache stinkt mir aber gewaltig, und ich habe mich jetzt entschieden, es öffentlich zu machen. Manche wissen es vielleicht gar nicht, aber Gerlinde stand vor einer Zwangsräumung. Gerda hat die Papiere gesehen, es hätte nicht mehr lange gedauert, und Gerlinde wäre auf der Straße gelandet.« Gerda, die an seinem Tisch saß, nickte zustimmend. »Ich habe jetzt mal recherchiert«, fuhr Lothar in frostigem Ton fort, »die Lapis Wohnungsbau Gesellschaft, die drauf und dran war, Gerlinde rauszuschmeißen, obwohl es sogar auf Europaebene ein Recht auf Wohnen gibt, ist eine Tochtergesellschaft der Schatzschneider Beteiligung GmbH, also von ihm hier.« Er deutete auf Georg. »Es ist eine Schande, was hier geschehen ist! Ich behaupte sogar, dass Gerlinde noch leben würde, wenn dieser ganze Existenzdruck sie nicht so belastet hätte. Nach einer verschleppten Lungenentzündung hat ihr Herz einfach nicht mehr mitgemacht.« Noch einmal hielt er inne, ein wenig beschämt zwar, doch auch irgendwie erleichtert. »Macht mit der Information, was ihr wollt. Vor allem du, Georg.« Dann setzte er sich wieder, aber nur um sein Glas zu leeren. Ohne jemandem in die Augen zu blicken oder sich zu verabschieden, verließ er den Raum. Nur als er an Gerda vorbeiging, streichelte er ihr leicht über den Rücken.

Für Georg war die Information nicht neu. Über Heidi, die mit Gerda in Verbindung stand, war er von der anstehenden Zwangsräumung in Kenntnis gesetzt worden. Heidi hatte auch zu berichten gewusst, wo Gerlinde gewohnt hatte. Daraus ergab sich seine ganz persönliche Mitverantwortung an ihrem kläglichen Ende. Georgs erster Gedanke war: Das darf nicht wahr sein. Sein zweiter: Das hab ich nicht gewollt. Zu seiner Entlastung konnte er natürlich anführen, dass er schlichtweg keine Ahnung hatte, wer in seinen Wohnungen lebte, dennoch machten ihn die Umstände von Gerlindes Tod betroffen. Immer wieder musste er an ihre letzte Begegnung denken, an seine Unfähigkeit, ihrem Blick standzuhalten.

Georg hatte gehofft, niemand würde herausfinden, dass die Lapis Wohnungsbaugesellschaft seinem Firmengeflecht angehörte, und falls doch, dass es niemand zur Sprache bringen würde. Heidi war lange die Einzige, die davon gewusst hatte, sah aber von Vorwürfen ab. Sie betrachtete es als tragischen, fast skurrilen Zufall, und von der Todesnachricht an bis heute hatten sich in ihre Trauer um die Schwester immer auch heimliche Gedanken bitterer Genugtuung gemischt. Ihre Schwester hätte sie jederzeit um Hilfe bitten können, doch Gerlindes Stolz, mutmaßte Heidi, hatte es ihr verbeten. Das war natürlich töricht, geradezu tödlich, aber darin steckte auch eine Unbeugsamkeit, die Heidi wurmte. Und zur Erschütterung über das sinnlose Siechtum ihrer Schwester kam die Wut auf Gerlinde, die mit ihrem Schweigen allen, in erster Linie ihrer Familie, eine Schuld aufgebürdet hatte, mit der sie nun leben mussten.

Nachdem Lothar gegangen war, kehrte eine peinliche Stille ein, die sich auch nicht mehr auflöste. Die Trauerfeier war vorüber, und es schien, als hätten es plötzlich alle eilig, die Heimreise einzutreten.

Georg hatte während Lothars Rede keine Miene verzogen, nach außen ließ er sich nichts anmerken, doch in seinem Mund hatte sich ein säuerlicher Geschmack ausgebreitet, seine Schultern schmerzten, und mit seinen Händen hielt er, ohne es zu merken, die Tischkanten umklammert. Heidi fasste ihm an den Oberarm, selbst Nikola drückte ihr Mitgefühl aus, indem sie ihm aufmunternd auf die Schulter klopfte. Albert dagegen zeigte keine Reaktion.

Nach und nach entspannte sich Georg wieder. Als endlich alle weg waren, schickte er seinen Fahrer nach München zurück. Er beabsichtige, noch eine Nacht zu bleiben, und werde am nächsten Tag den Zug nehmen.

Georg wollte allein sein, nichts als allein. Er machte sich nochmal auf den Weg zum Friedhof. Der Ostwind schob riesige Wolkenbänke von Böhmen heran, und im sich rasch verändernden Licht wirkte die Hufnagel-Gruft abwechselnd anmutig und schauderhaft. Er starrte auf Gerlindes Namen und Lebensdaten, die in goldener Fraktur in die Marmorplatte graviert waren; drei Stunden zuvor hatte er den Anblick noch vermieden. Was für ein Hohn, dachte er, gestorben wie eine Bettlerin, begraben wie eine Fürstin. Er gab einem plötzlichen Impuls nach und fing an, das Vaterunser zu flüstern, und während er das Gebet aufsagte, weinte er zum ersten Mal über Gerlindes Tod. Jetzt erst begann er wirklich zu begreifen, dass Gerlinde für immer verschwunden war.

Eine Weile noch blieb er so stehen. Der Wind trocknete seine Tränen, und in unregelmäßigen Abständen trug er die Geräusche ankommender und abfahrender Züge heran. Beide Begräbnisstätten, nahm er sich vor, das schlichte Raffeiner-Grab sowie die herrschaftliche Hufnagel-Gruft, würde er in Zukunft regelmäßig pflegen lassen. Als er den Friedhof verließ, schwor er sich, die Gräber mindestens einmal im Monat aufzusuchen.

Als Nächstes ging er zum einstigen Hufnagelgut. Das Herrenhaus schien dem Verfall preisgegeben, auf der Außenfassade zeigten sich großflächige, feuchte Flecken. Vom Giebel baumelte das Gestänge einer kaputten Fernsehantenne. Die alten Stallungen und Schuppen waren mittlerweile abgerissen. Hätte ihn früher dieser Anblick noch mit Schadenfreude erfüllt, so schämte er sich jetzt seiner damaligen Gefühle. Georg wanderte weiter zum Gelände des ehemaligen Säge-werks, auch hier empfing ihn ein Bild des Niedergangs. Das Wohnhaus stand leer, die Fenster im Erdgeschoss waren ein-geschlagen. Das Sägewerk selbst glich einer Ruine, der Dach-stuhl war verrottet, Gras hatte das Fundament gesprengt, aus den Mauern trieben Ranken und Blüten. Für einen Augen-blick lebte der Betrieb in seinen Gedanken wieder auf. Er hörte den Motor des Gabelstaplers, die kreischende Säge, die Sprüche der Arbeiter, die sich Anweisungen zuriefen oder Frotzeleien austauschten. Dann entdeckte er sich selbst im Getöse, hart schuftend, beim Entrinden von Baumstämmen. Der Schweiß perlte ihm von der Stirn, Mücken umschwirr-ten ihn. Im Hintergrund rauschte der Wald. Er sah Erna, die ihm eine Semmel brachte. Sie schimpfte zwar und mahn-te ihn zur Pause, aber er wusste, dass sie insgeheim mächtig stolz auf ihn war.

Georg ließ das Sägewerk hinter sich. Als er beim Häus-chen seiner verstorbenen Mutter ankam, ärgerte er sich, dass er den Schlüssel nicht mitgenommen hatte. Es gehörte ihm ja immer noch. Einmal im Jahr ließ er Handwerker kommen, die Beschädigungen ausbesserten und Instandhaltungsarbeiten vornahmen. Das Haus war seit Ernas Tod nicht mehr bewohnt. Es ruhte einsam am Hügel. Seine zugeklappten Fensterläden wirkten wie geschlossene Lider. In der hereinbrechenden Däm-merung nahm er den Schuppen in Augenschein, betastete die Bretter, suchte sie nach morschen Stellen ab. Die alte Sehn-sucht nach einer kleinen Holzmanufaktur blitzte in ihm auf, vielleicht ein Zweimannbetrieb in Eisenstein, ohne auf Gewinn angewiesen zu sein. Und obgleich seine Nachfolge im Unternehmen nach wie vor ungeklärt war, kam ihm gera-de nichts unnatürlicher vor, als seinen Lebensabend erst ganz am Lebensende zu genießen.

Mit einem Mal verfinsterte sich der Himmel, eine Böe fuhr ihm scharf ins Gesicht und zerzauste sein Haar. Sofort machte er sich auf den Weg zurück zum Huber Wirt, wo er außer Atem und ziemlich durchnässt ankam. Das Gewitter hatte dennoch Rücksicht auf ihn genommen, denn es kam erst richtig in Fahrt, nachdem er das Wirtshaus erreicht hatte. Als Georg eine halbe Stunde später beim Abendessen saß, tat es den bislang heftigsten Donnerschlag, worauf mit einem Mal alle Lichter ausgingen. Unbeeindruckt davon aß er bei Kerzenlicht zu Ende, und als sich herausstellte, dass der Stromausfall noch einige Zeit andauern würde, ließ er sich ein paar Kerzen und ein Feuerzeug aushändigen und verabschiedete sich damit auf sein Zimmer.

Der Kellner sah dem Lichtschein hinterher, der sich langsam durch den Korridor entfernte. Plötzlich hatte er wieder den Ohrwurm von heute Mittag im Kopf. Sowas aber auch, dachte er. Das Gewitter hatte sich inzwischen beruhigt, es regnete nur noch leicht. Er fummelte seine Zigaretten aus der Jackentasche und ging vors Haus eine rauchen.

Georg hatte die Nacht zuvor schlecht geschlafen, er war todmüde. Er legte sich ins Bett, und für einige Sekunden fühlte es sich so an, als würde er sofort wegdämmern, aber dann sah er den blauen Kreis vor sich, der von der Kerzenflamme in seinen Augen zurückgeblieben war, nachdem er das Licht ausgeblasen hatte. Aus dessen Zentrum schauten ihn Gerlindes Augen an. Sofort war er wieder hellwach und konnte nicht aufhören, darüber nachzudenken, inwiefern er an Gerlindes Tod mitschuldig geworden war und ob es eine Möglichkeit gab, diese Schuld zu tilgen. Eine Ahnung stellte sich ein, dass er dafür sein Leben ändern, es noch einmal neu zu einem konsistenten Ganzen zusammensetzen müsste. Er wusste aber nicht genau, wie er das hinkriegen sollte, schlagartig stand ihm die Angst vor Augen, einsam und verbittert zu sterben. Als er endlich doch noch einschlief, plagten ihn Alpträume, die ihn zweimal hochschrecken ließen. Gegen Morgen träumte er dann, dass er die Steinplatte der Hufnagel-Gruft beiseiteschob und Gerlinde aus ihrem Sarg befreite. Sie hatte nur geschlafen und war wahnsinnig glücklich darüber, dass er ihrem Tod misstraut hatte. Zu zweit liefen sie über eine Löwenzahnwiese, die Sonne im Rücken, vor ihnen ein weiter Himmel. Er wollte ihr unbedingt noch etwas sagen, aber fand nicht die richtigen Worte. Schließlich weckte Georg ein lauter Knall. Er war aus dem Bett gefallen, die Decke hielt er fest umschlungen.

2 Vom Ursprung zum Ursprung

Ein wenig erinnerte die Kulisse in Plattling an alte Fassbinder-Filme. Der Himmel sah aus wie Beton, und auf den Grünflächen lagen die ersten bunten Blätter, die in den vergangenen Tagen, dem Gebot der Jahreszeit folgend, von den Bäumen gerieselt waren. Georgs Anschlusszug nach Eisenstein war ausgefallen, geduldig wartete er auf den nächsten. Lea hatte sich angeboten, ihn abzuholen, aber er hielt es für überflüssig, dass sie über 60 Kilometer mit dem Auto zurücklegte, wenn er doch nur zwei Stunden zu überbrücken hatte. »Ich schau mich gerne ein bisschen um«, sagte er, »wir haben doch Zeit. Der Spatenstich ist erst morgen.« Er klappte sein altmodisches Tastenhandy zu, mit dem er nichts weiter als telefonieren und Nachrichten verschicken konnte. Mehr wollte er auch gar nicht. Sollten doch alle anderen eines von jenen 24 Millionen neuen Smartphones besitzen, die jährlich in Deutschland verkauft wurden, wie er neulich gelesen hatte; er verzichtete gerne und aus Überzeugung darauf.

Georg nutzte den erzwungenen Aufenthalt, um ein Kaufhaus zu inspizieren, bei dem seine erste Firma vor Jahrzehnten die Fassade gemacht hatte. In letzter Zeit suchte er gerne frühere Baustellen auf, wenn er die Gelegenheit dazu hatte. Es war wie das Blättern in einem alten Fotoalbum, und meistens waren die Besuche auch mit guten Erinnerungen verbunden. Das Gebäude in Plattling war allerdings vor ein paar Jahren abgerissen worden, also trank er eine Tasse Kaffee am Stadtplatz und streifte anschließend ein wenig umher. Wieder einmal fiel ihm auf, dass sich viele Innenstädte inzwischen glichen, alle hatten mit beträchtlichem Leerstand zu kämpfen und unterschieden sich nur noch durch die Anordnung der Filialen der immer gleichen Ketten. Der Onlinehandel, dachte Georg, hat auch dieser Stadt zugesetzt.

Zurück am Bahnhof spürte er einen dumpfen Druck unter der Schädeldecke, der sich aber legte, als er in den Zug stieg. Dennoch blieb eine Erschöpfung zurück, eine ausgreifende Müdigkeit spannte sich wie eine zweite Haut über ihn. Der Schaffner, der kurz nach Abfahrt den Kopf in sein Abteil steckte, war sehr freundlich, zweimal bat er um Entschuldigung für den ausgefallenen Zug, die Gründe seien technischer Natur gewesen. Schließlich erkannte er Georg, und er scheute nicht davor zurück, ihm seine Hochachtung auszusprechen. Mit schweren Augenlidern nahm Georg die Komplimente entgegen. »Entwicklung«, lächelte er, »ist halt ein langsames Geschäft.« Der Bahnangestellte nickte bedeutungsvoll, er öffnete den Mund, um eine Frage zu stellen, doch bevor er dazu kam, sagte Georg »auf Wiedersehen« und schloss die Augen.

Um die sogenannte »Deutschland AG« zu stärken und um das Land, wie man proklamierte, wettbewerbsfähig zu machen, hatte die Politik um die Jahrtausendwende herum etliche Gesetze verabschiedet, wie etwa die Aussetzung der Vermögenssteuer oder den Steuererlass für Gewinne, erzielt aus dem Verkauf von Unternehmen. Derlei Reformen kamen Georg sehr zupass, am meisten aber profitierte er von den Auswirkungen der Finanzkrise im Jahr 2008, die seinen Reichtum in gewaltige Höhen trieben. Da Geldanlagen kaum mehr verzinst wurden, flossen sie in Immobilienkäufe, was zur Folge hatte, dass die Baulandpreise sowie die Mieten durch die Decke schossen. In München stieg der ohnehin schon stattliche Quadratmeterpreis für Baugrund von umgerechnet 465 Euro im Jahr 1990 auf sagenhafte 1876 Euro im Jahr 2017. Die daraus resultierenden Kapitalerträge kamen vor allem Großeigentümern wie Georg zugute.

Die überproportionalen Wertzuwächse auf den Immobilienmärkten machten Wohnen immens teuer und verstärkten somit die zunehmend beklagte Spaltung der Gesellschaft, obgleich das Land ein kontinuierliches Wirtschaftswachstum verzeichnete. Sensibilisiert durch Gerlindes Schicksal hörte Georg plötzlich auch Alberts Frau Karin aufmerksamer zu, die als Sozialpädagogin einige Härtefälle betreute. Georg wurde klar, dass tatsächlich immer mehr Menschen, in erster Linie jene, die kein Eigentum besaßen, berechtigte Ängste vor einem wirtschaftlichen Abstieg hatten. Der Pakt der alten Industriegesellschaft mit den Arbeitern, schwere körperliche Tätigkeit materiell zu entschädigen und damit anzuerkennen, war längst schon aufgekündigt, aber auch in studierten Kreisen war nun häufig von einem akademischen Prekariat die Rede.

Zwar war die Versorgungslage – anders als nach dem Krieg – gut, niemand brauchte zu hungern, doch seine frühere Überzeugung, dass der Kapitalismus immer mehr Menschen weniger arm mache, konnte Georg nun vor sich selbst nicht mehr vertreten. Eine ausgewogene Vermögensverteilung funktionierte nicht mehr. Die neoliberale Wirtschaftsordnung, davor konnte er die Augen nicht länger verschließen, die dem allseitig entgrenzten, deregulierten Wettbieten keinerlei Schranken setzte, richtete weltweit viel mehr Verwerfungen an, als dass sie den Wohlstand befördert hätte, während die Politiker immer geringere Handlungsspielräume besaßen.

In dieser Zeit fiel Georg zufällig der zweite Teil von Goethes »Faust« in die Hände, ein zerlesener Band, den er in einer Bücherkiste fand, die noch von Josef stammte und die Heidi nun aussortieren wollte. Georg blätterte darin und las vor allem jene Stellen, die Josef mit Bleistift angestrichen hatte. Am deutlichsten markiert waren die Zeilen aus Fausts Monolog im V. Akt, in dem er zu »der Weisheit letztem Schluss« gelangt. Zum ersten Mal las Georg die bekannten Verse: »Solch ein Gewimmel möcht ich sehn, / Auf freiem Grund mit freiem Volke stehn. / Zum Augenblicke dürft ich sagen: / Verweile doch du bist so schön!«

Das war dem alten Josef offenbar wichtig, dachte Georg, der inzwischen in etwa im selben Alter war. »Auf freiem Grund mit freiem Volke stehn« – insbesondere diese Zeile begann in Georg zu arbeiten.

Anlässlich eines Vortrags zum Thema »Geplanter Verschleiß« kam Georg mit dem Referenten des Abends, einem Wirtschaftsprofessor mit dem Namen Holger Goldbach, ins Gespräch. Der Mann hatte früher als Investmentbanker gearbeitet, lehrte mittlerweile jedoch Wirtschaftsethik an einer Hochschule in Berlin. Herr Goldbach war Student von Ágnes Telkes gewesen. Als er davon hörte, fasste Georg erst recht Vertrauen zu ihm. Er suchte seinen Rat, und nach einigen längeren Gesprächen bat er ihn um seine Unterstützung: Er, Georg Schatzschneider, Gründerunternehmer und Immobi lienmilliardär, wolle endlich dazu beitragen, ein sozialverträgliches Miteinander zu fördern. Georg fuhr sich durch sein dünn gewordenes Haar, ein wenig verlegen senkte er die Augen, er sei, fügte er hinzu, zum Äußersten bereit. Goldbach, verblüfft von Georgs Ansinnen, aber keine Sekunde an dessen Ernsthaftigkeit zweifelnd, erkannte sofort, dass hier jemand eine radikale Tat zu begehen beabsichtigte. Nach den Gründen dafür wagte er nicht zu fragen, sie erschienen ihm so triftig, dass er damit rechnete, Georg in Verlegenheit zu bringen.

In den folgenden Monaten erzählte Georg Goldbach alles, worauf es ihm ankam. In vielen seiner Wohnungen lebten Geringverdiener, auch Arbeitslose und Rentner. Von deren Mietzahlungen wolle er nicht länger profitieren und zudem vermeiden, dass sie zukünftig, nach seinem Tod, von anderen ausgebeutet werden. »Denn Existenzangst«, sagte Georg, »das habe ich begriffen, ist wohl das Schlimmste, was es gibt. Deswegen brauchen die Menschen eine letzte Sicherheit. Stellen Sie sich vor, wir erleben einen wirtschaftlichen Zusammenbruch, wegen einer Seuche oder wegen Naturkatastrophen, das geht schneller, als man denkt. Diese Menschen geraten doch sofort in Zahlungsrückstand, die verlieren dann zuallererst das Dach über dem Kopf. Ich kann ihnen aber die Wohnungen auch nicht schenken, viele könnten sich ja die Instandhaltungen gar nicht leisten, und die Leute, die gute Einkünfte haben, von denen gibt's ja auch eine Menge, die brauchen keine Unterstützung, das wäre unsinnig.«

Goldbach hörte aufmerksam zu, in vielen Punkten waren sie einer Meinung. Sein Auftrag bestand nun darin, die Umsetzbarkeit von Georgs Vorstellungen zu prüfen und entsprechende Modelle zu entwickeln. Außerdem schwebte Georg eine Stiftung vor, die alternatives Wirtschaften fördern sollte. Er wollte einen Preis ausloben oder Stipendien vergeben. Jedenfalls musste etwas in dieser Richtung geschehen, wenn schon die Politik, von Lobbyismus korrumpiert, so zaghaft agierte. »Weil, durch den Klimawandel und durch die ganze ökologische Krise«, prognostizierte er, »ist eigentlich klar, dass man das ganze Wirtschaftssystem umbauen muss. Und dafür braucht es junge, fitte Leute mit guten Ideen, und die gehören unterstützt. Das ganze Lieferkettensystem ist ein Wahnsinn. Wenn China hustet, wird die ganze Welt krank. Wenn Amerika Fieber hat, gibt es neue Kriege. Die gegenseitigen Abhängigkeiten sind viel zu groß, und sie verbrauchen viel zu viel Energie.«

Damit rannte er bei Professor Goldbach offene Türen ein. Sie diskutierten regionale Wertschöpfungsketten sowie überschaubare Handelswege, im Grunde sammelten sie sämtliche Zutaten für ein ressourcenschonendes Wachstum, ohne aus den Augen zu verlieren, dass man die Globalisierung nicht einfach zurückdrehen konnte.

Als sie bereits ernsthaft miteinander ins Gespräch gekommen waren, betraten in ganz Europa rechte Parteien die großen politischen Bühnen und versuchten, all die Enttäuschten und Verunsicherten einzufangen. Ihr Programm war schlicht: Migranten rausschmeißen, die Grenzen nach Süden und Osten dichtmachen, um die Identität und den Arbeitsplatz des weißen Europäers zu schützen. »Das ist nicht nur rassistisch«, schimpfte Goldbach, »sondern auch volkswirtschaftlicher Blödsinn. Solche Maßnahmen werden weder die Ungleichheit reduzieren noch das Problem der Erderwärmung lösen, was die größte globale Herausforderung ist.« Um nicht mit abgegriffenen Rechts-links-Vokabeln zu operieren, brauche es einen Diskurs, der darauf abzielt, die wesentlichen Dinge in aller Deutlichkeit zu benennen.

Goldbach hatte sich in Rage geredet, was Georg in seiner Überzeugung bestärkte, auf den richtigen Mann zu setzen. In den nächsten Monaten machte ihn der Wirtschaftswissenschaftler mit Grundlagen der Kreislaufwirtschaft sowie den theoretischen Fundamenten einer Gemeinwohlökonomie vertraut, er gab ihm Literatur über Konvivialität zu lesen, mutete ihm aber genauso historische Schriften zu, wie etwa Martin Luthers Text »Von Kaufshandlung und Wucher« oder G. K. Chestertons Plädoyer für einen regionalen Distributismus. Die beiden führten lebhafte, oft genug auch kontrovers verlaufende Gespräche, und ihr intensiver Austausch hatte zur Folge, dass Georg seinen alten Komplex, nie eine weiterführende Schule oder gar die Universität besucht zu haben, jetzt, im fortgeschrittenen Alter, doch noch überwand. Oft scherzte Goldbach, er hätte gerne mehr so wissbegierige Studenten wie ihn. Und je intensiver sich Georg mit den Theorien auseinandersetzte, desto mehr Begeisterung brachte er für sie auf. Er wurde wieder zum Unternehmer, dem unbedingt daran gelegen war, seine Ideen ins Werk zu setzen, nur dass es dieses Mal nicht um Umsatz und Gewinn ging, sondern um die Rückzahlung seiner Schulden an die Gesellschaft. Goldbach machte ihm plausibel, dass der Aufbau von Vermögen immer auch ein kollektiver Prozess sei, und dem wollte Georg nun Rechnung tragen.

Doch bei aller idealistischer Gesinnung, die er verströmte, stets blieben Gerlinde und ihr Schicksal der Motor seiner Anstrengungen. Der Traum am frühen Morgen nach ihrer Beerdigung hatte ihn nicht mehr losgelassen. Es war der schönste Traum seines Lebens, gleichwohl hatte er danach gewusst, dass er Gerlinde nie wieder begegnen und sich mit ihr aussöhnen würde, wenn er so weiterlebte wie bisher. Für dieses Wissen gab es keine verstandesmäßige Erklärung, aber es war so untrüglich wie ein Instinkt, der ihm offenbarte, wer er wirklich sei. Georg verstand, dass es die letzte Chance war, sich das einstmals Geliebte zurückzuerkämpfen, wenn er jetzt sein Leben umkrempelte. Dafür war er bereit, Schritte ins Ungewisse zu gehen und viel Häme auf sich zu nehmen. Und je weiter er gedanklich ging, umso richtiger fühlte sich alles an. Er erlebte ein Hochgefühl, wie er es nur aus jenen Zeiten kannte, als er die Sonnenaufgänge und Mitternächte dafür genutzt hatte, um seine kleine Firma am Schreibtisch zu planen.

Zwischendurch befielen ihn aber auch massive Zweifel. Georg fürchtete um sein gesellschaftliches Ansehen, und einige Rückschläge bei der Umsetzung seiner Ideen genauso wie manche Zerwürfnisse mit langjährigen Geschäftspartnern und Freunden gingen nicht spurlos an ihm vorüber. Zeitweise litt er unter heftigen Rückenschmerzen, seine Lendenwirbelmuskulatur verhärtete sich so stark, dass er sich tagelang nicht bewegen konnte. Nur der feste Glaube, das Richtige zu tun, half ihm, nicht aufzugeben. Und wenn er sein Versprechen einlöste und einmal im Monat an die Gräber in Eisenstein trat, dann erneuerte sich dort auf geheimnisvolle Weise die Kraft, die es brauchte, um die beispiellos eigenwillige Tat umzusetzen und sie ins Tatsächliche zu führen.

Parallel zu Georgs Aktivitäten entwickelte sich Lea zu einer jungen Frau, die sich mit Feuereifer dem Klimaschutz verschrieben hatte. Nach dem Abitur studierte sie Forstwirtschaft und spezialisierte sich auf den Bereich der Waldökologie. Mit Georg hielt sie die ganze Zeit über guten Kontakt, ihr Verhältnis war von großer Zuneigung geprägt – auch wenn sie nicht immer einer Meinung waren. Mitunter stritten sie sich wie zwei alte Ochsenknechte, wenn Lea etwa wirtschaftliche Bedenken bei der Durchsetzung ihrer Ziele nicht gelten lassen wollte. Wenn ihr was nicht passte, kam es schon mal vor, dass sie in den Schatzschneider Tower stapfte, in das oberste Stockwerk fuhr und ihren Großvater zur Rede stellte.

Lea jedenfalls, seine geliebte Enkelin, bestärkte Georg in seinen Plänen am nachhaltigsten, auch Karin ermutigte ihn, während Albert nicht recht wusste, wie er mit dem Gesinnungswandel umgehen sollte. Es fiel ihm schwer, Georgs Entschlossenheit anzuerkennen, denn nun hatte er nichts mehr gegen ihn in der Hand, er konnte sich nicht mehr an ihm reiben. Georg machte sich quasi unangreifbar und ließ Albert verstört zurück.

Heidi hielt ihren Ex-Mann schlicht für wahnsinnig, als er ihr mitteilte, dass er gut 30 000 Wohnungen in drei genossenschaftliche Gesellschaften überführen wolle, bei denen die Werterhaltung gegenüber der Gewinnmaximierung Vorrang habe, basierend auf einem umfassenden Regelwerk an sozialverträglichen Verbindlichkeiten. Doch nicht nur Heidi, etliche Kollegen aus der Immobilienbranche, Industrielle, Bankvorstände, Finanzinvestoren, selbst Fiedler, der schon lang in Rente war, unterstellten ihm direkt oder indirekt geistige Umnachtung oder zumindest gefährliche Sorglosigkeit.

Der gesamte Umwandlungsprozess – ausgehend von Gerlindes Beerdigung bis hin zur Gründung der Stiftung – dauerte etwa zehn Jahre. Als es endlich so weit war und Georg vor die Presse trat, wollten alle wissen, wie es zu dieser plötzlichen Verwandlung zum Samariter kommen konnte. »Vom Zocker zum Sozialisten« titelte die auflagenstärkste Tageszeitung. Viel Bissiges war der Berichterstattung beigemischt, in einem der Artikel wurde ihm unterstellt, Augenwischerei zu betreiben, auch wenn die Zeitung die Belege dafür schuldig blieb. Der überwiegende Teil der Kommentatoren sowie die Mehrheit der Bevölkerung sprachen ihm jedoch ihre Hochachtung aus. Für viele wurde er zu einem echten Helden.

Georg selbst wies alle Zuschreibungen von sich. Weder wollte er die Galionsfigur einer neuen Linken sein noch als Philanthrop bezeichnet werden. Er habe, gab er in einem seiner wenigen Interviews zu Protokoll, einfach seinem Bedürfnis nachgegeben, der Gesellschaft etwas zurückzugeben. Er habe nie vorgehabt, sein Image aufzupolieren, und er beabsichtige auch nicht, durch die Lande zu fahren, um Werbung für seine Projekte zu machen. Die Genossenschaften würden selbsterhaltend wirtschaften, lediglich die Erlöse aus anderen Immobilienzweigen, wie etwa aus der Vermietung des Hochhauses, würden in seine Stiftung fließen.

Die Firma für Gewerbeimmobilien hatte er Nikola überschrieben. Anders als Heidi war sie nicht beleidigt wegen des geplatzten Riesenerbes. Im Gegenteil, sie war sogar erleichtert darüber, sich nicht mit dem Konzern auseinandersetzen zu müssen, der ihr jahrelang den Vater geraubt hatte. Nach einer gescheiterten Ehe war Nikola aus Kalifornien nach München zurückgekehrt und leitete jetzt eine PR-Agentur in Schwabing. Dem Aktionismus ihres Vaters begegnete sie mit distanziertem Staunen. Sie erklärte ihn sich als eine Art Rückkehr zu seinen Wurzeln als einfacher Arbeiter. So wie es eben Leute wie Carnegie vorgemacht hatten, von dem der berühmte Satz stammte: »Wer reich stirbt, stirbt in Schande.« Für Nikola ging das in Ordnung. Auf sie wartete ohnehin noch das gutgehende Unternehmen ihrer Mutter, das sie allein erben würde. Geld war ganz sicher nicht ihr Problem.

Lea hatte inzwischen ihr Studium beendet. Bereits während ihrer Ausbildung hatte sie beim Nationalpark Bayerischer Wald ein Praktikum absolviert, im Sommer 2019 bekam sie dort schließlich eine Festanstellung als Waldökologin. Für sie gab es in beruflicher Hinsicht nichts Erstrebenswerteres. Georg hatte ihr schon vorher das Häuschen in Eisenstein vermacht, das sie zusammen hergerichtet hatten. In Eisenstein hatte Georg das ehemalige Hufnagelgut gekauft und es zu einer Tagungsstätte umbauen lassen. Ebenso hatte er das ruinierte Sägewerk erworben sowie einige Waldungen rund um den Ort.

Während die Jahre dahingingen und die Projekte gediehen, blieb ein Wunsch unerfüllt: Sein heimlicher Traum einer kleinen Holzmanufaktur hatte sich nie verwirklichen lassen. Eine Zeitlang hatte ihm eine kleine Schreinerei vorgeschwebt, in der er selbst an der Kreissäge stand, um mit einer Handvoll Mitarbeitern Möbel nach eigenen Plänen zu bauen. Mittlerweile war er zu alt dafür, aber der Gedanke, dass auf dem Gelände des Sägewerks nochmal ein holzverarbeitender Betrieb entstände, hatte ihn nie losgelassen. Eines Tages entschloss er sich, eine Ausschreibung zu veröffentlichen, in der er junge Unternehmer aufforderte, ihm Gründungskonzepte für einen nachhaltig produzierenden Holzbetrieb zu schicken, der in Eisenstein aufgebaut werden sollte. Georg würde die Anlage bauen, um sie dann an den Betreiber zu verpachten.

Die Resonanz darauf war groß. Gemeinsam mit Lea wertete er die Bewerbungen aus. Die meisten vermochten die beide nicht wirklich zu begeistern, und Georg wollte nur an jemanden verpachten, von dem er voll und ganz überzeugt war. Dann aber stießen sie auf ein Schreiben aus Österreich, der Bewerber war ein gebürtiger Regensburger namens Matthias Warmbrunn. Er habe Georg als Kind kennengelernt, schrieb er, als seine Mutter Evi noch für ihn gearbeitet hatte, die vor zwölf Jahren an Brustkrebs gestorben sei.

Als Georg das las, begannen ihm die Hände zu zittern. Dunkel konnte er sich an den Jungen erinnern, Evis Tod hingegen hatte er verdrängt. Schlagartig packte ihn ein schlechtes Gewissen. Die Frau hatte ihm einst das Leben gerettet, und er war nicht einmal auf ihrer Beerdigung gewesen.

Matthias, mittlerweile achtunddreißig Jahre alt, hatte Schreiner gelernt, danach Architektur studiert und sich bereits während des Studiums auf Holzbauten spezialisiert. Er habe, schrieb er, Georgs Aktivitäten in den letzten Jahren intensiv verfolgt. Seiner Ansicht nach könne es in dieser Zeit kaum eine sinnvollere und solidarischere Tat geben als Georgs genossenschaftliche Gründungen, dafür würde er ihn sehr bewundern. Seine Mutter, schrieb er, sei mit Georgs unternehmerischen Entscheidungen nicht immer glücklich gewesen, insofern bedaure er es sehr, dass sie nicht mehr Zeugin seines Gesinnungswechsels werden konnte. Matthias arbeitete bei einem Holzhaus-Hersteller im Salzburger Land, nun wollte er sich selbständig machen. Sein Traum sei eine Zimmerei, die gesunde und energieautarke Häuser aus Mondholz fertigen würde. Das gesamte Baumaterial würde man später wiederverwerten können, es müsse nicht als Sondermüll wegdeponiert werden. »Nachhaltiger kann man nicht bauen. Holz ist ja nicht nur ein nachwachsender Rohstoff, es ist auch der beste Klimaschützer, weil die Wälder gigantische Kohlendioxidspeicher sind. Am Anfang war das Holz, und dahin muss man zurück. Selbst Teile von Stonehenge«, schloss er sein Schreiben, »waren ursprünglich aus Holz gebaut.«

Nachdem Georg den Brief zu Ende gelesen hatte, las er ihn gleich noch ein zweites Mal. Dann studierte er Warmbrunns Investitionsplan, dem einige Gutachten über Mondholz beigelegt waren. Auch Lea war von seiner Bewerbung angetan.

Eine Woche später erschien in Eisenstein ein Zweimetermann mit Vollbart und Dutt. Er wirkte behäbig wie ein Bär, machte einen verkrampften und eigenbrötlerischen Eindruck. Georg traute ihm nicht zu, ein Unternehmen aufzubauen und zu leiten. Er konnte sich nicht vorstellen, wie der schwerfällig wirkende Mann Mitarbeiter motivieren wollte, weshalb er schon kurz davor war, ihn höflich zu verabschieden. Doch als hätte er Georgs Gedanken gelesen, ging plötzlich ein Ruck durch Matthias, und er begann, von seinem Green-Building-

Konzept zu erzählen. Je länger er redete, desto selbstsicherer wurde er, und es gelang ihm, die ihn lähmende Ehrfurcht abzustreifen, und als sich wenig später Lea zu ihnen an den Tisch setzte, wirkte er unverkrampft und überzeugend. Am Ende des Tages vereinbarten Georg und er eine Zusammenarbeit. Der Spatenstich für den Bau sollte Ende September erfolgen.

Die quietschenden Bremsen signalisierten die Ankunft. Georg wachte auf, atmete flach wie ein kleiner Vogel. Durch das Fenster schaute er in die tröstlich menschenleere Landschaft. Er holte tief Luft, schob die Kinnlade langsam hin und her. Ein pelziges Gefühl breitete sich auf seiner Zunge aus. Gutgelaunt betrat der Schaffner den Waggon und ging geradewegs auf Georg zu. »Da wären wir. Kann ich Ihnen noch irgendwie behilflich sein?«

»Nein, nein, danke«, sagte Georg. Um nicht wie ein bedürftiger Greis zu wirken, hielt er sich möglichst aufrecht und gerade. Eisenstein war Endstation, der Zug hielt hier für eine Weile, ehe er wieder in Richtung Plattling zurückfuhr. Auf dem Bahnsteig wurde Georgs Blick von einem merkwürdigen Farbenspiel am Horizont gefesselt. Die Berge im Osten waren von einem blau-weißen Dunst ummantelt, über ihnen stand eine wässrige Helle; dort, wo ihr Saum an das Gebirge stieß, nahm sie eine glühende Röte an, weiter oben indessen versank der Himmel in eine tiefe Schwärze.

»Sowas hab ich noch nie gesehen«, hörte er die Stimme des Schaffners in seinem Rücken. »Haben Sie schon mal sowas gesehen?«

Georg konnte die Frage nur mit einem Kopfwiegen beantworten. Nach ein paar Sekunden wandte er sich ab und machte sich wortlos davon. Er ging am Bahnhofsgebäude vorbei auf die Straße, wo er den Weg nach Osten einschlug.

Aus dem Augenwinkel sah er, wie der Schaffner auf dem Bahnsteig stand und ihm nachwinkte. Georg hob die Hand, worauf der Mann so lange winkte, bis Georg im Wald verschwand.

Als er in das Gehölz eindrang, starrte ihn das Naturreich aus unzähligen Augen an. Das Strauchwerk glänzte, die Blätter der Laubbäume bogen sich auf, einige Weißtannen standen entlang des Weges, ihre hellgrauen Borken hoben sich deutlich von den anderen dunkleren Stämmen ab, die dicht an dicht neben ihm aufragten. Auf Georgs Gesicht lag der Widerschein der Dämmerung, ihr strebte er entgegen. Nadelstreu knirschte unter seinen Füßen. Mit großen Schritten bewältigte er Höhenmeter um Höhenmeter. Seine Lunge füllte sich mit der Würze des anbrechenden Herbstes. Keine müde Faser steckte mehr in ihm, Georg glaubte gar, seine Beine nicht mehr zu spüren, so leicht kamen sie ihm vor. Meistens ging es geradeaus, nur ab und zu musste er eine Abzweigung nehmen oder einer Biegung folgen. Je höher er gelangte, desto tiefer senkte sich sein Schritt ins Erdreich. Sein Atem verband sich mit dem vom Boden aufsteigenden Dunst zu einem Nebel, der die Sicht einschränkte. Doch selbst mit geschlossenen Augen hätte er sich hier nicht verlaufen. Schließlich zwang ihn ein Dickicht aus alten, modrigen Kiefern anzuhalten. Jetzt bemerkte er, dass er völlig durchnässt war, was ihn aber nicht weiter bekümmerte. Um die Barriere zu durchbrechen, drehte er sich um und schob sich mit dem Rücken voran durch das Geäst. Irgendwann, nach einer Stunde oder einer Minute – ihm war jeglicher Zeitsinn abhandengekommen –, stolperte er auf eine mondbeschienene Lichtung. Georg wusste sofort, wo er sich befand. Einige Meter vor ihm stand, umrahmt von zwei Buchen, der Granitfelsen. Prompt drang das gedämpfte Plätschern der Grafen-Quelle an sein Ohr. Seit einer Ewigkeit war er nicht mehr an diesem Ort gewesen, mit dem sich Schmerz und Demütigung verbanden. Jetzt empfand er nichts dergleichen. Über allem lag eine friedliche Stille. Georg ging zum Mittelpunkt der Lichtung, er blickte sich um, an einer Stelle konnte er durch eine Lücke in den Baumkronen aufs Dorf hinunterschauen; zum ersten Mal fiel ihm auf, wie schön es war. Auf einmal entdeckte er zu seiner Linken eine junge Frau. Er konnte nicht erkennen, ob sie ihn wahrgenommen hatte. Sie zog sich die Kapuze ihres Überwurfs über den Kopf. Dann setzte sie sich in Bewegung. Mit sachten Schritten folgte er Maria, die einen Pfad auf der anderen Waldseite einschlug. Er spürte, dass es der richtige Weg war.

In der Bahnhofshalle herrschte helle Aufregung. Mit tränenüberströmtem Gesicht kniete Lea neben der Bahre, auf der Georgs bewusstloser Körper lag. In einigem Abstand stand ein kleines Trüppchen von Leuten, unschlüssig, was sie tun oder unterlassen sollten. Der Schaffner beteuerte zum tausendsten Mal, dass er davon ausgegangen war, Herr Schatzschneider hätte geschlafen, weswegen er erst am Ende der Fahrt nach ihm gesehen habe. Ungeduldig warteten jetzt alle auf den Notarzt, der für Georg aber zu spät kam. Als er eintraf, war er schon tief im Wald und ließ sich von seiner Großmutter ins Reich der Toten führen.

3 Die Unverhofften

Eigentlich sah Marias Plan vor, über Nacht ins vier Stunden entfernte Lam zu laufen, um dort einen Zug zu nehmen. Nach mehrmaligem Umsteigen sollte sie zwei Tage später in Antwerpen ankommen, wo sie dann noch eine Woche Zeit haben würde, sich nach Amerika einzuschiffen. In einem abgelegenen Schuppen, der dem Bruder ihrer Freundin Theres gehörte, hatte sie ihre Reisetasche versteckt, bevor sie den Brand gelegt hatte. Maria hatte die Flucht sorgfältig geplant, ohne Komplizen oder Mitwissende. Dazu gehörte auch, auf allerlei Eventualitäten vorbereitet zu sein, eine Verletzung hatte sie jedoch nicht ins Kalkül gezogen. Eher hatte sie damit gerechnet, dass die Tat an sich scheitern könnte oder dass man sie auf der Flucht schnappte.

Kurz nachdem sie ihre Tasche aus dem Versteck geholt hatte, begann ihr Bein höllisch zu schmerzen. Sie kam nur humpelnd voran, konnte mit dem rechten Fuß nicht richtig auftreten. Die Last ihres Gepäcks sowie die unwegsamen Schleichpfade zwangen sie zur Rast. Doch auch nach zwei Stunden Schlaf ging es ihr nicht besser. Ihr Schädel dröhnte fürchterlich, sie hatte nichts, womit sie die immer noch blutende Wunde hätte verbinden können, nicht einmal Wasser zum Durstlöschen hatte sie mehr. Nirgendwo war eine Quelle in Sicht, wollte sie nicht verrecken, das stand ihr jetzt in aller Klarheit vor Augen, musste sie im nächsten Dorf um Hilfe bitten, was wiederum mit einem großen Risiko verbunden war. In ihrem erschöpften Zustand zweifelte sie allerdings daran, es überhaupt dorthin zu schaffen. Maria wurde von einem Weinkrampf geschüttelt. Kraft schöpfte sie allein aus der Tatsache, dass die Glasfabrik niedergebrannt war.

Der Kleinhändler Gerhard Schatzschneider hockte schläfrig auf dem Kutschbock, die Zügel hielt er schlaff in der Hand. Er befand sich auf dem Rückweg von einer ausgiebigen Besorgungstour. Schatzschneider war Inhaber eines Krämerladens in Eger, einer Garnisonsstadt im nordwestlichen Zipfel der österreichisch-ungarischen Monarchie. Er hatte in Ostbayern eingekauft und transportierte nun hauptsächlich Salz,

Glaswaren und Brandwein in seinem Planwagen, den zwei Gäule zogen. Er liebte diese Fahrten bis hinunter nach Passau, die er stets mit privaten Stippvisiten verknüpfte. Noch mit den Gedanken in den Wolken traute er seinen Augen kaum, als er eine junge Frau am Wegesrand sitzen sah, die ihn, als er näher herankam, um Hilfe anflehte.

Schatzschneider entging nicht, dass Maria zögerte, ehe sie sich von ihm auf den Wagen helfen ließ. Er wusste, dass er keinen vertrauenerweckenden Eindruck machte, auf der Stirn hatte er eine hässliche, rotgezackte Narbe und auf der rechten Seite war seine Wange eingefallen. Er war Anfang dreißig, hatte schon schütteres Haar und eine schlaksige Statur. Nachdem sie ein paar Sätze gewechselt hatten, fasste die junge Frau doch Vertrauen zu ihm, vielleicht war er auch einfach nur ihre letzte Hoffnung.

Schatzschneider schwante, dass es kein gewöhnlicher Unfall gewesen sein konnte, der die junge Frau in ihre missliche Lage gebracht hatte, denn sie bat ihn, nicht erzählen zu müssen, wie es zu der schweren Verletzung gekommen war. Er sah ihre Verzweiflung, und sie tat ihm wirklich leid, also bot Schatzschneider ihr an, sie mit nach Böhmen zu nehmen. Maria sagte, sie komme überallhin mit, Hauptsache weg von hier. Er gab ihr zu trinken und riet ihr, sich das Gesicht zu säubern, damit sie nicht wie eine Vagabundin aussähe.

Als Schatzschneider wenig später Zollgebühren zu entrichten hatte, gab er an, Maria sei seine Verlobte, die gestürzt sei und über Nacht Fieber bekommen habe. Den Grenzern war das erwartungsgemäß egal, solange sie ihr Geld bekamen, waren sie zufrieden. In der Stadt Neuern fragte Schatzschneider nach einem Arzt. Der Doktor reinigte und verband Marias tiefe Wunde am Bein sowie ihre Platzwunde am Kopf. Am Ende der Behandlung spritzte er ihr eine Dosis Morphium, worauf sie in einen ohnmachtsähnlichen Schlaf fiel. Schatzschneider kam wie selbstverständlich für die Rechnung auf. Anschließend wickelte er die Schlafende in zwei Decken und verstaute sie behutsam zwischen seiner Fracht. Auf den restlichen 125 Kilometern nach Eger bestand ihr einziges Lebenszeichen aus einem gelegentlichen heftigen Schnarchen.

Gerhard Schatzschneiders Krämerladen lag im Süden der Stadt. Dem kleinen Geschäft war eine Werkstatt angegliedert, wo er gebrauchte Gegenstände, Trödel aller Art, reparierte und wiederverkaufte. Er bot Grundnahrungsmittel wie Mehl, Zucker, Salz oder Grieß an. Man konnte aber auch Bonbons, Suppennudeln, Petroleum, Bier und Schnaps erwerben. Eigentlich gab es auf den dreizehn Quadratmetern alles, was man zum Leben und Überleben brauchte.

Sein Vater war schon seit zehn Jahren tot, seine Mutter war im letzten Jahr gestorben, worauf er als Jüngster den Laden übernommen hatte. Gerhards Geschwister hatten in andere Städte geheiratet, ein Bruder war beim Militär untergekommen. Gerhard selbst war alleinstehend, hatte keine Frau, sein Freundeskreis war überschaubar. Für einen Krämer war er nicht besonders gesprächig, oft wirkte er verschlossen oder unzugänglich, und eigentlich stand er lieber in der Werkstatt als hinter der Ladentheke. Gleichwohl schätzten die Leute sein Angebot, weswegen er ein gutes Auskommen hatte. Neben dem Haus gehörten Gerhard zwei Pferde, ein Planwagen, eine Sonntagskutsche und eine Parzelle Land samt Obstgarten außerhalb der Stadt. Niemand konnte sich daran stoßen, dass er nun eine junge Frau mit nach Hause brachte und sie im Zimmer seiner Mutter einquartierte.

Maria erholte sich sehr schnell von ihren Verletzungen. Sie wollte aber auch unbedingt gesund werden, um rechtzeitig ihr Schiff nach Amerika zu erreichen. Insgeheim war Gerhard enttäuscht, dass Maria ihn so schnell wieder verlassen wollte. Er hatte aber auch Verständnis und legte ihre keine

Steine in den Weg, verlangte nichts für Kost und Logis und wollte noch nicht einmal die Arztkosten erstattet haben.

Am Vorabend ihrer Abreise machte Gerhard zwei Flaschen Bier auf. Der Alkohol machte sie beide gesprächig, ein wohliges Gefühl breitete sich in Maria aus, und weil klar war, dass sie sich nie mehr wiedersehen würden, gab es auch keinen Grund, länger Geheimnisse voreinander zu haben.

Maria begann von ihrem Aufwachsen in Eisenstein zu erzählen, von ihrem verunglückten Vater, sie erwähnte ihren Cousin in Chicago und wie die Idee in ihr reifte, ebenfalls auszuwandern. Dann sprach sie über ihre Arbeit bei Siegmund Hufnagel und berichtete unter Tränen, wie er sie erst erpresst, schließlich vergewaltigt hatte. Die ungewollte Schwangerschaft hatte das Unglück noch viel größer gemacht. Am Ende, sagte sie, hätte sie nicht mehr weiterleben wollen, wenn sie nicht Rache geübt hätte. Nicht nur an Hufnagel, auch an den Dörflern. Die Verletzung, die sie sich auf der Flucht zugezogen hatte, hätte beinahe all ihre Pläne zunichtegemacht. Wäre nicht er vorbeigekommen, sondern jemand anderer, würde sie jetzt wahrscheinlich in einem Kerker liegen oder man hätte sie gleich an die Wand gestellt. Unumwunden dankte sie ihm, dass er ihr das Leben gerettet hatte.

Staunend hörte Gerhard ihr zu, bewegt und erschüttert zugleich. Immer wieder senkte er nachdenklich seinen Blick. »Ja«, sagte er leise, »das ist schon mit dem Teufel zugegangen, ich kann dich nicht dafür verurteilen. Das soll Gott machen, sonst niemand.«

Maria fühlte sich so erleichtert wie lange nicht. Als hätte ihr Gerhard die Absolution erteilt. »Und du?«, fragte sie neugierig. »Du hast doch auch ein Geheimnis. Von Anfang an hab ich gesehen, dass du nicht nur ein Krämer, sondern ein Geheimniskrämer bist.« Sie lächelte ihm aufmunternd zu. Gerhard taxierte sie eine Weile, als wollte er ihre Vertrauenswürdigkeit noch ein letztes Mal prüfen, schließlich verschränkte er die Arme vor seiner Brust und sagte trocken: »Mein Geheimnis ist meine Natur.« Maria blickte ihn verständnislos an. Er räusperte sich, holte tief Luft. »Mir ist von Natur aus die Leidenschaft ... nur zum eigenen Geschlecht gegeben. Mir ist die Liebe zu Männern eingepflanzt, verstehst du?«

Maria wusste nicht gleich, was sie sagen sollte. Sie hatte schon gehört, dass es so etwas gab, dass es etwas Sündhaftes sei, aber sie hatte sich noch nie wirklich Gedanken darüber gemacht, weil es eben noch nie in ihrer Lebenswelt vorgekommen war. Sie hielt gleichgeschlechtliche Liebe für ein Phänomen der Großstadt. Weil es aber der herrschenden Volksmoral zufolge etwas Schlimmes und Gefährliches war, schloss sie – da sie nun zum ersten Mal damit konfrontiert war –, dass es genau andersherum sein *musste*. Es war nicht schlimm, sondern harmlos – ganz so wie Gerhard selbst. Prompt fiel ihr dazu das Voltaire-Zitat ein, das sie sich als junges Mädchen eingeprägt hatte, und sie sagte es feierlich auf: »Tüchtigkeit, nicht Geburt, unterscheidet die Menschen.« Maria fand, es passte auch in Gerhards Fall, denn zwischen Geburt und Natur bestand für sie kein Unterschied.

Gerhard glotzte sie aus ungläubigen Augen an. »Wenn nur alle so denken würden«, murmelte er. Dann erzählte er, wie bedrohlich die Umstände waren, in denen er lebte. Würde man ihn mit einem anderen Mann erwischen, er wäre erledigt, man würde ihn fertigmachen, totprügeln, mindestens einsperren. Er kannte solche Geschichten, einen befreundeten Händler aus Prag habe irgendwer denunziert. Noch vor dem ersten Prozesstag habe der sich aufgehängt. Gerhard zeigte auf seine Stirnnarbe, tippte an die eingefallene Stelle an der Wange, wo ihm die Backenzähne fehlten. »Das ist noch nicht so lange her, drei Vermummte haben mich nachts überfallen ...« Gerhard vermutete, jemand habe ihn gesehen, als er einen von den Soldaten heimlich getroffen hatte. Der Soldat sei inzwischen verlegt worden, das Gerücht sei geblieben. Seither war die Angst sein ständiger Begleiter.

Tiefe Falten legten sich auf seine Stirn, er hob und senkte die Schultern, als lastete ein unerträgliches Gewicht auf ihnen. »Die meisten heiraten, um sich zu schützen, um keinen Verdacht zu erwecken. Aber die Vorstellung …«, er unterbrach sich, sein Atem ging rau, »die Vorstellung mit einer zusammenzuleben, vor der man sich immerzu verstellen muss. Ich kann nicht ständig lügen. Und eine Frau merkt das irgendwann und wird misstrauisch. Die kann dich ja auch anzeigen oder dir das Leben zur Hölle machen. Das ist dann wie ein langsamer, qualvoller Tod … Und für die Frau ist das ja auch kein richtiges Leben.«

»Aber was willst du denn machen?«

»Ich spiel den eigenbrötlerischen Junggesellen. Das geht schon.«

»Und wenn dir nochmal jemand auflauert?«

»Ich bräucht halt eine Frau, die wie ein guter Freund ist. Verstehst, was ich mein?«

Maria nickte langsam. »Ich kann's leider nicht sein«, bedauerte sie leise.

»Ich weiß, aber aus irgendeinem Grund, den ich nicht benennen kann, hab ich gedacht, du könntest es sein. Wo ich dich auf der Straße sitzen hab sehen, irgendwie dachte ich, da sitzt meine Rettung.« Ein unterdrücktes Lachen brach aus ihm heraus.

»Aber auch ohne Amerika«, wandte Maria ein, »ich hätte schon gern Kinder, irgendwann.«

»Das würden wir schon hinkriegen«, scherzte Gerhard, »da bin ich mir sicher.«

»Aber ich wollt schon auch immer jemanden, den wo ich lieb …«

»Mädel, du brauchst dich nicht erklären, es ist schon recht. Ich hab halt eine kleine Hoffnung gehabt.«

Maria hätte trotzdem gerne etwas für ihn getan. Er tat ihr leid, und sie fühlte sich schäbig, dass sie ihm seine Hilfe und Großzügigkeit nicht angemessen vergelten konnte. Denn streng genommen ging es auch bei ihm um Leben und Tod. Sie konnte ihm nur Geld anbieten, doch das wollte er partout nicht annehmen. Vor dem Zubettgehen gab sie ihm einen Kuss und versicherte ihm, dass sie in ihm einen Freund fürs Leben gefunden habe, auch wenn sie sich höchstwahrscheinlich nie mehr wiedersehen würden.

Als Ferdinand Dillinger im Herbst 1899 die Flucht aus Eisenstein ergriffen hatte, war er sich absolut sicher, dass er niemals eine Chance auf einen fairen Prozess hätte. Alle Zeugen würden vor Gericht gegen ihn aussagen, so wie sie es bereits gegenüber der Polizei getan hatten. Sie würden behaupten, er hätte Fritz Fellner mutwillig, in einem Anfall von blutrünstigem Zorn, niedergestreckt. Dass es ein Unfall gewesen war, im Grunde ein Akt der Notwehr, würde niemand zu Protokoll geben. Am Ende würde man ihn wegen Mordes, mindestens wegen Totschlags einsperren. Das Urteil wäre der Denkzettel für seine politische Arbeit. Von Zwiesel aus lief er durch den Wald nach Böhmen, das zur österreichisch-ungarischen Monarchie gehörte. Im Ausland fühlte er sich besser geschützt vor den Zugriffen der bayerischen Polizei als in den Territorien des deutschen Kaiserreichs. Tagelang flüchtete er ostwärts, bis er schließlich Südböhmen erreichte. Der Winter stand vor der Tür, und er brauchte dringend eine Bleibe.

Dillinger legte sich einen neuen Lebenslauf zurecht, er nannte sich Paul Hirschfeld, und hätte ihn jemand aufgegriffen und verhört, so hätte er glaubhaft Auskunft geben können über seine Lebensstationen. Als junger Mann war er schon einmal auf dem Tiefpunkt gewesen, aber nach den letzten Jahren als angesehener Glasbläser hätte er es nicht für möglich gehalten, nochmal so weit unten zu landen. Doch da das Leben keine Gerade war, erst recht kein ruhiger Fluss, sondern eher eine Spirale, dachte er, es müsse auch irgendwann wieder nach oben gehen.

Bei sämtlichen Bauern bot er seine Arbeitskraft an, in der Nähe von Wittingau konnte er sich schließlich als Holzknecht bei einer Witwe verdingen, mit der er Tisch und Bett teilen durfte.

Am Ende des Winters ging er nach Budweis, wo er als Hilfskraft in einer Brauerei arbeitete. Als man irgendwann seine Papiere sehen wollte, rollte er eilends seine Wolldecke zusammen und machte sich auf den Weg nach Norden, zeitweise zu Fuß, zeitweise mit kleinen Gruppen anderer Leute auf dem Gestänge von langsam fahrenden Güterzügen. Nachts kampierte er mit wandernden Gesellen am Rand kleiner Städte. Er lernte betteln, nicht um Geld, sondern um Essen. Und ehe er sich's versah, war er selbst ein Landstreicher geworden. Sie lebten von der Hand in den Mund. Hin und wieder übernahmen sie leichte Arbeiten, aber nie für lange. Manchmal begingen sie kleine Diebstähle, nahmen jedoch ausschließlich Lebensmittel oder dringend benötigte Kleidungsstücke mit. Sie waren das, was man umherziehendes Lumpenproletariat nannte.

Um die kleinen Feuer herum, auf die sie den gemeinsamen Suppenkessel setzten, wurde von allem Möglichen geredet, nur das Persönliche wurde ausgespart, was Dillinger sehr zupass kam. Hätte man gewusst, dass er drüben in Bayern, möglicherweise im gesamten deutschen Kaiserreich, steckbrieflich gesucht wurde, es wäre wohl nicht gut für ihn ausgegangen.

Schon nach zwei Monaten war er zu einem ausgekochten Landstreicher geworden, er war mager, sein Gesicht sonnenverbrannt und seine Sprache so anpassungsfähig und mit sämtlichen Akzenten und Dialekten durchsetzt, dass sie nirgends fremd wirkte. Das größte Problem von ihm und seinesgleichen bestand in der Verfolgung durch die Gendarmerie. Berittene Suchtrupps durchkämmten ab und an das Land und kassierten die Streuner ein, um sie der Zwangsarbeit im Straßenbau zu unterwerfen. Die Aufgegriffenen wurden für einige Monate in Strafkolonnen gesteckt, danach ließ man sie wieder ziehen. Es kursierten Gerüchte, dass es dort Hinrichtungsmaschinen gab oder Foltermethoden für das Militär getestet wurden.

Eines Nachts hörten sie Hunde kommen, panisch stürzte die Gruppe auseinander. Auch Dillinger sprang auf, nahm seine Beine unter die Arme und rannte um sein Leben. Er erinnerte sich an einen Fluss, einen Nebenstrom der Moldau, der nicht weit entfernt lag. Als er dessen Ufer erreichte, sprang er Hals über Kopf ins Wasser. Erst in der Morgendämmerung traute er sich wieder heraus. Nass und durchgefroren taumelte Dillinger durch die Gegend, er dachte an aufgeben, auch daran, sich umzubringen. Den Glauben, dass es noch einmal besser werden würde, hatte er vollständig verloren.

Auf einmal sah er in einiger Entfernung eine Klosteranlage am Rande eines Wäldchens liegen. Er pirschte sich heran, zu seiner Freude stand ein Gartentor offen, und er schlich hinein. Dillinger spekulierte auf ein paar Äpfel, schließlich aber entdeckte er auf einer Wäscheleine zum Trocknen aufgehängte Mönchskutten; es waren die schwarzen Habits der Franziskaner-Minoriten, selbst die weißen Stricke zum Gürten hingen über der Leine. Ohne länger nachzudenken, griff er sich eine der Kutten und verschwand damit ebenso heimlich, wie er gekommen war. Zwei Tage wanderte Dillinger in Richtung Nordwesten, währenddessen legte er sich eine neue Biografie zurecht, ehe er sich den Mönchshabit überwarf und von nun an Bruder Paul auf Wanderschaft war. Früher hatte er die Schriften von Franz von Assisi gelesen, weshalb er mit dessen Armutsideal einigermaßen vertraut war. Die Askese war ihm mehr oder weniger von Haus aus eingeschrieben, jedenfalls war sie ihm deutlich anzusehen, und das Predigen fiel ihm ohnehin leicht.

Mit frommen Bauern sprach er fortan über den Willen Gottes und segnete ihnen Haus und Hof, dafür erhielt er reichlich Proviant und durfte in ihren Heuschobern nächtigen. Den Segen erteilte er selbst Polizisten und Jägern, die ihm den Weg in die nächste Ortschaft wiesen. Dabei fühlte er sich nicht einmal als Hochstapler, denn im Grunde genommen unterschieden sich seine Reden wenig von dem, was er der Arbeiterschaft früher zu vermitteln versucht hatte: Solidarität und Brüderlichkeit. Nun eben im Namen Gottes statt im Gewand des Sozialismus.

Dillinger hatte nicht vor, ewig so weiterzuleben. Zwar fühlte er sich in der Kutte einigermaßen sicher, doch schon ein winziger Zufall, jemand, der ihn aus seinem früheren Leben kannte, oder ein Geistlicher, der ihm auf den Zahn fühlte, konnte sein Lügengebäude zum Einsturz bringen. Dillinger führte ein Dasein im Wartestand. Aber noch hatte er keinen Plan, wie er sich wieder in die Freiheit entlassen könnte.

Reisefertig stand Maria im Laden, trat von einem Bein auf das andere und fragte im Zweiminutentakt, wann sie denn nun aufbrechen würden. Obwohl Gerhard ihr versicherte, dass noch genügend Zeit sei, wollte sich Maria schon allein zum Bahnhof aufmachen, doch er bestand darauf, sie zu begleiten. Als Gerhard endlich zur Tür ging, um das Schild von »Geöffnet« auf »Geschlossen« zu drehen, betrat ein Mönch den Laden. »Es tut mir leid«, sagte Gerhard, »ich wollte gerade abschließen, wir müssen zum Bahnhof.«

Dillinger sah niemanden außer dem Krämer und wunderte sich ein wenig, dass der von »wir« sprach, er dachte sich aber nichts weiter, und weil er sich auch nicht so leicht abwimmeln lassen wollte, bekundete er höflich, dass er auf der Suche nach einem gebrauchten Taschenmesser sei. Es gehe bestimmt schnell.

»Ja, da hab ich was, kommen Sie doch einfach in einer Stunde wieder.« Dillinger überlegte einen kurzen Augenblick, ob er warten sollte, aber der Augenblick war lange genug, damit sich das ganz und gar Unverhoffte zutragen konnte. Denn ehe er sich wieder zur Tür wandte, kam Maria aus dem Durchgang, der in den Wohnbereich führte. Sie öffnete den Mund, um etwas zu sagen, auf einmal aber blieb sie stehen und erstarrte.

Gerhard blickte in ihr Gesicht, dann in das des Mönchs. Wortlos standen sich die beiden gegenüber, Fassungslosigkeit und Schmerz in ihren Blicken. Es schien, als hätten sie sich in eine andere, von Zeit und Raum losgelöste Dimension begeben. »Dillinger«, sagte Maria schließlich mit brüchiger Stimme. Es klang nicht wie eine Anrede, auch nicht wie eine Frage oder wie ein Ausruf, es klang wie ein dreisilbiger Laut am Ende einer unermesslichen Anstrengung.

Fast unmerklich nickte der mit dem Kopf.

Vor der Tür ließ sich ein zwitschernder Spatzenschwarm auf die Straße nieder. »Wir müssten jetzt langsam zum Bahnhof«, meldete sich Gerhard. Maria reagierte nicht darauf. Dillinger sah auf ihre Reisetasche. »Immer noch nach Amerika?«

Sie nickte. Ihr Kopf war leer und voll zugleich. »Wenn es irgendwie möglich ist, Gerhard, würde ich gern den nächsten Zug nehmen.«

»Kein Problem«, murmelte der.

Maria ging nun auf Dillinger zu, legte ihm die flache Hand aufs Gesicht und drückte es fest an ihre Wange. »Das ist Ferdinand Dillinger«, sagte sie mit feuchten Augen, »ich hab geglaubt, er ist tot …«

Maria stieg nicht in den nächsten Zug und auch nicht in den übernächsten. Zwar war sie eine starke junge Frau, die viel wegstecken konnte, doch die Vergewaltigung samt der Verleumdung hatten ihre Seele schwer beschädigt. Angstschübe plagten sie, das tote Kind bereitete ihr die größten Schuldgefühle. Der Verrat durch die Dörfler hatte sie krank gemacht, die Demütigung hatte sie verbittert. Hass war ihr ständiger Begleiter geworden. Sie merkte, dass er sie aushöhlte und noch mehr kaputtmachte. Nur Dillinger, das spürte sie in diesem Moment instinktiv, wäre im Stande, sie davon zu befreien. Dillinger selbst war des Herumirrens überdrüssig, er war völlig mittellos und unendlich müde. Als er Maria jetzt gegenüberstand, wusste er, dass er angekommen war.

Noch am selben Abend ersannen die drei ein ungeheuerliches Vorhaben. Frei nach der Devise, erst wo ein Geheimnis wirkt, beginnt das Leben, verschworen sich der Homosexuelle, die Brandstifterin und der Totschläger zu einer dreifaltigen Einheit. Nur im Zusammenwirken zu dritt schien ihnen eine Rettung möglich.

Maria schrieb ihrem Cousin nach Amerika, sie hätte sich in Antwerpen, kurz vor der Abreise, in einen böhmischen Händler verliebt, den sie nun heiraten wollte. Das Gleiche schrieb sie ihrer Mutter. Dillinger zog den Mönchshabit aus und nahm wieder seinen Landstreichernamen an, wofür ihm Gerhard gefälschte Papiere besorgte. Als Paul Hirschfeld erwarb er sodann offiziell und amtlich Gerhards Gartengrundstück. Darauf errichtete er im folgenden Frühjahr ein Häuschen. Als Bühnenarbeiter war er im Stadttheater tätig, als gelegentliche Hilfskraft in Gerhards Werkstatt.

Im November 1900 heirateten Gerhard Schatzschneider

und Maria Raffeiner. Ein Jahr danach erwartete sie das erste Kind, einen Buben namens Edwin. Den zweiten Sohn, Helmut, gebar sie 1904. Nach zwei Fehlgeburten kam als Nachzüglerin viele Jahre später eine Tochter zur Welt. Sie gaben ihr den Namen Erna, die im Kampf Entschlossene.

Ihr Dasein zu dritt war oft gut, manchmal war es trüb. In den knapp zwanzig Jahren ihrer gemeinsamen Zeit lernten sie indessen die Anspruchslosigkeit als Kostbarkeit zu schätzen. Maria und Gerhard hielten als Paar fest zusammen, so dass sich allerlei Gerüchte schnell wieder zerstreuten. Wahrscheinlich verlief ihre Ehe um ein Vielfaches glücklicher als die meisten Ehen ihrer Zeit. Mit Dillingers Tod, der 1919 an den Folgen der Spanischen Grippe starb, verstummte endgültig alles Gerede.

Die drei hatten ihr Geheimnis stets für sich behalten, niemandem hatten sie je die Wahrheit verraten. Selbst den Kindern hatten sie nie erzählt, dass Paul Hirschfeld alias Ferdinand Dillinger ihr leiblicher Vater war. Nur Erna erfuhr an Marias Sterbebett davon. Sie nahm die Geschichte jedoch mit ins Grab, ohne sie mit jemandem geteilt zu haben.

Nur ab und zu, insbesondere nachdem ihre beiden Söhne im Zweiten Weltkrieg gefallen waren, haderte Maria mit ihrem Leben. Sie dachte an Amerika, dachte an ihren Groll auf Eisenstein und daran, wie wohl alles verlaufen wäre, wenn sie die Glashütte nicht angezündet hätte. Es war nicht auszudenken. Also schloss sie, dass es gut war, so wie es war.

Dank

»Die Unverhofften« zu schreiben war zwar kein *unendlich Kreuz*, bedurfte aber eines sehr langen Atems. Für die großen sowie kleinen Hilfestellungen, die zum Gelingen des Romans beigetragen haben, möchte ich mich bei einigen Menschen herzlich bedanken: Doris Plöschberger, Yvonne Eggert, Jörn Klare, Grete & Josef Nußbaumeder, Matthias Sachau, Prof. Dr. Daniel Siemens, Familie Nußbaumeder-Zimmerling, Annette Brüggemann (Satama House), Marcel Neudeck, Isabell Höpfner, Dr. Elisabeth Jüngling, Jörg Schieke, Albert Kitzl und Christian Ehrhardt.

Inhalt

I. Buch (1899-1900)

1 Die wechselhafte Realität 11
2 Ein Leben in Eisenstein 14
3 Die Hufnagel-Dynastie 28
4 Die Versammlung 39
5 Über den Wellen 53
6 Ein Grundsatzstreit 64
7 Gewalt 71
8 Zerstoßene Hoffnung 86
9 Die Hütte am Weißen Regen 94
10 Und gehe das Dorf darüber zugrunde 102

II. Buch (1945-1949)

1 Das Gefühl zu existieren 107
2 Corin 114
3 Ein Feuer mit zwei Gesichtern 117
4 Ankunft 124
5 Der blutjunge Frieden 135
6 Die Einnistung 158
7 Der Josefplan 167
8 Die Offenbarung 178

III. Buch (1964-1966)

1 Freie Hand 185
2 Über Juttas Tod hinaus 201
3 Das Gewicht der Luft 217

4 Zwischen Pflicht und Liebe 224
5 Ablösungen 230
6 Der Leichenschmaus 242
7 Auf der Burgruine 257
8 Schnee 262
9 Das Wohnheim 269
10 Der letzte Sommer 281

IV. Buch (1973-1975)

1 Zur Krone 299
2 Das Geständnis 312
3 Georgs Neuanfang 323
4 Schwestern 348
5 Josefs letzter Gang 355
6 Die Beerdigung 361
7 Jakob 369
8 Landshuter Hochzeit 377
9 Kalte Leugnung 390
10 Verschmähtes Erbe 400

V. Buch (1982-1984)

1 Hans 407
2 Ernas Tod 418
3 Wachstum 425
4 Grundrisse 433
5 Der Brief 439
6 Der Kauf 450
7 Das Buch Toskana 459
8 Das Sommerfest 487
9 Im wunderschönen Monat Mai 501
10 Verstiegene Träume 518

VI. Buch (1990-1994)

1 Sichere Heimat 541
2 Töchter 554
3 Albert 560
4 Zuflucht in Giesing 567
5 Der Nachklang des Fluchs 576
6 Das erste Treffen 586
7 Der verlorene Sohn 597
8 Spätfrost 612

VII. Buch (2009/2019/1900)

1 Ein Licht, das nie ausgeht 617
2 Vom Ursprung zum Ursprung 640
3 Die Unverhofften 654

Dank 668